Dulces Mentiras
AMARGAS VERDADES

LILY PEROZO

Copyright © 2014 Lily Perozo

Todos los derechos reservados.

ISBN-13: 978-1499530797

Diseño de portada por: Tania Gialluca

Modelo: Bernardo Velasco

Segunda Edición: Mayo 2014

No se permite la reproducción total o parcial de este libro, ni su incorporación a un sistema informático, ni su transmisión en cualquier forma o medio, sin permiso previo de la titular del copyright. La infracción de las condiciones descritas puede constituir un delito contra la propiedad intelectual.

Los personajes, eventos y sucesos presentados en esta obra son ficticios. Cualquier semejanza con personas vivas o desaparecidas es pura coincidencia.

Dedicatoria

A todas las lectoras españolas, que formarán parte de esta maravillosa utopía.

ÍNDICE

ÍNDICE
CAPÍTULO 1
CAPÍTULO 2
CAPÍTULO 3
CAPÍTULO 4
CAPÍTULO 5
CAPÍTULO 6
CAPÍTULO 7
CAPÍTULO 8
CAPÍTULO 9
CAPÍTULO 10
CAPÍTULO 11
CAPÍTULO 12
CAPÍTULO 13
CAPÍTULO 14
CAPÍTULO 15
CAPÍTULO 16
CAPÍTULO 17
CAPÍTULO 18
CAPÍTULO 19
CAPÍTULO 20
CAPÍTULO 21
CAPÍTULO 22
CAPÍTULO 23
CAPÍTULO 24
CAPÍTULO 25
CAPÍTULO 26
CAPÍTULO 27
CAPÍTULO 28

CAPÍTULO 29
CAPÍTULO 30
CAPÍTULO 31
CAPÍTULO 32
CAPÍTULO 33
CAPÍTULO 34
CAPÍTULO 35
CAPÍTULO 36
CAPÍTULO 37
CAPÍTULO 38
CAPÍTULO 39
CAPÍTULO 40
NO DEJES DE LEER COMO SIGUE LA HISTORIA.
PLAYLIST BOOK
CONTACTA CON LA AUTORA VENEZOLANA LILY PEROZO

Agradecimientos

Especialmente a *Pilar Sielma, Ana Montero, Eva Balboa Núñez, Chary Guerrero Cobo, Aida Motiño Dávila, Raquel Navea, Ali Navarro Martínez, Lorena Martínez, Laura García López,* porque gracias a ellas y a su valiosa colaboración se ha hecho posible esta nueva versión de la historia, para que todas las lectoras españolas puedan sentirse más identificadas con la narrativa.

¡GRACIAS!
¡SOIS GENIALES!

Te juro que te siento, aunque no digas nada,
y son esas caricias y el perfecto idioma con que tú
me hablas.

Alexandre Pires

CAPÍTULO 1

Samuel estiró las solapas de su chaqueta y cruzó las puertas del Burj Al Arab, el lujosísimo hotel en el que se hospedaba en compañía de su tío y sus primos. Justo en ese momento, el aparcacoches aparcó a su lado el Lamborghini Reventón Roadster negro que había alquilado para su estancia en Dubái. Le sonrió a su tío antes de meterse en el coche, encendió el motor y siguió a sus primos camino a la ceremonia de inauguración del Burj Khalifa, oficialmente, el edificio más alto del planeta.

Guardas elegantemente vestidos con ropas árabes, y otros en formales smokings, les indicaron a los Garnett la ubicación de sus asientos en la segunda línea, frente al lago artificial que rodeaba al Burj Khalifa. La fría brisa del piadoso invierno del golfo Pérsico acarició las bronceadas pieles del exótico grupo de hombres, varias miradas disimuladas los siguieron hasta que se hubieron sentado.

Unos minutos después, el jeque de Dubái y primer ministro de Los Emiratos Árabes Unidos, hizo su entrada escoltado de sus hijos y hombres de confianza, todos vestidos con ropajes reales y la indescriptible dignidad de medio oriente plasmada en sus rostros.

El maestro de ceremonias hizo la apertura oficial del evento, e instantes más tarde, el jeque Mohammed bin Rashid Al Maktoum plantó su mano sobre un lector electrónico, entonces una colosal pantalla cobró vida con un conteo en metros. Sin avisos, desde algún lugar en la zona céntrica de Dubái, resonaron fuegos artificiales que escalaron hasta el cielo, mientras en la pantalla la cuenta continuaba vertiginosa. Desde las azoteas de diferentes edificios a los alrededores, salieron disparadas docenas de juegos pirotécnicos y luces titilantes se esparcieron por el -hasta ahora- obscurecido rascacielos.

La cuenta se detuvo finalmente en los ochocientos veintiocho metros, y como rocío dorado, enormes globos de pólvora inundaron el cielo. Decenas de luces salieron desde la sección al sur de los Garnett en líneas infinitas que parecían tocar las estrellas, mientras la orquesta en vivo interpretaba un delicioso caos sinfónico que latía bajo la piel de todos los asistentes.

Y entonces la pantalla se llenó de dunas que fueron recorridas por un niño que, cogiendo arena como si de polvos mágicos se tratara, hizo que la proyección pasara del día a la noche, y de ésta a una fantástica animación en colores neón, guiada por la voz maravillosa y arrulladora de una mujer que cantaba en árabe.

Sucesivas flores del desierto nacieron en la pantalla, y tras el lugar donde estaba la orquesta, la escultura de una enorme flor idéntica a las de la animación, se iluminó majestuosa. Riquísimas percusiones dieron paso a melodías tiradas de cuerdas y vientos que abrieron asombrados los ojos de los invitados.

Samuel inconscientemente reclinó su cuerpo, dejándose llevar por las notas de la orquesta, sumergiéndose con la música en las mismísimas *Mil y Una Noches*, místicas como las intrigantes tierras de Arabia.

Las fuentes en el lago saltaron enérgicas, bañadas de luz dorada, moviéndose con la candencia exquisita de Oriente, como el vientre de una diestra bailarina. Tras las fuentes, el espectáculo pirotécnico seguía desplegándose en bellos tonos azules que iluminaban el cielo. Las fuentes como fuego líquido iban y venían en una coreografiada sucesión, mientras un aro de pólvora rodeaba toda el área en la que se desarrollaba el evento.

Estremecedoras percusiones resonaron y poderosas luces iluminaron gradualmente en ascenso cada peldaño del edificio, como brillantes faros que treparon hasta lo alto del imposible pararrayos, haciendo que todos abrieran sus bocas impresionados con la monumental construcción. Una Babel del siglo XXI se dibujó ante sus ojos, jugando a besar el cielo.

Incesantes explosiones se sucedieron una tras otra, y chorros de pirotecnia azules y verdes fueron desde el primer piso hasta la cima del rascacielos, para después regresar con increíble rapidez, una y otra vez. Inmediatamente, una espiral de pólvora rodeó el edificio entero, trepándolo como una serpiente de luz, y al tocar el último piso, miles de fuegos brotaron de todos lados, haciendo lucir al coloso como una enorme espiga, coronada por una sombrilla de fuegos artificiales que sin descanso parecían salir de la altísima punta.

El olor a pólvora lo inundó todo, junto con los restos de humo, al tiempo que el edificio cobraba vida siendo iluminado con emisiones azules y luces prístinas que parpadeaban intermitentes como diamantes.

La multitud estalló en vítores, y el mismísimo jeque contemplaba maravillado el cierre del evento. Samuel le sonrió a su tío como un niño, todos aplaudieron de pie la finalización del acto de inauguración, y él estuvo convencido entonces que su tío había elegido maravillosamente cómo celebrar su graduación.

Samuel Garnett, recientemente titulado con honores como abogado penal de la Universidad Rheinische Friedrich-Wilhelms de Alemania, era un hombre de mirada severa, ademanes masculinos y movimientos felinos y predatorios, muestra perfecta de la forma en que se desenvolvía en la vida.

Thor Garnett, un altísimo rubio de sonrisa encantadora, frunció los labios con exagerado desagrado mientras le dedicaba una mirada de tedio a su padre.

—Ya me tiene cansado toda esta cosa oriental, esperaba algo medianamente electrónico, la música de las masas, el lenguaje universal de nuestros días, se supone que hay turistas —masculló Thor, algo fastidiado con el evento.

—Thor, déjate de dramas, si hicieras el mínimo esfuerzo de informarte acerca de las culturas de los países que visitas, comprenderías que los musulmanes no permiten a Tiesto en estos eventos, ni en ningún otro. —Rodó los ojos su padre, Reinhard Garnett, un hombre en sus tempranos cincuentas, elegantemente atlético y atractivo—. Ese tipo de música estridente que te gusta, aquí no es admitida.

—Ni a nosotros nos estiman y aquí estamos —Hizo Thor un puchero—. Al parecer, apenas si nos soportan, y todo por los ingresos que les proporciona el turismo, es por eso que la próxima semana me voy a Ibiza —Movió el pulgar en dirección al Occidente—. No puedo perderme el festival electrónico, así que en cuanto estés en Brasil, ten la amabilidad de dejar el jet a mi disposición, y así podré desintoxicarme un poco de toda esta parafernalia árabe. —Finalizó, mientras ondeaba su cuerpo al ritmo del trance, ganándose las miradas escandalizadas de varias personas.

—¿Regresas a Brasil, tío? —preguntó Samuel desconcertado, dirigiéndose a Reinhard—. Pensé que nos acompañarías al rally de mañana en el desierto.

—No, Sam, no puedo quedarme, debéis continuar la travesía solos. Tengo asuntos importantes que atender en Río.

—Como donarle alguna cantidad exorbitante a otra famosa para fundaciones ficticias —intervino Thor con una sonrisa cómplice, guiñando descaradamente un ojo.

—No es tu problema lo que le doy a mis amigas. ¿Entendido, jovencito? —inquirió Reinhard con firmeza. A sus espaldas, Ian y Samuel se burlaron de la cara de niño regañado de Thor.

—Está bien, papá —cedió Thor perezosamente—. Sé que lo acordamos... todo eso de no meterse en tu vida privada —dijo al tiempo que le daba un codazo en las costillas a su hermano mayor—. Deja de burlarte, Ian.

Entrada la madrugada, y tras un muy exclusivo banquete, el evento terminó y los cuatro hombres se encaminaron a sus respectivos coches de alquiler, escuchando y siendo parte de las impresiones de las personas ante la majestuosa inauguración.

—Papá, pensé que nos hospedaríamos en el edificio más alto del mundo —inquirió uno de los chicos.

—Si vas a limpiar, te puedes quedar Thor... mientras que Sam, Ian y yo nos vamos al Burj Al Arab —le dijo sonriendo, pasando uno de sus brazos por encima de los hombros del chico rubio y acercándolo a él.

—Bien, pues no nos queda más que volver al hotel siete estrellas, que, desde hoy, ha pasado de moda. Lo que marca tendencia ahora mismo es tener un apartamento en el Burj Khalifa, papá —fanfarreó y pasó su brazo por la cintura del hombre con un gesto cariñoso.

—Tu repentino abrazo no hará que te compre uno de esos apartamentos, estás en perfectas condiciones, hazlo tú mismo —declaró Reinhard revolviéndole cariñosamente el cabello a su hijo—. Chicos, propongo una competencia hasta la isla, el que llegue primero se quedará con la suite principal que estoy ocupando yo.

Se dedicaron miradas excitadas unos a otros y aceptaron el reto sin pensarlo.

Reinhard Garnett era un hombre de cabello castaño claro y ojos celestes, descendiente de irlandeses, nacido en Brasil y presidente del grupo EMX, conjunto industrial formado por tres compañías que cotizan en el mercado bursátil: BEX, dedicada a la explotación y refinamiento de petróleo y gas; MAX, consagrada a la administración de energía eléctrica e ingeniería logística; y MIN, dedicada a la minería y la industria naval.

Aunque nació en Brasil, su juventud la pasó entre Suiza, Bélgica e Irlanda, donde estudió ingeniería metalúrgica y aprendió seis idiomas: portugués, alemán, inglés, irlandés, italiano y español. De regreso en Brasil, empezó a trabajar para una compañía petrolera, en donde a cambio de aislarse por largos periodos de tiempo en una plataforma en alta mar, recibía gordos cheques de pago cada mes que garantizaban sus ingresos personales y su independencia económica.

Desde muy joven, su principal aspiración fue librar a sus padres de la responsabilidad de su subsistencia. Cuando cumplió veinte años, y con las ganancias adquiridas, emprendió su primer negocio dedicándose al comercio de oro y diamantes; a los veintidós años ya contaba con una pequeña fortuna valorada en seis millones de dólares, la cual aumentaba desmesuradamente con el paso de los años.

Con cincuenta y tres años, es el industrial de mayor influencia en Brasil y el segundo en Latinoamérica. Tiene dos hijos, Ian y Thor, y asumió la custodia de su sobrino Samuel. Su estado civil: divorciado, lo que lo convierte en uno de los hombres más cotizados del continente. Se le relacionaba continuamente con mujeres del medio artístico, sin embargo, sigue renuente a casarse otra vez. Es un hombre aventurero, al que le apasionan los deportes extremos, los cuales lleva al cabo sin que su edad represente jamás impedimento alguno.

Reinhard subió a un Mustang gris del año, dispuesto a ganar la carrera, sin importarle que sus competidores fuesen sus intrépidos hijos. Los chicos eran más que sus herederos, eran sus amigos y cómplices, aún se sentía joven y su apariencia le ayudaba considerablemente, dando la impresión de ser más bien el hermano mayor de los chicos.

Ian, el mayor de los chicos Garnett, tiene el cabello un tono más oscuro que su padre, ojos miel como los de su madre, y una estatura intimidante. Es un hombre de carácter fuerte, agresivo y arrollador en los negocios, esconde bajo su armadura de duro ejecutivo, una particular debilidad por decorar su piel con tatuajes, tanto así, que en su cuerpo lleva uno por cada año de vida. Tiene veintisiete años y posee su propio imperio, el cual lleva por nombre Ardent, que está asociada con Embraer. Una empresa dedicada a la aeronáutica, fabricación de aviones comerciales, militares y ejecutivos, la cual fundó con la ayuda de su padre. Su sede principal se encuentra en Brasil, pero Ardent posee delegaciones comerciales y de mantenimiento en los Estados Unidos, así como oficinas comerciales en Francia, Singapur y China.

Su adrenalina llega al límite siempre que pilotea un EMB-145H en las pistas de controles de vuelos. No está casado, pero si a pocos meses de hacerlo, y al igual que los demás Garnett, domina seis idiomas.

Para Reinhard, es primordial la comunicación poliglota, y según él, la mejor manera es hacerlo sin la ayuda de traductores, según él, valerse por sí mismos es de hombres seguros e independientes.

La elección de Ian fue el Ferrari rojo, le gustaban este tipo de coches por su tamaño compacto y aerodinámico, haciendo al coche más liviano y rápido.

Por su lado, el encantador Thor Garnett, es un rubio de ojos azules, tan dedicado al cuidado de su cuerpo como a la colección de citas amorosas. Su padre había elegido su nombre por el dios del trueno y él lo había adoptado a la perfección. Inteligente pero estancado en la adolescencia, se graduó el año anterior en la Universidad de Oxford, y con veintitrés años, no se digna a sentar cabeza y aceptar uno de los puestos que su padre le ha ofrecido dentro del grupo EMX. Él, en cambio, prefiere ser la bitácora de los festivales electrónicos alrededor del mundo. Su coche por preferencia, y su padre ya lo sabía, es un Veilside amarillo, por lo que no perdió tiempo en subir a su nena, como cariñosamente llama a los coches.

Por su parte, Samuel Garnett, tiene la misma edad de Thor, y más que primos, se sienten como hermanos, de la misma forma en que Reinhard ha sido como un padre para él desde los ocho años, edad en la que llegó a Brasil y encontró un hogar, cuando creía que todo estaba perdido.

Tiene el cabello oscuro, que contrasta deliciosamente con su piel blanca y ojos color miel, de iris despejados de cualquier veta que apagasen aquel color que casi llegaba al dorado, logrando cautivar e intimidar con una sola mirada. Sostenerle la mirada a Samuel Garnett por varios segundos es en realidad un reto nada subestimable, no sólo por la belleza de sus ojos que parecen llamas que amenazan con destruir todo a su paso, sino también por el duro carácter que se dibuja con total claridad en su mirada. Tiene el poder de cautivar, como seductoramente cautiva la luz a las mariposas, que de manera suicida vuelan en círculos a su alrededor, y se golpean una y otra vez contra la fuente luminosa hasta morir, y poco les importa con tal de deleitarse en el primario placer de la contemplación.

Por esa razón, siempre ha tenido muchas mariposas cayendo rendidas a sus pies, ante su mirada seductora, ardiente, cautivante y misteriosa, esa manera penetrante de mirar que logra acelerar corazones a su paso. Sin embargo, las pupilas esconden inocencia, ocultan el odio y el dolor que se han quedado detenidos en el tiempo. Nadie ha logrado escarbar en su interior, nadie conoce el secreto que guarda, porque Samuel jamás les permite llegar tan profundo en su alma.

Tiene una nariz recta, labios llenos y atrayentes, incitadores y carnosos, tan masculinos como su mandíbula cuadrada, casi siempre con su barba de dos días, que algunas veces lleva cerrada y otras sólo en un candado que encierra con una peligrosa gracia varonil su mentón y labios, logrando además de esta manera demostrar más edad de la que de hecho tiene.

Samuel o Pantera, como le llaman sus primos, es amante de la Capoeira, disciplina brasileña que combina artes marciales, deporte, música y danza. Este deporte ha sido el único causante de los pocos dolores de cabeza que le ha dado a su tío, ya que siempre y cuando se encontrase en Brasil, se escapaba a las favelas en compañía de sus primos a las rodas de Capoeira callejera. Para él, los hombres de los barrios eran los mejores contrincantes, aunque eran también los más peligrosos.

Sin embargo, dentro de él latía silenciosamente una furia destructiva que muy pocas veces expresaba, y las contadas veces que la había sacado a relucir, era precisamente en medio de peleas callejeras, haciéndose una reputación y ganándose el respeto de muchos, de ésos quienes justamente le habían dado el sobrenombre.

La práctica constante y disciplinada de la Capoeira había esculpido casi pecaminosamente su cuerpo, moldeando cada músculo exquisitamente, marcando sus contornos con gracia escultural. Samuel es un hombre consciente de su atractivo y empeñado en sacarle todo el provecho, ya que no sólo se limita a las sesiones diarias de Capoeira al amanecer, sino que además define su cuerpo con trabajo de máquinas.

En un principio, influenciado por la pasión de su primo, resultaba imposible no ejercitarse cuando Thor tiene gimnasios hasta en el jet, y los dos se batían constantemente en duelos de Muay Thai, el popular boxeo tailandés.

Pantera era un enigma que hasta el momento nadie había logrado descifrar, muchas veces su ánimo era alegre, sin complicaciones y extrovertido, acompañado por Thor y algunos amigos eran el alma de las fiestas, sobre todo cuando se proponían darle vida a las reuniones con sus danzas brasileñas, enloqueciendo a todas las mujeres a su paso, causando mayor impacto entre las damas europeas y asiáticas, haciendo el sensual despliegue de los sinuosos y cadenciosos movimientos latinos, de la mano de la innata sexualidad y erotismo que manaba de los nativos brasileños.

No obstante, había momentos en los que se encerraba en sí mismo, llegando a ser apático, hostilmente exigente, insoportablemente dominante y obstinado, tendiendo a juzgar duramente a quienes lo rodeaban, como si se tratase de un inquisidor de la edad media. El tiempo y sus demonios le habían enseñado justamente eso, juzgar, nunca absolver. Sabía que había cosas que no dependían de nadie más y tenía que hacerlas él mismo, era su destino, por esa razón estudió derecho, para culpar, señalar y exponer a los culpables.

Era intenso, con una energía emocional única, a simple vista un joven tranquilo, pero escondía magnetismo y agresión afables, de un carácter con grandes beneficios o enormes riesgos, temple y fuerza de voluntad insuperables, no obstante, era sensible y podía ser fácilmente herido. Pero con la fortaleza para no demostrarlo, y el empeñamiento en prepararse para ser destructivo, no sabía, ni se permitía perdonar, no podía hacerlo. Por ello contaba con pocos amigos, porque cuando se enemistaba con alguien era para toda la vida, su orgullo no le permitía unir lazos nuevamente.

Ahora mismo, en la exótica Dubái, era el Samuel al cual se podía acceder fácilmente, alegre y dispuesto a disfrutar. Estaba celebrando su graduación, y más que eso, estaba ansioso porque en menos de dos meses ejercería su profesión con la firma Garnett y su tío estaba preparando todo para que fuese reconocido desde el mismo instante en que pisara su despacho en Nueva York.

Ya contaba con una cartera de catorce clientes y con tres abogados sumamente reconocidos que trabajarían para él, ofreciéndole los mejores honorarios. Reinhard les había ofrecido a los tres chicos Garnett la plataforma de despegue para que forjaran futuros prometedores.

Samuel le regaló una sonrisa a Reinhard, quien hacia rugir el motor del Mustang gris, mientras que él opacaba el coche de su tío con el motor de más de 600 caballos de fuerza del Lamborghini, era idéntico al que tenía en Alemania, sólo cambiaba el color. Su Reventón Roadster era gris plomo, su tío se lo había regalado en su último cumpleaños, el pasado octubre, uno de los veinte que habían fabricado. Como siempre, cumplía cada capricho de sus hijos porque comprendía por qué les gustaban este tipo de coches poderosos, era como agarrar a un toro por los cuernos, no en vano el logo que lo representaba era este animal.

Sin perder tiempo arrancaron, en el primer minuto alcanzaron los ciento veinte kilómetros por hora, Reinhard no les daba tregua y no les permitió que lo adelantaran, les bloqueaba el camino mientras reía provocador al verlos por el retrovisor intentar rebasarlo, algo que al final les fue imposible ya que al llegar al Burj Al Arab, el único victorioso fue el hombre de cincuenta y tres años.

—Te hemos dejado ganar papá —lo aguijoneó Ian con una sonrisa bajando del Ferrari rojo.

—Siempre nos has enseñado que hay que darle prioridad a los mayores —acotó Thor recargándose contra el Veilside amarillo.

—No vamos a quitarte la suite principal —Se unió Samuel mientras la puerta del Lamborghini se elevaba.

—Sí, den sus mejores excusas perdedores; sin embargo, he cambiado la principal por dos suites dobles —les dijo encaminándose a la entrada principal del hotel, seguido por sus hijos y su sobrino, quienes se miraron unos a otros sorprendidos ante la astucia de Reinhard, mientras les entregaban las llaves a los aparcacoches.

CAPÍTULO 2

A pesar de los prejuicios que lo rodeaban, ése había sido su hogar, el lugar donde encontró comprensión y cariño cuando contaba con apenas quince años, colmándose del calor humano y del respaldo de otras personas a las cuales constantemente juzgaban y señalaban, basados únicamente en las apariencias.

El mayor ejemplo había sido ella misma, quien en más de una ocasión había sido señalada y denigrada. Aprendió entonces a no interesarse demasiado en lo que la gente pensara o dijera, y a labrar su propio éxito sin humillarse ante nadie.

Gracias al sostén que le brindaron logró cumplir su más anhelado sueño y graduarse como diseñadora de modas. Desde que tuvo uso de razón aspiraba poder hacerlo, a sus muñecas les creaba vestidos con retales de tela, aún sin graduarse diseñaba el vestuario para ella y sus amigas, quienes siempre elogiaron su trabajo y el don único que tenía para crear e innovar.

Su paso por la universidad fue por completo su mérito, alternando su educación superior con algunos cursos de verano en diseño de interiores que le significaron tempranamente una rápida alternativa para hacer algo de dinero extra.

Logró construir una carrera y ganar reconocimiento sin darse un solo descanso, después de cinco años contaba con los conocimientos necesarios, el dinero suficiente en su cuenta bancaria, y en su maleta los bocetos perfectos para iniciar su propio negocio e inaugurar su propia tienda de ropa. Sabía que no sería fácil, pero encontraría el respaldo necesario, había trazado un plan a prueba de fallos, e invertiría en él hasta la última gota de sudor para ver su línea y su tienda hechas una realidad.

Las Vegas había sido un buen trampolín, pero sus ambiciones iban dirigidas a las grandes ligas, no se conformaría con nada diferente a una de las capitales de la moda, por lo que sin vacilación partiría a Nueva York.

Para Rachell Winstead decir adiós no era una simple palabra, despedirse implicaba dejar atrás todo lo que hasta aquel momento había sido su vida. Pero se había obligado a prescindir de sentimentalismos y añoranzas, siempre llevaría en su corazón a las personas a las que le decía adiós, aquel trago amargo valía todo el esfuerzo. Lo arriesgaría todo por la realización de sus sueños.

—Sabes que aquí siempre serás bienvenida y que si no funciona lo intentaremos hasta que lo logres, serás una diseñadora reconocida y prestigiosa —le decía Sophia con absoluta convicción mientras la abrazaba.

Sophia era una graciosa pelirroja, de rasgos delicados y femeninos, que parecían ser una contradicción con su chispeante e irreverente personalidad.

—Gracias Sophie, pero tengo fe en que lo haremos, ya verás, lo lograremos porque tú serás mi asistente —Le hizo saber llevándole un mechón de cabello tras la oreja, después la abrazó.

—Ya lo sabes Rachell, si alguien llega a propasarse contigo o mirarte de más, sólo tienes que llamarme y estaré allí para partirle la cara —afirmó Oscar, un afroamericano de ojos grises con casi dos metros de estatura, que siempre la había defendido y había sido ese padre que siempre anheló.

—Claro que te llamaré —exclamó tratando de retener las lágrimas en sus ojos tanto como lo hacía Oscar. Se acercó, lo abrazó y le dio un beso—. Los voy a extrañar tanto —suspiró con fuerza—, pero los llamaré todos los días... debo subir al autobús o me quitarán el asiento de la ventana y quiero admirar el camino, saber por dónde voy.

—Te quiero mucho, mi mariposa, mi hermosa mariposa negra —le dijo Oscar cariñosamente—. Sube —señaló el bus y le dio la mano para ayudarla a subir los escalones, entonces Rachell se volvió hacia ellos.

—Los llamaré dentro de un rato. —Les hizo saber, ellos asintieron en silencio mientras retenían las lágrimas que quemaban por salir de sus ojos.

Rachell subió al autobús, y como siempre, fue el objetivo de las miradas de la mayoría de los hombres. Poseía una belleza natural que enloquecía al género masculino, con veinte años había rechazado a docenas que le habían ofrecido el cielo, la tierra, y algunos exagerados hasta el paraíso, pero ella sabía que muy pocos estaban a la altura de sus promesas, y quienes cumplían, terminaban creyendo que ella era de su propiedad, pretendiendo que contara con sus autorizaciones hasta para respirar.

Aceptar tal patético destino no hacía parte de sus planes, se negaba a terminar como su madre, resignada y ultrajada. Después de tantos años seguía convencida de la poca valía de los hombres, cuya única utilidad la hallaba en la medida en que representaban una herramienta para alcanzar sus propósitos.

Al llegar al asiento que le habían asignado, dejó libre un suspiro al ver que un hombre de unos treinta años estaba ocupando el asiento al lado del suyo, y le dedicaba un incómodo escaneo de los pies a la cabeza.

—Disculpe —se dirigió al hombre con una mirada ártica y un gesto de disgusto en los labios.

El hombre no le hizo su paso más sencillo levantándose y dándole espacio, por el contrario, corrió sus piernas hacia el pasillo, dejándole el menor lugar posible para que se desplazara y mirando sin el menor disimulo su escote.

Rachell frunció el ceño con displicencia, se dio la vuelta y se sentó dándole la espalda al libidinoso individuo, evitando por completo el contacto. Una mirada fugaz le dio un asqueroso vistazo de cómo el hombre prácticamente babeaba sobre su trasero. Ahí estaba una razón más de por qué los hombres merecían tan poco de su respeto.

Asqueada y sin paciencia, sacudió el bolso con exagerada fuerza propinándole un golpe en la cara a su despreciable compañero de asiento. Una triunfal sonrisa se formó en sus labios al escuchar un gemido de dolor.

—Lo siento… —Se disculpó fingiendo inocencia al tiempo que tomaba asiento, observando cómo el hombre intentaba aliviar el dolor presionándose la nariz con una de las manos.

—No… no es nada, no te preocupes —respondió en tono servil—. ¿Y viajas sola? —le preguntó con la mirada clavada en su escote nuevamente.

Rachell volvió su mirada al frente, poniendo los ojos en blanco y respirando profundamente. *No es tu problema, cerdo asqueroso.* Gritó por dentro.

—Sí —contestó secamente, subiendo el cierre metálico de su chaqueta de cuero hasta el cuello. Lo que menos le interesaba en el mundo, era mantener una conversación con un hombre que no tenía la más mínima habilidad para lucir medianamente inteligente si se le cruzaban un par de tetas por delante.

Decidió ignorarlo por completo, buscó en su bolso de mano el iOod y se puso los auriculares subiendo el volumen al máximo. En ese instante la voz de Pink inundó sus oídos.

Ya sé lo que quiero ser, no me vengas con gilipolleces, Pink —se dijo mentalmente y pasó a la siguiente canción. Esta vez era Katy Perry —*¡Vaya mierda que tengo aquí!* —rugió por dentro—. *Definitivamente no puedo imaginarme estando con un tipo, mientras pienso en otro.*

No pudo evitar sonreír al pensar en la ironía, porque nunca se había acostado con un hombre, y no porque no lo hubiese encontrado, sino porque no le había dado la gana. Lo admitía, era bastante desconfiada y la vida le daba constantemente razones para seguirlo siendo.

Finalmente, la deliciosa fuerza de John Bon Jovi la ayudó a sentirse al fin cómoda en su silla. Sí, era su vida, y estaba decidida a vivirla. El adefesio despreciable que estaba sentado a su lado, terminó por quedarse dormido al ver que ella lo ignoraba sumida en su música. Respiró profundo y se dedicó a disfrutar del oscuro paisaje a través de la ventana.

Rachell Winstead es una mujer de cabello profundamente oscuro, preciosos ojos de un color que parecía vacilar con la luz, tan rápido lucían azules, como grises, o verdes, incluso, tan violetas como los de la misma Liz Taylor. Es una chica sarcástica, la mayoría del tiempo desconfiada y cerrada en sí misma. Muy pocos conocían el pasado que quería borrar, y haría lo que fuera para que así siguiera siendo.

Los hombres le resultaban en la mayoría de los casos aburridos, y en las ocasiones más excepcionales, útiles herramientas de trabajo. Según su experiencia, la naturaleza masculina se reducía a la simple satisfacción mecánica de las necesidades más básicas, como las orugas, que ciegas siempre se mueven hacia la luz.

Los hombres con muy poca brillantez, se movían en su dirección, buscando como recompensa su aprobación, pensando que así lograrían meterse en su cama. Ningún hombre había calentado su sangre, y dudaba que alguno lo hiciera, estaba demasiado rota por dentro para ello. Pero si anhelaban el tesoro entre sus piernas, pues bien, tendrían que ganárselo, y no era amor lo que ella buscaba.

Se la veía llorar muy pocas veces porque aborrecía las muestras de debilidad. En contadas ocasiones la impotencia, la melancolía o los constantes obstáculos en el camino a sus sueños, la habían desesperado hasta las lágrimas, pero se reservaba estos momentos para ella, sabía que hacían parte del reto y los asumía en su más completa intimidad.

Lo que jamás se permitiría ni siquiera en solitario, sería volver a llorar por causa de un hombre, la última vez que lo hizo fue antes de caminar por varios días y llegar a Las Vegas.

CAPÍTULO 3

Asesino de Diane Smith condenado a 45 años de cárcel. Titular del New York times, del día 12 de marzo de 2013.

Hace un mes, Charles Wolfgang aceptó en audiencia pública su responsabilidad en los delitos de homicidio agravado, tortura y acceso carnal violento, lo que le generó una rebaja en su sentencia.

La jueza segunda penal condenó a 45 años de prisión a Charles Wolfgang por su responsabilidad en la violación y asesinato de Diane Smith en hechos registrados el 24 de diciembre de 2012, en el *Central Park* de Nueva York.

Charles Wolfgang aceptó su responsabilidad en la violación, tortura y muerte de su víctima de 28 años. Tras escuchar el relato de los hechos en los que asesinó a su excompañera de trabajo, no obstante, se tapó los oídos mientras el fiscal 320° leía la acusación.

El hombre pidió perdón al país, pero los familiares de Diane Smith no creyeron en su acto de contrición. Su abogado defensor pidió una rebaja de una tercera parte, es decir, que se le condene a 35 años de prisión. La defensa de Wolfgang presentó apelación por considerar que la pena fue muy alta y un "error" de la juez, pues no tuvo en cuenta la aceptación de cargos...

—Pantera, deja de lado tantas noticias que te vas a poner viejo... relax, en la ola primo. —Se escuchó la voz de Thor que entraba en una de las divisiones exclusivas del restaurante, y le arrancaba el diario. Su mirada celeste se posó en el titular—. ¿Otro? —preguntó dejándose caer en el asiento.

—Sí, el caso del violador hijo de puta está cerrado; sin embargo, están apelando para que rebajen la sentencia. ¡Qué huevos tiene ese abogado de mierda! —gruñó Samuel con rabia por la poca profesionalidad que demostraba su colega, si es que a eso se le podía llamar profesionalidad.

—Pero 45 años de cárcel son suficientes —expuso el rubio lanzando el diario sobre la mesa—. Estoy seguro que le van a dar su calurosa bienvenida. —Se recostó en la silla soltando una malévola carcajada.

—No Thor, 45 años no son nada, espero que le den duro a ese gilipollas, sé que no debo tomarme tan a pecho los casos pero siento impotencia porque estoy peleando por la condena de 60 años, es lo mínimo que merece, tenemos que hacer cumplir la ley. Porque las sentencias deben ajustarse a la ley según el grado del delito, y se hacen los locos o están vendidos, creo que es más de lo segundo.

—Samuel, primo, si ya la jueza tomó una decisión, respétala y deja de estar queriendo ser el salvador, no eres Dios, no te busques problemas. Ese hombre puede tomar represalias en tu contra.

—Definitivamente no soy Dios, porque si lo fuese, esos parásitos no existirían; y no le tengo miedo, ni a él ni a nadie… ya estás como mi tío, deja la paranoia —habló de mala gana agarrando el menú.

—No es paranoia, en tres años te has obsesionado por mandar a prisión a veintidós tipos, no descansas hasta lograrlo. Es arriesgado lo que haces, deberías dejar de lado la fiscalía y sólo trabajar como asesor, así no te involucras tanto.

—Es mi trabajo y me gusta lo que hago… ¿Qué vas a pedir? —le preguntó desviando la mirada a la carta.

—Pide lo que sea… estoy hambriento y tengo que regresar a la oficina —Suspiró Thor—. Estoy loco por unas vacaciones, te juro que mi padre se provechó porque estaba en medio de la reacción del porro para que aceptara el puesto —agregó con voz cansada—. Por cierto, ahora que has cerrado este caso, deberíamos irnos a finales de este mes a Ámsterdam, sólo será por un fin de semana, Guetta tiene show en *The Sand*.

—No lo creo Thor, ocho horas son demasiado para regresar al día siguiente… vamos a llegar más cansados, no. Desisto.

—Pantera, sino tienes trabajo, aún hay tiempo, dejaré todo preparado y nos vamos una semana, habrá fiestas *rainbows*. —Levantó las cejas sugerentemente.

—En el caso que nos tomemos una semana, me parece una excelente idea, necesito distraerme un poco —dijo sonriendo, cambiando completamente el semblante por uno más relajado y sereno, luciendo instantáneamente mucho más joven.

—Cómo te gusta que te la mamen, siempre hay que acudir a jueguitos contigo. —Lo pinchó Thor soltando una carcajada. Samuel sonrió con picardía.

—Tengo que liberar tensiones primo, y no contigo claro… quiero verme pintado de colores… y por supuesto, que me la mamen.

En otro de los compartimientos exclusivos del restaurante *Adour*, se encontraba Rachell Winstead, comiendo con Henry Brockman, presidente de *Elitte*, la agencia publicitaria más exclusiva del continente americano. Lo había conocido en una reunión la semana anterior, así que no dudó en pescarlo, su agencia era una plataforma indispensable y exclusiva para promocionar sus diseños, si lograba que ese hombre con su compañía, patrocinaran su tienda, tendría el doble del éxito que había obtenido hasta el momento.

—Rachell, no trabajamos como una agencia de publicidad común, contamos con métodos y un estilo propio, eso nos hace diferentes, incluso somos clientes de Elitte, nos publicitamos a nosotros mismos, lo que nos hace conocer verdaderamente lo que funciona y lo que no con números reales, ya que vemos de primera mano el impacto de cada acción que llevamos al cabo —habló Henry con seguridad, mirándola a los ojos antes de hacer una pausa para beber un poco de su vino.

La chica lo imitó cogiendo su copa mientras se deleitaba con el olor dulce y añejado. Le dedicó una mirada seductora, de esas que nunca fallaban. Su propósito era que Henry Brockman le hiciese la publicidad, ya que al ser una pequeña empresaria y contar con el respaldo de *Elitte* aseguraría su éxito, el único inconveniente era que estaba segura que los honorarios de la prestigiosa agencia estaban mucho más allá del alcance de sus cuentas bancarias, pero claro, no de sus propias habilidades.

Brockman era un hombre interesante, apuesto, elegante, inteligente, y aun cuando se mostraba seguro, se percató del sutil nerviosismo que causó en él apenas con el movimiento de sus pestañas, además de la marca de la alianza de bodas, evidenciando que se lo había quitado como si nadie supiese que estaba casado y vivía con su mujer y su hija.

Tal vez te hace sentir más seguro y crees que puedes engañarme, juguemos tu juego, Henry —cavilaba mientras saboreaba el vino.

—Nos enfocamos principalmente en el publico A, doble A y triple A, preferentemente orientándonos a clientes que optan por calidad sobre cualquier otro factor, es por ello que limitamos la visión de clientes… —charlaba, entonces ella intervino.

—Como en mi caso señor Brockman, ofrezco calidad, pero al ser poco reconocida tengo que luchar para que tomen en cuenta mis diseños, ustedes eligen a los clientes con años de trayectoria, sé que es mi caso —le dijo y dejó por sentado que era perfectamente consciente de sus condiciones en la negociación, después movió con suavidad su cabello.

Los ojos de Brockman siguieron cautivos los movimientos de su mano y deslizó su mirada sobre los largos cabellos oscuros que reposaban ahora sobre la curva de sus pechos.

—Sin embargo, Rachell, no descartamos, ni limitamos... creo que todo es posible. ¿No lo crees tú? —le preguntó con cierto acento retador. Rachell le sonrió con indiferencia.

—Creo que usted puede hacerlo posible, señor Brockman —señaló y levantó su copa a modo de brindis.

—Todo depende señorita Winstead... —respondió al ver cómo Rachell elevaba una ceja, ahora era ella quien lo retaba—. De cuánta calidad posee, creo que primero debemos comprobar —Dejó en el aire la doble intención de sus palabras—. Como comprenderá, la misión de Elitte es ofrecer calidad, si sus diseños son exclusivos, puede contar con nosotros como agencia publicitaria.

—¿Y cuáles son sus garantías, señor Brockman? —le preguntó anclando su mirada en los labios del hombre, tratando de ser lo más evidente posible—. ¿Cuáles medios utilizarían para promocionar mis diseños y mi tienda?

—A *Winstead,* el grupo Elitte le ofrecería principalmente publicidad en internet, y eso incluye el diseño de la página web, un par de blogs, posicionamiento en buscadores, publicidad en redes sociales, una revista virtual, spots en medios masivos, ya sabe que unos pocos segundos al aire pueden conceder un éxito rotundo. También proporcionamos las estrategias más convencionales y tradicionales, pero que hacen parte de la difusión en masa, como los volantes, vallas, estampados y bordados en diversas prendas, gorras, camisetas, toallas, y cualquier otra que usted requiera, claro, representa una inversión millonaria. —Se detuvo y le dedicó una mirada significativa.

—Evidentemente señor —acordó Rachell acariciando una contra otra sus manos—. Sólo le apuesto a lo mejor, no importa cuánto tenga que invertir... mi firma es nueva en el mercado, no soy tan ingenua como para no ser consciente que el costo de los servicios de Elitte obedecen a una suma que aún no está en mis cuentas, por eso estoy aquí señor Brockman, para negociar.

Henry sonrió fascinado con su voz y la intención directa de sus palabras.

—Me gusta apoyar talentos emprendedores y recios como el tuyo Rachell, estoy seguro que eventualmente llegaremos a un acuerdo, reunámonos el viernes de la próxima semana, te mostraré algunas propuestas de los creativos y empezaremos la negociación. —Fijó su mirada en ella, mientras se pasaba la lengua por los labios, celebrando por anticipado un triunfo que en realidad no estaba garantizado.

—Por supuesto señor Brockman, no sabe cuánto le agradezco. —Sonrió Rachell encantadora—. Quisiera quedarme un poco más, pero tengo una entrega pendiente.

Henry se apresuró a ponerse en pie y deslizó la silla ayudándola a levantarse.

—No te preocupes, haz la entrega… después podrás agradecerme —murmuró acercándosele al cuello—. Te llevaré hasta tu tienda —le dijo con su acostumbrado aire autoritario.

—No hace falta señor, Oscar me está esperando, por favor termine su comida. —Lo miró con engañosa inocencia y se encaminó hacia la zona de aparcamiento.

Oscar esperaba a Rachell en el aparcamiento. Ella había cumplido su promesa de traerlo de Las Vegas en cuanto logró establecer su negocio. Apenas habían pasado tres años, pero ella con su empeño había conseguido posicionarse en un nivel importante, sin embargo, anhelaba más, su meta era ser reconocida en Europa y codearse con los grandes de la industria.

Oscar seguía fungiendo el papel de protector, un aliado increíble que comprendía y apoyaba tanto sus metas como sus medios. Por lo que, como lo habían acordado, él esperaba que bajara y le hiciera la seña respectiva. La vio en las escaleras y ella le indicó con un gesto rápido que marcara a su teléfono.

Henry Brockman aún pensaba en lo seductora y hermosa que era Rachell cuando escuchó el repique de un teléfono móvil, desvió la mirada y vio el aparato en el suelo, al lado de la silla que ella había ocupado minutos antes. Sin pensarlo, lo recogió y abandonó su mesa, sabía que podría alcanzarla en el aparcamiento.

**

El Lamborghini *Aventador J* color escarlata tenía un impactante e innovador diseño, no poseía cubierta ni vidrios, ni siquiera el delantero, limitando al dueño a usarlo sólo en los días apropiados, no era sólo un coche, era un símbolo, un típico juguete de los poderosos.

La majestuosa joya pertenecía a Samuel Garnett, un regalo que su tío Reinhard le hiciera en el mes de febrero, dándole la mayor de las sorpresas. Se lo había dado, no sólo porque existía apenas una docena de estas poderosas máquinas en el mundo, sino por lo que representaba y el mensaje que deseaba transmitirle a Samuel. El *Aventador*, como otros Lamborghini, había sido bautizado en honor a un valiente toro español, un animal que Reinhard admiraba y cuya tenacidad quería ver recreada en su sobrino.

Su recién adquirido juguete lo esperaba en el aparcamiento del *Adour*.

—Esta noche nos vemos en el *Webster Hall*. —Le hizo saber Thor antes de sentarse en las elegantes cojinerías de su *Lexus LF-A Concept* plateado—. Me cambiaré en la oficina —agregó al tiempo que encendía el coche.

—Bien —acordó Samuel—. Nos vemos, cualquier cambio de planes, llámame por favor.

Entonces apoyó su mano derecha sobre la puerta del Lamborghini, y con gracia felina entró de un salto en el coche, acomodándose al volante en un movimiento fluido.

—Si Reinhard te ve haciendo eso le da un infarto —bromeó Thor entre risas al tiempo que conducía en dirección a la salida.

Samuel encendió el coche y el motor rugió con fuerza haciendo eco en el aparcamiento, desde el comando del volante le dio vida al reproductor y un rítmico bajo eléctrico cortó el silencio, notas electrónicas danzando acompasadas por guitarras agudas ensordecieron el ambiente y una melódica voz retumbó entre las paredes de concreto, advirtiendo de *no acercarse demasiado, no tomar nada hasta estar seguros de poder asumir el reto peligroso de los lugares inundados de pánico.*

Samuel sonrió, se relamió los labios, y por puro capricho, con el comando de cambios aún en neutro, pisó el acelerador haciendo rugir a su bebé escarlata.

Rachell caminaba lentamente, dándole tiempo a Brockman para que la alcanzara, y mientras se acercaba a su coche donde la esperaba Oscar, escuchó la música que retumbaba en el lugar además del molesto sonido del escandaloso motor de un coche. Frunciendo el ceño ignoró el ruido retumbante, sumida en sus propios pensamientos, diseñando mentalmente cada movimiento que daría en unos minutos cuando se encontrase con Henry.

Respiró hondo preparándose para iniciar la función, y en una fracción de segundo su corazón se detuvo paralizando todos sus reflejos, sus pupilas se dilataron aterradas al ver como un deportivo rojo se precipitaba sobre ella, no consiguió más que cerrar los ojos y esperar el golpe.

Todo pasó demasiado rápido. El sonido de los neumáticos al frenar con brusquedad y chirriar con estridencia, el grito de Oscar opacado por la atronadora música, y su corazón saltando violentamente contra su pecho. Con el aire escapándose por su boca, abrió los ojos y se encontró con un rostro impasible enfundado en unas gafas *Ray Ban Aviador* polarizadas, el hombre se mostraba imperturbable, con la mandíbula tensa mientras Mathew Bellamy gritaba que el fuego estaba en sus ojos.

Repentinamente la música fue pausada, el coche dejó de ronronear y todo fue poseído por el desconcertante silencio. Oscar se había quedado petrificado, ella tampoco conseguía moverse, estaba anclada al lugar, detenida por el pánico mientras temblaba de los pies a la cabeza. Sus ojos estaban congelados en el hombre frente a ella, y el miedo se mezcló con algo desconocido secando su boca, espesando su respiración, el terror anterior había sido desplazado por sensaciones turbadoras entre su pecho y su vientre, un estremecimiento nacido directamente del dorado y cincelado rostro, que aún bajo las gafas, la martillaba con una mirada inamovible, poderosa y asfixiante.

—¡Rachell! —gritó Brockman corriendo—. ¿Estás bien? ¿Qué ha pasado? —le preguntó Henry sacándola de la burbuja de pánico y excitación en la que se encontraba.

—Nada… —Parpadeó varias veces, y el desconcierto y la confusión se transformaron en una ira feroz—. ¡Sólo que este imbécil casi me atropella! —gritó enfurecida y golpeó con fuerza desmedida el capó del Lamborghini, tenía la mente embotada y el corazón aún latiéndole aterrado. El hombre siguió sin inmutarse, sólo por brevísimos segundos lo vio retorcer las manos sobre el volante.

Para su total sorpresa, la endemoniada música volvió a estremecer el aparcamiento y el motor del coche rugió nuevamente.

—Pero ¿quién demonios se ha creído? —Volvió a golpear el capó y un agudo dolor subió desde su muñeca hasta su codo—. ¿No tiene la decencia ni el valor de bajarse? —chilló sintiendo el rostro calentársele por la rabia.

El irritante individuo sacudió la mano pidiéndole en silencio que se apartara de su camino. Sus manos temblaron enfurecidas, quería molerlo a golpes.

—Y si no me quito, ¡¿qué?! —gritó una vez más—. ¿Me pasará por encima, poco hombre?

—Rachell, tranquilízate —intentó Henry calmarla—. Ya pasó, deja las cosas así, es evidente que no es más que un estúpido mocoso que se malgasta la fortuna de sus padres. —La cogió por el brazo, pero ella se sacudió su agarre, furiosa golpeó de nuevo el coche haciendo caso omiso al agudo dolor en su mano.

El hombre movió ligeramente la cabeza, como si hubiera dejado de mirarla a ella para mirar a Brockman, no obstante, era imposible tener certeza de qué o a quién veía a través de las gafas que brillaban como espejos. Y antes de que ella volviera a golpear el coche, el hombre movió la palanca de cambios y el coche se desplazó haciéndola trastabillar un par de pasos hacia atrás.

—¿Y este cabrón quién se ha creído? —Salió Oscar de su estupor, y en tres largas zancadas estuvo al lado de la puerta del arrogante hombre.

Oscar hizo crujir sus nudillos, dispuesto a sacarlo del coche por el cuello, pero antes que pudiera hacer ningún movimiento, dos todoterrenos negras blindadas salieron prácticamente de la nada y se aparcaron bruscamente detrás del Lamborghini. Dos hombres tan altos como Oscar se bajaron sin aviso, dentro, otros dos sujetos de la misma talla seguían al volante de los intimidantes coches.

—Está bien… —resopló Rachell temiendo por la seguridad de su amigo—. Vamos, Oscar. —Lo cogió por uno de los brazos y fulminó con la mirada al infernal desconocido, jurando que las cosas no se quedarían así.

Henry la cogió por la muñeca acercándose a ella y Rachell abrió la boca estrangulando un gemido.

—¿Seguro estás bien, Rachell? —le preguntó acariciándole la mejilla.

En ese momento el Lamborghini arrancó a una velocidad, que estaba segura no era permitida dentro del aparcamiento, dejando en el ambiente la vibración del motor, las notas de rock alternativo y un maldito sabor a derrota que ella jamás había conocido.

CAPÍTULO 4

Samuel cogió la quinta avenida hacia el Norte mientras sentía la sangre fluir violentamente por sus venas. Respiraba profundamente intentando eliminar la ira de su cuerpo, pero cada nueva exhalación era un fracaso. Se repetía una y otra vez que debería mantener la cabeza fría y actuar con inteligencia.

La insistente luz verde en el salpicadero del coche parpadeaba sin descanso indicándole que tenía una llamada entrante, y quien fuese, no estaba dispuesto a desistir. Con la rabia aun sofocándolo presionó un botón en el volante y aceptó la llamada.

—Señor, debería disminuir la velocidad, sino lo hace terminarán multándolo. —Al escuchar la voz, miró por el retrovisor y vio las todoterrenos siguiéndolo, sin dar ninguna respuesta finalizó la llamada, dio un volantazo y aparcó bruscamente. El Lamborghini apenas se detenía cuando la puerta del lado del chofer empezó a elevarse.

Samuel bajó del coche y se encaminó hacia donde habían aparcado los todoterrenos, llegó hasta una de ellas y observó a los dos hombres que estaban dentro.

—¿Desde cuándo se supone que son mis niñeras? —le preguntó furioso a uno de los guardaespaldas que se bajó para recibirlo—. Le he dejado claro a Reinhard que no los necesito, así que pueden largarse ahora mismo —gruñó soltando toda su frustración sobre los pobres hombres que no hacían más que seguir órdenes.

—Señor, debe disculparnos, pero sólo aceptamos las órdenes del señor Garnett, y las órdenes precisas del señor son protegerlo a usted y al joven Thor en todo momento.

—Pues es mi puta vida, y si les digo que no me sigan, ¡no me siguen! ¿Está claro? —gritó de nuevo, frustrado por ver fracasado su esfuerzo de mantener el control, aun cuando llevaba casi toda su vida preparándose para ello.

—No podemos hacer eso joven, deberá usted mismo hablar con su tío y que después él no los comunique, mientras tanto seguiremos cumpliendo las órdenes que nos fueron impuestas.

Exhaló con fuerza reprimiendo el deseo de golpear a los pobres hombres.

—¡Bien! —gritó—. ¡Se largan ahora mismo o mañana interpongo una demanda por acoso! —advirtió.

—No lo acosamos —respiró hondo uno de los hombres, ajustando el intercomunicador en su oído mientras intentaba mantenerse paciente—. Sólo velamos por su seguridad, señor —aclaró el hombre que ya estaba preparado para aquella situación, ya que Reinhard los había puesto sobre aviso—. Es nuestro deber y eso está claro, no hay demanda que nos afecte, al menos que quiera demandar a su tío.

—Lo único que quiero es que no me jodan la vida… Iré a donde quiera, saldré con quien quiera, no acepto sugerencias, ni consejos, ni nada que se le parezca, soy un hombre de veintiséis años, dueño de mis actos y decisiones, su deber es sólo intervenir si os los pido, si no se mantienen al margen… —bufó exasperado intentando calmarse—…estaba esperando que ese hombre me tocara para partirle la cara, y llegan ustedes en plan de súper niñeras y pasan por encima de mi autonomía, no quiero que se metan en mi vida, si van a hacer su trabajo que sea a metros de distancia, no quiero verlos cerca de mí —gruñó por última vez y se encaminó al Lamborghini, sintiéndose molesto y derrotado porque sabía que no podía ir en contra de su tío. Ésta era la quinta vez que descubría a los guardaespaldas que le fueron asignados.

****

Su respiración aún estaba agitada, había pasado mucho tiempo desde la última vez que se había sentido tan impotente y llena de rabia. Hubiera querido deshacer el maldito coche con sus propias manos, tristemente, sólo estuvo cerca de destrozar su mano que ahora martillaba con un espantoso dolor punzante.

Henry, al percatarse, inmediatamente se ofreció a llevarla a una clínica para que la revisaran. Pensó en negarse, pero si lo hacía temía que sus negocios se vieran afectados, era además una excelente oportunidad para mostrarse frágil y desvalida, un papel que los hombres adoraban ver representado una y otra vez con tal de confirmar sus débiles masculinidades.

Henry Brockman a sus cincuenta años sería un buen partido, el hombre era realmente atractivo, con mujeres de sobra, lo que claramente le decía que la vida que llevaba su esposa no debía ser fácil con un hombre que frecuentemente le era infiel.

Las indiscreciones de Henry eran del dominio público. Cuando estudió el perfil de Brockman, descubrió que llevaba veinte años casado con una mujer tan atractiva como él, lamentablemente se habían casado muy jóvenes. Eventualmente, la chispa se había desvanecido, el romance no era más que una ilusión efímera, Rachell lo tenía bastante claro.

No le interesaba establecer ningún tipo de relación con Henry Brockman, sólo necesitaba su respaldo para ser publicitada por Elitte, los dos conseguirían lo que querían y después sus vidas seguirían su curso. Ya lo había hecho una vez, podría volver a hacerlo, después de todo, estaba convencida que todos los hombres eran exactamente iguales, si su estrategia había funcionado con uno, ineludiblemente funcionaría con otro.

Un año atrás había terminado su relación de dos años con Richard Sturgess, un industrial británico que llegó a su vida a ocupar un importante lugar. Richard no sólo patrocinó sus inicios como empresaria en Nueva York, consiguiéndole una plaza para ella en la mítica Quinta Avenida, *Winstead Boutique* estaba justo entre las tiendas de *Gucci* y *Louis Vuitton*. Además, compró y escrituró a su nombre el apartamento donde hasta ahora vivía en la calle 42, pero, sobre todo, había sido su mentor, tanto en el mundo de los negocios como en la cama. Richard había sido su primer amante, uno dulce y considerado en quien ella se permitió confiar.

El británico fue un hombre excepcional, entre ellos hubo un profundo entendimiento, los dos estuvieron bastante cómodos el uno con el otro, y fue precisamente eso lo que llevó a Richard a proponerle matrimonio a Rachell, y con ello marcó el principio del fin de su casi perfecto idilio.

Rachell estaba convencida de no querer unirse definitivamente a ningún hombre, aquello implicaría muchas cosas a las que no estaba dispuesta a acceder, entre ellas perder su libertad, el matrimonio para ella no era más que un yugo degenerativo y humillante.

Pero ella misma estaba demasiado acostumbrada a Richard, a sus consejos, a su cariño y protección, por eso le dio largas hasta que el orgullo del hombre decidió poner fin a las dilaciones que los dos seguían dando en silencio.

Una mañana la llamó desde el aeropuerto despidiéndose definitivamente de ella. Después de muchos años de no haber llorado por un hombre, lo hizo, él había sido su noble protector durante sus inicios en Nueva York, un hombre que se había ganado su respeto y admiración, un amante leal que le había dado más de lo que jamás imaginó. Pero ni siquiera por eso accedería a casarse, si él no estaba dispuesto a olvidar aquella absurda idea, pues entonces era el fin. Esa mañana respiró hondo, le dio las gracias y le dijo adiós. Richard se había jugado su última carta, pero estaba visto que Rachell jamás daría su brazo a torcer.

Durante una semana entera se negó a contactar con nadie, lloró en la soledad de su apartamento, curó sus heridas, camufló sus inseguridades, y sólo entonces volvió a enfrentar el mundo con el mismo aplomo de siempre.

Ese mismo mes creó su colección otoño–invierno 2011, una verdadera genialidad que catapultó algunos de sus diseños en exhibición en una popular serie de televisión juvenil, sin embargo, no obtuvo el reconocimiento que había esperado.

Después de tres meses, Richard Sturgess no era más que un bonito recuerdo, una experiencia formidable que la había beneficiado en todos los sentidos posibles. Un año después se había concentrado de lleno en su trabajo, no dejó espacio para flirteos, amistades o amantes, habían sido simplemente ella y su empresa.

Henry Brockman se presentaba en su vida como la siguiente pieza clave para la realización de sus metas, el precedente sembrado por Richard la convencía de tener la capacidad de mover los hilos de Brockman a su antojo. Richard había sido más joven, más rico, y soltero; el presidente de Elitte se mostraba más desesperado y menos sutil en sus avances, debería ser entonces una herramienta mucho más fácil de manejar.

Oscar no se separó de ella un solo instante, y aunque Henry quiso hacerse cargo, él no lo permitió. El médico de turno le comunicó que tenía un esguince en la muñeca y por tanto se vería obligada a usar una férula por al menos dos semanas. Le suministraron antinflamatorios y analgésicos que debía tomar cada ocho horas por una semana. Definitivamente, el maldito hombre del coche rojo se arrepentiría.

—¡Dios, Rachell! ¿Qué te pasó? —le preguntó Sophia saliendo detrás del mostrador de la tienda al verla entrar con la férula en compañía de Oscar y Brockman.

—Nada, un pequeño accidente, pero no es nada grave Sophie —le dijo al tiempo que la pelirroja cogía su cartera y la depositaba sobre el mostrador.

—¿Estás segura que no es nada grave? Tal vez debamos ir a un hospital.

—Vengo de uno, Sophia. —La interrumpió rodando los ojos mientras tomaba asiento con la ayuda de Henry.

El hombre empezaba a hartarla con tantas exageradas atenciones. Era obvio que él jugaba a ganarse sus favores, y ella accedía por los de él, pero eso no hacía que la puesta en escena fuera menos exasperante.

¡Por Dios! ¡No soy de cristal! —pensó irritada, con ganas de sacudirse de su agarre, sintiendo cómo la ira volvía a burbujear en su interior al recordar al culpable del incidente. Su rabia fue mayor al advertir cómo, después de una profunda respiración, los latidos de su corazón se aceleraron. Intentó ignorar las estúpidas sensaciones y trasladó su atención a Henry.

—Señor Brockman, muchas gracias por todo, es usted muy amable, pero no quiero seguir robándole su valioso tiempo.

—Descuida, Rachell, no te preocupes, aquí lo importante eres tú —le contestó mirándola a los ojos con un exagerado tono meloso que sólo conseguía molestarla más.

—De nuevo, muchas gracias señor, la verdad me gustaría descansar un poco.

—Si quieres puedo llevarte a tu casa —replicó él, buscando la manera de acercarse más a ella y ganarse no sólo su admiración si no también su aprobación.

—No —contestó rotunda—. No hace falta señor, descansaré en el diván de mi oficina, sólo serán unos minutos, recuerde que tengo una entrega pendiente.

—Está bien —decidió Henry ceder por esa vez—. Como prefieras, yo regreso al trabajo, si necesitas cualquier cosa, llámame y estaré aquí. ¿Tienes mi número? —preguntó y ella asintió en silencio—. Descansa, te llamaré para concretar la cena del viernes la próxima semana —le recordó, y sin pedirle permiso le depositó un beso en la mejilla.

—Muchas gracias señor Brockman, es usted muy amable —musitó ella anclando su mirada a la del hombre, satisfecha por haber capturado la atención de Henry, pero extrañada con su propia reacción, a pesar de su obvio llamativo el hombre no le atraía en absoluto, y una desagradable sensación se le formaba en el estómago cada vez que lo tenía cerca. Sonrió e ignoró su incomodidad, atribuyéndolo todo al espantoso incidente con el irritante hombre del coche rojo.

Henry salió de la tienda y ella se encaminó a su oficina dejándose caer sentada en el diván, se soltó el cabello, se acostó, y *Muse* volvió a su mente cantándole que *había fuego en su mirada*.

****

Los primos Garnett compartían un dúplex en un exclusivo edificio en *Upper East Side*. Las puertas metálicas del ascensor se abrieron cerca de las cuatro de la mañana, trayendo a un más que entusiasmado Thor de la mano de una rubia. A pesar de que Samuel había cambiado de planes a última hora, él si había asistido a la maratónica fiesta en el *Webster Hall*, y había llegado al apartamento para darle rienda suelta a su *After Party* personal.

Las amarillentas y tenues luces indirectas de la sala y del bar, apenas si iluminaban el apartamento, ayudadas con algunas de las luces que se colaban desde el exterior por las ventanas. Tan pronto como se sumieron en la relativa penumbra, Thor aprisionó contra su cuerpo a su rubia amiga, despacio deslizó apretadamente su mano por la espina dorsal de la mujer hasta cerrar las manos en su trasero y estrellarla descaradamente contra su erección. Sus labios viajaban velozmente de la boca de la rubia a su cuello y a su pecho, besando, mordiendo y lamiendo en perfecta sincronía.

Un leve movimiento puso en alerta sus reflejos, entornando los ojos divisó a Samuel de pie en el balcón. Con un ronroneo sensual giró a la mujer sobre sus talones, masajeándole los hombros y dándole breves lametazos en el hueso de la clavícula con alternados susurros lascivos llenos de perversas promesas. Despacio la desplazó sin que sus cuerpos perdieran el contacto, hasta que estuvieron frente al pasillo lateral derecho.

—Prepara el jacuzzi —ordenó mordiéndole el lóbulo de la oreja—. Estás en tu casa —Le apretó los hombros y la despidió con una nalgada—. Primera habitación a la derecha.

La chica le dedicó una coqueta mirada por encima del hombro mientras se contoneaba por el pasillo, Thor le guiñó un ojo y se dio media vuelta en dirección al balcón.

Al correr la puerta de cristal que daba al exterior, el olor a marihuana inundó sus fosas nasales.

—Creí que no vendrías a dormir. —Escuchó la voz de Samuel pausada por los efectos del narcótico.

—En realidad no vengo a dormir —respondió Thor instantáneamente. Samuel le dedicó una desganada sonrisa sesgada —. ¡Uy! ¡Uy! Algo pasó, mira, si te has fumado un blanco y negro, llevabas un mes... —Thor se calló unos segundos contemplando fijamente el perfil de Samuel y su mirada perdida en el paisaje urbano neoyorkino—. Ya sé, te salió otro caso. ¿Otro violador de mierda? —preguntó sentándose sin cuidado en un puff de cuero negro.

—No... de momento no tengo ningún caso. —Samuel se detuvo y dio una nueva bocanada, sosteniendo el humo apretadamente antes de soltarlo espeso en el aire, con el ceño profundamente fruncido—. Pero dentro de poco podré llevar a cabo mi misión —agregó con la mirada perdida en el mar de edificios frente a él.

—¿Cuántos llevas? —Le preguntó Thor juguetón—. ¿Qué? ¿Ya te crees, Ethan Hunt? Ojalá y no se te dé por escalar el edificio. —Lo aguijoneó sin parar de reír, Samuel lo miró de reojo y después lo acompañó de buena gana.

—Siento haberte dejado colgado a última hora, la verdad no estaba de ánimo. —Intentó disculparse.

—No te preocupes —Thor sacudió una mano en el aire restándole importancia a lo sucedido—, lo pasé muy bien, no hiciste falta... Por cierto —agregó con tono pícaro queriendo animarlo—, me traje a una amiga... Levántate y vamos a compartirla.

—No, fóllatela solo... aún no estoy de ánimos —le respondió con una sonrisa forzada.

—Está bien, —canturreó Thor—. Me llevaré esto —le dijo agarrando los dos cigarrillos de marihuana que reposaban sobre la mesa—. No vaya a ser que con tu desánimo quieras fumarte otro. —Le dio una última mirada, deslizó la puerta de cristal y dejó solo a Samuel en el balcón.

CAPÍTULO 5

Rachell colgaba collares y bufandas en los cuellos de los maniquíes, concentrada y dificultada por la férula. Después de una semana, aún seguía acordándose mentalmente de la madre del adefesio que casi la atropella en el aparcamiento.

Un todoterreno *Lincoln MKX* gris plomo se detuvo frente a su boutique, frunció el ceño y continuó concentrada en su tarea, pensando que tal vez era clientela especial para *Luis Vouitton*, después de todo pocos coches se detenían en la Quinta Avenida.

Entonces un hombre de considerable estatura y elegantemente vestido entró en su tienda, con un aire de sobrada suficiencia que la puso en alerta. Protegida tras los maniquíes lo observó mientras el hombre inspeccionaba la tienda, su boca se secó al reconocerlo. Era el adefesio en persona.

—¡Está cerrado! —gritó saliendo de su escondite—. Le he dicho que está cerrado —prosiguió intentando que su voz sonara un poco más calmada, caminando hasta encararlo tan rápido como su falda de tubo y sus zapatos *Chanel* negros de suela roja se lo permitían—. A menos que haya venido a disculparse.

—Buenas noches, señorita —le habló él, permitiéndole escuchar su voz por primera vez. Era suave, profunda y con un acento acompasado que no terminaba de identificar—. No tengo por qué disculparme, en todo caso fue usted quien se atravesó, de hecho, he venido a traerle la cuenta del taller, ya que al descargar sus emociones sobre mi coche le causó abolladuras.

Por varios segundos eternos, ninguna palabra logró tomar forma en la mente de Rachell, por alguna razón no podía dejar de mirar sus ojos que con fuerza estaban clavados en ella. Sus irises eran de un delicioso tono líquido, como miel caliente, claros y taladrantes. *Había fuego en su mirada.*

Su boca estaba exquisitamente delineada, con labios llenos y de una apariencia suave y tentadora. Había un *algo* maravilloso en sus ojos, una nota dulce que la hacía desear con desesperación ser mirada por él, ser contemplada por él. Llevaba un traje negro carbón hecho a la medida, sin corbata y con la camisa blanca abierta hasta el tercer botón, la chaqueta también estaba abierta y tenía metida con arrogancia la mano derecha en el bolsillo del pantalón.

Tuvo que reunir toda su fuerza de voluntad para no morderse los labios mientras lo observaba. Tenía la barba crecida de unos pocos días oscureciéndole el rostro; sin embargo, ni siquiera eso hizo menos evidente que el hombre con dificultad apenas alcanzaría los treinta años. No era para nada su tipo.

Entonces su cerebro chirrió como lo hicieron las llantas del odioso deportivo rojo una semana atrás. Jamás se había sentido ni medianamente atraída por un hombre por debajo de los cuarenta, y era obvio ahora que la ira tan intensa que este hombre despertaba en ella encubría una atracción tan poderosa que estaba segura, jamás iba a admitir.

Él la miraba con tanta intensidad que la mantenía silenciada. Frustrada y enfadada con su inusual comportamiento, abrió y cerró la boca varias veces mientras negaba en un gesto instintivo ante su descaro.

—Es usted… —tartamudeó—. ¡¿Está loco?! —Estalló furiosa—. ¿Cómo puede tener la desfachatez de pedir que yo le pague algo? Cuando la afectada he sido yo. ¡Mire! —Le señaló violentamente la mano con la férula.

Él la observaba sin inmutarse, sacudida de su mano rápidamente se hizo dolorosa a lo largo de su brazo, entonces una pregunta se formó instantánea en su mente.

—¿Cómo demonios me ha encontrado?

—Simple —respondió él con prepotencia—, la matrícula del Nissan 370z Roadster blanco que abordó en el aparcamiento fue suficiente para saber desde cuál es su lugar de trabajo, hasta dónde suele comer —continuó sin mostrar ninguna emoción, más que la dura actitud que había tenido en todo momento en el rostro. Tanto que ella pensaba que la tenía tallada, como esos muñecos maridos de las Barbies.

—¿Es un acosador? —le preguntó sin poder creer que la había rastreado—. ¿Cómo es que tiene mi matrícula?

—Digamos que tengo buena memoria… y démosle un poco de crédito al circuito cerrado de vigilancia del *Adour* —murmuró él sacando la mano del bolsillo y dando un par de pasos más cerca de ella—. En cuanto a lo de ser un acosador… si lo fuera, no es usted mi tipo de presa, fue más que evidente que es más del tipo preferido por Henry Brockman.

—¡Imbécil! —escupió iracunda—. Lárguese o terminaré obligada a ponerme otra férula —exclamó cerrando la distancia entre ellos—. Porque le daré tal golpe, que la próxima vez deberá traerme la cuenta de su traumatólogo.

—No es necesaria la agresividad señorita —le dijo mientras buscaba algo en su chaqueta—. Aquí tiene la cuenta —finalizó extendiéndole un papel.

—¿Sabe quién le va a pagar esa cuenta? —divagó retórica al tiempo que señalaba mezquina el papel con su índice.

—Obviamente usted, señorita Winstead. Mis antepasados no golpearon mi coche, por lo que no tiene por qué recordarlos.

Escuchar su apellido en aquella exótica voz la distrajo por un momento.

—Escúcheme bien, no le pagaré esa estúpida cuenta, ni siquiera porque un maldito juez me obligue a hacerlo… Ahora, lárguese —exigió dejándolo con el papel tendido.

—Si es lo que quiere, está bien, sé que ganaré, tengo testigos y están los vídeos de las cámaras de seguridad del aparcamiento —acotó descarado, dándose media vuelta y encaminándose hacia la puerta. Antes de salir de la tienda, la miró una vez más en silencio al tiempo que sacaba una tarjetera dorada, la abrió y extrajo una tarjeta que puso sobre una mesa de cristal junto a la factura—. Por si necesita un abogado, así los honorarios quedaran en mi firma —agregó justo antes de abandonar el local.

¿Qué había querido decir? Respiró Rachell con agitación, congelada en el mismo lugar donde lo había enfrentado. Quería amedrentarla, y maldito fuera, lo conseguía. Por alguna endemoniada razón, su presencia la intimidaba, tanto como su petulante pasividad la irritaba.

Ofuscada corrió hasta la mesa de cristal, cogió la tarjetita y el papel con lo que debería ser la cuenta, los elevó en el aire gritándole al todoterreno que él estaba abordando, sin importarle que los gruesos vidrios de la tienda no dejaran salir su voz.

—¡Puedes metértelos en el culo! —Descargó de nuevo la tarjeta y el papel sobre la mesita.

Él la miró mientras cerraba la puerta del piloto y ella lo apuñaló diez mil veces con sus ojos. El todoterreno arrancó y Rachell se giró hacia el mostrador más frustrada que nunca. Respiró y contó hasta diez, después hasta veinte, después hasta treinta, y después volvió a acordarse la madre al maldito cabrón.

Lo detestaba, había venido con tal petulancia a retarla en su propio negocio, mirándola como si fuera apenas un asunto insignificante sin resolver, descontrolándola con su sobrecrecido ego y sus presumidas miradas llenas de suficiencia.

Se sentó en uno de los taburetes del mostrador y se pasó las manos varias veces por la cabeza, obligándose a serenarse. Casi veinte minutos después se encaminó a su oficina en el segundo piso del local y apagó el ordenador, después activó la alarma interna, cogió su cartera, guardó el teléfono móvil y cogió las llaves.

Mientras apagaba las luces del interior y encendía las luces de ambientación para la noche, su mirada captó sobre la mesa la tarjeta y la factura del taller, sin prestarles mucha atención las guardó en su bolso y cerró la tienda. Salió a la acera y con la habilidad de una neoyorquina, detuvo un taxi que la llevó hasta su apartamento.

Al llegar, se dejó caer sobre el sofá y descansó por varios minutos, después reuniendo coraje, se levantó y se dio una ducha con agua tibia. Con la bata de baño y descalza, se dirigió a la cocina y sacó de la nevera una bolsa hermética con bastoncitos de zanahoria y apio, sin siquiera tener ánimos para servirse, comió directamente de la bolsa hasta que estuvo saciada. Encendió la televisión, pero nada logró entretenerla, rendida, se dirigió a su habitación, se metió en la cama y cogió su bloc de bocetos.

Pasó las páginas llenas una y otra vez, pensando en posibles combinaciones o cambios en algunas de las propuestas, debía obtener como mínimo veinte diseños para promocionar su nueva colección, y esperaba que aquel año pudiera usar a su favor las influencias de Brockman para participar en el *New York Fashion Week*.

—¡Mierda! —dejó de lado el bloc con los bocetos y salió apurada de la cama, corrió hasta la sala y buscó en su cartera su teléfono móvil. Encontró siete llamadas pérdidas, dos mensajes de texto, algunos WhatsApp y varios correos electrónicos.

Marcó el número de Oscar, de él eran las siete llamadas perdidas, se suponía que tenía que haberlo llamado apenas llegara y de eso habían pasado cuatro horas, era pasada la media noche, pero igual le haría saber que estaba bien, era la regla entre los tres, se cuidaban unos a otros.

—Hola Oscar… sí, disculpa… es que se me presentó un inconveniente y olvidé llamarte, pero estoy bien… no, no acabo de llegar, llegué hace como tres horas… sí, dentro de un rato me acostaré… sí, cerré bien y activé la alarma… la de la boutique también… descansa ahora… sí, duerme tranquilo. —Colgó la llamada y revisó los mensajes de texto, eran de Sophia, le respondió de inmediato, dejándole saber también que ya estaba en el apartamento. Los correos electrónicos y el resto de notificaciones de las redes sociales por el momento no le interesaban.

Volvió la mirada a su cartera, y vio la factura con los gastos del taller que le había dejado el muñeco antipático. Con la rabia volviendo intacta a su cerebro, sacó con furia el papel.

Tardó varios segundos en comprender lo que veía. Era una factura de una licorería, y no la de ningún taller.

—¡Se ha burlado de mí el grandísimo imbécil! —Arrugó la factura entre su puño, y sin siquiera pensarlo buscó en su bolso la tarjeta.

A pesar de la rabia anterior, no pudo evitar quedarse absorta por varios segundos en el pequeño pedazo de cartulina color marfil, marcado con letras bronce:

Samuel Garnett
Abogado penalista
Fiscal 320º del Condado de Nueva York

Distrito Municipal de Manhattan
Lic. 2003200631

El maldito cabrón era abogado. Quería burlarse de ella creyéndose el mejor porque era un fiscal. Entonces giró la tarjeta.

sgarnett@garnettbufute.com
Garnett Tower
Lexington Ave – 42th Street
Manhattan

Con ira renovada cogió el móvil y tecleó furiosamente:

De: Rachell Winstead
Fecha: 28 de marzo de 2013 00:40
Para: Samuel Garnett
Asunto: Necesito un abogado (Urgente)
Señor Garnett.

Necesitaré un abogado, pienso asesinarlo y no estoy de broma como usted, a menos que tenga serios problemas de alcoholismo y quiera que le pague las cuentas de su vicio.

Rachell Winstead.
CEO Winstead Firm

Lo envió y regresó a la habitación, puso sobre la mesa de noche el teléfono móvil y se quitó la bata de baño. Como era usual, se metió desnuda en la cama, le gustaba dormir de esa manera. Se arropó y se dispuso a dormir, entonces vio la luz roja parpadeaba en el teléfono. Lo cogió y vio el pequeño indicador de un nuevo correo electrónico en su bandeja de entrada.

De: Samuel Garnett
Fecha: 28 de marzo de 2013 01:22
Para: Rachell Winstead.
Asunto: Estoy durmiendo.

Señorita Winstead.

No es la hora más adecuada para solicitar un abogado, ya veo a qué se debe su humor tan pesado… se desvela con la única intención de interrumpir el sueño de los demás. Seguro no duerme pensando a quién le hará la vida imposible al día siguiente.

Sólo una pregunta. ¿Me violará primero?

Samuel Garnett
Fiscal 320°
Manhattan, NY

¿Cómo que sí lo violaré primero? Pedazo de cabrón.

De: Rachell Winstead
Fecha: 28 de marzo de 2013 01:27
Para: Samuel Garnett
Asunto: Ni en sus más afortunados sueños.

Mis desveladas y mi humor no son su problema, en cuanto a su pregunta, no, no creo que sea posible abusar sexualmente de usted, no práctico la necrofilia, ya que en cuanto lo vea le pasaré el coche por encima.
Fin del tema.
Punto.

Rachell Winstead.
CEO Winstead Firm.

Lo envió y una vez más puso el móvil en la mesa de noche, instantes después, la luz roja parpadeaba de nuevo.

De: Samuel Garnett
Fecha: 28 de marzo de 2013 01:28
Para: Rachell Winstead.
Asunto: Interesante.
Nunca me he llevado bien con los signos de puntuación, y menos si me han despertado en la madrugada.
¿Y qué practica entonces, señorita Winstead? Yo practico muchas cosas.

Samuel Garnett
Fiscal 320°
Manhattan, NY

—Atrevido y arrogante hijo de puta —bramó al terminar de leer el correo.

De: Rachell Winstead
Fecha: 28 de marzo de 2013 01:30
Para: Samuel Garnett

Asunto: Asno.

Practique el no molestarme más, asno petulante.

**Rachell Winstead.
CEO Winstead Firm.**

Lo envió, comprendiendo que su último insulto daría por terminada la bizarra discusión virtual. Por enésima vez, dejó el móvil sobre la mesita de noche y volvió a arroparse. Pero por un minuto entero giró los ojos espiando su móvil.
Entonces la lucecita roja volvió a encenderse.

De: Samuel Garnett
Fecha: 28 de marzo de 2013 01: 32
Para: Rachell Winstead.
Asunto: Entendido.

No se preocupe señorita Winstead, no la molestaré, sólo le pido que cuando me pase el coche por encima, tenga la decencia de evitar mis partes nobles, no sabemos si en el futuro se volverá en favor de la necrofilia… De ser así, quisiera serle de alguna utilidad.

Punto.

**Samuel Garnett
Fiscal 320°
Manhattan, NY**

Lo leyó y apretó los dientes hasta hacerlos rechinar. No le respondería, no había nada que responder.
Terminó por quedarse dormida. A las seis de la mañana, *Meredith Brook* la despertaba con *I´m a bitch*. Con los ojos cerrados buscó en la mesa de noche el móvil y detuvo la alarma, intentó abrir los ojos, pero los sentía muy pesados, hizo un gran esfuerzo hasta conseguir enfocar la pantallita del móvil, buscó la última llamada y remarcó.
—Oscar, buenos días… bien gracias, pero me he desvelado, por favor dile a Sophia que abra la tienda, yo iré pasada la comida y entregaré el traje de novia de Victoria… te lo agradezco… estoy bien, no… no me siento mal, estaré allí… sí, sí voy… bueno… gracias. —Esperó a que él colgara, puso el móvil nuevamente en la mesa y siguió durmiendo.

CAPÍTULO 6

El ritual de todas las mañanas de Samuel Garnett empezaba con dos horas de *Capoeira*, una práctica generalmente reconocida únicamente como danza, sin embargo, la *Capoeira* como arte marcial encerraba mucho más en sí misma: deporte, cultura, lucha, estética, ritos ancestrales, música, malicia y bondad. Durante la *Capoeira*, el cuerpo juega con el espacio, los movimientos fluidos del capoeirista lo hacen uno con el ambiente mientras se clama un grito instintivo de libertad.

Aquella mañana, el sol despuntaba tiñendo de sombras azuladas y anaranjadas los edificios cercanos. Samuel estaba de pie en el balcón, descalzo y sin camiseta, vistiendo tan sólo su pantalón de chándal blanco. Cerró los ojos y levantó los brazos sobre su cabeza, entrelazando sus dedos al final a la vez que se elevaba sobre las puntas de los dedos de los pies. Respiró hondo y rotó el cuello varias veces en distintas direcciones, exhaló con fuerza e inmediatamente se puso en cuclillas estirando sus muslos alternadamente. La tela del pantalón se tensó sobre sus piernas acariciando sus músculos mientras entraba en calor, después añadió ritmo a su movimiento, deslizando su pelvis en sincronía con sus piernas mientras aún en cuclillas, se desplazaba en círculos a través del balcón.

Los movimientos se sucedían unos a otros de manera fluida, siguiendo el ritmo de los sonidos africanos que venían desde el interior del apartamento, sosteniendo su cuerpo alternativamente con la ayuda de manos y pies sobre el suelo, girando en repetidos ángulos de noventa grados, mientras levantaba las piernas a la altura de la cabeza. En un giro violento, saltó sobre sus manos y levantó su cuerpo entero, manteniéndose recto con los pies hacia el cielo, enseguida, desplegó sus piernas lentamente, hasta abrirlas por completo en el aire.

Su torso estaba bañado en sudor, y el sol acariciaba su exquisita piel dorada, los rayos de luz se deslizaban por sus esculpidos músculos besando las ondulaciones de sus abdominales, los tensos pectorales y los fuertes bíceps que se marcaban seductoramente al soportar todo el peso de su cuerpo.

Estiró de nuevo las piernas y en un solo y poderoso impulso, se puso de pie. Cerró los ojos mientras recobraba el aliento y cogió la pequeña toalla que colgaba sobre la barandilla del balcón, rápidamente se secó el sudor y se dejó caer sobre un sillón de ratán negro, apoyó los pies sobre uno de los pufs de cuero, cogió el control remoto y pausó la música.

—Pantera, me voy. —Vio la cabeza de Thor cerca del marco de la puerta apenas asomándose al balcón—. ¿Dónde vamos a comer? —le preguntó abotonándose la chaqueta.

—Tengo que estar en los tribunales en dos horas, salgo a las once. ¿Te llamo y decidimos?

—Vale… —respondió Thor distraído, barriendo el balcón con la mirada—. Creo que tendríamos que mandar a acondicionar un espacio en el gimnasio para que practiques más cómodo.

—Tienes razón, será en otro momento —estuvo de acuerdo poniéndose de pie—. Voy a bañarme, sino se me hará tarde, y tú lárgate que si le pasan a Reinhard tus horarios de llegada a la oficina, va a darte un buen discurso sobre de la responsabilidad.

—¿Más? —inquirió Thor con cinismo al soltar una carcajada.

****

Rachell les sugirió a Sophia y a Oscar comer en la tienda, no tenía ganas de ir a un restaurante. Quería comer sentada en la alfombra, relajada y descalza mientras charlaba sobre trivialidades con sus amigos, quería reírse abiertamente y tontear sin tener que preocuparse por comportarse de manera profesional. Así que entusiasmada, salió a comprar la comida en el pequeño local de Sarabeth's al oeste del Central Park.

Había pasado una semana desde que le pidió a Samuel Garnett que no la molestara más. Él, en efecto, no lo había hecho. Varias veces se sorprendió recordándolo, había algo sumamente encantador en su rostro, y un algo casi hipnótico en sus hermosos y atemorizantes ojos dorados. Había leído al menos cinco veces los correos electrónicos, frunciendo el ceño y riendo por dentro, encantada como una adolescente.

Allí, conduciendo distraída, se encontró a sí misma pensando en alguna excusa para escribirle, pero inmediatamente sacudió la cabeza, reprochándose por imaginar tal estupidez. Se preguntaba qué demonios le pasaba para querer confraternizar con un hombre, que casi la atropella sin mostrar ningún tipo de arrepentimiento.

Samuel revoloteaba en su cabeza y cómo si fuese una señal mandada del cielo, lo reconoció a cierta distancia atravesando un paso de peatones en compañía de otros hombres, seguramente también eran abogados, ya que en frente había un pequeño bufete. Su deseo de mujer se desató y se lo comió con la mirada, se le veía elegante y guapo con aquel traje gris de

Giorgio Armani que le quedaba a medida, lo reconocía muy bien por la elegancia, la sobriedad y el esnobismo que resaltaban a simple vista en las prendas del diseñador, y a él estaba de infarto, era el más alto y elegante de todos, también el más joven.

Su maldad y travesura cobraron vida, por lo que pisó a fondo el acelerador, los hombres apenas si podían creer que un coche los iba a atropellar y no les dio tiempo de reaccionar, solo se quedaron paralizados, al parecer esa era una reacción común en el ser humano, cuando casi se los llevaba, frenó bruscamente frente a Samuel Garnett quien no pudo ocultar el temor en sus facciones y se quedó paralizado mirándola a través del cristal.

Los compañeros se hicieron a un lado rápidamente, por lo que ella aprovechó y como él mismo le hizo en el parqueadero empezó a acosarlo manteniéndole fijamente la mirada, cuando las personas empezaron a aglomerarse retrocedió un poco alejándose de él, porqué éste no mostraba intención de retirarse, arrancó una vez más y lo esquivó, él se volvió para mirarla, pudo verlo a través del retrovisor, bajó la velocidad y buscó en su cartera su teléfono móvil y la tarjeta. Marcó el número.

—Diga —Fue su respuesta al teléfono.

—Traga en seco abogado, para que se te bajen los huevos que se te han quedado en la garganta —Sin decir más y sin darle oportunidad de contestar, colgó la llamada. Enseguida vio una llamada entrante, esta vez, sabía que era él—. ¿Diga? —preguntó como si no conociese el número.

—¿Sabes que has cometido un delito? Ha intentado atropellarme... —Su voz evidenciaba que estaba realmente enfadado.

—Pues he fallado, iba a atropellarte, pero sólo a ti, la próxima vez espero vayas solo... ¿por cierto ya me encontraste un abogado? —inquirió aguantándose la risa.

—¡Vete al diablo! —exclamó él enfadado y cortó la llamada.

—Imbécil —susurró ella con dientes apretados y lanzó el móvil sobre el asiento del copiloto para seguir con su camino, no habían pasado ni dos minutos cuando la pantalla se iluminaba con otra llamada entrante del mismo número—. Yo me voy al diablo, pero tú te vas a la mierda —dijo con la vista en el móvil y después desvió la mirada al camino—. Estás loco si crees que me montarás un numerito —masculló mientras su teléfono seguía llenándose de llamadas perdidas.

Llegó a la tienda y bajó con la comida sin atreverse a mirar el teléfono, que de vez en cuando parpadeaba con llamadas del mismo número.

—Alguien quiere desesperadamente hablar contigo —le hizo saber Sophia mientras disfrutaba de su comida mediterránea y veía como se iluminaba la pantalla del teléfono móvil de Rachell.

—No es nada importante, es más, voy a bloquear el número —Cogió el teléfono e hizo inmediatamente lo que dijo—. Listo, problema resuelto, ahora sí comamos tranquilos —dijo de manera despreocupada.

Sophia y Oscar no pudieron evitar mirarse desconcertados, ellos la conocían muy bien y por más que intentará parecer disimularlo no lo había conseguido.

Samuel encontró a Thor en el *Armani*, y entre varios apretones de mano se despidió de sus colegas, se sentó junto a su primo con una sonrisa desafiante y Thor lo miró con sospecha, pero no hizo ningún comentario al respecto.

Al terminar los entrantes, Samuel aún seguía pensando en Rachell, tenía que volver a escucharla, ¿por qué?, no tenía idea, pero deseaba como nada volver a escuchar su voz. Sacó el móvil y remarcó su número.

—¡Maldita sea! —rugió realmente enfadado. Esa maldita mujer no dejaba de desafiarlo directamente—. Me bloqueó las llamadas. —Se dijo para sí mismo a la vez que dejaba caer el iPhone sin ningún cuidado sobre la mesa—. Me bloqueó las llamadas —repitió mirando incrédulo hacia la nada—. Me bloqueó —dijo una vez más, esta vez mirando el burlón gesto de Thor—. Si te ríes, te parto la cara.

—Ya te llamará —le dijo Thor sonriendo—. ¿Y se puede saber quién se ha atrevido a bloquear tus llamadas? —preguntó elevando una ceja intrigada.

Samuel se quedó en silencio por un momento. *¿Quién era ella?*

—No es nadie importante —respondió al fin, desviando la vista a su comida.

—¡Entró por la puerta grande! —exclamó Thor soltando una carcajada y aplaudiendo ruidosamente—. Porque eres tú quien la está llamando, y debo añadir, con mucha insistencia.

Samuel orquestó una muy mal fingida sonrisa.

—No es nadie —Se llevó el tenedor a la boca, después lo dejó caer sin ninguna delicadeza—. ¡Nadie me bloquea las putas llamadas!

—Se te enfrían los raviolis —le dijo Thor aguantándose la risa e ignorando las palabras de Samuel—. Y deja a la pobre mujer, seguramente se dio cuenta de lo feo que eres y está asustada.

—Primero que nada —argumentó Samuel con cierta irritación arqueando una ceja—. ¿Quién te dijo que era una mujer? Y segundo, esa mujer no le tiene miedo ni al mismísimo diablo.

Thor negó con la cabeza y atacó su plato, durante el resto de la comida no desaprovechó oportunidad para burlarse de su primo y su gran enfado.

Esa misma tarde, convencido de que no había forma de que nadie le prohibiese nada, Samuel le escribió un correo electrónico a la irritante Rachell Winstead.

Rachell estaba frustrada, haberse obligado a bloquear el número de Samuel Garnett, significaba lo mismo que haber huido, y maldita sea, ella no huía de nada ni de nadie. El desconocido descontrol de sus emociones la estaba empezando a enfadar. Mientras con rabia pedaleaba sobre la bicicleta de spinning queriendo estrellarse contra los espejos de enfrente. Ningún hombre la había sacado de quicio, y lo más absurdo era que sólo lo había visto tres veces, de las cuales, dos habían sido encuentros agresivos.

Él parecía divertirse jugando con su enfado, no demostraba un verdadero interés, los hombres no sólo se sentían atraídos por ella, sino que también se mostraban complacientes y dispuestos a satisfacer sus caprichos, podría sonar arrogante, pero era la maldita verdad. Este hombre en cambio se había comportado de manera intransigente, orgulloso, grosero, y arrogante, empeñado en demostrarle que él era quien tenía la última palabra.

—¡Me importa una mierda que sea fiscal! —gruñó en voz alta.

La mujer de al lado la miraba con la cara desencajada, le dedicó una tímida sonrisa mientras sentía cómo se ruborizaba, y no tenía nada que ver con el esfuerzo físico.

Un murmullo de pies llamó su atención, se encontró con el monitor de *Tae Bo* seguido de sus alumnas hacía la sala de entrenamiento. Redujo las pedaleadas, recogió su toalla y su botella de agua y salió corriendo. Otra vez huía y de nuevo era por culpa de Samuel Garnett. No fueron palabras bonitas las que salieron de su boca en el camino a la clase de *Tae Bo*.

—¿Rachell, vienes delante conmigo? —la invitó Víctor, su monitor.

Ella asintió en silencio al tiempo que se quitaba el sudor del cuello y el pecho con la toalla. Rachell se puso al lado de Víctor, quien le dedicó una mal disimulada mirada que la recorrió de arriba abajo, era evidente que lo volvía loco.

La música retumbó en el salón, y Víctor empezó a los movimientos combinados de boxeo y Taekwondo mientras las mujeres lo seguían, transmitiéndoles una poderosa sensación de fuerza y vitalidad.

—Te sobra energía hoy Rachell, me encanta esa agresividad —le dijo mientras repetían la rutina.

—Necesito quemar energía Víctor —le respondió sin pausar los movimientos.

—Si quieres, al terminar la clase nos vamos al sótano y subimos al cuadrilátero —le sugirió.

—No, gracias Víctor, hoy me quedo para zumba también, otro día me pongo los guantes y ya verás cómo te voy a acorralar contra las cuerdas —le dijo sonriendo.

La chica sabía perfectamente que el entrenador boricua no sólo quería ser su amigo, y desde días estaba buscando la formar de quedarse a solas con ella y el ring a esa hora estaría desierto.

Llegó a su apartamento poco después de las diez de la noche, se desnudó mientras entraba y pasó directamente al baño. Cuando salió de la ducha, se sentía notablemente más relajada, se puso un picardías rosado y beige con encajes que le rodeaban los muslos.

Se detuvo en medio del enorme pasillo de su vestidor, indecisa entre ver alguna película o encender el ordenador y revisar las redes sociales. Anduvo de vuelta a su habitación y vio los discos con sus capítulos pendientes de la octava temporada de *Supernatural*. Encendió el televisor y el Blu Ray, puso a rodar el disco, y se metió en la cama con Dean y Sam.

Sam, Sam, Sam... ¡Maldito fiscal!

De mala gana apagó los aparatos, se estiró para llegar a la mesita de noche y cogió la portátil, la encendió y entró a su cuenta de correo electrónico. Había algo más de dos docenas de e-mails, suspiró y empezó a revisarlos con desgana, hasta que se topó con el cuarto mensaje.

De: Samuel Garnett
Asunto: ¿Me evitas?

Sin pensarlo lo eliminó. *¿Acaso no iba a poder deshacerse de ese hombre? ¿Pero qué clase de autoconfianza tenía ese tipejo?* Peor aún, apenas se imaginaba el tamaño del ego de ese individuo que no conseguía aceptar una negativa, ella definitivamente no iba a seguir alimentándolo. Cerró su sesión y se dedicó a tontear en las redes sociales, intentando a toda costa distraerse y olvidar el maldito correo.

Una fiesta de brazos, piernas, bocas y sexos jadeaban y gemían en el apartamento de los primos Garnett. La voz grave de *Mikkel Hess* se dispersaba por la habitación ejerciendo un efecto aletargador y casi sedante, mientras una mujer en tono sensual le cantaba dulces palabras de obediencia y le suplicaba por ser compensada con placer.

Tres morenas estaban de pie, mientras una rubia a gatas gemía con estrépito cada vez que Thor sacudía su cuerpo con poderosas embestidas, enviándola frenética con la boca abierta a recibir la impresionante erección de Samuel. A su lado, la primera morena arqueaba el cuello mientras Samuel le amasaba y devoraba los voluptuosos pechos. Bajo ella, la segunda morena besaba a Thor mientras era masturbada por la entusiasta tercera morena.

Samuel le acarició la mejilla a la chica que tan alegremente le estaba regalando una mamada, y en un solo y sencillo gesto, los cuerpos se separaron, ávidos de las siguientes instrucciones del maestro de orquesta.

Con un dedo, Samuel le indicó a la morena que besaba a Thor, que se acostara en la cama.

—Abridla para mí —les ordenó a las otras dos morenas, que rápidamente apartaron cada una los muslos de la chica que se retorcía impaciente en la cama.

Comprendiendo la orden silenciosa, la rubia le estiró los brazos a la mujer, sujetándola por las muñecas e inmovilizándola por completo contra el colchón. Thor se acercó a ella y con una sonrisa pícara la amordazó con besos. Samuel se cambió el preservativo, y en ese mismo instante la penetró de una sola estocada, haciéndola gemir escandalosamente cada vez que arremetía dentro de ella, sin piedad y sin descanso.

—Es mi turno, Sam —suplicó una de las morenas en la cama.

—Trae el agua —le dijo Samuel con una sonrisa de medio lado.

La mujer diligentemente se bajó de la cama y cogió de encima el tocador una bandeja de cerámica negra con una alta jarra del mismo material, y dos toallas negras a cada lado. En el momento en que volvió, Samuel estaba saliendo de la chica que seguía besando a Thor, enroscando su lengua contra la del rubio y mirando seductoramente a sus acompañantes, incitándolas por más.

La obediente morena levantó la jarra y dejó caer agua sobre el pene de Samuel, lo secó, y abriendo un condón, capturó la punta entre la lengua y el paladar y lo deslizó por la gruesa erección, estirándolo al final con el apoyo de sus manos. Samuel la ayudó a arrodillarse en la cama y la embistió desde atrás, haciendo que sus pechos se zarandearan en cada acometida. Jadeando gustosa, envolvió sus brazos en el cuello de Samuel y apoyó la cabeza en su pecho, cerrando los ojos al placer al mismo tiempo que la restante morena juguetona, tocaba y besaba sus pechos.

Dedicándole una provocadora mirada a Thor, la rubia gateó y se metió entre las piernas de la chica que aún lo besaba y le repasó el sexo con una larga lamida, sin desprender sus ojos del rubio ni una sola vez.

—Más —le exigió Thor irguiéndose sobre una pierna y penetrando la boca de la morena que jadeaba con las manos apretadas en los cabellos de la rubia.

Una hora después, volvían a apretujarse unos contra otros, esta vez en el jacuzzi, resbalando sus cuerpos mojados y sin inhibiciones.

Hasta casi despuntar la mañana, las chicas cayeron dormidas en la habitación de invitados donde habían iniciado su fiesta, Thor se despidió de Samuel, y cada uno se encerró en su habitación buscando el muy merecido descanso.

CAPÍTULO 7

El orgullo de Samuel Garnett era más grande que su ego, muchas veces rayaba en la soberbia, razón por la cual no insistió más en pedirle disculpas a Rachell Winstead. Lo había intentado, se había tragado su orgullo, pero pasó una semana y no recibió ninguna respuesta, así que la había desechado, haría de cuenta que nunca existió, ni siquiera para llevar al cabo sus planes, ya encontraría otros medios.

—¿Nos vamos? —preguntó una voz femenina en su oído atravesando la ruidosa música del club, acariciándole con sensualidad el interior de uno de los muslos, preparándolo para la madrugada que les esperaba.

Samuel asintió en silencio y desvió la mirada al sentir cómo la chica rozaba con la yema de los dedos su entrepierna. Dispersas pulsaciones retumbaron en su miembro, levantó una de sus manos y con violencia sexual la cogió por el cuello inmovilizándola por completo, la atacó con un beso desesperado, robándole el aliento, ahogándola con su lengua.

—Vámonos —murmuró rozando sus labios contra los de ella, dejando su tibio aliento dentro de la boca de la rubia. Se puso de pie, la cogió de la mano y la guío hacia a la salida.

Abordaron el Lamborghini y condujeron hasta su apartamento. Al llegar, Samuel trató de hacer el menor ruido posible, sabía que Thor necesitaba descansar, tendría una importante reunión temprano en la mañana. Entraron en el cuarto blanco de la planta baja, jamás llevaba a las mujeres a su habitación, era su santuario, para pasarlo bien había otras tres habitaciones disponibles.

Thor se levantó más temprano de lo usual. Ser impuntual era su sello personal pero esta vez no se podía permitir llegar tarde a la oficina. Se preparó un café y estaba por salir, cuando alguien tocó el timbre, recogió el portafolio que aún odiaba, pero que era necesario, y se encaminó a abrir y a salir inmediatamente.

—Buenos días, señor... —saludó la deslumbrante mujer en el umbral. A pesar de su apuro, Thor se detuvo a contemplar la belleza de ojos cristalinos, seguramente se trataba de la diseñadora de interiores que haría las adecuaciones en el gimnasio. Él no tenía ni puta idea de diseño, pero varios de sus colegas le habían recomendado la firma *Winstead*, y no porque ellos estuvieran relacionados con el oficio sino porque sus esposas adoraban el trabajo de la prestigiosa firma, y los hombres el increíble cuerpo de la diseñadora.

—Buenos días —la interrumpió en tono conciliador, él había olvidado por completo la bendita cita—. De hecho, se me ha hecho tarde, es usted la encargada de organizar los espacios, ¿verdad? —preguntó fijándose en los labios sensuales y voluptuosos de la mujer.

—De decorarlos y rediseñarlos, señor —aclaró.

—Eso… —Thor carraspeó—. Sí, eso mismo, bueno, le expliqué a su asistente lo que necesitaba —Ella asintió—. El gimnasio está a la derecha por el segundo pasillo al final —Se movió y dio un paso fuera del apartamento—. Quédate como en tu casa, haga lo que tenga que hacer y después envíeme el presupuesto a la oficina, yo me tengo que ir —soltó sin más.

—Señor, pero me gustaría que usted estuviese presente para conocer su opinión sobre las ideas que puedo plantearle —le sugirió ella teniendo que elevar mucho la cabeza para poder mirarlo a la cara, el hombre era asombrosamente alto. Bien podría ser un Brad Pitt en la película "¿Conoces a Joe Black?", pero con la contextura de Aquiles en "Troya".

—Estoy seguro que lo hará bien, sea lo que sea, lo hará bien, confío en usted —Thor extendió el brazo señalándole el salón—. Pase, adelante —La invitó, salió al pasillo y oprimió el botón de llamado del ascensor—. Si tiene cualquier duda, por favor llámeme.

—Está bien, señor —acordó ella, no queriendo seguir quitándole tiempo, era evidente que estaba apurado.

—Gracias. —Thor sonrió dándose la vuelta, dio dos pasos y volvió medio cuerpo para mirarle el trasero a la decoradora, se mordió el labio inferior y se aguantó las ganas de encerrarla en el apartamento, debía ser responsable con su padre.

—Bien —suspiró Rachell—. Ahora, ¿qué haré?

Caminó distraída admirando el sofisticado apartamento de estilo minimalista. La paleta de colores parecía estar reducida al blanco y el negro sólidos, con breves apariciones de distintas tonalidades ocres y platinas en los accesorios hechos de metal. El lugar entero sugería una remembranza de la vieja Italia, con un carácter contundente y muy masculino. Le encantaba.

Frunció el ceño extrañada con el absurdo impulso del gigante rubio al dejarla sola en su casa. *¿Y qué si ella era una ladrona?* Después de todo no se habían visto nunca antes.

Respiró hondo y sonrió, sintiendo cómo la inspiración llegaba abundante llenándola de ideas. Acarició el profundo grabado de las letras

LV en el centro de su portafolio, y recorrió una vez más el salón, contemplando esta vez el arte colgado en las paredes, caminó hasta el centro de la sala de estar y descargó sus cosas en uno de los muebles.

Con la alegría de una niña en *Disneyland*, divisó sobre la isla de la cocina una cafetera, cogió de un armario una taza y se sirvió un poco del humeante café.

Con la taza calentita en la mano volvió a la sala de estar y abrió su cartera, sacó su iPod y caminó hasta la repisa con el moderno equipo de sonido. Ubicó rápidamente el amplificador, quitó el iPod que allí descansaba y puso el suyo, lo encendió y activó la reproducción aleatoria. Vivir en aquel lugar debería ser algo bastante parecido a un sueño, ninguno de los apartamentos o casas de Richard había sido tan magníficos, y el británico tenía bastante buen gusto y mucho dinero.

Notas caóticas y enérgicas inundaron el salón, sus piernas empezaron a moverse casi por voluntad propia, le dio un sorbo a su café, y giró despacio balanceando las caderas al ritmo de la música, mientras le daba un nuevo vistazo de trecientos sesenta grados al apartamento. Los ventanales de suelo a techo la hacían sentir minúscula frente a la deslumbrante vista del paisaje de concreto neoyorquino.

—"If you want it, let's do it... Ride it my pony, my saddle...Is waitin' come and jump on it... —tarareó siguiendo la sensual voz de *Rihanna*, caminó entre los muebles y pasó la mano por el respaldo de uno de los sofás y sintiéndose más y más valiente cantó a viva voz —If you want it, let's do it... Ride it my pony, my saddle... Is waitin', come and jump on it..."

—Si me lo pide una vez más, juro que saltaré —Escuchó una voz profunda y sedosa a su espalda, con un cadencioso acento que ya conocía. En un acto reflejo se volvió con fuerza sacudiendo el café en sus manos temblorosas, la taza se le deslizó y se estrelló contra el suelo haciéndose añicos. Samuel Garnett estaba frente a ella.

¡Desnudo!

¡Completamente desnudo!

La boca inmediatamente se le secó, su corazón se desbocó y todas sus terminaciones nerviosas estallaron en una lluvia desordenada de sensaciones y emociones que la dejaron absolutamente aturdida. Luchó con todas sus fuerzas para desviar la mirada del impresionante espectáculo que era el abogado sin nada más que su piel encima. Medio a ciegas, retiró el iPod del amplificador para que *Rihanna* cerrara la boca de una buena vez, y lo dejó caer torpemente sobre la mesa. Sus ojos volvieron a ser invadidos por la piel ligeramente bronceada de Samuel, se llevó los dedos a la frente y bajó la cabeza en un inconsciente gesto de vergüenza. *¡Diablos! Terrible error, maldito terrible error.*

El infame estaba a todas luces semi erecto, y maldita fuera su suerte, qué pene más bonito tenía. Todo un hallazgo, encontrar un pene de las cualidades y dimensiones adecuadas era tan difícil como encontrar una aguja en un pajar. Era hermoso, estaba completamente depilado, adornando los torneados músculos de su pelvis, claramente estaba circuncidado, y buen Dios, seguía creciendo frente a sus ojos.

Se obligó a retirar la mirada, pero sólo consiguió deslizarla por el resto de la asombrosa anatomía del fiscal. El hombre estaba más que bien dotado. Su cuerpo parecía tallado por un experto cincel, llevaba un tatuaje en el costado, parecía alguna clase de escritura, pero no podía estar segura, no era como si se pudiera mover para cerciorarse.

El hombre estaba completamente depilado. *Completamente.*

Lisa y bronceada piel se extendía sensual frente a ella, sus ojos siguieron deslizándose, y su boca se abrió al llegar a sus abdominales, no eran seis, no, eran ocho, ocho deliciosos cuadritos de puro músculo que daban la impresión de ser un hermoso manantial enmarcado en piedras, perfectas piedras contra las que ella quería golpearse.

Se sacudió el cerebro con un par de parpadeos intentando entrar en razón, porque después de todo, debería sentirse agredida por el descaro de este hombre que se le presentaba desnudo sin ningún pudor, y no fascinada como loba en celo. Levantó el mentón con, lo admitía, demasiada prepotencia y lo miró a los ojos, en adelante no los deprendería de ahí.

—¿Qué hace aquí? —fue lo único que se le ocurrió, preguntándoselo con excesiva fuerza, con un tono arrogante y autoritario, como si él hubiera irrumpido en su propia casa.

Él no respondió, simplemente se dedicó a mirarla con el rostro inexpresivo. Sin ninguna advertencia se movió en su dirección y en cuatro zancadas estuvo justo frente a ella. Las piernas empezaron a temblarle, si de lejos le parecía hermoso, de cerca era perfecto, era lo que su instinto como diseñadora le exigía, que todo armonizara, y este hombre era realmente armonioso.

Su cuerpo no era consecuencia de anabólicos y esteroides, como algunos de los hombres del gimnasio al que asistía y que daban la impresión que si se los pinchaba con un alfiler explotarían, no estaba hinchado, y estaba muy lejos de parecer un actor cuando lo explotaban a la fuerza para cualquier papel de superhéroe, este hombre era... *¡Pura fibra! ¡Bendito close up! Era abrumador.*

—¡Aléjese! —exclamó dando un paso al costado. Él dio dos pasos hacia atrás—. ¿Qué hace aquí? —le reclamó una vez más, tratando de controlar su ataque de *estupidismo.*

—Vivo aquí —respondió él secamente, con esa voz delirante y cadente—. Usted... ¿Qué hace en mi casa? —le preguntó intentando lucir indiferente, sin embargo, a ella le pareció que estaba molesto por la pequeña arruga que se le formaba en el entrecejo.

—¿No piensa vestirse? —inquirió sin responder a su pregunta.

—No me molesta, y a usted tampoco, ya que no deja de mirarme.

Esas simples palabras fueron suficientes para que toda la sangre del cuerpo de Rachell se concentrara en su rostro, no estaba segura si por la rabia o la vergüenza

—Yo vine porque… —empezó a responder, pero se quedó en silencio repentinamente, entonces se dio vuelta dándole la espalda.

Es gay ¡Por Dios! Es gay, quiero darme contra las paredes. —Pensó, llevándose las manos al rostro.

—Está bien, puede darse la vuelta… —le pidió Samuel el cual cogió un cojín para taparse.

Ella cogió aire al darse la vuelta.

—Vine porque su pareja me contrató —contestó esforzándose por lucir natural y tranquila.

—¿Mi pareja? —le preguntó Samuel sonriendo.

Era la primera vez que sonreía en su presencia.

Todo el oxígeno escapó de los pulmones de Rachell al ver su perfecta y hermosa sonrisa, lucía mucho, mucho, mucho más joven, y aunque pareciera imposible, más atractivo, o tal vez sería la desnudez que la tenía desconcertada y excitada, realmente excitada, si ese hombre no se cubría terminaría lanzándosele encima.

—Sí, el chico rubio —tartamudeó—. El alto y musculoso —continuó con la voz vibrándole ridículamente.

—No… —Samuel volvió a sonreír—. Prefiero que mis parejas sean más pequeñas y delgadas, me gusta estar seguro de poder ejercer el control… El rubio y musculoso es mi primo —aclaró.

—¿Su primo? —murmuró asombrada de que el abogado estuviera emparentado con el gerente de la sucursal en Nueva York de uno de los grupos mundialmente más cotizados en el mercado bursátil.

—Sammy —Se escuchó una voz demasiado dulzona. Una chica apareció en el pasillo, y al igual que él no parecía tener vergüenza por la desnudez.

Bueno, pudor, porque cómo se podría sentir vergüenza con aquel cuerpo escultural que se contoneaba descarado mientras se acercaba a la sala de estar. Rachell no pudo controlar la hoguera que cobraba vida en la boca de su estómago, al sumar uno más uno, obviamente la desnudez tenía mucho sentido.

—Haz llamado compañía —ronroneó ella sonriendo, se encaminó hacia Rachell y se detuvo un momento cerca de los trozos de porcelana en el suelo, los esquivó y antes que pudiera reaccionar, la rubia se empinó y le dio un beso en los labios—. Me alimento un poco y los acompaño —les dijo guiñándole un ojo a Rachell—. Mientras tanto, pueden empezar el juego.

Rachell se quedó tiesa en su sitio, nunca antes una mujer la había besado, estaba perpleja y confundida, y enfadada, definitivamente estaba empezando a cabrearse. *¿Qué demonios estaba insinuando la rubia insípida?*

—Piedad por favor —les pidió Samuel con un gesto dramático llevándose la mano libre al pecho—. Tienen a un simple mortal en frente.

—Yo no vine a acompañar a nadie —rugió Rachell con la voz firme y alta—. Vine a trabajar —Le dedicó una mirada de censura a la rubia, y sólo entonces la reconoció, era una popular actriz. *¿Quién demonios era el bendito fiscal?*

—Tampoco lo llames de esa manera, se escucha feo —protestó la rubia en tono meloso, después se acercó y le susurró—. Yo a él no le cobraría nada, es un verdadero placer.

Rachell le dedicó una mirada glacial a la chica, haciéndola retroceder varios pasos, bajó sus parpados y la miró con profundo desprecio, esquivó los restos de la taza y cogió sus cosas del sofá.

—Regresaré cuando esté aquí el hombre que me contrató —habló sin dirigirse a nadie en particular.

—Espere señorita. —La llamó Samuel soltando el cojín y estirando su mano hasta retenerla cogiéndola por el portafolio—. No es necesario que se vaya, haga su trabajo. —De repente quería con demasiada fuerza que se quedara.

—Tápese abogado, se va a resfriar, y por favor deje el show de exhibicionismo para otro momento. —Rachell cogió con brusquedad el portafolio de la mano de Samuel.

—Si la hace sentir más tranquila, deme un momento y me visto.

—No es necesario que interrumpa su... —Empezó a hablar cuando él sin reparos se dio la vuelta, enredándole las palabras en la garganta al darle un fenomenal vistazo de su perfecto trasero. El maldito hombre le calentaba la sangre.

—¿Son perfectas verdad? —prorrumpió la actriz sonriendo al darse cuenta donde se había fijado la mirada de Rachell—. ¡Están firmes como una piedra y la piel es suave como algodón!

Rachell volvió a ignorarla y se dio la vuelta.

—¡Me voy! —dijo en voz alta caminando hacia la puerta.

—¡Sammy! —gritó la melosa rubia—. ¡Se va la diseñadora!

La irritante mujer no recibió ninguna respuesta, pero sí pudieron escuchar cómo los cerrojos de la puerta principal se pasaban automáticamente, seguramente con mandos a distancia.

Demonios.

De repente, todo dejó de ser trivial, apresuró su paso mientras los nervios aceleraban su respiración, y la rabia y la impotencia le nublaron el pensamiento. Con la palma abierta golpeó la puerta, desesperada por largarse del maldito apartamento de Samuel Garnett.

—No te preocupes, Sammy ante todo es un caballero. —Sonrió la rubia mientras se llevaba una uva a la boca.

—Volverá a lastimarse la mano. —Escuchó la voz de Samuel entrando en la sala—. Verdaderamente debería ir a un psicólogo para que la ayuden a controlar ese carácter.

Rachell se volvió y lo fulminó con la mirada. Samuel tragó duro. *Dios, la mujer tenía los ojos tan fascinantes como los de Medusa*, y definitivamente había vuelto instantáneamente de piedra un pedazo de su cuerpo.

Rachell respiró profundamente, se obligó a calmarse y se hizo a un lado de la puerta moviendo la punta de su zapato en una clara señal de irritación.

¡Dios mío! Debe tener algún defecto, seguro que ronca, pensé que después de verlo desnudo nada más podría impresionarme, nunca en mi puta vida había estado más errada. —Su propia voz hacía eco en su cabeza al verlo con un pantalón deportivo blanco, era evidente que no llevaba ropa interior, ¿acaso era eso una maldita erección?

Segura, estoy segurísima que no alcanza la erección al máximo, tal vez se le cabecea, o sufre de eyaculación precoz. —siguió su caótico tren de pensamientos. Se obligó a no morderse el labio, el deportivo en sus caderas daba una caída peligrosa para cualquier cordura, pero ella no la perdería, no, no lo iba a hacer, y menos con un arrogante y grosero tipejo como él, ahora se mostraba amable, cuando la semana anterior la había mandado al diablo, y antes de eso, parecía haber estado dispuesto a atentar contra su vida.

—¿Qué le importa mi carácter, abogado? Ahora, ¿podría abrir la puerta? Necesito irme —le exigió con la voz firme y autoritaria, ella también podía ser arrogante.

—¿Ni siquiera va a ver lo que tiene que hacer? —Él cruzó la sala y se pegó a ella hablándole al oído—. ¿Acaso tiene miedo? ¿Me tiene miedo, señorita Winstead? —susurró retándola, después la miró a los ojos sin vacilación.

Rachell le sostuvo la mirada y le sonrió burlona.

—¿Yo? ¿Miedo? ¿De usted? —Soltó media carcajada, demasiado falsa para convencerlo—. ¡Por favor! —exclamó percibiendo cierto brillo en sus ojos, como si de repente estuviera complacido con su sonrisa.

—Voy a darme un baño —intervino la rubia sintiéndose excluida de un juego encubierto de seducción del que sabía que no haría parte —. Rachell, así es como te llamas, ¿verdad? —preguntó acercándose a ella, y de nuevo no obtuvo de su parte nada más que una mirada de menosprecio como respuesta—. Con esto —le dijo entre jadeos, deslizando sus dedos sobre el duro miembro de Samuel marcando las formas ondulantes y venosas bajo la tela—, no vale la pena hacerse de rogar o jugar a la niña orgullosa.

Rachell se debatía entre la indignación, algo parecido a la envidia, y una poderosa excitación que revoloteaba en su vientre como rayos y centellas. Samuel sonrió.

—Vale, ve a bañarte, en unos minutos estoy contigo —le dijo a la chica cogiéndola por la nuca, clavando sus ojos en los de Rachell y atacando a la rubia con un beso tan poderoso que dejó a la morena sin suelo. Su cuerpo empezó a vibrar con el extraño placer voyerista al encontrar tal gratificación en presenciar un beso ajeno. Ni un solo instante Samuel dejó de mirarla, deslizaba la lengua dentro de la boca de la rubia, enviando electrizantes sensaciones a su suelo pélvico, era como si de alguna manera perversa el beso fuera para ella. Al terminar, la cara de la rubia parecía gritar que había estado cerca del orgasmo, que quería más. *Diablos, ella misma quería más.*

Tambaleante, la chica se encaminó por el pasillo y él volvió a acercarse a ella, haciéndole un ademán para que se adelantara en dirección al pasillo que Thor le había señalado minutos atrás. Él la había retado y ella le demostraría que no tenía miedo, levantando el mentón hizo resonar sus tacones al avanzar por el brillante suelo de mármol negro. Rachell sentía la mirada de él sobre ella, era una energía mágica y arrasadora, mientras quería gritarles a sus piernas: A *caminar estúpidas y dejar de estar hechas de gelatina.* Pero la simple magnitud del apartamento la abrumaba, era demasiado grande para solo dos personas.

Él adelantó dos pasos y se detuvo frente a unas puertas dobles que se corrieron automáticamente, dando paso a un inmenso salón abarrotado con máquinas, más y mejores que las del gimnasio al que ella asistía. No pudo evitar la mirada de sorpresa al ver un rin de boxeo, peras, bolsas y docenas de guantes colgados en un extremo, en el otro, cascos protectores y un sinfín de equipos de quién sabe qué deporte.

—Es de mi primo —Volvió a mirarla—. Un fanático a las pesas y los coches —le hizo saber al percatarse de su asombro.

—Creo que me di cuenta que se mantiene en forma —susurró distraída, siguiendo a Samuel que entraba al lugar. Su cerebro había empezado a trabajar, no podía evitar empezar a trazar bocetos mentales sobre su próxima área de trabajo.

—Me imagino que él le explicó qué es lo que necesitamos hacer en este lugar —indagó Samuel dándole un nuevo repaso descarado con los ojos al tentador cuerpo de Rachell—. Creo que, si se organizan un poco las máquinas, quedaría espacio suficiente.

—La verdad no fue mucho lo que le dijo a mi asistente —acotó ella sin dejar de admirar el lugar que le parecía excesivo en todos los aspectos.

—¿Tiene asistente? —replicó él con sorpresa.

—Claro que la tengo —contestó ella con cierto tono ofendido.

Él no le respondió inmediatamente, en cambio, volvió a adelantarse y le dio un nuevo vistazo de su asombroso trasero. *Si Mel Gibson revolucionó los años ochenta con su culo en Mad Max, este tipo podría revolucionar todo el siglo veintiuno.*

—¿Entonces, son suyos el negocio de decoración y la boutique? —Samuel hizo la pregunta y ella se percató de que estaba mordiéndose el labio mientras lo veía caminar.

—Claro que lo son, por algo llevan mi apellido —respondió petulante.

—Pensé que serían de su padre y que usted sólo lo administraba, o le ayudaba a hacerlo.

—¿Me ha subestimado? —su pregunta fue un reproche.

—No la he subestimado, es sólo que… No sé, es casi una niña… —intentaba completar su idea cuando Rachell intervino vuelta una furia.

—Cynthia es una niña, tiene veinte, y evidentemente usted lo sabe, pero no ha sido un impedimento para usted —lo acusó refiriéndose a la actriz en su cuarto de baño.

—No me refiero a su vida sexual —arremetió él con su voz implacable y seria—. Sino a su vida laboral, admiro que siendo tan joven esté a la cabeza de su propia firma, aunque lamentablemente no puedo decir lo mismo de con quién elige relacionarse.

—No soy una niña, señor Garnett —le dijo moderando su tono de disgusto, ni ella misma se explicaba por qué se lo tomaba tan personal—. Sí, soy joven, y sé que mientras yo administro mi propio negocio las chicas de mi edad se la pasan de fiesta en fiesta —Dio tres pasos y se acercó a él—. Y soy lo suficientemente madura como para saber con quién me relaciono, no soy caperucita, y usted está muy lejos de ser el lobo feroz como para que me esté haciendo este tipo de comentarios.

Samuel la contempló en silencio por varios segundos, su mirada agresiva y sus ácidas palabras precoces parecían ocultar muy en el fondo un carácter aún ingenuo e inocente, aunque ella se esforzara en aparentar lo contrario.

—Tal vez está jugando con fuego, señorita Winstead.

Se alejó de ella y se acercó a una repisa donde había alrededor de una docena de puñales, cogió tres y los lanzó con fuerza a la pared en el otro extremo donde se encontraba la diana, clavándolos con rapidez y precisión. Rachell ancló la mirada en la vibración de los cuchillos. El zumbido que hicieron éstos al cortar el aire, aun sonando en sus oídos.

—No sé a qué se refiere —Volvió su mirada a Samuel—. ¿Por qué no es claro? Deje los rodeos —exigió.

—No soy su padre para darle consejos —Fue su respuesta, y ella percibió el cambio en su voz, como ésta se había endurecido y su semblante se había tensado.

Era la segunda vez que mencionaba a un innecesario padre.

—Es bueno con los cuchillos. —Cambió el tema.

Samuel percibió su incomodidad, respiró hondo y se metió las manos en los bolsillos.

—Bien, lo que debe hacer es crear un espacio, usted búsquelo, la dejo para que trabaje. —Terminó con un tono de voz adusto y cortante, caminando con las ínfulas del chico malo de la película, y demonios, sí que lo parecía.

—Espere. —Lo detuvo antes de que alcanzara la puerta—. Sé que tengo que crear un espacio, pero no soy psíquica para saber lo que piensa y qué debo hacer, se supone que debo seguir indicaciones acordes a sus gustos y preferencias, es necesario que sepa lo que están pensando para esta área.

—Mejor que no lo sea, sé que no le agradaría saber lo que estoy pensando en este preciso momento —le dijo sin cambiar la actitud tan fría que adoptó de pronto.

—Bueno, así no puedo trabajar, lamentablemente necesito la ayuda de la persona interesada —agregó cruzándose de brazos, y acoplándose a la actitud de él. Samuel suspiró cansadamente.

—Un espacio lo suficientemente amplio para prácticas de Capoeira.

—¿Practican Capoeira? —preguntó Rachell tratando de disimular la emoción en su voz.

Y ahí estaba de nuevo esa chispa inocente, ella era una maldita contradicción en dos piernas, en dos fantásticas y torneadas piernas.

—Somos brasileños, Capoeira y fútbol, son dos de nuestros deportes predilectos —respondió suavizando su voz.

¡Bingo! Ahí estaba resuelto el misterio de su delicioso acento. ¿Por qué ese pequeño descubrimiento la excitaba?

—No lo sabía —carraspeó con repentina timidez—. Bueno, noté cierto acento... —Se detuvo recordando que en el rubio no había sido tan evidente.

—Creí que la bandera se lo había dejado claro. —Señaló la bandera de Brasil que cubría completamente una de las paredes.

—Pues no lo deja claro abogado, yo tengo en mi casa un cuadro de la torre Eiffel y eso no me hace francesa. —Se defendió con renovada petulancia.

—Usted no tiene acento, y aunque me hubiese hablado en francés, deduciría que no es francesa.

—Se cree usted muy listo, ¿verdad? ¿No le pesa la arrogancia? —preguntó sin poder soportarlo más.

—No soy arrogante, soy observador y analítico —respondió con suficiencia.

—Bueno, yo no vine aquí a hablar, le explicaré. —Desvió la conversación sintiendo que no podría ganarle y odiaba perder—. Podríamos utilizar el extremo derecho al lado del rin de boxeo, quitar la alfombra y dejar sólo el parqué de madera, creo que con esta parte de cristal es suficiente, a menos que les guste exhibirse —Le dedicó una odiosa mirada significativa—, aún más... Se instalarían espejos para reemplazar ese cristal —Señaló las vidrieras en cuestión—. Así puede observarse mientras hace cualquier actividad.

—Eso de los espejos es muy egocéntrico. ¿No cree? —le preguntó Samuel sonriendo con arrogancia.

—En mi opinión, más egocéntrico es exponerse desnudo ante sus vecinos del edificio de en frente, creo que con eso tendrá para mantener la autoestima a un nivel aceptable, me parece que para inflar su ego bastaría con las miradas de la gente del edificio de al lado... —hablaba caminando de un lado a otro intentando ignorarlo. Entonces una varonil carcajada la interrumpió, y ella en un acto reflejo se llevó las manos a las caderas para sostener su ropa interior, porque temía que terminaran en sus tobillos.

—Bien, usted es la que sabe —le dijo con honesto respeto.

Rachell parpadeó varias veces.

—Podríamos decorar con algunos instrumentos utilizados en la Capoeira, tal vez algo como berimbau, pandero, y cosas por el estilo.

Samuel sonrió complacido.

—Me ha impresionado, no sabía que estaba informada, pero se dice *pandeiro*. —La corrigió amablemente cerrando la distancia entre los dos.

¿Esa había sido su ropa interior humedeciéndose? Que delicioso y pecaminoso placer era escuchar esa inocua palabra en la voz de aquel hombre, bañada por ese exquisito y exótico acento.

Sacudió sus pensamientos y llenó su voz de indiferencia.

—El brasileño aquí es usted, no yo. —Se alejó en un patético intento infantil por no lucir como una tonta—. Hago el intento, me llama la atención la Capoeira, sobre todo la parte de la música, la música es una de mis pasiones, pero de ahí a estar completamente informada hay una gran diferencia.

—A mí también me gusta mucho la música —le hizo saber—. De hecho, toco la guitarra eléctrica.

Ella frunció el cejo divertida.

—¿Está seguro que es fiscal? ¿O la fiscalía no es más que una fachada para cubrir su verdadera personalidad?

Por un momento Samuel se puso alerta, después detectó de nuevo ese entusiasmo desprevenido que parecía haberlo hipnotizado.

—No tengo por qué mentirle.

Rachell sonrió con suficiencia, y sólo entonces se dio cuenta que la posición del cuerpo de Samuel le daba un vistazo frontal de su tatuaje.

"Elizabeth"

Tuvo que refrenarse y no preguntar por su significado. *¿Una antigua novia, tal vez?*

Apartó sus ojos del tatuaje y se dio cuenta, que, como muchas otras personas, estudiaba con curiosidad sus iris. Seguramente estaba intentando adivinar el color de sus ojos, pero sabía que no era tarea sencilla. Su bisabuela había sido una mujer albina de ojos rojos, y un poco más de melanina en su abuela le había dado como resultado ojos violetas, tal como los de ella, que jugaban con la luz, luciendo a veces azules o grises, o como en este justo momento, y para deleite de Samuel, en un suave y relajante purpúreo azulado.

—Bueno, debo irme —habló ella, interrumpiendo su contemplación—. Haré los bocetos y después se los mostraré.

Rachell empezaba a sentirse nerviosa con su insistente mirada, y no es que no fuera un placer ver aquellos ojos casi amarillos, pero había algo tan poderoso en su manera de mirarla, que inevitablemente debilitaba sus rodillas. *¡Malditos ojos tan hermosos!*

Samuel parpadeó varias veces, aún abstraído en la belleza de sus ojos, mientras Rachell se daba media vuelta buscando la salida. Sin pensarlo mucho, la alcanzó y la cogió por la muñeca deteniéndola y atrayéndola hacia su cuerpo. Oh sí, ahí estaban de nuevo esos preciosos ojos... Y esos exuberantes labios. Despacio, subió la mano derecha y la llevó hasta la suave nuca de Rachell, millones de mariposas parecieron iniciar una fiesta en el estómago de la chica, adormeciendo sus ojos, y contrayéndolo todo al sur de su abdomen. Samuel la miraba con tanta intensidad que la estaba incinerando.

Sintió su embriagador aliento quemándole los labios, incitándola a bebérselo, a morderlo, lamerlo, chuparlo, a besarlo hasta que sus propios labios protestaran de ardor.

—Debo... —balbuceó—. Me tengo que ir —habló, finalmente encontrando la voz y el buen juicio—. No se confunda señor Garnett, no crea que cobro en especies, prefiero el dinero.

—Digamos que el pago en especies puede ser un incentivo —murmuró cerca de sus labios, y ella casi convulsionó al escuchar el tono sensual en su voz.

—No lo necesito, acostumbro a hacer bien mi trabajo... sin necesidad de incentivos.

Encontrando fuerzas, llevó una mano al pecho de él y lo alejó, sabía que él había percibido su toque trémulo, pero debía mostrarse segura, si le daba poder en ese momento, después no encontraría la voluntad para alejarlo, y ningún hombre la había gobernado, siempre había sido ella quien mandaba sobre sus acciones, emociones y sentimientos, no éstos sobre ella y no sería el odioso fiscal quien la hiciese perder la cabeza.

Samuel la soltó y ella se alejó tan rápido como pudo.

—Puede irse, abriré antes de que llegue a la salida.

Abandonó el gimnasio sintiéndose la chica estúpida de la película de suspenso que es perseguida por el psicópata, sólo le faltaba caerse y comer tierra. Pero se felicitó cuando llegó a la sala intacta, cogió su portafolio, su cartera y se largó de ese lugar.

Debería de ir a la boutique, pero se encontraba demasiado aturdida, así que condujo hasta su apartamento, sentía que le costaba respirar y necesitaba calmarse, alejar de alguna manera los demonios que ese hombre había despertado en ella.

Entró y lanzó sobre el sofá la cartera y el portafolio, se encaminó a la cocina, acogió un vaso de uno de los armarios, abrió la nevera y se sirvió agua, dio un gran trago y dejó el vaso sobre la barra. Cerró los ojos, y los labios de Samuel Garnett aparecieron de la nada, volvió abrir los ojos con el corazón desbocado y la respiración descontrolada. Tal vez lo mejor sería darse un baño y esperar que así se le pasara la estupidez.

Se encaminó a su baño, se quitó la ropa y pulsó los botones de las dos grifos, necesitaba refrescarse. Se percató de que no habían toallas, así que caminó de vuelta al vestidor a buscarlas, y aun cuando sabía en qué armario estaban, giró buscándolas completamente desorientada, como si no lo supiera. Hasta que vio el compartimiento con puerta de vidrio oscuro, dejó libre un suspiro diciéndose que era la mejor manera de aliviar su cuerpo, mucho más efectiva que un baño.

Abrió el compartimiento que estaba dividido por dos estanterías del mismo cristal de la puerta, y ante sus ojos apareció su docena de vibradores y dildos de diferentes tamaños, colores, formas, texturas e intensidades. Al lado, otros de sus juguetes, condones, lubricantes, aceites y bolas chinas.

Bien, le gustaba el sexo. Mucho. Y le encantaba experimentar y jugar, después que Richard se marchara no quiso estar buscando hombres para satisfacer su deseo sexual, así que poco a poco se fue conociendo a sí misma, sus preferencias y juegos personales, aprendió a darse placer y a calmar sus propios apetitos, no quería exponerse a ninguna relación que la desestabilizase física y emocionalmente, como lo había hecho Richard en el pasado.

Sin pensarlo mucho cogió el vibrador de doble punta color piel, que estimulaba el clítoris y el punto G, cogió uno de los lubricantes a base de agua y se encaminó rápidamente a su habitación. Necesitaba desahogarse. Se recostó sobre su cama, abrió las piernas y empezó a frotarse con los dedos, sabía que estaba tan excitada que no necesitaba el lubricante, pero una sensación más resbaladiza siempre era bienvenida, colocó el vibrador en una intensidad media y con éste acarició su clítoris.

Cerró los ojos y Samuel Garnett se materializó en su habitación, en medio de sus piernas, desquiciándola, introdujo el vibrador y un jadeo se escapó de su garganta. Gradualmente, aumentó la intensidad del juguete mientras ella elevaba las caderas y sus piernas temblaban a medida que profundizaba la penetración, enloqueciendo ante las vibraciones, perdiendo la razón con el orgasmo que alcanzó sólo un par de minutos después.

—¡Oh, Dios! ¡Samuel! —gritó en medio del clímax, sin poder retener el nombre del hombre que la había hecho alcanzar la gloria, aunque fuera sólo en sus pensamientos. Su corazón iba a estallar y sus fluidos se derramaban mientras ella trataba de recobrar el ritmo normal de su respiración.

CAPÍTULO 8

Rachell debió suponer que Henry Brockman la llevaría a un lugar como aquél, era evidente que quería impresionarla, como eran evidentes las largas que le estaba dando a concretar su trato.

La semana anterior habían cenado tal como lo acordaron, se suponía que le enseñaría las propuestas del diseñador gráfico, pero no le mostró más que un bosquejo simple y sin ninguna importancia.

Aquella noche sería más agresiva y directa, no podía seguir perdiendo el tiempo, el hombre estaba loco si creía que se acostaría con él con el único objetivo de conseguir buen sexo, podía ser un tipo atractivo pero no estaría con él por su linda cara, ella quería el patrocinio y respaldo de Elitte, y él no conseguiría nada de ella a menos que se lo garantizara con un contrato en mano.

—Te ves hermosa —le dijo el hombre admirándola con vehemencia.

—Gracias, señor Brockman, es usted muy amable. —Rachell le mostró una fría sonrisa cordial.

—De verdad, eres un ejemplo de elegancia y sofisticación, me siento halagado al poder estar contigo esta noche y ser el hombre más envidiado de este lugar —Sin disimulo escurrió sus ojos por sus contornos y curvas—. ¿Es uno de tus diseños? —preguntó observando el vestido negro de escote redondo y sin mangas, que con un corte recto se aferraba apenas a los lugares indicados, vendiendo la ilusión de un sensual recato, muy al estilo de *Jackie Onassis*.

—Sí señor, la mayoría de la ropa formal que luzco es de mi propia línea.

—Son de gran calidad —Sin dejar de mirarla le extendió una carpeta blanca, que en el extremo inferior central llevaba grabado el logo de *Elitte*—. Aquí tengo lo que propone el diseñador gráfico para empezar con las vallas publicitarias... Viéndote a ti, no creo que sea necesario contratar a ninguna modelo, tú misma podrías hacerlo, tienes el tipo de mirada que despierta emociones...

Rachell lo interrumpió sin vacilar—. Preferiría trabajar con alguna modelo reconocida, creo que eso sería mucho más provechoso para mi marca, la trayectoria de una modelo acercaría al público a mis diseños.

—Bueno, tú decides —le concedió conciliador—, pero yo, como presidente de Elitte, te recomiendo que tú también poses para la lente del fotógrafo, revisa los patrones y lo verás... Por cierto, hay dos o tres folletos en los que encontrarás dos modelos, bien podrías contratar una modelo y la otra podrías ser tú, así conseguirás tener una cara conocida para tu marca, y al tiempo puedes abrir un mercado para tu propia imagen. La mejor manera de ganarse a la gente, Rachell, es dándose a conocer uno mismo, tú mejor que nadie debes saber cómo llevar tus diseños.

—Lo pensaré señor Brockman, revisaré los folletos y en cuanto haya tomado una decisión lo llamaré, muchas gracias por sus consejos, los tendré en cuenta.

—Es un verdadero placer para mí ayudarte, Rachell —le aseguró con voz lenta mientras observaba con poca moderación el níveo y largo cuello de la joven.

—La cena ha estado exquisita, gracias por su ayuda —le dijo Rachell, cogió su bolso negro de delicados apliques plateados, una verdadera preciosidad de la última colección de *Vera Wang*—. Señor Brockman, sea tan amable de hacer llegar a mi oficina el presupuesto de la campaña de lanzamiento de mi colección. —Lo miró a los ojos haciendo uso de su devastadora mirada violeta antes de agregar—: Por favor.

—Te he dicho que no tienes por qué preocuparte por ese tipo de cosas —Henry cogió la botella de vino y rellenó sus copas—. Después hablaremos de ello, lo importante es que la campaña sea hecha con la mayor calidad y que tú estés satisfecha con los resultados —le dijo intentando distraerla.

Rachell cogió la elegante cartera entre sus dos manos y se reclinó sobre la mesa, pidiéndole con su cuerpo a Brockman que se acercara, le dedicó una sonrisa sagaz y una mirada sugestiva.

—Señor Brockman, estoy segura que discutiremos cordialmente la calidad de la campaña —Bajó los parpados sugerentemente—, y la magnitud de mi satisfacción, en cuanto la tinta con nuestras firmas en el contrato esté seca.

Henry se quedó en blanco por varios segundos, después le sonrió entre irritado y sorprendido.

—No quiero adelantarme —le dijo acercándose más a ella—. Pero me he puesto en contacto con una reconocida marca de accesorios que podría apadrinar tus diseños.

Rachell elevó una de las comisuras de sus labios con el amago de una sonrisa impaciente.

—Gracias —le dijo secamente.

El hombre seguía dándole largas, ella no era precisamente una novata en estos asuntos, ni su marca era tan poco conocida como para necesitar el apoyo de una línea de accesorios. Brockman intentaba venderle aquella patética treta como si se tratase de *Tiffany's, Bvlgari o Harry Winston*.

—No arruinemos la noche hablando de pagos y contratos —susurró Brockman recostándose en su silla y bebiendo de su copa.

Rachell lo imitó sin dejar de mirarlo.

—Sintetizar contratos y establecer estrategias de pago podría resultar muy entretenido para los dos.

Eso había sido un mensaje directo, Henry no era imbécil, Rachell Winstead estaba poniendo las cartas sobre la mesa, estaba dispuesta a pasarlo bien con él, pero no movería un pelo hasta tener asegurada la maldita campaña. Sí quería acostarse con ella, debería llevar consigo el contrato.

Sabía que terminaría haciéndolo, quería a la mujercita debajo de su cuerpo, pero no había contado con que un polvo con la diseñadora le costaría tanto, la campaña no sería barata, pero la mujer definitivamente lo valía.

—Creo que es hora de llevarte a tu casa —le susurró debatiéndose entre la urgencia de acostarse con ella, y la necesidad de poner algo de distancia, la chica se estaba haciendo con el poder, y eso no le gustaba.

—Así es, tengo varios compromisos pendientes temprano en la mañana.

Él se puso en pie ayudándola a levantarse. Salieron del cubículo privado y se encaminaron al vestíbulo donde recibieron sus abrigos. Brockman cogió el abrigo de cachemir blanco de Rachell y se permitió rozarla al ponérselo con falsa caballerosidad, ella ajustó la larga hilera de botones negros, y su vestido quedó escondido por completo.

Se giró lista para abandonar el restaurante, y entonces su mirada se topó con la sensual elegancia de Samuel Garnett. Estaba bajando las escaleras acompañado de una atractiva pareja, el hombre era castaño y la chica era rubia, se sonreían constantemente sin soltar sus manos un solo momento. Algo en su estómago convulsionó, y su vientre se calentó, empezaba a creer que no podría evitar que su cuerpo fuera víctima del efecto *Samuel Garnett*.

Su vista se ancló en los ojos de fuego, pero la mirada que él le dedicó fue más fría que el iceberg que hundió al Titanic. Quería saludarlo, pero el frío en sus ojos la dejó sin valor. Sin embargo, improviso un amago de sonrisa, Samuel en respuesta la ignoró olímpicamente.

¿Éste qué se ha creído? ¿Entonces es así, no te conozco, no te saludo...? ¡Gilipollas de mierda! —gritó enfurecida en su interior.

—Muchas gracias, señor Brockman —le dijo poniendo la mano sobre su brazo y caminaron hacia la salida donde ya los esperaba la limosina.

Henry la invitó a subir, y antes que pudiera ingresar, vio salir a Samuel con sus acompañantes. Sus ojos se encontraron, y ella le dedicó una furiosa mirada de desprecio antes de subirse en el coche.

Henry subió a su lado y le pidió al chofer que los llevase hasta el apartamento de la joven. Durante el trayecto, Brockman se aventuró camuflado bajo un gesto galante a posar su mano sobre la rodilla de ella, pero una simple mirada de Rachell le valió para retirar la mano de su pierna sin vacilación.

*****

El cereal con fresas y leche descremada aún esperaba que Rachell lo comiera, mientras ella sólo revolvía el contenido con la cuchara, perdida en sus pensamientos y emociones que poco a poco la estaban consumiendo sin darse cuenta.

—Rachell, llevas cinco minutos con el desayuno y no has probado bocado —le habló Sophia sentada en la silla frente a ella.

—¿Eh? —murmuró regresando de donde quiera que la tuviesen sus pensamientos.

—Ajá —refunfuñó Sophia—. Desayuna mujer… mira nada más, estás más delgada, está bien que te alimentes sanamente, que te mates tres horas diarias en el gimnasio entre spinning, Tae Bo, zumba, boxeo, pilates y miles de cosas más, pues eres más que una digna imagen para tu marca con el añadido del efecto devastador que causas en los hombres, pero que dejes de comer, eso si no lo voy a permitir. —la regañó con el ceño fruncido.

—Sophie —suspiró Rachell—. No estoy dejando de comer —Se llevó una cucharada a la boca con desgana—. Es sólo que no tengo mucho apetito… Estoy algo dispersa…

—Sí, de eso me he dado cuenta… ¿Es el proyecto de Henry? ¿Está de tacaño el viejo?… Pues mándalo a la mierda y búscate otro —le dijo su amiga chasqueando los dedos.

—No Sophie, quiero a Elitte haciendo el lanzamiento de mi marca, quiero a la mejor agencia, nada menos. —Respiró cansada—. De hecho, Henry anoche me entregó una buena propuesta para las vallas publicitarias, y me ha dado carta abierta para la elección de la modelo y la escenografía… Pero no me ha entregado el maldito contrato, tanta palabrería está empezando a molestarme, necesito que empecemos a concretar cuanto antes.

—Pero lo tienes babeando por ti, la verdad no está nada mal, un hombre realmente elegante, apuesto, inteligente…

—Y casado, Sophia —hizo Rachell hincapié con vehemencia—. Recuerda que está casado, sólo que le gusta quitarse el anillo —Arrugó la nariz—. Dime algo, ¿aún se me ve cara de pueblerina estúpida?

—No mi vida, para nada, eres una diva, hermosa y elegante —sostuvo convencida la pelirroja sonriendo.

—Anoche se me insinuó todo el tiempo, fue exasperantemente insistente con que lo dejara subir al apartamento, no sé si no se ha dado cuenta que cuando digo no, es no, y que no me voy a acostar con él hasta que la publicidad para Winstead esté rodando.

—El hombre las debe tener moradas —Se carcajeó Sophia—. Tenerte cerca y ni siquiera besarte, ha de ser una tortura china para el pobre imbécil.

—Los hombres son tan básicos y predecibles, te juro que me desesperan —Rachell hizo un puchero hastiada—. Si no fuera porque algunos lucen tan bien y llevan un muy útil pene, de verdad que no valdrían la pena en absoluto —Esta vez fue ella quien se rio estrepitosamente por el ridículo cinismo de sus palabras. Fue en medio de las risas que se percató de la hora—. ¡Joder! Es tardísimo, Sophia.

—No seas exagerada, no es tarde… apenas son las siete y media ¿No tienes que estar allá hasta las nueve?

—Sí, pero sabes lo que tardo arreglándome, no podré estar a las nueve en punto.

—¿Y qué si llegas diez o veinte minutos más tarde?, no es una empresa donde te van a controlar el horario… al demonio con esa puntualidad que se te pegó de Richard, bendita precisión inglesa.

—Es que debo dar el ejemplo, no puedo dejar a los trabajadores esperando, hoy llevan los espejos. —Se levantó y se detuvo delante de Sophia—. ¿En serio estoy muy flaca? —le preguntó subiéndose la camiseta del pijama y mostrándole el torso.

—No mi vida, estás bellísima —La giró para que diera media vuelta—. Mira nada más que maldito culo más impresionante tienes, si fuese hombre no te perdonaría tus jueguitos calentadores… ¿Sabes? menos mal que no me hiciste caso y decidiste dejarte tus tetas naturales, de lo contrario, parecerías una puta, así te ves perfecta.

—Gracias Sophie, si fueses hombre te juro que me hubiese enamorado de ti… pero lamentablemente no lo eres, y a mí no me ponen las mujeres. —Hizo un mohín de fingida decepción.

—No, y tampoco quiero serlo, me gustan mucho las pollas —Levantó el brazo izquierdo y se puso la mano derecha en la cara interna del codo—. Así, bien grandes, jugosos, venosos y calientes…

Rachell la interrumpió frunciendo el ceño divertida.

—¡Bueno! Ya, deja tus vulgaridades.

—Ah, sí, me vas a decir que no te gustan, zorrona…

—¡Ya! Me voy a bañar… prepárate tú también, te dejo en la boutique y de ahí me voy a Upper East Side para empezar con la redecoración del gimnasio.

Casi una hora y media después Rachell estuvo lista, llevaba un vaquero desgastado, un camiseta top suelto marrón, una chaqueta de cuero negra y unas botas sin tacón. Iba peinada con una trenza de medio lado y no mucho maquillaje.

—Has tardado una eternidad Rachell —le reclamó Sophia que llevaba más de veinte minutos esperándola.

—Es que no sabía que ponerme... ¿Me veo bien? —preguntó extendiendo los brazos.

—Te ves hermosa... —Sophia arrugó su graciosa nariz salpicada de pecas—. ¿Y a qué se debe ese interés desmedido por tu apariencia el día de hoy?

—El mismo de todos los días, soy mi propia imagen Sophie —argumentó acomodándose sus gafas de sol.

—No... —Sophia hizo una pausa mientras la estudiaba con detenimiento—. Te has pasado preguntando toda la mañana, *"¿Sophie, me veo bien? ¿Sophie, estoy gorda o muy flaca? ¿Cómo piensas que se me ve mejor el cabello, suelto o recogido?"* —Sacudió su índice en el aire—. ¿No será que en el proyecto en el que estás trabajando hay algún tipo interesante? —inquirió levantando la ceja izquierda con sarcasmo—. ¿Será acaso el hombre dueño de la voz profunda y exótica que me llamó para hacer la cita?

Rachell abrió la boca para dar una respuesta coherente, pero al no encontrarla la cerró inmediatamente.

—¡Si lo hay! —adivinó Sophia y soltó una carcajada.

—Está bien, si lo hay. ¡Si lo hay! —exclamó sintiéndose molesta con ella misma por confesarlo.

—¿Es el hombre de la voz profunda y exótica? —indagó Sophia emocionada.

—¡No! Es un imbécil con aires de actor de cine, qué digo actor de cine, se cree ¡Dios! Ahora vámonos que es tarde. —Cogió el bolso y se dirigió al ascensor dentro de su piso.

—¿El de la voz qué tal está? —siguió Sophia.

Rachell se encogió de hombros.

—Nada mal.

—¿Y el dios?, ¿está buenísimo el tipo?

—No es un dios, se cree uno, entre una cosa y la otra hay mucha diferencia —Las puertas del ascensor se abrieron y las dos entraron de inmediato—. Y sí, lo está... ya lo vi desnudo... y qué te digo, me descontroló como a una estúpida adolescente.

—¡Ah, pero ya te lo has llevado a la cama! —chilló Sophia soltando un suspiro de alivio—. ¿Y qué tal? ¿Se mueve bien o es un maniquí? —preguntó divertida.

—¡Claro que no me acosté con él! —Se apresuró a negar con demasiado ímpetu—. Ni pienso hacerlo, es sólo un bonito envoltorio, un delicioso pedazo de carne… Nada más —habló con la voz disminuyéndole de volumen a cada palabra.

—Entonces no te pongas tan guapa para ir a verlo… —comentó Sophia sacudiéndose una mota imaginaria del abrigo y guiñándole un ojo con picardía—. Rachell, llegará el momento en que te enamores, te lo he dicho.

—No voy a enamorarme Sophia, enamorarse implica confiar, y yo no confío en los hombres, jamás lo haré… No voy a entregarme por completo a ningún desgraciado que a la primera de cambio me ponga los cuernos, o que termine agrediéndome cuando no cumpla sus órdenes. ¡Primero muerta! —replicó en un tono tan convencido, que Sophia no mencionó más el tema.

Las puertas del ascensor se abrieron en el garaje del edificio, las dos caminaron hasta su Nissan y emprendieron camino. Rachell dejó a Sophia en la boutique y se dirigió hacia el apartamento de los Garnett, al llegar fue recibida por una mujer de unos cuarenta años que se encontraba en compañía de otras dos mujeres.

Se presentó con quienes parecían ser el personal de mantenimiento y limpieza y les comunicó la razón de su presencia y la de los trabajadores. Después los hombres la siguieron hasta el gimnasio e iniciaron la extenuante labor de mover las máquinas, remover las alfombras y adherir los espejos.

Sintió una mezcla de alivio y decepción. Quería y no quería verlo, sin embargo, la esperanza hundía la espinita aumentando las ganas de un posible encuentro ese mismo día.

Rachell había salido del gimnasio y se encontraba de pie frente a uno de los ventanales del salón principal, contemplando distraída cómo a lo lejos se extendía el parche verde del Central Park. Una de las mujeres se acercó a ella y le ofreció un menú para que eligiera su comida y el de los hombres.

—No señora, la verdad no hace falta, yo me llevo a los chicos a comer por aquí cerca, las comidas no hacen parte del contrato.

—Señorita Winstead, es que son órdenes del señor Samuel, nos pidió que le proporcionáramos todo lo que necesitase, está incluido la comida y cualquier aperitivo que desee.

—Sí, entiendo, pero la alimentación no está incluida, él lo sabe.

—Señorita Winstead, sí, usted le informó y puede que esté estipulado en el contrato, pero a él no le importa, por favor. —La mujer le dedicó una mirada angustiada, prácticamente rogándole que aceptara el menú. Dedujo que el fiscal como jefe sería un tirano, así que se apiadó de la mujer.

—Está bien, déjeme preguntarle a los chicos qué quieren comer y más tarde se lo diré.

—Gracias, señorita Winstead —le dijo con una amable sonrisa que Rachell correspondió antes de volver al gimnasio.

~ 72 ~

Pasó todo el día en el apartamento y Samuel Garnett no se apareció en ningún momento. Se animó a sí misma pensando que todavía debería encontrarse en el despacho de abogados.

****

Al día siguiente, decidió vestirse más cómoda, así que se puso ropa deportiva, la misma que usaba para ir al gimnasio, no ganaría nada con arreglarse si no causaría ningún efecto en nadie. Al igual que el día anterior, fue recibida y atendida por las señoras de mantenimiento.

La remodelación estaba casi lista, y le encantaba cómo el proyecto iba cogiendo forma. Con eficiencia y admirable habilidad, les daba instrucciones a los hombres y éstos respondían a sus órdenes con diligencia. Los últimos detalles y la organización de los accesorios pequeños y los instrumentos musicales, los ajustaría ella misma.

El espacio de cinco metros cuadrados parecía una isla sudamericana, repisas de madera habían sido dispuestas en la pared posterior. Algunos de los accesorios estaban descuidadamente acomodados sobre las repisas, todos en colores verde, amarillo y blanco. En cuanto los hombres terminaron la instalación, les pidió que acercaran la escalera de dos metros, cerca de los estantes. La escaló, y mientras los hombres le pasaban los instrumentos y los utensilios, ella iba dándole forma a los detalles finales. El resultado era encantador.

Samuel se acercó al gimnasio, aún ataviado con su traje de oficina, la corbata floja y las manos en los bolsillos del pantalón. Frunció el ceño al encontrarse con un espectáculo que lo hizo tragar duro. Rachell Winstead estaba encaramada en una escalera, vistiendo un pantalón de lycra que se aferraba como una segunda piel a su cuerpo, dejándole apreciar con absoluto detalle los valles y lomas hechos por sus piernas y su preciosísimo trasero. Llevaba trenzado su oscuro y largo cabello, y una juguetona punta al final, le acariciaba la cintura. No podía, ni quería dejar de mirarla, de la manera más primaria su aparentemente inadvertida posición al trabajar le hilaba ideas poderosamente sexuales. Quería averiguar cómo se vería desnuda, cómo reaccionaría a su toque, quería mandar a todas las demás personas en el gimnasio a la mierda. Un momento. *¿Qué hacían esos hombres en su gimnasio?*

Tres chicos que estarían en los veintes estaban apretujados bajo la escalera, cada uno más interesado en asistir a Rachell, claro, estaban viéndole el culo con lascivia. Igual que hacía unas noches en el restaurante, cuando la había visto de nuevo en compañía de Henry Brockman, el pecho se le llenó de una asquerosa combinación de ira e impotencia. Lo encabronaba darse cuenta que no podía hacer nada para que, sencillamente, el resto del mundo no la mirara.

Dio largas zancadas para acortar la distancia lo más rápido posible, irrumpiendo en el lugar, llenando el espacio con su poderosa presencia. No fue necesario que hablara, los hombres lo advirtieron pronto, desviando las miradas, esforzándose por disimular su libidinoso comportamiento.

—Señorita Winstead, baje de ahí inmediatamente —exigió como si ella fuese de su propiedad.

Rachell escuchó la dolorosamente familiar voz, y su cuerpo empezó a temblar, aferrándose con fuerza a la escalera volvió medio cuerpo lentamente. Para cuando sus ojos se encontraron, ella ya había cubierto los suyos con rabia e indignación.

¿Quién se creía el cabrón para utilizar ese tono con ella?

—¿Disculpe? —preguntó con sarcasmo.

—Que se baje le he dicho —carraspeó Samuel dándose golpes mentales por elevar innecesariamente la voz—. Deje eso así —le pidió moderando el tono de su exigencia.

Rachell respiró hondo esperando poder responder con total profesionalismo.

—Señor Garnett, está interrumpiendo mi trabajo y distrayendo a mis trabajadores, me bajaré de aquí en cuanto haya acabado, por favor retírese, en unos minutos atenderé sus dudas, o lo que sea por lo que esté aquí. —Entonces volvió a girarse, e intentando ocultar el temblor de sus dedos, siguió acomodando los instrumentos.

¿O lo que sea por lo que esté aquí? Reflexionó Samuel divertido.

—No soy yo quien está distrayendo a los trabajadores, señorita Winstead. —Ella, por supuesto, lo ignoró.

Respirando con fuerza se fue directo hacia ella, y sin darle avisos, la cogió por la cintura y la bajó.

Rachell gritó por la sorpresa, instintivamente llevó sus propias manos hacia las de Samuel en su cintura, apretándolas en busca de apoyo. Una vez sus pies estuvieron por completo en el aire, ella fue consciente del as que él había puesto bajo su manga.

Cuando la bajó por completo, pegó su cuerpo al de él, y la protuberancia en medio de sus piernas se estrelló contra su región lumbar y la cima de sus nalgas, justo en ese momento, sintió cómo él se apretaba más a su cuerpo.

Todo pasó muy rápido, no sabía a ciencia cierta si lo había hecho intencionalmente, sólo era consciente de los miles de sensaciones que la azotaban sin piedad, dejándola de piedra en aquel mismo lugar, con las manos aún sobre las de él que seguían encerrando su cintura.

Moviéndose casi imperceptiblemente, pegó la espalda a su pecho, y constató que era duro como piedra, más abajo, el calor de su entrepierna la traspasó, Samuel apretó las manos en su cintura, pegándola a él por completo, y el latido de su hambrienta erección la despertó del trance erótico en el que había caído. Mirando en todas direcciones de repente volvió a ser consciente de los tres trabajadores, y del espectáculo que estaban dando. Sin perder un segundo más se soltó abruptamente de su agarre.

—La jornada ha terminado —les dijo a los trabajadores—. Pueden marcharse. —Los tres hombres no vacilaron en obedecerla—. Nunca… —se dirigió esta vez a Samuel—. vuelva a hacer algo así, no le permito que me toque.

—No sea absurda, señorita Winstead —le dijo él con tono prepotente—. No lo he hecho con el objetivo de tocarla, sencillamente no quiero que cause un desastre en mi casa por no tomarse en serio las normas de seguridad. —La miró a los ojos desafiándola a decirle algo más, se dio media vuelta y abandonó el lugar.

Inmediatamente Rachell lo siguió, él no tendría la última maldita palabra. Estaba enfurecida por el influjo que ese hombre causaba en ella, la irritaba y la excitaba con igual intensidad, y estaba cabreada, muy cabreada, y putamente excitada. *¡Mucho!*

Samuel tenía que dejar el gimnasio, una fuerza poderosa lo había poseído en cuanto puso sus manos sobre la exquisita cintura de Rachell, todo en ella gritaba: sexo. Tenía una rampante erección que no quería ceder, y mucho menos si se mantenía en su presencia. No quería seguir discutiendo con ella mientras la tela de su ropa interior se quedaba impresa a punta de presión en la piel de su polla.

Al llegar a la sala, se acercó a una consola de madera negra empotrada en la pared que albergaba varias esculturas, de entre las curiosas formas de metal sacó un iPod.

—Lo ha olvidado —le habló a ella, perfectamente consciente de su presencia tras su espalda, se giró y se lo entregó.

—Gracias —contestó Rachell casi arrancándoselo de la mano. Se quedaron en silencio por varios minutos, él luchando contra su insistente erección, y ella intentado descifrarlo—. ¿Puedo hacerle una pregunta señor Garnett? —habló aún con la voz tensa pero dispuesta a serenarse.

—Claro, pero no le aseguro responderla —advirtió.

—¿Es así todo el tiempo? ¿Saluda sólo cuando le da la gana? Yo amablemente hago el intento de mantener una relación respetuosa y cordial, y usted pasa por encima de mi autoridad frente a mis empleados, intento saludarlo si me lo topo en un restaurante, y usted me ignora muy campante.

—Ahí estaba, lo había dicho, no había podido contenerse con el asunto del restaurante—. Sólo dígalo, y tendré la precaución de no volver a hacer el ridículo por causa suya.

—Señorita Winstead, estaba usted ocupada —Él bajó el tono de su voz—. Y acompañada... no quería causar problemas. —De nuevo el enfado se dibujó en su rostro.

—No veo nada de malo en que me salude, y mucho menos veo cómo pueda causarme problemas, Henry no se molestaría porque usted me saludara.

¿Henry? ¿Henry? La sangre de Samuel hirvió enfurecida.

—Él no, pero yo encuentro insoportable cruzar palabra alguna con su amante. —Su tono de voz era helado y amenazante.

—Es sólo un amigo... —Intentó por alguna estúpida razón explicarse cuando Samuel la interrumpió.

—No —le dijo con contundencia—. Se acuesta con él, no son amigos, son amantes —agregó sin el menor recato, y en su propia cara.

—Señor Garnett, es increíble el alcance de su complejo de dios, usted no tiene ni idea con quién me acuesto, y si así fuera, no es usted quien define quién es o no mi amante, escúcheme bien fiscal, es mi cuerpo y son mis reglas, pero no me molestaré en explicárselo, dudo que usted tenga una idea de lo que es verdaderamente un amante —contraatacó Rachell por completo a la defensiva, sus palabras la habían hecho sentir de alguna manera inadecuada, y lo odiaba. De repente, quiso no estar involucrada con Brockman por el simple hecho de agradarle a Samuel, y eso estaba mal, eso era estúpido, sencillamente no era su naturaleza.

—Señorita Winstead —murmuró Samuel dando dos pasos, y en un segundo estuvo de nuevo pegado a ella—. Debería elegir mejor, cómo, dónde y con quién se relaciona. —La miró a los ojos, y su mente se perdió en masoquistas ideas de Rachell desnuda en los brazos de Brockman, eso quemó su sangre y tuvo que apretar los dientes para contener la rabia y no gritarle—. Y créame, yo podría enseñarle con absoluto detalle y profundidad lo que es un amante, uno de verdad... —se acercó a su oído—. Uno capaz de domar ese volátil carácter suyo.

La respiración de Rachell se hizo espesa, insuficiente, sus párpados se apagaron excitados, tenía que salir de ahí, pero estaba completamente inmovilizada.

—¿Tiene algo en contra de Henry Brockman? —soltó mirándolo a los ojos, completamente segura que eso la salvaría de caer rendida como una estúpida en sus brazos.

Samuel se quedó mirándola en silencio, con los ojos enfurecidos y la mirada peligrosa.

—Quiero que se vaya. —Apenas susurró, dándose media vuelta y dejándola a ella parada en el lugar. Después, regresó sobre sus pasos y le quitó el iPod—. Se lo haré llegar después.

—¡Regréseme mi iPod! —le exigió Rachell con un grito—. Es mío, no tiene ningún derecho.

—¡No! —le dijo obstinado—. ¡Lárguese! Deje el maldito trabajo así.

—¿Sabe qué, señor Garnett? ¡Váyase a la mierda! —le gritó—. ¡Y quédese con el iPod! No es más que un imbécil con ínfulas de dios que cree que todo lo puede... —gritaba histérica cuando una voz masculina la interrumpió.

—Buenas tardes —Escuchó a alguien con el mismo maldito y sensual acento.

Rachell volvió medio cuerpo y se encontró con el hombre y la mujer que habían estado en el restaurante con él aquella noche, pero esta vez traían a un niño de al menos un año de edad en los brazos.

—Ian, Thais... pasen. —Los saludó Samuel con voz calmada como si nada hubiese pasado.

En ese pequeño momento en que Samuel bajó la guardia, ella aprovechó y le quitó el iPod dejándolo desconcertado. Se encaminó rápidamente y subió en un ascensor privado que veía por primera vez en el interior del apartamento.

—Un minuto, por favor —le pidió Samuel a su primo que lo miraba confuso y con una sonrisa burlona.

Corrió para alcanzar a Rachell, pero cuando llegó las puertas del ascensor se cerraron en su cara. Ella dejó libre un suspiro, seguido de un grito drenador en un esfuerzo por depurar la rabia.

Samuel golpeó la puerta frustrado, cerró los ojos y vociferó algo inteligible. Ian se detuvo a su lado riendo y mirando las puertas del ascensor.

—¿Es la primera mujer que te manda a la mierda? —Samuel le dedicó una mirada furiosa y se mantuvo en silencio—. Vete con cuidado, o de ésta te enamoras.

—No le hagas caso Samuel, sólo lo dice porque yo fui la única capaz de mandarlo a la mierda... —Thais desvió la mirada a su esposo—. Amor, no todos los hombres son masoquistas —Les guiñó un ojo—. Voy a alimentar a Liam.

Rachell de nuevo quería huir, y se odiaba por ello. A toda prisa ubicó su coche en el garaje.

—¡Maldita sea! —exclamó con violencia al ver que no tenía las llaves, todo lo había dejado en el apartamento, sólo llevaba en la mano el bendito iPod. Pero ni por todo el oro del mundo regresaría, no lo quería ver, además necesitaba averiguar por qué demonios el hombre no quería devolverle el iPod. Salió del aparcamiento y se encaminó a la calle, bajó una calle y encontró rápidamente un taxi disponible.

En cuanto le indicó la ruta al taxista, encendió el iPod y empezó a revisarlo, ahí estaban sus habituales ochenta gigas de música, nada parecía nuevo o fuera de lo normal, deslizó rápidamente el dedo por la pantalla táctil en busca de algo, lo que fuera, pero no lo hallaba.

No había nada en las fotografías tampoco. Se fue a las carpetas de videos revisando uno por uno, hasta que encontró algo, que estaba segura, no era suyo, llevaba por nombre: **"Espero le sirva de ayuda"**

Se puso los auriculares y le dio reproducir. Casi inmediatamente Samuel apareció en la pequeña pantalla con un pantalón de chándal blanco, el torso desnudo y descalzo, de pie en una habitación inmensa con una cama gigante. La habitación estaba ambientada con los colores negro, blanco y gris, la pared de fondo era de cristal, parecía ser la segunda planta del apartamento. Dedujo que era su dormitorio.

Por un momento su corazón se detuvo. Lucía tan despreocupado, relajado, y por un breve instante creyó que también lucía tímido. Gimió peleando contra ella misma y se obligó a desechar cualquier clase de simpatía. Seguramente terminaría desnudándose en cualquier momento, y después se masturbaría frente a la cámara, después de todo no era más que un enfermo exhibicionista. Aun así, no dejó de mirar.

—Rachell, sé que tal vez no es la mejor manera de aprender —Escuchó su seductora voz en un tono tan tranquilo, que estaba segura no había escuchado antes—. Pero me has dicho que te gusta la Capoeira…. —sin perder el tiempo, pausó inmediatamente el vídeo.

Su corazón volvió a martillar estúpidamente emocionado, la estaba tuteando. *¡Quería morirse!* Pero qué pocos huevos tenía el fiscal, por qué no lo hacía en persona. Si era posible, lucía aún más precioso en el pequeño video, una extraña sensación creció entre su pecho y su estómago, y una tonta sonrisa se formó en sus labios. Una vez más tocó la pantalla para reproducir.

—Trataré de explicarte en este video los pasos más básicos y sencillos, sé que costará un poco, pero todo es cuestión de práctica, a medida que los haga te los iré nombrando para que aprendas a identificarlos, espero que te sirva de ayuda.

Inmediatamente escuchó ritmos llenos de percusiones y sonidos exóticos, era realmente una música fascinante.

—Empecemos el *jogo* —habló de nuevo Samuel, marcando con mucha más fuerza su delirante acento—. Éste… —explicó moviendo alternadamente sus extremidades, llevando la pierna derecha hacia atrás, al tiempo que hacía lo mismo con el brazo izquierdo, y después venía la pierna izquierda en sincronía con el brazo derecho—. Es el *Ginga*.

Y siguió balanceando su cuerpo, con las rodillas siempre levemente flexionadas, apoyado únicamente en las puntas de sus pies. Después, sin dejar de mecerse, conservando perfectamente el equilibrio, empezó a moverse en círculos. Los músculos bajo su piel ondeaban relajados pero listos para el ataque, había una energía contenida en aquel movimiento de alguna manera tan fundamental, y un aura salvaje a su alrededor, se desplazaba como un depredador, como un elegante felino al acecho.

No hubo manera alguna en la que pudiera evitar que su cuerpo entero se calentara y su boca se secara sedienta por él. El hombre era absoluta e inevitablemente irresistible.

Cogió una muy considerable bocanada de aire, pausó la reproducción y dejó caer su cuerpo hacia adelante, hasta que su cabeza se chocó contra el respaldo de la silla del copiloto. El taxista le dedicó una desconfiada mirada de reojo, pero al final volvió la vista al frente con algo de vacilación.

—¿Se siente bien, señorita? —le preguntó el hombre con cierto tono de alarma.

—Sí, sí, sí —balbuceó Rachell—. No se preocupe —susurró despacio mientras volvía a recostar la espalda contra su asiento.

Había algo más que simple sensualidad en Samuel Garnett, había algo en él que la atraía con demasiada fuerza, su presencia la cautivaba y la consumía, era como si su propio cuerpo le suplicara sucumbir a él para poder sentirse satisfecha, y era un maldito enredo, porque ella jamás sucumbiría ante nadie. La cabeza le iba a explotar, tal vez la mejor decisión era eliminar cualquier pensamiento relacionado con el fiscal y simplemente borrarlo de su mente.

—Hemos llegado —le informó el taxista, trayéndola de golpe a la realidad.

Ella guardó silencio un par de segundos, como procesando qué demonios tenía que hacer y dónde diablos estaba—. Deme un minuto por favor, no tengo efectivo conmigo.

Se bajó del taxi y entró en la tienda eludiendo las miradas sorprendidas de Oscar y Sophia. Sonrió amablemente a sus clientes y fue directo hasta el mostrador.

—Sophie, dame cuarenta dólares por favor.

—¿Es para pagar el taxi, *Mariposa*? —preguntó Oscar acercándose a ellas.

Rachell asintió en silencio.

—Ya lo he pagado —le dijo Oscar—. ¿Estás bien?

—Sí, sí, todo bien —respondió secamente mientras descargaba el iPod sobre el mostrador y tomaba uno de los catálogos de la última colección para abanicarse—. Estaré en la oficina.

Rachell se dio la vuelta, y sin decir nada más, subió las escaleras. En ese momento, Oscar dio dos pasos hacia ella, Sophia lo detuvo poniéndole una mano en el estómago y negando en silencio.

—Pero es obvio que algo le pasa —masculló Oscar con los dientes apretados.

—Sí, algo le pasa, pero necesita retirarse y pensar un poco, no importa si la sometemos a la inquisición española, no va a soltar una sola palabra —farfulló Sophia.

Oscar accedió de mala gana y se fue a las bodegas. Sophia hizo un puchero rebelde, y cogió el iPod de Rachell, caminó hasta la consola amplificadora. Al primer contacto de sus dedos con el aparato, la pantallita se iluminó, curiosa, reactivó la reproducción.

—Dulce-madre-del-niño-Jesús —chilló con la voz contenida. En el iPod estaba encerrado un Adonis que se movía tan deliciosamente como el diablo, con el torso desnudo y dorado, dando instrucciones acerca de cuándo y cómo elevar las piernas. Ella por su parte estaba bastante segura de cuándo y cómo abrirlas. Con el aparatito de reproducción aún en las manos, reclinó la cabeza hasta apoyarla completamente sobre su hombro izquierdo, intentando seguirle el paso a los muy flexibles movimientos del exquisito hombre, que bailaba frente a ella alguna clase de ritmo extranjero.

—Bueno, el tiempo de retiro se acabó —susurró Sophia mientras aceleraba el paso, y subía las escaleras hacia la oficina a toda velocidad—. ¿Has hecho amistad con un chico del *Cirque du Soleil*? —preguntó al irrumpir en la oficina quitándose los auriculares.

Los ojos de Rachell se fueron directos a las manos de Sophia, y por alguna razón desconocida, su mirada se llenó de pánico.

No podía estarle pasando eso a ella, su amiga no la dejaría en paz ahora. De inmediato endureció el gesto y frunció el ceño, esta vez Sophia lo tendría difícil.

—Entonces Rachell. ¿Lo hacemos de la manera sencilla? —Apretó con el pulgar de su mano libre cada uno de sus dedos, haciendo tronar sus articulaciones—. ¿O prefieres la difícil?

Rachell hundió los hombros y la miró resignada.

—No es malabarismo ni ningún otro acto de circo —suspiró—. Es Capoeira… En el video, él pretende enseñarme.

—¿Él? —replicó Sophia con voz aguda.

—El hombre con complejo de dios…

—¡Mierda! —gritó Sophia y se dejó caer en el diván—. ¡Está jodidamente bueno! No, mujer, bueno es poco, y cuánta amabilidad… ¡Te ha grabado un video educativo! —Le guiñó un ojo—. Esto es una señal clarísima, le interesas, le interesas, y le interesas.

—Sí, está buenísimo, sería una mentirosa descarada si te dijera lo contrario, pero el hombre no es más que una cara bonita, unas piernas bien torneadas, brazos fuertes, un pecho esculpido, y abdominales increíbles…

—Ajá… —musitó Sophia concentrada en su manicura.

—Es un ser humano aborrecible, tiene un ego aplastante, jura que es el dueño del mundo, y no tiene la más mínima consideración en tratar con respeto y amabilidad a la gente que lo rodea… Sencillamente, no es la clase de persona con la que me interese relacionarme.

—Ajá… —cuchicheó Sophia nuevamente.

—Y, y, y… —Rachell tartamudeó—. Y fue sólo que, durante la etapa de preparación, mencioné mi interés en la Capoeira, después él hizo ese video, y si pareciera una persona decente y amable, pero no es más que la ilusión de la cámara, esto está realmente muy alejado de la realidad.

—Ajá…

—Mira Sophie, el tipejo me echó de su casa mientras estaba trabajando allí, y simplemente porque el nombre de Henry Brockman vino a colación. ¿Puedes creerlo?

—Está celoso, Rachell, es todo —respondió Sophia como si fuera la deducción más natural.

—Sophia, eso es absurdo, apenas me conoce, no tiene nada que ver conmigo, más bien parece ser algo entre él y Brockman, su reacción al estar cerca de él es demasiado agresiva, la primera vez me echó el maldito coche encima… —Se detuvo y arrugó el ceño—. Lo extraño es que Henry no ha hecho el más mínimo comentario, me atrevería a decir que ni siquiera lo conoce.

Sophia se levantó del diván.

—No me habías dicho que es el mismo hombre que casi te atropella.

Rachell esquivó su mirada.

—Bueno, sí, es él.

—Bueno. ¿Y qué? Algo pasa ahí, puedo sentirlo, así que arriésgate, te gusta, le gustas… Por donde vive, puedo deducir que tiene bastante dinero, puedes matar dos pájaros de un sólo tiro Rachell, te diviertes y tienes un nuevo candidato que financie la campaña de lanzamiento.

—No —contestó Rachell contundente—. Él no tiene el perfil indicado… Él es diferente.

—¿Diferente? —repitió Sophia, Rachell la ignoró—. Bien, entonces simplemente tíratelo, y te bajas la neurosis de una buena vez.

No, ella no podría simplemente tirárselo y después pasar de él, era lo suficientemente valiente para decirse a sí misma que una vez probara una rebanada de Samuel Garnett, lo querría completo, y eso la aterraba.

Él despertaba demasiadas emociones nuevas en ella, emociones desconocidas y desconcertantes, se sentía perdida y confundida, quería como nada perderse en el deleite que el fiscal prometía con su mera presencia, pero él estaba más allá de su control y eso lo hacía en extremo peligroso.

—¡Hey! Tierra llamando a Rachell. —Chasqueó Sophia—. Bueno, ahora al menos sé por qué has estado tan distraída últimamente, espero que mañana ya no estés en modo zombie.

Rachell la miró con reprobación.

—No dejes solo el mostrador, ve, estaré contigo en cinco minutos, y por favor encárgate de ir hasta el apartamento de los Garnett y recuperar mis cosas y mi coche, te lo agradeceré eternamente.

CAPÍTULO 9

La pista privada de aterrizaje del grupo EMX en el aeropuerto *La Guardia*, recibía el jet de distintivos en colores verde, amarillo y blanco proveniente de Brasil. El jet tardó casi veinte minutos antes de lograr anclarse al puente aéreo; una vez los accesorios de desembarque fueron instalados, Reinhard Garnett descendió atravesando el cubículo articulado, ajustando los botones de su americana. Un rocío de cabellos blancos salpicaba levemente sus sienes, dándole un aspecto distinguido, masculino e inteligente.

En la sala de espera privada, tras cristales ahumados, Ian y Samuel Garnett lo esperaban. Reinhard los vio antes de ingresar en el pequeño salón, y los tres se sonrieron con genuina alegría.

—Tío, que alegría verlo —le dijo Samuel acercándose y apretándolo en un sentido abrazo.

—A mí también me alegra verte, hijo —murmuró Reinhard abrazando con fuerza a su sobrino—. ¿Cómo lo llevas con los guardaespaldas? —preguntó divertido.

Samuel endureció su gesto—. Pues no lo llevo, están afuera... tío, la verdad no es necesario...

—Es por tu seguridad Samuel, y no quiero que les hagas la vida imposible como a los demás.

—Ya no soy un niño, sé defenderme solo... me siento estúpido, es estúpido andar con niñeras.

—¿Entonces, yo soy un estúpido? —inquirió Reinhard mirando a sus propios guardaespaldas. Samuel desvió la mirada a los cuatro hombres que siempre lo acompañaban y que estaban a unos cuantos pasos de distancia—. Te aseguro que no lo soy Samuel, sólo soy precavido y quiero que acates el plan de seguridad. Son mis órdenes. ¿Entendido? —preguntó con voz profunda y severa.

—No, la verdad no lo entiendo —respondió Samuel desafiante—. Pero supongo que debo acatar tus órdenes.

—Supones bien —aseveró Reinhard clavando sus profundos ojos azules en él, después desvió su atención a Ian—. ¿Cómo han ido estos cuatro días para Liam con el cambio de clima?

—Bien —respondió Ian con la expresión dulcificada y serena—. Sólo se le congestiona un poco la nariz, pero el doctor dice que se acostumbrará. Ayer llegaron Thiago y Marcelo, todo está preparado, hemos pasado primero por el club.

—¿Me imagino que Diogo no sabe nada? —preguntó poniéndose las gafas de sol, y las puertas se abrieron para que los tres hombres en compañía de los guardaespaldas salieran.

—No, por eso no le he dicho una sola palabra a Thor, porque es un bocón y a la primera le dice lo de la fiesta sorpresa —habló Samuel y después sonrió al ver la mirada llena de admiración de su tío al ver el Lamborghini, le guiñó un ojo y sonriendo le lanzó las llaves—. Lo traje porque sabía que querrías conducirlo.

Reinhard las cogió y apretó el botón para que las puertas se elevaran sonriendo como un niño con un juguete nuevo. No lo había montado realmente, apenas si había hecho las pruebas de potencia del motor en Ginebra, a donde viajó después de recibir la llamada de la Lamborghini por ser uno de los clientes internacionales de la famosa marca de coches deportivos. Subió emocionado al coche rojo brillante, e inmediatamente hizo que los motores rugieran.

—Yo creo que mejor me voy con los guardaespaldas —acotó Samuel riendo.

—¿Tienes miedo, Pantera? —lo retó Ian, subiendo al Mustang negro.

—Con Reinhard al volante, estaría loco si no —le contestó mientras su tío le lanzaba una mirada desafiante—. Está bien —Fingió suspirar y se subió al coche, Reinhard le sonrió e hizo descender las puertas—. Tío, recuerda que al entrar al tráfico tienes que conducir moderadamente. —En cuanto las palabras dejaron su boca, su cuerpo quedó pegado contra el respaldo del asiento propulsado por la endemoniada velocidad del arranque. Los cuatro guardaespaldas de los chicos, y los cuatro habituales de Reinhard, se vieron en problemas al tratar de seguirle el paso al Lamborghini escarlata, el hombre parecía seguir presionando el acelerador, mientras las agujas coqueteaban con los 300 Km/h con la plena libertad de eludir la ley en las autopistas a las afueras de Nueva York.

—¿¡Música!? —preguntó Samuel mientras sentía el viento silbar en sus oídos.

—Rock, pero del bueno, no vayas a poner cualquier mierda Samuel —le pidió sonriendo. El joven deslizó los dedos por la pantalla, y empezó a buscar en la lista de reproducción de la memoria del coche algo que se ajustara al inusual gusto de su tío. Finalmente, se detuvo, accionó la reproducción y elevó el volumen dejando que *Ramstein*, con *Mein Tail* se apoderara con sus poderosas voces del camino.

Se dedicaron miradas divertidas durante un breve instante, y de inmediato empezaron a sacudir sus cabezas coreando la canción, moviendo las manos como si fueran estrellas del estremecedor *Metal*. Reinhard era un as en los negocios, un hombre inteligente, culto, selecto, elegante, sin embargo, la edad no era más que una cifra irrelevante cuando compartía con sus hijos y sus sobrinos; entre ellos, era uno más, con preferencias y aficiones similares, juntos eran un grupo de amigos pasándolo en grande.

En cuanto el tráfico neoyorquino empezó a dibujarse en el horizonte, disminuyeron la velocidad y bajaron el volumen de la música, la descarga de adrenalina había terminado.

—¿Han preparado lo de la banda? —preguntó Reinhard poniéndose al día.

—Sí, ya todo está listo, pero tío, ¿estás seguro de tocar el bajo? Es que ya no somos unos niños, y no puede guiarnos —lo provocó con intención.

—¿Me estás llamando viejo, Samuel Garnett?

—No, claro que no… es sólo que… —siguió el juego.

—¿Cuántos años tiene Robert Trujillo o Tom Hamilton? Son bajistas profesionales, activos y son mayores que yo. ¿Y quién les dice que hacen el ridículo? Nadie, porque no lo hacen —le dijo, y empezó a golpear el volante con las palmas de las manos al ritmo de *AC/DC*.

Unos minutos más tarde el imposible tráfico de Nueva York los había engullido.

Samuel aún sonreía a costas de su tío cuando tomaron el puente Robert F. Kennedy.

—¿Cómo van las cosas en Río?

—Muy bien, con la excitación del Mundial del próximo año todos estamos contando los días, ya aseguré el alquiler de nuestros palcos en São Paulo, Belo Horizonte y Río, y doné quince millones de dólares para la remodelación del estadio *Arena Mineirão*, tendremos la visita de grandes inversionistas, en verdad será una increíble mezcla de negocios y placer.

—¿Y qué pasó con el Maracaná?

—Lo están remodelando nuevamente porque no cumplía completamente los requerimientos de la FIFA.

—La FIFA se dedica a joder, siempre es lo mismo —Estiró el brazo y le señaló a su derecha—. Ahora deberías tomar la York, después podrías incorporarte a la Madison Avenue, y en pocos minutos estaremos en el Palace.

—Sé por dónde ir Samuel, he estado en Nueva York más años de los que tú puedes contar teniendo barba.

Samuel volvió a sonreír.

—Ya estamos por llegar, paso a las once por usted para ir a comer.

—No Samuel, tengo una comida con *Forbes*, aprovecharé el viaje para hacer la entrevista… —Sin avisos, su mirada se ancló en dos mujeres que caminaban por la acera—. E intentaré divertirme un poco. Mira cómo nos observan las mujeres.

—Miran al coche, no a nosotros —aclaró Samuel enfundado en las gafas de sol Oakley Hijinx.

—No te mirarán a ti, porque a mí me están comiendo con la vista. —expuso con suficiencia. Por lo que Samuel hecho la cabeza hacia atrás para liberar una carcajada exponiendo su perfecta dentadura.

Al llegar al Palace, Reinhard bajó del Lamborghini y Samuel se pasó al lado del conductor esperando a que su tío y su primo entrasen al hotel. Antes de dejar la bahía de los aparcacoches, miró por el retrovisor y las dos todoterrenos negras encendían los motores, dejó libre un suspiro y observó a su tío que se despedía con una sonrisa, él sólo elevó la mano en un gesto de despedida. Allí venían sus niñeras.

****

Sophia le dedicó una mirada a Rachell a través del espejo mientras ambas se aplicaban máscara de pestañas, sin poder evitarlo, la pelinegra también sonrió ante la travesía de maquillarse.

—Creo que esta noche vamos a causar unos cuantos ataques al corazón. —Jugueteó la pelirroja, sintiéndose un poco como *Jessica Rabbit*.

Llevaba un pequeño vestido negro que no con mucho empeño cubría la mitad de sus muslos, un rocío de brillantes le daba un efecto iridiscente a su atuendo. Llevaba el cabello muy lacio y un coqueto flequillo que jugueteaba con sus largas pestañas, dejando ver el contraste sensual del rojo de su cabello, y el negro en estado puro a causa de la máscara que resaltaba con un brillo salvaje sus ojos verdes.

—Bueno, esa no es mi intención esta noche, sólo quiero divertirme un rato —le dijo Rachell, que llevaba el cabello repleto de ondas salvajes. Su vestido, al igual que el de Sophia, revelaba sus magníficas piernas, pero a diferencia del de su amiga, éste tenía las mangas largas y el escote en V, insinuando la piel curveada de sus pechos. El vestido era plateado, con lentejuelas de distintos tamaños y formas que reflejaban la luz en distintos ángulos haciéndola brillar, los zapatos también plateados y con un altísimo tacón.

—¡Ya es tarde, estoy esperando! —Escucharon la voz de Oscar desde la sala.

—¡Ya vamos! —respondió Rachell aguantando la risa y corriendo a la cama para tomar su cartera.

Un minuto después, dejaron al hombre de piedra con sus despampanantes figuras llenas de sensualidad. Oscar sacudió la cabeza y les dedicó miradas de reproche por su retraso, ellas le sonrieron con picardía y él no pudo más que derretirse por ellas, haría cualquier cosa por esas dos mujeres.

—¡Vámonos! —bramó Oscar pretendiendo rudeza.

Reinhard, Ian, Thor y Samuel estaban sentados en el enorme sillón borgoña al fondo del salón privado del club *Provocateur* en la Novena Avenida, viendo cómo la organizadora del evento, una elegante afroamericana, daba la orden a sus asistentes para que los invitados entraran en el salón. Al otro lado de la gruesa pared de cristal que aislaba por completo el sonido, podían ver que una de las salas públicas del club ya estaba repleta, bañando a la gente con las luces violetas y azules que se deslizaban de arriba abajo por los lujosos cortinajes blancos, interrumpidas apenas por las enormes lámparas suspendidas del techo.

En el interior del salón rentado por los Garnett bailaban sin descanso luces amarillas, azules y verdes, en uno de los extremos un rectángulo de cinco metros cuadrados había sido acordonado con sogas blancas de fibra natural, rodeando cuatro postes de madera dispuestos en el suelo que contenían blanca arena caribeña. Altas palmeras artificiales estaban dispersas entre las mesas, de las paredes colgaban máscaras rodeadas de plumas, con una apariencia que combinaba rasgos humanos con atributos felinos, todo en vibrantes y brillantes colores.

En el extremo opuesto al sillón de los Garnett, justo bajo el balconcillo del DJ, había sido improvisada una tarima en la que descansaban diversos instrumentos. Era el cumpleaños de Diogo Ferreira, el ahijado de Reinhard, quien trabajaba con Thor en la sucursal neoyorquina del grupo EMX.

Los chicos saludaron a varias de las personas que entraban en la sala, casi todos brasileños amigos de los Garnett. El lugar empezaba a llenarse de una incontenible marea de exóticas pieles latinas y curvas exuberantes.

—Señores —habló la organizadora—. Todo está listo, el señor Ferreira estará aquí en aproximadamente cinco minutos.

Se sonrieron unos a otros emocionados y se subieron en el escenario, Thor en la batería, Samuel en la guitarra líder, Ian en la guitarra rítmica y Reinhard en el bajo. Las luces sobre el escenario se apagaron, dejando únicamente libre el puesto junto al micrófono principal, ese sería el lugar para Diogo.

Desde el escenario oculto entre la penumbra, los Garnett vieron a las *garotas*[1] ponerse en línea, con sus coloridos trajes, tocados, y los tres minúsculos triángulos que les cubrían el pubis y los pechos. Sus pieles

---

[1] Garota: Chica.

estaban pintadas de dorado y salpicadas por escarcha verde y amarilla. Los técnicos de ambientación encendieron las máquinas de humo, y en el momento mismo en que Diogo entró en el salón, miles de papelillos volaron por los aires y las luces caóticas empezaron a moverse brillando y atenuándose al ritmo de la *samba brasileira*.

Diogo tenía rasgos encantadores e infantiles, y en cuanto las curvilíneas mujeres lo rodearon sacudiendo las caderas en torno a él, una enorme y desarmadora sonrisa se pintó en su rostro. Sin pensárselo dos veces, meneó su pelvis al son de su amada música, chocando las manos con varios de sus amigos, sonriendo a varias de sus ex amantes, y buscando desesperado a quienes estaba seguro, eran los responsables de la celebración.

Un pequeño grupo de gente se había detenido al lado de un long chaise de cuero negro al otro lado de la pared de cristal, casi todos hombres, brindando y gritando en vano al intentar animar a las garotas. La fiesta de los Garnett se había convertido en la atracción principal de la noche.

El show de las garotas terminó, y el salón quedó por completo en la oscuridad. Diogo apenas escuchaba murmullos y algunos gritillos femeninos ansiosos, entonces, una de las luces indirectas bajo el balcón del DJ cobró vida, iluminando un solitario micrófono. De inmediato, varias luces se encendieron descubriendo a una banda sobre un escenario muy cerca del suelo. Todo se quedó en silencio, y el agudo corte de una guitarra guiando las ensordecedoras notas de *Thrash Metal*, rugieron haciéndolo carcajear emocionado. Ahí estaban los malditos responsables de todo el alboroto.

Corriendo se subió en la pequeña tarima y fue directo al micrófono, tal como lo habían hecho tantas veces en el pasado, recordarían viejos tiempos, aquellos fines de semana en casa de su padrino en Río, cuando todo era diversión, mujeres y fiesta.

Los rostros de los asistentes iban desde el desconcierto hasta la risa, algunos ya conocían los gustos de los Garnett, otros no comprendían el imposible contraste del ambiente brasileño con todo y garotas, con una banda que gritaba cosas indescifrables en algún idioma parecido al inglés.

Después de hacer cuatro *covers* de la banda brasilera *Sepultura*, el inusual espectáculo de *Thrash Metal* llegó a su fin. Con la sangre coloreando sus rostros y cubiertos de sudor, bajaron del escenario y fueron recibidos por las garotas que los rodearon haciendo un círculo y la samba volvió a llenar el lugar, los asistentes gritaron histéricos, y la fiesta brasileña volvió a empezar.

Un grupo de meseros vestidos por completo de negro, atravesó el círculo que hacían las exóticas mujeres, llevando en sus manos bandejas con un servicio de diversas cervezas brasileñas y cócteles tradicionales del Brasil. Vasos cortos repletos con gajos de limón y hielo, otros más altos llenos de un líquido con distintas densidades y colores que iban desde el amarillo al rojo, y regordetas copas llenas de un espeso batido azul.

Reinhard cogió una *Brahma*, Ian y Thor tomaron cada uno una *Caipiriña* y se los bebieron de un solo trago sintiendo como la acidez de los gajos de limón aliviaba su sed después de la presentación, los dos gritaron y tomaron otros dos vasos. Diogo, detuvo a una de las meseras, una bonita rubia de ojos azules, le guiñó un ojo y se quedó con uno de los cócteles de *Cocoazul*. Samuel se acercó y le susurró algo en el oído a la chica que le sonreía como tonta, entonces ella se dio media vuelta, y en un tiempo récord estuvo de regreso con la bebida energizante a base de guaraná que Samuel le había pedido.

Thor se acercó desde atrás a una de las garotas y encerrándole el vientre con una mano, la hizo menear las caderas a su propio ritmo, meciéndose el uno contra el otro, en un compás sensual y escandaloso. Entre risas, Samuel y Diogo buscaron sus propias garotas provocando silbidos y gritos animados entre la multitud de amigos.

La mesera rubia volvió a pasar y Diogo se giró, le sonrió y rotando la pelvis bajó hasta ponerse de cuclillas frente a ella, obstruyéndole el camino y haciéndola enrojecer. Los demás Garnett, animados por Reinhard, aplaudieron y enardecieron a los asistentes, alentando las picardías del homenajeado. Fue entonces cuando un baño helado bajó desde la cabeza de Diogo hasta su espalda haciéndolo estremecer, el congelado líquido se deslizó espumoso por su rostro, una rápida probada le dejó saber que lo habían mojado con champaña, se volvió a buscar a su agresor y se encontró con la amplia sonrisa de su hermano Thiago. Sin dudarlo, Diogo lanzó el *Cocoazul* a su hermano dejándole la cara como a Papá Pitufo, la gente a su alrededor explotó en carcajadas, Thiago se pasó la mano por el rostro y embadurnó a su hermano con el espeso Cocoazul, los dos rieron y después se fundieron en un emotivo abrazo.

La fiesta era tal, que la gente al otro lado del salón no podía evitar detenerse a mirar la arrebatadora celebración brasileña. Sophia y Rachell buscaban su mesa mientras Oscar se encargaba de las bebidas, pero las dos dejaron su búsqueda y se detuvieron junto al cristal, y como los demás a su lado, ojearon curiosas el mar de cuerpos que se movía sinuosamente.

En el salón de los Garnett, el DJ dejó rodar la *Dança da Motinha*, Thor miró a sus hermanos y a sus primos con los ojos llenos de fuego y travesura. Samuel negó en silencio, moviendo la cabeza repetidas veces, ni por todo el maldito oro del mundo le iba a seguir el juego a Thor. Un par de años atrás, en una de sus maratónicas fiestas en Porto Seguro, le había seguido la corriente en el complejo playero *Axé Moi*, apostando algo que ni siquiera recordaba ya, con las mujeres que los acompañaban. Había estado tan alterado por la euforia, el alcohol, o la pasada que se había dado con marihuana kripin, o tal vez una combinación de las tres, que había accedido a hacer el ridículo frente a la playa entera, montando una aparatosa coreografía guiados por los reconocidos bailarines del complejo.

No iba a repetir el maldito baile.

Pero antes que pudiera adivinarlo, Thor, Diogo y Thiago ya se habían quitado las camisas, y Thais misma se la estaba quitando a Ian. Los cuatro lo arrastraron hasta la tarima, y supo que su pelea había estado perdida antes que hubiera tenido oportunidad de resistirse. Fulminando a Thor con la mirada se quitó también su camiseta, y la multitud de mujeres emocionadas gritó excitada disfrutando de sus deliciosos torsos desnudos. Los hombres, casi todos amigos suyos, chiflaban burlándose de su audacia.

Al otro lado del cristal, las piernas de Rachell se tensaron al ver con total claridad el cuerpo desnudo de Samuel Garnett. *¿Qué hacía subido en ese maldito escenario?* Sophia giró la cabeza tan rápido, que Rachell hubiera podido jurar que escuchó tronar sus resentidas articulaciones. Ella no dijo una palabra, ni desprendió los ojos de Samuel. Ésa fue toda la respuesta que la pelirroja pudo necesitar.

Otros dos chicos se subieron también en el escenario quitándose las camisetas en el camino. Samuel llevaba un vaquero desgastado que se aferraba exquisitamente al hueso de su cadera, y una correa negra hacía más dramático el efecto de sus vaqueros apenas suspendidos por la voluntad colectiva de los hombres en aquel salón. Los músculos de su pelvis viajaban hacia el sur, sugiriendo el poderoso trapecio muscular de camino a su bajo vientre. Rachell sacudió la cabeza y resolvió que lo mejor era dirigir sus ojos hacia el norte.

No, no, en realidad nada cambiaba. Los deliciosos ocho abdominales le secaban la boca, y los dorados pectorales, parecían atraerla como un imán, quería morderlo y arañarlo, castigarlo por hacerla desearlo de aquella manera, quería deslizar sus manos por aquel misterioso tatuaje, que suerte, tenía la dicha de estar pegado a él.

Estaban bailando, por todos los cielos, estaban bailando, y de una manera que no podía calificar menos que pecaminosa. Y por alguna maldita razón todos se movían coordinados, riéndose como locos, con las piernas levemente flexionadas, y ondulando la pelvis de una forma tan delirante, que era imposible no pensar en sexo. La cara de Sophia era un poema, con las palmas abiertas sobre el cristal, lucía como una hambrienta frente a un filete humeando. Pero Rachell no tenía ojos para nadie más que Samuel. Él echaba la cabeza hacia atrás riendo mientras se movía, haciéndola desear con todas sus fuerzas estar entre sus brazos, junto a su cuerpo, retorciéndose por las benditas sacudidas de esa pelvis prodigiosa.

Todos estiraban los brazos, cerrando las manos en puños y moviendo las muñecas como si aceleraran una motocicleta y con la misma cadencia de sus muñecas, balanceaban las caderas. Aquello era sencillamente excesivo, y no sólo por el derroche de sensualidad, sino porque Rachell se encontró a sí misma sonriendo, y muy en el fondo de su corazón, deseando estar en aquella fiesta, disfrutando de la alegría de Samuel, de su buen humor, de su simpatía; quería estar junto a él en un momento así, en el que estaba tan relajado y simplemente feliz. Y bueno, casi sin ropa.

Rachell cogió aire y se dio cuenta que no era la única junto al vidrio, la bendita pared divisoria estaba repleta de emocionadas mujeres que gritaban animándolos, aunque Rachell estaba segura que ellos no podrían escucharlas. Cómo podría llamar la atención de Samuel en un momento así, no era sino una chica más entre aquel mar de caras, y sabía que no podría acceder al salón, era una fiesta privada, y bueno, ella no iba de ninguna manera a dar un paso por buscarlo.

Thais se acercó a la tarima con un billete en la mano y se lo metió entre la pretina del vaquero a su esposo, acariciándole su incontable cantidad de tatuajes. Ian le sonrió y se reclinó encerrándole el rostro con las manos, le dio un beso extremadamente sexual, sin reservarse el vaivén de lenguas y mordiscos en los labios. Thor miró a Samuel fingiéndose escandalizado, pero aquella conducta era típica de la pareja.

Las mujeres cerca del escenario les gritaron cosas irrepetibles, llenas de descaradas insinuaciones, y los chicos rieron al tiempo que seguían el brazo de Thiago que les señalaba la aglomeración de mujeres junto al cristal del otro lado del club.

Allí, junto al long chaise de cuero, las chicas americanas también gritaban, casi todas enloquecidas por el rubio más alto y fornido, Thor supo de inmediato que tenía gran parte de la atención, y girándose hacia su público bailó para ellas. Otras de las chicas estaban por completo silenciadas, perdidas en el morboso placer de contemplar cómo Ian seguía invadiendo la boca de Thais, y algunas otras como Sophia y Rachell, no paraban de hacer conjeturas mentales de cómo un hombre con tales aptitudes en el baile, podría sencillamente hacer maravillas en la cama.

—¡Créu! ¡Créu! ¡Créu! —pedían a coro las mujeres presentes en la celebración brasileña cuando la *Dança da Motinha* llegó a su fin, y los Garnett empezaban a bajarse. El DJ se encargó de complacer a las féminas, así que a los chicos no les quedó más que seguir con el show.

Divertido, Samuel reía con sus primos, bailando cada vez con más y más libertad, y de pronto, por un momento su cuerpo pareció paralizarse. Allí, al otro lado del cristal, estaban aquellos ojos inconfundibles, mirándolo con severidad, como si estuvieran reprochándole algo. Movido por la euforia del momento, se giró por completo y bailó para ella, exclusivamente para ella.

La respiración de Rachell se aceleró, su piel vibró y sus piernas se apretaron casi involuntariamente. Samuel la había visto, y no sólo eso, se había girado para encararla, y ahora seguía moviéndose frente a ella, seduciéndola, procurando tentarla, como si necesitara esforzarse para conseguirlo.

Por primera vez, Samuel estaba riéndose con ella, y sí, tal vez había al menos un centenar de personas y una gruesa pared de vidrio entre ellos, pero esa risa era para ella, en medio de toda la gente, aquel fue un momento íntimo, una abierta declaración de deseo y seducción.

Rachell no conseguía descifrar quién era realmente Samuel Garnett, ¿el hombre frío y soberbio que casi la atropella, el exhibicionista seductor, el antipático y voluble que la mandó al diablo y la echó de su apartamento, o el joven sonriente y encantador frente a ella? Él era un completo enigma que la atraía como el más poderoso de los imanes.

—Estos tipos agarraron la sexta velocidad. ¡Madre de todos los santos! —exclamó Sophia a su lado—. ¿Sabes que un estudio reciente entre hombres y mujeres de 51 países, concluye que los brasileños son los seres más guapos del mundo? Son románticos, sexys y follan como nadie —Rachell rodó lo ojos—. Viéndolos moverse de esa manera no me cabe la menor duda, si te agarran te parten —sostuvo sonriendo como si la idea le resultara altamente deseable—. Cuentan con una gran arma de seducción… ¿Sabes a lo que me refiero…? Ven, vamos a verlos más de cerca. —La invitó cogiéndola por uno de los brazos.

—No, Sophia… me pones de los nervios. —Se rehusó Rachell.

—¿Yo te pongo nerviosa? —inquirió Sophia soltando una carcajada—. ¿No será más bien el malabarista con dotes de stripper? Mira que bien se mueve, ése te agarra y te deja sin caminar por una semana.

Rachell le puso los ojos en blanco.

—No seas obscena, ese hombre no me gusta, no es más que un egocéntrico, voy a la mesa con Oscar —habló soltándose y encaminándose en dirección contraria, navegando en medio del mar de personas que bailaban al ritmo del trance.

Samuel se sintió descolocado y extrañamente vacío al ver que Rachell se daba media vuelta y se marchaba, sin embargo, siguió bailando el *Créu* con sus amigos y primos. Al terminar, atravesaron la lluvia de papelillos que le lanzaban las chicas, y bajaron del escenario recuperando sus camisetas. El DJ entretuvo a la multitud con una vigorizante mezcla de música salsa, Samuel les sonrió a varias de sus amigas con amabilidad, y las eludió sin reservas, caminó hasta alcanzar a uno de los meseros y cogió otro energizante.

Después se dirigió hasta el sillón donde estaba su tío, estirando el cuello, intentando ubicar a Rachell en el otro salón. Se sentó y rebuscó en el bolsillo de su chaqueta de cuero negro y extrajo una cajetilla de cigarrillos blanca con letras plateadas que decían *Treasurer Luxury White*, sacó uno y lanzó la caja sobre la mesa, encendió el cigarrillo, buscó el iPhone y lo revisó, había varias llamadas perdidas. Ya las devolvería cuando estuviera de regreso en el apartamento, de momento, en lo único en lo que podía pensar era en la irritante señorita Winstead.

—Rachell… sé que me pasé un poco con mis comentarios. —Escuchó la voz arrepentida de Sophia sentándose a su lado—. Ya quita esa cara… anda ¡Vamos a bailar!
—¿Qué os pasa a vosotras? —les preguntó Oscar removiéndose en el asiento.
—Es que a Rachell le gusta un chico, pero se lo niega, parece una adolescente insegura —respondió la pelirroja.
—No soy insegura… —intentaba hablar cuando su amiga la interrumpió.
—Entonces, ¿qué eres? ¿Una miedosa? Deja ya de creer que todos los hombres son iguales. ¡Porque no lo son! Mira, aquí tenemos a Oscar. ¿Acaso es igual a ése que te traumatizó? —la cuestionó desviando la mirada al afroamericano.
—Oscar es la excepción —replicó Rachell mirando a su amigo.
—No soy ninguna excepción, hay hombres buenos Rachell, no tienes que buscarlos sólo para que te beneficien en tus proyectos, también pueden ayudarte con tus sentimientos, todo ser humano necesita un poco de amor verdadero.
—No. Oscar, estás peor que Sophia, mejor vamos a bailar —les dijo poniéndose de pie y cogió a su amiga por la mano, haría cualquier cosa con tal de evitar la incómoda conversación.
Ambas chicas gritaron mientras se incorporaban a la excitada multitud, que mecía los cuerpos guiada por la refrescante voz de *Ryan Tedder* y el majestuoso performing electrónico de *Alesso*. Llevadas por la adrenalina empezaron a cantar:

—*¿Can we freeze, come and surrender our rights and wrongs?*
¿Can we just for one night let…
the stars decide where we belong?
Maybe heaven right now.
Is a devil or angel away…
that won't change,
together we vow that our colors will sparkle the faith.
And I will find you, i will find you, i will reach you.
Or I, I, I will lose my mind…
lose my mind, lose my mind, and lose my mind,
yeah….

A Rachell la voz se le congeló en la garganta y los latidos de su corazón se dispararon, al sentir una mano deslizarse por el hueso de su cadera, y otra posarse en su vientre. Un cuerpo masculino con una energía única se adhería al suyo, mientras la mirada de Sophia le gritaba de quién se trataba.

—¿Estás segura que quieres perder la cabeza? —La pregunta fue susurrada en su oído y un aliento tibio le acarició el cuello. Un gran abismo se abrió en la boca de su estómago, los músculos de su vientre se tensionaron y sus pulmones se contrajeron dichosos. No tenía fuerzas para pelear o resistirse, esa deliciosa voz susurrada, con aquel exótico acento la llevaba a la inconsciencia, a no pensar en nada más que darle satisfacción a su cuerpo, y su cuerpo lo quería a él.

Cerró los ojos intentando recobrar algo de autocontrol antes de girarse y encararlo, cuando los volvió a abrir, Sophia no estaba por ningún lado. La maldijo por su traición, y aún sin moverse, cogió todo su cabello y lo dejó sobre su hombro derecho, al instante lo escuchó gemir. Cerró sus ojos poseída por el sensual gemido, estaba en un precipicio y podía sentir cómo se balanceaba agónicamente llevada por él, que con sus manos la movía cada vez más y más cerca del borde.

El peculiar aroma masculino sólo lograba excitarla cada vez más, era una extraña y deliciosa mezcla de *Clive Christian*, algún cigarrillo exclusivo y otro olor que de momento no podía distinguir pero que estaba volviéndola loca.

Las manos de él sobre su cuerpo presionaron y la giraron lentamente, disfrazó su mirada con una fortaleza que no tenía y lo miró a los ojos.

Samuel contempló el hermoso rostro de Rachell iluminado por el juego de luces que lo bañaban todo de verde, violeta y azul, y de nuevo, su cuerpo se detuvo por unos instantes, perdido en el placer de observarla, en sus preciosos ojos y en esos increíbles labios que seguían exigiéndole que los besara. Ella lo miraba con tal seriedad, que por un momento se sintió tímido, le sonrió y siguió moviéndose al ritmo de la música electrónica. Estaba bellísima en aquel vestido, y él estaba seguro que podía arrancárselo en un parpadeo, *demonios, quería arrancárselo allí mismo*, había una fuerza increíblemente sensual alrededor de Rachell, la excitación corría por sus venas como un caballo desbocado, nunca antes había sentido tanta adrenalina inundar su sangre, ninguno de los deportes extremos que había experimentado le habían hecho sentir lo que Rachell lograba con su mera presencia. Un vértigo extraño se situó en su pecho, y no se iba, un vértigo poderosamente sexual que se había llevado todo su autocontrol.

Las yemas de sus dedos palpitaban de ganas por tocarlo. Moviendo sus caderas lentamente de un lado a otro, pegó su cuerpo al de Samuel y elevó sus manos hasta rozarle el rostro con las puntas de los dedos. La suave aspereza de la barba de pocos días hizo que algo palpitara entre sus piernas, y sus pupilas se dilataron al contemplar hambrientas sus masculinos labios. Él se acercó aún más, y ella aspiró su aliento, identificando el olor exótico de la guaraná. Samuel la imitó, pasó la nariz por su mejilla y aspiró profundamente, después le acarició la cara con una dulce delicadeza hasta ahora desconocida para ella. No conseguía comprender cómo podía arrebatarla de deseo, y al tiempo enternecerla como a un gatito bajo su toque.

Era demasiado poder. Evitando su mirada, lentamente se dio la vuelta y se pegó a él tanto como pudo. Samuel bajó las manos y volvió a envolverle las caderas con sus palmas que quemaban como fuego aferradas a su cuerpo. Rachell elevó sus brazos y le acarició el cuello, metiendo los dedos entre sus cabellos, y después descendiendo de nuevo, pasándole suavemente las uñas por la sensible piel.

Samuel inclinó el rostro y con los labios le rozó la garganta, sucediendo uno tras otros los pequeños toques que se convirtieron en besos. Su polla protestó bajo sus vaqueros, aturdido por haber conseguido probarla al fin, y ansioso por continuar, necesitaba besarla, en los labios, justamente como debía ser. Apretándole la cintura, la hizo girar y encararlo nuevamente, tenía los labios entreabiertos y su respiración era irregular. Sí, ella deseaba aquel beso tanto como él.

Sus cuerpos se movían con decadencia, rozándose en todos los lugares donde les era posible encontrarse, y usando las manos para tocar todos los lugares que estaban deseando conquistar. El resto del mundo había desaparecido, ahora eran sólo ellos dos, perdidos en una música que ya no identificaban, en una necesidad que les exigía nada más que complacerse.

Samuel pegó su mano a la espalda de ella y la apretó contra su cuerpo mientras descendía hasta su oreja, rozando la piel tras el pabellón con sus labios.

—*¡Merda! Você me faz perder a cabeça!* [2] —Le susurró al oído, quemándola con su aliento.

Todo entre sus piernas se estremeció, y sin poder evitarlo, Rachell gimió. Aunque no había entendido un comino, esas palabras sensualmente susurradas en lo que adivinaba era portugués, la habían enloquecido. Lo sintió sonreír en su cuello, después le rodeó la garganta con las manos, y antes de que pudiera adivinar, le atrapó el labio inferior degustándolo y succionándolo con torturante lentitud, grabando aquel momento para la eternidad, encontrando los mejores sabores, los más deliciosos y exóticos.

Le rodeó la nuca con las manos, inmovilizándola para de una vez por todas beber de su boca y hacer a sus lenguas parte del juego, al sentir las texturas de las nobles carnes de sus bocas, todas y cada una, mezclar su saliva con la de ella y crear el más erótico de los elixires. Penetró en la boca de Rachell con su lengua, con la avaricia de un conquistador, acariciándola

---

[2] ¡Merda! Você me faz perder a cabeça!: Mierda me vas a hacer perder la cabeza.

lentamente, invitándola a corresponderle. Y ella no tardó, no, Rachell no necesitaba ninguna invitación, aferrando sus manos a los fuertes hombros de Samuel se empinó y lo invadió con su temeraria lengua, seduciéndolo, garantizándole que esa deliciosa danza no era más que el principio.

Entre jadeos y pieles apretadas, la mezcla de excitación y miedo envolvía cada partícula del cuerpo de Samuel, porque descubría en ella sensaciones por completo desconocidas, sentimientos nunca experimentados, nuevas y desbocadas ganas por poseerla. Temía por ella, temía por él, y por cualquier desaventurado que se atravesara.

Rachell nunca había sido besada con tanta intensidad, Samuel tomaba su boca en una declaración abierta de lujuria y desenfreno, exacerbando sus sentidos con sus hábiles manos y su intrépida lengua, todo con Samuel era nuevo, más intenso, más feroz, sencillamente más, con él, todo era *más*. Y eso la aterraba, porque sabía que podría terminar lamentándolo, estaba demasiado tentada a no pensar, a no calcular, a simplemente sentir, pero sus besos le nublaban la mente, y su propio cuerpo se negaba a reaccionar a nada que no fuera su toque.

Si el mundo existía, ella no era consciente de ello, si la tierra giraba, no le importaba. Se encontraba completamente entregada a ese beso, él había hechizado sus sentidos, ninguno se encontraba alerta en ese instante, ni siquiera la razón podía pararlo, era como una ola con miles de emociones que la arrastraba mar adentro.

La falta de aire, y la plena consciencia de Samuel de que en cualquier momento iba a follársela justo ahí, los obligó a pausar el beso, sustituyéndolo por breves roces y lamidas descaradas. Sin aliento, aturdida y perdida, intentó hablar contra sus labios que no parecían tener intención de detenerse.

—¿Qué haces aquí?

—¿Quieres que te siga el juego, y que pretenda que no sabes qué hago aquí? —La voz profunda como el océano y el aliento a guaraná, la envolvieron en una excitación nunca antes experimentada, su vientre se contraía y vibraba, mientras su coño empezaba a ahogarse.

Samuel le sonrió y después sacó su experta lengua y le lamió los labios hinchados y palpitantes.

—Vi… vi… —Rachell intentaba hablar, pero la lengua de él irrumpiéndola no le hacía nada fácil la tarea. Como hipnotizada, sacaba su propia lengua al encuentro con la de él, mordiéndole los labios y deleitándose en el dulce sabor de su saliva—. El video —Se detuvo y lo miró a los ojos—. Gracias —Y esta vez fue ella quien lo besó con tanto ímpetu que lo dejó sin aire.

Pegada a su ombligo, Rachell sintió la erección de Samuel tensarse, sus pezones reaccionaron irguiéndose desesperados por encontrar alivio. Nunca antes en su vida había estado tan excitada, tan llena de adrenalina y anticipación.

—Si quieres puedo darte las clases personalmente... Ahora —le dijo Samuel, clavando su ardiente mirada en ella, dominándola por completo con sus palabras.

Todo entre sus piernas se hizo líquido, Rachell sabía que no era *Capoeira* lo que le enseñaría.

—¿Ahora? —repuso titubeante.

—Sólo si tú quieres —susurró él contra sus labios, deseando con todas sus fuerzas poder convencerla. Necesitaba llevársela de ahí y tener la plena libertad de desnudarla, saborearla entera y enterrarse en su cuerpo una y otra vez, y una y otra vez, hasta estar completamente satisfecho, si acaso eso fuera posible. Rachell y sus continuos desafíos se habían convertido en un reto, uno que quería alcanzar y dominar, la quería entre sus brazos, y maldita fuera, no sólo por una noche. Su instinto le gritaba que la protegiera y la apartara del peligro.

¿Qué sentido tendría resistirse?, tal vez torturarse y terminar enloqueciendo, no se iba a engañar, quería meterse en la cama del fiscal, y preferiría arrepentirse por haberlo hecho, que lamentarse el resto de su vida por no haberse atrevido.

—Voy por mi cartera.

Los ojos de Samuel brillaron triunfantes y excitados.

—Yo voy por mi chaqueta, ahí tengo las llaves del coche, si quieres te busco en la mesa donde estás.

—No... no, mejor nos encontramos en la salida.

Lo que menos quería era que Sophia empezará con sus indirectas delante de él. *¡Jamás le creería que le iba a enseñar Capoeira!*

Samuel asintió en silencio y la atrajo hacía él una vez más, besándola y dejándola a medias, sembrándole ganas por si se arrepentía en el camino. De pie, observó cómo ella se perdía entre la gente. *Demonios, tenía que tener a Rachell Winstead*. Se dio media vuelta y volvió al salón privado.

—Samuel, los chicos te han estado buscando —le hizo saber Reinhard al verlo llegar a la mesa, observando en silencio cómo agarraba la chaqueta del respaldo de la silla.

—Me voy tío —le habló con la voz agitada—. Nos vemos después.

Reinhard lo miró desconcertado.

—¿Cómo que te vas? ¿Pasó algo? —indagó preocupado.

—No, nada —Samuel se lamió los labios y le guiñó un ojo—. Es algo personal.

—Está bien, te disculparé —Y con una mano le mostró el móvil—, me mantienes informado. —Reinhard le devolvió el guiño —Quiero decir, si surge algún inconveniente, no tienes que infórmame de todo Sam...

Samuel se rio elevando una sarcástica ceja.

—Está bien... lo haré... ahora definitivamente me has hecho sentir como un adolescente.

—¿Llevas preservativo? —preguntó Reinhard con acento cómplice.

Samuel puso los ojos en blanco y lo miró impaciente.

—Siempre llevo...

La mirada divertida de Sophia y la cuidadosa de Oscar se paseaban por Rachell, que sacaba de su cartera las llaves del coche y se las entregaba a su amigo. Se dio la vuelta y después vaciló, mirando sus zapatos les habló de nuevo:

—No creo que pueda abrir la tienda mañana temprano, por favor Sophie, hazlo por mí, sé que últimamente lo has hecho muy seguido y te pido disculpas por ello.

—No te preocupes, tengo que ir a trabajar igualmente. —Una sonrisa impúdica bailaba en los labios de la pelirroja—. Ahora ve tranquila... yo me encargo... eso sí, lo grabas todo.

—¡Sophie! —exclamó Rachell ruborizándose.

—Yo también quiero tomar unas clases de Capoeira, y ver qué tan buen maestro es, porque... ¿Te va a enseñar Capoeira, no es verdad?

—Por mí no se preocupen —les dijo Oscar sonriendo, y elevando las manos a la altura del pecho en gesto de inocencia.

En ese momento, Rachell sintió el teléfono móvil vibrar dentro de su cartera, lo buscó y lo revisó. Era un WhatsApp.

◐ *"Estoy esperando, señorita Winstead"*

La imagen con un rostro serio y provocativo le mostraban al remitente. Ella no pudo evitar sonreír y presionar rápidamente las letras en la pantalla.

◐ *"Un minuto fiscal, ¿o prefiere que le diga maestro?"*

Le dio enviar, y no fue consciente del suspiro que revoloteó en su pecho y terminó escapándose. Elevó la mirada y se encontró con las expresiones divertidas de sus amigos. Para evitar dar explicaciones, sólo se acercó a ellos y les dio besos de despedida, y marchándose sin decir nada se dirigió a la salida. Su móvil vibró de nuevo. Como la más feliz y ansiosa de las adolescentes lo revisó rápidamente.

◐ *"Podríamos dejar los formalismos de lado. ¿Por qué no entramos en confianza, Rachell?"*

Millones y millones de mariposas empezaron a estrellarse en su estómago haciéndola sonreír.

🔘 "No me pida que le diga Sammy, me sentiría una pedófila"

En cuanto estuvo en la puerta, sintió las miradas de dos hombres enormes completamente vestidos de negro sobre ella. Endureció el gesto y siguió caminando ansiosa. Entonces sus ojos se encontraron con los de Samuel que estaba de pie en la acera frente al club. Al verla, él caminó hacia ella sin vacilación, con el rostro en blanco, tan serio como siempre, provocándola sin siquiera esforzarse. *Desgraciado*.

No sonrías, no sonrías, porque parecerás una estúpida desesperada. Se decía la chica mentalmente. Jadeó al sentir la mano tibia de Samuel cerrarse en torno a la suya en un gesto posesivo y protector. Por alguna razón desconocida, eso le calentaba el pecho de una manera que no estaba precisamente conectada con el deseo.

Sacudió la cabeza y contempló la mano masculina de dedos fuertes y estilizados, con las venas surcando su piel bajo una suave cubierta de vellos de la que no se había percatado antes. Tenía unas manos preciosas, y ella quería que la recorrieran, que la apresaran y le dieran placer. El corazón le brincaba en la garganta mientras caminaban sobre la acera, sentía miedo y exaltación, todo le daba vueltas.

Era ésa la misma mezcla de sentimientos que la habían asaltado tres años atrás cuando había dejado de ser virgen. Respiró hondo intentando recobrar el control, pero falló miserablemente.

Escuchó pasos hacer eco tras ellos, y se percató que eran los mismos hombres que la habían seguido al salir del local, insegura por el ambiente relativamente solitario del aparcamiento, miró a los hombres con creciente desconfianza.

—Tranquila —susurró Samuel con voz ronca, de nuevo acercando su boca hasta su cuello, después, le dio un beso en la piel sensible tras el pabellón de su oreja—. Son mis guardaespaldas.

Rachell sonrió con ironía al reconocer el endiablado Lamborghini rojo. Samuel se sacó las llaves de la chaqueta y desactivó la alarma. Las luces del coche parpadearon y las puertas empezaron a elevarse. Ella llenó de aire sus pulmones y él le apretó la mano sugerentemente, *Dios, ya faltaba poco para darle rienda suelta a lo que habían estado esperando por semanas*.

—¡Suéltenme! ¡Por favor, suéltenme! —escucharon la voz ahogada en llanto de una mujer.

—Cállate... Cállate. —Se oyeron iracundos murmullos, que parecían dos voces masculinas distintas.

El cuerpo de Samuel se tensó instantáneamente y los ojos de Rachell se abrieron asustados. Inclinándose, Samuel ubicó rápidamente el lugar de donde provenían los gritos. Divisó en medio de la penumbra a dos hombres sometiendo contra un muro a una mujer, que no parecía conseguir liberarse pese a removerse entre las manos de los asaltantes.

Sin decir una palabra, Samuel soltó la mano de Rachell y salió corriendo a una velocidad impresionante hacia donde se encontraba la chica. Rachell escuchó la maldición de uno de los guardaespaldas, y los dos hombres corrieron de inmediato tras Samuel.

—¡Hijos de puta! —gritó Samuel al ver a los cobardes hombres huir al tiempo que salía disparado tras ellos. Rápidamente los alcanzó, y cogiendo a uno de ellos por la capucha lo tiró al suelo, se giró y le puso su bota *Mustang* media caña de diseño militar en el cuello al hombre, sacó el móvil y le tomó varias fotografías mientras el hombre se retorcía bajo su pie, intentando liberarse o al menos cubrir su cara. Samuel presionó la bota y respiró hondo, serenándose y ocultando el velo de ira en sus ojos.

—Yo no hice nada... no hice nada —repetía el hombre desesperado. Era un jovencito, probablemente en sus veintes, bien vestido y con cara de niño de papá. Sus ojos muy abiertos miraban asustados a Samuel que seguía con la bota en su garganta.

Samuel retiró el pie, observando cómo el joven había quedado paralizado mirándolo aterrorizado desde el suelo.

—¡Fuera de aquí! —le gritó al tiempo que guardaba su teléfono y veía como Jackson se le acercaba—. No pasa nada —miró enfurecido a su guardaespaldas y le habló con la voz engañosamente serena—. ¿Puedes dejarme tranquilo?

En ese momento, el joven delincuente aprovechó y huyó corriendo. Con la sangre llena de ira, Samuel y Jackson devolvieron sus pasos hacia el lugar donde estaba la jovencita que había sido atacada. El segundo guardaespaldas estaba con ella, mirándola con expresión ilegible. La chica estaba sentada en el suelo tratando de unir los girones de su blusa, y Rachell estaba reclinada a su lado ayudándola, intentando consolarla mientras la joven mujer lloraba con la mirada perdida en la nada.

—¿Te hicieron daño? —le preguntó Samuel poniéndose de cuclillas frente a la joven. Ella sólo negaba en silencio sin parar de temblar, aún con la mirada dirigida a ningún lugar. Samuel sacó el móvil y le pidió a Jackson que lo sostuviera desde arriba, iluminándolos a los dos. Le cogió la cara a la chica con suavidad y la dirigió hacia la luz. En efecto, sus pupilas estaban por completo dilatadas, ella reaccionó de inmediato, apartando sus ojos de la luz que la lastimaba. Samuel se tragó una maldición, le retiró el flequillo de la frente y sintió la piel fría lavada en sudor—. ¿Con qué te has drogado?

Con la voz espesa, ella se dirigió a él asustada y rompió a llorar.

~ 100 ~

—¿Es usted policía?

—No... no soy policía, no tengas miedo —intentó tranquilizarla mientras le acariciaba los cabellos.

Rachell admiraba a Samuel tan tierno y protector, sintió el enorme deseo de abrazarlo y besarlo por comportarse como un héroe, con aquellos hermosos sentimientos, prestando ayuda desinteresadamente. Instantes atrás, había tenido miedo al ver su rostro lleno de rabia y su reacción agresiva sobre el atacante, pero ahora, lo que ella veía era a un héroe, un hombre digno y valiente. Algo que ella nunca antes había presenciado.

Rachell sonrió sobrecogida, observando su mano sobre el rostro de la joven, y entonces, la más irracional de las emociones se formó directamente en su estómago y se apeñuscó en su garganta. No tenía ningún sentido, la chica en el suelo era prácticamente una niña, una desconocida, además, alguien que estaba sufriendo, aterrada y drogada. Pero ella sintió cómo todo lo posesivo en ella rugía por salir, no quería que él la tocara, no sin su consentimiento, no quería sus atenciones para nadie distinto de ella. Asustada, sacudió los neuróticos pensamientos de su mente y retiró la mirada de las manos de Samuel.

—Parece un policía —habló la chica secándose las lágrimas con manos temblorosas—. Corrió como uno de esos policías de las películas.

—¿Qué has consumido? —volvió Samuel a preguntarle en un tono más tranquilo.

—Una XTC, pero yo no quería... —se apresuró a decir y una vez más rompió en llanto—. Es la primera vez, le juro que es la primera vez... ellos me dijeron que me sentiría muy bien... al principio sí, pero ya no, todo me da vueltas y veo muy borroso, todo es confuso y siento que el corazón me va a estallar.

—Está bien, no te pasará nada, vamos a denunciarlos y no tienes por qué tener miedo... —Samuel hablaba y ella negaba con la cabeza.

—No... no, mi padre se molestará conmigo, esto sería un escándalo para él... yo sólo quiero irme a casa, por favor.

—Está bien... ¿Has venido con alguien más? —Samuel hacía la pregunta mientras pensaba en la irresponsabilidad de los padres que no podían estar al pendiente de sus hijos—. ¿Qué edad tienes?

—Diecinueve, y me escapé sola de casa... entré con documentación falsa.

—Sabes que eso está mal, ¿verdad? —Ella asintió en silencio—. Ya ves lo que puede pasar, te vamos a llevar a tu casa, no puedes irte sola en estas condiciones, cuando llegues, te vas a dar un baño de agua fría y te vas a hidratar muy bien. ¿Entendido? —La chica volvió a asentir—. ¿Cómo te llamas?

—Megan... Megan Brockman —respondió la delgada chica de apariencia frágil. Tenía el cabello castaño y ojos verde aceituna.

Samuel cerró los ojos y sintió como si lo hubieran golpeado directamente en el estómago dejándolo sin aire. El destino tenía un puto sentido del humor de lo más irónico. Suspiró y centró sus ojos ámbar en ella, y antes que pudiera decir nada, Rachell intervino sorprendida.

—¿Eres la hija de Henry Brockman? —La chica asintió titubeante—. Entonces será mejor que llamemos a tu padre, yo lo conozco, seguramente él vendrá por ti.

—No. —Megan subió la voz alarmada—. No, mi padre va a encerrarme de por vida, no es buena idea, él es simplemente un desgraciado —agregó al final, con la voz aún extraña por el efecto de las anfetaminas.

—Tranquilízate —susurró Rachell con voz suave—. No le vamos a decir que te has escapado, yo le diré que estabas conmigo.

—No lo creo necesario —resonó la voz profunda de Samuel, y Rachell pudo sentir el hielo edificándose de nuevo entre los dos—. La chica tiene razón —le aconsejó Samuel a Rachell incorporándose y caminando hacia el coche.

—¿En qué tiene razón? Es mejor que él venga a buscarla, yo lo llamaré y sé que vendrá —habló ella siguiéndolo.

—En lo único en lo que tiene razón, es en que su padre es un desgraciado. —Sus ojos volvieron a ser dos murallas hostiles que la alejaban, sólo que esta vez estaban consiguiendo hacerle daño—. Veo que está muy segura de que el señor Brockman acudirá a buscarla a cualquier lugar sin importar la hora.

Su pecho dolía, su trato indiferente la lastimaba, maldito fuera todo aquel embrollo, y ahí estaban sus argumentos acerca de no ceder frente a ningún hombre golpeándola en la cara. Rachell endureció el gesto, lo miró a los ojos y se mantuvo en silencio, esperando en el fondo de su corazón que él volviera a ser el hombre cálido y protector de minutos atrás.

Los celos rugieron en el pecho de Samuel más fuertes que nunca, quería destrozar a Brockman por dejar a su hija sin el cuidado necesario, y sobre todo, por formar parte de la vida de Rachell de una manera en la que él quería ser el único, sin negociaciones, sólo él.

—Como está tan segura, señorita Winstead, entonces espero que él pueda llevarla a su casa. —La voz del joven se transfiguró a una verdaderamente molesta al tiempo que se encaminaba al coche, subió y lo encendió, mientras las chicas desconcertadas observaron cómo las dejaba solas en el aparcamiento, detrás de él salió un todoterreno con los dos guardaespaldas, dejando el sonido ensordecedor a consecuencia del rugido del motor del coche deportivo.

—¿Se ha enfadado tu novio? —preguntó cautelosamente Megan.

—No es mi novio... —Arrastró las palabras ante la rabia y la sensación extraña en su garganta—. Voy a llamar a tu padre —le hizo saber sacando de su cartera estilo sobre su teléfono móvil.

—Pero te gusta… —continuo la chica con una sonrisa.

—No… no me gusta, no es más que un grosero —informó mientras esperaba que Brockman atendiera.

—No… para mí es todo un príncipe en Lamborghini, está buenísimo —dijo emocionada, y Rachell sólo la miro elevando una ceja con sarcasmo, en ese momento la voz aletargada de Henry se dejó escuchar al otro lado del móvil.

Rachell le explicó la situación, el hombre le dio las gracias y le hizo saber que enviaría a uno de los choferes por su hija, a la cual le esperaba una reprimenda, pero eso no se lo dijo a la chica.

CAPÍTULO 10

W*instead Boutique* estaba cerrada por inventario y cambio de temporada, la siguiente temática llevaría los colores, rojo, negro y gris, una evocación del viejo Chanel. Sin embargo, en ese justo momento, el lugar era un completo caos sin mucha forma.

Dentro se encontraban Rachell y Sophia, la pelirroja organizaba la nueva colección mientras que la pelinegra colgaba un cuadro a blanco y negro del *Big Ben*. En cuanto Oscar llegara con el juego de lámparas colgantes de metal plateado, y brillantes espejos rutilantes de la tienda de Richard Hutten, le pediría que colgaran juntos el cuadro gigante con el paisaje neoyorquino del puente Brooklyn.

Rachell bajó de la escalera, y se desplazó bailando hasta donde se encontraba Sophia golpeando su cadera contra la de su amiga.

—¡Wow! *Oh... Oh... I tried my best to feed her appetite...* —coreaba Rachell la voz de Adam Levine de *Maroon 5*, que cantaba desde su consola el seductor *This Love*. Ambas se tomaron de las manos y empezaron a bailar mientras cantaban como adolescentes febriles.

Oscar, y mucho menos Sophia, habían hecho ningún comentario acerca de lo ocurrido el viernes anterior, los dos notaron su dramático cambio de humor, pero conocían lo suficiente a Rachell como para saber que era extremadamente celosa con su vida privada, y que poner en evidencia cualquier muestra suya de debilidad emocional haría que *Godzilla* pareciera una tierna lagartija de terrario.

El fin de semana, después del sugerente encuentro con Samuel Garnett en el *Provocateur*, estuvo encerrada en su apartamento sin responder llamadas, atendió mensajes de texto únicamente relacionados con el trabajo y guardó completo silencio acerca de si había o no recibido las clases de Capoeira. El lunes en la mañana entró en la boutique, fresca como una rosa, con una sonrisa demasiado feliz, y dando instrucciones por doquier a fin de movilizar el cambio para la temporada entrante.

Las risas y chillidos emocionados de las chicas fueron interrumpidos por un hombre que llamaba a la puerta. Rachell parpadeó un par de veces y lo reconoció instantáneamente. Era uno de los guardaespaldas de Samuel Garnett. Frunciendo el ceño se dirigió hasta la puerta y la abrió de mala gana.

—Buenos días, señorita Winstead. —La saludó el gigante moreno sin un pelo en la cabeza, y una nariz perfecta y perfilada que parecía ser simplemente una equivocación en aquel rostro tan rudo.

—Buenos días señor, como puede darse cuenta, la tienda está cerrada —le hizo saber la chica señalando el aviso en la puerta de cristal—. Si necesita alguna prenda, puede regresar mañana —agregó haciendo un esfuerzo sobrehumano por no dejar salir la bestia grosera que maldecía en su interior.

—No he venido de compras, señorita. He venido a entregarle esto —le dijo extendiéndole un sobre de manila azul oscuro—. Se lo envía el señor Garnett.

Rachell miró al hombre con la boca abierta, perpleja y por un momento en blanco. Dudó en recibir el sobre por un momento, después de todo era una osadía de parte del absurdo fiscal atreverse a dirigirse a ella de nuevo, no importaba cuál fuera el medio. Pero la curiosidad la mataba, y ella era una gata muy curiosa. Estiró la mano y le recibió el sobre al hombre.

—Gracias, señorita Winstead, feliz día —le dijo, se dio media vuelta y se marchó.

Rachell cerró la puerta con la mente aun embotada pensando en Samuel Garnett, caminó de regreso a la estantería en la que estaba trabajando, observando detenidamente el sobre que en la parte posterior estaba membretado con letras doradas que decían: **Garnett Bufete & Associated.** Bajo el ostentoso título había varios números telefónicos, un correo electrónico y una dirección que ubicaba a la empresa en el bajo Manhattan, en nada más y nada menos, que un edificio que también llevaba su bendito apellido.

—¿Y eso? —preguntó con curiosidad Sophia al ver el sobre en las manos de Rachell.

—No tengo idea... —respondió levantando los hombros de manera despreocupada.

—Bueno —Sophia clavó sus ojos en el sobre—. Míralo.

Rachell se sentó en un banco alto y rasgó el sobre sacando un cheque, al ver la cantidad no pudo evitar que sus ojos se abrieran notablemente escandalizados. Aún intentaba reestablecerse, cuando Sophia le arrancó el sobre de la mano.

—¡La madre que lo parió! —gritó Sophia sorprendida al ver la cantidad.

Todavía muda de asombro, Rachel revisó el interior del sobre y encontró una nota escrita a mano en letra cursiva, fluida, masculina y atractiva.

"Es el pago por el trabajo realizado en el gimnasio, sé que no es el precio acordado, sin embargo, quise acreditar algo extra por su excelente servicio, incluyendo los besos.

Samuel Garnett."

Por un minuto entero se quedó leyendo una y otra vez la nota, intentando comprender su temeridad, después, la rabia se abrió paso por sus venas, acelerando su pulso, calentándola, enrojeciendo su cara de pura cólera.

—Maldito-hijo-de-puta —farfulló apretando los dientes, le arrebató el cheque a Sophia y prácticamente corrió hasta su oficina en busca de su cartera.

—¿Qué ha pasado? —preguntó Sophia desconcertada.

—Me cree puta el muy imbécil —le contestó alzando la voz, sin detenerse en su camino a la puerta, con el cheque, la nota y el sobre en la mano.

—Rachell, espera, ¿a dónde vas? Mira cómo estás vestida —la llamó Sophia corriendo tras ella.

—Me importa una mierda cómo esté vestida, le voy a meter este papel por el culo... —siguió gritando mientras arrugaba enfurecida los papeles en su mano. Estiró el brazo y un taxi frenó en seco a su lado. Sophia se quedó tiesa en la acera, después sonrió y entró de nuevo en la boutique. El abogado no tenía idea lo que le esperaba, Rachell cabreada podría hacer temblar a Lucifer en persona.

La pelirroja se sentó en un banco, sonrió y empezó a cantar.

—And I can't wait another minute,
i can't take the look she's giving,
your body rocking,
keep me up all night,
one in a million ¡My lucky strike!

****

Cinco minutos después, Rachell estaba en el aparcamiento de su apartamento. Con la rabia intacta sacó las llaves del coche y salió impulsada por el mismísimo diablo. No le fue difícil dar con la dirección que estaba en el sobre. Asomó la cabeza para ver la altura del edificio de cristales negros, no era más que una estructura de unos cuarenta pisos como muchos otros en Manhattan, en el último enormes letras de metal doradas relucían: **Garnett Bufete & Associated, LLP Law office.**

Tragó duro apenas conteniendo la rabia, y puso sus ojos sobre las puertas giratorias, sobre éstas, también estaba glorificado el nombre de su maldito edificio, con todo y su flagrante apellido. Dejó el coche en la bahía y entró casi corriendo. El vestíbulo era amplio, con una decoración futurista, todo en colores blanco y negro, y tonos niquelados.

Intentando normalizar la respiración se dirigió a la recepción, procuró orquestar una sonrisa amable que le facilitara el acceso al ser despreciable que le había enviado el cheque, pero en cambio las comisuras de su boca se apretaron al ver el descarado y repulsivo escaneo que la recepcionista le hizo al mirarla de arriba abajo, sin esforzarse en disimular el desprecio en su rostro.

—Buenos días, ¿en qué puedo ayudarle señorita? —la saludó la rubia oxigenada al otro lado del recibidor, con una voz demasiado dulzona que ponía la hipocresía como recurso de comunicación.

—Buenos días —respondió Rachell con voz seca y profesional, mirándola a los ojos sin pestañear, y borrando de su mente que su actitud definitivamente no iba con sus shorts—. Necesito hablar con el señor Garnett, por favor —solicitó altiva.

—¿Tiene una cita? —inquirió la falsa rubia moviendo sus dedos por una tableta electrónica.

—No —suspiró—. Pero es una emergencia, soy la diseñadora de interiores que está haciendo los arreglos en su apartamento, hubo un accidente. —Mintió descaradamente, sintiéndose repentinamente demasiado satisfecha con ella misma.

—En ese caso, permítame anunciarla con su secretaria, puede esperar ahí. —La recepcionista desplazó la mirada hacia un sofá de cuero blanco al otro lado de la estancia—. Por favor.

Rachell respiró hondo una vez más, y le dedicó una de esas adorables sonrisas en las que la palabra *cabrona* iba impresa. Esforzándose en ocultar su desesperación, se sentó, se cruzó de piernas y sintió el liso y frío cuero bajo su piel. Maldijo a Sophia por tener la razón acerca de su ropa y buscó su teléfono móvil. Unas pocas notificaciones de las redes sociales fueron su breve entretenimiento, pero claro, eso sólo la desesperó más. Guardó el teléfono, y vio lo que había tomado de su vestidor antes de sacar su coche y dirigirse al despacho de abogados. Con la exasperación en aumento, elevó la mirada y pudo ver a la mujer hablando por el auricular mientras tecleaba en el ordenador.

—Disculpe, señorita, necesito su nombre... Para el pase de seguridad... —explicó con arrogancia.

—Rachell Winstead —esbozó una sonrisa de agradecimiento en aparcamiento, se puso de pie y se encaminó de nuevo al mostrador, donde la mujer le entregó una credencial.

—Piso treinta y ocho, ahí la atenderá la secretaria del señor Garnett.

—Gracias.

Rachell caminó hacia los ascensores y sin poder evitarlo, sus ojos se tomaron un tiempo en los ostentosos murales que alardeaban la selecta cartera de clientes de la firma Garnett, entre los cuales se encontraban dos equipos de béisbol de las ligas mayores, tres de fútbol americano, un grupo de rock que ella admiraba, pudo contar quince entre actores y actrices, algunas empresas reconocidas, y por supuesto el grupo EMX. El suave pitido del ascensor abriendo sus puertas terminó con la odiosa lectura.

Tres elegantes hombres que no superarían los cuarenta años, con trajes de marca y perfumes exquisitos, salieron del ascensor haciendo educados movimientos con sus cabezas al saludarla. Como era de esperarse, no pudieron disimular sus miradas sorprendidas al encontrarse con su muy contradictoria apariencia en medio de toda la formal sofisticación del lugar.

Ella entró primero, presionó el botón treinta y ocho e inhaló profundamente navegando entre las excitantes y masculinas colonias. Pero ninguna tan excitante o masculina como la de Samuel Garnett, que mezclado con el propio y único aroma almizcleño de su piel hacía que todo al sur de su cuerpo despertara enfebrecido. Sacudió los peligrosos e incoherentes pensamientos y suspiró cansada, adhiriéndose a una de las paredes de cristal del ascensor, observando cómo poco a poco Nueva York quedaba a sus pies.

El elevador se detuvo e ingresaron dos hombres más, también trajeados impecablemente, pulcramente peinados y afeitados. El lugar podría ser perfectamente un imán de estrógenos. Bajo sus calientes miradas, por un momento se sintió como el cordero que ellos esperaban devorar en la comida, aunque se esforzaran en disimularlo tras sus sonrisas amables.

—Buenos días —saludaron los hombres al unísono.

—Buenos días —respondió ella naturalmente.

—¿Busca a algún abogado en específico? —preguntó un rubio de ojos aguamarina.

—Sí, al señor Garnett.

—¿Asesoría judicial con el Asistente Fiscal?

—No, es una reunión personal.

La suave sonrisa del hombre le dejó claro lo que estaba pensando. Sería una más del montón que seguramente visitaría al señor fiscal. Extrañamente asqueada se apresuró a tumbar cualquier equivocada conclusión a la que el bonito rubio hubiera llegado.

—Tuve un contrato con él, soy diseñadora de interiores.

—Interesante... —el hombre intentó decir algo más cuando la puerta se abrió—. Ha sido un placer, señorita —Se despidió mostrando una sonrisa de publicidad para dentífrico. El hombre estaba buenísimo, como el resto en el ascensor. Pero el recreo para sus ojos llegó a su final porque todos se quedaron en el piso veintidós.

Cuando las puertas del elevador se abrieron en el último piso, la recibió un amplio, iluminado y lujoso pasillo.

En una pared había cuadros de algunos paisajes de Brasil en blanco y negro, otros en full color mostraban a Rio de Janeiro, en un majestuoso atardecer que la llenó de calidez. Por una tonta razón la sobrecogió, ayudándola a sobrellevar el frío que sentía en aquel lugar demasiado pulcro. Algunas esculturas de metal que parecían ser étnicas, estaban dispuestas en una esquina, al otro lado imponiéndose se encontraba una escultura femenina de mármol blanco, estaba vendada y sostenía la balanza de la justicia en una de sus manos, en la otra tenía una espada, y debajo del pie izquierdo una serpiente sometida. Era la famosa *Dama de la justicia*, y sobre ella en letras de metal dorado incrustadas en la pared se podía leer:

"Absurda idea ese soñado derecho a tener un defensor.
O el acusado es inocente y no tiene necesidad de ser defendido; o es culpable, y no tiene razón para ser defendido"
(Pouyet 1539)

Le quedaba claro con la máxima sobre la escultura que la misión de Samuel Garnett no era más que juzgar. Frunció el ceño en abierto desacuerdo, pues hasta los culpables tenían derecho a ser defendidos, a sentir que podían importarle a alguien, después de todo, se puede ser culpable por error, y al parecer eso no lo tomaba en cuenta el fiscal.

Caminó por el pasillo de las esculturas que parecía hacerse eterno. El lugar era increíble, destilaba un aura de poder y solemnidad, dos cosas que no asociaba con Samuel Garnett, no lograba ubicarlo en los zapatos de un fiscal intachable, tampoco creía que tuviera en realidad la agudeza para llevar ese imponente despacho, con una cartera de clientes tan importantes y con tantos abogados bajo su mando. El hombre al que vio en el local nocturno no era más que un joven sin preocupaciones, feliz, irreverente, rebelde, y después el obtuso hombre de hielo en el que se convertía, obstinado y desconcertante, a veces un caballero que entibiaba su piel y otras un irritante cavernícola. Pero de ninguna manera un fiscal o un abogado exitoso a la cabeza de un imperio legal.

—Buenos días —saludó a una mujer morena de unos treinta años algo pasada de kilos, de aspecto amable y elegante, sentada tras un precioso y moderno escritorio negro.

—Buenos días señorita Winstead —La mujer le sonrió—. Aún no he podido avisarle al señor Garnett de su presencia, se encuentra sumamente ocupado y pidió no ser molestado… por nadie —La mujer la miró como disculpándose amablemente—. Sin embargo, intentaré anunciarla en unos minutos, tome asiento por favor.

—Gracias —Rachell le sonrió con franqueza y se sentó donde le había indicado, esta vez en un mueble negro aún más frío que el de la recepción.

Los minutos se sucedieron unos a otros, y la mujer sólo recibía llamadas y tecleaba sin parar en el ordenador, la paciencia de Rachell se agotaba con el paso de cada nuevo segundo.

—Vivian, me traes un *quentao*, por favor —Escuchó la voz con acento brasileño a través de un altavoz.

—Enseguida se lo llevo, señor —La mujer apoyó sus manos en la silla para levantarse y Rachell en ese momento le hizo un gesto para que la anunciase; suspirando, la rolliza secretaria volvió a sentarse—. Disculpe señor Garnett, la señorita Rachell Winstead lo busca, me ha dicho que trabaja para usted.

Por varios segundos no hubo ninguna respuesta.

—Vivian, en este momento estoy ocupado y no tengo tiempo para nadie, dile por favor a la señorita Winstead, que si en el transcurso del día cuento con unos minutos, la atenderé, sino que pase otro día.

Rachell sintió una hoguera cobrar vida en la boca de su estómago, y la rabia que ya sentía aumentó exponencialmente.

—No pues… ¡Dios y él! —masculló echando humo.

—Sí señor, le informaré —finalizó Vivian poniéndose de pie.

—Lo esperaré —Se adelantó Rachell, evitando que la secretaria dijera una palabra. Se cruzó de brazos, dispuesta a esperar… pero no por mucho tiempo.

—¿Se le ofrece algo? —le preguntó Vivian amablemente sin poder evitar desviar la mirada a su vestuario.

—¿Qué fue lo que le pidió el fiscal? —En ella la curiosidad podía más que cualquier cosa.

—Un *quentao* —respondió la secretaria con una cordial sonrisa—. Es un té brasileño a base de jengibre, limón y canela… es delicioso si se toma tibio, tiene un sabor sorprendentemente dulce y ligeramente "picoso". ¿Desea uno? —le preguntó con amabilidad.

—Sí, por favor —aceptó Rachell asintiendo con una sonrisa.

—Enseguida se lo traigo —La mujer se encaminó por el pasillo y se perdió por una de las puertas de la izquierda. Rachell observó el lugar que irradiaba paz en aquella confortable soledad.

¡Soledad!

Poniéndose de pie, se dirigió al despacho del señor fiscal sin perder tiempo. Le daría los minutos contados, cuando a ella le diera la gana, mientras caminaba con la mirada agazapada, escarbó en su bolso, sacó el cheque y lo que tan especialmente había buscado en su apartamento.

Samuel se encontraba en una videoconferencia con su tutor de la maestría en "Ciencias de la Justicia Penal" de la Universidad de Heidelberg, cuando la puerta de su oficina se abrió con estrépito. Con el ceño fruncido desprendió sus ojos de la pantalla, dispuesto a maldecir al responsable, pero sin poder controlarlo, su mirada se deslizó ávida por las largas y estilizadas piernas de la endemoniada señorita Winstead. Vestía un diminuto, casi inexistente, pensó con algo de recelo- short vaquero, y una delgada camiseta de franela celeste que enfatizaba la femenina forma esbelta de su torso, lucía más joven y relajada, salvo porque la salvaje expresión en su rostro le decía que estaba de todo menos tranquila.

Ella era excesiva para él, le nublaba el pensamiento y lo dejaba expuesto, ahora mismo, había olvidado por completo lo que iba a decirle a su tutor, toda línea de pensamiento coherente había sencillamente desaparecido. Las palabras se habían quedado atoradas en su garganta.

La estaba mirando, y no precisamente a la cara. Rachell se encontró con Samuel Garnett arrogante y majestuoso, sentado tras un impresionante escritorio de grueso vidrio ahumado, vestido con un traje negro, una camisa también negra y opaca como el carbón, y una corbata color vino tinto. Lucía obscuro y poderoso, con las cejas fruncidas en un gesto sensual y varonil, todo en él armonizaba, su cabello, sus esculpidas facciones, y la deliciosa tonalidad de su piel, aunque clara, espolvoreada con la gracia dorada latinoamericana. La rabia de repente se había ido, y ahora ella se encontraba abandonada en el enorme placer de contemplarlo.

Con descaro, Samuel la acarició con sus ojos, desde los tobillos hasta detenerse en sus preciosos ojos violetas. Entonces inclinó la cabeza suavemente, como queriendo comprender qué diablos hacía ella en su despacho.

La rabia en Rachell resurgió multiplicada, y de sus ojos saltaron chispas, estaba desesperada por confrontarlo y mandarlo a la mierda diez veces de ida y vuelta.

Sin decir una sola palabra, caminó hacia el escritorio sin dejar de mirarlo a los ojos. Moviendo sus piernas con firmeza y elegancia, puso sobre la fría superficie de vidrio el cheque, la nota y un frasco de lubricante. Repasó los objetos con la mirada, y con los dedos índice y medio deslizó los dos trozos de papel hasta dejarlos frente a Samuel en el borde del escritorio cerca de sus manos. Después, cogió el alargado frasco de cristalino lubricante y lo puso entre el cheque y la nota, se acercó a él inclinando su cuerpo y dándole un extraño y tentador vistazo de sus pechos que, traslucidos por la delgada camiseta, resaltaban orgullosos bajo su sujetador.

—Tiene aloe vera —le susurró aguzando los ojos. Se irguió de nuevo frente a él y le habló esta vez con voz profundamente seria, apretando los dientes en cada palabra—. Ya sabe lo que tiene que hacer.

La respiración de Samuel se alteró enfurecida, nadie se atrevía a faltarle al respeto, y mucho menos le hacían sugerencias tan grotescas y groseras. Ella no le temía, por el contrario, parecía estar ansiosa por desafiarlo y causarle el mayor daño posible en el intento.

—Estoy muy ocupado señorita Winstead, salga de mi oficina —exigió con las pupilas fijas en las de ella, debatiéndose entre la necesidad de arrojar el maldito pote de lubricante contra la puerta, o hacerlo con ella misma, estrellarla bruscamente contra la puerta, apretarla con su cuerpo y asaltarla con besos violentos.

Rachell sentía tanta rabia que el llanto parecía estar amontonándosele en la garganta, la barbilla le temblaba y apretaba los puños con tanta fuerza que tenía las uñas clavadas en las palmas de sus manos. Pero de ninguna manera iba a llorar, jamás se mostraría vulnerable ante tal imbécil. Dándose una ostia mental, se apretó el labio inferior entre los dientes, obligándose a detener el tonto temblor y las lágrimas que picaban en sus ojos.

Samuel se percató del ligero temblor en Rachell, algo en su interior se suavizó y quiso hacer algo más que besarla con violencia, quiso besarla despacio, saborearla a consciencia, como lo había hecho en el *Provocateur*, quería recorrerle los labios con la delicadeza que su belleza exigía, Samuel quería disfrutar una vez más del inmenso placer que había sido besar a Rachell Winstead.

—Doctor Metzger, pido sus disculpas, se me ha presentado una emergencia con un cliente y me veo obligado a interrumpir la entrevista, lo llamaré para concretar nuestra próxima sesión —habló en fluido alemán mirando al monitor.

—No se preocupe Garnett, sé lo difícil que es su horario, esperaré su llamada.

En cuanto el doctor Metzger dejó de hablar, Samuel con un toque en la pantalla dio fin a la videoconferencia. Enseguida se levantó y caminó hacia ella abotonándose la chaqueta, entonces, la elevada voz de Rachell lo detuvo abruptamente.

—¡No soy ninguna puta! ¡No se equivoque conmigo, Garnett! —gritó y se dio media vuelta dispuesta a largarse del lugar. El maldito hombre se veía espectacular de pie, luciendo en todo su esplendor cuan largo era. Tenía que huir.

Samuel estaba confundido y molesto por la grosera intrusión de Rachell, y aun así no pudo evitar la retorcida sonrisa que se formó en sus labios. La mujer estaba realmente buena, quería esas piernas rodeándolo, y sus manos sobre ese glorioso trasero.

Cálmate, le susurró mentalmente a su punzante entrepierna.

—Espera. —Apuró el paso en su dirección—. Rachell, espera —Y entonces los ojos de Samuel se abrieron por completo. La mujer había echado literalmente a correr.

Rachell sintió cómo la rabia se vaciaba de su cuerpo, sustituida por una sorprendente necesidad de mirarlo, de tenerlo cerca, demasiado cerca. Y eso la asustó como nada antes, tenía que huir, haberse metido en su territorio había sido por completo un error. Vivian fue apenas un manchón de color llevando dos tazas de té cuando pasó corriendo por su lado, dejándola con el rostro lleno de confusión.

La escena parecía pertenecer a alguna clase de universo alterno y desconocido, Vivian no terminaba de comprender cómo su mesurado jefe casi corría dando largas zancadas tras la joven del irreverente short vaquero. El señor Garnett no parecía para nada contento en aquellas circunstancias.

Rachell se detuvo frente al ascensor y presionó con insistencia el botón de llamado, martirizada por una sensación parecida a la que deben experimentar las víctimas de los crueles asesinos psicópatas. El corazón le brincaba en la garganta y tenía la boca seca, ni siquiera se atrevía a volverse.

En el momento en que las puertas se abrieron le agradeció a Dios en un suspiro, al tiempo que entraba y pulsaba uno de los botones interiores del elevador, se adhirió al cristal dejando libre un suspiro al ver como las puertas se cerraban sin darle tiempo a Samuel Garnett de alcanzarla.

Cuando había poco más de un metro de espacio entre las puertas, lo vio detenerse en seco, con la corbata agitándose en su pecho, el cabello descolocado y el ceño fruncido. Victoriosa, elevó la comisura derecha con sarcasmo y le mostró el dedo medio de su mano derecha con total descaro.

De una sola zancada, Samuel alcanzó el portal del ascensor, pero el bendito aparato se cerró justo en sus narices, dejándolo frustrado, confundido y cabreado. Se pasó con impaciencia la mano por el cabello, y al final volvió a sonreír, el maldito y endemoniado carácter de la señorita Winstead lo calentaba y divertía a partes iguales. Nunca había conocido una mujer como ella, lo irritaba su osadía y cuanto le faltaba al respeto, pero allá, en un lugar retorcido de su cerebro, le encantaba que lo hiciera.

Se pasó la lengua por los labios, repentinamente emocionado, los retos siempre habían sido su debilidad, así que sin pensarlo un segundo más, se dio media vuelta y corrió, abrió la puerta del salón de conferencias que estaba conectado a su oficina, ingresó la llave maestra y las dos placas de metal del ascensor privado se abrieron haciéndolo sonreír de oreja a oreja.

Dando un par de tumbos, Rachell salió desbocada del ascensor y atravesó el elegante y lujoso vestíbulo. Las miradas de varios hombres alrededor la hicieron sentir como caperucita roja en un bosque atestado de lobos con traje de diseñador.

—Señorita. —La detuvo la voz dulzona y fastidiosa de la recepcionista cuando estaba por entrar en las puertas giratorias—. El pase, por favor —le pidió cuando Rachell se giró a mirarla.

Caminó a prisa hasta el módulo de información y se quitó la credencial mirando a la rubia oxigenada, que ya no consiguió ocultar la combinación de mal disimulado desprecio y descarada envidia al mirar sus largas piernas y sus shorts. Parecía que nadie en todo el puto edificio había visto antes un maldito par de piernas.

Sonrió al entregarle la credencial a la recepcionista

—¿Bonitas, verdad? —le dijo mirándose las piernas, la mujer la contempló enmudecida—. ¡Gracias! —finalizó con fingido entusiasmo, sonriéndole con cinismo.

Se dio la vuelta, y esta vez sin interrupciones, alcanzó las puertas giratorias. Salió del edificio y buscó las llaves en su bolso, entonces se quedó detenida, con los ojos moviéndose frenéticos en busca de su coche, que por alguna desafortunada razón, no estaba en la bendita bahía.

—No… —susurró—. No… estoy segura que lo deje aquí. —Empezó a caminar de un lado a otro, desesperada y sintiendo cómo el corazón empezaba a latirle fuertemente. La pesadilla no acababa.

—Disculpe, señorita. ¿Es usted la propietaria del coche de matrícula GTX8815? —le preguntó uno de los hombres de seguridad de la torre, ella asintió nerviosa y en silencio—. Le han dejado esto, se lo han llevado —le comunicó el hombre, señalándole el aviso de no aparcar.

Rachell se llevó las manos al rostro mientras vaciaba sus pulmones con su suspiro cansado y rabioso. No sólo tendría que disponer de sus ahorros para pagar una multa descomunal, sino que eso le significaría sacrificar su soñado viaje a Italia para el desfile de *Armani* en Milán.

—Gracias —murmuró débilmente.

Supuso que no le quedaba más que caminar hacia la avenida y tomar un taxi, pero su cuerpo parecía no responder, aún no conseguía hacerse a la idea que su viaje a Italia ya no se llevaría a cabo, en un abrir y cerrar de ojos todo se escapaba de sus manos.

Maldijo al IRS por llevarse casi todo su dinero en impuestos, y ahora también en multas injustas. Sus cuentas no dejaban mucho para su propia complacencia, gran parte de sus ganancias eran destinadas a inversiones para su marca, así eran las cosas al principio, lo sabía, pero había sacrificado mucho por la posibilidad del viaje a Milán.

—¡Fantástico! —gritó con la voz quebrándosele, y con las lágrimas finalmente rodando por sus mejillas.

Volvió a respirar profundamente, intentando ignorar las miradas de la gente en la calle. Diablos, se había vestido para remodelar su tienda, no para pasearse por el centro de negocios del mundo, y maldita sea, se habían llevado su coche.

Frustrada y triste, se sentó en la acera distante de la bahía, sus emociones estaban en caos, estaba confundida y desesperada, su autocontrol se le iba de las manos. Con las piernas pegadas al pecho, hundió el rostro en sus rodillas, y tragándose el nudo en su garganta, dejó que el llanto saliera de una maldita vez, le dolía como nada tener que renunciar al sueño de viajar a Italia.

Escuchaba como ecos estériles los pasos de las decenas de personas a su alrededor, entonces unos pasos se silenciaron demasiado cerca, y una mano se posó con demasiada suavidad en su espalda.

—Rachell. —La voz susurrada de Samuel Garnett denotó confusión, y cierta impresión que de momento ella no pudo definir.

Maldiciendo a su suerte, Rachell cerró fuertemente los ojos y hundió aún más la cabeza. El corazón le martillaba fuertemente, sintió cómo él introducía su mano y la tomaba por la barbilla, obligándola a elevar la cabeza.

—No me toque... —murmuró con los dientes apretados—. Aléjese —le exigió con la voz más elevada de la cuenta, y aunque puso todo de sí por mostrarse inamovible y dura, no pudo controlar la vibración en su voz.

Con brusquedad volteó la cabeza desprendiendo la barbilla de su toque, y miró hacia el otro lado frunciendo el ceño e intentando ignorarlo.

—Está dando un glorioso espectáculo con sus piernas. —Samuel se puso de cuclillas e intentó buscar su mirada—. Aunque le está alegrando el día a más de un hombre con sólo estar ahí sentada, debería considerar no hacerlo.

La voz de Samuel estaba impregnada de tanta ternura, que con cuerdas invisibles, sus ojos fueron halados hacia su rostro, entonces cada uno se perdió en la mirada del otro. Samuel suspiró perdido en las profundidades violeta que tan seguido despertaban varios de sus temores más profundos.

—Lo siento —balbuceó con dificultad—. No quise... no fue mi intención humillarla, no tiene por qué llorar, no merezco sus lágrimas, sé que fui algo grosero con usted, y le presento mis disculpas por ello. —Atropelló las palabras con la voz suave como terciopelo, descubriendo que después de todo no había sido tan difícil.

Rachell se rio mirándolo con displicencia.

—¿Cree que lloro por su falta de delicadeza?... No, mejor dicho, ¿por su brutalidad? —le preguntó limpiándose con manos temblorosas las lágrimas.

El rostro de Samuel pasó lentamente del desconcierto al enojo, endureciendo su expresión y ocultando la ternura que en principio no sabía de dónde había salido. Con demasiada determinación, le apretó los brazos y la obligó a ponerse en pie. Rachell jadeó incómoda e indignada con el nada delicado apretón.

—Señorita Winstead, será mejor que no se burle de mí —La amenazó con la mirada fría como el hielo.

Rachell lo encaró furiosa.

—Me suelta ahora mismo o empezaré a gritar, y por mi madre le juro que sus días como fiscal honorable estarán contados.

Samuel no la soltó, la miró a los ojos, retándola, casi invitándola a que empezara con su concierto de gritos. En el estómago de Rachell el maldito abismo se abrió una vez más, pero ahora fue además invadido por millones de mariposas que volaban sin control.

Su actitud árida y desafiante le nublaba el pensamiento, no conseguía más que contemplar embelesada sus labios, estaba segura que el único grito allí sería el de su mirada que le suplicaba a Samuel que la besara.

Y lo consiguió, el desgraciado abogado consiguió intimidarla. Ella necesitaba huir, en ese mismo momento. Maldito fuera.

—Quiero irme, suélteme —farfulló tragando fuerte.

Samuel la ignoró, con el rostro duro como piedra y con la mayor descortesía le arrebató el papel con la multa de las manos.

—¡Jackson! —gruñó adivinando la fastidiosa presencia de sus guardaespaldas que siempre rondaban cerca de su trasero.

Sin desprender sus ojos de los de Rachell, le extendió el papel a Jackson.

—Paga la multa de la señorita Winstead, por favor.

—¡No! —gritó furiosa. Ahora iba a vanagloriarse con todo su dinero frente a ella, restregándole en su cara que no tenía ni para pagar una puta multa—. Señor Jackson —le habló al guardaespaldas estirando la mano en su dirección—. Por favor, regréseme la multa. —Volvió su mirada a Samuel—. No es asunto suyo, pretencioso entrometido.

—No tiene con qué pagarla —habló Samuel con impaciencia—. Por eso estaba llorando, sus ojos no pueden mentir señorita Winstead.

La rabia volvió a llenar el pecho de Rachell, maldiciendo al arrogante cretino.

—Usted no tiene la menor idea… —Respiró hondo—. Lo siento mucho por sus patéticas capacidades intuitivas acerca de por qué la gente llora, telepatía, psicología barata o como quiera llamarlo… ahora, devuélvame la maldita multa.

—Evidencia —le habló bajito acercándose más de lo debido—. Eso es lo que veo en sus ojos, y no me contradiga —ordenó con autoridad—. Jackson, asegúrate que entreguen hoy mismo el coche y que no le falte nada, sino ya sabes lo que tienes que hacer.

Entonces, casi cogiendo a Rachell por el brazo, prácticamente la obligó a regresar al edificio.

—Sí, señor. —Alcanzaron a escuchar a Jackson mientras se alejaban, y Samuel contuvo su deseo de estrangular a Logan, el segundo guardaespaldas, que una vez más se pegaba a su trasero.

—Suélteme —exigió Rachell rechinando los dientes.

Samuel se detuvo.

—Vamos a esperar que traigan su vehículo.

—Puedo esperarlo en mi tienda. ¿Está intentando retenerme? Porque eso es un delito —hablaba al tiempo que ingresaban en la puerta giratoria. Cuando pisaron nuevamente el vestíbulo, sintió la mirada envidiosa de la rubia oxigenada sobre ella, esta vez con más fuerza.

—Entonces, yo la llevaré —le dijo él como si fuera la cosa más simple. No era una sugerencia o una pregunta, era una maldita orden.

El pánico empezó a nadar por su sangre mientras caminaban hacia unas puertas acristaladas que no había visto antes, estar tan cerca de él era peligroso, las feromonas jugaban en su contra.

—Puedo llamar a un taxi, fiscal, no necesito su ayuda. —Clavó los talones en el suelo, haciéndolos detener a los dos.

—Voy a llevarla hasta su tienda.

—No.

—Le dije que voy a llevarla —bramó Samuel con rudeza.

—¡Que no! ¿No entiende el significado de la palabra, *no*? —Intentó soltarse de su agarre—. Permítame ilustrarlo. No: negativa, rechazo o inconformidad para expresar la no realización de una acción. —El brazo empezaba a dolerle—. ¡Que me suelte, maldita sea!

Samuel tiró de ella pegándola a su cuerpo, calentándose de inmediato con su roce. Aflojó el agarre, y sin dejar de fruncir el ceño y mirarla con desaprobación, subió y bajó varias veces su mano por el brazo de Rachell, acariciándola donde la había estado apretando. Su cuerpo se disculpaba, pero sus ojos y su actitud seguían recriminándola.

Ella seguía confundiéndolo, desesperándolo.

—¿Podría callarse un minuto? —inquirió esta vez con la voz calma y suave—. Deje de lado el inútil orgullo, no le sirve de nada conmigo... No voy a permitir que se vaya en un taxi con su facha. ¿Tiene idea de cuántos pervertidos hay sueltos en la calle? ¿Y cuántos de ellos manejan taxis?

—Claro que tengo idea de cuántos pervertidos hay por ahí, incluyendo fiscales también —cuchicheó mientras salían al aparcamiento—. Sin contar los brutos exhibicionistas, abogados de profesión y de nacionalidad brasileña.

Samuel la ignoró por completo sacando del bolsillo de su pantalón las llaves de la todoterreno. Las luces parpadeantes de una *Lincoln MKX* gris plomo se encendieron y el pitido de la alarma desactivándose hizo eco en el lugar.

Rachell caminó con dificultad, intentando seguir los largos pasos de Samuel, después él abrió la puerta del copiloto y prácticamente la metió él mismo en la todoterreno, cerró la puerta y aseguró el coche con el pequeño mando a distancia. Lo siguió con la mirada enfadada, viendo cómo el infame caminaba confiado mientras rodeaba al todoterreno.

—Logan, necesito un poco de privacidad, por favor —le exigió al hombre antes de subirse en el coche.

El guardaespaldas asintió en silencio y se alejó un par de pasos.

Rachell no quiso mirarlo, con el cuello protestando mantuvo su mirada concentrada en su ventana. Escuchó el coche encenderse, pero no se movieron, sabía que él estaba utilizando el silencio para desesperarla y obligarla a mirarlo, pero ella no daría su brazo a torcer.

—¿Ya se calmó? —claudicó Samuel.

Rachell se resistió a mirarlo.

—Me calmaré en cuanto esté metida en un taxi.

—Permiso —Lo escuchó decir justo antes que Samuel, con toda intención, le rozara las piernas con el brazo mientras abría la guantera y sacaba un móvil negro y brillante. Se incorporó y ella sintió su mirada caliente recorrerla, después escuchó el tintineo del móvil al encenderse.

Necesitaba alejar su mente de las ideas nada adecuadas que la cercanía del fiscal le provocaba, ya estaba empezando a irritarla sentirse tan desesperadamente atraída por él.

—¿Sabe qué? Pensándolo bien, no me importa que pague la infracción, ya que fue su culpa que me multaran —habló llenándose de valor y cruzando los brazos sobre la boca del estómago para contrarrestar las odiosas cosquillas.

—¿Mi culpa? —exclamó Samuel casi indignado—. No recuerdo haberle dado nunca clases de conducción, ni mucho menos pedirle que se aparcara en un área prohibida. No veo el motivo de mi culpabilidad. ¿Por qué se empeña en culparme de sus acciones? —finalizó volviendo el cuerpo hacia ella y descargando el móvil entre las piernas.

Con el ceño fruncido por su buen punto, Rachell siguió la ruta del móvil hasta sus muslos. Error, maldito error. El desprevenido móvil estaba cerca de la considerable prominencia que se asomaba en el pantalón de Samuel, tragó en seco y se obligó a elevar de nuevo la mirada hasta encararlo. Error de nuevo, esos ojos maravillosos, claros y cristalinos como miel caliente, hacían cosas indecibles en ella.

—Pues sí, es su culpa —Lo atacó por la multa, pero en realidad se defendía de sus leonados ojos—. Yo ni en sueños hubiese venido a este lugar si no es porque usted me envía ese estúpido cheque. ¿Por qué clase de persona me toma? —Lo azuzó con la mirada, y por un segundo creyó que una sonrisa le bailaba en los labios, pero no pudo estar segura, así que continuó—. Respóndame, y sea completamente sincero, de cualquier manera, no me ofenderé, sólo me ha intrigado cómo un hombre que no me conoce, de repente me toma por puta.

Samuel la observó con los ojos muy abiertos.

—Bueno, aquí el ofendido he sido yo, ha sido usted quien me ha puesto todas esas cosas en mi escritorio, sugiriéndome que me meta el cheque por el culo —acotó mirándola directamente a los ojos—. Aunque al menos tuvo la consideración de traerme el lubricante.

Rachell apretó un labio contra el otro intentando contener la inoportuna sonrisa, pero no consiguió más que desviar la mirada y agachar la cabeza.

—Señorita Winstead —volvió a hablar Samuel—. De ninguna manera la he tomado por puta, y es cierto, no la conozco, he querido mantenerme al margen, así que me he contenido de investigar nada acerca de usted, no sé quién es… —Se acercó a ella lo suficiente para hacerla removerse en su asiento buscando tomar distancia—. Pero me gustaría descubrirla poco a poco. —Él volvió a erguirse en su lugar—. Siendo completamente sincero, lo que pudiera averiguar, ciertamente no me diría mucho de su carácter ni de su personalidad.

—Bájese de la película fiscal, no quiera impresionarme.

Antes que pudiera reaccionar, Samuel cogió el móvil y le sacó una fotografía.

—¿Qué hace? ¡Bórrela de inmediato! ¡No se lo permito!

—Deme un minuto —la interrumpió alejando el teléfono de ella.

Rachell intentó incorporarse para arrebatarle el móvil, y entonces él la miró fijamente, casi amenazante, clavando sus ojos de fuego en ella, reduciéndola, intimidándola. Sin dominio de sí misma, Rachell enfadada volvió a acomodarse en su puesto. Samuel estiró su brazo libre y puso detrás de su oreja un mechón que se había escapado de su cola de caballo.

—Mírame, Rachell —susurró Samuel con voz grave, seductora y suave.

Y Rachell se dejó llevar, tal vez una sola vez no le haría daño. Se encontró con sus ardientes ojos dorados escrutándola, con los parpados apagados, invitándola a hacer algo que ella no descifraba aún. Entonces sintió la yema de su dedo pulgar rozarle los labios con torturante lentitud, quemándola, haciéndola contener el aliento, quería fruncir la boca sobre su dedo, besarlo, escalar hasta sus labios y volver a beber de él.

Pero después de que lo hiciera, él volvería a ser la mole helada y exasperante, y la última vez que se había encontrado con eso, había dolido, no se arriesgaría de nuevo.

—Tengo que irme —habló con voz trémula y dejó de mirarlo—. Tengo que irme fiscal, ábrame la puerta, por favor —le dijo esta vez con un tono más seguro, cogiendo la manilla para abrir la puerta con más ansiedad de la cuenta.

Samuel inclinó la cabeza y levantó una ceja sardónica, después negó en silencio varias veces.

—Está bien —habló Rachell nerviosa—. Entonces voy a gritar que está intentando abusar de mí. —Lo amenazó. Samuel sonrió aún sin mirarla a los ojos, y a ella se le encendió la sangre—. ¡Auxilio! —gritó desabrochándose el short y bajando la cortita cremallera de metal, Samuel elevó la cabeza atónito—. ¡Que alguien me ayude, por favor! —siguió chillando con voz agónica y desesperada, encarándolo, mirándolo a los ojos mientras se quitaba la delgada camiseta y la arrojaba en la parte trasera de la todoterreno.

Samuel la miraba anonadado, mudo, y excitado, porque diablos, estaba frente a él con el deliciosamente esculpido torso casi desnudo, únicamente llevaba un sujetador blanco de diseño muy básico, pero sus pechos lucían gloriosos en medio de la rudimentaria prenda. Y entonces, la muy descarada se soltó el cabello, volvió a pedir auxilio entre gritos y se despeinó con histrionismo.

Lo miraba furiosa, como si quisiera enojarlo, intimidarlo, mostrarle que era capaz de cualquier cosa. Pero lo único que había conseguido había sido ponerlo famélico, demonios, le había provocado una dolorosa erección, la mujer era más cruel que *Atila el Huno*.

La cara de Samuel Garnett no tenía precio, lo había dejado sin palabras, y sus hermosos ojos estaban completamente abiertos y desconcertados.

Rachell se giró, y con dramatismo golpeó el vidrio de la ventana, retorciéndose histérica, dándole un precioso vistazo de sus formas delicadas y femeninas. El short se deslizó por sus caderas, tan sólo un poco, lo suficiente para descubrir una pequeña porción de encaje de su ropa interior. Inclinó la cabeza y estudió con cuidado su piel, justo ahí, en su costado izquierdo, perpendicular al hueso de su cadera, había un tatuaje no muy grande, parecía una oscurísima mariposa negra con cuerpo de mujer o una mujer con alas de mariposa, no sabría decirlo.

Sus manos picaron por inmovilizarla y estudiar con más detenimiento el curioso tatuaje, pero podría no salir con vida de aquella hazaña, así que prefirió morderse las ganas y quedarse quietecito en su puesto.

Samuel se apretó los puños y juró por lo más sagrado que él la recorrería con sus labios, sus dientes y su lengua. Su cuerpo mostraba disciplina y buen estado, y eso significaba una única cosa: Resistencia. Y él sí que la necesitaba en sus amantes, su apetito era voraz, y no cualquier mujer tenía el aguante suficiente para seguirle el ritmo, pero claro, la señorita Winstead siempre era la excepción.

Debía dejar de mirarla si quería mantener la compostura. Se giró y puso las manos calmadamente sobre el volante.

—Siga gritando —le dijo despacio—. Nadie la escuchará, la todoterreno está blindada.

Rachell se calló abruptamente, se volvió a mirarlo, con las mejillas enrojecidas, el cabello alborotado y la mirada salvaje, toda ella era un espectáculo sensual. Se acomodó en su asiento recuperando de repente el pudor, se abotonó el short y se estiró en medio de los asientos para recuperar su camiseta, y maldita fuera la suerte de Samuel, dejándole el trasero tentadoramente cerca. Después de todo, tal vez arriesgaría su vida por permitirse un muy merecido mordisco.

—Hubiera podido decírmelo antes —Lo acusó apretando los dientes mientras buscaba el sencillo coletero para recogerse el cabello. Entonces, sintió la mano de Samuel sobre la suya, deteniendo su tarea con delicadeza.

—Déjelo suelto un rato más —le susurró con los párpados entornados, devorándole los labios con la mirada—. Me gusta como huele su cabello. —Entonces se le acercó aún más, y literalmente la olisqueó, aspirando profundamente—. ¿Y ese tatuaje? ¿Tiene algún significado especial? —susurró en su oído.

—Eso no es de su incumbencia —le dijo poniendo distancia entre los dos—. ¿Acaso yo le he preguntado qué significado tiene *Elizabeth* en su vida? —cerró los ojos maldiciendo su metida de pata, con él no podía guardarse nada, ahora él sabría que ella se había fijado, y que claro, se había interesado.

—¿Y por qué no lo pregunta?

—Porque no es de mi incumbencia fiscal, no me interesa y sé que tampoco me lo dirá.

—Tiene razón, no se lo diré —concedió soltando un suspiro. Dejó de mirarla para fijarse en el móvil que vibraba sobre sus piernas, lo cogió y desplegó el pequeño icono del correo electrónico y dirigiéndose a ella empezó a leer.

—Su nombre completo es Rachell Glenn Winstead, nació el 21 de septiembre de 1989, lo que quiere decir que tiene veintitrés años —La miró con una sonrisa de suficiencia—. Sabía que no alcanzaba los veinticinco.

El aparato vibró en su mano, esta vez era una llamada entrante.

—Patrick, ¿cómo estás? —saludó antes que el hombre al otro lado hablara.

—¡Jodido, hermano! Samuel, necesito tu ayuda… estoy detenido en Hawái… gracias al cielo me has contestado, te he estado llamando desde hace dos días.

—Éste es mi número privado, pocas veces lo tengo conmigo, lo uso sólo en situaciones extremas —le explicó rápidamente—. ¿Qué ha ocurrido?

—Necesito un abogado, alguien que me defienda —habló Patrick con la voz repleta de angustia.

—Sabes que yo no soy ese abogado.

—Sí, ya lo sé, pero necesito a uno de los mejores, y resulta que todos están en tu firma.

—¿De qué se te acusa? —preguntó sin rodeos.

—Posesión de cocaína —respondió Patrick con toda la confianza que le tenía a su amigo.

—¿Otra vez, Patrick? Ya te he salvado el culo en dos oportunidades. —espetó irritado—. ¿Qué cantidad? Y lo más importante, ¿qué tan embarrado de mierda estás?

—Creo que esta vez mucho más que las anteriores, no fueron gramos, fueron kilos.

—Entonces, te jodiste Patrick, con la firma Garnett no cuentes —elevó la voz enojado—. Ya te lo había advertido, te dije mil veces que no te involucrarás, y por ti no voy a desprestigiar la firma, y mucho menos a los clientes que confían en mí. Puedo contactarte con un abogado dispuesto a embarrarse, pero nada más, a mí ni me nombras.

—Samuel, ¿acaso no eres mi amigo? —Escuchó la voz nerviosa y decepcionada de Patrick.

—¡Claro que lo soy! —soltó volviendo a enojarse—. Te he ayudado en muchas oportunidades, esta vez lamentablemente no puedo, ahora, si tú me consideraras tu amigo, no me perjudicarías de la manera en que lo haces —gruñó exasperado—. Anota el número de la firma Glee, ellos te ayudarán.

A Patrick no le quedo más opción que anotar el número y aceptar la solución que le era ofrecida.

Samuel cortó la llamada y se quedó en silencio varios segundos. Rachell se percató de cuán crispado estaba, aun así, no iba a pasar por alto el reproche que tenía en la punta de la lengua. Abrió la boca para hablar, pero él, llevando el índice hasta sus labios, la silenció mientras recibía una nueva llamada. Él, claro, no desaprovechó la oportunidad de acariciarle los labios antes de retirar el dedo.

—Verónica, en este momento estoy sumamente ocupado… Después te llamo… Sí, yo te llamo… No me llames cabrón… Ya te dije que te llamaré. —Finalizó la llamada, después de una ráfaga de palabras, que hacían dudar que le hubiera dado chance de hablar a la tal Verónica.

Volvió su atención a Rachell que lo miraba sardónica elevando la ceja izquierda. Samuel puso el móvil en estado de vuelo y clavó sus impresionantes ojos dorados en ella.

—¿De dónde ha sacado esa información sobre mí? ¿Con qué derecho hurga en mi vida privada? Eso seguramente debe ser delito. —escupió indignada.

Samuel sonrió muy satisfecho consigo mismo y volvió a encender la pantallita del móvil.

—Espere, aquí hay más. —Deslizó el dedo hasta desplegar de nuevo el correo electrónico—. Nació en Tonopah, Nevada, sus estudios universitarios los llevó a cabo en la Universidad de Las Vegas, llegó a Nueva York hace tres años, tuvo una relación larga con el multimillonario industrial Richard Sturgess, el cual reside ahora en Londres…

Sin avisos, Rachell se abalanzó sobre él y le arrebató el móvil.

—Le prohíbo que escarbe en mi vida, Garnett —exigió furiosa, y entonces sus manos empezaron a sudar, su corazón empezó a palpitar con demasiada rapidez y todo parecía dar vueltas frente a sus ojos—. Voy a vomitar —habló con la voz débil, sintiendo las náuseas instalarse en su garganta.

—Por favor, evítese el teatro. —Samuel se inclinó hacia ella y le quitó el móvil de las manos—. No le ha pasado nada —Sacudió el aparato. —¿Podría dejar el teatro?, no le ha pasado nada al móvil, no exagere… señorita Winstead, no voy a torturarla ni nada por el estilo, ni a chantajearla por su información, no tiene por qué sobreactuar. —finalizó Samuel reconociendo que era una muy buena actriz, inclusive lucía pálida.

—¡No es teatro, imbécil! —Rachell respiraba con dificultad—. No sé qué me pasa. —Enterró la cabeza en las rodillas, sintiendo que en cualquier momento el pecho se le iba a estallar—. ¡Abra la maldita puerta! —explotó con impotencia—. Por favor —le pidió en un susurro estrangulado.

—¡Joder! —soltó Samuel presionando el botón en su puerta, y todos los vidrios de las ventanas del coche empezaron a descender—. Respire profundamente, seguramente ha sido una reacción al monóxido de carbono —le dijo con la voz alterada mientras le acariciaba la espalda con suavidad. Se sentía completamente idiota por haberla mantenido por tanto tiempo encerrada en el coche con el motor encendido.

—Ha intentado asesinarme… —murmuró Rachell con los ojos cerrados, y sintió cómo Samuel le tocaba la frente y la ayudaba a elevarse.

—Respire profundamente y eleve la cabeza —le pidió él con docilidad.

Rachell pegó su cuerpo al asiento y elevó la cabeza aún con los ojos cerrados mientras el negro en el que se encontraba le daba vueltas.

—Tendrá que buscarse un muy buen abogado —le advirtió sintiéndose débil—. Porque lo voy a demandar, sino es que muero antes de hacerlo.

—No se va a morir, no sea exagerada —la contradijo Samuel poniendo el coche en marcha.

Rachell sintió, aún con los ojos cerrados, cómo todo parecía iluminarse. Al abrir los ojos se dio cuenta que ya habían abandonado el aparcamiento.

La brisa acariciándole el rostro rápidamente alivió el mareo y la tensión en su cuerpo, mientras la ansiedad se iba poco a poco, y los latidos de su corazón se normalizaban.

Varias cuadras después, Samuel detuvo la todoterreno.

—¿Prefiere algún tipo de agua en particular? —le preguntó antes de bajar del coche.

—No soy de exclusividades fiscal, el agua es agua —Se giró hacia él, y como siempre, la fuerza de su mirada volvió a golpearla. Extrañamente, eso le dio más calma que el aire fresco que estaba respirando.

—Siendo diseñadora no es muy conveniente ese comentario —le contestó él tratando de disimular que había comprendido perfectamente el doble sentido que había tomado la conversación.

—Me refería al agua, para otras cosas, prefiero la exclusividad —aclaró Rachell con la voz algo más baja y sedosa.

—Es bueno saberlo —respondió Samuel con la voz ronca—. Le aseguro que eso no aparece en su expediente —la provocó una vez más, pasándose la lengua por los labios en un acto reflejo. Después se acercó a ella hasta que sus alientos se mezclaron—. Voy por su agua, no se vaya a ningún lado.

En cuanto vio a Samuel alejarse, cogió el teléfono que había dejado al lado de la palanca de cambios. Tocó la pantalla y lo desbloqueó deslizando una sencilla flecha, no había contraseñas ni combinaciones de ningún tipo. El panel principal apareció frente a ella, vio la notificación de siete llamadas perdidas, todas con nombres de mujeres, chasqueó la lengua y pasó de aquello, no le interesaba. Entró en la bandeja de mensajes y la encontró llena con remitentes femeninos, todos con frases escandalosas, respiró hondo y también ignoró aquello.

Encontró el icono del correo electrónico, lo accionó, y ahí estaba, su expediente. Un escalofrío la recorrió, miró por el retrovisor para evitar ser sorprendida por Samuel, y velozmente lo leyó completo. Todo el aire contenido salió liberador de sus pulmones. No había allí nada de lo que preocuparse. No necesitaba que un extraño supiera más de la cuenta acerca de su vida, y menos alguien que había dejado a un amigo a su suerte, juzgándolo tan severamente con tan sólo una llamada como argumento. Regresó el móvil a donde estaba y se relajó en su asiento.

Samuel insertó la tarjeta en la máquina dispensadora y seleccionó tres botellas de agua OGO en el panel electrónico, inmediatamente escuchó el golpe fuerte de los envases estrellándose en la parte baja del aparato, se inclinó, sacó las botellas y caminó de vuelta a la todoterreno. Al llegar, se detuvo frente a su puerta, observando despacio a Rachell que miraba en la otra dirección, tenía los pies recargados sobre el tablero, con las torneadas piernas estiradas, claramente despreocupada en su silla, mientras a él se le revolvía el cerebro al recordar cómo había estado casi sin ropa minutos atrás.

Rachell fue consciente de su presencia, y ágilmente bajó las piernas y se sentó derecha, Samuel entró a la todoterreno y le ofreció una botella de agua, la destapó para ella antes de entregársela, y después destapó una para sí mismo. Dio un par de sorbos y la descargó en el posavasos. Sin decir una palabra, puso el coche de nuevo en marcha.

En el camino, la mente de Rachell empezó a divagar impaciente, estar encerrada en ese coche con él le recordaba con crueldad lo cerca que estaban, y lo sencillo que podría ser tomar un poco más de él, un beso tal vez, seguía muriéndose por besarlo otra vez.

—Puede poner música si quiere. —La sacó Samuel de sus pensamientos, pero ninguno de los dos dijo nada más.

Samuel estaba sumido en sus pensamientos, debatiéndose entre alejarse de la tentación, o sucumbir y quemarse entre la leña ardiente que era Rachell Winstead. Ella parecía relajadamente indiferente a su lado, pero él veía más allá de eso, y podía sentir la fuerza invisible que lo inundaba todo en el coche con necesidad sexual, sabía que los dos se estaban conteniendo por muy poco, pero Rachell era obtusa, y cualquier movimiento suyo podría provocar la reacción más inesperada en ella.

—No creo que tengamos los mismos gustos musicales —habló Rachell al fin—. Con ese carácter suyo tan remilgado, seguramente escucha pura música clásica, me gusta, pero sólo mientras elaboro los bocetos.

Samuel sonrió encontrando curioso que él también solía hacerlo sólo cuando trabajaba.

—Debo confesar que sólo escucho música clásica cuando estudio algún caso y recreo la escena del crimen.

—¿Es algo morboso eso, no cree?

—¿Escuchar música clásica cuando estudio un caso? —replicó él mirándola de soslayo mientras conducía.

—No… —respondió Rachell sonriendo, y a él le gustó verla sonreír—. Recrear un crimen… digo, es como revivirlo, idearlo aun cuando no estuvo presente.

—Cuando se llega a la escena de un crimen, la mente se pone a trabajar y uno inmediatamente imagina muchas cosas, hasta los motivos que llevaron al agresor a cometer la acción delictiva, la mente debe trabajar sobre el escenario completo, móviles, instrumentos, cada detalle. Como fiscal, me concentró en hallar al culpable, y una escena del crimen es un cartel enorme y luminoso donde el victimario me dice, cómo piensa, cuáles son sus motivos, e inclusive a veces, dónde está metido. —Se volvió a mirarla brevemente—. Y encontrándolo, puedo hacer justicia.

—Pero no todo el tiempo se hace justicia —le dijo Rachell pensativa— Hay muchos fiscales…

Samuel la interrumpió.

—No soy de ésos, si intentaba referirse a los corruptos. —La miró con profunda seriedad—. Lo sé, lamentablemente hay muchos, eso sucede porque tienen un precio, yo no lo tengo, para mí no hay mejor sabor que el de la verdad, ni mayor satisfacción que hacer pagar a los criminales por sus delitos. —Respiró concentrado en el camino—. Y tiene razón, no todo el tiempo se hace justicia y eso es verdaderamente frustrante, pero los asesinos siempre comenten errores, no hay un crimen perfecto, tal vez después de muchos años deban enfrentarse a la Ley, claro, siempre y cuando alguien se encuentre interesado en reabrir los casos, y para eso es preciso no olvidar, de lo contrario jamás se hará justicia, y no hay destino más vil que el injusto —sentenció, se aclaró la garganta y cambió de tema—. Y bien. ¿Qué desea escuchar? Seguramente podría sorprenderla con mis gustos musicales, puede buscar y elegir lo que guste. —Hizo un ademán señalando la pantalla táctil de reproducción.

—No lo creo —lo contradijo Rachell mientras buscaba entre las carpetas, habían cientos de nombres de artistas, de los cuales ella conocía al menos una cuarta parte, muchos le gustaban.

Se encontró con *Oasis*, *Aerosmith y Metallica*, al parecer le gustaba el rock al igual que a ella. También había mucha música electrónica, lo que no le sorprendía porque el día que habían bailado fue evidente que no era su primera vez con el género.

El recuerdo de Samuel Garnett apretándose contra su cuerpo encendió de nuevo la hoguera en ella, contrayendo sus entrañas de deseo. Sacudió casi imperceptiblemente la cabeza para despejar las cautivantes sensaciones, y no dispuesta a darle la razón, se decidió a mentir descaradamente.

—Se lo dije, no tiene nada que quiera escuchar, ni siquiera tiene *Believe*, eso es imperdonable, ni una sola canción de mi artista favorito. —decía con decepción. Por dentro, se estaba ahogando de la risa, sintiéndose más cómoda y retomando el control sobre la situación.

—¿Está segura? Hay varios títulos con ese nombre, discrimine la búsqueda por canción —sugirió confiando en su amplio repertorio musical.

—Segurísima, no tiene ni una sola de Justin Bieber —le dijo ella haciendo un puchero, como si de verdad amara al chico que desataba la locura entre las adolescentes.

El gesto de Samuel fue invaluable, era evidente que estaba luchando por no burlarse de ella, la línea de sus labios cada vez se ampliaba más, pero intentaba respetar sus gustos musicales.

Apretó los labios evitando cualquier señal de burla.

—Lo siento. —Hizo una pausa—. Nunca he escuchado a Bieber, hasta donde recuerdo no soy una adolescente eufórica.

—¿Me está llamando adolescente eufórica? —preguntó Rachell indignada.

—No —Se apresuró Samuel y desvió la mirada del camino para verla a ella—. Usted es peor.

Rachell no pudo seguir conteniéndose y se echó a reír, aunque menos efusivo, Samuel también se rio.

—Le juro que por un momento me lo creí —le dijo Samuel, con un tono de voz que la hizo mirarlo extrañada. Se escuchaba relajado, amistoso inclusive, no había rastro de su usual tono imperativo. Tal vez la clave con el fiscal era bromear más seguido.

Rachell decidió no pensar mucho en ello y siguió deslizando su dedo por la pantalla, buscando algún tema que le llamase la atención, pero antes, se permitió estudiar cada tema en el camino, quería conocer un poco más de los gustos de Samuel Garnett. Entonces se encontró con el nombre de un artista brasileño que había escuchado hacía un tiempo, activó la reproducción de la pista y el tema le resultó desconocido, pero la voz dulce y sensual la cautivó de inmediato. La melodía era lenta y cadenciosa, parecía no encajar con las demás canciones, aparentemente, las preferencias del señor Garnett serían cualquier cosa menos predecibles.

—¿Le gustan las baladas? —indagó ella tratando de ocultar el desconcierto en su voz.

—Sí, señorita Winstead, no muchas, pero creo que hay momentos en que el estado de ánimo requiere de ciertos géneros musicales. —Se detuvo en un semáforo y la miró fijamente—. ¿Conoce a Alexandre Pires? —Su voz era ecuánime y el brillo en sus ojos se intensificó, calentándola hasta la punta de los pies.

—Si le soy completamente honesta… —empezó Rachell acomodándose de medio lado en su asiento y enfrentándolo directamente—. Sólo sé que es un cantante brasileño, nada más.

Samuel asintió.

—Sí, es brasileño, pero ha basado la mayoría de su carrera musical cantando en español, yo prefiero escucharlo en portugués. —Le dio un trago a su agua, volvió a dejar la botella en el contenedor y arrancó con la luz verde.

—Ésta es en portugués —aseguró levantando las cejas intrépida. —Sé reconocer el idioma —le dijo presuntuosa, olvidándose de lo demás y dejando de darle vueltas a lo que fuera que le aseguraba que debía alejarse de él, no había mucho que pudiera hacer teniéndolo tan cerca, coquetearle y buscar llamar su atención era casi una cuestión de instinto—. ¿Qué dice la canción? —preguntó, sintiéndose cada vez más atrevida, y percatándose que era primera vez que llevaban tanto tiempo en buenos términos.

Samuel sonrió sin mirarla.

—No se lo diré.

—¿Por qué? —preguntó Rachell extrañada.

Samuel volvió a sonreír con los ojos puestos en el camino, como si supiera algún secreto que no iba a decirle.

—Porque me temo, señorita Winstead, que la letra me hace pensar obsesivamente en usted, dependerá de usted si algún día se lo digo. —Samuel estiró la mano y cambió la canción antes que ella pudiera tomar nota mental del título.

La había picado, había capturado por completo su atención, y ahora iba a comerse las uñas por saber qué canción era y qué diablos decía la letra.

—¿Me imagino que tampoco me dirá lo que quiere decir esta? —preguntó molesta. —*Ya me había sorprendido el que no hubiésemos discutido por tanto tiempo.* —Hizo nota mental mirándolo, como buscando algo en él, algo que le hiciese rechazarlo, alejarlo, algo que no le gustase. Pero maldita fuera su suerte, no lo encontraba.

—Tampoco lo haré, eso deberá descubrirlo usted sola.

Rachell torció el gesto con una punzada de molestia, estaría muy bueno, pero seguía siendo insoportable.

—No me lo dirá entonces. —Samuel negó en silencio—. No es un gran anfitrión, ni siquiera logra complacer a una invitada en su coche. —Lo provocó frustrada, volviendo su cuerpo al frente y cruzándose de brazos.

—Oh, señorita Winstead, sí que podría complacerla, créame, pondría todo mi empeño en ello —aseguró con la mirada perdida en sus propios pensamientos, como reflexionando lentamente la intensidad de sus palabras.

Rachell se quedó enmudecida, él tampoco parecía muy dispuesto a decir ninguna palabra. Su respiración empezó a hacerse espesa, la promesa implícita en sus palabras estaba mareándola. Inconscientemente apretó sus muslos buscando alivio, y Samuel lo notó, vio su pecho elevarse pesado y desesperado. Su propia boca se abrió buscando aire, se desajustó la corbata sin retirar la mirada del camino y jadeó audiblemente al sentir su polla tensarse bajo sus pantalones.

Sin poder resistirse más, deslizó sus manos por el volante girándolo todo a su izquierda, acercándose a la acera de un edificio residencial bajo un grupo de altos y frondosos robles y detuvo la todoterreno.

Rachell frunció el ceño mirando por su ventana, Samuel empujó la palanca de cambios en punto muerto, soltó su cinturón de seguridad, aflojó más su corbata y bajó la mano hasta la palanca bajo su asiento, deslizándose y alejándose al menos dos cuartas del volante. Rachell abrió la boca para protestar, pero no tenía idea de qué decir, de lo único que fue consciente fue de la mano de Samuel desabrochando en un abrir y cerrar de ojos su propio cinturón, después ella fue de alguna manera elevada de su asiento, y en un jadeo estuvo apretada a horcajadas sobre las piernas del fiscal.

La respiración de Rachell había enloquecido, una poderosa erección presionaba entre sus piernas con insistencia, gimió mordiéndose los labios y toda ella se volvió toda líquida y suave. El aliento de Samuel la quemaba, y sus ojos la consumían hambrientos.

Sin dejar de mirarla, metió las manos bajo su camiseta, palpándola, era como si quisiera degustarla con su tacto, subió y bajó las manos por su espalda en un toque suave y tierno, después, acercó el rostro a ella y detuvo las manos en su cintura en un agarre fuerte y dominante. Sus ojos se abrieron un poco más, casi imperceptiblemente, como si le preguntara algo que ella no alcanzó a captar, lo siguiente que supo fue que la empujó con suavidad, invitándola a danzar con cadencia sobre su pelvis. Rachell jadeó y apretó sus manos sobre los hombros de Samuel, apoyándose y removiéndose con exquisita precisión.

Samuel gruñó como si estuviera siendo sometido a una tortura insoportable, y dejó caer la cabeza hacia atrás sin dejar de gemir. Se suponía que aquello no debía ocurrir, el hombre la había plantado en sus narices el fin de semana, largándose y dejándola sola en el *Provocateur*, pero ahora ella no podía razonar con claridad, ahora ella sólo conseguía sentir y disfrutar de la deliciosa recompensa de la fricción.

El cincelado mentón de Samuel la había hipnotizado, tenía los ojos cerrados y los labios entreabiertos como si estuviera completamente entregado al placer.

Una extraña mezcla de jadeo y gemido salió directamente de la garganta de Rachell, él levantó la cabeza, contemplándola con deseo furioso, plantando sus ojos amarillos en ella.

—Lo sabía, sabía que las cosas serían así con usted, perfectas, simplemente perfectas —le susurró en un tono tan lujurioso que la hizo sentir trasgresora de alguna norma divina desconocida.

Ella no conseguía decir nada, porque era cierto, todo se sentía sencillamente perfecto. Entonces él se movió también, estrellándose lenta y apretadamente contra ella, y su mundo colapsó bajo el frenético torrente de su sangre.

Con la mano derecha abierta, Samuel sostuvo a Rachell por la espalda, y con la izquierda encerró su nuca, después la acercó inclinándose levemente, y sin más demoras, capturó su boca con sed desesperada y violenta, con la precisión de un experto irrumpió en ella con su lengua, le mordió los labios, y la besó dejándolos sin aire a los dos.

Las respiraciones ahogadas resonaban en el coche, haciendo un coro erótico con los chasquidos húmedos de sus bocas al encontrarse y tentarse.

—Me encanta su sabor —susurró Samuel contra sus labios haciéndola vibrar—. Me encanta cómo su cuerpo se siente tan perfecto en mis manos.

Los vidrios del coche estaban empañados, todo se había puesto de repente muy caliente. Samuel abandonó la boca de Rachell y le recorrió con decenas de pequeños besos el cuello, ella abrió la boca y respiró hondo, él la dejaba literalmente sin aliento. Metió los dedos en su cabello y lo sintió descender por su clavícula, *Dios*, bajando hasta su pecho. Quería que lo hiciera, que fuera más lejos, le importaba un comino que estuviera a plena luz del día en medio de una vía pública.

—Quitémonos la ropa —Escuchó la voz de Samuel decirle antes de que pasara la lengua por encima de la pequeña línea del escote de su camiseta cerca de la base de su cuello. Sus sentidos estallaron de anticipación, pero consiguió ser lo suficientemente sensata para reconsiderarlo.

—No... aquí no podemos —balbuceó con voz débil.

—*Quitémonos la ropa.* —insistió Samuel—. Es lo que dice la canción —le dijo elevando sensualmente la comisura derecha de su boca con burla, jactándose del poderoso influjo que ejercía sobre ella.

Tonto de él si creía que se hacía con el poder.

—¿La primera o la segunda? —preguntó Rachell recrudeciendo la diestra danza de sus caderas sobre él.

—La segunda —jadeó Samuel. Su voz sonó como un lamento—. Podría escribir con mis manos sobre su cuerpo todo lo que dice la canción. —La besó una vez más antes de volver a hablar—. Pero tiene razón, no es el lugar adecuado, aquí no puedo tomarme todo el tiempo que necesito para tener suficiente de usted señorita Winstead.

Rachell le sonrió conspiratoria y se pasó su lengua por los dientes, diciéndole en silencio que pondría esas palabras a prueba. Después sus ojos volaron hasta la silueta de Logan que estaba de pie como a dos metros detrás de la todoterreno.

—Tiene razón —le dijo bajándose, esquivando ágilmente la palanca de velocidades, y dejándose caer sentada nuevamente en el asiento del copiloto. Todo su cuerpo temblaba—. ¿Puedo hacerle una pregunta? —habló tontamente concentrada en cómo él deslizaba de nuevo el asiento más cerca del volante.

—Claro que puede, pero no le aseguro una respuesta.

—¿Acaso les hacen casting? ¿Cuáles son las cualidades? —le preguntó girándose y mirando de nuevo a través del vidrio posterior del coche—. El que sea más alto y con más masa muscular, y la infaltable la cara de *"Soy una especie de Toreto con traje"* —Señaló con el dedo pulgar por encima de su hombro a Logan que ahora estaba cerca de la GMC negra—. Porque le juro que los he confundido con Jason Statham y Dwayne Johnson.

Samuel se giró sonriendo y después reclinó la cabeza suavemente hacia atrás, soltando una inesperada carcajada que resonó ronca y poderosa, haciendo que el cuerpo completo de Rachell palpitara nuevamente, hipnotizándola con el fluido movimiento de su manzana de Adán bajo la delgada capa de barba recién rasurada. Peor aún, algo en aquel desprevenido gesto la maravilló y quiso tener el poder de repetirlo.

—No lo sé, no sé si les hacen casting, lo único que sé es que eran militares. —Volvió a mirarla con el rostro relajado, mucho más hermoso de lo usual—. No soy yo quien los ha contratado, ha sido mi tío, les preguntaré si en la agencia exigen algún prototipo —le respondió poniendo el coche de nuevo en marcha.

—¿Por qué lo ha hecho él y no usted? Claro, si se puede saber —inquirió tanteando el terreno primero, no quería parecer imprudente, ni mucho menos meterse en su vida.

—Yo no lo considero necesario —Samuel endureció un poco su voz—. Sé perfectamente cómo cuidarme solo, no soy de esos hombres que recurren a esa clase de métodos para sentirse seguros o importantes.

Rachell se atragantó una sonrisa, sabía que eso lo cabrearía por completo, pero le resultaba encantador su pequeño enfurruñamiento de niño macho.

—Pero si su tío los ha contratado habrá sido por algo, tal vez se sienta preocupado por su estilo de vida.

—No creo que hacer justicia me ponga en riesgo —le contestó desviando la mirada del camino unos instantes para verla.

~ 130 ~

—Pues cree muy mal. ¿Acaso no ve las noticias? Hace algunos años en Las Vegas asesinaron a un fiscal, claro, primero a toda su familia, y lo hicieron porque mandó a la cárcel a un estafador profesional, mejor conocido como *El Tramposo de los Casinos*, y parece que tampoco se enteró de la bomba que pusieron en el coche a un fiscal en Venezuela, casi todos los días asesinan a personas que intentan hacer lo correcto, o como usted lo llama, hacer justicia.

—Creo que me ha dejado claro que teme igual que la gran mayoría... en todos los trabajos existen riegos, claro, en algunos más que otros, pero si no existiesen personas dispuestas a resolver ciertas situaciones, el mundo estaría mucho peor de lo que está ahora... —El coche se detuvo—. Hemos llegado —le dijo con los ojos puestos en su tienda.

Rachell dirigió la mirada a su negocio, escondiendo un traicionero suspiro de tonta decepción, hubiera querido que el trayecto fuese más largo, de repente se sintió demasiado liviana, como si perdiera algo. Quería pasar más tiempo con él, y esa debería ser razón suficiente para bajar de una vez de la bendita todoterreno.

—De ahora en adelante tendré más cuidado con los alfileres para evitar riesgos —le dijo sonriendo y regresando la mirada a Samuel, perdiéndose en los ojos felinos que la dejaban sin aliento.

—O con las escaleras. —expuso él acercándose peligrosamente a ella.

La deliciosa cercanía tensó sus entrañas, prometiéndole el rico placer de un nuevo beso. Y así fue, Samuel terminó por eliminar el espacio entre ellos y fundió sus labios con los de Rachell. Pero esta vez el beso fue diferente, no fue abrasador ni posesivo, fue un toque suave y pausado, metódico, como si la venerara en silencio.

Él intentó retirarse, pero ella no dejó escapar sus labios, aún no había tenido suficiente de él. Le dio un beso tan dulce y desinteresado, que por un segundo no creyó ser ella misma, y eso fue suficiente para romper el contacto de una buena vez.

—Enviaré su coche y el pago por su trabajo, espero que esta vez no me regresé el cheque.

—Si envía la cantidad acordada no tengo por qué hacerlo —respondió, y en un acto reflejo cerró los ojos al sentir el roce del dedo pulgar de Samuel deslizarse lentamente por la línea de su mentón.

—Entendido —susurró Samuel, y sin poder contenerse, la besó de nuevo, sin abrir los labios, tan sólo rozándola con delicadeza y algo que se parecía a la inocencia, una que él hacía mucho había dejado atrás. Entonces se alejó, indicándole sin palabras que su encuentro había terminado—. ¿Amigos? —preguntó tendiéndole la mano.

—Vamos a descubrirlo —Sonrió Rachell extendiéndole la mano—. Y podrías empezar por tutearme —La combinación de su sonrisa y el agarre masculino de su mano reavivó toda la excitación en su vientre.

Bajó del coche y lo rodeó en dirección a la boutique, después escuchó el crudo sonido del vidrió de la ventana descender. Sintió sobre ella la mirada de Samuel, y en el reflejo de la enrome vitrina de su tienda lo vio sonreír con picardía, se giró, regresó sobre sus pasos y apoyó las manos en la puerta del vehículo.

—¿Podrías dejar de mirarme el trasero? —le preguntó con seriedad.

—No —respondió Samuel tajante y llanamente. Rachell vio cómo su pierna se deslizó con suavidad sobre el acelerador, y entonces el motor del coche rugió escandalosamente.

Rachell elevó una ceja acusadora y se alejó dando un paso hacia atrás sin dejar de mirarlo. Entró a la tienda, donde Oscar y Sophia la esperaban en sospechoso silencio. Les dedicó una mirada inexorable, pero aun así supo que de ninguna manera tendría oportunidad de escaparse del interrogatorio de Sophia.

CAPÍTULO 11

El famoso festival *Shakespeare In The Park* que se lleva al cabo durante los meses de junio y julio en el Central Park, pone en escena dos obras al azar del famoso escritor, con la colaboración de actores célebres del teatro y el cine, y es por excelencia una de las grandes tradiciones veraniegas de Nueva York.

El famoso parque, pese a su magnitud, solía atestarse con más gente de lo habitual durante los días del festival, histéricos equipos logísticos, maquinaria, elementos de escenario, y gente de lo más particular se estrellaban unos con otros a lo largo del día.

Sin embargo, eso no representaba un impedimento para que Samuel interrumpiera su rutina semanal. Procuraba salir a correr al menos tres días a la semana, y éste era justamente uno de ellos. El sol sobre su cabeza picaba despiadado, su pantalón de chándal negro y su camiseta de algodón se habían empapado de sudor rápidamente, su reloj deportivo marcaba 120 pulsaciones por segundo, y sus auriculares bañaban sus oídos con *Slide Away* de *Oasis*. Esquivó sonriendo a varios niños, y aumentó la velocidad.

Realmente disfrutaba sus mañanas, pero no sería tan tonto como para engañarse tan estúpidamente, no era sólo el bonito día, o las endorfinas navegando en sus venas por la actividad deportiva. No, sabía que había algo más, y ese algo tenía nombre propio: Rachell Winstead.

Debía tomar distancia, lo sabía, esa parte supuestamente racional en su mente se lo repetía una y otra vez, pero cómo escucharla después de haberla besado de esa manera, después de haber disfrutado de su pasión, de cómo se había movido sobre su cuerpo dándole placer, y aquello ni siquiera alcanzaba la categoría de abrebocas, había sido muy poco, y aun así, estaba completamente loco por repetirlo. Y claro, quería más.

Pero él no podía perder concentración en lo verdaderamente importante, debía mantenerse enfocado y no arriesgarlo todo por un par de piernas. Pero había que ver qué piernas eran las de Rachell. No lo negaba, la mujer estaba buenísima, era preciosa y su cuerpo lo ponía sediento, era impetuosa y apasionada, y parecía llevar en sus ojos la promesa de llevarlo al delirio en la cama.

Un grupo de estudiantes de algún colegio católico pasó por su lado entre risitas murmuradas, él sonrió sin mirarlas intentando evadir lo que su cerebro le gritaba. Al final no tuvo más remedio que escucharlo. Había algo más, algo que él no podía descifrar, algo acerca de Rachell que lo halaba, que lo hacía querer desear estar en su presencia, provocarla, verla rabiar, hacerla enfurecer. Pero también quería verla sonreír y tal vez compartir con ella varias de las cosas que disfrutaba en la vida, aunque había sido un juego de insinuaciones en el club, de verdad quería enseñarle Capoeira, el puto lío era que no entendía por qué.

Ella era una distracción, por tal razón debería evitarla. Empezó a repetírselo mentalmente, una y otra vez, lo haría hasta convencerse. Entonces una chica le bloqueó el camino con toda intención, haciéndolo detenerse. Después de un minuto logró reconocerla, con ropa deportiva y un mejor semblante casi parecía otra persona, su gesto se endureció cuando lo asaltaron varias emociones a la vez: rencor, simpatía, rabia y lástima, todas tan de repente que la cabeza le daba vueltas.

Se quedó en silencio admirando la belleza y jovialidad en ella, tenía una sonrisa hermosa y ojos grises, un gris impactante, no verdes oliva como le pareció hacía varias noches en el aparcamiento, no, eran brillantes con pequeñas pintas verdosas, casi amarillas cerca de la pupila. La muchachita tenía una cara muy bonita.

—Hola, ¿no me recuerdas? —le preguntó ella sonriente.

—Sí…sí, claro que te recuerdo —respondió Samuel quitándose los auriculares—. Megan, ¿verdad?

—Sí, Megan Brockman. —Ella inclinó la cabeza y le sonrió con los ojos muy abiertos—. Pero yo aún no sé tu nombre.

—Samuel Garnett, mucho gusto. —Se presentó tendiéndole la mano.

Megan se la estrechó emocionada y elevó la cabeza para contemplar directamente sus asombrosos ojos dorados. Toda ella se exaltaba al verlo, quería con desesperación agradarle a Samuel, quería de alguna manera ser parte de su vida, que él supiera que ella existía, que la incluyera en su mundo. Quería eso más que ninguna otra cosa.

Un incómodo silencio se hizo entre los dos.

—Siento lo de la otra noche. —Se aventuró Megan con vergüenza—. Pensé que eras policía, de verdad que corres rápido, y cómo agarraste a ese imbécil… —hablaba admirada, como si él fuera alguna clase de héroe para ella—. ¿Eres un corredor de atletismo de alto rendimiento, de esos que van a los juegos olímpicos?

—No —respondió Samuel soltando una pequeña carcajada—. Soy asistente fiscal.

—Ah bueno, es casi lo mismo que un policía… estás todo el tiempo con ellos, o al menos en muchas ocasiones —Atropelló las palabras una tras otra—. Te juro que no he vuelto a tomar otra pastilla.

—Y no debes hacerlo, cuando estás drogada eres presa fácil, sobre todo si te escapas a locales nocturnos —la reprendió Samuel con paciencia—. ¿Qué te dijo tu padre? ¿Las fue a buscar esa noche?

—No. —Megan se encogió de hombros—. Envió a Robert, mi chofer. Al día siguiente en el desayuno la regañina que me dio fue de proporciones épicas —le contó poniendo los ojos en blanco—. ¿Quieres sentarte? —preguntó señalando un banco.

Samuel le hizo un ademán indicándole que tomara asiento, y él lo hizo después de ella. Frunció el ceño al percatarse de lo cómodo que se sentía hablando con Megan, y después sonrió al verla cruzar las piernas en posición de meditación sobre la banca.

—¿Conoces a mi padre? —indagó Megan despreocupadamente, pero al ver los ojos de Samuel encenderse con algo salvaje, su pulso se aceleró con una combinación de temor y emoción, el contraste de sus ojos dorados con su cabello oscuro era sublime.

—Sólo de vista y por referencias de terceros.

—Entonces, sí puedo hablar en confianza contigo —añadió Megan con una sonrisa.

—Bueno, si quieres hacerlo, pero no soy sacerdote, ni psicólogo. —bromeó con ella.

—Bueno, de psicólogos no quiero saber nada, estoy cansada de estar todo el tiempo en el consultorio de uno, con los sacerdotes no me llevo bien. —Suspiró cansada—. En fin, como te decía, esa noche no le vi la cara a mi padre porque si me hubiese visto cómo estaba, seguramente en estos momentos estuviese en un internado en Londres... al día siguiente parecía más preocupado por Rachell que por mí, ya no soy una mocosa —Lo miró por debajo de las pestañas—, y sé que él se siente atraído por tu amiga, tal vez, a la larga terminen teniendo una relación, y mi madre como siempre se quedará callada y se hará la tonta.

Megan se dio cuenta perfectamente cómo el semblante de Samuel se endureció cuando nombró a Rachell, era evidente que le gustaba la chica, y eso la incomodó, quería llamar la atención de Samuel, pero todas sus inseguridades rugían haciéndola sentir pequeñita al recordar a Rachell. La mujer era simplemente espectacular, y era obvio que le gustara a alguien como Samuel.

—¿Vienes a correr todos los días? —Intentó poner palabras de nuevo entre ellos, el silencio la inquietaba, y necesitaba hacer cualquier cosa antes que él se levantara y se marchara.

—Sólo tres o cuatro veces por semana, depende de cómo tenga mi horario —respondió lacónico.

—Yo vengo todos los días por tres horas, tal vez podríamos encontrarnos y correr juntos. ¿Qué me dices? —preguntó con una sonrisa.

—Podría ser, no me gusta prometer nada, pero lo intentaré. ¿Has desayunado ya? —indagó con cautela.

—Normalmente no desayuno, pero si me vas a invitar podría hacer una excepción. —Sus pequeños y blancos dientes se dejaron ver con una sonrisa abierta.

—¿No desayunas? ¿Nadie te ha dicho que el desayuno es la comida más importante del día?

—Sí, me lo han dicho, pero me acostumbré a no hacerlo, y se interesan muy poco en supervisar si lo hago o no —argumentó encogiéndose de hombros.

—Bueno, en ese caso yo supervisaré si lo haces o no —le dijo él mientras se ponía en pie.

—¿Has traído el Lamborghini? —preguntó Megan con emoción, caminado delante de él y volviéndose para mirarlo mientras daba cada paso de espaldas.

—No… —sonrió divertido—. He venido trotando, vivo cerca.

—Es una lástima, me muero por conducir uno, el aburrido de mi padre aún no quiere comprarme un coche propio, todo el tiempo debo moverme en una de las limusinas con el chofer, odio no poder ser independiente… ¿Me permitirás conducir el tuyo algún día? —le preguntó con la mayor naturalidad.

El desenfado de Megan sorprendía y le causaba gracia a partes iguales.

—¿Y sabes conducir?

—¡Claro! Por supuesto que sé, muchas veces cuando salgo con mis amigas me prestan sus coches —contestó orgullosa.

Samuel sonrió y la miró por largo rato.

—Entonces, tal vez algún día permitiré que te desplaces a trecientos sesenta kilómetros por hora. —Megan inmediatamente dio un enorme salto de felicidad.

—Aún no tengo tanta confianza —Se puso las manos en la boca, después elevó los brazos saltando nuevamente—. De lo contrario, te abrazaría y te besaría… de agradecimiento.

—No es para tanto —le dijo Samuel desviando la mirada mientras un tumulto de emociones giraban dentro de él.

Suponía que debía alejarse de Rachell para que no interfiriera en sus emociones, pero ahora se involucraba con Megan, que era mucho peor. Parecía que era casi imposible para él alejarse y mostrarse antipático con ella, y no podía evitar actuar por impulso, era uno de sus peores defectos, era demasiado impulsivo y pasional, y así había seguido, sin reflexionar mucho la idea de llevarse a Megan a desayunar.

Sólo conseguía mantenerse en control en una corte, en su vida personal, generalmente actuaba y después pensaba, tal vez todo sería por lo que alguna vez su tío le dijo acerca de detenerse a pensar demasiado, pues de ser así, no viviría en realidad.

Las personas que pensaban antes de actuar dejaban de hacer las mejores cosas en la vida, porque los momentos que marcan y dan verdadera felicidad no se prevén, no se piensan, simplemente se llevan a cabo. La felicidad no se razonaba, la dicha no se ensayaba, los placeres no se adornaban, sólo se vivían, lentamente, para disfrutarlos mejor, para hacerlos más intensos.

Entraron a un local y la chica pidió una ensalada de frutas sin miel y sin ningún tipo de edulcorante, salsa, ni crema, y una botella de agua. Samuel también ordenó una ensalada de frutas con almendras y queso crema, y un zumo natural de naranja. Observó disimuladamente cómo Megan apenas si probaba la ensalada y fijaba su mirada en el plato cómo si meditara demasiado para comer.

Decidió guardarse de momento cualquier comentario y evitar sacar deducciones apresuradas, las jovencitas de su edad solían adherirse a dietas todo el tiempo, muchas veces creyendo equivocadamente que ponerse en régimen dietario era sinónimo de dejar de comer.

—¿Estás estudiando? —le preguntó intentando borrar su cara de angustia frente a la comida.

—Sí, pero voy por las tardes, estudio Marketing en la Universidad de Nueva York, ya sabrás por qué estudio eso… —siseó pinchando con el tenedor una rodaja de kiwi.

Samuel la observó en silencio varios segundos.

—¿Y por qué no estudias lo que quieres?

—Porque lo que quiero no le conviene a Elitte… —Apretó los labios y después lo miró con los ojos tristes—. No se necesita a un médico veterinario en una agencia de publicidad.

—¿Te gustan los animales?

Megan casi no le permitió terminar la pregunta.

—De todo tipo, me encantan… ¿y puedes creer que no tengo ni siquiera un perro? pero a veces me escapo como voluntaria al NY Zoo… porque mi padre es un tirano —susurró y bajó la mirada a la ensalada.

—En realidad, es mucho peor —masculló Samuel entre dientes.

—¿Eh? Disculpa, no te escuché

Samuel volvió a concentrarse en su plato.

—Señorita Brockman —La llamó una ronca voz masculina—. Buenos días… —los saludó a los dos—. Disculpe —habló el hombre esta vez dirigiéndose a Samuel, que asintió en silencio mientras se limpiaba los labios con la servilleta.

Megan puso los ojos en blanco, fastidiada con la inoportuna visita. Samuel observó atento al hombre, estaba vestido con un traje negro, y el cabello empezaba a escasearle.

—Disculpe señorita, es hora de regresar, recuerde que tiene clase de piano.

—Sí Robert, ya voy… ¿me das cinco minutos, por favor? —pidió con la voz apagándose en cada sílaba con histrionismo adolescente. Robert, que era su chofer, asintió y se alejó prudentemente.

—¿Tocas el piano? —preguntó Samuel intrigado una vez Robert se hubo ido, y no pudo evitar recordar que su madre lo tocaba mejor que nadie.

—Hago el intento —le contestó ella con timidez—. Pero la verdad es que no es más que otra imposición de mi padre, me gusta más el chelo, pero él dice que no le gusta verme con las piernas abiertas. —Sonrió Megan con picardía, Samuel le dio un sorbo incómodo a su zumo de naranja—. ¿Tú tocas algún instrumento?

—La guitarra —respondió él instantáneamente.

—Tal vez… —habló Megan con la mirada de nuevo en su fruta casi intacta—. Algún día podríamos tocar algo juntos… Podríamos hacer un arreglo de alguna canción… Tal vez algo de Evanescence, es uno de mis favoritos.

—Que no sea *My Inmortal*, por favor —pidió Samuel mirándola divertido.

—Me gusta esa canción, pero bueno… ¿Qué me dices de *Call Me When You're Sober*?

—Aceptable, podría decirle a mi primo que nos eche una mano con la batería —le propuso, y vio como ella iluminó el local con su amplia sonrisa.

—¿Dónde has estado toda mi vida? —Casi gritó emocionada—. ¡Eres increíble! Entonces… ¿Algún día?

Samuel se rio entre enternecido y consternado.

—Supongo que haciendo mi vida… Ahora, ve que te están esperando, y si llegas tarde a la clase de piano, ese algún día no va a existir.

—En ese caso, me voy —le dijo Megan emocionada mientras se levantaba—. Y pediré horas extra con la profesora para que ese algún día sea cuanto antes…

—Intentaré sorprenderte —agregó Samuel contagiado por su emoción, pero se mordió la lengua al instante, sabía que ella podría malinterpretarlo todo.

Antes de salir, Megan le pidió algo a uno de los camareros, después se acercó a Samuel y en una de las servilletas de papel junto a los platos escribió un número.

—Espero que me llames cuando salgas a correr, ya te dije que yo lo hago todos los días —Sus ojos brillaron—. Ha sido un verdadero placer, Samuel —Se acercó y le dio un beso en la mejilla, él no pudo más que fruncir el ceño y mirarla descolocado—. No pongas esa cara que me recuerdas a mi padre, y entonces esta bonita mañana se habrá arruinado.

—Ve, no hagas esperar más al chofer —le pidió Samuel doblando la servilleta.

El chico la vio salir y dejó libre un suspiro, después desvió la mirada a la ensalada casi completa que ella había dejado, le dio otro sorbo al zumo de naranja y pidió la cuenta. Debía regresar al apartamento, darse una ducha e ir a la fiscalía, y de ahí a la torre Garnett.

Para Rachell no existía lugar más placentero que su espaciosa y confortable cama *California King*. Rodaba con libertad como una niña, abrazándose a sus almohadas y enredándose en sus sábanas. Los domingos, ésa era su pequeña indulgencia, retozar durante horas en su cama, disfrutando de la paz y la tranquilidad que le ofrecía relajarse haciendo nada más que nada, dejándose acariciar por sus sábanas. No obstante, y pese a su maravillosa cama, llevaba dos noches sin poder conciliar el sueño, dos noches de completo suplicio porque su mente estaba lejos de darle tregua a su cuerpo para que descansara.

Sus pensamientos eran invadidos por Samuel Garnett, al principio con ira y frustración, porque había pasado casi una semana desde que por poco y se lo folla en plena vía pública. Después, cuando las llamadas de trabajo cesaban, cuando todo se hacía silencioso incluso en la ciudad que nunca duerme.

Era entonces cuando su mente se volvía en su contra, y en sus oídos se recreaban los crudos gruñidos y gemidos complicados, la aspereza de su barba bajo sus dedos, la habilidad de sus manos sobre su cintura, el vaivén de sus caderas acompasadas, y la deliciosa dureza de su pene exigente bajo ella. Cada recuerdo se mantenía nítido y glorioso, incitador y tortuoso, porque ella quería más, quería repetirlo y llegar más lejos. Y le parecía increíble que para el imbécil del fiscal hubiera sido tan fácil sencillamente pasar de ella, había transcurrido una maldita semana y no había recibido ni siquiera un miserable mensaje.

En noches como aquella en la que su falta de comunicación se traducía en un rechazo frontal y descarado, lo odiaba, detestaba que él no se viera afectado en lo más mínimo por ella, se llenaba de rabia y frustración. Rabia con ella misma por no poder hacer nada para detener los obsesivos pensamientos acerca de Samuel Garnett, y frustración porque él creara tal revolución en ella sin tener siquiera que mover un dedo, y ella ni siquiera le había movido una miserable fibra como para que se dignara a decirle hola otra vez.

Era patético, ella se sentía patética, podía tener al hombre que se le antojara a sus pies, a cualquiera... menos a él. Ya había gastado los tres últimos días diciéndose que todo se reducía a que el tipo estaba muy bueno, que estaba deslumbrada por un cuerpo perfecto y una cara bonita, y que ya pasaría. O tal vez, sería que el hombre tenía una sobrecarga de feromonas, podría ser algo así, y eso también pasaría eventualmente. Pero en el fondo, allá en ese lugar oscuro e inexplorado de su mente, una vocecita odiosa y recalcitrante le repetía una y otra vez que había algo más, había algo acerca de él que ella no lograba explicarse.

Negándose a sentirse patética un segundo más, lanzó las sábanas a un lado y salió de la cama, una semana había sido más que suficiente. Desnuda como se encontraba se encaminó a la cocina y se sirvió una copa de vino tinto, degustó el fuerte sabor en su lengua y clavó los ojos en el reloj cromado de la cocina. Eran las tres y diez de la madrugada, el cabrón infeliz estaría durmiendo feliz y plácido en su cama mientras ella perdía valiosas horas de sueño con estupideces. Con fijeza absurda siguió la aguja del segundero, paso a paso, marcando uno a uno cada segundo hasta acumularse en minutos amontonados. Estaba empezando a enloquecer.

Inspiró profundamente y dejó la copa casi vacía sobre la barra del desayuno, volvió a su habitación y siguió de largo hasta el vestidor, se vistió con ropa de yoga, se hizo una trenza sencilla, y caminó hasta ese lugar secreto y especial, su único santuario de paz. Una habitación completamente blanca y repleta de espejos que iban del suelo al techo, encendió el reproductor de música y dejó que sus pensamientos se dispersaran.

A las seis de la mañana su cuerpo estaba exhausto, pero su mente estaba libre y liviana, con ímpetu renovado caminó directamente hasta su cuarto de baño. Poco antes de las ocho de la mañana estuvo en su tienda como si hubiera tenido una noche de plácido reposo.

Su día había transcurrido en un desgastante correteo entre los tribunales, la fiscalía y la torre Garnett. Quería que el día acabara cuanto antes, meterse en su ducha y holgazanear en su cama. Justo había apagado el ordenador cuando su móvil vibró bailando sobre el amplio escritorio de cristal negro en forma de L, lo miró revolotear por unos segundos y con fastidiada energía se frotó la cara. Cansado vio cómo el nombre de su jefe parpadeaba al ritmo de las vibraciones, aquella llamada podría costarle el resto de la noche.

—Buenas noches, señor —saludó sin poder ocultar el cansancio en su voz.

—Buenas noches, Garnett —rugió la voz ronca de fumador empedernido del Fiscal General del condado—. Tengo un caso para ti, un hombre de unos cuarenta y cinco años, amordazado, maniatado, varias heridas con arma blanca y dos disparos. —Hizo una pausa y Samuel adivinó que tendría un puro en sus manos—. El cuerpo está en los límites del distrito, CSI ya está en la escena del crimen, te estoy enviando la dirección exacta al correo. —La voz del fiscal general parecía tan cansada como la suya, pero al menos el cabrón se iría a dormir en unos minutos y no tendría que abrir un caso a las nueve menos cuarto de la noche.

—Bien, señor, enseguida salgo para el lugar de los hechos —dijo al tiempo que rodaba la silla y se ponía en pie—. Estaré mañana a las siete en Fiscalía con el caso.

Colgó y lanzó el móvil con desgana sobre el escritorio para abotonarse la chaqueta, caminó hasta el armario y sacó una gabardina gris cromo, regresó por el teléfono, revisó sus credenciales y las placas en su cartera, deslizó las puertas de la sala de conferencias y abordó el ascensor privado.

Al llegar al aparcamiento, Jackson y Logan lo esperaban con rostros impasibles, además del personal de seguridad, eran los únicos en la torre. Vio el Lamborghini, pero desistió de ir en su vehículo, era demasiado ruidoso y llamativo para una escena del crimen. Así que fue hasta la caseta de seguridad y pidió las llaves de uno de los coches de la firma, les deseó las buenas noches a los hombres y caminó hasta donde estaban sus guardaespaldas.

—Bananín y Bananón —Los llamó con una mueca insoportablemente burlona a Jackson y Logan—. Hoy tendremos una madrugada entretenida.
—Se dio la vuelta y empezó a silbar un balbuceo del animado coro de *Sympathy for the Devil* de los *Rolling Stone*.

Se detuvo al lado de un Opel Ampera blanco y subió mientras que Jackson y Logan se dedicaron una mirada que gritaba que querían salir corriendo y dejar de custodiar a Samuel Garnett. Los dos parecieron respirar cansados sin más remedio que subir al todoterreno y seguir al joven fiscal.

Rachell terminó su rutina en el gimnasio y por primera vez aceptó cenar con Víctor, su instructor de Tae Bo y boxeo. Lo hizo sin titubear y aún no terminaba de comprender por qué, tal vez todo tendría que ver con que en el momento en que Víctor se lo propuso. Estaba pensando en el insoportable de Samuel Garnett y en su arrogante desaparición del planeta. Ya había perdido la cuenta de las veces que lo había mandado, en la soledad de su apartamento, a la recóndita mierda, pero el infame no se movía un ápice de su mente, en últimas, su entrenador boricua podría ser una muy efectiva y necesaria distracción.

Caminaban por la calle, uno muy cerca del otro, ya varias veces había sentido el brazo de Víctor rozar su hombro, era evidente que deseaba la cercanía, y a ella no le molestaba, su entrenador era un espécimen nada despreciable de puro músculo y vigor latino, con esa cara de niño malo que tanto le atraía. No habría más lugar para el fiscal, ya la había distraído lo suficiente, debía recomenzar sus contactos con Henry Brockman y concentrarse en lo verdaderamente importante. Su marca.

—¿Qué tipo de comida prefieres? —le preguntó Víctor mirándola con descarada y pausada contemplación.

Ella le sonrió, sus bonitos ojos castaños le prometían la devoción de la que ella tan seguido disfrutaba.

—Algo de comida rusa estaría bien, por aquí cerca hay un lugar que me encanta —le dijo mirándolo fijamente con sus impresionantes ojos violeta.

—Me parece perfecto —Casi ronroneó Víctor como un gatito gustoso—. Pero tienes que aceptar una próxima a invitación a disfrutar algo de comida puertorriqueña, yo mismo cocinaré.

—Lo pensaré —respondió arqueando coquetamente una de sus cejas. Sí, ésta era ella, confiada, coqueta y serena.

—¡Rachell! —Retumbó una voz profunda y cadenciosa. El estómago se le encogió al identificar instantáneamente el exótico y enojado acento.

El corazón se le subió a la garganta y toda la seguridad y la serenidad le quedaron en las plantas de los pies.

Víctor giró la cabeza buscando de dónde provenía la voz, y después ella con las manos temblando, volvió medio cuerpo y se encontró cara a cara con Samuel Garnett.

Sus ojos de fuego la taladraron sin descanso mientras él bordeaba un coche blanco, una gabardina gris ondeaba furiosamente sobre sus pantorrillas. Con el cuello del abrigo rígido y elevado cubriéndole la nuca, caminó hacia ella, seguro, implacable y arrogante como siempre. Sus rodillas se habían derretido.

Se detuvo frente a ella con el ceño profundamente fruncido y la miró por varios segundos, después deslizó sus ojos hasta Víctor y lo recorrió con displicencia de los pies a la cabeza. Su hostilidad era intimidante. Sin decir una palabra, la cogió con fuerza de la mano y la haló hasta pegarla a él, su respiración estaba agitada cuando la apretó contra su cuerpo como si ella le perteneciera, como si tuviera algún derecho sobre ella.

—Suéltame —ordenó Rachell con decisión, furiosa y excitada.

—¿Qué haces? —reclamó exaltado, obviando lo que ella acababa de pedirle.

Los ojos de Rachell brillaron enojados y los de él vacilaron por una milésima de segundo, aflojó el agarre sobre su mano, pero no la soltó.

—Estoy pidiéndote que me sueltes. —El sarcasmo bailó en la voz envalentonada de Rachell.

—¿Quién es ése? —exigió saber con los dientes apretados y voz peligrosa—. ¿Te has dado cuenta del aspecto que tiene? ¿De cómo te miraba? —le preguntó entre arrebatadas exhalaciones—.Podrías estar en peligro... —Intentó disfrazar su descontrolado impulso, luchando por acallar los murmullos escandalosos que se habían encendido en su pecho al verla caminando al lado de otro hombre.

—No exageres Garnett, deja ya la paranoia —espetó Rachell arrogante—. Deja de jugar al sabelotodo, no eres más que un simple fiscal, no Dios, no puedes ver dentro del alma de las personas, deja de juzgar a la gente por su apariencia... hay quienes parecen respetables y son mucho peores —soltó elevando la barbilla con altivez.

Los músculos en su mentón se tensaron y sus ojos parecieron hacerse más claros.

—No soy Dios, pero tú tampoco eres más una simple mortal, deja de creer que estás por encima del bien y del mal.

—Evidentemente soy una simple mortal, pero no por eso voy a dejar de lado mi vida para confinarme. —Lo miró desafiante—. Creo que fuiste tú quien me dijo que en cualquier lugar se corren riesgos, así que no voy a huir de ellos, no soy una cobarde... ahora suéltame, necesito continuar mi camino —exigió cogiendo la mano, pero sólo consiguió que él recrudeciera la fuerza con la que la sostenía.

Samuel la observó detenidamente por instantes eternos, como si le costara descifrarla.

—¿Estás molesta? —preguntó al fin, con la voz suave y sus dulces ojos dorados en una expresión inusualmente dócil.

Rachell quiso satirizar el momento y restregarle toda la frustración de los últimos días, pero no le daría tal placer.

—¿Por qué debería estarlo? ¿Por la absurda escenita de amante de telenovela que me estás armando?

—¿Crees que estoy celoso? —replicó confundido y ofendido, la revolución de emociones que tiraba de sus entrañas no podría ser algo tan estúpido como los celos—. No seas tonta, Rachell —Encontró al fin las palabras.

—Tú, no seas ridículo —Se zarandeó Rachell impetuosa—. ¿De dónde diantres tienes cara para reclamarme nada, cuando ni siquiera se te ha ocurrido dar señales de vida en los últimos ocho días?

Samuel se quedó en blanco, repentinamente azorado por sus palabras.

—Sí, bueno, no te he llamado... —balbuceó—. ¿Y por qué no lo has hecho tú?

Rachell abrió y cerró la boca impactada por su impresionante descaro.

—Porque tenías que hacerlo tú, no yo.

—¿Por qué? —contraatacó él con un gesto que la hizo sentirse idiota—. ¿En qué lugar está estipulado que tienen que ser los hombres quienes siempre las llamen?

—Porque es de caballeros hacerlo, no existe un lugar ni una ley, es simplemente una cortesía que demuestra interés —explicó sintiendo que la sangre empezaba a hervirle.

—¿Te has quedado en el siglo XV? —Se burló Samuel—. De verdad que no comprendo cómo existen aún mujeres que se creen miel, esperando que los hombres caigan sobre ellas como moscas. ¿Acaso la aclamada liberación femenina no se trata de que puedan ustedes buscar lo que quieren? ¿Lo que desean? —Rachell volvió a sacudirse de su agarre, pero su mano se mantuvo inflexible—. Si estabas esperando mi llamada era porque estabas interesada, llamarme no hubiera implicado mucho, existe una gran diferencia entre generar interés y hacerse de rogar, Rachell.

—Y en este caso, por lo que veo, eres tú quien quiere hacerse de rogar. ¿Por qué no puedes ser como los demás, atento, amable, comprensivo? ¿Por qué no llamas? —le preguntó disminuyendo el volumen de su voz en las últimas palabras, sintiéndose rebasada por las emociones de los últimos días y por el absoluto sinsentido de aquella discusión.

—He sido amable, atento y comprensivo —Se defendió Samuel—. Contigo lo he sido, como con ninguna otra mujer —agregó en un murmullo inesperadamente tímido.

Los ojos de Rachell se abrieron mucho, intentando comprender qué significaba lo que acababa de decirle, pero no pudo encontrar nada porque él elevó su mirada y cubrió su rostro de nuevo con la férrea expresión de siempre.

Víctor los observaba irritado e incómodo, rascándose el cuello y con deseos de largarse del maldito lugar; sin embargo, Rachell podría necesitarlo. *¿Quién demonios era el gigante en gabardina?*

—Yo no soy como los demás, Rachell —Samuel volvió a mirarla a los ojos—. Si esperas que te llene el buzón con llamadas y mensajes, que te acose o implore... estás perdiendo tu tiempo, no soy ese tipo de hombre, respeto los espacios ajenos y espero que la gente tenga la cortesía de corresponderme.

—No seas absurdo, una simple llamada no tiene nada que ver con hacer colapsar mi móvil. —Lo miró desafiante—. Si no tienes interés en mí, es sencillo, dímelo —se acercó a él empinándose—. O sigue la cómoda ruta cobarde y desaparece. —La boca de Samuel se abrió furiosa sin lograr articular ninguna palabra, ella en cambio volvió a hablar—. Pero no me montes estúpidas escenas en la calle.

—¡Jamás he dicho que no me interesas!

—¡Exacto, Samuel! ¡No has dicho una mierda!

Samuel empuñó su mano libre con rabia contenida y Víctor se puso alerta.

—El hecho que no quiera ser un apéndice que no te deje respirar no quiere decir que no me despiertes ningún interés... —decía cuando sintió a Víctor acercarse cautelosamente, Samuel le dedicó una mirada fugaz y volvió a pegar a Rachell a su cuerpo, ella jadeó invadida por su cercanía y su calor—. ¿Te ha besado?

Rachell se quedó en blanco, después miró a Víctor que la observaba mudo, rogando una explicación.

~ 144 ~

—Ése no es tu problema —masculló indignada pero apretando aún más su cuerpo al de él.

Samuel la contempló en silencio durante un instante incómodo.

—No lo ha hecho —Sonrió con malicia—. Aún no te ha besado, pero piensa hacerlo.

Rachell abrió la boca para rebatirle su prepotente discurso, pero antes de que pudiera darse cuenta, las manos de Samuel volaron a su cuello inmovilizándola por completo, atrayendo sus labios hacia los de él en un beso indecente, lascivo y exhibicionista. Con sus manos ahora libres, Rachell se pegó a sus fuertes bíceps, empinada lo asaltó con su lengua, retándolo, castigándolo y llenando su cuerpo de un impúdico y placentero calor.

Samuel pausó el beso entre mordiscos y lamidas incitadoras.

—¿En qué universo esto te parece una falta de interés? —susurró contra sus labios—. Me encanta cómo respondes a mis besos sin importar nada más. —Esta vez fue ella quien lo mordió hasta estar segura de hacerle daño, en respuesta él volvió a besarla—. Ya no lo hará... —gruñó bajito—. Ya no intentará besarte.

Despacio, Rachell dejó de empinarse y jadeando volvió a la tierra.

—Me tengo que ir —le dijo él depositando varios besos húmedos y pausados sobre sus labios—. ¿Estás segura que lo conoces bien? —preguntó refiriéndose al enmudecido Víctor.

—Sí, es mi instructor de Tae Bo. —Logró Rachell improvisar una respuesta.

Samuel lo observó receloso.

—No quisiera dejarte sola con él, pero tengo trabajo, te llevaría conmigo pero voy para una escena del crimen, no permitiría que vieras algo así, y supongo que no aceptarás que Logan te acompañe hasta tu casa.

—¡Por supuesto que no! —rebatió perturbada.

—Lo supuse —replicó Samuel entornando los ojos—. Me fascina ese maldito carácter tuyo... —confesó antes de volver a atacarla con un beso escandaloso que atrajo las miradas de los transeúntes, y algo más que incomodidad en Víctor—. Te llamaré —le aseguró dejándolos a los dos recuperar el aliento.

Samuel le dedicó una última mirada hostil a Víctor, y después una caliente y sugerente a Rachell antes de subirse al coche blanco en el que había llegado. Arrancó, y tras él la ya acostumbrada todoterreno negra.

—Disculpa, Víctor. —Se excusó una vez estuvieron solos.

—¿Es tu novio? —preguntó el instructor boricua[3] con la mirada perdida en el lugar donde había estado aparcado el coche de Samuel.

---

[3] Boricua: Persona nacida en la isla de Puerto Rico.

—Víctor… —empezó Rachell, pero no pudo decir nada porque fue interrumpida por los deliciosos acordes de *Muse* y su *Panic Station*.

Tenía una llamada entrante en su móvil, y ella sabía perfectamente quién era el único de sus contactos con aquel tono personalizado. Ya había olvidado que al tercer día de esperar la dichosa llamada que no había llegado, había puesto esa canción unida al número de Samuel. Desde que estruendosamente la había escuchado en el aparcamiento la primera vez que se vieron, no podía dejar de pensar en él al escucharla. Sacudió de su mente el tonto arrebato adolescente y atendió.

—Puedes decirle lo que creas necesario para sacártelo de encima. —habló Samuel al instante con su riquísimo acento, mientras la observaba por el retrovisor esperando que el semáforo le diera la luz verde—. Y deja que él camine adelante, porque te está comiendo el culo con la mirada.

Rachell no sabía qué decir, se volvió y pudo ver cómo el coche volvía a ponerse en movimiento, un instante después él había finalizado la llamada.

El perverso abogado la dejaba sin palabras, hablándole en aquel tono autoritario, como nunca antes ningún hombre extraño lo había hecho con ella, y por alguna retorcida razón no le molestaba.

—Era mi novio —le respondió a Víctor al fin, sonriendo y guardando el móvil en el bolsillo de su chaqueta roja, sin poder evitar sentirse como una estúpida adolescente.

—Si fuera él, no te dejaría salir conmigo —Se aventuró Víctor, intentando volver al casual coqueteo de hacía unos minutos, aunque su pecho rugiera de humillante rabia.

—No está muy contento de que salga contigo, pero tiene trabajo importante que hacer. —Desaceleró sus pasos caminando a la par con Víctor, evitando que él se quedara atrás. Maldito fuera Garnett, estaba obedeciéndole.

—Bueno, en ese caso, podríamos olvidar el pequeño incidente con tu novio y proseguir con nuestra conversación —propuso él guiñándole un ojo y tragándose su orgullo—. ¿Qué me dices, vienes el sábado a comer a mi casa? No te llevaré a mi apartamento —aclaró con demasiado énfasis—. Podríamos ir a la casa de mi abuela, por si te da miedo estar a solas conmigo, no quiero intimidarte.

A Rachell la sorprendió la frontalidad de las palabras de Víctor, parecía que era otro fuera del gimnasio, y aún más, parecía que el indecente beso frente a Samuel no había hecho más que incrementar su interés en ella.

—No me intimidas —le dijo aún sopesando la actitud de su instructor.

—¿Entonces, porque siempre me evitas? —insistió Víctor sonriendo.

—No te evito Víctor, pero en el gimnasio estamos para hacer ejercicio, nada más. —Cortó sin vacilaciones sus avances.

—Pero fuera del gimnasio no quieres pasarlo bien. —Siguió el boricua—. Siempre que te invito a salir tienes alguna excusa.

—Eso debería decirte algo... —indicó ella arqueando las cejas, confundiéndolo con la contradicción de sus gestos y sus palabras—. Y no son excusas —continuó—, tengo trabajo que atender, hoy estoy libre y estamos yendo a cenar, Víctor.

Ahora era él quien había sido intimidado, Rachell Winstead resultaba ser una caja de sorpresas, novios repentinos y una agudeza mental que no esperaba en una mujer de su edad.

En el restaurante, ella propuso y mantuvo los temas que se le antojaron, hablaron únicamente de deporte, y Víctor no pudo evitar ceder más ante el influjo de su belleza, la delicadeza de su voz y la fortuna de su compañía. Al final de la noche, después del placer de una crepa Stroganoff, el dichoso novio era lo de menos.

Samuel aparcó el coche fuera del dispositivo de seguridad, al lado de la van-laboratorio del CSI, bajó del coche y les pidió a los guardaespaldas que se quedaran dentro de la todoterreno. El perímetro de veinticinco metros se encontraba marcado por la cinta policial, y dentro se hallaban las autoridades involucradas en el caso. Al llegar al pasillo uno de los policías lo detuvo extendiendo la mano en alto.

—Disculpe señor, no puede traspasar el área.

Samuel no respondió. Sin mirar al policía, con sus ojos bailando por el macabro cuadro criminal, buscó dentro de la gabardina la placa que lo acreditaba como Fiscal del Distrito de Manhattan. No la había sacado aún, cuando se acercó otro agente de policía.

—¡Fiscal! —Lo saludó el hombre sonriente, Samuel se giró y le devolvió la sonrisa—. Llegas tarde, Garnett —bromeó el policía tendiéndole las plantillas para los zapatos y los guantes.

—Tenía otras cosas pendientes. —le dijo con voz seca, poniéndose las plantillas—. ¿Nuevo? —se refirió al policía que le había impedido el paso.

—Acaban de trasladarlo, viene de Kansas —respondió el policía bromista con una nueva sonrisa atractiva, dos hoyuelos se formaron graciosos en sus mejillas.

Samuel se puso los guantes, y los dos caminaron hacia el epicentro del dispositivo de seguridad, donde se encontraba la víctima.

—¿Qué te dicen los muchachos? ¿Con cuántas pruebas contamos? —preguntaba de manera casual, sumergiéndose por entero en su trabajo.

—Hasta ahora pocas. —Frunció los labios el policía—. Lo han dejado en el lugar, pero algo me dice que estuvo enredado con putas.

—¿Ya tienen la identificación? —quiso saber Samuel.

—Nada, está limpio, pero mañana temprano te la hago llegar a la fiscalía con el informe forense.

El cuerpo inerte de un hombre maniatado seguía tirado en una posición extraña en el suelo. Samuel se puso de cuclillas y el policía lo imitó tendiéndole unas pinzas, él las cogió y examinó lentamente las heridas, cuidándose de no contaminar la escena.

—La dirección y profundidad de las heridas parecen decirnos que se encontraba en el suelo cuando fue agredido… Los tiros son a quemarropa… —Tomaba nota mental—. Envíame las fotografías también, por favor —Le pidió, mientras observaba algunos de los rasguños en el cuello y el pecho del hombre, así como rastros de pintura de labios.

—Sí —habló el policía de nuevo—. No lo querían vivo ni por error, en sus uñas encontramos restos de piel, genética ya tiene las muestras, Collins está terminando el informe preliminar para que empieces a trabajar en el caso.

Samuel lo miró con cara de horror.

—Ni de coña lo reviso ahora, estoy loco por llegar a mi apartamento, darme una ducha y dormir al menos cinco horas.

—Sólo te estaba tomando el pelo. —El policía le palmeó el hombro y desplegó su encantadora sonrisa—. Me avisas cuándo pueda darle la orden a los forenses para que lo levanten.

—Por mí no pierdas el tiempo —respondió Samuel poniéndose en pie—. Voy a ver qué tiene Collins para mí y preparé el informe del Fiscal General.

Minutos después, Samuel se reunió con el hombre que le entregó el informe y esperaron el levantamiento del cadáver. Estuvieron por media hora más inspeccionando otros elementos en la escena, mientras hacían las últimas pesquisas del hecho y Samuel clamaba en silencio por su almohada.

CAPÍTULO 12

DEREK CUSAK:

◊ Cuarenta y tres años.
◊ Cirujano plástico.
◊ Licencia médica suspendida.
◊ Cuatro denuncias por mala praxis.
◊ Ningún caso procesado ni publicitado.

A las once de la mañana, el funcionario del CSI encargado del homicidio Derek Cusak se dirigió a las instalaciones de la central de investigaciones de delitos mayores de la fiscalía general del condado de Nueva York, para reunirse con el asistente fiscal de distrito Samuel Garnett y entregarle todo lo recabado hasta el momento, incluyendo el informe forense.

Samuel debería definir, ordenar e instruir los siguientes movimientos del equipo técnico encargado de la investigación del homicidio de Cusak, impartir la logística del peritaje y poner en sanción la primera teoría de esclarecimiento del caso.

—Empezaremos con el director de la clínica —le informó Samuel al funcionario—. Yo iré contigo.

—Como tú quieras —acordó el hombre—. Todo esto tiene pinta de venganza, tal vez la de una mujer muy molesta con tetas deformes, al tipo lo torturaron, el forense encontró silicona en su estómago. —Samuel se mantuvo impasible—. Le hicieron comer implantes de tetas.

—¡Vaya! –exclamó Samuel sarcástico—. Entonces sí que estaba molesta... yo me inclino por un hombre o un trabajo de equipo tal vez. Usualmente, una sola mujer no tiene la fuerza suficiente para amordazar y atar a un individuo de esa contextura, según el informe forense el tipo forcejeó, lo que quiere decir que no estaba inconsciente cuando lo ataron. —resumió hojeando el informe—. Pero estoy de acuerdo con el móvil que has planteado ¿Qué hay del ADN encontrado bajo las uñas?

—Todavía nada —respondió el agente de criminalística—. Necesitaré al menos tres días Garnett, ya me tienes de los huevos con todo este asunto, después… —Entonces fueron interrumpidos por una atractiva mujer hispana que entró en la oficina de Samuel con dos tazas de café humeantes.

—Gracias —hablaron los dos, la joven secretaria asintió en silencio y se retiró.

—En cuanto acabemos el café, saldremos para la clínica —El agente, un hombre de gruesas cejas y un severo rictus en los labios, barrió con la mirada la oficina de paredes color caoba y adustos muebles marrones—. Cada vez me agrada menos encerrarme en esta oficina, parece un calabozo, prefiero la de la torre Garnett. —finalizó guiñándole el ojo.

—La oficina de la torre la elegí yo, esta me la adjudicó la fiscalía —le dijo Samuel antes de llevarse la taza de porcelana a los labios—. Apenas tengo espacio para caminar, pero aquí está lo que verdaderamente me apasiona.

Al terminar se dirigieron a la clínica en la que Cusak tenía registrada su licencia, se reunieron con el director, quien apenas se había enterado del suceso hacía escasos minutos a través de los medios de comunicación, de manera que la visita de los agentes del gobierno lo cogió por sorpresa. No obstante, no se negó a reunirse con ellos y les proporcionó las identificaciones y direcciones de residencia de las cuatro mujeres que habían impuesto las denuncias.

Salieron de la clínica discutiendo los escasos nuevos datos del caso, y acordando cada uno una nueva asignación de averiguaciones. El detective iniciaría una nueva jornada de trabajo de campo y Samuel enviaría la actualización del informe a sus superiores. Revisó la agenda en su móvil y confirmó su cita para comer con Thor, desplegó la pequeña pestaña en su móvil porque no recordaba en qué restaurante habían acordado encontrarse, pero antes que hubiera podido averiguarlo, escuchó una suave voz infantil llamándolo.

—¡Samuel! —Volvió a escuchar la voz a sus espaldas, giró en redondo y se encontró con el rostro radiante de Megan que se acercaba trotando.

—Hola Megan, ¿cómo estás? —La saludó, sorprendido con su presencia en la clínica—. ¿Todo bien? —preguntó frunciendo el ceño.

—Estoy bien… —respondió ella sonriendo y con los ojos brillantes de entusiasmo—. Sólo vine a acompañar a una amiga —Se apresuró a aclarar, parpadeando varias veces mientras desplazaba su mirada hacia el hombre de mediana edad al lado de Samuel.

—Megan, te presento al teniente William Cooper, jefe del departamento de la policía científica del distrito de Genesee. —Indicó Samuel señalando con un ademán al hombre—. Cooper, ella es la señorita Megan Brockman.

William Cooper era un hombre de considerable estatura, por al menos un palmo, más alto que Samuel, tenía los ojos azules, calmos y astutos, y una encantadora sonrisa, muy dulce para la energía pétrea de su mirada. Todo el hombre parecía representar la metáfora perfecta de los torbellinos salvajes que se sacuden bajo las aguas mansas.

—Mucho gusto, señorita Brockman —Le correspondió William el agarre de su mano con gentileza.

—Igualmente, señor Cooper. —Él le sonrió con amabilidad, advirtiendo la suave y dulce belleza de Megan y como algo en ella le resultaba extrañamente familiar.

Unos segundos después el apellido de la chica brincó en su mente y desvió la mirada insinuante hacia Samuel, comunicándose con él en silencio. La mirada del joven fiscal había sido una confirmación, la muchachita estaba relacionada con el magnate de la publicidad Henry Brockman.

—Señor fiscal. —Dada la compañía, se dirigió a Samuel con inusual formalidad—. Con su permiso, voy a seguir trabajando en el caso pendiente, le haré llegar con uno de mis hombres lo acordado.

—Gracias, Cooper —le dijo Samuel inexpresivo.

—Fue un placer —agregó William, despidiéndose de Megan, ella le sonrió con timidez y después clavó los ojos en sus zapatos.

Cooper hizo un leve movimiento con la cabeza antes de darse media vuelta y emprender de nuevo el camino hacia el aparcamiento descubierto. Samuel lo siguió con la mirada hasta que Cooper hubo subido en su coche.

Megan por su parte, se decidió a contemplar descaradamente a Samuel, lucía como el perfecto príncipe que era, su príncipe en Lamborghini.

—¿Y qué tiene tu amiga? —preguntó Samuel sacándola de su ensoñador trance.

—Es... está, bueno... —Las palabras sencillamente no se articulaban—. ¿Qué haces tú aquí? —Intentó distraerlo, no se atrevería a decirle que no sólo su amiga estaba en consulta con un cirujano, sino que ella esperaba su turno.

—Estoy trabajando en un caso —le contestó mirándola a los ojos con severidad.

Megan cambió su peso de un pie a otro, intimidada con la mirada escrutadora de Samuel sobre sus ojos.

—¿Es sobre lo del cirujano que salió en las noticias? —indagó vacilante.

Samuel sonrió.

—Bueno, esa información no puedo dártela, es confidencial.

Megan se rio divertida, restándole importancia al asunto de la confidencialidad con un espontaneo chapoteo de sus manos en el aire.

—¡Vosotros y vuestros misterios!

—Así es —confirmó Samuel, divertido con su espontaneidad, llevándose las manos a los bolsillos del pantalón y alzándose de hombros.

Ella se quedó perdida en él, nunca antes un hombre se había mostrado tan paciente con ella, aún no le había dicho que era ridícula o una insegura niña de papá, por el contrario, Samuel parecía genuinamente interesado en ella, en cada una de las cosas que decía. Él en verdad la escuchaba, y no había gozado de eso ni siquiera en su propia casa.

—Señorita Megan Brockman —Llamó una impoluta enfermera con medias de seda blanca y unas muy considerables formas redondeadas al mejor estilo de las grandes estrellas de la pornografía.

Samuel pasó su mirada de la enfermera a Megan levantando una acusadora ceja.

—Bueno, sí, está bien… —le dijo ella abochornada, apretando con el puño cerrado cada uno de los dedos de la mano opuesta—. Pero es sólo una consulta, sólo quiero aumentarme una talla, nada más. —Y su rostro se inundó de color cuando inconscientemente no pudo evitar llevar su mirada hasta sus pechos.

Samuel frunció los labios sopesando la situación, con sus ojos clavados en los de Megan

—¿Quieres mi opinión?

—Claro —sonrió entre encantada y avergonzada—. Me encantaría, eres mi amigo, y bueno, eres hombre, creo que tu opinión sería muy apropiada.

—No lo necesitas.

—¿No lo necesito? —replicó Megan con un deje de decepción, arrugó la nariz y se volvió hacia la enfermera—. Deme un momento por favor.

—En primer lugar, Megan ¿por qué lo harías? —Samuel se acercó a ella con la voz grave y profunda—. ¿Porque crees que te verías más atractiva? ¿Porque irían mejor con la ropa de moda? ¿Por qué tus amigas lo hacen? ¿O porque crees que los chicos lo prefieren así? —Ella guardó silencio pensando que tal vez sería un poco de cada cosa—. Te diré algo Megan, ninguna de esas razones es la correcta… si necesitas un par de prótesis para sentirte adecuada o hermosa, no son tus pechos los que necesitan la intervención de un profesional… —Ella apartó la mirada y él se acercó un paso a ella—. Eres perfecta, tal y como eres, porque allá afuera no hay nadie como tú, eres única, y eso basta para que cada centímetro de tu cuerpo sea sagrado, hermoso y perfecto, no profanes la belleza irrepetible de tu cuerpo con un par de trozos de fría silicona, no es lo que tú quieres, y no… —Se aclaró la garganta—. No es lo que nosotros queremos.

Ella no consiguió decir nada, tan sólo se quedó colgada de sus ojos, completamente perdida en él.

—¡Megan! —Resonó atronadora la voz de Henry Brockman a través de las blancas paredes del pasillo, haciendo eco en los oídos de Samuel, dolorosamente, reconocería esa maldita voz en cualquier lugar del planeta.

—¡¿Qué haces aquí?! —reclamó Henry con extralimitada rudeza.

Los labios de Megan empezaron a temblar y todo su cuerpo se llenó de pánico, aun así, lo que más la atormentaba en aquel momento era la horrible vergüenza que sentía al ser tratada de esa manera por su padre, y justamente frente a Samuel. Parpadeando nerviosa le dedicó una mirada de soslayo, suplicándole en silencio que se marchara y no la viera en aquella bochornosa situación, pero Samuel no comprendió nada, él estaba petrificado, con los puños cerrados fuertemente, trabajando con todas sus fuerzas en su autocontrol.

—¿Qué diablos estás pensando? ¿Qué es lo que tienes en la cabeza? ¿Acaso no estas al tanto de las noticias? ¡Sólo corres a hacer estupideces todo el maldito tiempo!

—Modere el tono de su voz señor. —Vibró furiosa la voz de Samuel.

Megan levantó la mirada enrojecida que retenía las lágrimas de tristeza y vergüenza, y la clavó en Samuel viendo una vez más a su héroe, a su salvador enfrentarse a su padre, ni siquiera su madre había hecho el intento de detenerlo cuando la regañaba con gritos e insultos, las pocas palabras que Samuel había acabado de pronunciar, lo significaron todo para ella.

Henry giró con brusquedad su cabeza encarando a Samuel, ni siquiera se habían percatado de su presencia hasta que con tanto atrevimiento lo había silenciado con sus osadas palabras.

—¿Quién demonios es usted? —gruñó cabreado—. Más le vale que no sea usted el responsable de toda esta estupidez, de ser así, le aseguró que se las tendrá que ver conmigo.

Megan nerviosa dio un paso hacia su padre tocándole el brazo.

—Papá, él no tiene nada que ver, sólo...

—Megan ¡Cierra la boca! —Le ordenó con voz baja e irritada.

Con la mandíbula apretada, Samuel apenas si lograba mantener sus talones en el suelo, no había una manera en la que pudiera expresar el profundo desprecio que sentía por Henry Brockman, ni la ira salvaje que invadía sus venas desquiciándolo con la cegadora urgencia de molerlo a golpes.

Henry lo observaba despacio, precavido pero iracundo, la altanería del muchachito lo irritaba, pero él no era un hombre que confrontara a nadie si tenía la sospecha de que sus posibilidades de salir victorioso eran muy bajas, no, él prefería agazaparse y estudiar las debilidades de sus contrincantes desde la distancia.

—¿Estás saliendo con este hombre? —le preguntó a Megan cogiéndola del brazo y alejándola de Samuel, obligándola a quedarse tras su espalda—. No quiero volver a verlo cerca de mi hija. —escupió un rugido con los ojos llenos de rabia.

—Se lo diré por última vez —susurró Samuel con los dientes apretados—. Modere su tono de voz, y reconsidere cada una de sus palabras al dirigirse a mí.

—¿Quién demonios se cree? —chilló Henry estridente, dio un paso hacia él y Megan lo detuvo por el brazo, entonces se giró y la zarandeó con brusquedad empujándola lejos de él.

—¡Le vuelve a poner un dedo encima y no dudaré en ponerlo en su maldito lugar! —bramó Samuel con la respiración espesándose en sus pulmones.

—¿Algún problema, señor fiscal? —habló a unos cuantos metros el director de la clínica, haciendo que todos giraran sus cabezas instantáneamente.

—Con que un fiscal me está amenazando. —aplaudió Henry despectivo sin terminárselo de creer—. Me parece que está abusando de su poder —dijo con una sonrisa burlona, pero sin dejar fuera la amenaza implícita en sus palabras.

Olvidándolo todo, Samuel dio un par de zancadas largas hasta detenerse frente a Brockman, casi pegando su cuerpo al de él, con los puños tensos y listos para atacar en sus costados, la ira pura y salvaje fluyendo en su sangre y un desquiciado deseo por moler la piel de sus nudillos contra cada pedazo del cuerpo de aquel hombre trozo que pudiera destrozar.

Las aletas de la nariz de Henry se dilataron y su respiración se agitó asustada e intimidada, pero no lo demostraría, el dichoso fiscal no era más que un niño fanfarrón que no tenía la más mínima idea acerca de lo que implicaba enfrentarse a un hombre como él.

—No me amenace muchachito, mejor regrese a su oficina de quinta y siga jugando a ser un hombrecito de la ley.

—No lo amenazo, si vuelve a ponerle un dedo encima, le partiré la cara —susurró Samuel, sus ojos amarillos refulgían brillantes de rabia, y entonces Henry pareció vacilar, parpadeando varias veces, con cientos de oscuras emociones estrellándose convulsas en su interior.

Se sentía intimidado, pero no lo demostraría, por lo que le mantuvo la mirada, manifestando que no le tenía miedo a un funcionario público, aunque su corazón latiese desbocado al ver de cerca la mirada del chico, despertando cientos de inesperadas emociones y recuerdos dentro de él.

Haciendo acopio de los últimos resquicios de su autocontrol, Samuel lo miró con profundo desprecio una vez más, pasó sus ojos hasta Megan, quien musitó en silencio que estaba bien y le dijo con señas que lo llamaría después, justo entonces se dio media vuelta y abandonó la clínica.

Con las venas pulsándole en las sienes se subió en su todoterreno dando un portazo, se puso en marcha y rápidamente presionó el acelerador por encima de los noventa kilómetros por hora. El zumbido de su móvil lo obligó a coger aire profundamente una vez más.

—¿Qué? —contestó con acritud sin detenerse a mirar el identificador.

—Señor, sería mejor que redujera... —Intentó hablar Logan antes de ser interrumpido por Samuel.

—¡Váyanse a la mierda! —vociferó enfurecido, colgó la llamada y mantuvo su velocidad.

En su propia todoterreno, Jackson y Logan pusieron los ojos en blanco y aceleraron tras Samuel, quien parecía tomar rumbo hacia su apartamento. Minutos más tarde lo vieron entrar en el aparcamiento de su edificio con la misma endemoniada velocidad, aparcó en uno de sus sitios haciendo chirriar las llantas, de nuevo dio un portazo al salir, y alcanzó el ascensor antes que ellos hubieran terminado de aparcar.

Logan y Jackson se miraron desconcertados, habían sido advertidos de ello, y se les había ordenado que de verlo en tales condiciones, Reinhard Garnett debería ser notificado al instante.

—Lo hago yo —dijo Logan sacando el móvil, Jackson asintió y apagó el motor del vehículo.

—Señor Garnett —carraspeó Logan—. Al parecer ha ocurrido algo con el señor Samuel... —hizo una pausa mientras escuchaba lo que Reinhard le decía—. Se ve muy alterado.

—¿Desde cuándo está así? —le preguntó Reinhard al otro lado de la línea.

—Sólo desde hace unos minutos señor, salió en ese estado de una clínica en la que está trabajando en un caso, no sabemos a ciencia cierta que pasó dentro. —Logan se removió incomodo en un asiento—. No, nos dejaron entrar portando las armas, así que tuvimos que quedarnos fuera de la clínica.

Reinhard se mantuvo en silencio durante unos instantes.

—¿Dónde está ahora?

—Acaba de subir a su apartamento.

—No le pierdan la pista, los quiero tras él las veinticuatro horas.

—Sí, señor.

—Gracias por notificarme, Logan.

—De nada, señor —finalizó el guardaespaldas y entonces Reinhard cortó la llamada.

Con la furia intacta, Samuel cruzó la puerta del vestíbulo de su apartamento, quitándose en el camino la chaqueta, la corbata y la camisa, dejando el reguero de prendas esparcidas por el suelo en su camino al gimnasio. Se detuvo frente a su saco de boxeo y lo atacó con gritos y gruñidos desesperados. Con los puños desnudos sacudía una y otra vez el saco de cuero, balanceando con violencia los treinta y seis kilogramos. Sus manos dolían y su respiración le quemaba la garganta, pero él más que nadie sabía que había dolores mucho peores.

—¡Aquí estoy! —Exclamaba con rabia—. ¡Estoy de pie! —Sacudía incontables veces más el saco, con golpes secos y violentos—. ¡Vas a conocer el infierno, maldito hijo de puta! —gritó con tanta ira que su voz se rasgó al final, quebrándose en un gemido salvaje y monstruoso, engullendo las furiosas lágrimas mientras sus brazos desmadejados caían a sus costados, y sus dorados ojos se opacaban con el dolor, luciendo de aquel color indeterminado de la mostaza.

Imágenes fugaces y sucesivas inundaron su cerebro, aquellos instantes dolorosos e imborrables, y el dolor y la ira retornaron multiplicados. Sus puños ya no eran suficientes, y pronto sus muslos, pies y rodillas se unieron a la caótica tormenta de golpes que hacían eco en su piel mojada de sudor, el cuero y el tintineo etéreo de las cadenas al sacudir el saco.

Las puertas del gimnasio se deslizaron con el sonido sordo y automático del sensor al activarse, Thor avanzó despacio, conmocionado con la impresionante violencia con la que Samuel atacaba el saco de boxeo.

—Samuel —Lo llamó con la voz alarmada, pero él parecía no haberse percatado si quiera de su presencia—. ¡Samuel! —Lo llamó una vez más, a poco menos de tres pasos de él.

Preocupado, Thor avanzó y puso su mano sobre su primo. Con el dorso de su brazo, Samuel apartó de un golpe seco la mano que le había tocado, sus ojos lucían vacíos y peligrosos, Thor lo miraba impresionado, desconociendo por completo al sujeto que tenía frente a sus ojos.

El pecho de Samuel se elevaba agitado y su dorso brillaba repleto de sudor, tenía la boca seca y los ojos enrojecidos. Dejó de mirar a Thor y volvió a atacar el saco, ignorándolo por completo.

—¡Samuel! —gritó Thor—. ¡Hey! —Volvió a poner la mano en su hombro—. Detente —le pidió con la voz pausada.

Samuel se quedó detenido allí mismo, con los brazos lánguidos y la mirada perdida en la nada. Los ojos asustados de Thor se fueron instantáneamente a sus manos, los dos sabían perfectamente que enfrentarse a un saco sin vendas o guantes era un riesgo estúpido en innecesario.

—Te están sangrando los nudillos —le dijo con voz suave, demasiado consternado como para decir algo más—. Tranquilo Sam, tranquilo.

—Suéltame —exigió Samuel parpadeando con rapidez—. Estoy bien Thor, estoy bien.

—¿Qué te pasa?

—No pasa nada —respondió Samuel sin más y se dispuso a abandonar el gimnasio. A pocos metros de la puerta se detuvo—. ¿Cómo es que estás aquí? ¿No tendrías que estar en la oficina?

Thor se quedó en silencio un breve instante antes de responderle.

—Si me hubieses contestado el teléfono no estaría aquí.

Samuel lo ignoró una vez más y cruzó las puertas, mientras subía las escaleras escuchó la voz enfadada de Thor.

—¡Se supone que comeríamos juntos! ¡¿Olvidas que lo hacemos casi todo los días?!

Samuel seguía sin decir una palabra, él había creído que la llamada de su padre hacía unos minutos había sido una exageración, pero ahora estaba completamente seguro que algo estaba ocurriéndole a su primo.

—¿Samuel, qué coño te pasa? —continuó Thor subiendo las escaleras y apostándose frente a la puerta del cuarto.

—Puedes regresar a tu trabajo —le respondió Samuel al fin al abrir la puerta de su cuarto, esta vez no llevaba más que su ropa interior—. Me daré una ducha y regresaré a la fiscalía, tengo un poco de presión encima, eso es todo. —Y volvió a cerrar la puerta, Thor supo entonces que no iba a conseguir nada en aquel momento.

Su respiración empezaba a acompasarse, atravesó la habitación y presionó un delicado botón bajo la cama haciendo que una de las placas de mármol negro que cubrían la pared de la cabecera se deslizará con un ruido suave mientras descubrían una caja de seguridad de tablero electrónico. Se pasó la lengua por los labios resecos y marcó la clave, un seco click desajustó la pequeña puerta de la caja acero y dejó al descubierto varias cajas, carpetas y sobres.

Sacó un sobre manila gris y se sentó en la cama mientras vaciaba el contenido en sus manos, pasó entre sus dedos varios documentos y papeles, revisándolos uno a uno con total concentración. Una vena en su cuello palpitó remembrando la ira y el dolor de hacía unos instantes, él estaba listo, sabía que estaba listo, pero las condiciones aún no eran las adecuadas. No se trataba sólo de devolver el golpe, no, se trataba de sumergirlo en un maldito infierno tan feroz y lleno de tortura que el miserable hijo de puta le suplicaría por su muerte.

Cogiendo aire volvió a guardar el sobre en la caja fuerte, un minuto después, la cama lucía tan inocente como antes. Necesitaba recordar que el plan marchaba sobre ruedas, que no debía precipitarse o caer en provocaciones, porque entonces podría perderlo todo en un abrir y cerrar de ojos.

Entró en la ducha y dejó que el agua corriera por su cuerpo cerca de una hora hasta aplacar sus demonios. Al salir, se sentía renovado y de nuevo en control, se vistió con un rudimentario pantalón vaquero, sus botas de media caña, sin molestarse en atar sus cordones, y un grueso suéter gris de lana.

Al estar de regreso en el primer piso, se encontró con Thor sentado en la barra de la cocina comiendo cereales con leche.

—Deberías aprender a cocinar —le dijo con una sonrisa que nada tenía que ver con la dramática escena en el gimnasio.

Thor se encogió de hombros.

—Mira quién lo dice, tú que ni siquiera sabes preparar un sándwich, además me gusta comer cereales, no hay ninguna comida mejor que los cereales, y me trae buenos recuerdos. —Se defendió con la boca llena—. ¿Vas a la fiscalía vestido así?

Samuel rodeó la isla de la cocina y sacó de entre la alacena un tazón negro de porcelana.

—Sí, hoy es viernes… —contestó despreocupado mientras vertía leche sobre las hojuelas de maíz.

Los nudillos amoratados y rotos volvieron a sacudir a Thor, recordándole que tan real había sido lo que había pasado minutos antes.

—Deberías ponerte hielo —le dijo sin mirarlo.

—No duele —respondió Samuel llevándose la cuchara a la boca—. Es superficial, ya me rocié lidocaína —Comió una vez más, y sin mirarlo a la cara, volvió a hablarle—. ¿Qué piensas hacer esta noche?

—Nada —contestó Thor con la voz seria y el apetito escapándosele—. Venir a dormir como los gilipollas, mañana tengo que ir a recibir a unos italianos. ¿Y tú?

—No sé, hasta ahora no tengo nada planeado, tal vez dormir también, necesito descansar.

—Sí, estos últimos días apenas has tenido tiempo de dormir… ¿Qué paso con el caso del tipo de hace unas noches?

—Era un cirujano plástico, tenía varias denuncias por mala praxis, trabajamos sobre la teoría de una venganza, probablemente relacionada con alguna de sus pacientes.

—¿Por qué? —preguntó Thor con interés infantil.

—Le hicieron comer silicona antes de morir.

—¡Joder! —Sacudió Thor sus manos sonriendo—.Bueno, al menos la asesina fue considerada y lo hizo feliz, no cualquiera come tetas antes de morir.

—Tienes razón. —Se rio Samuel, y los dos chocaron los respaldos de sus cucharas, tal y como lo habían hecho desde que eran niños—. Ya quisiera yo morir atragantado con una teta.

CAPÍTULO 13

Era una noche fría y oscura, estaba conduciendo por una solitaria autopista sin ninguna iluminación en el camino, excepto la luz de los faros de su coche sobre el asfalto. No estaba segura hacia dónde se dirigía, se agachó despacio examinando el árido paisaje nocturno a través de las ventanas, lucía como las rocosas y secas montañas a las afueras de Tonopah. Por alguna razón, tenía el pecho lleno de inquietud, como si huyera de algo, o fuera al encuentro de una cita ineludible con el destino, cogió aire e intentó con todas sus fuerzas mantenerse serena.

Cerró los ojos tan sólo un segundo, y al abrirlos, de la nada la silueta de un hombre se atravesó en su camino, llena de pánico aplastó el freno, pero había sido demasiado tarde. Había golpeado con fuerza descomunal al hombre frente a ella, y ahora veía como su cuerpo había sido lanzado con violencia varios metros más allá. Con una extraña lentitud las extremidades del hombre se sacudían en el aire, y finalmente un golpe terrorífico resonó en el pavimento cuando el cuerpo se estrelló contra el suelo.

Tenía las manos apretadas contra su boca, reteniendo un grito de pavor y su corazón martillaba dolorosamente contra su pecho. Con dedos temblorosos intentó abrir la puerta varias veces, fallando miserablemente. Respiró hondo y aferró sus dos manos a la pequeña palanca en la puerta y salió de su coche. Con los labios temblando de miedo caminó hacia donde se encontraba el hombre, estaba boca abajo con la cara enterrada en la polvorienta carretera.

Su garganta se secó, y el miedo regresó acrecentado cuando vio el cuerpo rodeado de un espantoso charco de sangre, intentó llamarlo, pero su voz no conseguía más que elaborar gemidos aterrados. Se acercó despacio para intentar hablarle, y entonces sus entrañas se contrajeron con agonía en su interior y un macabro jadeo salió de sus pulmones, el hombre en el suelo era Samuel Garnett.

El aliento se le escapaba convulsivo de la boca, el corazón resonaba con estrepito en sus oídos, tenía el cabello mojado por el sudor, y gruesas lágrimas se deslizaban por su rostro. Parpadeó varias veces reconociendo con lentitud su habitación, estaba sentada en su cama, con el torso erguido y desnudo mientras sus sábanas descansaban amontonadas en su regazo. No podía dejar de llorar, todo había sido muy vívido y real, había sido sin lugar a dudas una de las peores pesadillas que había tenido en la vida. El dolor de ver a Samuel rodeado de sangre aún la atravesaba con un sufrimiento tan agudo, que le dolía el mismo cuerpo.

****

Habían pasado ya dos semanas desde que Samuel casi despedazara sus nudillos contra el saco de boxeo, pero la energía furiosa y vengativa aún no abandonaba su cuerpo. Cada noche, después de su encuentro con Brockman en la clínica, se había metido en el gimnasio y entrenando hasta quedarse completamente exhausto en la madrugada.

Aquella noche, los pies de Samuel retumbaban en el suelo de parqué después de cada salto y maniobra mientras practicaba Capoeira. Los tumbos y golpes habían despertado a Thor cada una de las noches, aquella vez, eran casi las tres de la madrugada y Samuel parecía apenas encontrarse por la mitad de su rutina. Entendía que todo aquello hacía parte de alguna estrategia de desahogo, pero el cabrón llevaba dos semanas sin dejarlo dormir. Soltó una última maldición y enterró la cabeza bajo su almohada, intentando escapar de los molestos sonidos.

Los músculos de sus bíceps ardían al sostener el peso entero de su cuerpo, y continuas gotas de sudor resbalaban por su frente hasta estrellarse en el suelo. Estaba llevándolo al límite y lo sabía, pero su mente estaba teniendo demasiado tiempo libre, el caso de Cusak estaba prácticamente resuelto, y entonces ideas perturbadoras lo asaltaban sin piedad.

Resolver el caso del cirujano no fue un asunto sencillo, el ADN hallado en sus uñas pertenecía a un hombre residente en Florida, un individuo sin ningún historial en particular. Cooper por su lado, había sido tan mordaz como siempre durante sus interrogatorios, y al fin una de las sospechosas parecía dar pistas de algo más que indignación. Sin embargo, hasta que fue llevado a cabo el estudio dactilar, el caso no pareció tomar forma.

Las huellas de una de las sospechosas coincidían con el misterioso hombre de la Florida, de manera que la sospechosa rápidamente pasó a ser un sospechoso. Un transexual que había cambiado su identidad hacía cuatro años, la presión de Cooper y los beneficios legales lo llevaron a confesar cada macabro detalle del crimen.

Las venas de su cuello engrosándose visiblemente y la insoportable tensión de sus músculos le empezaban a suplicar por un merecido descanso, pero antes que estuviera dispuesto a ceder, la pantalla de su móvil iluminándose con una llamada entrante, lo hizo impulsarse en un único movimiento hacia atrás hasta quedar erguido sobre sus dos pies. Cogió la toalla del estante y se secó el sudor mientras caminaba hasta donde reposaba su móvil, las llamadas en la madrugada pocas veces auguraban nada bueno, frunciendo el ceño cogió el aparatito en sus manos y su corazón se detuvo lleno de angustia por un momento.

—Rachell —susurró con el miedo abriéndose paso en su interior—. ¿Estás bien?

—¿Tú estás bien? —Fue la inmediata respuesta de Rachell, en un tono de voz tan débil que todas sus alarmas se encendieron al instante—. ¿Estás alterado? —preguntó de nuevo ella al reconocer la agitación en su voz.

—Estoy bien, Rachell. —Los dos guardaron silencio por largo rato—. ¿Estás borracha?

—No —susurró ella de nuevo—. Sólo quería saber si te encontrabas bien.

—Sí, sí… Estoy bien… Estoy en el gimnasio… ¿Por qué lo preguntas? —Rachell seguía inusualmente callada—. No me digas que tus ovarios sólo te dan valor a las tres de la madrugada. —Intentó bromear Samuel.

—He soñado que te he matado, Samuel —le explicó ella tranquilizándose.

—¿De qué manera? —replicó él con doble intención.

Rachell suspiró al otro lado de la línea, agradecida con el balsámico alivio.

—¡No seas imbécil! Sólo tuve un estúpido sueño, y estúpida yo que te llamo para darte oportunidad que te burles de mí.

—Está bien, es normal que estés un poco aturdida —habló de nuevo Samuel, tomándose en serio la conversación—. Ve a la cocina, toma un poco de agua y regresa a la cama, intenta dormir nuevamente… sigue durmiendo. Estoy bien.

—¿Seguro? Promete tener cuidado mañana, si es preciso no atravieses calles —le pidió Rachell con la voz angustiada pero notablemente más tranquila.

—Haré lo posible por no cruzar calles, ahora vuelve a dormir, descansa… Y… Rachell, gracias por preocuparte.

—Siento haberte molestado.

—No me has molestado, por el contrario, me agrada escuchar tu voz, pero no quiero mantenerte despierta, así que haz lo que te digo.

—¿Me llamarás mañana? —Rachell carraspeó un par de veces—. Sólo para saber que estás bien.

Samuel sonrió y un reconfortante calor se dispersó en su pecho. —Sí, lo haré. —Después chasqueó la lengua varias veces—. Comprendo que tienes los ovarios bien puestos en la madrugada.

Ella volvió a suspirar.

—Estás demasiado bromista Samuel, prefiero al fiscal antipático —dijo justo antes de colgar la llamada.

Samuel se quedó abstraído, contemplando el teléfono como si acaso se tratara del objeto más extraño sobre la faz de la tierra, se encogió de hombros, lo lanzó sobre el banco de cuero, y retomó su rutina de Capoeira.

Rachell salió de la cama rumbo a la cocina e hizo exactamente lo que Samuel le dijo, se sirvió un vaso de agua y se quedó sentada en la barra en medio de la penumbra y la soledad de su apartamento. No podría decir cuantos minutos pasó mirando a la nada, simplemente se dedicó a poner su mente en blanco hasta que se sintió completamente tranquila. Respiró hondo, regresó a su habitación, y se metió en la cama mirando al techo hasta que el sueño lentamente empezó a cerrar sus parpados.

—Rachell... —escuchó la voz susurrada de Samuel adornando sus sueños, sonrió despacio y frotó su cara contra la almohada. Que sensación tan dulce era escucharlo llamándola con tanta suavidad —Rachell... — Volvió a escucharlo, y de nuevo sonrió, esta vez sintiendo los dedos de Samuel rozar su mejilla—. Rachell, creo que deberías tener más seguridad en este lugar, cualquiera podría entrar.

Sus ojos se abrieron de golpe y su corazón se desbocó instantáneamente. Estaba sentado a su lado junto a la cabecera de su cama. Ella no pudo más que parpadear una y otra vez.

—¿Te has colado nuevamente en mis sueños? —Bueno, no pretendía que esa pregunta resonará con una voz tan real.

—No —le respondió Samuel—. Me he colado en tu apartamento —le dijo con su muy jodidamente sensual sonrisa.

En un acto reflejo se llevó las sábanas al cuello y se incorporó rápidamente, sintiendo una extraña mezcla de miedo y excitación. Lo contempló sin decir nada por largo rato, después recorrió con sus ojos toda su habitación, cerciorándose que de hecho, aquello no era un sueño.

—¿Estas recién duchado? ¿Qué haces aquí? ¿Quién te dejo entrar? — Lanzó una pregunta tras otra.

—Vine para que confirmarás por ti misma que estoy bien. —empezó Samuel acariciándole de nuevo el rostro—. Sólo fue un mal sueño... Cuando llamaste estaba entrenando, así que tuve que darme una ducha antes de venir.

Rachell lo miraba con los ojos muy abiertos, como si aún no consiguiera dar crédito a su presencia.

Ella no llevaba una gota de maquillaje en el rostro y sus preciosos ojos brillaban bajo la cálida luz tenue de su lámpara, sus largas pestañas lucían suaves e inocentes. Tenía la impresión de ver a una Rachell diferente, no sabía si era la sorpresa y la vulnerabilidad en sus ojos o que no llevara ninguna clase de maquillaje, pero se veía mucho más joven, más inocente y frágil.

—Es muy fácil entrar cuando no tienes más puerta que la del ascensor, siendo una mujer que vive sola, no es seguro que lo dejes así. —Ella abrió la boca recuperando aquel característico ánimo combativo—.Y antes que me digas algo de la alarma, déjame decirte que formas parte del noventa por ciento de las personas que utilizan la fecha de nacimiento o la matrícula del coche como contraseña, ya sea de bancos, correos, cajas de seguridad y alarmas, sólo por nombrar algunas. Si estuviese un hacker interesado en tus movimientos bancarios y cuentas personales, te dejaría sin blanca.

Rachell no dio ninguna respuesta, sólo miró el reloj en una de las paredes contemplando como marcaban las cuatro y diez. Odiaba darle la razón a Samuel, así que fingió indiferencia.

—¿No pudiste esperar a que fuese un poco más tarde? ¿Qué se yo? ¿Las siete de la mañana tal vez era una hora demasiado aventurera para ti? —preguntó aferrando las sábanas a su cuerpo, él no dijo nada, tan sólo se quedó mirándola con aquella odiosa cara de suficiencia—. ¿Cómo es qué sabes dónde vivo?

—No quise esperar, pensé que querías comprobar que verdaderamente me encontraba bien, a menudo tengo pesadillas y al despertar anhelo comprobar que todo está bien —le confesó con una nota de amargura que no se le escapó a Rachell, después él se recompuso y se puso cómodo sobre la cama—. ¿De verdad es necesario que te diga cómo es que sé dónde vives?

—¿Me has seguido? —preguntó ella con precaución, él negó moviendo la cabeza muy despacio, Rachell entrecerró los ojos—. ¿Has enviado otro correo para que te digan todo de mí?

Samuel bufó una risita fastidiosa, y ella apretó un poco más a su cuerpo las sábanas, después los dos se quedaron en silencio por un larguísimo minuto.

—Si ves tantos muertos en tu trabajo, es normal que tengas pesadillas Samuel.

Había un toque de inocencia tan conmovedor en su voz, que él no pudo resistirse a tocarla de nuevo.

—Mis pesadillas no son con los muertos... sino con los vivos. —Rachell lo observó confundida, sin decidirse a pensar si aún hablaban de su trabajo, o le hablaba acerca de algo que ella no alcanzaba a comprender—. Bueno —masculló Samuel trayéndola de regreso—. Me voy, sigue durmiendo.

Él se puso de pie, le sonrió una vez más, y Rachell sin estar segura por qué, soltó una parte de las sábanas y estiró su mano hasta alcanzarlo. Samuel clavó sus ojos en el extraño agarre de sus manos.

—No te vayas —le pidió Rachell en un susurro—. Puedes quedarte, no es seguro que estés en las calles a esta hora.

Los labios de Samuel se separaron apenas un poco, y sus párpados se entornaron contemplando esta vez los hombros desnudos de Rachell.

—Si me quedo, no podrás dormir —le aseguró con voz profunda y sedosa—. No te dejaré dormir.

Rachell se pasó la lengua por los labios, nerviosa, ansiosa y excitada, no tenía sentido encubrirse. Abrió por completo la palma de su mano sobre las sábanas, pegándolas a su cuerpo con fuerza mientras intentaba ponerse de rodillas frente a él.

—¿Podrías mantenerme despierta? —Susurró desafiante.

—Más que eso, Rachell —le aseguró Samuel deslizando sus ojos por las sugestivas curvas bajo la maraña de sábanas y mantas.

Sus ojos dorados brillaban con avaricia intentando predecir dónde empujar las molestas telas y tirarlas al suelo, y ella no parecía oponerse, su mirada violeta estaba concentrada directamente en él, sin vacilaciones, sin pretensiones ni artificios, lo miraba con necesidad cruda, con deseo frontal y descarado, y eso estaba volviéndolo loco.

Se acercó por completo a ella y la apretó contra su cuerpo, jadeó hambriento cuando al pegar la mano a su espalda, se encontró con su suave piel desnuda. Rachell gimió quemándolo con su dulce aliento, y él se permitió rozar con sus dedos la preciosa línea de su columna vertebral, subiendo y bajando una y otra vez, tan despacio que todo parecía lindar con el martirio, uno delicioso e irresistible.

Deslizó de nuevo su mano por la blanca y tersa piel, dejando que los largos cabellos de Rachell lo acariciaran, y esta vez su mano no volvió a descender, esta vez su mano se enredó entre sus cabellos acercándola a su boca. Ladeó la cara rozando sus labios contra los de ella, y entonces se detuvo un instante, nunca antes había deseado tanto a una mujer. Algo en su interior le decía que este sería un viaje sin ticket de vuelta.

—¿Qué esperas?

—No espero nada... Disfruto, estoy disfrutando cada pequeña cosa de ti, me dedico a leer lo que justamente ahora me gritan tus ojos.

—*¿Qué esperas?* —se rio ella sacando la lengua despacio y pasándola por sus labios—. ¿Es eso lo que gritan mis ojos?

—No, me gritan... —susurró Samuel besándola despacio en la mejilla, avanzando beso a beso hasta detenerse junto a su oreja—. *Fóllame.*

Rachell arqueó su cuello y gimió alto, soltando las sábanas que cayeron desordenadas alrededor de sus rodillas. Llevó su mano al lustroso cabello de Samuel, estaba húmedo y sus dedos se deslizaron refrescando el calor que incendiaba su piel. Él volvió a mirarla, a perderse en la cautivadora expresión de su rostro rendida al placer, y sin más esperas asaltó sus labios. Sabía tan bien como recordaba, pronto la hábil lengua de la mujer que sostenía entre sus brazos, nubló sus pensamientos y sencillamente lo sometió a su voluntad.

Rachell dejó que sus dedos volaran a través del torso de Samuel, cayendo como gotas inconstantes que lo electrificaban, hasta detenerse en el elástico de sus pantalones deportivos. Con movimientos sinuosos introdujo su mano hasta traspasar la barrera de su ropa interior, la tensión de la tela sobre su mano la empujó justo a donde quería llegar. Ahí estaba, duro, grande, poderoso y cálido, tal como lo había imaginado incontables veces.

—No sólo vas a follarme Samuel, yo voy a follarte a ti —respiró contra sus labios—. Este asunto es de dos, yo jamás me mantengo pasiva... En nada.

—¿Vas a follarme entonces, Rachell? —murmuró Samuel con la polla palpitando desesperada bajo su dulce agarre—. Repítelo, Rachell... ¿Vas a follarme? —le exigió en un siseo demandante y arrogante, llevando sus manos salvajes hasta detenerse y apretar el redondeado trasero que le estaba haciendo perder la cordura.

—Sí, Samuel, ya te lo dije... —aseveró mordiéndole los labios—. Voy a follar, voy a tocarte, voy a morderte, y hacerte justamente lo que me dé la gana, a cambio señor fiscal, podrás hacerme exactamente lo mismo.

Un gemido gutural subió desde el pecho de Samuel hasta reverberar en la habitación entera.

—Quiero ver eso Rachell, quiero ver cómo me haces justamente lo que se te antoje... yo tomaré todo lo que me has ofrecido y más, soy ambicioso Rachell, siempre quiero más, y cuando se trata de ti, lo quiero todo... esta noche quiero tu cuerpo, entero, todo para mí.

Rachell enredó sus dedos en los cabellos de Samuel y haló con fuerza hasta que sus ojos se encontraron inundándola de fuego.

—Muéstrame —le ordenó con la voz caliente y exigente.

Sin desprender sus ojos de ella, Samuel descendió con sus manos aventureras, sobrepasando la bonita curva de sus nalgas, cavando entre sus piernas. Sus bocas se abrieron al tiempo en una exclamación muda y tensa cuando sus dedos se empaparon de ella. Rodó entre sus pliegues resbaladizos y tibios, sintiendo como su erección se alimentaba directamente de la humedad entre las piernas de Rachell.

—Esto supera por mucho mis fantasías —gruñó Samuel antes de introducir lentamente sus dedos anular y medio en ella—. Sí... —gimió—. Definitivamente eres mejor que el más caliente de mis sueños.

Despacio, entró y salió de ella, regodeándose en el riquísimo triunfo de enloquecerla con sus dedos. Se sentía suave, líquida y tibia, se sentía perfecta. Mientras tanto, los delicados dedos de Rachell aferraban posesivos a la polla de Samuel, que se hacía más y más duro con el paso de los segundos. La tersa piel de su glande se había tensado creando duros surcos y relieves, su boca se hizo agua y quiso pasar por allí su lengua, una y otra vez.

—Quítate la ropa, Samuel.

Él se detuvo un instante, elevó una de las comisuras de sus labios, y despacio hizo que sus dedos abandonaran su cálido interior. La boca de Rachell estaba abierta aspirando pesadas bocanadas de aire, él la contemplo unos instantes tomándose un poco más de tiempo en sus pechos, tragando duro al verlos por primera vez en verdad, definitivamente aquel sería su siguiente lugar de conquista.

Sin perder el tiempo, apoyado en sus talones se deshizo de sus zapatos, y en unos cuantos movimientos se había deshecho de sus calcetines, el pantalón y su camiseta. Ahora él estaba frente a ella en toda su esplendorosa y desnuda gloria.

—Eres perfecta —le dijo pegándose de nuevo a ella mientras depositaba un río de besos a lo largo de su cuello y sus clavículas—. Simplemente perfecta. —Volvió a hablar, esta vez haciendo vibrar la delicada piel de sus pechos.

Rodeó con la lengua sus areolas cuidándose de no tocar sus pezones, después raspó delicadamente con sus dientes la piel de sus hinchados pechos antes de volver a rodearla enloquecedoramente con su lengua. Se agachó tomándolos con sus manos, amasándolos contemplativo, cautivado, y de abajo hacia arriba lamió sus duros pezones, torturándolos con su lengua. Rachell gimió su nombre ruidosamente, esperando a que él la encerrara pronto entre sus labios, pero no lo hizo, no, en cambio, sintió una fresca brisa eléctrica sobre su piel. Samuel estaba soplando sobre sus pezones, estudiando como la piel se oscurecía y tensaba. Ella volvió a gemir echando la cabeza hacia atrás, con los dedos clavados en los fuertes brazos de Samuel. Y justo en aquel momento, justo en el instante en que se había rendido al placer, cuando inadvertida reposaba en la suave nube de la excitación, sin advertencias él frunció sus labios en torno a sus pezones haciendo que su cuerpo se sacudiera.

Con las manos adheridas a su espalda, Samuel la apretó contra su cuerpo, sintiendo la sensual curva de su columna al arquearse en sus brazos. Se sentía como el cielo, la delicia de sus tiernos pezones entre su lengua y su paladar se sentía exactamente cómo debía ser el paraíso. Insaciable, succionó con fuerza haciéndola clavarle las uñas en la piel de sus brazos, derritiéndose en sus gemidos, exigiendo más de los balanceos osados que ella había empezado a hacer ondeando el cuerpo contra el suyo.

Él se detuvo irguiéndose por completo y Rachell lo observó en silencio, dejó que sus manos revolotearan por el pecho desnudo de Samuel, su piel estaba caliente y suave, olía a un algo indeterminado, un aroma hipnótico y relajante. Olía a él.

Samuel sentía que los delicados toques de Rachell abrasaban su piel, sus ojos se apagaban mientras sus dedos se deslizaban por su pecho, con la mirada expectante, como si acaso estuviera explorándolo con suma atención. Ser el objeto de tan delicado escrutinio lo excitaba y conmovía a partes iguales, ella lo observaba hambrienta, pero sus ojos estaban cubiertos de un velo especial, estaban cubiertos de fascinación, como si lo estuviera descubriendo, como si la conexión que estaban construyendo fuera una revelación para ella y estuviera ansiosa por seguir explorando, conociendo, conquistando y reclamando. Y él, por alguna inexplicable razón, quería que ella lo reclamara.

Despacio, Rachell deslizó suavemente las uñas desde sus pectorales hasta el final de su vientre. Toda su piel se erizó, el estómago se le contrajo y su erección se sacudió con dramatismo. Ella sonrió complacida, y volvió a recorrerlo con sus uñas, pero esta vez escaló sus brazos, y el resultado fue el mismo. Había algo increíblemente erótico en su toque tan delicado y femenino.

—Eres tan hermosa, Rachell —susurró Samuel—. Me encanta como hueles, me encanta cómo se siente tu piel bajo mis manos, tus labios pegados a los míos... —Y entonces sus palabras se silenciaron porque de nuevo había pegado su boca a la de ella, deslizándose sobre sus labios inflamados y tibios.

Rachell se colgó de su cuello rodeándolo con los brazos y lo pegó a su cuerpo, sintió sus pezones rozar su pecho y la hoguera en su estómago se avivó de nuevo. Cuando creyó que no sería posible que su cuerpo se calentara aún más, ella introdujo la lengua en su boca, resbalándola contra la suya, haciéndolo gemir, acelerando su respiración y enloqueciendo su pulso, después finalizó el beso y le lamió los labios con la punta de la lengua antes de morderlo y alejarse de él para tomar aire profundamente.

—Ven aquí —exigió Samuel atrayéndola de nuevo hacia él—. Déjame sentirte —le dijo pasando lentamente el dedo índice por la palma de su mano—. Déjame saborearte. —La acercó aún más y le mordió y lamió la piel de la garganta.

Mientras Rachell se perdía en la increíble sensación de la lengua de Samuel recorriendo su cuello, no pudo advertir el viaje de sus manos hasta que sintió la cálida presión de sus dedos entre las piernas. Un jadeo sorprendido se escapó de sus labios cuando él deslizó los dedos entre sus pliegues, de arriba abajo, una y otra, y otra vez.

—Déjame tocarte, Rachell —le pidió marcando perezosos círculos con las yemas de los dedos sobre su clítoris—. ¿Te gusta? ¿Te gusta que te toque así?

—Me encanta Samuel, justo así, me encanta.

Samuel en respuesta gimió complacido, y volvió a deslizarse una vez más, pero está vez dejó que su dedo medio se enterrara en ella, unos instantes después, su dedo anular se había unido a la fiesta, entrando y saliendo, con lentos movimientos al principio, agregando en cada corto embiste algo más de fuerza y velocidad, y un poco más, y otro más. Sus gemidos empezaron a brotar desenfrenados de su garganta, desesperados, enloquecidos y desvergonzados.

Nunca había sido así, nunca había estado tan excitada, nunca se había sentido tan necesitada, un dolor vacío y desconocido parecía exigirle con desesperación que lo alojara a él en su interior, quería sentirlo entero deslizándose contra su cuerpo, calmando aquel inexplorado y divino dolor, satisfaciendo su necesidad.

Se estaba retorciendo entre su abrazo y el agarre delicioso de su mano entre sus piernas, y el placer era enloquecedor, era sencillamente excesivo y demencial.

—Se siente increíble aquí dentro —le dijo él rotando lentamente los dedos en su interior—. Tan cálido, suave y mojado… quiero enterrarme en ti Rachell, rápido, fuerte, hasta saciarme… Y creo que lo que queda de la madrugada no me bastará.

La boca de Rachell se abrió estremecida y la sensación de vacío se recrudeció cuando él abandonó su interior para acariciarle los muslos con ambas manos, después, sin ningún aviso, la levantó haciendo que le rodeara el torso con las piernas, pegándola a él y enloqueciéndolos a los dos con el roce de sus pechos sobre sus pectorales.

Rodeándole el cuello con los brazos lo atrajo hasta su boca y le introdujo la lengua con lujuria, descarada y seductora, acariciándolo con un beso sorprendente que lo dejó delirando jadeante.

Con movimientos desesperados Samuel se subió en la amplia cama, desplazándose de rodillas hasta el mismo centro con ella pegada a su cuerpo aun enloqueciéndolo con sus deliciosos besos. Con lenta delicadeza la descargó en medio de sus almohadas, Rachell abrió los ojos y se perdió en las doradas llamas brillantes de Samuel, que la miraban con un deseo tan poderoso que su respiración se agitó expectante, ansiosa por descubrir el placer que él habría de darle.

—He pensado en esto tantas veces, Rachell… En tocarte como lo estoy haciendo justo ahora —siseó entre dientes mientras le besaba el cuello—. En tenerte desnuda para mí.

—¿Cuántas veces Samuel, dime cuántas veces?

—Cientos —respondió antes de morderle el lóbulo de la oreja, después la besó en aquel lugar donde antes la había besado en el club, justo tras su oreja, ese pequeño pedazo de piel que hacía vibrar su cuerpo entero—. Cientos de veces he pensado en esto, cientos de veces te he imaginado desnuda bajo mi cuerpo, retorciéndote de placer conmigo.

Su cuello volvió a ser inundado de besos, y entonces lo sintió descender, pero esta vez no se detuvo en sus pechos, esta vez deslizó su lengua por el valle entre sus pechos hasta alcanzar su estómago. Se detuvo y le llenó el abdomen de besos pausados y sensuales, era como si la reverenciara con sus caricias, como si él la estuviera adorando con sus labios, jamás se había sentido tan deseada, y la seductora sensación de poder que venía con ello la embriagó de placer, quería someterlo a su voluntad y premiarlo con su propia entrega.

Sus pensamientos fueron borrados abruptamente en el mismo instante en que Samuel le metió la lengua en el ombligo, la punzada de placer fue tan poderosa que su abdomen se contrajo y sus caderas se arquearon en un movimiento fluido y sensual. Había algo que la hacía sentir deliciosamente femenina en aquella caricia, en él mimando su ombligo con la lengua, de alguna manera la hacía sentir tan mujer como nunca antes en su vida.

No sabía exactamente que le hacía con la lengua, pero se sentía mejor que cualquier otra caricia que le hubieran dado antes, su pelvis estaba desesperada y se ondeaba sobre el colchón en un movimiento primitivo y salvaje.

—Quieta, quieta —murmuró Samuel contra su piel mientras amasaba la preciosa curva de su cintura entre sus manos, de arriba abajo, moldeándola como si de un alfarero se tratara—. Me fascina esto Rachell, me fascina sentir como mis manos suben y bajan marcando las curvas sobre tu cuerpo, se siente jodidamente delicioso.

—No dejes de tocarme, Samuel —susurró ella frotándole la espalda y los hombros con movimientos sinuosos y provocativos.

Samuel alzó sus ojos hacía ella sin dejar de tocarla y le regaló una diabólica sonrisa que la hizo temer tanto como desear. Lentamente él siguió descendiendo, de nuevo entre besos y lamidas hasta detenerse en su monte de venus, pasó la lengua por la suave y lisa piel sensible, la mordió, la apretó entre sus dientes con la fuerza justa para nublarle de placer la mente. Entonces su pelvis cobró vida de nuevo, y se balanceó como si danzara sobre su boca, era como si perdiera el control sobre su cuerpo, y éste se moviera a discreción de los increíbles estímulos de Samuel Garnett.

A los mordiscos los siguieron nuevos besos, besos húmedos y provocadores que siguieron descendiendo. Ella en medio de la vorágine en el que se encontraba, imaginó lo que él quería hacer y sintió vergüenza, no quería… bueno, sí quería, pero no hoy, porque había dejado de menstruar hacia dos días y no quería hacerlo pasar por algo desagradable, hacía horas que se había aseado, y más importante aún, nunca antes lo había experimentado.

—No… —Le pidió cogiéndole los cabellos—. No Samuel… no quiero. —Trataba de apartarlo de su coño. Con el pulso aun retumbando en sus oídos.

—No tienes por qué sentir vergüenza… quiero hacerlo, quiero probarte Rachell. —La voz de Samuel se agitó impaciente.

—Lo harás, pero no hoy... por favor.
—¿Mañana? —preguntó él elevando una ceja.

El cuerpo de Rachell se cubrió de carmín completamente, apenas pudo asentir trémulamente, tomándole la cara entre las manos, con el pulso aun retumbando en sus oídos.

—Ven aquí —habló de nuevo Rachell con la voz ronca y sensual.
—¿Mañana? —preguntó él de nuevo, con los ojos brillantes, escalando su cuerpo con nuevos besos y mordiscos.

Ella volvió a sonreír, y Samuel se rindió ante su sonrisa, sabía que podría convencerla, sabía que podía hacerla ceder, pero esa sonrisa le hizo desear cumplir su voluntad y respetar sus motivos. Así que volvió a sus gloriosos pechos, ellos lo compensarían aquella noche con la delicada suavidad de la piel que cubría el pequeño brote tenso y excitado, esta noche serían para él. Cogió los pechos en sus manos y con movimientos rápidos como el aleteo de un colibrí, azotó con su lengua los erguidos pezones, Rachell jadeó y arqueó el cuello presintiendo que su límite estaba cerca, muy cerca.

Salvaje, abandonó sus pechos y atacó su boca, con movimientos desesperados de su lengua, quería devorarla, y ella como siempre le hizo frente con igual ímpetu. Sus lenguas volvían a entrelazarse en aquella perfecta danza de vaivenes, mordiendo, lamiendo y succionando sus labios en enloquecidos intentos por aplacar la cruda necesidad de sus cuerpos.

Recorriéndola entera, escurrió su mano derecha por el torso de Rachell, pasando por la curva de sus pechos, la depresión de su cintura y después la voluptuosa curva de sus caderas, se aferró a su pierna y con fuerza la enredó en su pelvis, haciendo contacto directo con ella, rotando contra ella y rindiéndose a la maravillosa bendición de la fricción. Rachell se arqueó contra su cuerpo, contoneándose contra él, moviéndose indomable y arañándole la espalda en una muda exigencia de alivio.

Antes que pudieran darse cuenta, habían revuelto las sábanas y las almohadas habían quedado desperdigadas en algún otro lugar, porque sus cuerpos de alguna manera habían circulado por toda la cama, y los largos cabellos de Rachell ahora caían en una maraña oscura que casi tocaba el suelo. Sin dejar de moverse sobre ella, Samuel se estiró hasta alcanzar su pantalón de deporte y sin muchas ceremonias lo sacudió en sus manos hasta alcanzar uno de los bolsillos.

Lo siguiente que Rachell vio fue a Samuel irguiéndose majestuoso entre sus piernas mientras destapaba el paquetito cuadrado envasado al vacío. Sonriéndole sacó el resbaladizo condón. Cuando sus manos descendieron, los ojos de Rachell se abrieron con asombro, ahí estaba, mejor que antes, mejor que nunca, poderoso, grande, casi intimidante, ese perfecta polla que tan inusualmente había conocido, estaba frente a ella, para ella.

—¿Quieres ayudarme? —La invitó Samuel.

Agitada, Rachell sacudió la cabeza con una elocuente y muda afirmación. Apoyándose en sus codos se incorporó, levantando las piernas y encerrándolo a él entre ellas, dejando en medio de los dos el increíble falo que suplicaba por ser vestido con el inocuo látex. Samuel lo pegó contra su glande y sostuvo entre sus dedos la pequeña punta, mientras Rachell con la respiración entrecortada deslizaba el látex por el grueso cuerpo de su polla hasta cubrirlo por completo. No habían roto el contacto visual en ningún momento, él seguía retándola, y ella lo invitaba a seguir traspasando sus límites, sin premeditaciones, sin más pretensiones que el placer mismo.

La mente de Samuel estaba enfocada por completo en ella, por primera vez en muchos años su mente había escapado de sus demonios y no había más espacio que para Rachell. Sin poder resistirse más volvió a besarla, con la misma pasión de segundos atrás, desesperando sus respiraciones y enfrentándose de nuevo con sus lenguas hambrientas. Rodeándole la cintura entera con un brazo la levantó por completo y la sentó sobre sus piernas, Rachell tembló y enredó sus brazos alrededor de Samuel.

Él intentó moverse, entonces ella lo detuvo y plantándole la palma abierta sobre su pecho, bajó apretadamente por su cuerpo hasta encerrarle la palpitante erección en sus dedos. En ese momento odió el látex, pero jamás perdería la sensatez, ni siquiera en un momento como aquel en que parecía haber perdido por completo el control sobre su mente.

—Mírame —exigió Rachell con rudeza.

Y él, que tenía los ojos fijos en su mano rodeándole el pene, volvió a concentrarse en su mirada, Rachell abrió la boca en un gesto irresistiblemente sensual, lo deslizó entre sus pliegues y lentamente lo dispuso justo en su entrada. Sin dejar de mirarse el uno al otro, ella descendió despacio, muy despacio, envolviéndolo, acogiéndolo, rodeándolo con su calor, haciéndolos gemir ruidosamente a los dos.

Rachell arqueó su cuello y un quejido de placer se dispersó por la habitación, seguido por el gruñido de satisfacción de Samuel al alojarse por entero en su interior. Se sentía mucho mejor de lo que hubiera podido soñar, lo envolvía en un agarre fuerte y cálido, mejor de lo que hubiera probado jamás.

El alivio que sintió al tenerlo dentro de su cuerpo, llenándola, estimulándola justamente donde lo necesitaba, no tuvo comparación con nada que hubiera hecho antes, aquello era simplemente perfecto. Ahora necesitaba más, quería más, siempre querría más de él. Sin poder resistirse ondeó las caderas con algo parecido al vaivén sugestivo de las olas, despacio, apretadamente, en una orquesta de movimientos que en riquísimos intervalos elevaba sus pechos hasta el rostro de Samuel, y frotaba su atormentado clítoris contra su vientre. La danza era perfecta.

Todos los músculos de Samuel se pusieron en tensión mientras clavaba cada uno de sus dedos en la cintura de Rachell, le haría daño, pero el placer era sencillamente insoportable. Y no se detenía, ella iba por lo que quería, como si se dejara guiar únicamente por el instinto, como si no le importara nada más, y eso estaba volviéndolo loco, jamás tendría suficiente de ella. Cuando creyó que la manera tan deliciosa en que danzaba sobre él no podía ser mejor, ella cayó hacia atrás sobre sus manos, arqueando la espalda y recrudeciendo los flameantes movimientos de sus caderas, contorsionando su cuerpo en una posición felina, sensual y femenina, ella era un delicioso espectáculo para sus ojos, y una riquísima tortura para su duro miembro.

Respiraba con demasiada dificultad, y él ni siquiera había empezado a moverse, sus manos se deslizaron por la cintura de Rachell, navegando entre las delgadas capaz de sudor que empezaban a formarse en sus pieles. Los largos cabellos de ella caían por todos lados, cubriéndole el rostro, sacudiéndose en el aire tras cada uno de sus movimientos, y pegándose a su piel húmeda.

Ella era la visión más erótica que había contemplado en su vida.

—*Você me deixa louco*[4]. —susurró despacio, tan despacio que ella en su goce, no pudo escucharlo.

Rachell soltó un grito violento de la mano de la cadencia de su voz. El exotismo de su acento y la incertidumbre de sus desconocidas palabras, la arrastraron a un orgasmo irreversible y poderoso que se reprodujo en ondas que atravesaron su cuerpo entero. Su respiración se había espesado más que nunca y sus pulmones ardían reclamando aire, mientras los músculos de su vientre y su clítoris aún palpitaban complacidos.

Aquel salvaje grito fue su punto de no retorno. En un movimiento feroz invirtió sus posiciones estrellándola contra la cama, evitando a toda costa renunciar al placer de estar dentro de su cuerpo. No perdió tiempo, ella lo observaba con los ojos muy abiertos y asombrados, ahora era su turno, y sin piedad empezó a balancearse sobre ella, esta vez de adelante hacia atrás, despacio, saliendo casi por completo, y después volviéndose a deslizar en su interior en el increíble gozo de su desbordada humedad, estaba tocando la maldita gloria.

Y quería más, él quería más, así que sin poderse resistir aumentó la fuerza y aceleró sus acometidas, viendo como ella echaba la cabeza hacia atrás, de nuevo poseída por el creciente placer, escuchando el mojado choque de sus cuerpos donde la piel retumbaba al estrellarse con la piel.

Los pies de Rachell se crisparon cuando él la cogió por los muslos y se incorporó, penetrando más profundamente, y sólo entonces el verdadero placer empezó. Su pelvis arremetió rítmica y decadente contra ella, en movimientos rápidos y poderosos que extraían gritos de lo más profundo de su ser, movimientos certeros que dibujaron en su mente los sensuales

---

[4] Você me deixa louco: Me vuelves loco.

meneos y sacudidas del cuerpo de Samuel aquel día en el club, cuando bailaba sonriente para la multitud. Este baile era por mucho el mejor que hubiera disfrutado en su vida, este baile la estaba llevando al cielo mismo.

Su cuerpo se movía por voluntad propia, Samuel ya había renunciado a controlarlo, él simplemente perseguía el enorme placer que estar dentro de ella le daba, quería más y más, cada vez más de ella. Sus pechos se sacudían hermosamente tras sus embestidas, sus mejillas se habían enrojecido, y el sudor pegaba su cabello a sus hombros y a su rostro. Vio como sus manos enroscaron las sábanas en el momento mismo en que su vagina se aferró espasmódica a su alrededor, y ella volvió a gritar, con los ojos cerrados y las piernas apretándose contra su cintura.

Una urgencia primaria recorrió su espina dorsal y se enterró en ella con mayor ahínco y velocidad, incontables veces, dando satisfacción a la bestia enloquecida de deseo que lo había poseído, una bestia alentada por los gritos de placer de Rachell, ella había cumplido su palabra, jamás se mantenía pasiva.

Entonces fue ella quien en un inesperado movimiento lo montó a horcajadas. Respirando pesadamente se acomodó en su regazo y tomándolo entre sus manos lo guío de nuevo a su interior.

—Ahora seré yo quien va a follarte Samuel —sentenció Rachell antes de empezar a cabalgar sobre él, sin piedad y sin pausa.

Y por el infierno que la mujer se sabía mover con una destreza impresionante, apretándolo, rozándolo y masajeándolo de la manera indicada y perfecta, rotando contra él, elevándose y descendiendo, en una serie de movimientos frenéticamente coreografiados, ella era una obra de arte con las mejores caderas del mundo. Y él se dedicó a disfrutar de ella y sus espectaculares movimientos, una y otra vez, y otra más, hasta que el mundo se silenció y sus músculos se pusieron rígidos. Bramó con apremió un río de palabras inteligibles en algo que no supo si fue inglés o portugués.

¿Qué coño estaba diciendo? Ella no tenía la menor idea, porque en conjunto con sus manos apretándose en sus caderas y los placenteros espasmos de su polla al eyacular, habían avivado el placer en ella, robándole un último, inesperado y espectacular gemido. Había sido el mejor sexo de su vida.

Sin fuerzas se desplomó sobre su pecho que subía y bajaba agitado, él le besó el cabello en silencio, simplemente no había palabras para la experiencia sexual más intensa de la vida. Se mantuvieron así, callados, pegados el uno al otro hasta que sus respiraciones empezaron a normalizarse y el sudor en sus cuerpos empezó a desaparecer.

—Tengo que quitarme el preservativo —susurró con voz cansada.

Ella no dijo nada, tan sólo lo liberó, dejándose caer acostada a un lado, observando con una pícara sonrisa satisfecha como él se deshacía del agotado condón. Le hizo un nudo, lo arrojó a la papelera y regresó a la cama mientras ella escarbaba entre su mesita de noche.

Rachell se sentó con un ruidoso paquete rosa, cuando intentó incorporarse para salir de la cama, Samuel la detuvo y le quitó el paquete de toallitas de PH neutro, sacó una y hurgando de nuevo entre sus piernas, la limpio con sorprendente delicadeza. Ella se estiró y lo besó, despacio, aquel era un beso de reconocimiento por su consideración, aquel era un beso que sellaba un pacto silencioso del que no tenían idea.

Cuando el beso terminó, Samuel clavó sus ojos insistentes en ella, el deseo había vuelto a crecer dentro de él con un simple beso, como si lo que habían acabado de hacer nunca hubiera tenido lugar. Pero aquella mirada insistente la acobardó, él tenía demasiado poder sobre ella, y Rachell se había permitido pasarlo por alto aquella madrugada. Sin evitarlo sus ojos huyeron de los de Samuel, escondiéndose en el placer de contemplar sus labios.

—Mírame. —Esta vez fue él quien se lo pidió.

Rachell cogió aire frunciendo el ceño, empeñada en no dar ninguna muestra de debilidad, pero demasiado acobardada aún como para enfrentarlo.

—Rachell, no me desvíes la mirada. —Aquello no había sido una petición, aquello fue una súplica.

—Es que… tú me haces desviarla, no puedo mantenértela, ¿por qué lo haces? —inquirió, queriendo obtener la respuesta que tanto anhelaba, saber de qué se valía para siempre intimidar a las personas.

—¿Por qué hago, que? —preguntó y el cogió la barbilla, para que lo mirará a los ojos—. No me digas que tienes vergüenza o que te has arrepentido, porque puedo hacerte cambiar de parecer en cinco segundos.

—No… no soy una adolescente, ni me has arrebatado la virginidad para arrepentirme, es que miras tan intensamente que a veces me haces sentir nerviosa, hasta causas temor en mí.

—No puedo hacerte daño con la mirada.

—Eso crees. —murmuró fijando su vista en los labios de él.

—No quiero hacerte daño con mis miradas… Como te miro no es para que te sientas temerosa, sólo te miro con deseo. Cuando desvías o bajas la mirada sólo tratas de esconder tu alma, no permito que nadie me obligue a esconder la mía.

—¿Qué te pasó en las manos? —Lo interrumpió Rachell levantándole los macerados nudillos a la luz.

—Estuve entrenando —susurró él con la voz hueca—. Vamos a cucharnos —le pidió frotando la nariz contra su cuello y poniendo fin a la conversación.

Rachell asintió entendiendo su evasión, sabía que por unas horas de sexo no tenía ningún derecho a escarbar en la vida de Samuel. Bien, extraordinario y candente sexo, y aún más si lo comparaba con sus amantes anteriores. Aunque sólo hubiesen sido dos. Richard, y una noche de locura total con un modelo que no le hizo honor a sus exageradas palabras, dándole el encuentro sexual más mediocre de su vida.

Samuel había hecho polvo los esquemas en todos los aspectos, era un dios follando, sensual y peligroso, no la mierda que había sido Ben en la cama. Samuel había sido exquisito en todos los sentidos, la había hecho sentir mujer, se había sentido deseada, complacida, adorada y saciada. El maldito fiscal sabía exactamente qué hacer.

CAPÍTULO 14

<<Henry Brockman>>
<<Presidente Ejecutivo>>

Leyó por enésima vez la elegante placa dorada adherida al extremo superior de la maciza puerta de madera oscura. Estaba de pie frente al escritorio de su secretaria apreciando embelesado como el trabajo de toda su vida cobraba significado en aquel inerme rectángulo de metal. Las letras con su nombre y su cargo en Elitte habían sido grabadas con tal magistralidad, que para él representaban una obra de arte en sí mismas, había pasado, por tanto, y había hecho demasiado para llegar justo al lugar donde se encontraba. Bajo su mando, uno de los más grandes imperios de la publicidad en todo el continente.

Se dijo una vez más mientras ignoraba el parloteó lastimero de su secretaría, que todo había valido la pena, y su fin había justificado por completo sus medios.

—Jesica, antes de llenarme de trabajo me traes un café por favor. —le pidió sin ceremonias a la muchacha.

—Enseguida, señor —respondió ella diligente—. ¿Desea algo más?

Henry no se dignó a responderle, ni siquiera la miró, sencillamente pasó de largo y entró en su oficina directo a acomodarse en la enorme silla de cuero tras su impresionante escritorio. Unos instantes después, Jessica estaba de vuelta con el café.

—¿Quién ha dejado esto en mi mesa? —preguntó Henry frunciendo la nariz y crispando el labio superior, en su habitual gesto de disgusto—. No tiene remitente.

—No lo sé, señor... Yo no lo he dejado ahí, pero es para usted. —le hizo saber al ver la etiqueta que llevaba el nombre de su jefe.

—Bueno, ve por el café... Jesica, trae uno para ti... O lo que quieras, mientras me informarás lo pautado para el día de hoy. —Obviando el comentario estúpido de su secretaria, lógicamente era para él. ¿Para quién coño, más podría ser?

La secretaria asintió en silencio y salió de la oficina. Henry con el cejo arrugado, una vez estuvo solo, rasgó el sobre y volcó el contenido sobre su escritorio. Tres trozos blancos de papel brillante casi tan grandes como el sobre, estaban esparcidos frente a él, tremendamente intrigado los amontonó y los giró en un solo movimiento.

Sus manos se quedaron congeladas, sus pupilas se dilataron y la garganta se le llenó al principio con repulsión, y después con terror. A todo color, entre cintas de acordonamiento y pequeñas plaquetas numeradas, estaba tendido en un oscurecido suelo lleno de despojos, el cuerpo quemado de un niño.

Inmerso en un pánico paralizante apartó la fotografía y sus ojos se detuvieron en la siguiente, esta vez era un acercamiento del abdomen del pequeño, la carne expuesta iba del rojo intenso a negras secciones completamente carbonizadas, capas, de lo que suponía eran músculos y piel, se superponían unas a otras en una macabra sucesión de desgarramientos. Dejó caer sobre la mesa las fotografías, las náuseas habían espesado su saliva y el dolor se propagó vertiginoso por su cuerpo y su mente.

Su mano izquierda voló desesperada hasta estrellarse contra su boca, sus dedos se clavaron en la piel de sus mejillas, y la alianza en su dedo anular se apretó contra sus labios haciéndole daño. Sus ojos abstraídos miraban sin ver un primer plano del rostro calcinado del niño. La fotografía exponía con escalofriante detalle las pestañas chamuscadas, los labios rasgados, y el hueso malar expuesto sin piel ni músculo que lo cubriera, una macabra blancura en medio del rostro ennegrecido.

En el extremo inferior de la última fotografía, desordenadas letras recortadas de diversos colores y tamaños, rotulaban la imagen con una lúgubre palabra: *Sébastien*. Un bramido ahogado le lastimó el pecho, contrayéndolo y expandiéndolo tan rápido, que estuvo seguro que le dolía el corazón mismo. Pesadas lágrimas rodaron por su rostro, mojando su mano y nublando su visión. ¿Qué clase de retorcido malnacido le había enviado aquello? ¿Cómo alguien podría saberlo?

Su cuerpo se había entumecido y la culpa se había apoderado de sus ojos, languideciendo su gesto y su espíritu. Recuerdos y recuerdos invadieron su mente, pasando velozmente uno tras otro. Apretó un labio contra otro y respiró hondo, secó sus lágrimas y con las fotografías en sus manos caminó como un autómata hasta la máquina trituradora. Uno tras otro salieron los grupos de tiras, ahora las impactantes imágenes no eran más que un horripilante rompecabezas, encerró los trozos de papel entre sus dos manos y los descargó muy despacio sobre la rejilla de la moderna chimenea, accionó el botón de encendido, y siguiendo el leve olor a gas, una rápida chispa activó el fuego. Poco a poco las tiras empezaron a retorcerse hasta volverse grises cenizas. Quiso huir, pero no sabía cómo, así que se redujo a retirar su mirada del fuego, pero lo que se encontró no hizo más que revolver sus demonios e intensificar sus culpas. Sobre el marco de la chimenea un enorme cuadro lo mostraba a él, a Morgana y a Megan, los tres vestidos completamente de blanco, cada uno luchando por mostrar la más artificial de las sonrisas.

Quiso estrellar sus puños contra el frío retrato, pero sabía que jamás se atrevería, en cambio rugió enfurecido y empezó a gritar tan fuerte que Jessica no tardó en entrar en su oficina con una bandeja en mano, la colocó en el escritorio percatándose del estado alterado de su jefe.

—¡¿Quién coño dejó esta mierda en mi oficina?! —preguntó en un grito—. ¡¿Quién cojones ha entrado en mi oficina?!

—No lo sé, señor —balbuceó Jessica—. Le preguntaré al personal de limpieza, señor. Se le enfría el café señor. —La chica trataba de calmar los ánimos extrañamente alterados de su jefe.

—Déjalo ahí, sal y cierra la puerta, quiero estar solo de momento. Te llamaré para revisar la agenda… Ve adelantar trabajo. —ordenó.

Henry se quedó fláccido, con los brazos colgando en sus costados y la mirada perdida en su puerta. Nada lo había preparado para ello, de ninguna manera habría podido advertir algo como aquello, y no tenía idea cómo hacerle frente.

CAPÍTULO 15

Una esculpida espalda desnuda ascendía y descendía acompasada por la calma respiración del sueño tranquilo, y un brazo fuerte descansaba sobre una línea dorsal delicada, más abajo, una torneada pierna reposaba dominante sobre un llamativo trasero. Sus rostros lucían serenos y parecían estar plácidamente sumergidos en el más profundo de los sueños. Recuperando las energías consumidas después de haber hecho un derroche con sus cuerpos enredados, en dos oportunidades durante la madrugada y parte de la mañana.

—¡Rachell! ¡Rachell! ¿Estás en casa? —La estridente voz de Sophia, resonó demasiado animada desde algún lugar en el apartamento.

Rachell escuchó la voz lejana que se acercaba cada vez más a medida que la sacaba del sueño placentero en el que se encontraba. Sus parpados se abrieron reticentes y se despertó con una deliciosa sensación de irrealidad, se pasó las manos por el cabello, parpadeando varias veces dejó que sus ojos recorrieran la dorada pierna que la apresaba con tanta posesión, que odiaba admitir que le encantaba como se sentía aquel peso sobre su trasero. Dios, el hombre estaba monumentalmente bueno, las sábanas apenas si lo cubrían y toda esa piel latina se extendía cálida y tentadora frente a sus ojos.

—¡Joder! —exclamó sorprendida. Se incorporó con violencia, haciendo que sus cabellos se agitaran con energía y le cubrieran el rostro. Los pasos de su amiga aproximándose a su habitación hicieron que entrara en pánico—. Samuel... Samuel, levántate. —le pidió en susurros, pero él en medio del sueño sólo le llevó el brazo al torso obligándola a acostarse nuevamente—. ¡Qué te levantes!

—¿Qué pasa? —preguntó él. Quejándose con un sensual ronroneó la pegó aún más contra su cuerpo. Apenas abriendo sus dorados ojos felinos.

—Corre... Sophia, mi amiga... escóndete. —Lo instó cogiéndolo por una mano—. Esa puerta de ahí es el armario.

—¿Ahora soy un adolescente? ¿Qué no eras suficientemente madura? ¿Una mujer dueña de sus actos? —Decía él aún adormecido—. Y una mierda, no voy a saltar desnudo por la ventana.

Samuel entrecerró sus preciosos ojos mirándola con sospecha y desaprobación. Sí, la estaba llamando absurda cobarde con una sola mirada, pero justo en ese momento le importaba un pepino. Responder incomodas preguntas de Sophia implicaba que ella misma se detuviera a pensar en el asunto, y sabía que su línea de pensamiento la llevaría inevitablemente a un lugar al que no quería ir.

—Cállate y escóndete —ordenó empujándolo con las manos hacia el armario.

—¿Y por qué lo haría? —La cuestionó—. ¿Qué me darás para que obedezca?

Rachell arqueó una ceja.

—¿Una patada entre las piernas?

Samuel le sonrió mordiéndose los labios.

—No creo que eso me motive mucho a mantenerme quitecito —le dijo antes de girarse y abalanzarse contra ella, pegándola a una pared—. ¿Al menos obtendré después una recompensa si me porto bien? —habló contra la piel de su cuello, rotando la pelvis contra ella.

Rachell gimió bajito, sintiendo que su pulso se desbocaba entre las provocaciones de Samuel y el miedo a ser descubierta in fraganti por Sophia.

—Tal vez... —susurró.

—Me tomaré eso como un sí —sentenció él liberándola.

Lo dejó dentro del armario cogió un albornoz magenta que fluía ondulante sobre su cuerpo. Amarrándoselo con rapidez salió del vestidor cerrando la puerta y se encontró con Sophia entrando en su habitación.

—Hola —saludó a su amiga recuperando el aliento, frunció el ceño fingiéndose extrañada, cogió una liga negra que reposaba desprevenida sobre la mesa de noche y se recogió el cabello en una cola de caballo—. ¿Qué pasó Sophia?

—¿Qué pasó? —replicó su amiga con sarcasmo.

—Sí —continuó Rachell con el gesto demasiado serio—. ¿Qué haces aquí?

—¿Qué hago aquí?

—¿Ahora eres mi eco?

—Déjame pensar... —suspiró Sophia con dramatismo—. Son casi las diez de la mañana, no has atendido ni mis llamadas ni mis mensajes, y... ¡Oh sí! Estamos en medio del lanzamiento de la nueva colección en la tienda... —enumeró cada punto levantando los dedos de su mano derecha, después la miró de arriba abajo antes de volver a hablar—. Veo que estás bien, ilesa y saludable... Así que... ¿Qué diablos te mantuvo en la cama? A ti, señorita puntualidad... O mejor dicho ¿Quién?

Rachell la observó con los ojos muy abiertos mientras preparaba una respuesta aceptable.

—¿Me estás diciendo que si un día decido permitirme la indulgencia de dormir más de la cuenta, se debe expresamente a que esté en la cama con un hombre?

—¡Obvio! —Soltó Sophia con el mayor descaro y convicción—. No creas que no me he dado cuenta de lo que haces Rachell Winstead…

—No sé de qué hablas Sophie, espérame aquí, haz lo que quieras, voy a ducharme… No tardo…

—¡Estás evadiéndome! —chilló Sophia.

—Sophie… Voy a ducharme

Sophia fijó la mirada en ella, como si achinando los ojos de alguna manera consiguiera leerle la mente.

Samuel miraba el armario sin poder creérselo, dando vueltas su mirada se ancló a la segunda planta, había estantes con cientos de zapatos, y ropa hasta para vestir a medio país, carteras y bolsos de todos los tamaños, collares, docenas de perfumes, cremas, lociones, aceites. Vio tanto que empezó a sentirse mareado ante el derroche de vanidad.

Sacudió la cabeza y caminó en dirección a uno de los espejos, pero se detuvo al ver una nota pequeña y muy femenina, enmarcada con lo que parecía el dibujo de una enredadera de flores azules y grises, picado por la curiosidad, leyó el encabezado.

"Sueños y Metas 2013"

Laborales.
* Lograr la publicidad completa de la colección otoño – invierno.
* Viajar a Milán para el desfile de Giorgio Armani (Sólo si pudiese al menos acercármele, sería un bono extra, pero con mi italiano solo daré vergüenza), bueno, es una lista de sueños, sé que no todos se harán realidad.
* Hacer todo lo posible para entrar al Fashion Week del mes de octubre.
* Que durante el año no me falte la inspiración.
Personales.
* Viajar en un coche clásico, al mejor estilo Thelma y Louise, sólo para ver un atardecer en el gran cañón.

Samuel estaba sonriendo, impredeciblemente enternecido y por completo fascinado por lo que la cándida y dulce lista le revelaba. Había mucho de Rachell que él aún no había visto, bajo su coraza de mujer fatal estaba encubierta una chica dulce. Esos hermosos ojos violetas le habían mostrado siempre lo que debió ver: serenidad e inocencia. Y eso lo estaba enloqueciendo, porque le encantaba, le resultaba irresistible saber que ella era una mujer guerrera luchando por sus sueños, ambiciosa y talentosa, dura por fuera porque era así como se protegía del mundo, pero suave y tierna en el fondo, algo que estaba seguro, nadie había descubierto en realidad, y él quería ser el único en saberlo, conocerla de verdad y proclamarla suya.

¿Qué mierda le estaba haciendo esa mujer? Tal vez si hubiese estado en el armario de otra, las metas personales tendrían al menos diez opciones más, entre las cuales estarían probablemente encontrar al hombre de sus sueños, casarse, tener hijos y vivir felices para siempre.

—Cojones, qué empeño el de las mujeres que no se dan cuenta que sueñan con imposibles —murmuró regresando donde su ropa estaba hecha un nudo.

Estaba por recoger su pantalón del chándal cuando la puerta se abrió a medias, Rachell entró y cerró.

—Tengo que irme, no salgas hasta que yo te avise, te llamaré —le dijo en voz baja.

—¿Y me dejarás aquí solo? En este lugar me siento abrumado. ¿Esto es real? —inquirió girando el dedo índice para señalar la habitación de dos pisos que era su armario—. Es algo exagerado todo esto, ¿no crees? —preguntó acercándose a ella.

—Soy diseñadora, ¿qué esperabas? Me apasiona la ropa, es mi vida. —Se defendió. Un temblor sacudió su cuerpo cuando sintió las manos de Samuel posarse en sus caderas.

—Tienes razón ¿esto es más que ostentoso derroche, verdad? —La aguijoneó—. Lo sé Rachel, esto es lo que eres, todo el lugar tiene tu espíritu, tu huella, no entiendo una mierda del asunto, y te aseguró que no sabría qué hacer con el noventa por ciento de lo que hay aquí, pero en este lugar se respira tu talento, tu visión, puedo sentir tu pasión, justo aquí, y realmente me asombra y me impresiona.

Ella guardó silencio, generalmente despreciaba los artificiales cumplidos que los hombres le hacían con el fin de seducirla, pero aquello había sido diferente, esas palabras la habían complacido de verdad, y le encantaba que hubieran salido justamente de su boca.

—Gracias, fiscal. —susurró—. Ahora suéltame, ya te dije que tengo que irme a trabajar.

—Todo a su tiempo mí querida diseñadora, de momento… —le dijo besándole la sensible piel del cuello—. Reclamaré mi merecida recompensa, después de todo me mantuve muy quietecito.

—Yo no te prometí nada, Samuel —murmuró ella antes de sacar rápidamente la lengua y rozarle con la punta sus preciosos labios.

—Eres… Deliciosa… Juro que no te dejaré ir sin que te haga correrte una vez más —le aseguró abriéndose espacio con su lengua y hurgando en su boca, mientras sus ávidas manos alzaban la seda de la bata para acariciarle los muslos.

La miraba a los ojos, quemándola con su dorada mirada, y ella vacilaba mientras espiaba con nerviosismo la puerta, lo último que quería era que Sophia los descubriera, pero tras cada caricia de Samuel, el resto del mundo le importaba en una mierda.

—No… no puedo, Samuel. Sophia está esperando en la habitación —musitó, sintiendo su vientre arder y las piernas temblar, intentó evadirlo, pero en cambio sus ojos fueron a posarse de nuevo en el intrigante y seductor tatuaje que le cubría casi todo el costado—. Nos va a escuchar.

Samuel ronroneó como un gato, sonriéndole con perversidad.

—Shhh —siseó Rachell apoyando el índice sobre sus hinchados labios.

Samuel frunció la boca sobre su dedo y la mordió.

—No soy yo el ruidoso aquí…

—Yo puedo ser silencioso, prometo que seré rápido… —pidió mirándola a los ojos, mientras su miembro se izaba como bandera el cuatro de julio, orgulloso y ansioso, desamarrando rápidamente y a ciegas la bata.

—Samuel —murmuró negando con la cabeza, pero su piel cálida gritaba lo contrario.

Antes de que ella hubiera podido decir algo de nuevo, él la había elevado, anclándola a sus caderas y pegándola con fuerza contra la pared, al tiempo que volvía desesperado a capturar sus labios.

Entonces se detuvo mirándola a los ojos, y ella pudo ver como una lucha interna parecía debatirse en su mente, su respiración agitada y pesada hacía una contradanza con la suya propia, como si el aire que salía de ellos les exigiera que concretaran aquello de una buena vez. Aun así, se habían detenido.

—No tengo más condones.

Ahora la lucha silenciosa se desató dentro de Rachell, por un par de minutos, ninguno dijo nada.

—¿Estás sano, Samuel?

Él asintió con fuerza.

—Sí, te lo juro, jamás corro riesgos. —Agachó la cabeza y cogió aire, entre ellos, su erección palpitaba impaciente—. Me chequeo regularmente, estoy completamente saludable.

La duda se agitó en los ojos de Rachell, sin embargo, había cruzado ya una línea invisible que le impedía retornar, el deseo y algo más que no sabía que era, le pedían que confiara en sus palabras, pero ella seguía resistiéndose mientras las perlas de sudor en su cuerpo y sus pechos inflamados le suplicaban que sucumbiera. ¿Cómo confiar? Ella no sabía hacer tal cosa.

Pero al ponerlo todo en perspectiva, comprendía que él estaba arriesgando tanto como ella, estaban jugando el mismo juego y estaban haciendo la misma apuesta.

—Yo también estoy sana.

—¿Te estás cuidando?

—Sí… claro, aunque no deberías confiar en mí ciento por ciento. ¿Y qué si quiero el príncipe azul, castillo y niños corriendo por el jardín?

—En este momento te creo… Lamentablemente no he salido de un cuento de hadas, los castillos tienen mucha humedad y no está en tus planes tener un hijo, te joderías tú, no yo —respondió atravesándola con la mirada—. Claro, podría hacerme responsable por un hijo, pero sé que no es lo que quieres de momento. —Y sin darle tiempo a reaccionar, se hundió implacable en su interior.

Rachell gimió estrepitosamente, aferrándose con las manos a sus hombros. Sus labios empezaron a recorrer los de Samuel, con respiraciones ahogadas, acariciándole las mejillas, mordiéndole la mandíbula. Subiendo una de sus manos lo haló sin cuidado de los cabellos, mientras él susurraba palabras incomprensibles contra su piel.

—Más —exigió ella halándole el cabello de nuevo—. Más fuerte.

Samuel llevó una de las manos a sus redondeadas caderas y abandonó su cuerpo, con la mano libre encerró su pene y sonrió. Rachell se mordió los labios, y él volvió enterrarse en ella. Una vez más salió de su cuerpo, y ella lo maldijo con un murmullo colérico, pero antes que ella pudiera volver a reprocharle nada, deslizó su erección entre sus pliegues, frotándose contra la dulce dureza de su clítoris. Rachell gimió y sus ojos violetas se encendieron, Samuel comprendió que aquello era una orden tajante para que volviera a enterrarse en su cuerpo.

Una poderosa embestida la dejó inmóvil contra la pared, él suavizó su toque, bajando lentamente hasta posar la mano en uno de sus pechos. Gruñó excitado, y disfrutó de la suave y turgente piel el tiempo que quiso para después bajar sus manos e incrustar los dedos en sus muslos, penetrándola con fuerza salvaje, haciendo que sus talones golpearan la pared de madera con un sonido seco y repetitivo, un brusco compás que resonaba cada vez que la embestía.

Su polla se deslizaba con riquísima facilidad cada vez que salía y entraba en ella, estaba tan mojada que cada acometida se hacía más sensible y placentera, mientras el interior cálido y suave de su coño lo apretaba hasta enloquecerlo, nublándole la mente con sus escandalosos gemidos.

—Shhh —La silenció antes de taparle la boca con sus besos—. Cállate.

Aquello había sido una orden, tajante, arrogante y jodidamente sensual. Iba contra sus principios, contra sus convicciones obedecer sus palabras y aceptar que la callara con la despiadada presión de sus labios, pero en aquel momento todo parecía perder sentido y ella quería que él la siguiera silenciando con besos. Pero al final no fue suficiente, y él no encontró otra opción que amordazarla con una de sus manos.

—Sshhh… shhh… —le pidió sin detener sus acometidas.

Rachell apenas podía respirar, tenía la boca tapada por la mano y el aire que tomaba por su nariz no era suficiente. Los latidos de su corazón desbocado retumbaban en todo su cuerpo, la humedad y calor en el ambiente hacían que todo fuera aún más desesperado, ni en sus más locos sueños hubiese permitido que un hombre le tapase la boca, iba en contra de su juramento, aunque jamás se lo había planteado en una situación como aquella.

Tras dos estocadas más, Rachell se tensó y convulsionó con un orgasmo alucinante, esta vez Samuel no se detuvo, siguió bombeando dentro de ella una y otra vez, con rapidez, precisión y fuerza, hasta que alcanzó la gloria. En un movimiento rápido salió de ella, presionó su polla contra el abdomen de Rachell y la llenó de besos, pegando su frente a la de ella.

Las suaves contracciones de su increíble miembro la hipnotizaron, al tiempo que los chorros de semen salían expedidos contra la piel de su estómago y el rostro de Samuel se crispaba en una mueca de placer insoportable. Todo fue rápido y brutal, todo fue increíble. Rachell sintió el caliente y espeso líquido correr por su piel, mientras Samuel volvía besarla, esta vez con la languidez que trae consigo el ataque del placer.

—Debo ducharme e irme a la tienda —le dijo con la voz aún ahogada.

Samuel no dijo nada, simplemente sonrió, de aquella usual manera preciosa e indescifrable. Se apretó contra ella, sosteniéndola con la pelvis contra la pared, y abriendo un cajón sacó desprevenido un pedazo de tela que resultó ser una media de seda y encaje. Sin reparos la deslizó por el vientre de Rachell, limpiando los restos de semen en sus cuerpos. Apartó la maltrecha media y la bajó a ella despacio, después pasó los dedos por la bata hasta encontrar el lazo y anudarlo.

—Ahora si estás lista para tu ducha, acomódate el cabello o de lo contrario tu amiga se dará cuenta que estoy aquí.

Ella no dijo nada, temblorosa dio un par de pasos hacia atrás, se deshizo la cola de caballo desbaratada se la volvió a armar, mientras pensaba si debía preguntarle qué pasaría después de eso, si acaso él vendría esa noche o si aquello había sido todo, si ya no se verían más. Pero no se atrevió a hacerlo, su orgullo no se lo permitió, sólo le regaló una sonrisa y empezó a buscar ropa.

—Odio cuando no sé qué ponerme —comentó con media sonrisa, tratando de parecer lo más natural posible, aunque sabía que aún se encontraba temblorosa por el orgasmo reciente.

Sophia la miraba con las cejas levantadas a través del cristal que dividía la habitación de su estudio, sentada en la silla del escritorio

—Prometo ducharme rápido —le dijo, y sin esperar respuesta entró al baño.

Trató de ducharse lo más rápido posible, mientras sentía el corazón brincando en su garganta y aún no sabía si se debía a la emoción o al temor, era estúpido sentir miedo por Sophia, ella no la juzgaría, si le decía lo comprendería y se marcharía, y así no tendría que tener a Samuel encerrado, pero no le gustaba que ella se diese cuenta de sus debilidades como mujer, no cuando siempre vivía renegando de los hombres.

Salió del baño envuelta en una toalla color ciruela y antes de entrar nuevamente en el vestidor, divisó a su amiga revisando sus cuentas de redes sociales.

—Ya estoy casi lista —gritó fingiendo una sonrisa.

—No te preocupes, tómate todo el tiempo que necesites —respondió Sophia despreocupada—. Ya le escribí a Oscar, me dice que está tranquilo… debemos pasar primero al taller a ver cómo van con la colección.

Rachell entró y sacó ropa, zapatos, bolso, maquillaje, lencería, siendo con esta última más precavida, para que Samuel no la viese. Él se encontraba sentado en las escaleras, ya se había puesto el chándal y parecía concentrado en su teléfono.

Samuel aprovechó que ella le dio la espalda, y la contempló en silencio. Era enigmática y atrayente allí tan sólo con la toalla, deseó poder besar la piel húmeda de sus hombros, secarla completamente con su lengua.

—Tengo una duda… referente a tus guardaespaldas. ¿Han estado esperando por ti en algún lugar cerca de mi edificio todo este tiempo? —inquirió desconcertada.

Él bajó rápidamente la mirada a su teléfono, logrando exitosamente en que ella no lo descubriese admirándola.

—No —le respondió con los ojos puestos en el móvil, después se detuvo y volvió a calentarla con su mirada—. Me les distraje anoche.

Ella se encaminó al otro extremo del lugar que era dividido por unos armarios, minutos después apareció vestida con los atavíos de mujer fatal. Esta vez, un ceñido pantalón de cuero negro y una blusa corbatón rosa coral. Una perfecta metáfora de ella misma, el rudo cuero adhiriéndose sensual a sus piernas, y el suave rosa ondeando desprevenido sobre su torso. De nuevo estaba maquillada, lucía preciosa, arrebatadora, admitió Samuel. Pero él quería volver a encontrarse con la chica de la madrugada.

—¿Qué haces? —preguntó Rachell, sonriente al verlo con el ceño fruncido, como si estuviese molesto por algo, mientras ella elegía unas gafas de sol color ocre, se los probó rápidamente y los puso en el estuche dentro de su bolso.

—Trabajo —respondió con un tono de voz tranquilo que contrastaba con su semblante tenso.

Ella no quiso preguntar nada más, sólo asintió en silencio y acomodó su cabello en un audazmente desordenado moño sobre su coronilla, le dedicó una última mirada a Samuel, lamentando que ahora llevara su chándal, y salió del vestidor.

Al entrar en su habitación se encontró a Sophia sentada en uno de sus pufs, con las piernas cruzadas y el brazo extendido. De su índice colgaba un trozo de tela negra.

—Conocía tu debilidad por Dolce & Gabana, pero no sabía que habías empezado a usar slips.

Rachell se decidió a ignorarla buscando la carterita con sus tarjetas y documentos.

—¡Oh! —Exclamó Sophia inclinándose cerca de la cama—. ¿Pero qué tenemos aquí…?

Rachell dejó que sus ojos descendieran guiados por la mano de Sophia hasta detenerse en su pequeña papelera metálica.

—Sí… exactamente eso… ¡Un condón! Usado por supuesto. —Brincó Sophia como si hubiese encontrado la olla llena de oro al final del arcoíris.

Toda la sangre abandonó el rostro de Rachell, debatiéndose entre la rabia consigo misma por obligarse a ocultar algo de lo que en el fondo no debería avergonzarse, y el bochorno que sentía por culpa de la entrometida de Sophia.

—¿Crees que soy de piedra? —Decidió que la mejor defensa era el ataque—. Tengo necesidades.

—Claro que las tienes —bufó Sophia—. Ya había empezado a rezar porque las ganas te sacudieran la razón, vivir sin sexo no debe ser saludable, abstenerse debe ocasionarle algún daño al cerebro.

Rachell no dijo nada, cerró su bolso y fingió buscar algo sobre su cómoda.

—¿Y bien? —Golpeó Sophia rítmicamente el suelo con la punta de su zapato—. ¿Quién es? —lanzó los slips que Rachell cogió ágilmente.

—Pero… y tú… ¡Ay por Dios, Sophia! —masculló Rachell atropellando sus palabras—. ¡Es nadie! Nos vamos, vámonos —intervino colocando la prenda sobre la mesa de noche—. Ya es tarde.

Rachell salió de la habitación con rapidez, sabía que Sophia la seguiría al instante, y así no seguiría corriendo el riesgo que encontrara a Samuel en su armario.

Las dos se detuvieron frente al ascensor en silencio, segundos después, las puertas se abrieron y Sophia entró tras ella presionando el botón del sótano.

—Es el fiscal brasileño, a ése era al que le tenías ganas —soltó con seguridad—. Te apuesto una de mis tetas

Rachel simuló concentrarse en su manicura que ya empezaba a exigirle un cambio.

—Porque bastantes ganas sí le traías… Pero dime ¿Sabe a justicia o a caipirinha? —insistió la pelirroja.
—¡Sophia!
—No me mientas, sabes que no puedes mentirme
—¡Está bien! ¡Sí! ¡Fue Samuel! ¿Contenta? —exclamó sintiéndose más segura al saber que Samuel no podría escuchar la conversación.
—¡Contenta es poco! —Aulló Sophia emocionada—. ¡Y que polvazo se han echado en mis narices!
Rachell giró violentamente su cabeza, mirándola con el rostro encendido y los ojos muy abiertos.
—Sí —respondió Sophia la pregunta silente—. Claro que me he dado cuenta, ¡ay! Vamos, Rachell… no soy estúpida, crees que no tienes los labios hinchados… sé que lo has dejado en el vestidor escondido, y que te lo has follado mientras yo esperaba como una tonta. ¡Perra suertuda!
—¡Sophia, por favor!
Sophia la ignoró y siguió su parloteó emocionada.
—Y es que olvídate, si como baila se mueve en la cama, ay nena, tendremos que parar en la farmacia por un anti-inflamatorio, porque yo que tú, le habría dado hasta que me fracturara.
Rachell tenía la boca abierta, entre divertida y espantada, la lengua de Sophia no conocía límites.
—¿Cuántos echasteis? —continuó Sophia su diatriba.
Las puertas del ascensor se abrieron y Rachell caminó directa hasta su coche.
—¡Ya, Sophia! ¡Ya, por favor! —pidió sin poder ocultar su sonrisa, ni su rostro enrojecido.
—No seas egoísta Rachell, comparte tu dicha conmigo, mira que soy una pobre miserable sin vida sexual —le reprochó haciendo un puchero—. Vivo a través de tus aventuras.
—No soy egoísta, sólo que es mi privacidad y no vas a meterte en ella. ¿Entendido? —inquirió encendiendo el coche y poniéndolo en marcha.
Sophia refunfuñó acomodando el cinturón de seguridad.
—Te podrás haber duchado, perfumado y lo que quieras, pero tienes cara de recién follada, toda tú brillas, se te ve distinta, Rachell, te ves contenta.
—¿Y qué esperabas? —Rachell pretendió indiferencia—. El hombre es increíble en la cama.
—Con este sí que has acertado, está buenísimo, es exitoso, un amante de ensueño, y está forrado de dinero.
—No —le dijo al frenar bruscamente frente a un semáforo.
—¿No? —la cuestionó Sophia—. Ya ves el despacho de abogados que tiene, estuve buscando en internet y su cartera de clientes es selecta, no baja de grandes empresarios, tiene hasta actores y actrices de Hollywood,

músicos, equipos de fútbol americano, de béisbol... ¡Tiene a los Mets! Además de tener trabajando para él a cuarenta y dos abogados. ¿Tienes idea de cuánto debe ganar mensual? Eso sin contar el sueldo de fiscal. ¿Y qué me dices de su tío? Que por cierto está bien bueno, es uno de los tipos más ricos de América, así que Samuel puede darte el cielo si quieres, no me refiero al cielo mientras te corres, digo literalmente... pero no quieres pedirle nada, y cuando una no quiere pedirle nada a cambio a un hombre es porque... ¡estás jodida! —exclamó con una gran sonrisa.

—Es muy joven, Sophia. —intentó Rachell explicarse—. Y no quiero...

—¿Por qué no quieres Rachell? ¿No fue así como lo hiciste con Richard? ¿No era lo que pensabas hacer con Henry Brockman? Porque bien recuerdo que no le soltaste nada a Richard hasta que escrituró el apartamento a tu nombre.

—Con Richard fue por placer, no he estado con un hombre que no desee y lo sabes, además no fue sólo eso —soltó con cierto tono amargo—. Era virgen... Richard me encantaba, pero todo era demasiado nuevo para mí, en aquel momento no creí que sus intenciones conmigo sobrepasarían unos cuantos meses de diversión, si iba a entregarle algo tan importante, pues él debería compensarme de alguna manera, lo creí justo.

—Lo sé, Rachell, y también sé porque no le pedirás nada al fiscal.

—A veces las cosas se hacen por simple placer, no quiero nada más de Samuel... —dijo sin mirarla—. Y el placer por el placer no es útil, así que cortaré el asunto, ya lo he probado, fue fantástico... no necesito nada más, fin de la historia. —El silencio reinó unos minutos hasta que la misma Rachell lo rompió—. Búscame una cita con Brockman a ver cómo va lo de la publicidad.

—Si tú lo dices... —susurró Sophia y buscó en su bolso el móvil—. ¿Cuándo quieres reunirte con Brockman? ¿La próxima semana o ésta? —le preguntó haciendo las anotaciones en la agenda y preparando el correo electrónico.

—Esta misma semana, dile que el viernes, sé un poco más tajante, vamos a la yugular de Brockman —acotó con decisión.

Se quedaron en silencio mientras conducía, con la música en un volumen bajo, Sophia sabía que no estaba bien lo que su amiga planeaba hacer, pero Rachell era más terca que una mula pequeña, por lo que no quiso seguir hablando.

Rachell estaba demasiado ocupada lidiando con los placenteros recuerdos que Samuel Garnett había dejado en su cabeza. Intentaba evadirse, borrarlos, pero el inquietante palpitar entre sus piernas le suplicaba por repetir y sucumbir, sintiendo cómo los pezones se despertaban ante una leve evocación de lo sucedido durante la madrugada.

Se empeñaba en detener el recuerdo del placer, pero sólo conseguía reemplazarlo por las miradas y sonrisas de Samuel Garnett. Ella no quería sólo complacer a su cuerpo, no, ella quería saber más de él, quería saber por qué temía más a los vivos que a los muertos, quería saber que escondía su sonrisa misteriosa, quería saber qué lo había impulsado a ir hasta su apartamento en medio de la madrugada, porque sabía que era algo más que simple consideración por sus pesadillas.

La melodía de la siguiente canción hizo que automáticamente elevara el volumen. Aunque fuese una chica joven le encantaba la música de los setentas y ochentas, sobre todo si se trataba de los *Bee Gees*, y sin proponérselo empezó a tararear.

Sophia la miraba de soslayo, entre sorprendida y sonriente, tratando de parecer lo más normal posible e intentar enviar el correo con éxito. A Rachell poco le gustaba este tipo de música, si las escuchaba, pero… ¿cantarlas? ¡Jamás! Para ella la música romántica era cursi, y la única utilidad que le encontraba era la inspiración mientras bocetaba.

Ciertamente, como rezaba el dicho, *primero ven el incendio los de afuera que los de adentro*, y Rachell estaba en llamas y no se había dado cuenta. No podía huirle toda la vida al amor, el sentimiento llegaba sin avisar, únicamente esperaba que no metiera la pata.

****

Thor no podía evitar sentirse molesto, aunque no era un chismoso, estuvo a punto de llamar a su padre e informarle de la desaparición misteriosa de Samuel. Se había escapado durante la madrugada, dejando en ridículo a los guardaespaldas. No atendía las llamadas, y tal vez si no hubiese tenido ese comportamiento extrañamente agresivo desde hacía dos semanas, lo dejaría tranquilo, pensaría que se fue con alguna de sus amantes, pero nunca había salido sin avisar. Esta vez no se había dignado a responder las llamadas, no fue sino hasta medio día que se comunicó con él para dejarle saber que estaba durmiendo en el apartamento.

Thor entró en el apartamento encontrándose a las mujeres de la limpieza, las saludó amablemente y subió a la segunda planta. Sin llamar a la puerta, entró a la habitación de Samuel esperando encontrárselo dormido, pero sólo escuchó una música que lo desconcertó e hizo que su cara se transfigurara ante el horror. Quiso quitarla inmediatamente, era como si se tratase de alguna melodía para conjurar al demonio, con el rostro congestionado, tuvo que morderse un "Vade retro Satanás".

Superando un poco la situación, escuchó la regadera, por lo que se encaminó al baño casi convulsionando, lo cual empeoró cuando escuchó a Samuel cantando mientras se duchaba, como si la canción no fuese suficiente, él terminaba de joderla con su voz.

*—I'm gonna take a little time,
a little time to look around me,
I've got nowhere left to hide...
It looks like love has finally found me,
in my life there's been heartache and pain...
I don't know if I can face it again.
I can't stop now, I've traveled so far to change this lonely life...
I wanna know what love is. I want you to show me...—*

Samuel cantaba el tema de *Foreigner*, mientras terminaba de ducharse abrió los ojos y sacudió la cabeza para deshacerse de los restos de agua, cuando la puerta de cristal de la ducha se abrió, agarró una toalla que sorpresivamente Thor le lanzaba.

—¿Quién coño eres y qué has hecho con mi primo? —preguntó con burla, olvidando su molestia de momento y haciendo una mueca nauseabunda—. ¿Estás ahí dentro, Samuel? Tranquilo, te llevaré para que te exorcicen. ¡¿Qué mierda escuchas?! —exclamó sin salir del asombro. Encaminándose a la habitación. Apagó el reproductor de música.

—Nada, sólo estaba en la lista de reproducción...y no podía quitarla, y es evidente que me estaba duchando —explicó poniéndose la toalla alrededor de las caderas.

—¿Estás bien, cabrón? Porque una cosa es que desaparezcas en medio de la madrugada y no des señales de vida, y otra muy distinta es que de repente te encuentre cantando esa mierda. ¿Por cierto, dónde diablos estabas metido? —inquirió recordando el motivo de su presencia ahí.

—Estoy bien, estoy perfectamente bien y yo no estaba cantando —aclaró mientras volvía al armario. Entró y buscó en el cajón unos bóxer brief grises, se quitó la toalla y la lanzó sobre un sillón, se los colocó y cogió una camisa la cual se puso sin abotonar, regresó a la habitación—. Estuve con una chica, eso es todo. ¿Cuál es la gran preocupación? No es la primera vez que no duermo aquí —expuso abriéndose de brazos de manera despreocupada.

—Es la primera vez que sales de madrugada.

—Bueno, hay necesidades que no pueden esperar —acotó de manera casual.

—¿Y para qué existe el cine porno? O estoy seguro que si llamas a Lucille, te hubiese hecho un show por la webcam. Ya hemos tenido cybersexo con ella... ¿Por cuánto? ¿Dos años? Sabemos que es de fiar.

—No quería porno, ni los shows de Lucille. —Samuel le dedicó una mirada grave a Thor mientras se abotonaba la camisa—. Quería a la mujer con la que estuve, sólo deseaba a esa mujer, no hay más explicación.

El móvil de Samuel repicó y los dos se dedicaron una mirada alarmada. Un caos de piernas corriendo y brazos golpeándose se desató. Al final, Samuel fue el ganador y cogió el móvil.

—¡Eso es! ¿Quién cojones te llama? —gritó Thor burlón.

—¡Tu madre me llama! —escupió Samuel con una sonrisa malvada.

—No —respondió Thor—. Estoy seguro que no es mi madre, ahora mismo seguramente se estará follando algún modelo veinte años menor que ella —dijo riendo—. Está bien, me largo, atiende tu conquista, ya sabes, si está buena la compartimos —indicó antes de salir.

—¡No! —Respondió Samuel con tanta fuerza que él mismo se sorprendió—. A ella no la voy a compartir.

—¡Maldito cabrón! ¿Cómo puedes ser egoísta con tu querido primo? —Refunfuñó—. ¡Ya verás, cuando yo haga mis nuevas conquistas, comerás mierda Samuel! Y no creas que se me escapa que te tienen bien agarrado de los huevos.

—¡Fuera de aquí! —le exigió Samuel arrojándole con fuerza la toalla mojada.

Thor se rio esquivando el ataque.

—Te espero para comer —le dijo antes de abandonar la habitación.

Una vez solo, Samuel vio la llamada perdida y presionó la tecla de rellamar. Esperó, esperó y esperó, sin recibir contestación, por lo que lo intentó una vez más, no quería dejar un mensaje de voz, rellamó, repicó dos veces y por fin escuchó la voz de Rachell.

—Para la próxima, ¿podrías decirle a Luz que has dejado a un hombre en tu vestidor? Me ha echado a escobazos —le hizo saber sin siquiera saludar, ante lo que ella soltó una carcajada.

—Lo siento, olvidé ese pequeño detalle —respondió Rachell riendo, y a él, escuchar el sonido de su risa le alegraba infinitamente, le hacía sentirse muy bien.

—Me gritaba *¡Fuera! ¡Fuera!* —decía Samuel hablando en español, imitando estupendamente el acento de la mujer colombiana encargada de la limpieza en casa de Rachell.

Al escucharlo a través del móvil, sólo podía reír, era realmente distinto a todo lo que había conocido hasta ahora de él, era divertido, tanto como lo vio comportarse el día de la fiesta con sus amigos.

—¿Y qué te ha dicho, Sophia? —preguntó él retomando la conversación.

—Obviamente lo supo todo, todo el tiempo, sabe que pasé la noche contigo y que estabas escondido en mi vestidor —susurró Rachell con la voz tensa.

—Claro que lo sabía, eres demasiado evidente… ya te lo he dicho. —Rachell gruñó por lo bajo, y los dos volvieron a quedarse callados.

—Te llevaré a cenar esta noche —sentenció Samuel—. Pasaré a las ocho y media por ti, si por alguna razón no puedo, te lo dejaré saber con antelación, lamento que sea de esa manera, pero a veces estoy obligado a atender casos sin previo aviso.

Rachel lo interrumpió con voz zumbante y alta.

—Eh, eh, eh ¡Detente ahí fiscal! ¿A ti quién te dijo que puedes disponer de mi tiempo? Mala jugada, has empezado mal, muy mal. —Lo previno ella sin poder ocultar la estúpida nota de diversión en su voz.

—¿Empezamos? —ironizó Samuel

Ella se tragó una maldición —Lo que sea…

—Sí, lo que sea —acordó Samuel—. No habrá un maldito caso que me lo impida Rachell, estaré ahí a las ocho y media. —Y colgó la llamada sin darle oportunidad de replicar. Lanzó el iPhone sobre la cama y regresó al vestidor, se puso un traje gris, camisa blanca y corbata azul grisáceo.

CAPÍTULO 16

Samuel se encontraba en su oficina de la torre Garnett reunido con Charles Laughton, uno de sus abogados, quien le había traído el contrato del nuevo fichaje de los *Mets*. Los fuertes y elegantes dedos pasaban una a una las delgadísimas hojas del interminable contrato lleno de pequeñísimas letras. Estudiando el documento despacio con las cejas rígidas e inclinadas sobre el rictus en su frente.

—Dieciséis millones de dólares por dos años… creo que debí ser beisbolista y no abogado —comentó Laughton soltando un silbido.

—A veces pienso que es una exageración esto de los fichajes. —Estuvo de acuerdo Samuel con los ojos aún puestos sobre el contrato—. A Rodríguez los *Marlins* le están pagando ciento trece millones por seis años… Ya no tendrá de qué preocuparse por un buen tiempo. —Clavó su mirada burlona en Laughton—. Como beisbolista hubieses fracasado Charles, no ganas precisamente cantidades exorbitantes, pero al menos tienes para vivir bien, no te quejes… No conmigo.

—¡A la mierda contigo! Me voy a *Glee* —vociferó Laughton sonriente, azotando con la punta de los dedos el reposabrazos de su silla.

—Ve a ser un corrupto y a lamerle el culo a Jude Caine —le dijo Samuel, cerrando la carpeta en sus manos y acomodándose en su escritorio. Girando la silla, Samuel continuó el juego—. Cuando llegues a su pequeño edificio, no olvides darle mis saludos a Emma.

—Emma, maldita loca… No la quiero ver ni en pintura —silbó Laughton estremeciéndose. Samuel se rio con fuerza reclinando la cabeza sobre su mullido sillón de cuero—. Por cierto —Lo cortó Charles—. ¿No ha vuelto la pelirroja bajita? La que tenía el paraíso en las tetas.

—¿Te refieres a Carey? —preguntó Samuel agrupando todos los papeles en un enorme folio gris plomo.

—Sí, esa misma —ronroneó Charles.

—Regresó a Holanda.

—¿Lo pasaste bien con ella, verdad?

Samuel se redujo a sonreír, mientras cientos de palabras no dichas cruzaban sus ojos.

—Es con la que te he visto pasar más tiempo, Garnett —siguió Laughton—. ¿Cuánto fue? ¿Una semana? —bromeó con sorna.

—Algo así como dos meses, más o menos… no era intensa, sabía darme mi tiempo, la verdad es que fue buena amiga y buena amante, creo que es lo importante. No hacía preguntas, ni se enrollaba.

—Todo lo contrario de Emma, hermano, lo último que haré nuevamente será tirarme a una fiscal… Son jodidas.

Samuel volvió a reírse de buena gana, conocía a Emma, la temible fiscal tenía delirio de militar.

—Por cierto —retomó Charles—. Hace algunas semanas vi un pecado errante, con unas piernas y un culo hechos en el Edén, estaba en el ascensor, me dijo que era diseñadora de interiores o algo así, y que estaba redecorando en tu casa…

—Sí —lo interrumpió Samuel con la voz seca y cortante, mientras inadvertidamente apretaba entre su puño su lisa pluma Mont Blanc negra, y con la mano opuesta frotaba impaciente el pequeño zafiro solitario que estaba incrustado en la parte superior de la pluma.

Varias sensaciones, emociones y pensamientos atravesaron su mente, de repente se había puesto en alerta máxima, sus entrañas se habían contraído y se sentía jodidamente molesto. Un algo indeterminado e irracionalmente territorial se abría paso en su interior.

—La señorita Winstead —Volvió a hablar con la voz tensa—. Es… —Entonces fue interrumpido por el suave pitido del comunicador de su secretaria—. Dime, Vivian —contestó cogiendo aire.

—Señor Garnett, una joven lo solicita, dice que se trata de una emergencia —informó Vivian con profesionalismo.

—¿De quién se trata?

—La señorita Megan Brockman —contestó la mujer.

Samuel inspiró profundamente y después liberó el aire lentamente, mientras meditaba sus siguientes palabras.

—Está bien, por favor hazla pasar, Vivian. —Y sin decir más, cortó la comunicación

—Bueno, supongo que esa es una patada en mi trasero para que me largue de aquí —bromeó Charles mientras tomaba el folio en sus manos—. Nos vemos.

Samuel asintió y Laughton se dio la vuelta en dirección a la puerta, al abrirla se cruzó con Megan. Con el gesto serio la estudió unos segundos, las elecciones de su jefe siempre eran cautivadoramente curiosas.

—Buenas tardes —saludó con cortesía a la chica.

—Buenas tardes —respondió Megan bajito, con la voz muy tímida.

De inmediato Samuel se puso de pie para recibirla, y una vez más, ella se detuvo a apreciar su increíble belleza. Su rostro, a pesar de su rudeza y severidad, resultaba muy agradable, casi dulce. Había algo muy emocionante al verlo, siempre podía sentir como su pecho se llenaba de algo parecido a la alegría, junto a él se sentía sencillamente feliz, su corazón latía con más potencia y ella deseaba con todas sus fuerzas quedarse a su lado tanto como le fuera posible.

—Hola Megan —la saludó él con suave cortesía—. Siéntate por favor.

En silencio, alcanzó la silla y se sentó.

—Hola Samuel —murmuró recorriendo con los ojos muy abiertos la enorme oficina.

—¿Qué te trae por aquí? —preguntó él sonriendo.

—Eh… —vaciló repentinamente abrumada por la sofisticación y ascetismo del despacho, era como si de pronto Samuel fuera un adulto, demasiado distante de su propia realidad adolescente.

Él volvió a sonreírle, tranquilizándola con ese leve movimiento de sus labios, todo él le resultaba relajante y cómodo, protector y agradable.

—¿Quieres tomar algo?

Megan negó con la cabeza.

—Vine porque quiero presentarte mis disculpas… Sé que debes estar molesto por lo que pasó el otro día con mi padre en la clínica… —Inhaló hondamente sintiendo la vergüenza apoderarse de sus mejillas—. No me has llamado, y yo no tengo tu número… Mi padre no tenía idea que eras fiscal.

La imagen de Henry Brockman se dibujó en su mente, y la rabia y el desprecio estuvieron de vuelta en cuestión de segundos, todos aquellos días en el gimnasio, la lucha contra sí mismo, aquellas semanas habían sido un maldito infierno, un tormento que sólo había cedido tras su noche junto a Rachell.

Estuvo a punto de maldecir frente a Megan, pero al final se contuvo.

—Que lo supiera no hizo realmente ninguna diferencia.

—Lo sé, Samuel… lo siento, de verdad lo siento mucho, él no tenía ningún derecho a tratarte de esa manera. Si te sirve de algo, te aseguro que no es nada personal, él sencillamente trata de esa manera a todas las personas con las que se cruza —finalizó con amargura.

Samuel relajó su postura, que sin avisos había estado rígida y lista para el ataque, ahora se sentía dolorosamente molesto por la decepción y la aflicción en las palabras de Megan.

—Sé que has querido ayudarme, y valoro lo que me dijiste ese día en la clínica. No quisiera que por la horrible intromisión de mi padre pudiera perder eso, Samuel… no quiero perderte…

Había tal desesperada honestidad en sus palabras que Samuel se quedó simplemente inmovilizado, no tenía idea que decir, ni siquiera sabía si hablar sería lo adecuado, el asunto se había vuelto inesperadamente incómodo y tal vez demasiado personal.

—No me agrada ser su hija más de lo que a ti te agradó verlo en la clínica —continuó Megan con un leve brillo de dignidad en sus ojos, casi opacado por el peso del desprecio por ella misma que había aprendido de su padre—. Las pocas veces que se dirige a mí, sin excepción, es para recordarme cada una de las cosas que hago mal, como todos los días soy exactamente la clase de hija que hubiera deseado no tener jamás… Así mismo lo ha dicho, tantas veces que ya perdí la cuenta… me ha dicho que fui un error, y sin que me lo diga, sé que para él sigo siendo un error. —Se detuvo y llenó de aire sus pulmones—. No pretendo que me tengas lastima Samuel, ni siquiera quiero conmoverte —le dijo mientras se quitaba el reloj y las pulseras de sus manos, y volvía sus muñecas hacía arriba sobre el escritorio—. He visitado periódicamente psicólogos toda mi vida, tal vez es por eso que no me agradan —explicó con su piel más de lo que sus palabras habían dicho, apartó la mirada y sintió los ojos de Samuel sobre las viejas cicatrices. Dos en una muñeca y tres en la otra. Largas marcas verticales que llegaban casi hasta la mitad de sus brazos, una sobre otra, pálidas e irregulares.

Un estremecedor escalofrío recorrió el cuerpo de Samuel, las marcas estaban completamente curadas y empezaban a mimetizarse con el tono de su piel, pero había en ellas la impresión misma del dolor y la muerte. Era como si le gritaran como de cuan oscura había estado su alma y cuan desesperadamente había deseado morir, y eso era algo increíblemente difícil de ver.

Perplejo, dejó de mirar sus brazos, repentinamente avergonzado por el tiempo que se había tomado en aquella bizarra contemplación. Al levantar su mirada, ella había vuelto por completo su rostro hacia la izquierda, con los ojos aparentemente concentrados en la puerta que conducía a su sala de juntas, por sus mejillas dos pesadas lágrimas se deslizaban y su expresión era por completo ilegible.

Vacilante, se levantó y caminó hasta ponerse de cuclillas a su lado, sacó un pañuelo de uno de los bolsillos internos de su chaqueta y se lo entregó en silencio.

—Tú no tienes nada por lo que disculparte Megan —murmuró suavemente.

Ella asintió en silencio y se secó las lágrimas con el pañuelo.

—No vuelvas a hacerlo, nunca… —le pidió acariciándole la suave piel de las muñecas con una ternura que no sabía que tenía en su interior—. De ninguna manera eres un error Megan, no importa quién te lo diga, eres demasiado valiosa, eres una jovencita preciosa e invaluable.

—No te he mostrado mis cicatrices para que me compadezcas, sólo quiero que entiendas que nada de lo que siento por mi padre es bueno… —

carraspeó Megan antes de continuar—. A veces siento que no lo quiero... A veces siento que lo detesto. Quisiera que me entendieras... No soy una mala persona, pero sé que es mi padre, y algo dentro de mi pecho me lo recuerda todo el tiempo y no llego a odiarlo tanto como quiero. Es difícil —musitó dejando libre un suspiro.

Samuel asintió varias veces moviendo la cabeza afirmativamente pero no consiguió decir nada.

—Yo sé que continuamente hago cosas que a él le molestan, pero es que en realidad todo parece molestarle —Suspiró Megan—. Quiero hacer las cosas que hacen mis amigas, quiero salir, distraerme y divertirme, quiero huir de mi vida, quiero salir corriendo e inventarme una vida nueva, irme a donde sea, lejos, muy lejos... Pero no soy tan tonta como para abandonar la universidad, una que sé que no podré pagar sin el apoyo de mi padre.

—¿Y tú madre? —preguntó Samuel.

—Mi madre no es más que un cero a la izquierda —Rio con amargura al responder—. Su único mérito consiste en follarse al instructor de Tai Chi cada maldito día, y por supuesto, pretender como una tonta que nada pasa... No apruebo lo que hace, pero tampoco la culpo, mi padre se lo merece, así que por mí puede seguirle adornando la cabeza cuanto quiera, la mayoría del tiempo mi padre no es más que un gilipollas arrogante que no tiene siquiera la decencia de esconder a sus estúpidas amantes.

Samuel sonrió en un intento por disimular la rabia, parecía que las razones para odiar a Brockman aumentaban con el paso de los días.

—¿No es de Elitte la campaña de la familia feliz?

—De hecho es una idea de mi padre, el hipócrita la ha patentado y todo.

Samuel se levantó y le acarició la cabeza sonriéndole, después se dio la vuelta y caminó hasta el minibar, sacó uno de los vasos y una botella de agua gasificada. En segundos, las ruidosas burbujitas se dispersaron por el cristal.

—Y yo creía que mi familia de cuatro hombres era disfuncional.

—¿Cuatro hombres? —repitió Megan—. ¿Y tú madre?

Samuel se detuvo con las manos aún sobre la repisa de madera, guardó silencio por el tiempo suficiente para dejarle claro que aquel era un tema del que sencillamente no hablaría.

—Se hace tarde —le dijo pasándole el vaso de agua—. No quiero que vuelvan a regañarte, evita cuanto te sea posible que te lastimen Megan, al menos hasta que estés lista para tomar una decisión y alejarte de ellos.

Megan bebió en silencio apenas un par de sorbos y dejó el vaso sobre el escritorio.

—Es hora que me vaya entonces, gracias por escucharme Samuel... sabes que esto es sólo entre los dos ¿verdad?

—Absolutamente, puedes estar tranquila, sé guardar secretos —le dijo muy serio, viendo como ella le tendía el pañuelo de regreso—. Quédatelo.

Ella le sonrió y metió el suave pedazo de tela en su bolso.

—Megan —habló Samuel de nuevo—, anota mi número, y por favor llámame en cuento llegues a tu casa.

Ella sacó rápidamente su móvil, con los ojos aun completamente abiertos de asombro y emoción. Atenta, tecleó cada una de los números que Samuel le dictó.

—Usa mi número con moderación Megan, me molesta que me llamen por cualquier tontería, te estoy dando mi amistad, así que espero que sepas identificar y respetar mis límites —sentenció Samuel con una significativa mirada.

—Entendido y anotado —respondió Megan sin poder ocultar su emoción.

Unos minutos después ella se había despedido y marchado. Samuel, con la espalda rígida y el gesto austero, contemplaba como Nueva York se movía frenética a sus pies. La enorme ventana tras su escritorio muy seguido le daba una sensación de inmensidad y control, pero otros días, como justamente le estaba ocurriendo en ese instante, se sentía minúsculo, impotente y frustrado. Hacía mucho tiempo que no se sentía tan solo y abrumado por sus planes, algunas veces nada parecía tener sentido, pero él debía recordarse que tenía un propósito real y las razones suficientes, Megan había sido un recordatorio indiscutible de ello.

****

Eran las siete de la noche y Rachell caminaba de un lado a otro en su vestidor, aún indecisa entre si ir o no ir, ese maldito conflicto entre su corazón y su razón, no terminaban por ponerse de acuerdo.

—No… no iré, está decidido —dijo dejándose caer sentada en el diván recto de cuero negro con patas cromadas—. No puedo hacerlo, dije que sólo sería una vez, nada más, y sé que si voy a esa cena terminaré follando con Samuel y no es lo que quiero… Bueno, sí es lo que quiero, de hecho, he elegido lo mejor de mi lencería —reflexionó al contemplar el sujetador negro con encaje verde esmeralda—. Pero no debo, no debo hacerlo, porque me está convirtiendo en una estúpida, me está sacando de mis casillas y no puedo permitirlo. Sé que si me enamoro ni siquiera tendré la voluntad para suicidarme, porque dependeré completamente de él y ya me arriesgué con Richard, lo hice, me arrepentí y nunca en los casi dos años que estuvimos juntos sentí lo que me hizo sentir este desgraciado en una madrugada… fue… fue… ¡Increíble! No gano nada con negármelo. —La razón le daba su buena dosis de sensatez—. Pero sólo será por esta noche… aprovecharé la oportunidad para decirle que no nos veremos más, que no quiero verlo más… sólo esta noche, después lo olvido, juro que lo olvido —prometió poniéndose de pie y buscando algo que ponerse—. No hay ninguna diferencia si lo hago hoy o mañana, es igual, entonces me arriesgaré. —su corazón también daba su toque de sentimiento.

Para cuando Samuel la llamó avisándole que estaba esperando abajo, ella vestía un traje de corte romano de color verde esmeralda que llegaba hasta sus rodillas. Debajo de su busto llevaba un cinturón fino de metal dorado, se hizo media cola, entrelazando los mechones y creando una malla que terminó en una trenza hermosamente elaborada, en los puntos de unión se puso broches dorados que resaltaban en medio de su negra cabellera. Se maquilló prudentemente y utilizó pocos accesorios.

—Espera cinco minutos, ya bajo —fue su respuesta mientras se ponía los zapatos, sintiéndose realmente nerviosa, así que antes de bajar se detuvo en la cocina y bebió un poco de vino para infundirse valor. Pero no obtuvo el resultado esperado, y sabía que aunque se tomase la botella completa seguiría sintiendo su corazón a punto de salir por su boca. En últimas, temía que pudiese tropezar con los tacones y hacer el ridículo del año.

Ahora si vomitaré —se dijo al ver la limosina frente al apartamento. La imagen de Samuel Garnett esperando por ella, recostado contra la puerta del coche, con las manos en los bolsillos del precioso traje cortado a medida y sus increíbles ojos relampagueando en su dirección, sencillamente la dejaron tiesa.

—Terminaré en la cama con él... estoy perdida.

Samuel se encaminó y acortó la distancia entre los dos, admirando lo verdaderamente hermosa que lucía Rachell, tanto que logró hacer que su boca se secara y sus manos temblaran, había visto mujeres elegantes, pero la morena, era mucho más, era indescriptiblemente hermosa.

—No sabía que era una cita —acotó con sarcasmo, antes de saludarlo, sabía que de esa manera se sentiría más segura, y se felicitó porque no tartamudeó.

—No es una cita, es una cena —aclaró él, con la cadencia deliciosa de su acento, le cogió la mano intentando hacerlo de manera casual, pero entre ellos ya nada podía ser casual, todo era deseado, despertando nervios y emociones como avalanchas que arrastraban todos los obstáculos que se cruzaban en medio de los dos—. Te ves preciosa —le dijo con un tono tan estéril que no parecía un cumplido, sino una simple observación, de repente él también parecía estar a la defensiva.

—Tú te ves... —comentó ella mirándolo de arriba abajo con fingido profesionalismo—. Te ves bien Garnett, muy a lo James Bond, pero claro, ese atuendo se vería mejor en Pierce Brosnan.

Samuel se rió mientras se pasaba la lengua de un diente canino al otro.

—Ese vestido seguramente luciría mejor sobre las curvas de Halle Berry —siguió con la broma que ella había empezado.

Rachell arqueó una ceja sardónica y se pasó los dedos por el borde superior del vestido, como era de esperar, los ojos de Samuel siguieron atentos el movimiento de su mano. Él se aclaró la garganta y le abrió la puerta de la limusina ayudándola a entrar.

El interior del coche era amplio y elegante, podrían viajar al menos doce personas cómodamente. Sin decir nada ni volver a mirarla, Samuel sacó de entre la hielera una botella metálica de Dom Pérignon edición Rosé, una elección muy a la altura de los gustos del fiscal.

Casi embelesada, contempló como desajustaba el contenedor de metal y sacaba la botella de vidrio negro completamente transpirada y helada, su boca se hizo agua. Él continuaba en su juiciosa labor, aún resistiéndose a mirarla.

El plop del tapón al salir los agitó a los dos, pero ambos se decidieron por ignorar el repentino sacudón de sus entrañas contraídas de anticipación. Unos instantes después, el burbujeante líquido rosado estaba servido en la copa que Samuel se apresuró a extenderle.

—No, gracias, estoy bien.

—No pienso emborracharte, si es lo que estás pensando —aclaró frunciendo el ceño con sorpresa—. Una copa no te va a hacer perder la cabeza.

—Jamás dije eso fiscal —acometió Rachell—. Antes de salir me tomé una generosa copa de vino tinto, no me gusta mezclar, te agradecería un vaso de agua.

—Que sea agua entonces —acordó Samuel vaciando una botellita de agua en un vaso estriado, y ofreciéndoselo de inmediato.

—Gracias —murmuró Rachell llevándose el vaso a los labios, de pronto demasiado nerviosa como para siquiera soportar la increíble fuerza de su mirada sobre ella.

Los dos guardaron silencio, Samuel se tomó el champán relamiéndose los labios, mirándola con insistencia, como si mentalmente elaborara una maniobra de ataque para arremeter contra ella, como si acaso la hubiera convertido en su presa.

¿Acaso no se da cuenta que intimida? —se preguntaba intentado regalarle una sonrisa, pero en realidad le salía una mueca tensa y bobalicona.

—El tuyo es mejor —dijo él tan seriamente que Rachell no supo de qué le estaba hablando.

—¿Qué? —preguntó tragando en seco, tratando de ocultar sus emociones.

—Tu cuerpo es mejor que el de Halle —respondió deslizando lentamente sus ojos sobre ella—. Tus curvas... son mucho, mucho mejores. La verdad lo de ella es gracias al Photoshop.

—¡Vaya! —Se burló Rachell—. ¿Buscas redimirte?

—No —respondió Samuel con rotundidad—. He comprobado no sólo con mis ojos, sino con mis manos, que no hay nada mejor que tu cuerpo.

Los labios de Rachell se entreabrieron con su respiración espesándose bajo los ojos entornados de Samuel que le calentaban la piel. Con labios trémulos le sonrió displicente.

—Vale, me estás convenciendo, es evidente que eres abogado, parece que juegas muy bien con las palabras ya es de oficio. No podrías fallar.

Al llegar al Ai Fiori, cálidos tonos beige y terracota los recibieron, el lugar era sofisticado y glamuroso, pero al mismo tiempo simple y fresco, instantáneamente se sintió cómoda. En cuanto cruzaron el atril del maître, el atento caballero saludó de mano a Samuel, hizo una leve reverencia hacia Rachell, y los guio personalmente hasta la mesa, aparentemente, la acostumbrada por el señor fiscal.

El lugar estaba tenuemente iluminado, dándole al ambiente en general un carácter íntimo y encantador. Se detuvieron frente a la mesa, y la mano de Samuel que reposaba en la espalda de Rachell, la abandonó abruptamente. Todo él pareció tensarse repentinamente.

—Braulio, por favor retira las velas —pidió Samuel en voz baja.

—Enseguida señor —respondió el maître, evidentemente azorado, como si hubiera olvidado un detalle obvio e importante. Apagó las velas y retiró los candelabros comunicándose visualmente con Samuel, claramente disculpándose.

Rachell frunció el ceño extrañada, pero antes que pudiera formular su pregunta, Samuel estaba guiándola con hipnotizante suavidad hasta su silla. Se encargó de ayudarla a sentar, se comportaba como un caballero del siglo XIX, y eso que le había dicho que ella era la anticuada.

El brillante juego de copas, casi todas vacías, a excepción del par que contenía agua, parpadeaba entre ellos como extendiendo el incómodo silencio.

—La verdad no sé de qué hablar —se animó Rachell una vez estuvieron solos. No quería hacer preguntas personales, tal vez porque a ella tampoco le gustaba que se metieran en su vida personal.

—Puedes preguntar lo que quieras, aunque no aseguro responder todo, y créeme, te haré saber cuándo sienta que has preguntado algo que me desagrada.

—En ese caso, hablamos el mismo idioma, fiscal —le dijo ella sintiéndose un poco más en confianza.

—¿Te gusta el lugar? —indagó él dándole un sorbo a su agua.

—Sí, es bastante agradable —respondió sonriendo, y recorrió con una sutil mirada el salón.

—Tu turno —le concedió él la palabra con un amable gesto de su mano.

—¿Por qué no te gustan las velas? —preguntó sin ocultar su desconcierto—. He notado que has cambiado tu actitud en cuanto las viste.

Samuel cogió el menú fijando su mirada en la carta, por primera vez ocultándole su alma a Rachell.

—No me gustan, no las creo necesarias, con la luz que tenemos es suficiente —contestó con aspereza.

—Qué poco romántico eres —le reprocho haciendo una mueca.

—Si el romanticismo depende de velas, entonces tienes razón, no soy romántico. Además, hoy en día, ¿quién coño es romántico?

—Creo que, si vas a buscarme en una limosina, eso es romántico.

—Es comodidad —enfatizó Samuel.

—Tal vez —concedió ella.

—Château Latour 1993. —los interrumpió el maître mientras un joven camarero exponía la larga botella de vino tinto—. Como lo solicitó, señor.

—Gracias —le dijo Samuel recibiéndoles la botella—. Ahora no tienes excusas. —Volvió a hablar cuando los hombres se hubieron marchado—. No habrá problema con las mezclas —Concluyó y vertió el líquido escarlata en la copa de Rachell, ella le sostuvo la mirada muy seria, quedándose muy quieta en su asiento.

—Salud —dijo Samuel levantando su copa.

—Salud —susurró Rachell sin tocar la suya.

Él levantó una ceja interrogante, y ella replicó con otra desafiante. En silencio, Samuel comprendió el mensaje, con él no podría siquiera decidir que maldito vino bebería, era indomable y le encantaba refregárselo en la cara.

—Y bien —siguió Samuel—. ¿Por qué decidiste venir a Nueva York? ¿Por qué dejaste Las Vegas?

Ahora era él quien la retaba, pero ella no quería ser la primera en esconderse, no quería ser la primera en mostrar justo las cartas que quería ocultar.

—Por la misma razón que tú dejaste Brasil —logró repeler la pregunta de manera eficiente, aunque su corazón latiese desbocado por la incomodidad.

—No creo que sea por la misma razón —aseguró él con un aire de ventaja.

—Claro que sí, lo hice por trabajo, ya que en Las Vegas no tendría los mismos resultados que aquí con mi marca, y para cambiar un poco mi vida… creo que es lo mismo que has hecho.

—Yo no estoy en Nueva York por mi carrera, mi firma hubiese dado resultados en cualquiera de los países cubiertos por mi licencia, esta ciudad tiene… —Se detuvo como buscando las palabras correctas—. Algo que es de mi interés especial.

Rachell volvió a beber de su copa, estaba provocándola, quería empujarla a preguntar para después él lanzar su propia pregunta. No caería en su juego.

~ 203 ~

Se mantuvieron en silencio hasta que el camarero los abordó, sin hacer contacto visual hicieron el pedido, al quedarse nuevamente solos, Samuel volvió al ataque.

—¿Qué es lo que querías dejar atrás?

—¿Qué te trajo a los Estados Unidos? —contraatacó Rachell

—¿Más vino? —ofreció Samuel a modo de contestación, dejando claro que aquella pregunta se quedaría sin respuesta.

—Por favor —agradeció Rachell—. ¿Estudiaste leyes en Brasil? —preguntó queriendo aligerar el ambiente que repentinamente se había hecho incómodo.

—No —contestó él llenando su propia copa—. Obtuve un grado especial en Derecho Internacional en Alemania, en la Universidad de Friedrich-Wilhelms.

—¡Vaya! Entonces hablas alemán también —señaló ella entre sonriente y sorprendida, dejándose atrapar por el magnetismo que Samuel creaba con su mirada—. Ahora comprendo el porqué de la extraña conversación que tenías el día que tan amablemente te surtí con el lubricante. —Samuel sonrió negando con la cabeza, como si aún no consiguiera salir de su asombro.

—Selbstverständlich —respondió con una pronunciación perfecta. Rachell puso los ojos en blanco, frunciendo los labios en un gesto acusador, culpándolo por su sensualmente absurdo talento con los idiomas—. Por supuesto. —tradujo lo que había acabado de decir—. ¿Y tú a qué te dedicabas antes de venir a Nueva York? —lo intentó Samuel de nuevo.

—¿Y a ti qué te importa? —respondió Rachell juguetona.

—¿Y qué si me importa? —la retó él inclinándose en la mesa y acercándose a ella, rebuscando incansable en sus preciosos ojos violeta—. ¿Tienes hermanos o hermanas?

—No… Hasta donde sé —Su mirada se ancló en el vino a través de la copa.

—¿Cómo que no sabes? —inquirió él sonriente, esa sonrisa sátira de medio lado que empezaba a enloquecerla.

—No lo sé, y esa será mi respuesta… nada más —Se llevó la copa de vino a los labios y le dio otro sorbo—. ¿Qué hay de tu familia, Garnett?

Él volvió a recostarse en su asiento y la recompensó con una sonrisa, demasiado encantadora para ser real.

—Ian y Thor son como mis hermanos, vivo con ellos desde que tengo ocho años, lo que convierte a Reinhard en mi padre.

—¿Y tus padres? —preguntó mirándolo a los ojos, él se alzó de hombros de manera despreocupada.

—¿Y los tuyos? —ella lo imitó, y ambos sonrieron agradeciendo la llegada del camarero con sus entrantes.

Los platos se sucedieron unos a otros, y bocado tras bocado, mientras seguían conversando y se dedicaban miradas ardientes y seductoras, y sus bocas confesaban que querían sólo conocer un poco más el uno del otro.

—¿Hace cuánto tiempo vives en Nueva York? —indagó Rachell.

—Tres años, lo mismo que tú —le dijo él con simpleza.

—Eso que haces definitivamente debe ser un delito en algún lado —lo acusó recordando toda la información que había conseguido acerca de ella con un simple correo electrónico.

—¿Cómo es qué no te había visto antes? —divagó Samuel con sinceridad.

—Tal vez porque vivimos en una de las ciudades más pobladas del mundo —puntualizó Rachell—. Además, puede que sí nos hayamos visto, tal vez necesitábamos que casi me atropellaras para que nos recordáramos.

—No —dijo Samuel—. De haberte visto antes te recordaría, créeme, jamás olvido un rostro, jamás… cuando veo un rostro no lo olvido nunca, aunque pasen muchos años. —Después sonrió relajándose—. Mucho menos hubiera olvidado el tuyo.

—Es un don que tienes, no cualquiera puede tener esa capacidad.

—No creo que sea un don, sólo es buena memoria… ¿Sabes? Cuando quiero preguntar algo lo hago sin rodeos. —La miró fijamente y ella sólo asintió invitándolo a continuar—. El hombre que siempre está contigo, que no es tu guardaespaldas, pero te protege. ¿Cuánto tiempo lleva enamorado de ti? —inquirió a quemarropa.

—¿Oscar? —replicó ella frunciendo el ceño. Un segundo después, no pudo evitar reír ante la conclusión de Samuel—. Él no está enamorado de mí.

—¿Cómo lo sabes? —indagó divertido—. Te mira con devoción.

—Ahí tienes la razón —le dijo ella cogiendo la copa y señalándolo con el dedo índice, ante el movimiento el vino se agitó creando olas dentro del envase de cristal—. No sólo me mira con devoción, nos queremos con devoción. —Los labios de Samuel se abrieron con una combinación de asombro y aprehensión—. Oscar, Sophia y yo, somos una familia, nos queremos y nos cuidamos con profundo fervor. Oscar me quiere como a una hija, de cierta manera lo soy, me ha protegido durante mucho tiempo, cuando lo conocí… que no te diré cómo… pero cuando lo vi por primera vez, estaba muy mal, casi vencido… había perdido a su esposa e hija, quien tenía mi misma edad, en un accidente, un maldito borracho se las llevó por delante.

Samuel guardó silencio y finalmente apartó su plato.

—Además —prosiguió Rachell—, sólo para que sepas, sé perfectamente cuando un hombre está interesado o enamorado de mí, sé estudiar muy bien las reacciones masculinas —aseguró llevándose la copa a los labios y mirándolo fijamente por encima del borde de la copa.

—Entonces eres buena con el lenguaje corporal, veamos qué tan buena eres… —hablaba cuando ella intervino.

—No he dicho que sea buena con el lenguaje corporal, sólo que puedo percibir los sentimientos de un hombre, en realidad vosotros sois demasiado evidentes. Es simple sentido común

—¿Entonces… yo estoy enamorado de ti? —inquirió riendo y cruzando los brazos sobre su pecho.

—No… todavía no —contestó Rachell con seguridad guiñándole un ojo.

—¿Todavía no? ¿Insinúas que me enamoraré de ti? ¿No habíamos quedado en ser amigos? —se defendió Samuel entornando los ojos.

—¿Y quién te ha dicho lo contrario? —lo azuzó ella—. Que te enamores de mí no cambia en nada mi posición, te he ofrecido únicamente mi amistad, eso no ha cambiado —le recordó extendiéndole la mano como quien ofrece un apretón para sellar un trato.

—¿No has pensado que las cosas podrían suceder al revés? —La pinchó Samuel con sus dorados ojos refulgiendo sobre ella, después cogió su mano volviendo la palma hacia arriba, recorriéndola con la suave caricia de su dedo pulgar.

—Eso es imposible —dijo ella con supremacía, tragando en seco, mientras, apenas perceptiblemente presionaba instintivamente sus muslos, intentando ocultar que la estaba enloqueciendo con la caricia en la palma de su mano. Lentamente, empezó a retirarla con cuidado.

—Me gusta desear imposibles —susurró Samuel soltándole la mano y fijando la mirada en Rachell, queriendo descubrir un poco más de ella. Pero sabía que no obtendría respuesta, por lo que prefirió evitarse el interrogatorio, ya que estaba seguro que la había descontrolado y de cierta manera él también se encontraba en una bruma de placer algo incierta—. ¿Nos vamos? —la invitó acariciándola con su voz.

Rachell asintió en silencio, mientras se recriminaba por no encontrar argumentos para salir airosa de esa conversación, en la cual la cazadora terminó cazada y acorralada, debía parar aquello, debía hacerlo, así que utilizaría su freno de emergencia.

Mientras caminaban a la salida, donde ya los esperaba la limosina, encontró el valor para hablar y hacerle saber la única solución que había buscado, mucho antes de caer en ese juego de preguntas y respuestas. Al entrar en el coche, giró el cuerpo en su dirección.

—Samuel… yo creo que… —empezó a buscar la manera de decirle que la había pasado muy bien con él, pero que no podría verlo más, que lo mejor sería inclusive evitar ser amigos. Entonces él la interrumpió con su profundo y exótico acento.

—Yo también lo creo —le dijo Samuel justo antes de abalanzarse sobre ella y atacarla con un beso feroz y desesperado—. He estado esperando hacer esto toda la maldita noche —balbuceó entre besos al tiempo que con sus manos la apretaba contra su cuerpo, reclinándolos a los dos sobre el acolchado asiento—. Ya era hora de seguir forjando nuestros lazos de amistad.

Llevó su mano derecha a la nuca Rachell, mientras se apoderaba enteramente de su boca, sería una mentirosa si digiera que no le estaba correspondiendo famélicamente, mientras la mano izquierda de Samuel se apoderaba de su cadera, para adherirla a su cuerpo.

Cuando ambos cuerpos se juntaron, fueron sorprendidos por una descarga de nervios, logrando arrancarles a ambos jadeos ahogados a través de los besos, en segundos las respiraciones se vieron forzadas y los corazones desbocados.

—Los amigos no se besan, no de esta manera —balbuceó ella sofocada, mientras él recorría con lengua y dientes su mandíbula.

—Somos amigos especiales, mejor que cualquier cosa.

Con movimientos casi imperceptibles como la brisa, metió su mano bajo el vestido hasta alcanzar las bragas y deslizarlas despacio por sus piernas, justo en ese momento Rachell fue consciente hasta donde habían llegado las manos del astuto fiscal, jamás estaría segura en qué momento se había metido bajo su falda.

Los pitidos y murmullos de los coches afuera le recordaron que estaban en medio de Manhattan, metidos en una limosina, expuestos al mundo sin que nadie lo supiera. La posibilidad de tener sexo en esas condiciones casi le provocó un orgasmo tan sólo al considerarlo, pero tal vez, sólo tal vez, eso era ir demasiado lejos.

—Espera Samuel, aquí no —hablaba reteniendo la pequeña prenda de lencería que ya llevaba por las rodillas.

—Aquí sí… sólo relájate, el resto del puto mundo no importa —gruñó Samuel deslizándose por sus piernas hasta situarse entre sus rodillas, con aquellos felinos movimientos que ya empezaban a resultarle tan familiares.

—¿Qué piensas hacer? —Balbuceó Rachell.

—Estás en deuda conmigo —le indicó Samuel—. Acordamos que hoy podría cobrármelo. —Sin dejar de mirarla a los ojos, pasó las bragas por sus tobillos hasta quitárselas por completo.

Oh sí, ella sabía a qué se refería, no recordaba ningún estúpido acuerdo, pero si sus intenciones, las actuales y las anteriores, y eso le llenaba el pecho de calor y deseo, mientras enloquecidas corrientes eléctricas se dispersaban por su cuerpo, suplicándole curiosas que le dejaran conocer ese contacto que él le había pedido y el placer que seguramente vendría con ello. Sin poder evitar engancharse en su mirada de fuego, ese dulce fuego que la consumía, simplemente dejó que su cuerpo se relajara.

En un movimiento inconsciente, abrió las piernas como alas dispuestas al vuelo, ofreciéndole lo que él quería reclamar y que ella deseaba entregarle, así que no se negó el placer de saber qué tan bueno podría ser Samuel con su boca, y qué tanto podía alcanzar con su lengua.

Samuel le dedicó una mirada ardiente que poco a poco se convirtió en lasciva, al saberla dispuesta y receptiva, por lo que empezó a recorrerle las piernas con los labios, sintiendo cómo ella suspiraba entrecortadamente.

Le subió el vestido hasta los muslos y prosiguió con su caricia, saboreando con su lengua las torneadas piernas, esa piel delicada y caliente, mientras su joya lo incitaba, lo invitaba a saborear cada vez más, presintiendo que esa flor era una trampa letal y que de cierta manera lo capturaría, estaba sumamente cerca y la olía profundamente.

Por primera vez dejó de mirarla a los ojos. El frío envolviendo la piel entre sus piernas la estremeció, pero nada fue tan abrumador como la poderosa sensación de los ojos de Samuel sobre su sexo.

Él pareció perderse en ella, en su olor, un olor atrayente y excitante. Inhalaba sólo para memorizarlo, para poder reconocerlo en la noche más oscura y a kilómetros de distancia. Almizcle y sal, eran como los olores del mar, tan primordiales para él que el sólo hecho de percibirlos lograba erizarle el cuerpo entero, agitando su ser de una manera jamás conocida, logrando que la boca se le hiciera agua.

A Rachell, el mundo empezó a darle vueltas, la vergüenza y el pudor ya no tuvieron sentido, y una repentina necesidad por sentir su boca besándola donde nadie antes la había besado se apoderó de todo su ser. Rachell sentía el deseo correr desbocado por todo su cuerpo. Acariciaba la espalda y los hombros del brasileño, mientras él llegaba con su boca, cerca, peligrosamente cerca de su fuente de deseo, donde sentía triplicada las ganas, la pasión, el calor. Nueva York dejó de girar afuera, el tiempo se detuvo y el posible chofer voyerista desapareció completamente.

Él le abrió un poco más las piernas mientras compartían miradas cómplices, las palmas de las manos de Samuel incendiaban sus muslos, haciéndola temblar, como sólo él sabía hacerlo, mientras sus labios se acercaban a esa zona que ella tanto deseaba compartirle, al parecer la conocía muy bien.

Sucesivos besos fluyeron sobre sus pliegues, con tanta delicadeza y paciencia que se sintió exquisitamente adorada, se sintió más mujer que nunca. Pronto su dedo pulgar e índice también acompañaron los audaces labios, abriéndola aún más, y el pudor estuvo de vuelta, todo era insoportablemente íntimo, pero a la vez irresistiblemente placentero. Quiso detenerlo, sus inseguridades parecieron atacarla, abrió los ojos y armó en su mente la palabra *detente*, justo en el momento en que cualquier pensamiento simplemente se derritió y desapareció en la nada.

Él se instaló con su lengua en su parte más vulnerable, los labios tibios y palpitantes, dispuesto a beber sus zumos, lamiendo la miel salada que ella le ofrecía, mientras su lengua ardía y vibraba lasciva entre ambrosía y saliva.

Volviéndole el mundo de revés, sintiendo el fuego de ella en oleadas quien sólo enredaba las manos en sus cabellos, mientras él seguía haciéndola delirar con el tornado que era su lengua, incendiándola.

Sin advertencias, la lengua de Samuel había acariciado aquellas tiernas carnes en lo profundo de sus piernas, aquel pequeño pedacito inexplorado de su cuerpo, ascendiendo tan sólo un par de centímetros que parecieron justo la escalera al cielo. Después, todo fue caos y desenfreno, su lengua la atacó despiadada en movimientos impronunciables, rápidos aleteos que la golpeaban sin descanso en el lugar perfecto, en el momento perfecto, provocando que sus caderas se contrajeran y danzaran acompasadas por su lengua, era como si todas sus fuerzas se hubieran ido y se concentraran en medio de sus piernas, como si el mundo entero hubiera ido a parar al lugar que Samuel sacudía con su lengua.

Tras sus ojos todo empezó a llenarse de luz, su corazón parecía gritarle que no cabía en su pecho, y se quedó sin aire en el momento mismo en que un largo gemido se abrió paso entre los jadeos y la bruma caliente que los envolvía. El orgasmo más increíble de toda su vida se formaba justo desde la punta de la lengua de Samuel hasta el centro mismo de su ser.

Despacio, muy despacio, sus parpados volvieron a abrirse, perezosos y cansados. Lo primero que vio fue la sonrisa demasiado satisfecha de Samuel, sus ojos brillaban con algo que parecía orgullo y la malicia de secretas intenciones. Él ascendió poco a poco hasta estar frente a ella, mirándola a los ojos, con el rostro oscurecido de deseo, con los parpados entornados buscó sus labios y la besó, envolviéndolos a los dos con el irrepetible sabor de su propio placer aún impregnado en su boca.

—Sólo es un adelanto de los que nos espera —susurró dejando su tibio aliento sobre los labios de Rachell—. Aún falta el resto de la película... eres muy dulce. No tanto como para empalagar, más bien para crear adicción, para pasar noches enteras entre tus pliegues.

Ella ni siquiera podía hablar, los latidos de su corazón no se lo permitían, el temblor en todo su cuerpo la dominaba y él la tenía atrapada en su mirada, mientras que con sus palabras la mantenía en un alto estado de excitación, no le dejaba bajar la temperatura.

—Hemos llegado —le hizo saber succionándole los labios al tiempo que el coche se detenía—. No vas a necesitar esto por el resto de la noche —señaló las bragas negras entre sus manos.

Al bajarse, Rachell se encontró frente al edificio de Samuel, no la había llevado a su apartamento y la sorpresa se dibujó demasiado obvia en su rostro. Reacomodándose la deshecha trenza miró hacia el cielo, intentando disimular su asombro y el narcotizante desconcierto del que se es víctima después de vivir un orgasmo de tal magnitud.

Dios, ten piedad, no quiero morir de placer… no todavía.

Él la cogió de la mano y la guio al interior del edificio y con un simple movimiento de cabeza saludó al conserje, conservando aquel pétreo gesto de señor fiscal. Pero para el momento en que las puertas del ascensor se hubieron cerrado, los dos perdieron la cordura, la consciencia y la ropa, y una densa nube de goce los absorbió hasta el amanecer.

CAPÍTULO 17

Las persianas metálicas al abrirse dejaban colar generosamente la luz del día a través del amplio ventanal. Como siempre, el sonido mecánico que producían al desplazarse, hacía las veces del despertador. Poco a poco sus parpados perezosos se abrieron con negligencia, y una vez las imágenes se enfocaron en sus estimuladas pupilas, la visión de Rachell desnuda en su cama dibujó una sonrisa instantánea en su rostro, definitivamente era algo digno de ver a primera hora de la mañana.

La nívea piel de Rachell lucía tan tersa que era como si lo invitara a acariciarla, pero tocarla significaría arriesgarse a despertarla, y de momento estaba disfrutando muchísimo con verla por primera vez tan apacible e inofensiva. Los restos de maquillaje se aferraban aún a sus pestañas, injustas imperfecciones en la placidez de su rostro. Tenía los labios enrojecidos e hinchados, un profundo suspiro de satisfacción le infló el pecho al deducir que habían sido sus besos los responsables, y si era posible, la hacían ver más hermosa con sus brazos sobre el vientre y el pecho desnudo descubierto.

Moviendo su índice muy despacio, lo ancló en la sabana que caía sobre Rachell y haló con suavidad hasta descubrir su pubis y sus caderas. Deslizó famélico sus ojos sobre la piel entre sus piernas y después sobre el hueso de su pelvis, justo allí se detuvo sonriendo ladino, ahí estaba el tatuaje, lo había olvidado por completo. Se acercó a ella con cuidado de no despertarla, y examinó despacio la considerable mancha de tinta que le ocupaba casi por completo el costado, desde el inicio de la cadera hasta el nacimiento del muslo.

Era un trabajo artístico impecable, inclusive Ian daría su visto bueno. Se detuvo arrugando los labios, no había un puto chance que Ian viera ese tatuaje. Sacudiendo la cabeza apartó la inútil divagación y continuó contemplando el tatuaje.

Una mujer con alas de mariposa, o una mariposa con cuerpo de mujer, dependía de la perspectiva, con las piernas abiertas, cada una formando un sensual arco a lado y lado de su cuerpo, con los largos cabellos oscuros cubriendo sus pechos, y con las manos enlazadas, apoyadas en una superficie invisible, cubría la flor ardiente entre sus muslos.

El rostro estaba dibujado con impresionante detalle, la mujer llevaba un antifaz, de algún material bordado o alguna clase de encaje, aun así, tuvo la impresión que aquella mariposa era ella, no podía estar completamente seguro, pero los trazos del rostro sugerían las mismas preciosas líneas de Rachell.

No pudo evitar preguntarse hacía cuánto se había hecho el tatuaje, qué significaba, cómo habría sido ella en aquel entonces, cómo habría sido su vida. Se descubrió anhelando absurdamente haber sido parte de su pasado, conocerla por completo, hacerla parte de su vida.

Ella era como una mariposa, delicada, hermosa, hipnótica y llamativa, impredeciblemente fuerte y enigmática. Sin querer dar cara a los gritos desesperados de su pecho, apenas si escuchó la advertencia de una obsesión, una voz insistente que le decía que él había caído en su hechizo.

Se decidió a ignorarlo, y simplemente continuó sumergido en el placer de apreciarla, ya no desde la contemplación admirativa, sino desde el deseo primario e irracional. Allí, acostada en su cama, llenando las sábanas con su olor, se le antojaba perfecta, una tentación irresistible.

Quería despertarla, perderse una vez más en su cuerpo, aunque en su actual estado seguramente habría acabado antes de veinte minutos, pero lo haría, se estaba muriendo de ganas por volver a enterrarse en su interior. No le importaría llegar tarde a la oficina, llevaba una maldita vida entera de puntualidad, estaba seguro que se merecía un buen paquete de indulgencias.

Sediento, estiró sus dedos hasta alcanzar el tatuaje y delineó las alas con el índice, ansioso, posó sus labios sobre su cadera y empezó a ascender sobre su vientre, rozándola con los labios abiertos, entre besos ardientes y húmedos. Rachell se removió caprichosa, sintiendo como su cuerpo se despertaba y calentaba guiado por los estimulantes besos de Samuel.

Tres golpes secos en la puerta detuvieron la lluvia de besos. Samuel maldijo entre dientes, le dedicó una rápida mirada a Rachell que lucía aun profundamente dormida. Sabía que era Thor quien llamaba a su puerta, y no se anunciaría una vez más antes de entrar sin ser invitado. Sorprendentemente irritado, se apresuró a cubrirla con la sábana, sintiendo la repentina y demandante necesidad de preservar su desnudez sólo para él.

Salió de la cama y se envolvió una de las colchas de seda negra sobre las caderas, se pasó las manos por el pelo y torció el gesto al saber que Thor no lo esperaría con un amable: *buenos días* en la puerta. Seguramente ya habría deducido que había una mujer en su cuarto, y estaría hecho una furia. Desde niños lo habían compartido todo, juguetes, ropa, coches, y desde la adolescencia, las mujeres, dentro y fuera de la cama.

Antes que alcanzara la puerta, Thor la abrió y dio un paso dentro con el ceño fruncido.

—Buen día Hansel, se hace tarde. ¿No tienes que estar en la fiscalía a las nueve? —lo saludó arqueando maliciosamente una ceja, inclinándose al tratar de esquivar el cuerpo de Samuel, espiando a la mujer bajo las sábanas.

Samuel se rascó el cuello confundido.

—¿Hansel?

Thor volvió su mirada al frente y le sonrió con ironía escondiendo el enfado.

—Digo, por las migajas que has dejado a lo largo del apartamento, y no precisamente de pan… —Elevó su mano derecha y balanceó sobre sus dedos el sostén negro de llamativo encaje verde esmeralda—. Buena talla, al parecer tiene buenas tetas.

El rostro de Samuel se tensó de inmediato, pero no dijo una palabra. Por su parte, Thor frente a él elevaba sus cejas significativamente, exigiendo una explicación inmediata. Rachell en la cama se despertó por completo con el ruido de las voces, y al ver cerca del marco de la puerta al imponente rubio en traje gris, se hundió entre las sábanas, por completo incómoda e intimidada.

Thor, siendo más alto que Samuel, de reojo vio como la mujer se removía despacio en la cama, y esquivando de nuevo a su primo, agitó una mano y le dedicó una brillante y seductora sonrisa a la maraña de cabello y enormes ojos violeta entre las sábanas.

De inmediato, sintió como Samuel tiraba de su brazo y lo arrastraba fuera de la habitación, los dos se miraron con seriedad, y antes que ninguno pudiera hablar, Samuel estiró su mano y cerró la puerta de la habitación.

—¿Qué coño se supone que pasa, Samuel? —preguntó Thor de inmediato en un malhumorado susurro.

—¿Es ésta a la que no quieres compartir? ¿Con la qué pasaste la otra noche?

Samuel se mantuvo en silencio con el gesto inflexible.

—¡Es la decoradora, Samuel! ¡Yo la vi primero! ¡Cabrón, yo la contraté! ¿Y tú te la follas? —siseó Thor entre dientes—. Pues no, así no jugamos, no me harás pasar por gilipollas trayéndote las presas a casa ¡Sal a buscar las tuyas!

Samuel respiró hondo antes de hablar.

—De hecho, yo la conocí antes que tú, antes incluso de que la contrataras. —Una burlona y satisfactoria sonrisa se formó en sus labios—. Ya deja el papel de diva indignada, no te va.

Thor abrió mucho los ojos, con aun más indignación.

—¿Recuerdas la mujer que me estaba dando problemas con el teléfono?

Thor frunció los labios, inclinando la cabeza en un gesto pensativo.

—¿La qué te bloqueó el número?

—Sí —respondió Samuel chasqueando la lengua.
—Me agrada.
—En fin —continuó Samuel—. Pues es la decoradora, así que si todo tu drama es porque tú la trajiste a casa, pues tranquilízate y deja de joderme de una buena vez, te compensaré. Hoy mismo salgo temprano y te busco una, para que veas cuánto te quiero primito.
—Es lo mínimo que puedes hacer… y que sea pelirroja —exigió Thor—. Pelirroja natural.
—Está bien, pelirroja será, ahora vete a trabajar.
—Y me la follaré yo solo, y la encerraré en mi cuarto, y seremos ruidosos, y te joderemos la puta noche.
Samuel se rio divertido.
—Está bien, ahora lárgate que se te hace tarde, yo también debo irme a la fiscalía.
—Es cierto —acordó Thor mirando su reloj—. Llego tarde.
—Qué raro… —satirizó Samuel—. ¿Tú llegando tarde a trabajar?
—No seas imbécil —le dijo Thor empujándolo con el hombro y después dándole una patada en el trasero, un instante después, estaba fuera del alcance de Samuel corriendo hacia el ascensor—. ¡Que sea pelirroja! ¡Natural!
Las puertas de metal se abrieron, y Thor entró en el ascensor pateando fuera la corbata de Samuel.

Al regresar a la habitación, se encontró con Rachell de pie, llevaba la sabana anudada a las caderas y se había puesto el sujetador.
—Me voy —le dijo ella no más verlo entrar.
—Relájate —ronroneó Samuel—. No tienes que preocuparte por Thor —le dijo en tono seductor, atrayéndola por un brazo hasta pegarla a su cuerpo—. ¿Por qué no te das una ducha conmigo, desayunamos, y después yo te llevo a tu apartamento?
—Suena tentador —respondió Rachell con una sonrisa condescendiente—. Pero no puedo perder el tiempo, no te preocupes, tomaré un taxi, así todo será más rápido.
La máscara de frialdad empezó a tomar forma sobre el rostro de Samuel, y ella se puso muy seria, echando sus hombros hacia atrás y poniéndose a la defensiva de inmediato. Rachell sabía que esa mañana debería ser la última, que justo ese momento debía ser la despedida, desde el fondo de su alma no quería verlo más, porque con la mayor honestidad, era consciente que ahora necesitaba verlo y tenerlo cerca, y tenía razones de sobra para estar segura que aquello era demasiado peligroso.
—Seremos rápidos —insistió Samuel con algo de acritud en la voz—. Mientras nos duchamos, prometo no hacer nada para excitarte… mucho.

Las pupilas de Rachell se dilataron con la tentación, pero estaba decidida a no ceder, todos sus sueños podrían venirse abajo en un parpadeo.

—No, Samuel, he dicho que no —respondió con severidad, sintiéndose acorralada por sus palabras y su cautivadora voz. Después, sus ojos se deslizaron por las llamativas letras en su costado. *Elizabeth*, leyó una vez más, esa definitivamente era una señal para huir.

Él la estudió por unos cuantos segundos, aguzando la mirada y apretando la mandíbula, un instante después, la máscara fría e impenetrable había reemplazado el gesto seductor y juguetón con el que había entrado en la habitación.

—Voy por tu vestido —le dijo con un tono de voz dolorosamente impersonal.

De inmediato Samuel se alejó, y ella se sintió repentinamente vacía, triste inclusive, y se eso la irritó, odiaba que él le suscitara todas aquellas emociones, que la hiciera sentir necesitada y vulnerable, odiaba que la hiciera imaginar que de alguna forma lo había herido con sus palabras, odiaba querer disculparse por algo que no debería tener importancia, pero sobre todo, odiaba el desespero creciente en su pecho que le exigía tocarlo y decirle que olvidara lo que acababa de decirle y que después de todo tomaran juntos la maldita ducha.

—Toma —le habló Samuel deteniéndose a un par de pasos de ella y lanzándole el vestido.

Rachell rechinó los dientes al apretar el vestido contra su cuerpo, enfadada con su rudeza y falta de cortesía. Para cualquiera aquello habría sido un gesto informal, una pequeña frugalidad, seguramente no se enojaría si Sophia le lanzara un vestido, pero ella sabía que en aquel momento el vestido estrellándose sobre su pecho había sido una abierta agresión, una manera de devolverle el rechazo, y con eso por supuesto, había conseguido enojarla, ahora ella quería devolverle el maldito golpe.

Se dio la vuelta y subiendo las manos acomodó su cabello en un moño de bailarina, sosteniéndolo con mechones individuales que giró sobre su coronilla. Respiró hondo, y no pudo ignorar lo exquisita que era la habitación, durante la noche el desenfreno de besos y caricias no le habían permitido centrar su atención más que en Samuel y en el placer que le daba, pero ahora, a plena luz del día, la amplia habitación le resultaba preciosa.

La habitación tenía una vista de ciento ochenta grados de la ciudad, y dos balcones, cada uno en extremos opuestos. En uno de ellos había una amplia tina redonda de color blanco, en las noches la combinación de la alucinante vista y el hidromasaje debería ser realmente de otro mundo. No habían muchos muebles, apenas lo necesario, todo lo que había era blanco, el único toque de color venía de los extensos ventanales de suelo a techo que daban la sensación que la habitación se extendía hacia los rascacielos y al Central Park.

La mente de Rachell se detuvo abruptamente, preguntándose si acaso los malditos cristales habían estado descubiertos todo el tiempo, había llegado desnuda a la habitación, había estado teniendo sexo durante toda la noche, y parecía que lo había hecho con Manhattan como público. En ese momento sus entrañas se removieron, su vientre se contrajo, y por una razón desconocida se excitó ante aquella exasperante suposición. Se enfureció de nuevo, ignorando el latido entre sus piernas, decidida a arremeter contra Samuel.

—Logan te llevará —habló Samuel interrumpiendo sus pensamientos.

—No es necesario —respondió ella cortante—. Ya te dije que tomaré un taxi.

Samuel se detuvo frente a ella, con los ojos refulgentes y aquel aire autoritario tan usual en él, lucía atemorizante y sensual, una muy mala combinación.

—Logan te llevará —le ordenó sin molestarse en ocultar el tono dictatorial en su voz.

Rachell dio un paso frente a él con una sonrisa sarcástica.

—No me des ordenes Garnett, odio que me digan qué hacer, y para tu información, detesto aún más que lo haga un hombre, así que tu irrelevante tonito de mando, en adelante te lo reservas para las imbéciles con las que sueles relacionarte.

La única respuesta de Samuel fue cruzar los brazos sobre su delicioso torso desnudo. El hombre estaba irresistiblemente bueno, y eso no hizo sino enojarla más, así que dio otro paso hasta casi pegarse a él.

—¿Te hace sentir muy macho que tus vecinos vean cómo te follas a las mujeres en tu habitación? —gruñó Rachell enfurecida.

Samuel la observó confundido.

—No sé de qué demonios hablas.

—¿Te vas a hacer el loco entonces? —arremetió Rachell—. ¡Anoche tú y yo follamos con las luces encendidas! ¡Eres un patético exhibicionista!

Samuel mantuvo los brazos cruzados, y le dedicó una mirada que aumentó su frustración, una de esas miradas indulgentes que la hacían sentir ridícula y fuera de lugar.

—En primer lugar —dijo Samuel bajando los brazos y de alguna manera resaltando su intimidante estatura—, las persianas se abren y se cierran automáticamente con la luz del sol, de manera que anoche cuando llegamos estaban cerradas.

Rachell apretó un labio contra otro y apartó la mirada frunciendo el ceño.

—Escúchame Rachell —siguió Samuel—. No voy a exponerte, no sin tu permiso, y no lo haría aquí.

—¿No sin mi permiso? —Volvió Rachell al ataque—. Así que sí eres un depravado exhibicionista después de todo.

—Deja de poner etiquetas a cosas tan simples —le dijo Samuel restándole importancia a sus palabras—. Jamás paso por encima de la voluntad de la mujer con la que me encuentre, así que mientras sea de mutuo acuerdo, cuando estoy follando, hago lo que se me antoja, y créeme nunca he escuchado objeciones de ningún tipo… No sé a qué te refieres con que sea un exhibicionista… voy a playas nudistas, para mí eso es normal, media Europa lo hace… ¿quieres decir que media Europa está enferma…? Me gusta andar desnudo por mi casa, es normal, no todos los días esperó que alguien llegue sin que se me consulte primero, y si a esa vamos tú duermes desnuda, eso no te hace enferma ¿O sí…? ¿En qué siglo vives Rachell?

—En el mismo que tú —se defendió—.Pero tú pareces estar demasiado deseoso de ser observado, anoche no te importó que estuviéramos en la limusina recorriendo las calles de Nueva York.

—¿Y por qué tendría que importarme? ¿A ti acaso te importó? —Se crispó Samuel perdiendo la paciencia.

Rachell boqueó sin lograr decir nada, porque en realidad, por supuesto que no le había importado, de hecho, le había encantado, había disfrutado la engañosa posibilidad de ser vista, pero desde la protección de Samuel, la garantía de que en realidad nadie irrumpiría y la vería desnuda con los ojos cerrados al placer. Si era lo suficientemente honesta, le diría que le fascinaba la sensación de riesgo, la insipiencia de otros a su alrededor ajenos a su goce, pero a la vez con el poder de verla, aunque no fueran conscientes de ello. Pero ella no sería honesta al respecto, jamás.

Se sintió tonta, inmadura por su absurdo reclamo, estaba enfadada por razones distintas que no se atrevería a confesarle a nadie, y la pequeña pataleta como estrategia de distracción no habían funcionado. Claro que no, estaba lidiando con Samuel Garnett, un maldito fiscal demasiado listo para su propio beneficio, y el hombre la había leído como un maldito libro abierto. Pero eso no quería decir que se retractaría, de ninguna manera lo haría, en cambio lo distraería de nuevo, porque ni siquiera él era inmune a sus encantos.

Arqueando una ceja se mordió los labios y lo miró directo a los ojos, seduciéndolo en silencio con su preciosa mirada violeta.

—No —respondió Rachell después de una larga pausa—. No me importó, pero nadie bajó las ventanillas de la limusina.

Samuel abrió la boca para refutarle su débil argumento, pero antes de lograr decir nada, Rachell había puesto los dedos sobre sus labios, silenciándolo y haciendo que todo bajo su ombligo se tensara y se llenara de sangre, después, sin advertencias, lo besó rápidamente en los labios, un beso suave e inocente, una completa contradicción con todo lo que acababa de ocurrir, un beso que lo dejó por completo perdido y sin palabras.

Sin darle oportunidad de recuperarse, Rachell caminó fuera de la habitación, bajó las escaleras a toda prisa y se detuvo en la sala, recogió sus zapatos y su bolso, y siguió su camino hasta el ascensor, en ese momento Samuel salió tras ella, pero de nuevo, era demasiado tarde, apenas vio las puertas cromadas cerrándose mientras ella se calzaba en el interior del ascensor.

Estaba completamente desconcertado, se pasó las manos por el rostro, confundido y exasperado, la mujer estaba loca, era un caos en dos piernas, en dos magníficas piernas, y terminaría por enloquecerlo a él también. Pero le encantaba, sus contradicciones, su desinhibida ingenuidad y su ímpetu salvaje lo tenían hechizado. Sonriendo se dio la vuelta, preguntándose quién diablos era Rachell Winstead, la loca casi adolescente que le robaba castos besos en los labios, o la mujer fatal que se había retorcido y gemido bajo su cuerpo la noche anterior.

Regresó a su habitación, y la vibración de su móvil sobre la mesita de noche lo hizo acelerar el paso.

—Dime Logan —le pidió Samuel atendiendo la llamada.

—Buen día, señor, le informo que llevo a la señorita Winstead a su apartamento.

—Gracias Logan, déjala dentro de su edificio.

—Entendido señor —asintió el guardaespaldas y Samuel finalizó la llamada.

Dos horas después, el papeleo lo había consumido en la fiscalía, pero entre su café y su comida, se aseguró de detenerse y hacer la llamada en la que había estado pensando por varios días.

—Buenos días Silvana —saludó a la mujer al otro lado de la línea.

****

Rachell le había prometido a Sophia que le contaría como le había ido en la cena, pero no lo hizo. Así que había tenido a su amiga revoloteando sobre ella el día entero, y había tenido que evadirla cada vez que ésta intentaba traer el tema a relucir. Sin embargo, cerca de las cuatro de la tarde no pudo esquivarla más, Sophia se instaló en su oficina, sentada en su diván acariciando su brillante cabellera roja y con una mirada le indicó que sería mejor que se sentara de una vez por todas a su lado.

—Desembucha —exigió Sophia.

—No hay nada que desembuchar.

—Rachell no seas mala —hizo Sophia un puchero—. Yo que soy casi tu hermana, tu amiga fiel ¿no te apiadas de mí? Se me va a reventar el hígado por querer saber este bendito chisme.

—¡Está bien! —exclamó Rachell dejándose caer acostada en el diván.

—¡Te amo! —gritó Sophia emocionada—. ¿Qué estás esperando para empezar? —apuró a Rachell que la miraba con los ojos muy abiertos.

—Pues para empezar, me pasó a recoger en una limusina, y no cualquier limusina esta era… ¡La limusina!

—¡¿Una limusina?! —gritó Sophia de nuevo.

—Me dijo que me veía bien, pero como quien no quiere la cosa, así que yo no le devolví el favor, ni loca que estuviera para alimentarle el ego.

Sophia puso los ojos en blanco.

—¿Y por qué no ibas a decírselo si el tipo está buenísimo? Por cierto, ¿ya le tomaste alguna foto desnudo?

—No… —siseó Rachell—. Pero tiene un culo y una espalda que no me dan tiempo de saciarme… En fin… Llegamos al restaurante, y como es usual en él, todo lo que hizo trayendo la bonita limosina, lo echó a perder cuando mandó a retirar las velas de nuestra mesa, haciendo énfasis en que no era una cena romántica lo que íbamos a tener.

—Idiota —bufó Sophia—. Pero continúa.

—Bueno, hablamos mucho sobre muy pocas cosas, el hombre como sabes, habla inglés… hace unos días habló español, y por supuesto habla portugués, y además habla alemán, porque estudió en Alemania.

—Y tú lo traes embelesado y sólo hablas inglés. —Le guiñó Sophia un ojo frunciendo la nariz—. Además, no es para tanto, Richard hablaba tres idiomas… ¡Sigue!

—No me dijo gran cosa, sólo que está aquí por intereses que no tienen que ver con su trabajo, de los cuales por supuesto no me habló, me dijo que vive con su tío desde que tiene ocho años, y no hizo ningún comentario acerca de sus padres. —Rachell frunció el ceño—. Después él me hizo unas cuantas preguntas.

—¿Sexuales? —se apresuró Sophia.

—No —respondió Rachell con un gesto reprobador—. Él no pregunta… ¡Actúa!

—¡Ay Dios! —gimió Sophia.

—Bueno, la cena terminó, y aunque no lo creas, estuvimos en el restaurante por casi tres horas, hablando tonterías, nada importante en realidad, y no me aburrí un solo minuto, la verdad es que el tiempo se me pasó sin darme cuenta.

—¡Wow! —murmuró Sophia—. Ese es un dato importante.

Rachell decidió ignorarla.

—Cuando decidimos regresar, en el instante en que la limusina se puso en marcha, quise decirle que el asunto había acabado, cortar con lo que fuera que estaba pasando entre nosotros, pero él no me lo permitió, ni siquiera pude pronunciar una miserable palabra, porque en un segundo estuvo sobre mí, besándome, y sin darme cuenta estaba besándome… —Se detuvo y señaló su zona sur.

—¡Madre santa! —Saltó Sophia—. ¡Te hizo sexo oral en la limusina!

—Baja la voz —le pidió Rachell haciendo un gesto con su mano.

—Está bien, está bien, pero entiende que eso suena realmente erótico. —Se rio Sophia con un gesto cómplice, guardando silencio para que Rachell continuara con la mejor parte de la historia.

Sin embargo, fueron interrumpidas por Oscar que llamaba a la puerta.

—Pasa Oscar —lo invitó Rachell riendo aún, mirándolo a través de la pared de cristal, y echándole un vistazo a su clientela en el primer piso.

—Te solicitan abajo.

—¿Es una cliente? —Quiso saber mientras se ponía de pie y alisaba su falda de tubo fucsia.

—Parece que no, me ha dicho que es tu profesora de italiano.

—¿Mi profesora de italiano? —replicó desconcertada.

—Eso me dijo —le dijo Oscar encogiéndose de hombros.

—Debe estar confundida, yo no tengo ninguna profesora de italiano.

—Pues no lo creo —siguió Oscar—. Me preguntó por la señorita Rachell Winstead.

Intrigada, Rachell salió de su oficina, bajó las escaleras que conducían a la boutique y caminó hasta donde se encontraba la mujer que Oscar le había señalado. Era una señora de edad mediana, rolliza y de gesto alegre, se encontraba dando vueltas alrededor de los maniquíes del mostrador principal.

—Buenas tardes, ¿en qué puedo ayudarle? —la abordó Rachell con una sonrisa, tendiéndole la mano al verla.

—Buenas tardes —respondió la mujer—. ¿Es usted la señorita Rachell Winstead?

—Así es. —Apretó la mano de la gentil señora—. Mucho gusto.

—Encantada, Silvana Rossellini, el señor Garnett me ha enviado para organizar la agenda de nuestras clases.

—¿Perdón? —Rachell no sólo estaba sorprendida, sino también aturdida. *¿De qué diablos venía aquello? ¿Cómo era que Samuel había llegado a tal conclusión?* Estaba segura de nunca haberle mencionado su interés por aprender italiano.

—Señora Rossellini, tome asiento por favor. —La invitó señalándole una de los pufs cerca de los vestidores, ella se mantuvo de pie—. ¿Desea tomar algo? ¿Café, té, algún refresco?

—Un poco de agua estará bien, gracias.

—Enseguida, la ordenaré ahora mismo, deme un momento por favor. —Le sonrió y se dio media vuelta rápidamente.

Silvana asintió en silencio mientras sonreía, percatándose que Rachell no estaba al tanto de su visita, el señor Garnett siempre la dejaba sin palabras.

Rachell subió deprisa a su oficina y le pidió a Sophia que llevará un vaso de agua para la inesperada profesora, una vez estuvo sola en la oficina, sacó el móvil de su cartera y llamó a Samuel.

—Es necesario. —Fue la inmediata contestación de Samuel, quien habló antes que ella pudiera decir nada.

—No, no lo es, ¿de dónde diablos sacaste que necesito aprender italiano, Garnett? De haberlo querido, yo misma me habría encargado de eso.

—No sé si lo necesitas —habló Samuel—. Pero bien sabes que si lo quieres, no seas obstinada Rachell, es un simple regalo en honor a nuestra amistad.

—No, no necesito tus regalos, y mucho menos cuando son impuestos, es como si fueras un dictador al que tengo que obedecer sin remedio. ¿Por qué no puedes simplemente consultarme antes de hacer este tipo de cosas? ¿Es que acaso crees de verdad que mi opinión no cuenta?

Samuel se mantuvo en silencio un breve instante, en realidad jamás se había detenido a pensar en consultárselo.

—Porque sabía que no lo aceptarías —respondió al final.

—Mira Samuel, que te quede claro de una vez, que me haya acostado contigo no te da ningún derecho sobre mí, ni la autonomía para gobernar mi vida.

—No te estoy gobernando —aclaró con voz tensa, pero reservándose su opinión acerca de sus derechos—. Sólo quiero hacerte un bendito obsequio, y uno que te sea útil.

—No me estás haciendo ningún obsequio, intentas pagarme, deja de tratarme como a una puta.

—No —perdió Samuel la paciencia—. No digas eso ¡maldita sea, Rachell!

—Nadie hace esa clase de obsequios porque sí —continuó ella muy seria—. Me acosté contigo porque me dio la gana, no espero ni quiero nada a cambio.

—Rachell, por una vez en tu vida deja de desconfiar, somos amigos y quiero hacerte un regalo que a la larga te servirá en tu carrera.

—Pues los amigos no toman decisiones a tus espaldas.

—Discutir contigo es malditamente irritante —graznó Samuel dejando la silla de su despacho en la torre Garnett y dirigiéndose hacia el ventanal posterior—. No entiendo por qué complicas las cosas de más, si lo que quieres es que me aparte y no te represente ninguna molestia, dímelo de una maldita vez y dejamos hasta aquí nuestra mentada amistad.

El estómago de Rachell se removió y tragó con fuerza, contra todo pronóstico, angustiada.

—No, no eres una molestia Samuel. —Haber puesto en palabras aquello de dejar su amistad, eso mismo que ella había pretendido hacer en la mañana, le resultó repentinamente insoportable.

—Entonces no tienes problema en aceptar mi obsequio.

—Eso es diferente Samuel. —Volvió a retomar el control y la frialdad en su voz—. Si tanto te interesa que aprenda italiano, agradezco que me hayas puesto en contacto con la profesora Rossellini, así que yo misma pagaré mis clases.

—De ninguna manera —gruñó Samuel caminando como un león enjaulado de un extremo del ventanal al otro—. Es un condenado obsequio. ¿Qué parte del concepto no te queda claro?

—He aceptado a la profesora que has elegido —le dijo Rachell irritada—. Yo pagaré las malditas clases.

—¿Estás castrándome? ¿No tienes ningún respeto por lo que hay entre mis piernas? —le reclamó Samuel.

—¿De qué demonios hablas?

—Déjame hacerte un bendito regalo, si quieres, será parte de un intercambio, ya después tú podrás hacerme uno, el que quieras, después de todo somos amigos, ¿verdad? Imagínate la vergüenza que pasaras si algún día te llegas a encontrar por casualidad con Giorgio Armani y no sabes siquiera decir *buon giorno*, eso te restará profesionalismo.

Rachell se mantuvo largo rato en silencio, después vio a la señora Rossellini jugando con el gajo de lima en su vaso de agua.

—Está bien —concedió al fin—. Que sea un amistoso intercambio entonces, ya veré cual será mi parte del trueque. Y no lo hago por ti, lo hago por Giorgio Armani.

—Y el que arruina el romance soy yo… —masculló Samuel.

—¿Qué dijiste?

—Está bien, trató hecho, todo sea por Giorgio Armani. Que tengas un buen día Rachell —contestó Samuel justo antes de colgar la llamada.

Rachell suspiró profundamente mientras devolvía el móvil a su bolso, secretamente emocionada por la oportunidad de aprender italiano, uno de sus mayores sueños, uno que ni siquiera había contemplado en el corto plazo. Apenada con la profesora, bajó a la boutique e invitó a Silvana Rossellini a seguir a su oficina. Al finalizar su reunión, habían acordado hacer clases de dos horas los lunes, miércoles y viernes, allí mismo en la privacidad y conveniencia de su oficina.

CAPÍTULO 18

El viento silbaba a través de los fierros y las columnas de concreto aún sin terminar del viejo edificio en remodelación. El sol estaba por ponerse, y el aire frío teñía los monótonos edificios de Brooklyn con ópalos y naranjas. Samuel estaba de pie, cerca de uno de los bordes de la terraza en construcción, con las manos dentro de los bolsillos de su gabardina gris.

—Bastante alto, ¿verdad? —Escuchó la voz disimuladamente agitada de Josh Simmons al llegar a la azotea.

Samuel se dio la vuelta y le sonrió en silencio.

—Aquí tienes —le dijo Josh, un afroamericano que rondaba los treinta, de mediana estatura, esbelto y de marcados músculos. Llevaba el cabello recortado al estilo militar, y tenía unos penetrantes ojos castaños que siempre parecían ver más allá de cualquier cosa—. Está todo —agregó cuando Samuel cogió en sus manos el sobre que le había extendido—. Verifica con cuidado si efectivamente son ellos.

Samuel asintió sin decir nada y empezó a retirar el sello metálico del sobre. Simmons era su contacto en el departamento de asuntos internos del CSI de Nueva York, tenía acceso a mucha información, y de no ser así, se inventaba rutas para conseguirla, el hombre lograba llegar más allá de donde cualquiera en el gremio lo creyera posible. Pero además de ser una pieza clave en su trabajo, Josh Simmons era su amigo, un hombre en el que profesionalmente confiaba por completo.

Despacio sacó el contenido del sobre y se detuvo en tres fotografías, en ellas, tres hombres en primer plano, recostados contra la placa numerada de identificación penal, le daban la cara con gesto agrio e impetuoso. Los dedos se le tensaron y el corazón se le aceleró, sabía que estaba sintiendo miedo, pero también estaba lleno de rabia y odio, deseoso de dar rienda suelta a sus más oscuras necesidades.

—Son ellos —le dijo a Simmons aclarándose la voz—. No tengo la menor duda.

—¿Estás seguro? No debemos correr riesgos, Garnett —le advirtió Josh.

—Estoy completamente seguro ¿Cuáles son sus cargos?

Simmons cogió aire, sabía que entregarle aquella información a Samuel Garnett no era enteramente lícito, pero era su amigo y quería ayudarlo, además que no despreciaba la generosa compensación que Samuel le daría a cambio.

—Encontrarás toda la información en el expediente, y Samuel, ten por favor ten mucho cuidado con eso, si me descubren me colgarán de los huevos y perderé mi puesto.

—Tranquilo hermano, nadie se va a enterar, tienes mi palabra —le aseguró Samuel—. Aquí tienes la cantidad acordada, todo está en efectivo —dijo entregándole un pesado sobre con el dinero.

Josh recibió el sobre y lo guardó en el bolsillo interno de su chaqueta.

—¿Conseguiste las otras fotografías del forense? —preguntó Samuel.

—No, aún no las encuentro, pero ya te las conseguiré, ya sabes que en esta vida todo tiene un precio, conozco a un tipo, un maniático al que le gusta coleccionar ese tipo de mierda, creo que es un escritor o algo por el estilo, y es bastante probable que las tenga… por cierto —Lo miró a los ojos—, las otras llegaron a su destino.

—Bien —asintió Samuel—. Gracias Josh, te debo una.

—Dirás, unas cuantas —bromeó Simmons mientras le palmeaba el hombro—. Pero tú tranquilo, estamos actuando en función de la justicia, y los dos sabemos que esta mierda no es un cuento de hadas de jueces con peluca y tribunales, la verdadera lucha se lleva a cabo aquí afuera y con nuestras tretas.

—Lo sé —Estuvo Samuel de acuerdo—. Por los detalles no te preocupes, los vacíos penales nos dan plena libertad, técnicamente no estamos actuando fuera de la ley.

—De acuerdo —le dijo poniendo su entera confianza en Samuel—. En cuanto tenga lo que hace falta te llamaré.

—Está bien, estaré esperando tu llamada, gracias Josh —finalizó Samuel estrechándole la mano.

Un cuarto de hora después, antes que el sol terminara de ponerse, y cuando estuvo seguro que Simmons había abandonado el área, descendió al piso en construcción bajo la azotea y se recostó contra una de las columnas de concreto, esparciendo las fotografías en el suelo. El odio y la impotencia picaban por igual en su interior, y los horrorosos recuerdos se mezclaban con su sed de venganza. Apretó los puños e intentó recobrar la serenidad, no debía precipitarse, debía hacerlo todo con cabeza fría, no podía permitirse equivocarse ni una sola maldita vez.

El sol besaba el cielo con los últimos rayos intensos del ocaso cuando Samuel abandonó Brooklyn, resuelto a tomar una ducha y salir en busca de lo que le había prometido a Thor esa misma mañana.

CAPÍTULO 19

Se había vestido con un sencillo pantalón de lino negro, una blusa gris de gasa con ribetes dobles en el frente, muy al estilo de los años cincuenta, y sus Manolo Blahnik blancos. El atuendo era sobrio y recatado, justo el adecuado para una reunión de negocios y para disipar cualquier atención indeseada que pudiera sobrevenir durante su cena con Henry Brockman.

Al bajar, sus entrañas se removieron mientras cruzaba la recepción y el enorme e imponente Bentley negro se detuvo frente a su edificio. El clásico capó del coche con las dos pequeñas alas al frente le resultó intimidante y excesivo.

Su corazón se aceleró un poco pero se repitió a sí misma un par de veces que no era temor lo que estaba sintiendo. Normalmente, Henry se transportaba en una de sus limusinas, o si llevaba cualquier otro coche, siempre tenía un chofer a su disposición, pero esta vez era él quien iba al volante, y Rachell no estaba segura por qué aquello le resultaba inquietante.

Para cuando ella había salido del edificio, Henry ya había descendido del coche y abierto la puerta para ella. Le sonrió con fingida naturalidad, sin saber si su empeño era en convencer a Brockman de cuan segura se sentía, o convencerse a sí misma de que no había nada qué temer.

Él la besó en la mejilla, tomándose el tiempo suficiente para que el momento fuera incómodo, la guio hasta la silla del copiloto, rodeó el coche y con una predecible dosis de arrogancia, lo puso en marcha.

—Estás deslumbrante Rachell, eres la mujer más hermosa que mis ojos han visto —le dijo dándole una rápida mirada de soslayo.

Ella le dio una sonrisa apretada y respiró hondo, detestaba a los aduladores, siempre había tenido la sensación que eran mentirosos y peligrosos. Pero se quedó en silencio intentando mantener la calma.

—Ya está todo listo. —volvió a hablar él—. En cuanto lleguemos te enseñaré los adelantos que hemos hecho hasta la fecha.

—Gracias señor Brockman —contestó Rachell—. Estoy realmente ansiosa por verlo todo.

—Como lo acordamos —Sonrió Henry antes de continuar—, la línea especial de blusas con tu imagen corporativa está lista para ser distribuida en los almacenes de cadena que has elegido, los espacios en redes sociales ya están rodando, tú página web ya está en línea, y la producción para el comercial de televisión e internet está lista, estamos a tu disposición para que elijas las modelos y la ambientación.

—Estoy verdaderamente impresionada —le dijo Rachell con completa honestidad, volviéndose hacia él y abriendo mucho los ojos. —No tenía idea que hubieran avanzado tanto en tan poco tiempo.

Henry sonrió pasándose la lengua por los labios.

—Era mi sorpresa para ti.

—Ha sido todo asombrosamente rápido, señor Brockman.

—Tú me inspiras Rachell —susurró tomándole la mano y llevándosela hasta los labios—. Haría esto y más por ti.

—Gracias —murmuró ella vacilante mientras retiraba su mano con incomodidad.

Se reacomodó en su silla, sintiendo que el espacio dentro del coche se hacía insoportablemente insuficiente. Intentó distraerse mirando a través de la ventana, pero su espalda se tensó al darse cuenta que abandonaban el bajo Manhattan sin haberse detenido en ningún restaurante.

—¿A dónde vamos? —preguntó Rachell muy seria y sin atreverse a mirarlo.

Brockman le dio una sonrisa sesgada llena de demasiadas cosas que no lograba descifrar.

—Tranquila, vamos al North Cove Marina —contestó con excesiva melosería—. Cenaremos en mi yate.

—No tenía pensado pasar tanto tiempo fuera —señaló Rachell aún nerviosa—. Tengo varios pendientes que atender.

—No te preocupes. —La interrumpió—. Tardaremos justo lo necesario.

El trayecto estuvo lleno de los detalles que Brockman le dio a Rachell acerca de la campaña, y una fastidiosa cantidad de elogios a la ropa que había elegido vestir ese día, sus ojos, su cabello, su rostro, y demás diatribas enmascaradas de cumplidos que ya habían dejado de incomodarla para empezar a irritarla.

Después de más de una hora llegaron por fin al puerto deportivo, la fría brisa salada la estremeció recordándole lo lejos que estaban de Manhattan, sin embargo, intentó decirse a sí misma que Brockman no sería tan imbécil como para intentar hacer algo en contra de su voluntad, aunque seguramente sí estaría lo suficientemente ansioso como para reclamar el pago que sin palabras ella había pactado con él.

—Bienvenida a bordo —le dijo Henry, demasiado cerca de su oído, incomodándola con el calor de su aliento en cuanto pisaron la escalerilla que los llevaba al interior del yate.

Una vez estuvo dentro, Henry deslizó el abrigo por sus brazos y lo puso en un armario que pareció salir de la nada en una de las paredes de reluciente madera pulida. Su pulso se normalizó en el momento en que divisó a dos mujeres y dos hombres en la embarcación, probablemente los encargados de la cena.

El yate era precioso, un absoluto monumento al lujo, todo hecho de reluciente roble y muebles blancos de cuero. La alfombra que cubría por completo el suelo del salón principal, parecía simplemente marrón al principio, pero si se la miraba un poco más, era posible ver complejos entramados que daban lugar a diseños que evocaban de alguna manera los famosos murales persas. El amplio salón tenía una enorme televisión suspendida en una de las paredes, un bar lleno de hermosa cristalería y una elegante mesa de billar en el fondo.

Hermosas lámparas como joyas exóticas de cristal color crema, estaban apostadas cerca del portal en el lado opuesto del salón, Rachell las contempló embelesada mientras atravesaban la puerta y salían a cubierta, donde una pequeña mesa elegante y demasiado intima, los esperaba con la utilería brillante.

La fría brisa marina le erizó la piel, la idea de estar allí a solas con Henry estaba resultándole más difícil de llevar de lo que había esperado, él la cogió por el brazo con suavidad y la guio hasta su silla mientras sus tacones hacían eco a cada paso, marcando los nerviosos latidos de su corazón.

En cuanto estuvieron sentados, Henry estiró los brazos hasta la hielera de plata y él mismo descorchó la botella de Moët & Chandon antes de llenar sus copas.

Rachell dio un trago recorriendo con la mirada la extensión de la cubierta, muebles incrustados en la embarcación estaban ligeramente elevados en la popa, dedujo que sería el sitio para tomar el sol. Al regresar su atención a la copa entre sus manos, la insistente mirada de Henry la dejó congelada, ella sabía lo que sus ojos le estaban gritando, y él no se esforzaba en disimularlo: Lujuria, pura lujuria.

—Espero que la cena sea de tu agrado —habló Henry haciéndola parpadear varias veces.

—Seguramente será así señor Brockman, en realidad no soy muy exigente con la comida —comentó aún distraída, echándole un vistazo mal disimulado a su reloj que marcaba las ocho y veintidós. Cruzó los dedos esperando que aquella reunión no le llevara más que un par de horas.

—Rachell —le dijo él acercándose a ella a través de la mesa, mientras balanceaba con suavidad el champan en su copa—. Prefiero que me llames Henry.

—No —respondió rotunda—. De ninguna manera señor Brockman, para mí el respeto prima sobre cualquier cosa, sobre todo en una relación como la nuestra en la que lo que nos une son los negocios. —Terminó haciendo énfasis en sus palabras, exagerando su posición al respecto para camuflar el recelo que Henry Brockman le inspiraba aquella noche.

Él frunció el ceño alejándose de ella, recostándose cauteloso en su silla.

—Está bien —dijo con voz áspera—. Como lo prefieras, lo último que quiero esta noche es incomodarte. —Rachell asintió en silencio y él levantó la copa frente a ella—. Brindemos, por tu éxito profesional.

—Y por su increíble amabilidad. —Sonrió Rachell levantando y chocando su copa con la de él.

Henry sonrió de medio lado, y por un momento Rachell tuvo la sensación que se estaba burlando de ella. Justo en ese momento, las escandalosas notas de Panic Station de Muse rasgaron el silencio en la cubierta.

Mierda, mierda, lo que me faltaba. —Caviló tratando de eludir la voz de Matt, pero no podía evitar sentir como la boca de su estómago se abría y docenas de mariposas danzaban sin control, al saber que quien llamaba era Samuel. —*Nunca me llama y ahora lo hace, ¡Demonios!*

Él agrió el gesto dándole un nuevo trago a su copa, mientras los dedos de Rachell empezaban a temblar sin remedio. Respirando despacio, dejó la copa en la mesa y sumergió la mano en su bolso, había cedido a un tonto capricho emocional y le había adjudicado un tono especial a su número.

—No te preocupes —le dijo Henry con una falsa sonrisa—. Puedes contestar.

Rachell no dijo nada, tan sólo sostuvo el móvil en su mano, intentando ignorar el millar de mariposas que revoloteaban en su estómago, porque pasara lo que pasara, demonios, era él al teléfono. —No —dijo unos segundos después—. No hace falta.

Puso el móvil sobre la mesa, le echó una rápida mirada, y pese a la certeza de quién era, su pecho se calentó de nuevo al leer el nombre de Samuel en la pantalla. Presionó un botón en la parte superior del aparato, y éste se silenció y oscureció al instante, tomó de nuevo su copa, y bebió un largo trago.

—He escuchado esa música antes —comentó Henry chasqueando la lengua—. Parece estar de moda —dijo entre dientes más para sí mismo que otra cosa, pensando que seguramente la habría escuchado de Megan.

Entonces le resultó realmente amargo encontrarse con los odiosos detalles que le recordaban que Rachell podría ser su hija. Al contrario de muchos de sus colegas, que coleccionaban mujeres jóvenes como trofeos que ensalzaban sus virilidades pese a los años, a él le recordaban que ya no era tan joven. Y lo detestaba.

~ 228 ~

—Tal vez —acotó Rachell aclarándose la garganta, pretendiéndose indiferente al comentario, mientras pensaba con insistencia que seguramente la canción se le había colado en la memoria a Henry, después de haber presenciado el momento justo en que Samuel casi la atropella frente a sus narices.

—Déjame mostrarte la interfaz de la página web —habló Henry interrumpiendo el incómodo silencio que se había extendido entre ellos.

Henry tronó los dedos, y un instante después un elegante camarero vestido completamente de blanco le llevó sobre una bandeja de plata un iPad. Cogió el aparato en sus manos y caminó rodeando la pequeña mesa mientras lo encendía. Se detuvo tras Rachell invadiendo por completo su espacio personal, pegándose demasiado a su costado mientras www.rachellwinstead.com se cargaba en la pantalla.

La página se desplegó frente a sus ojos, el fondo era completamente negro y las letras y ornamentos variaban en una elegante y preciosa escala de ocres y mates. Apenas si tenía los links básicos, una reseña de su biografía, fotografías suyas y de su tienda, una descripción completa de su firma, incluido el diseño de interiores, y un recorrido por las inspiraciones de sus dos colecciones como diseñadora profesional.

Muchos de los espacios estaban aún vacíos, esperando por las prendas en stock y los anuncios de la nueva colección. La página era magnífica, elegante, con un toque bohemio y muy femenino, era como si de verdad Henry hubiera entendido lo que deseaba transmitir a sus clientes. Definitivamente Elitte valía cada centavo que cobraba.

Era obvio que la inspiración vintage estaba por todas partes en la página, haciéndola lucir sofisticada y exclusiva, era justo como lo había soñado, era cada cosa que había deseado. De no ser por su autocontrol, habría saltado como una niñita emocionada, y hasta habría abrazado a Henry por lo que su agencia había hecho para su firma.

—Sólo es el primer boceto —interrumpió él su callada euforia, con una modestia tan falsa como su sonrisa—. Es necesario que nos envíes las fotografías de lo que pondrás en venta y de las colecciones de pasarela.

—Mañana mismo lo tendrá todo en su email, señor Brockman —prometió Rachell sin poder ocultar su entusiasmo, demasiado emocionada aún para percatarse que él la había investigado, y que la prueba estaba justo frente a ella en la pantalla del iPad. Rachell sonrió agradecida después de un par de minutos de estar en silencio—. Está bellísima, es perfecta.

—Me alegra que te guste —susurró Henry, de nuevo demasiado cerca de su rostro mientras le apretaba el hombro con suavidad—. Bien, vamos a cenar y después te mostraré el resto.

Una vez terminó de hablar, volvió a su lugar en la mesa. Rachell exhaló agradecida por tenerlo lejos nuevamente. Henry extendió la servilleta de lino sobre sus piernas y Rachell intentó armar una frase de agradecimiento en sus labios, cuando su móvil en silencio se encendió sobre la mesa con el nombre de Samuel Garnett en luminosas letras. Los ojos de Henry volaron a su móvil, y ella sin cuidarse mucho de guardar apariencias, simplemente lo giró mirándolo a los ojos.

Cinco platos después, Rachell estaba repleta y harta, quería largarse del mentado yate y dejar a Henry Brockman y sus irritantes insinuaciones. Por otro lado, estaba segura que era cuestión de tiempo para que él también perdiera la paciencia. Pero cada vez que intentaba anunciarle que ya se iba, Henry iniciaba una nueva conversación con nuevos datos de la campaña, que inevitablemente la ataban interesada a su silla.

Un cuarto de hora después, se decidió a no esperar y cubrió parcialmente su boca con su mano pretendiendo disimular un muy fingido bostezo.

—¡Disculpe señor Brockman! —Se apresuró excusarse—. Es que me levanté muy temprano esta mañana.

—No te preocupes —respondió Henry descargando su servilleta sobre la mesa—. Entiendo que estés cansada.

Rachell negó con la cabeza sobredramatizando su vergüenza, Henry simplemente se puso en pie y ella lo imitó de inmediato. Él tuvo entonces la certeza que no obtendría lo que buscaba esa noche, pero no estaba dispuesto a irse sin al menos un premio de consolación.

Ella lo sintió antes de verlo, como se aproximaba peligrosamente, mirándole los labios insistentemente, inclinándose cerca de su rostro. Era un hecho, Henry iba a besarla. De inmediato, bajó la mirada y cogió el móvil que reposaba en la mesa, lo metió en su bolso e intentó ignorarlo, regañándose a sí misma por sentirse tan estúpidamente nerviosa, porque en momentos como ese se preguntaba a dónde demonios se iba toda su seguridad y el convencimiento de que era capaz de manipular a los hombres a su antojo.

—No tienes por qué irte a casa —murmuró Henry con voz profunda, sujetándola por un brazo—. Podrías quedarte esta noche aquí en el yate, hay habitaciones lo suficientemente cómodas para ti, te haré compañía Rachell, prometo no dejarte sola.

Un instante después, él estaba de nuevo prácticamente pegado a ella, con los labios casi sobre los suyos. El beso era incipiente, y el pánico le inundó las venas. Sin detenerse a pensarlo, volvió bruscamente la cabeza hacia el lado contrario y dejó a Henry Brockman con la mueca de un beso congelada en el rostro.

—Es muy amable señor Brockman —comentó con la voz titubeante—. Pero debo irme a mi apartamento, tengo pendiente el envío de importantes documentos por email, y los archivos sólo están en mi ordenador.

—Es casi la una de la madrugada Rachell —exclamó Henry sin poder ocultar el incrédulo matiz enfadado en sus palabras.

Mierda, gritó Rachell en su interior.

—¡La una! ¡Oh Dios mío! —casi gritó, esta vez a viva voz—. Lo siento señor Brockman, debo irme inmediatamente, por favor no me malinterprete y vea esto como un desaire, es sólo que tengo un importante asunto que atender y apenas si tengo poco menos de una hora para hacerlo.

Él le dedicó una taladrante mirada sospechosa que perturbó a Rachell.

—Es que tengo una videoconferencia. —Le explicó muy seria—. Con un diseñador en Paris, y sólo puede entrevistarse conmigo a las ocho de la mañana, hora francesa.

—No me atrevería a pensar que estás haciéndome un desaire —señaló Henry, y Rachell no concluyó por qué, pero sintió aquellas palabras como una amenaza—. No te preocupes, salimos de inmediato, yo te llevaré de regreso a tu apartamento.

—Me siento muy avergonzada, señor Brockman, pero usted entenderá que la responsabilidad en el trabajo es lo primero. —Se apuró Rachell a ponerse en marcha—. Muchísimas gracias por su amabilidad y hospitalidad.

Cuarenta minutos más tarde se habían detenido frente al edificio de Rachell, el viaje de regreso había sido silencioso y con un sabor amargo que los dos prefirieron ignorar.

—Ha sido muy amable señor Brockman —agradeció Rachell una vez más—. Por favor haga llegar a mi oficina el presupuesto y los documentos respectivos para la consignación del primer pago.

—Rachell, ya te he dicho que para mí es un placer ayudarte, no hay necesidad que hablemos de presupuestos ni consignaciones.

Ella abrió los labios apenas un poco, pensando en las palabras correctas para dejarle claro que lo único que recibiría a cambio de la campaña, sería específicamente el dinero requerido por Elitte.

En ese mismo instante de desprevención, él se acercó ágil e intentó besarla sin avisos. Rápidamente, Rachell giró la cabeza y logró esquivar el beso que fue a estrellarse a su mejilla.

Volvió el rostro hacía él y lo observó muy seria.

—Buenas noches señor Brockman, muchas gracias.

—No es nada —dijo Henry, y Rachell ya había salido del coche. Se inclinó sobre la silla para verla mejor sobre la acera—. Que duermas bien, por favor no te desveles tanto, comprendo que ya te comprometiste con el francés, pero debes aprender a exigir horarios que convengan a los dos —le aconsejó con sinceridad.

Ella asintió en silencio y caminó en dirección a su edificio, entró y se fue directo al ascensor. Respiró aliviada y sacó su móvil. Era la una y treinta y tres minutos de la madrugada, y su móvil le decía que tenía nueve llamas perdidas de Samuel Garnett.

Bloqueó el teléfono y respiró hondo, sabía perfectamente que aquella noche se había salvado por muy poco, que Henry Brockman había creído su mentira acerca de la videoconferencia, pero también sabía que una en una próxima ocasión, él no toleraría más sus prórrogas.

Volvió a revisar el móvil mientras las puertas del ascensor se abrían en su piso, y entró en su apartamento revisando el aparato. Quiso llamar a Samuel, pero lo más probable era que ya estuviera durmiendo, deslizó el dedo por el registro de llamadas, en el que decía que al parecer Samuel le había marcado por última vez a las doce y cuarenta, tal vez aún estuviera despierto, probablemente un mensaje de texto o uno de voz no estaría del todo mal.

Se quitó los zapatos en la sala y los dejó en la alfombra cerca de uno de los sofás, lo rodeó descalza y se dejó caer sobre el mullido sillón. Se masajeó los pies con una mano y con la otra deslizó la liga de su cabello, abandonó sus pies y se masajeó la cabeza agitando su abundante melena oscura. De verdad estaba cansada.

Se recostó en el mueble y cerró los ojos, sintiendo como su cuerpo se vencía al cansancio y empezaba a caer en la inconsciencia. Entonces, un horrible tirón etéreo la haló del pecho cuando escuchó pasos amortiguados sobre su alfombra. Con el pánico cerrándole la garganta, abrió los ojos espantada y se encontró con lo que parecía una silueta masculina abandonando su apartamento.

Una increíblemente atractiva silueta, con el mejor trasero que había visto en su vida. Samuel Garnett.

—¡Hey! ¡Hey! —Exclamó poniéndose inmediatamente de pie y deteniendo al invasor—. Max, te he pillado y no necesite grabaciones. —le dijo refiriéndose al acosador de la película, La victima perfecta.

Samuel se giró y la encontró sentada en el sofá deliciosamente despeinada.

—No te preocupes, ya me iba.

—¿Ya me iba? —replicó Rachell—. Y me lo dices así no más, como quien se pasea por su casa, ¿cómo es que entras en mi propiedad sin mi permiso?

—Sólo quería comprobar que estabas bien. —Se defendió Samuel tensando la mandíbula—. Llevo horas llamándote, Sophia no me habló de donde estabas, y Oscar ni siquiera se digna a responderme nada, estaba a punto de llamar a la policía.

El hombre había irrumpido abusivamente en su apartamento, estaba violando su intimidad, había pasado por encima de ella, su autoridad y su autonomía. Aquello era irrespetuoso, invasivo y hasta peligroso, pero absurdamente, ella sólo conseguía pensar en que había estado preocupado por ella, tanto así que había ido hasta su apartamento para asegurarse que todo estuviera bien. Era oficial, como siempre lo había temido, había empezado a perder el maldito buen juicio.

—¿Estabas preocupado por mí? —le preguntó con la voz extraordinariamente suave.

—No —contestó él antes de poder pensar en su respuesta, frunció el ceño y la miró a los ojos—. No, no estaba preocupado, es sólo mi naturaleza, es lo que hago... Todos los días veo muchas cosas en mi trabajo, es sólo que pensé que tal vez... Olvídalo —finalizó elevando la voz, con las palabras enredándose en su garganta, sintiéndose estúpido y fuera de lugar.

Rachell lo observó atenta en silencio, sin atreverse a decir nada. Él se llevó las manos a los bolsillos del pantalón de chándal, como si acaso planeara quedarse allí de pie, pero en algún momento debió darse cuenta que ella se había percatado que habían pasado varios minutos y él aún no se iba, porque abruptamente se giró y caminó de prisa hacia el ascensor.

—¡Samuel, espera! —lo llamó Rachell con fuerza—. ¿A dónde diablos piensas que vas? Son las dos de la madrugada.

—Sé cuidarme perfectamente, Rachell —le respondió sin detenerse.

Sin pensárselo un segundo, ella corrió y lo detuvo interponiéndose en su camino frente a las puertas del ascensor.

—Quédate —habló ella, y ninguno de los dos tuvo duda que el acento en su voz no era una invitación, era una exigencia—. Mi cama es amplia, los dos podemos dormir ahí sin ningún problema.

Samuel inclinó la cabeza curioso, aún con el ceño fruncido, pero notablemente más relajado.

—Sólo dormir —aclaró Rachell rápidamente—. Estoy muy cansada... supongo que tú también.

—No me quedo —le dijo él sin más—. Yo no duermo acompañado, me gusta dormir solo.

Rachell elevó una ceja cuestionándolo con ironía.

—Evidentemente, después de tener sexo como un poseso, caigo rendido —explicó irritado—. Pero no me acostaré contigo como si fuéramos hermanos, yo no hago ese tipo de cosas.

—Pues hasta para eso hay una primera vez, fiscal —habló Rachell extendiendo los brazos a lado y lado, confirmándole que seguiría bloqueándole el paso—. Has venido por mi culpa, porque no pude atender tus llamadas. —Respiró hondo con una rara sensación de culpa en el estómago—. Estaba en una cena de negocios... Pero ya es tarde, y no voy a permitir que te expongas a los peligros de las calles de Nueva York a esta hora.

—Sé defenderme solo, lo he hecho toda mi vida —gruñó Samuel—. Por Dios santo Rachell, vivo en contacto con criminales, es mi trabajo.

—Eso no te hace inmune —puntualizó ella con simpleza.

—Rachell, tengo un par de guardaespaldas tras de mí todo el maldito día.

—Pero, como lo haces todo el tiempo, hoy también los has engañado, no olvides que acabo de entrar —continuó ella—. Y conozco muy bien las todoterrenos de tus guardaespaldas, y sé perfectamente que no estaban allá afuera.

—Sabes que me bastará con muy poco esfuerzo moverte de ahí. —le indicó Samuel exasperado, quemándola con sus ojos dorados.

—Pues te quedas o te quedas —repuso Rachell, se giró y bloqueó el ascensor.

—¿Qué haces? —preguntó Samuel avanzando y cogiéndola por la cintura para acercarse y comprobar que la luz roja con el logo del cerrojo, le indicaba que el ascensor había sido digitalmente bloqueado.

—Samuel, te estoy hablando en serio, a esta hora podría pasarte casi cualquier cosa, ten el buen sentido común de quedarte esta noche. Mañana puedes irte en cuanto salga el sol, eso sí, ni se te ocurra despertarme.

—¿De qué demonios estás hablando? No puedes obligarme a que me quede ¿Es que vas a secuestrarme?

—Si tengo que hacerlo, lo haré Samuel —Él la miró irritado pasándose las manos por el cabello—. ¿Cuánto me darían por tu rescate? —indagó Rachell juguetona.

—Entonces, ¿vas a secuestrarme? —repitió Samuel sonriendo descaradamente.

—Ya te dije que si tengo que hacerlo lo haré, pero dime ¿cuánto puedo conseguir por tu rescate?

—No lo sé —contestó Samuel—. Haz la prueba —Le entregó su iPhone desbloqueado—. Márcale a Thor, es la única persona que daría algo por mí.

Sonriendo con picardía y emoción, Rachell cogió el móvil en sus manos y navegó por la lista de contactos evitando que él viera el número que había elegido.

—Buenos días —saludó Rachell a la persona al otro lado de la línea—. Le llamo para informarle que he secuestrado a su sobrino y me preguntaba cuánto dinero recibiré por dejarlo…

La conversación se vio bruscamente interrumpida cuando Samuel angustiado le arrebató el móvil.

—¡Tío! —habló esta vez él—. Soy Samuel… estoy bien… sí, claro que estoy bien, era… es… es sólo un broma… no tío… todo está bien, es sólo una amiga… sí señor, sé que no son juegos, es sólo que ella está loca… —Samuel dio un pequeño chillido estrangulado cuando Rachell le pellizcó con fuerza una tetilla—. ¡No tío! No me están torturando… no te estoy mintiendo… déjame… dame un minuto.

Enseguida cortó la llamada y miró a Rachell con severidad.

—¡Estás loca! ¿Quieres matar a mi tío de un infarto? Te dije que llamaras a Thor.

—Puede que esté loca, pero no soy estúpida, sé perfectamente quién pagaría tu rescate —hablaba Rachell guiñándole un ojo cuando fue sorprendida por él al pasarle un brazo por el cuello, pegándola contra su pecho y tomándole una foto que no vio venir.

Ella se quedó con la boca abierta unos segundos.

—¡Bórrala! ¡Elimina esa foto! —le exigió intentado quitarle el móvil—. Debo haber salido espantosa. ¡Dame eso, Garnett!

—Bueno, no es lo que él dice. —Se burló Samuel elevando el móvil sobre su cabeza mientras le leía el mensaje que acababa de recibir de Reinhard Garnett. —*"Dile a tu captora que por mí pago más"*. —Samuel guardó el móvil en el bolsillo de su pantalón—. ¿Quieres secuestrar a mi tío? Está claro que sería un negocio mejor.

—No —susurró Rachell con sensualidad—. Te quiero a ti.

Los dos se quedaron en silencio.

—Cuidado con lo que dices. —La previno Samuel después de varios segundos—. Recuerda nuestra conversación en la cena, no queremos golpear tu orgullo y que caigas en tu propia trampa.

—No malinterpretes mis palabras fiscal, yo no he dicho nada que pueda ser usado en mi contra, sencillamente no me interesa secuestrar a tu tío, que sepa Dios en qué lugar del mundo esté... eres tú quien está aquí esta noche, y quién correría peligro si sale a esta hora, y esa es la única razón por la que te quedarás aquí conmigo... —Ella lo miró a los ojos con los brazos en jarras—. Pero si sigues jodiendo con tu testarudez, pues lárgate, y ojalá que te encuentres con una banda de violadores que te hagan conocer orificios en tu cuerpo que no sabías que tenías.

Sin pensárselo mucho, y antes de echarse a reír, Samuel envolvió el cuello de Rachell entre sus manos y la acercó a su cuerpo depositándole un beso lento, apenas un suave contacto de sus labios. Una caricia delicada que rápidamente fue creciendo en urgencia, pidiéndole permiso para invadir su boca, encantado por la habilidad con la que ella correspondía a su beso, y fue justamente ella quien lo invadió con su lengua, provocándolo, enloqueciéndolo y nublándole la mente de deseo.

—Voy a tener que lavar esa boca con detergente —murmuró Samuel con voz ahogada.

Rachell arqueó una ceja sonriente, con los labios enrojecidos por sus besos, y Samuel sonrió de nuevo, y muy dentro, sin atreverse a admitirlo, sonrió aliviado, porque el ímpetu de Rachell durante el beso le había dado las respuestas que quería, ella no había estado con nadie más, ningún otro la había besado esa noche. En cuanto ella entró en el apartamento, completamente sana y despreocupada, sus temores acerca de que hubiera estado en peligro se disiparon y fueron sustituidos por los amargos celos, pero ese beso le había dicho y dado más de lo que había pedido.

—Bueno —le susurró Samuel sobre la piel de su garganta, acorralándola entre sus brazos—. Como no quiero conocer ni reconocer ningún agujero actual o adicional en mi cuerpo, me quedaré esta noche.

Ella agachó la cabeza riéndose por lo bajo y él le acarició la mejilla con el pulgar. Justo en ese instante los dos se llenaron de una paz incomparable, una sensación de serenidad tan completa e inesperada, como nunca antes habían experimentado en sus vidas. Ella cerró los ojos complacida, y él se perdió en la preciosa contemplación de la placidez de su rostro.

Rachell ronroneó cansada, acomodándose en el pecho de Samuel. —Estoy exhausta... Prometo no dormir desnuda —le dijo intentando por un lado recordarle que estaba lo suficientemente molida como para que su libido también estuviera noqueada, y por otro, no pudo resistirse a clavarle una traviesa tentación, obligándolo a imaginarse su cuerpo desnudo.

—Por mí no hay problema —respondió Samuel acariciándole el cabello, con sus ojos intensos y abrasadores—. Puedes dormir como quieras.

Ella sonrió y lo cogió de la mano guiándolo hasta la habitación.

—Espérame unos minutos, voy a ducharme rápido y regreso, ponte cómodo por favor.

Rachell entró en su baño, se duchó rápidamente y se desmaquilló en tiempo record, se aplicó él tónico hidratante sobre el rostro y crema sobre su cuerpo. Se envolvió en una toalla y caminó de puntitas cerca de la puerta de su vestidor, hasta que logró darle una fugaz mirada a Samuel que se encontraba acostado revisando el iPhone, se había quitado la camiseta y estaba descalzo, sólo su dorada piel y el pantalón de chándal decoraban su cama.

Entró de nuevo en su vestidor y rebuscó lo menos llamativo entre su ropa de dormir, pero en realidad no poseía ninguna lencería recatada, los mullidos algodones y linos llenos de ositos, conejitos o nubes no excitaban a Richard, y había sido justamente él quien había llenado sus armarios, así que en sus cajones, todo era arrebatadoramente sexy, hecho con el único objetivo de robar el sueño.

Definitivamente debía conseguir un pijama convencional, más pudoroso, pero de momento, lo único que tenía a la mano era unos fifí slips Agent Provocateur, que ella interpretó como un inocente blanco, aunque no servía de mucho que las piezas fueran prácticamente translucidas. Bajo la tela, se veían claramente los rosados pezones, las bragas apenas cubría nada, y los bolados del fifí no hacían más que llamar la atención hacía sus muslos. Suspiró cansada y se echó el pelo hacia adelante tratando de cubrir sus pechos, estiró cuanto pudo la delicada tela, y salió caminando tan despreocupada como le fue posible.

Haciendo acopio de toda su fuerza de voluntad, Samuel intentó que su mandíbula no cayera de golpe al suelo, el iPhone se le deslizó de las manos rebotando en su abdomen, trayéndolo de vuelta a su torturante realidad. Era una puta mentira aquello de que él iba a lograr dormir esa noche.

Rachell entró en la cama sin decir una palabra y se metió bajo las sábanas, apagó las luces con el mando a distancia y le dio la espalda a Samuel. Por su lado, él seguía en estado de shock, no todos los días una bomba sexy venía directamente hacia él con el único objetivo de dejarle los huevos morados. Cogió aire y también se metió bajo las sábanas acercándose a ella, pasándole los brazos por la cintura y adhiriéndola estrechamente contra su cuerpo, plenamente consciente de que ella debía estar sintiendo la nada tímida erección sobre su delicioso trasero.

—¿Qué haces? —preguntó Rachell casi sin voz.

—Cuchara —contestó él como si nada.

—Mejor duérmete Samuel —le pido ella al tiempo que le tomaba la mano que descansaba sobre su vientre y la cubría con la suya.

—Eso intento —respondió Samuel, y en un cuidadoso movimiento entrelazó sus dedos a los de ella.

—Dulces sueños —susurró Rachell con el corazón desbocado, preocupada porque en el silencio de la noche él también pudiera escucharlo.

—En realidad creo que serán muy tortuosos, pero prometo portarme bien. —Jugueteó Samuel una vez más, aún en contra de su obstinada erección.

Por alguna razón, los dos estaban decididos a demostrarse algo que no sabían bien qué era, así que en contra del ardor en sus sangres y la demanda de sus cuerpos, lograron conciliar el sueño, Rachell, durmiendo acompañada después de mucho tiempo, y Samuel experimentándolo por primera vez.

CAPÍTULO 20

Al despertar, no había rastro de Samuel en su habitación. Eran casi las diez de la mañana en un sábado inusualmente frío para mediados de la primavera. El día parecía perfecto para retozar, algo que seguramente habría hecho parte de sus planes normalmente, pues adoraba los momentos de soledad en los que se permitía ser tan perezosa como le fuera posible, pero aquella mañana el sabor amargo de una tonta ilusión la mantuvo pensando por largo rato.

No trabajaba los sábados, había asumido que Samuel tampoco lo haría, y sin saber de dónde lo había sacado, había esperado que pasaran el día juntos, tal vez ver una película allí mismo en su habitación, holgazanear juntos, y después de todo conocerse un poco más. Cerró los ojos y cogió una enorme bocanada de aire, había querido más de él, había deseado algo que la ponía en peligro, y lo peor de todo era que seguía deseándolo. Para aquel momento, ya sabía que ni siquiera valía la pena recriminarse por caer justamente en el lío emocional del que había querido huir, porque al final de cuentas nadie la había obligado, había participado bastante dispuesta.

Sacudió la cabeza, salió de la cama y se fue al cuarto de baño, abrió la llave del lavabo y se mojó la cara. Estaba asustada, su reflejo en el espejo se lo estaba diciendo con dolorosa franqueza.

—Soy una imbécil —le susurró a su reflejo—. *¿Samuel quédate?* —Se burló con ironía, definitivamente había roto todas sus reglas, se sentía estúpida, traicionera de sus propios principios. Y como si eso no fuera suficientemente terrible, seguía sintiendo la absurda necesidad de estar cerca de él, que era justamente cuando inevitablemente reincidía en la estupidez.

Respiró hondo, se secó la cara y se fue a la cocina, se sirvió varias galletas de avena y un vaso de kumis, se sentó y se acabó su improvisado desayuno con Samuel aun dando vueltas en su mente. Al terminar, buscó su bolso, que todavía estaba en el sillón, y sacó su móvil. Observó el aparato por largo rato, pensando en qué proponerles a Sophia y a Oscar, cualquier cosa que la ayudara a sacarse al fiscal de la cabeza estaría bien. Pero, salvo la idea de pasarse un rato por la piscina descubierta en aquel día gris, no se le ocurrió nada mejor, así que no los llamó, en cambio revisó sus correos, respondió unos cuantos, y adhirió varios puntos a su agenda del lunes.

El pitido de un mensaje entrante la dejó de piedra al encontrarse con que era Samuel. Él seguía consiguiendo que las tontas mariposas la atacaran cada vez que tenía la sensación de su presencia cerca, y eso era sumamente fastidioso.

> ¿Qué harás hoy?

En un acto reflejó apretó el labio bajo sus dientes, de repente nerviosa y demasiado ansiosa, y en un solo segundo, toda la trascendental discusión consigo misma se fue al caño.

> Nada importante, tal vez vea alguna película en casa.

Le dio enviar y unos cuantos segundos después, recibió la respuesta.

> Boo!!! ¡Qué aburrida! Thor y yo vamos al polígono a las prácticas de tiro... Pasaré por ti en un par de horas.

Eso la cogió por sorpresa, no había imaginado que Samuel fuese partidario de las armas de fuego, y eso era algo que verdaderamente no le gustaba, les temía.

Pero bueno, después de todo el hombre era un fiscal que lidiaba con asuntos policiales todo el tiempo, parecía obvio. Pero ese definitivamente no era su plan, así que prefirió declinar la invitación.

> No, gracias... La verdad no me gustan las armas de fuego, soy más paz y amor... ya sabes, haz el amor no la guerra.

Esta vez la respuesta no llegó de inmediato, aun así, ella se quedó con el móvil entre las manos, mordiéndose los labios con ansiedad. Un par de minutos después, el móvil vibró.

> No tienes por qué tenerles miedo, debes respetarlas y manejarlas con responsabilidad, además Rachell, no sabemos cuándo el hecho que sepas disparar pueda salvarte la vida... Paso por ti en dos horas, lleva ropa cómoda.

—¡Cabrón controlador! —gruñó Rachell, él seguía pretendiendo darle ordenes, detestaba que hiciera eso, pero demonios, quería verlo. Y para acabar de completar el desastre, nunca le habían gustado las armas, pero las ganas de estar con él fueron más fuertes, y al final, después de escribir y borrar varias veces largas y enfadadas respuestas, envió una única palabra.

Ok.

No recibió ninguna respuesta más, se dio una ostia mental que después ignoró, y regresó a su habitación, con el móvil en las manos.

Media hora después estaba completamente concentrada en un documental en History Channel, y sólo el repiqueteo de su móvil la hizo desprender los ojos del televisor. Atendió a Sophia en el teléfono, que le habló con la claridad de una cacatúa, exigiéndole todos los detalles acerca de la cena con Henry Brockman. La conversación se extendió por más de media hora, pues Rachell también estaba interesada en la cita que Sophia había tenido la noche anterior con Aarón, un rubio surfista de California.

La cita de Sophia había sido un completo desastre, el chico había resultado ser un insoportable y arrogante vanidoso, que no podía dejar de hablar de sí mismo, un tipejo que no tenía los pies bien puestos en la tierra, muy lejos de ser el hombre con carácter, recio y dominante que ella estaba buscando, un cavernícola para su propio placer.

Para cuando su larga charla con Sophia hubo terminado, ya se le había hecho tarde. Lanzó el teléfono lejos, y en tres saltos entró en el cuarto de baño. Quince minutos después se estaba vistiendo, había elegido una camiseta blanca ancha con un enorme corazón negro estampado en el frente, un top de yoga negro debajo, un short vaquero desgastado, y unas zapatillas tenis negras. Se recogió el cabello en una cola de caballo, se aplicó colorete y brillo de labios, y ese fue todo el maquillaje que se decidió a llevar.

Cuando salió del vestidor pudo ver la pantalla del teléfono iluminada, había dos llamadas perdidas de Samuel y un mensaje.

Llevó quince minutos esperando ¿Bajas o subo?

—Mentiroso —susurró Rachell con una sonrisa en los labios, después regresó a su vestidor, cogió de entre los cajones unas gafas modelo aviador de D&G y remarcó el número de Samuel—. Ya voy bajando —habló y colgó de inmediato.

Al salir del edificio, intento ubicar alguno de los coches de Samuel cerca de la acera, pero no logró dar con ninguno. Un instante después, la bocina de una gigantesca Ford Atlas retumbaba, se giró y vio a Samuel descender del vehículo, de inmediato tuvo que respirar profundo.

Por poco sufre un paro cardíaco. Samuel llevaba puestos una camiseta blanca de algodón de cuello V, un pantalón cargo negro, una gorra negra que tenía bordadas las iniciales EMX, y unas gafas de sol que por algún motivo lo hacían lucir más atractivo y misterioso. Era la primera vez que Rachell lo veía con ropa informal, y le había movido el suelo, estaba impresionante, más atractivo que nunca, de alguna manera más accesible, más cálido y cercano. Y en medio de toda esa nube de sensualidad que lo envolvía, estaba el desesperante deseo animal que se removía dentro de ella, quería entrar en la todoterreno y arrancarle cada prenda.

Con los dientes si era necesario.

Caminó hasta donde él se encontraba, pensando en cuántos coches poseerían los Garnett, Nueva York no era su residencia oficial, y aun así, ella ya había contado al menos cinco vehículos distintos. Al parecer, al grupo de brasileros les gustaba derrochar el dinero.

Samuel acortó en dos pasos la distancia que les restaba, y cogiéndola de las caderas la pegó a su cuerpo con fuerza. Un rudo asalto innecesario, pero que a los dos ya les resultaba irresistible. No le dijo una palabra, tenía el rostro ilegible, serio y severo, el bendito gesto de fiscal grabado a piedra, y en un solo movimiento descendió con decisión sobre sus labios.

La eléctrica humedad de su boca la excitó de inmediato, y el familiar sabor de su lengua hizo que su vientre se apretara ansioso. Al terminar el nada decoroso beso, los dos se mordieron los labios casi al mismo tiempo, un instantáneo acto reflejo que de alguna manera les ayudaba a contenerse. Se sonrieron el uno al otro y se dirigieron al coche. Samuel quiso abrirle la puerta, pero ella no se lo permitió, le dedicó una reprobatoria mirada y después entró por su propia cuenta.

—¡Hola! —la saludó Thor animado con una brillante sonrisa—. Rachell, ¿verdad?

El chico estaba vestido con un estilo muy parecido al de Samuel, y también llevaba una gorra con las iniciales del grupo de su padre, pero la suya era blanca. Bajo la visera, sus preciosos ojos celestes brillaban traviesos.

Rachell se giró clavando su mirada en la parte trasera del coche en donde estaba sentado Thor, lamentando de inmediato como las posibilidades de desvestir a Samuel se deshacían sin remedio.

—Sí, Rachell, ¿y usted es Thor, verdad señor?

—¡Me ha dicho señor! ¿La escuchaste Sam? Me ha llamado señor —gritó juguetón al tiempo que Samuel se acomodaba en el asiento del piloto y ponía el coche en marcha—. Puedes apostar a que ya la amo. —Volvió su mirada hacia Rachell—. Eres la primera persona que me ha tratado con respeto en toda mi vida, pero olvídate de los formalismos, tutéame por favor.

—Lo siento —se disculpó Rachell—, pero no es como que pudiera tratarte con demasiada confianza, apenas si te he visto un par de veces.

—Ya tenemos suficiente confianza. —Se apresuró Thor contagiándola con su sonrisa—. Así que Rachell, soy Thor, simplemente Thor, ni siquiera tengo el…

Samuel lo interrumpió de inmediato, por primera vez temiendo uno de sus chistes de doble sentido.

—¡Ya basta, por favor! Deja el chistecito del martillo para después.

—Está bien, no hago chistes —concedió Thor—, pero sólo porque sé que te gusta Rachell… Y mucho. —Samuel lo miró reprobador, pero él lo ignoró—. Por cierto, no te he agradecido por el excelente trabajo que hiciste con el gimnasio Rachell, me gustó muchísimo, es evidente que eres muy buena en lo que haces.

—Me alegra saber que te gustó el resultado —agradeció Rachel sonriendo con cierta timidez—. A mí en verdad me apasiona lo que hago.

—Se nota —agregó Thor en voz baja, acercándose a Rachell y dándole un nada disimulado vistazo a sus torneadas piernas.

Samuel traqueteó un extraño sonido con su lengua al tiempo que se detenían en un semáforo, giró su cuerpo hacia Rachell sin dejar de mirarla un segundo, mientras plantaba la mano abierta sobre el rostro de su primo y lo empujaba hacia el respaldo de la silla. Thor le hizo una significativa seña con el dedo medio, pero Samuel lo ignoró y en cambio devoró a Rachell con sus ojos. De inmediato, Thor se acercó de nuevo para provocar a su primo, dirigiéndose directamente hacia Rachell, pero en el último momento siguió derecho y estiró su brazo hasta alcanzar la radio del coche.

Las agudas resonancias del sintetizador de Avicii llenaron el coche con *Levels*, ondulantes notas que aletargaban los sentidos e invitaban al desenfreno. Thor volvió a recostarse y levantó los brazos al cerrar los ojos, transportándose instantáneamente a algún fantástico festival electrónico. Segundos después, Samuel lo siguió con fluidos movimientos de su torso, soltando el volante y riendo desafiante, después, de manera impredecible, gritó eufórico, lleno de energía y excitación.

Rachell estaba más allá de sorprendida, era como encontrarse con un nuevo Samuel, y Thor también lucía distinto, no era el mismo hombre en traje que la había recibido en su apartamento aquella revolucionaria mañana. Los dos lucían relajados, y transmitían un aura poderosa de energía, una invitación abierta a vivir al máximo, era sumamente contagioso verlos, sus movimientos, sus gestos y sonrisas eran hipnóticos y empujaban la voluntad a buscar aventuras, a gritar, a retar los límites y a disfrutar.

Con Samuel todo era intenso, siempre había sido así, pero ahora, viéndolo justo de la manera en que lo había hecho a través del cristal en el

Provocateur, se sintió por primera vez cercana a él, se sintió su amiga, y eso la llenó de una desmedida euforia que no había experimentado jamás.

Él la observaba de vez en cuando, sonriendo y mordiéndose los labios, balanceando su cuerpo según los dictados de Avicii, provocándola sin decir nada, y su cuerpo respondía de inmediato, sus labios se abrieron y sus mejillas se llenaron de color, acalorándola en todos lados. Su lengua estaba deseosa de recorrerle la piel, y sus labios de besarlo en todas partes.

Sin poderlo evitar apretó los muslos, girando el rostro hacia la ventana, huyendo de su mirada abrasadora, de la posibilidad que viera el deseo y el placer grabado con descaro en su cara. Pero claro, se trataba de Samuel Garnett, y huir no era una opción, él lo vio todo, y su boca también se abrió en un impúdico jadeo. Ella lucía insoportablemente hermosa, estaba excitada, y eso lo estaba volviendo loco. En aquel momento, deseó como nunca mandar a su primo al mismísimo demonio.

Samuel buscó su mano y se la llevó los labios, besándola despacio, un gesto que pasaría inadvertido como una tierna caricia, pero no, aquello había sido una promesa, un juramento que le aseguraba que después ambos conseguirían lo que sus cuerpos les estaban exigiendo.

Rachell lo observó en silencio, con sus ojos brillantes y seductores, disfrutando de tenerlo tan cerca, secretamente agradecida de haberlo conocido. Él representaba todo de lo que ella había huido, la estridencia de la juventud, la locura impulsiva de complacer a los sentidos, ella se había dedicado por entero a transformar su vida, a conseguir el éxito, a relacionarse con personas mayores que se lo aseguraran. Samuel era su antítesis, alguien que de no haber sido por el aparatoso incidente del coche, jamás habría dejado entrar en su vida, porque era demasiado peligroso, demasiado extremo, demasiado intenso. Y seguía temiéndole muchísimo, pero ahora estaba más allá de su control el no desear aquel peligro.

El coche volvió a detenerse en un semáforo, y sin pensarlo, haló a Samuel por la mano que él aún le sujetaba, y lo pegó a sus labios, jadeando y gimiendo, sin importarle que Thor estaba a poco más de un metro de ellos. Le arañó el cuello, y los dos dejaron que sus lenguas danzaran desesperadas y hambrientas, invadiendo sus bocas con tan poco pudor, que mientras sonreía, Thor pudo apreciarlo todo con morboso detalle.

Después de aparcar frente a un edificio con fachada de granito, Samuel se reclinó y sacó de bajo su asiento un bolso negro de fibra, bajó del coche y le abrió la puerta a Rachell. Thor caminó junto a ellos, y entraron en la escuela de polígono, el lugar era frío y adusto, un hombre gordo, rojizo y de enormes bigotes, los recibió en la recepción. Samuel y Thor le dieron tres credenciales: sus licencias de conducción, las greencards y licencias de porte de armas.

Samuel abrió el bolso negro y sacó dos armas de fuego, que fueron de inmediato registradas y chequeadas por el hombre de bigotes que resultó llamarse Carl.

—Una Beretta 92 de 9mm y una HK USP 45 —dijo el hombre al sacar las armas de sus fundas, Samuel asintió en silencio y Carl tecleó en el computador.

Samuel se hizo a un lado y Thor puso sobre el mostrador un bolso igual.

—Glock 17 de 9mm y Walther P99 —Volvió a hablar Carl mientras tecleaba.

Después, el hombre registró los datos de Rachell y le entregó una credencial de aprendiz bajo supervisión, Samuel dijo que él mismo se encargaría, Carl lo detuvo al instante diciéndole que un encargado de la escuela daría las primeras instrucciones y después ellos podrían continuar haciendo sus prácticas independientemente. Samuel asintió de mala gana.

Rachell firmó una serie de documentos legales y otros procedimientos del lugar, casi de manera automática, sin pensarlo mucho, aun completamente desconcertada por el armamento de los Garnett y su bizarra naturalidad al llevarlo encima.

Bajaron al frío sótano, y a medida que se acercaban podían escuchar las ruidosas explosiones de la munición siendo disparada. El corazón de Rachell se aceleró y las palmas de sus manos se llenaron de sudor. Un hombre alto y de aspecto severo se acercó a ellos, le dio a ella un par de instrucciones básicas, repitiendo cada instrucción tres veces. Después le enseñó el equipo, le entregó el protector de oídos, el chaleco y le dio un arma falsa para que se familiarizara con el peso y la textura. Le dijo a qué altura elevar los brazos y cómo responder al impacto, ella se redujo a asentir en silencio, con el corazón martilleándole en los oídos y deseosa de largarse de aquel bendito lugar.

Minutos después el hombre los dejó en sus cubículos, Thor y Samuel cruzaron miradas irritadas pero no dijeron nada. Samuel cogió a Rachell de la mano y la llevó hasta su propio cubículo. Frente a ella, a diez metros de distancia, colgaba una enorme hoja amarilla con la figura de un hombre superpuesta sobre la de un blanco circular.

—Siéntela —le dijo Samuel pasándole un arma.

Rachell se quedó congelada, mirando fijamente el pesado artefacto.

—¿En serio les tienes tanto miedo? —inquirió Samuel muy serio.

—Es que nunca había visto una de cerca —respondió ella a la defensiva—. Y sí, me causan temor.

Samuel se puso el arma en el arnés que colgaba de sus caderas y se acercó a ella, le encerró el rostro entre las manos y la envolvió entre su deliciosa voz exótica.

—Rachell, quiero que confíes en mí… Te aseguro que no pasará nada malo, jamás lo permitiría. —Ella, aún reticente, elevó sus ojos violeta hacia él—. Te lo prometo.

Rachell se perdió en aquellos preciosos ojos dorados, sin planearlo sonrío, y por primera vez creyó en una promesa.

—Está bien, confío en ti, pero me pondré todos los chalecos antibalas, cascos y protectores que encuentre —respondió sin alejarse un solo centímetro de él.

Samuel se rio de buena gana.

—¿A qué le temes tanto?

—¡A la muerte, por supuesto! —contestó Rachell con una risa histérica—. ¿Acaso tú no?

Samuel sólo sonrió, y ella no consiguió descifrar que había significado aquella sonrisa. Él le pasó un brazo por la cintura y la pegó a su cuerpo, se quitó la gorra y se la puso a ella.

—Créeme, justo ahora acabo de descubrir que no quiero morir. —Rachell entrecerró los ojos, y estuvo a punto de preguntarle que quería decir con eso cuando él volvió a hablar—. ¿Te dije lo hermosa que te ves con esa gorra? —Ella negó en silencio—. Pues te ves realmente preciosa.

Rachell se quedó en silencio, por primera vez un cumplido causaba ese efecto en ella, no tenía palabras y su corazón estaba lleno de algo parecido a la ternura.

—Pues a ti se te ve el trasero increíble con ese pantalón —le dijo ella guiñándole un ojo con picardía, huyendo de sus propios sentimientos.

—¡Samuel! —Gritó Thor—. ¡Es para hoy! ¡Deja respirar a la pobre mujer!

Él la besó de nuevo y entonces le hizo un feo gesto a su primo mientras se le acercaba, los dos revisaron las armas, intercambiándolas y chequeando cada uno las del otro, las cargaron y regresaron a sus puestos.

De vuelta en su cubículo, Samuel le pidió a Rachell que lo observara atenta. Le indicó despacio la correcta posición del cuerpo, cómo respirar y ajustar las manos y los dedos en el arma. Rachell observó muy concentrada, pero en realidad no prestó atención a ninguna de sus indicaciones. Ella estaba perdida en la contemplación de cómo cada musculo en sus brazos se tensaba, en las hermosas y seductoras formas de su cuerpo. De nuevo perdida en esa engañosa posición que parecía mostrarlo relajado, pero ella sabía que estaba listo para el ataque, pura energía contenida, lista y letal.

Tenía la espalda recta, y la preciosa curva de su línea dorsal invitaba a que dejara sus ojos fijos sobre sus nalgas, el hombre estaba indecentemente bueno, y allí, con una horrible arma en las manos, sólo lucia más poderoso, peligroso, y sensual. Lo quería para ella, sólo para ella.

Las detonaciones la trajeron de regreso a la realidad, y no por el ruido, sino por cómo habían hecho eco en su sensibilizada piel hambrienta por el toque de Samuel. Tres disparos, él había hecho tres disparos, uno tras de otro, rápidos, ensordecedores y certeros.

Samuel estaba aún con los brazos estirados en dirección al blanco, y las manos firmes sobre el arma. Lentamente sus brazos se relajaron, le puso el seguro a la pistola y accionó un botón verde que generó un sonido seco y rechinante, de inmediato el soporte con la hoja amarilla avanzó vertiginosamente hacia el cubículo. Había tres orificios marcando una impecable línea vertical, uno en el estómago del gráfico, otro en medio del pecho, y el último entre sus ojos, era realmente escalofriante de ver.

El corazón de Rachell volvió a palpitar enloquecido, perturbadoras ideas incontenibles surcaban su mente, las probabilidades de un accidente, los múltiples escenarios para que algo saliera mal, justo ahí en aquella pequeña cabina en la que apenas cabían ellos dos. Las armas eran peligrosas sin importar como de hábil fuera manejándolas, y eran letales en manos inexpertas como las suyas, ella podría salir herida haciendo algo que era por completo innecesario, y peor aún, podría herirlo él.

—Ven aquí.

Escuchó la voz de Samuel llamándola. Tenía muchísimo miedo, pero él le había prometido que no permitiría que nada malo pasara, y ella le creía.

—Ven aquí, Rachell —Volvió a hablar Samuel—. No seas miedosa.

—Yo no soy miedosa —rebatió ella caminando decidida hacía él, tragándose muchas de las ideas absurdas y aterradoras contra las que había peleado toda su vida—. Soy precavida que es diferente.

—Cobarde —aseguró Samuel mirando hacia el techo.

Rachell se pegó a su cuerpo y desenfundó el arma que él había acabado de guardar en el arnés.

—No te pusiste el protector para el ruido —murmuró Samuel sobre la piel de su mejilla al tiempo que le acariciaba el pabellón de la oreja derecha con los dedos.

—Tú no lo has usado —contestó ella entornando los ojos—. Yo tampoco lo necesito.

Samuel se rio complacido con su continua disposición a retarlo, y le dio un rápido beso en los labios.

—Está bien, déjame enseñarte. —La giró ubicándola justo frente al blanco, accionó un botón rojo y el papel roto por sus balas giró en U fuera del cubículo, al fondo había uno nuevo colgando, idéntico al anterior—. ¿Está pesada?

—Un poco —admitió Rachell—, y está caliente.

—Dame —le pidió Samuel cogiendo el arma y enfundándola de nuevo. Sacó la que no había utilizado y se la pasó—. ¿Ves que está asegurada? —Rachell asintió—. Eso debe ser siempre la primera cosa que revises cuando tengas un arma entre las manos.

Ella volvió a asentir. Entonces Samuel le puso las manos sobre los costados de los muslos ayudándola a abrir las piernas de la manera correcta.

—Este —dijo presionando la mano sobre el vientre de Rachell—, es tu punto de equilibrio, tus piernas deben estar ubicadas con relación a tu punto de equilibrio, quieres una posición segura siempre que dispares, porque el impacto siempre es más fuerte de lo que puedes esperar.

Rachell inhaló con fuerza y asintió de nuevo en silencio.

—Un poco más hacia atrás —le pidió palmeándole suavemente el muslo izquierdo—. Perfecto… Ahora, reclina un poco las rodillas… así, justo así… ¿Sientes como gana estabilidad tu punto de gravedad?

Rachell movió la cabeza afirmativamente.

Samuel deslizó sus manos por los brazos de Rachell hasta detenerse en sus manos, erizándola de los pies a la cabeza, después, cogiéndola de las muñecas la ayudó a elevarlos hasta formar una línea imaginaria paralela con su hombro derecho, pegó su mejilla a la de ella y le susurró las instrucciones al oído.

—Debes ajustar el arco de tu mano en la cara posterior de la empuñadura de la pistola. —Rachell lo hizo despacio, perdida en las cadentes notas de su acento—. ¿Lo ves? Encaja perfectamente, es como un rompecabezas… Estira el dedo índice —le dijo guiándola con los suyos—, así. Eso es… no lo vayas a deslizar, no lo vas a poner en el gatillo ¿de acuerdo?

—Ok —murmuró Rachell con la voz debilitada por su creciente excitación.

—Estos tres dedos… —susurró Samuel ayudándole a rodear con firmeza los dedos meñique, anular y medio sobre la culata—. Mantenlos ahí… sí, así, fuerte… Ahora, con la mano izquierda, haz un sostén completo… ¿Lo sientes? ¿Cómo se estabilizan tus manos, y como la sensación de equilibrio tiene sentido?

—Sí —volvió a hablar Rachell con un ligero jadeo al final.

—Esta mano te ayudará a soportar el impacto del disparo —continuó Samuel, después, rodeándola con sus brazos, acarició con sus manos las de Rachell que envolvían el arma—. ¿Estás temblando?

—No —respondió ella con la voz más firme.

—Sí, estás temblando Rachell… Nada malo va a pasarte, todo está bien —susurró pegado a su oreja—. Ajusta el arma a la altura de tu campo visual, como si intentaras hacer una línea recta desde la punta de mira hasta tu objetivo… ¿Lo tienes?

—Creo que sí.

—Muy bien… No, no extiendas los brazos completamente, flexiona un poco los codos… sí, así… perfecto. Enfócate en tu objetivo, concéntrate en él, no hay nada más aquí que tu objetivo.

—¿De verdad crees que puedo enfocarme en algo contigo pegado a mí? —lo cuestionó Rachell sin desprender la vista del papel al fondo.

—¿Tanto poder tengo sobre ti? —preguntó Samuel en un cálido murmullo que la hizo gemir.

—No… —respondió ella vacilante—. ¿Tan convencido estás de tener control sobre mi cuerpo?

—No Rachell, no estoy convencido… Tal vez por eso mismo debería intentar comprobarlo. —Ella se mantuvo en silencio—. Sin embargo no lo haré —susurró con una sonrisa que se formó lentamente en sus labios—, ahora debemos concentrarnos en que hagas lo que vinimos hacer… Quiero que dispares Rachell, quiero que sepas hacerlo, quiero que des lo mejor de ti en ese maldito tiro, quiero que alcances el blanco… Y lo harás Rachell, los dos lo sabemos.

—Sí… —murmuró Rachell con el aire abandonando sus pulmones.

—Muy bien —continuó Samuel, ahora con sus manos sobre los hombros de Rachell, masajeándolos con suavidad—. Respira profundo, relaja tu cuerpo… suéltate Rachell un poco más, más… aquí sólo están tú y tu blanco… tú eres aire, aire fluido tras tu arma. —Rachell respiró hondo una vez más y sintió como su cuerpo se hacía un poco más laxo bajo las manos de Samuel—. Flexiona un poco más los codos… sí, así… No importa el sonido que hará el impacto del proyectil al detonar, lo único que importa es el blanco, tú eres más fuerte que tu arma, que la bala… Tú eres quien está al mando. —Rachell asintió sin decir nada, creyendo en cada una de sus palabras—. Introduce el dedo con cuidado bajo el guardamonte, intenta no tocar el gatillo aún… así, lo haces perfecto. Ahora Rachell… dispara… —susurró Samuel una vez más, dejando la estela cálida de su aliento sobre su cuello, una letanía aletargada que inyectó su cuerpo de una densa energía que la hizo poderosa e invencible.

Sin pensar en nada más que en su blanco, accionó el gatillo.

El fuerte estallido de sonido llegó primero a sus oídos, y después reverberó en su piel, excitando todos sus sentidos. Sus ojos siguieron fijamente concentrados el blanco frente a ella, un instante después, su cuerpo entero fue sacudido por el impacto de la bala al salir, sus dedos se golpearon violentamente unos contra otros, aun cuando estaban apretados sobre el arma. Su espalda chocó contra el pecho de Samuel, quien la detuvo sin moverse un solo centímetro, bajando sus manos hasta apretarle la cintura y sujetarla entre sus brazos.

—¡Mierda! —exclamó Rachell enseguida con voz punzante, algunos de sus dedos dolían como si hubieran sido aplastados, y otros estaban por completo entumecidos.

—Lo has hecho muy bien —le dijo Samuel regando besos por su cuello—, aunque tu objetivo ha salido ileso… Pésima puntería señorita Winstead.

Ella se giró de inmediato y lo encaró.

—Sólo ha sido mi primer tiro, la próxima vez le volaré la cabeza al desgraciado.

—Bueno, es todo tuyo entonces —concedió Samuel—. Esta vez quiero que lo hagas dos veces seguidas, no piense en el dolor en tus manos al disparar, es una sensación que sólo te distraerá, lo más importante sigue siendo tu blanco, justo frente a ti... Ya irás acostumbrándote y tus brazos se fortalecerán, ahora Rachell... ¡Dispara!

Y lo hizo, sin vacilar, con los ojos y su mente concentrados en el papel amarillo al fondo del polígono. Dos disparos se sucedieron con increíble velocidad.

—¡Me quema! —gritó Rachell, con las manos aún tiesas sobre el arma y los brazos estirados en dirección al blanco, dando brinquitos desesperados.

—Quédate quieta —ordenó Samuel e introdujo la mano en su escote buscando el cartucho caliente que había caído entre sus pechos, lo sacó y lo arrojó al suelo—. Este pobre ha querido tener un final feliz —bromeó sonriendo—. Vamos, una vez más, pero esta vez voy a medir tu resistencia —le advirtió con voz dramática—. Siempre habrán distractores Rachell, y debes ser inmune a ellos.

Ella asintió y volvió a adoptar rápida y eficientemente la posición de disparar correctamente. Entonces Samuel se pegó a su cuerpo y empezó a marcarla con besos, desde el hombro hasta el cuello, donde se detuvo para mordisquear el lóbulo de su oreja.

—Vamos Rachell, hazlo —murmuró con sensualidad al tiempo que deslizaba las manos por su firme abdomen, se hizo espacio entre sus shorts y el encaje de la ropa interior y plantó la mano sobre su monte de venus—. ¡Dispara! —le exigió, y enseguida él pudo sentir como sus cuerpos se sacudían al unísono mientras el disparo retumbaba con ecos en el salón.

Rachell sentía como todo su cuerpo vibraba, sus manos estaban calientes y temblorosas sobre la pistola, las yemas de los dedos de Samuel empezaron a abrirse espacio entre los pliegues de su sexo. Un profundo jadeo se escapó directamente de su garganta, y gemidos desesperantes se le acumularon en el pecho.

—Samuel... las cámaras —susurró con voz ahogada.

—No te preocupes por ellas, están detrás de mí, lo único que logran ver es mi espalda... Vamos Rachell... Dispara.

Cogió una breve respiración y acomodó de nuevo su posición de disparo, pero entonces sus piernas temblaron en el momento en que con sus dedos anular y medio, Samuel empezó a masajear perezosos círculos sobre su clítoris.

—Dispara Rachell —le ordenó—. O van a sospechar de nosotros.

Jadeando, se mordió los labios y ajustó sus manos sobre el arma, esta vez apagó los ojos cuando las atenciones de Samuel entre sus piernas se hicieron más intensas, una deliciosa tortura que la llevó al extremo, y un profundo gemido la desgarró en el momento mismo en que apretó el gatillo.

Esta vez, sus cuerpos soportaron mejor el impacto, pues Samuel la sostenía con fuerza completamente pegado a su cuerpo. La hoja amarilla al fondo aún no dejaba de sacudirse, y Samuel recrudeció la intensidad de sus caricias, Rachell se rindió al placer, apretando sus piernas alrededor de la mano de él y empujando con movimientos rotatorios sus caderas contra él.

La respiración de Samuel se hizo pesada y agitada, ella lo sentía jadear en su oído, caliente y desesperado. Volvió a gemir, desanudó sus manos y dejó que sus brazos cayeran a lado y lado de su cuerpo, sosteniendo el arma sólo por la empuñadura. Él aceleró sus movimientos y le dio la presión exacta, justo la que necesitaba, un poco más, y otro, y otro más, entonces Rachell estalló en un orgasmo tan poderoso que pareció llenar sus venas de adrenalina, dilatando sus pupilas hasta oscurecer sus ojos, y haciéndola gemir su nombre hasta que los espasmos bajo su vientre terminaron.

Samuel se rio cerca de su cuello y le regó lentos besos que subieron hasta su mejilla. Despacio, retiró su mano, y ella se sintió dolorosamente vacía sin su contacto.

—Por hoy lo has hecho muy bien, con ese último —le dijo señalando el papel amarillo—, has conseguido herirlo.

—El poder del azar. —Se burló ella.

Samuel se rio por lo bajo.

—Si quieres podemos volver a practicar el próximo sábado.

—Sí quiero —respondió Rachell de inmediato.

—Perfecto —murmuró él satisfecho, le quitó el arma que ella aún sostenía con fuerza entre su puño y le puso el seguro, la revisó y la metió en su arnés—.Vamos, te acompañaré al baño, hay algo de lo que quiero hablarte.

Rachell asintió curiosa, pero no dijo nada. La cogió de la mano y los dos se dirigieron a los baños, se detuvieron en el pequeño pasillo que dividía la sección de las damas y de la de los caballeros. Samuel estuvo tentado a entrar con ella y darle alivio a la dolorosa erección bajo sus pantalones, pero decidió contenerse, hacer aquello sería ir demasiado lejos, ella podría quedar expuesta y él no estaba dispuesto a correr ese riesgo. Ella le sonrió y le soltó la mano perdiéndose en el baño de las mujeres, él también entró de inmediato en la puerta opuesta.

Al salir, la volvió a tomar de la mano, caminaron hacia los ascensores y subieron al tercer piso donde estaba la cafetería. En el camino, Samuel le escribió un mensaje a Thor diciéndole donde estaba. Las puertas del ascensor se abrieron a un enorme salón sin divisiones, al fondo había una larga barra tan extensa como el salón, y el resto del lugar estaba lleno de mesas negras y amarillas. Por todos lados, excepto tras la barra, había ventanas que llenaban el salón de luz y calor. Ese parecía ser el único lugar cálido en el edificio. Bueno, eso y los brazos de Samuel Garnett.

Sacaron de los dispensadores dos botellas de agua y dos bebidas energizantes, y tomaron asiento.

—¿Con quién era la cena de negocios que tuviste anoche? —preguntó Samuel sin vacilaciones, dedicándole una fuerte mirada de *no-vayas-a-mentirme-porque-lo-sabré*.

Rachell le dio un sorbo a su bebida.

—Sabes perfectamente con quién cené... Entonces, ¿para qué quieres que te lo diga?

—Sólo quería confirmarlo —contestó Samuel acercándose a ella—. Quiero creer en ti, y quiero que seas tú misma quien me lo diga, quiero que me digas lo que piensas. —Se detuvo y la miró directamente a los ojos—. Rachell, quiero que seas honesta conmigo... en todos los aspectos.

Rachell no dijo nada, sólo frunció el ceño intrigada con sus palabras.

—Quiero entenderte —suspiró Samuel—. Comprender tus motivos, cuando hay una explicación válida para las cosas, todo puede aclararse, si hablamos con honestidad puede aclararse todo. Y si somos completamente francos, no tendremos nada que aclarar.

—No entiendo a dónde quieres llegar con esto Samuel —refutó Rachell—. Sí me hablas claro y sin rodeos, prometo contestar con la misma claridad, y siempre con franqueza, es un simple trueque equitativo, sí me das tu honestidad, es justo lo que recibirás de mí.

Samuel apartó la mirada y los dos se mantuvieron en silencio por varios minutos. Volvió a darle un trago a su botella antes de hablar—. ¿Qué es lo que te lleva a hacer negocios con Henry Brockman?

Los dorados ojos de Samuel le martillaban el alma y la intimidaban, pero la seguridad de la franqueza hizo que le respondiera sin titubear, él le había dado franqueza, ella le devolvería el favor.

—La publicidad y el lanzamiento de mi marca... Elitte está a cargo.

—No tienes por qué tener contacto directo con él, para eso están los creativos y los publicistas, que de hecho desarrollan el trabajo para tu cuenta —le dijo él con un tono acusatorio que la enojó, pero decidió guardarse sus opiniones, Samuel no era estúpido, ni ella había olvidado cuáles habían sido sus intenciones al acercarse a Henry al principio—. ¿No crees que es muy raro que siendo él el presidente de la empresa, quiera estar tan involucrado en lo que de hecho, no es su trabajo? —Rachell lo observó durante unos segundos, y para su sorpresa, Samuel se encontró removiéndose ansioso bajo su mirada. —No es de ti de quien desconfío, es de él.

—¿Sabes Samuel? —habló Rachell sentándose muy derecha—. Todo este asunto me hace sentir como en el interior de La Vida de Pi, yo misma me siento como ese jovencito... Es como si Henry Brockman fuera Richard Parker, el hombre en el que no puedo confiar, una persona ante la que no puedo bajar la guardia, pero entonces tú serías el enorme océano incierto del que no sé nada y que me lleva a donde le da la gana… a veces me das momentos de paz mostrándome la belleza que posees, pero también me atrapas bajo grandes y feroces tormentas. —Los dos dieron pequeños sorbos a sus botellas, evaluándose despacio—. El señor Brockman, hasta el momento, sólo me ha ofrecido su ayuda, su colaboración profesional y su amistad, y no tengo por qué decírtelo, pero no he aceptado la última, conozco la importancia de los límites profesionales… por lo demás, no veo cuál es el bendito problema.

—Rachell no olvides que al final Pi confirma lo que en el fondo siempre supo, la amistad del tigre no existe, le dio su ayuda, pero nunca le fue fiel —argumentó Samuel—. El océano por su parte, estará siempre en el mismo lugar, en calmas y en tormenta, pero no se irá a ningún lado.

—Pero es desconocido Samuel, no puedo confiar en lo desconocido.

Él pasó de largo sus últimas palabras con descaro.

—¿Por qué tienes que trabajar de manera personal con él, si los dos sabemos que podrías hacerlo con cualquiera de las personas a su cargo?

—Porque tenemos un acuerdo, eso es todo —respondió ella de mala gana sintiéndose acorralada.

—¿Qué tipo de acuerdo? —preguntó con sequedad sin apartar los ojos de ella.

—Eso es ir demasiado lejos Samuel, mi vida profesional es lo más importante que tengo, mis negocios son un asunto únicamente mío, tú y yo somos amigos, no arruines esto que tenemos queriendo ingresar a lugares en los que no tienes cabida.

Samuel apretó sus labios uno contra otro y posó los dedos sobre su boca, esas palabras le habían dolido, maldita sea, de verdad le habían dolido.

—Entonces no me puedes decir cómo haces tus negocios —afirmó sin vacilar—. Bien, yo te lo diré entonces, porque créeme que Brockman con cada uno de sus patéticos movimientos, se encarga de que cualquier persona lo suficientemente atenta lo sepa con total claridad. —Rachell tragó con dificultad, rompiendo el contacto visual con él—. Mírame —exigió Samuel, ella lo hizo de inmediato, con los ojos enojados—. Brockman está usándote, pero eso ya lo sabes y no te importa, porque lo realmente peligroso del asunto, es que tú estás convencida que eres tú quien lo manipula, te crees la mujer más astuta del planeta, y no eres más que una tonta ingenua que no tiene idea cómo lidiar con uno de los hombres más poderosos del país.

Rachell se tensó y sus labios temblaron enfurecidos.

Samuel se acercó a ella, acechando como un feroz felino sobre ella, intimidándola y congelando las palabras en su garganta.

—Él te ha ofrecido hacer la publicidad para tu firma… completamente gratis. —Samuel sonrió sarcástico—. A cambio, claro, espera que te acuestes con él, y tú tan cándidamente crees que todo se queda ahí... Pero Brockman no nació ayer Rachell, y no eres la primera jovencita en acudir a él buscando éxito. Así que eventualmente él podría conseguir acostarse contigo, créeme, hará la presión suficiente, empleará las armas que sean necesarias, y entonces tu anhelada publicidad... puff —Levantó las manos moviendo los dedos en el aire—, desaparecerá como por arte de magia, no importa cuántos contratos hayas firmado, no importa que de hecho, ya haya empezado a rodar en los medios... porque claro, él sabrá cómo ganar tu confianza, y te mostrará resultados increíbles y te seducirá con las enormes habilidades de Elitte, pero esta es la cuna del capitalismo Rachell, y sin dinero, nada, absolutamente nada funciona, así que tú, decepcionada y preocupada, acudirás a él, le preguntarás qué ocurre y le exigirás que todo se reestablezca, él te responderá con dos o tres líneas que a través de los años ha diseñado para jovencitas como tú, volverá a follarte una vez más y te engañará con una semana más de aparentes resultados, después se detendrá de nuevo, y así lo seguirá haciendo hasta que se canse de tenerte en su cama. —El rostro de Rachell estaba contraído de ira—. No te molestes conmigo, simplemente estoy siendo franco, es lo que me has pedido.

—¿Por qué haces esto Samuel? —le preguntó conteniendo el llanto—. No tienes una jodida idea de lo que estás hablando, no sabes nada, nada Samuel.

—Lo hago porque no quiero que te dañen, tú eres quien no tiene idea en lo que te estás metiendo, te mereces más que esto, te mereces mucho más que aprender esta lección de la manera dolorosa, por favor, mírate Rachell, apenas eres una niña.

—¿Y tú un hombre muy experimentado? —Lo atacó furiosa—. ¿Tú crees que lo sabes todo? ¿De verdad crees que se puede saber todo desconfiando de cada cosa que se te atraviesa en el camino? Ves enemigos y peligro donde no los hay, ¿acaso logras ser feliz viviendo de esa manera?

Samuel frunció el ceño molesto con la invasión de sus palabras, y extrañado con su ataque, había dado en el clavo con ella, porque su mejor defensa había sido desviar el tema hacia él mismo.

—Probablemente no soy un hombre experimentado, y de seguro necesito muchos más años, pero las lecciones que he aprendido las he aprendido bien, he aprendido a desconfiar y me ha funcionado bien hasta ahora, porque después de encontrarte cara a cara con el mismo diablo, difícilmente vuelves a confiar siquiera en tu propia sombra.

—¿Sí piensas así, cómo pudiste pedirme que confiara en ti cuando me pusiste esa maldita arma en la mano? —espetó Rachell sintiéndose estúpida por haber cedido a sus promesas.

Los ojos de Samuel se abrieron y algo en su rostro cambió y se suavizó de alguna manera.

—Porque necesito que alguien confíe en mí, que alguien me haga creer que es posible… que puedo… —apartó la mirada—. Olvídalo Rachell, sólo quiero que canceles el asunto que tienes con Brockman, exígele que transfiera tu cuenta a otro publicista, o deja que sea tu asistente quien se encargue de las negociaciones y los acuerdos, a ella no la presionará, eres tú a quien quiere, así harán las cosas como deben ser, de una manera realmente profesional, es tu derecho Rachell, si quieres triunfar en este mundo, tienes que aprender a hacer que tu palabra resuene sobre las demás, tienes que aprender a imponerte y a exigir.

Rachell se hundió en su silla, sabía que él tenía toda la maldita razón.

—No es así de simple Samuel, no puedo hacerlo, si cambio las cosas, él cancelará las condiciones de pago.

—No tienes con que pagarle. —No fue una pregunta—. No te preocupes por eso, yo pagaré la campaña Rachell.

Eso la dejó muda y dolida.

—¿Vas a ocupar el lugar de Brockman?

Samuel no respondió, los dos sabían lo que esa pregunta significaba, los había herido a los dos. Ella estaba enfadada, y él apenas si contenía la rabia en sus puños.

—No quiero que lo hagas Samuel, además, es demasiado dinero.

—No me importa la cantidad Rachell, te aseguro que puedo costear los servicios de Elitte, derrochó mucho más en un fin de semana de fiesta con mis primos.

—Lo que hay entre nosotros. —Ella carraspeó—. La amistad que tenemos es diferente, no quiero que el dinero tenga nada que ver Samuel.

—O lo haces tú, y le entregas al hombre un cheque diciéndole que cancelarás de contado el costo de la campaña, o lo haré yo mismo, y créeme, ese no será un momento agradable para ninguno de nosotros.

—No Samuel, deja de estar tomando decisiones acerca de mis asuntos, deja de meterte en mi vida sin permiso. —Levantó la voz alterada—. Sé perfectamente hacerme cargo de mi negocio, lo he hecho desde hace tres años, y puedes llamarme terca, orgullosa y toda la mierda que se te cruce por la cabeza, pero es mi vida, y yo decido como hacer las cosas, no voy a acostarme a cambio de dinero ni de ninguna otra cosa, ni contigo ni con Brockman. —Casi gritó, estaba histérica, y no con él, sino con la horrible realidad que tenía frente a sus ojos, sus tontas intenciones, su absurda ingenuidad y lo ciega que había estado acerca de sus planes, tenía que poner los malditos pies sobre la tierra de una buena vez.

—No te estoy dando dinero a cambio de nada Rachell —le habló él con voz pausada—. Eres mi amiga, y estoy apoyándote en un momento en el que lo necesitas, ya lo harás tú después por mí.

—No Samuel, no voy a aceptar tu colaboración, o como quieras llamarlo.

—¿Prefieres entonces aceptar la *colaboración* de Henry Brockman? —preguntó él con los ojos brillantes y furiosos.

—Sabes que no es eso —Intentó Rachell explicarse—. Samuel, no hagas esto, como lo has dicho, somos amigos, y por alguna razón que desconozco, a pesar de lo antipático que eres la mayoría del tiempo, de que tienes más cambios de humor que una mujer con síndrome premenstrual, y de que crees tener al mundo en la palma de tu mano, hay algo en ti… hay algo en ti que hace que no pueda rechazarte, algo que me hace desear estar a tu lado… algo que me hace confiar en ti, y no me preguntes por qué diablos lo hago, porque sinceramente no lo sé, y estoy siendo más franca contigo de lo que lo soy conmigo misma. Y créeme, el dinero lo cambiará todo, y yo… yo sencillamente no quiero que cambie.

Samuel estaba muy tieso en su silla, desconcertado con sus palabras.

—Lo sé, lo sé Rachell, yo me siento de una manera muy parecida respecto a ti, y entiendo tus temores, pero no sabes defenderte del mundo al que te enfrentas en esta industria, ni tienes las herramientas adecuadas para hacerlo. —Agachó la cabeza y pareció meditar algo unos segundos—. No adquieras una deuda con Brockman, ninguna, no le debas nada, ni siquiera el más mínimo favor… —Rachell apartó los ojos—. Y si estás dispuesta a adquirir una deuda con él, también deberías estar dispuesta a hacerlo conmigo, sino lo quieres así, no voy a darte ese dinero, voy a prestártelo, y te juro —Se detuvo tomándole la barbilla entre los dedos, haciendo que lo mirara a los ojos—, que jamás voy a presionarte para que me pagues. Será dinero, y dinero vas a devolverme, los dos podremos llegar a un acuerdo que sea justo para ti.

—Claro que no vas a presionarme, porque no vas a cobrarme —rebatió Rachel con ironía.

—Claro que te cobraré, haremos que sea justo para los dos, haremos un contrato que lo legalice todo, y para que estés más tranquila, no lo haré yo, le pediré a alguno de los abogados de mi bufete que lo redacte y esté al tanto de nuestro acuerdo, acordaremos una tasa de interés conforme con el mercado, un tiempo de pago, y me darás como garantía tu coche.

—Mi pequeño Pegaso —susurró Rachell bajando la mirada.

—¿Tu qué?

Ella ignoró su pregunta y no respondió.

—Definitivamente eres un maldito buen abogado, Garnett. —Los dos se rieron—. Está bien, acepto, pero negociaremos también la posibilidad de al menos cinco días de prórroga.

—Trato hecho —dijo Samuel, de inmediato extendiéndole la mano, Rachell lo imitó y los dos se dieron un apretón cerrando su acuerdo.

Ella respiró muy profundamente, un enorme peso se desprendía de sus hombros, liberándose de toda la presión que se había hecho casi insoportable desde la cena con Brockman en su yate. En el fondo sabía perfectamente que no podría acostarse con él, ni con nadie más, simplemente para conseguir algo a cambio.

—Trato hecho —repitió Rachell después de un rato.

—Nos vemos el lunes a las once en la torre Garnett para que discutamos y firmemos el contrato.

—Yo te enviaré mañana mismo la descripción y avalúo de mi coche.

—Rachell, eso ya lo sé a la perfección, únicamente me falta saber el número de serie de las partes, y eso lo conseguiré en un rato.

Ella abrió los ojos honestamente escandalizada con su poco respeto por la intimidad.

—¿De qué hablan tanto? —Los interrumpió Thor al llegar, dejando caer su bolso cerca de una silla que después volteo, los miró a los dos esperando a una respuesta, y se sentó ahorcajadas, cruzando los brazos sobre el respaldo.

—Negocios —respondió Samuel sin mirarlo—. Le prestaré dinero a Rachell, la prenda será su coche.

—Samuel, que mierda eres —protestó Thor mirando a Rachell—. No aceptes el trato, estás pactando con el diablo, te va a dejar sin coche, ya lo verás, mejor escucha mi consejo. —Volvió sus ojos hacia Samuel—. ¿Y por qué sencillamente no se lo das y ya? Dudo que Rachell necesite una cantidad que te deje a ti y a tus pobrecitos ingresos en la bancarrota.

—Porque no es lo que quiero, la manera correcta es justamente la que hemos decidido —respondió Rachell con rotundidad atrayendo los ojos de Thor sobre ella.

—Bueno, en ese caso, ¿qué coche tienes?

—Nissan 370z Roadster —terció Samuel, ganándose nuevamente la mirada de su primo.

—Compacto, como me gustan, una buena opción para la ciudad, esos coches hacen maravillas con el combustible, puedes recorrer hasta doscientos kilómetros llenando el tanque una sola vez… si se lo quitas me lo quedo yo —exigió Thor emocionado.

—¡Hey, hey, hey! —Los detuvo Rachell—. Aún no me quitaron mi coche, dejen la carnicería para otro día.

Samuel se rio.

—Es que Thor tiene debilidad por los coches pequeños… Toda una ironía dado su espantoso tamaño.

—Ya sabes primo, a los hombres que nos sobra el tamaño en *todas* partes, preferimos que las demás cosas sean un poco más pequeñas, ajustadas, apretadas… tú me entiendes. —soltó Thor con ojos traviesos mientras le quitaba la botella de agua a Samuel de las manos.

—Cállate. —ordenó Samuel por lo bajo y enseguida se levantó—. Bueno, nos largamos, yo aún tengo cosas pendientes que hacer.

Thor y Rachell lo imitaron y se encaminaron junto a él. Samuel dejó que su primo se adelantara, y le pidió que recogiera las cosas en su cubículo, le pasó el brazo sobre los hombros a Rachell y le encerró el cuello con su mano, acariciándola despacio y le dio en beso en la sien por encima de la gorra.

—¿Es muy importante lo que tienes pendiente? —preguntó Rachell, y de manera automática pasó su brazo alrededor de la cintura de Samuel.

—Sí que lo es —susurró con su caliente acento brasilero—. Eres tú mi pendiente Rachell, eso y el orgasmo que me debes.

—Oh.

—Rachell… —dijo Samuel con un tono de advertencia.

—¿Qué? —musitó Rachell con fingida inocencia.

—No sé si lo haces de manera inconsciente o ha sido un accidente, pero me estás agarrando el culo.

—Lo hago conscientemente —respondió ella con una enorme sonrisa.

De vuelta en el todoterreno, Thor animó de nuevo el trayecto de regreso al apartamento de Rachell, de nuevo con música que calentó su sangre mientras compartía ardientes miradas con Samuel que prometían una noche larga, muy larga y placentera.

Al llegar, Samuel se bajó mientras Thor protestaba por tener que conducir solo de regreso, y básicamente le pidió que desapareciera, que no lo llamara ni le dijera a nadie de su paradero, porque pensaba pasar la noche entera con Rachell, y probablemente parte de la mañana del domingo también. Thor abrió la boca con dramatismo, fingiéndose escandalizado, pero no se le pasó por alto que Samuel y Rachell se traían algo bastante serio, aunque ni siquiera ellos mismos quisieran darse cuenta.

CAPÍTULO 21

El sol brillaba sobre su cabeza, aún era muy temprano pero ya hacía calor. Samuel apagó su reproductor de música y se detuvo cerca de uno de los bordes de la fuente Bethesda en el Central Park. Inhaló y exhaló profundamente varias veces intentando normalizar su pulso, estiró las piernas y brazos sin dejar de mirar la escultura del ángel frente a él.

Había hecho casi el mismo recorrido prácticamente todas las mañanas durante los últimos años, y nunca se había detenido a apreciar en realidad la enorme fuente. Soltó una fuerte bocanada de aire por última vez y sacó el móvil del bolsillo de su sudadera, rápidamente buscó a Megan entre sus contactos, y le envió un mensaje de texto preguntándole si estaba en el parque aquella mañana.

Un par de minutos después, aún no había recibido una respuesta, se sentó en el borde de la fuente y se decidió a esperarla un poco más. Llevaba más de una semana sin tener ninguna comunicación con ella, y por alguna razón, quería asegurarse que todo estuviera bien. Rodó los dedos sobre el móvil y sus ojos se detuvieron sobre una imagen que lo hizo sonreír con algo parecido a la ternura, oscureció la pantalla y regresó el aparato a su bolsillo.

—¡Hola Samuel! —Escuchó la voz animada de Megan a sus espaldas—. ¡Pensé que te había tragado la tierra!

—Bueno —Sonrió Samuel contagiado con su entusiasmo—, la verdad es que me habían abducido los extraterrestres.

Megan le dio una de sus adorables sonrisas inocentes como respuesta, y se sentó a su lado en la fuente.

—¿Cómo estás? —indagó cuidadoso.

—Bien. —respondió ella—. ¿Sabes?, de hecho, en este momento muy bien... Imagino que has tenido mucho trabajo...

Samuel la interrumpió sin mucha cortesía.

—Algo... ¿Cómo van tus clases?

Megan se quedó mirándolo en silencio por varios segundos, tratando de sacudir su mente.

—¿Si lo que preguntas es sí aprobaré?, la respuesta es sí, voy a la universidad para obtener mi título.

Samuel elevó una ceja con reprobación.

—¿Tienes malas notas, Megan?

Ella volvió a reírse de aquella manera tan encantadora que marcaba ligeramente el asomo de un hoyuelo en su mejilla izquierda. —Muy malas —le dijo y sus ojos brillaron—. Ya te he dicho que hago justo el esfuerzo necesario.

Samuel no pudo evitar sonreír por la picardía en su voz, agachó la cabeza y negó repetidas veces sin animarse a decirle nada en realidad.

—Ya tengo la melodía —habló Megan, cambiando el tema rápidamente—. La he estado tocando y cada vez me sale mejor, mis dedos se están haciendo más hábiles —le dijo haciendo serpentear sus dedos en el aire—. Cuando quieras puedes venir a mi casa y practicamos juntos.

La sonrisa abandonó los labios de Samuel y su gesto se endureció de inmediato.

—Me parece Megan, que esa no es una buena idea —dijo con más severidad de la que pretendía.

—No te preocupes por mi padre —Se apresuró ella a decir—. No estará en casa, además ya le he dicho a mi madre y ella se muere por conocerte.

—¿Tú madre quiere conocerme? —Giró Samuel rápidamente la cabeza en dirección a Megan, clavando su mirada en ella. Sus ojos a la brillante luz de la mañana lucían amarillos como las semillas de mostaza.

—Claro que sí —contestó ella animada—. Le he dicho que eres mi amigo y lo que has hecho por mí, y también quiere disculparse por lo que hizo mi padre aquel día en la clínica.

—Megan, no iré a tu casa —le dijo cortante, con su habitual rotundidad y seriedad—. Pero tú eres bienvenida en mi apartamento. —Intentó suavizar su voz.

—Lo siento Samuel, pero no tengo permitido visitar a hombres que vivan solos.

Él lo meditó por un momento.

—Tienes razón, no es apropiado que hagas algo así, podría ser peligroso para ti… Por supuesto, yo jamás te haría daño, pero nunca debes confiarte demasiado… de nadie Megan.

Ella asintió sin decir nada.

—Lo haremos de alguna manera que nos resulte conveniente a los dos, tal vez podríamos ir a un club o algo así, o alquilar un salón en alguno de los conservatorios... Ya se nos ocurrirá algo.

—Eso suena bien. —Estuvo Megan de acuerdo volviendo a sonreír—. No es que desconfíe de ti, estoy segura que no me harías nada malo, pero ya sabes, la gente podría pensar que…

Samuel la interrumpió de nuevo.

—Lo sé, no tienes que darme ninguna explicación, ni tienes que disculparte por ello, tienes derecho a pedir de vez en cuando que las cosas se hagan justamente como a ti te resulten más cómodas, ¿entendido?

Ella asintió, repentinamente intimidada con el tono de su voz.

—¡Samuel! —Se escuchó una voz grave y melodiosa acercándose, los dos se giraron a la vez—. No me esperaste… —Le reclamó a su primo. Su voz fue descendiendo en cada silaba, y sus ojos rápidamente se centraron con interés en Megan—. Hola —saludó a la chica con su característico encanto, sonriendo y elevando las cejas por encima de sus gafas de sol.

Megan movió la cabeza y amagó una sonrisa.

—Hola —apenas gesticuló la palabra con sus labios y volvió la mirada hacia la fuente.

Thor inclinó la cabeza sobre su hombro en un gesto encantadoramente infantil, y pareció comunicarse silenciosamente con Samuel, exigiéndole saber quién era su acompañante. Pero lo único que recibió por respuesta fue un frío y hostil ceño fruncido. Así que se decidió a ignorarlo, cogió entre sus manos las orejeras de los enormes y relucientes auriculares negros, y los dejó colgando sobre su cuello, se quitó las gafas y volvió a mirar a Megan.

Samuel bufó con muy poca sutileza y avanzó hasta casi pegarse a ella.

—Hoy me voy antes de tiempo, así que no estaremos mucho tiempo —habló con su inconfundible voz de mando—. Megan, él es Thor, mi primo.

Ella giró medio cuerpo, y el recién llegado primo se le acercó. De inmediato se sintió diminuta, casi consumida por su asombrosa estatura, el hombre tenía un precioso cabello rubio, y un solo vistazo hacia arriba le bastó para disfrutar de los ojos más azules y más hermosos que había visto en toda su vida.

—Megan… —habló ella—. Mucho gusto.

—Igualmente —dijo él quitándose uno de los guantes y extendiéndole la mano—, encantado.

Un cosquilleo invadió su delicada mano al entrar en contacto con la de él, y sin poder resistirse, se decidió a contemplar nuevamente sus ojos. Había algo increíblemente tranquilizador en aquellos brillantes irises cristalinos, eran tan azules como el despejado cielo sobre sus cabezas, serenos y cautivantes.

Él volvió a sonreírle, como si escondiera mil secretos perversos en su sonrisa, y ella estuvo segura que quería conocerlos todos. Y participar de ellos también.

Thor estrechó la mano de la chica y la analizó rápidamente. Supuso que no pasaría los veinte, tenía el cabello del color de las almendras, una cola de caballo revoloteaba en su espalda, y varios pequeños mechones ondeados se escapaban de todos lados en su cabeza, tenía las mejillas sonrosadas por la actividad física, y los ojos enormes y curiosos, de un tono que aún no decidía si se acercaba más al verde o al gris. Todo en ella le resultaba extrañamente encantador, atrayente de una manera confusa, pero al fin de cuentas, lo que tenía claro era que ella era hermosa y absolutamente conveniente.

No solía interesarse en mujeres por debajo de los veinte, ni en chicas tan pequeñas, pues ella no era sólo mucho más bajita que él, sino considerablemente delgada. Lucía demasiado delicada, pero había algo en sus ojos que lo tentaba, era como si sus miradas vacilantes gritaran que querían saberlo todo, que estaba ávida de información, y eso le resultaba irresistible, porque él podría enseñarle todo lo que ella quisiera saber.

Sonrió para sus adentros y se detuvo en sus labios, tenía la boca pequeña pero muy llena, era un pequeño punto rosa brillante en un permanente puchero, como si todo el tiempo estuviera pidiendo un beso.

—Thor —lo llamó Samuel con tono agrio—. Thor —Volvió a hablar perdiendo la poca paciencia que tenía.

Él parpadeó varias veces y miró a su primo confundido, la mirada de Samuel lo puso alerta, pero de inmediato hizo la nota mental de que él ya salía con Rachell, las cosas entre ellos parecían serias, así que no debería tener ningún inconveniente con que él abordara a la deliciosa y peculiar Megan.

—Vámonos ya, no me hagas perder tiempo —le exigió Samuel dándole la espalda, poniéndose directamente en medio de él y Megan. —¿Terminas el recorrido con nosotros, Megan? —le preguntó con un tono que claramente le decía que en realidad no esperaba que dijera que sí.

—Claro —respondió Megan de inmediato.

Samuel se puso las gafas y empezó a correr, ella sacudió la cabeza y corrió hasta alcanzarlo. En breves segundos, Thor estuvo a su lado.

Samuel le dedicaba miradas llenas de tensión y reclamo, pero el recién llegado no fue consciente de ninguna de ellas. En cambio Megan sí fue bastante consciente de las constantes miradas que Thor le hacía, para su mala suerte había vuelto a ocultar sus bonitos ojos bajo las gafas oscuras, pero su radiante sonrisa seguía dejándola sin aire.

Ninguno dijo nada mientras corrían, cada uno estaba sumido en sus propios pensamientos, y los primos deseando con todas sus fuerzas que el otro se largara del lugar. Después de casi un cuarto de hora de correr sin detenerse, los tres disminuyeron el ritmo y empezaron a caminar, Megan en medio de los dos exóticos hombres apenas si alcanzaba a procesar como todas las miradas en el parque estaban puestas sobre ellos.

Abrió mucho los ojos, completamente asombrada por el descaro de la gente al pasar junto a ellos, o el de algunos otros que con muy poco disimulo se detenían cerca y escaneaban de arriba abajo los cuerpos de los Garnett. Sonrió para sus adentros, prometiéndose evitar a toda costa recrear esa misma cara de embelesamiento al mirarlos. Sin embargo, para su muy mala suerte, sus ojos marcharon por voluntad propia muy cerca del trasero de Thor. Mordiéndose los labios luchó con todas sus fuerzas, el mejor resultado que obtuvo fue dejar su mirada detenida sobre el cinturón que colgaba sobre las caderas del rubio, en el que llevaba un iPod, lo que supuso era su móvil, y un termo negro.

Thor se percató de los ojos curiosos de Megan, y con toda intención se sacó el frío bote con agua de su cinturón. Mientras lo hacía, se giró y caminó dando pasos hacia atrás, obligándolos a todos a detenerse. Megan seguía concentrada en el movimiento de sus manos.

Samuel se llevó las manos al cabello empapado de sudor y lo sacudió ligeramente, empezando a exasperarse con su primo, pero éste lo ignoró, y aún mirando a Megan apenas dejó que el termo tocara sus labios.

—¿Quieres? —La convidó con una sonrisa radiante.

—Gracias —susurró ella, y aunque sus dedos temblaban ligeramente, estiró el brazo con decisión, cogió el termo en sus manos y bebió.

El agua estaba realmente helada, bebió hasta estar satisfecha y le devolvió el recipiente a su dueño.

—¿Rica verdad? —preguntó Thor, de nuevo con aquella risa perversa. Ella sólo asintió en silencio, sin sonreír siquiera—. ¿Corres aquí normalmente? —Esta vez se acercó a ella, sólo un poco, pero con ese increíble aire sensual de sus movimientos.

—*No es tu problema.* —siseó Samuel en portugués, Megan pareció no escuchar nada, pues sus enormes ojos parecían vagar por todos lados como queriendo huir.

—Sí —respondió ella sin mirarlo a la cara—. Corro todos los días, por dos o tres horas cada día.

Thor elevó las cejas interesado.

—Podríamos correr juntos entonces.

—Thor… —Exhaló Samuel en una clara advertencia, conocía perfectamente a Thor, podía predecir de sobra cómo se comportaba cuando veía a una mujer que le gustaba, y claro, sabía qué hacía su primo con las mujeres en las que se interesaba.

Se las llevaba a la cama y después las desechaba sin siquiera pestañear.

—Claro —Estuvo de acuerdo Megan mirándolo a los ojos—. ¿Vendrás tú también Samuel?

—No puedo prometerte nada —le dijo Samuel—. Depende de mí horario, si tengo tiempo suficiente salgo a correr, de lo contrario entreno en el apartamento… Y Thor tampoco puede comprometerse contigo en realidad, no le gusta madrugar.

Thor frunció el ceño, reconociendo por primera vez la magnitud de la hostilidad de Samuel. Había aceptado que no compartiera a Rachell, y entendía sus razones, pero una segunda chica era claramente un acto de cruel egoísmo.

—Bueno, ahora tengo un incentivo para madrugar.

Samuel lanzó una odiosa risotada falsa.

—Eso quiero verlo.

—Pues lo verás —repuso Thor con mucha seguridad—, hombre de poca fe —finalizó bajándose las gafas más allá del puente de la nariz y levantando las cejas velozmente en repetidas ocasiones.

Megan se rio con suavidad, y Thor quiso de inmediato volver a provocar aquel delicioso sonido en ella. La mirada de Samuel en cambio, fue una amenaza frontal.

Pero antes que pudiera decir cualquier cosa para callar las payasadas de su primo, ella se había quedado completamente rígida y la expresión en su rostro se había oscurecido.

—Gracias por la compañía chicos, estuvo divertido —habló Megan sin poder ocultar el tedio en su voz, Samuel miró sobre su cabeza y Thor lo siguió, cerca de cuatro metros más allá, sobre la acera que daba al Museo de Arte Metropolitano, un hombre de mediana edad vestido de traje negro esperaba de pie al lado de un Bentley gris—. Ya debo irme.

—Qué pena —susurró Thor—. La diversión se va contigo.

Megan sonrió con timidez.

—Que tengas un buen día. —Se despidió Samuel con su voz profunda y una dulce sonrisa. Ella asintió despacio.

—Fue un placer conocerte, Megan —intervino Thor nuevamente, acercándose a ella hasta besarla en la mejilla—. ¿A qué número puedo llamarte para que nos pongamos de acuerdo en las mañanas? —preguntó en un tono que resultó irresistiblemente pecaminoso.

Megan se sonrojó inquieta.

—Samuel te lo dará —le dijo mientras agitaba la mano en el aire despidiéndose y se marchaba trotando del lugar.

Una vez ella se hubo ido, Samuel y Thor se dedicaron miradas hostiles sin decir una sola palabra, sin siquiera moverse del lugar en el que se encontraban.

—Suéltalo —demandó Thor con fuerza, moviendo sus manos con impaciencia.

—¡No! —Fue la respuesta rotunda de Samuel, se dio media vuelta y caminó en dirección a la Quinta Avenida.

Thor relajó los hombros y caminó tras él, decidido a relajarse y a suavizar el ambiente entre ellos, que entre otras cosas, no tenía idea por qué se había puesto tenso.

—Vamos Sam, dame el número.

—Ni de coña, no lo haré Thor… es mejor que vayas excluyendo a Megan de tu lista: *"Próximas en follarme"* —Samuel hizo comillas con sus dedos.

—¿Pero por quién me tomas? —fingió Thor indignado—. Sólo quiero ser su amigo.

Samuel se detuvo y le dedicó una significativa mirada, que por alguna razón lo hizo sentir más sucio que la mierda.

—¿De qué se trata toda esta mierda que te traes últimamente con las mujeres? ¿Las quieres acaparar a todas? ¿Quién diablos te crees? Con Rachell lo comprendo, y eso que ya te dije que fui yo quien la contrató, pero soy tan noble que te lo perdoné… Después de todo no tengo oportunidad con ella… ¿Pero con Megan? ¡La viste! ¡Quiere conmigo!

—¡Te dije que no! —gruñó Samuel demasiado alto al tiempo que se detenían sobre el paso de peatones en el cruce del semáforo, frente los cotizados edificios residenciales—. Megan no se toca, no se mira, ¡es una niña, maldita sea!

—¡Que pedazo de capullo eres! —Se quejó Thor como un niño malcriado—. Yo no puedo, pero tú sí ¿verdad?

—No Thor, yo tampoco —Intentó Samuel suavizar la voz—. Sólo soy su amigo, ella ya tiene suficientes problemas en la vida como para cargar con tu mierda de casanova.

—¡No es como que tuviera quince años, Samuel! Deja de exagerar de una buena vez.

—Es virgen —masculló Samuel mientras cruzaban la avenida—. Así que no la mires.

Thor se detuvo en medio de la calle.

Los transeúntes estrellándose contra él lo sacudieron y aceleró el paso hasta igualar nuevamente a Samuel.

—Mierda —maldijo por lo bajo—. ¿Y tú cómo cojones lo sabes? ¿Tanto te acercaste, maldito pervertido? —le sonrió con complicidad.

—¡Claro que no! —volvió Samuel a rugir asqueado, su primo estaba haciendo que perdiera por completo la paciencia—. Es obvio Thor, ¿cómo no puedes verlo?

—¿Ahora se supone que debo tener visión de rayos X y detectar la integridad del himen en las mujeres?

—No seas imbécil —siseó Samuel, y los dos atravesaron el vestíbulo de su edificio—. Mírate por favor, a su lado eres un asqueroso viejo libidinoso, ¡ya tienes veintiséis años!

Un mugido de profunda indignación llenó la sala y rebotó en las paredes haciendo eco acompañando la campanilla del ascensor al abrirse. Abrió y cerró la boca repetidas veces, pero no consiguió decir nada. Jamás le perdonaría a Samuel que lo hubiese llamado viejo, libidinoso, bueno, eso tal vez, pero viejo jamás.

—Me estas condenando injustamente Samuel, jamás avanzo sin antes asegurarme de tener carta blanca.

Samuel elevó una ceja con ironía.

~ 264 ~

—Ella merece que su primera vez sea especial, con alguien de su edad.
—Mira —repuso Thor—. Ya me estoy cansando de tener que justificarme contigo, no soy un maldito psicópata, ni obligaré a la mujer a hacer algo que no quiera.
—Ella está muy lejos de ser la clase de mujer con la que sueles acostarte —continuó Samuel dentro del ascensor—. Claro que no te dirá que no, soy perfectamente consciente de tus alcances, pero estás acostumbrado a un tipo de sexo que a ella le asustaría, sueles acostarte con varias mujeres y hacer cosas que seguramente traumatizarían a Megan.
—Tiempos aquellos. ¿Solo dime cuando yo no he sido respetuoso? Siempre pregunto ¿sí o no? Y lo hago con el consentimiento de la mujer, no soy un cavernícola… —Al ver que Samuel elevaba una ceja con ironía se detuvo por un momento—. Eso son juegos, sólo cuando jugamos y ellas acceden… tú no eres el jodido Christian Grey sólo porque amordaces, ates o des unas cuantas nalgadas… ni tampoco Batman cuando te disfrazas.
Samuel sólo desvió la mirada y soltó media carcajada ante las palabras de Thor, por más que quiso no pudo evitarlo.
—Lo hago por complacer las fantasías… ¿recuerdas cuando nos disfrazamos como Hitler y Mussolini para Stephanie?
—Sí —Sonrió Thor sin poder evitarlo—. Esa noche me estrené como reverse gangbang cuando invitó a sus cuatro amigas, a ti se te veía ridículo el bigote de Hitler… Pero eso nada tiene que ver con Megan.
—Claro que si tiene que ver Thor, tu época de profanar atrapa sueños pasó, ya la colección de hímenes la cerraste, así que deja a Megan tranquila.
Thor se quedó callado hasta que las puertas privadas dentro de su apartamento se abrieron.
—Sam, ya sabes lo que me pasa cuando le ponen a algo la etiqueta de prohibido.
—Olvida tu maldita fijación con lo prohibido Thor, y si aprecias en algo tu bonita cara, no te acerques a Megan, por tu jodida mandíbula no lo hagas.
—¡¿Por qué?! —gritó Thor deshaciéndose del cinturón deportivo—. ¡Quiero una maldita explicación! Y si no la tengo, no desistiré.
Samuel se acercó furioso hasta encararlo, parecía no importarle nada que Thor le sacaba casi una cabeza.
—¡Porque es hija de Henry Brockman!
—Ah… —musitó Thor asintiendo con la cabeza—, es eso…
Samuel se alejó de él quitándose la camiseta.
—¡¿Y quién coño es Henry Brockman?!
—El dueño de Elitte —contestó Samuel con los dientes apretados.
—Me suena… —continuó Thor con indiferencia.
—Es una agencia de publicidad, una de las más importantes de América.

—Bueno, yo soy hijo de Reinhard Garnett, uno de los hombres más ricos del continente, y no por eso mi papaíto anda por ahí protegiendo mi virginidad.

Samuel puso los ojos en blanco y sacó una bebida energética de la nevera.

Su primo lucía de verdad cabreado, y en realidad, lo último que Thor quería era enemistarse con él por un par de piernas, al fin de cuentas, eso era algo que para él abundaba en todos lados.

—Está bien, no me acercaré Samuel… Pero si ella quiere, no me hago responsable de lo que pueda pasar.

—Quiero creer en tu palabra Thor, sólo no te acerques a ella.

—Por favor Sam, ya bájale dos líneas al drama, pareces un puto dorama coreano. —Lo provocó arrebatándole la bebida de las manos—. Igual y llega otro y le arrebata la telita de los sueños.

—Cállate… —bufó Samuel saliendo de la cocina.

—Ahora dime —Siguió Thor detrás de él—. ¿Por qué no te preocupaste de esa manera por mí cuando aún era virgen?

—No seas imbécil —le respondió dándole un manotón en la cabeza—. Yo estaba en mi asunto con Evelin, se suponía que habíamos ido a la casa de Belo Horizonte por esa razón, no para que tú te tiraras a Alexya.

Thor soltó una risotada.

—Recuerdo toda la mierda que Ian nos hizo tragar asegurándonos que las habíamos dejado embarazadas.

Samuel se rio también.

—Los dos lloramos como bebés.

—Pero eso no impidió que siguiéramos aprovechando el viaje a Belo Horizonte.

Los dos se miraron y volvieron a reír, poco tiempo después de su aventura con Evelin y Alexya habían empezado a compartir a las mujeres con las que se acostaban, muchas veces al mismo tiempo. Sin decir nada más, los dos se metieron en sus cuartos, Samuel maldiciendo a su primo a gritos porque se le había hecho tarde, y Thor más intrigado que nunca por la discusión que habían tenido. Él cumpliría su palabra, no daría el primer paso con Megan, no la tocaría, pero nada podría hacer si era ella quien lo buscaba.

CAPÍTULO 22

Al taxi que cogió en su tienda le llevó menos de veinte minutos llegar a la Torre Garnett. Se detuvieron en la acera, ella le pagó al taxista y bajó rápidamente, caminó deprisa atravesando la bahía frente al edificio y entró en el vestíbulo. En el momento justo en que cruzó las enormes puertas giratorias lo llamó a su móvil

—He llegado —le dijo sin más ceremonias, tal como él lo hacía tan a menudo con ella.

—Te espero. —Fue lo único que Samuel dijo antes de cortar la llamada.

Rachell rio y aceleró su paso hacia la recepción. Aún le quedaban al menos tres o cuatro metros antes de llegar al recibidor, pero la mirada de hostilidad visceral que la recepcionista le dedicó, le hizo sentir que el lugar se reducía caóticamente a su alrededor.

La mujer volvió a darle un escaneo descarado, tal como lo había hecho la primera vez que había entrado en la torre, pero esta vez no debería tener ninguna razón, no llevaba shorts ni escotes. Estaba completamente segura de estar vestida más que adecuadamente. Se había puesto un pantalón recto color rosa, una blusa negra ajustada que marcaba sugerentemente sus pechos sin mostrar nada de piel en realidad, y un blazer de tela opaca color champán. Llevaba zapatos negros de plataforma de dieciséis centímetros y un clásico bolso Ralph Lauren de cuero negro. Se había recogido la mitad del cabello en un discreto y elegante tupé, y había hecho una verdadera obra de arte con su maquillaje, resaltando entre tonos terracota el violeta de sus ojos.

No, la molesta rubia en la recepción no tenía nada que recriminarle a su apariencia, así que definitivamente debía tratarse simplemente de vulgar envidia, y desde luego, Rachell Winstead no se iba a permitir ser amilanada por tal cosa. Echando sus hombros hacia atrás, levantó el mentón y estiró elegantemente sus zancadas, luciendo por completo sus largas y estilizadas piernas. Con gesto altivo llegó al recibidor.

—Buenos días —saludó a la mujer con la misma cortesía con la que un aristócrata pide que le sea servido el té—. ¿Puede anunciarme con el señor Garnett, por favor?

—¿Tiene cita con él? —inquirió la irritante mujer apagando sus parpados con prepotencia.

—Sí —sonrió con suficiencia—. Soy Rachell.

—Necesito su apellido —repuso la rubia entre dientes.

—Winstead —contestó elevando ambas cejas.

La recepcionista apagó odiosamente sus parpados de nuevo, y se concentró en la pantalla de su computador empotrado en el mármol de la recepción, descendió despacio por una lista de dos páginas, y conforme avanzaba, una antipática sonrisa se formó en su cara.

—Lo siento —fingió pesar mientras fruncía los labios—. Su nombre no está en la agenda.

—¡Rachell! —La voz de Samuel resonó entre las paredes de mármol, mientras se acercaba a ella con paso rápido y firme.

Giró y se quedó completamente poseída por la visión de Samuel aproximándose. Vestía un traje color grafito exquisitamente cortado, que estaba prendido a su cuerpo de una manera que la perfección no alcanzaba a explicar. No obstante, sus pupilas sólo se dilataron hambrientas en el impactante contraste de su corbata escarlata como la sangre.

Era una elección arriesgada, ella como diseñadora lo tenía muy claro, colores solidos tan llamativos no eran fáciles de llevar, pero hasta ahora no había descubierto una sola cosa que el señor fiscal no hiciera bien. Era una corbata delgada, la tela tenía un acabado mate y el nudo definitivamente no era convencional, era una serie de ingeniosos giros sofisticados que aportaban varias capas sobre la forma de diamante en su cuello. Lo había hecho para destacar, no tenía la menor duda. Pero era sobre todo como el color vibrante jugaba con su piel, tan latina e impetuosa como él mismo, lo que la había dejado sin palabras. Había fuerza en su porte, ímpetu, ardor, y un erotismo hipnotizante que le provocaba ideas estremecedoramente sexuales.

Caminando hacia ella, lucía como siempre, seguro de sí mismo y dominante. Su mirada además, parecía revelarle sólo a ella la potente fuerza de su pasión, y la convicción con la que se movía en la vida. Estaba absolutamente poseída por su imagen, por su habitual ceño fruncido y la perfección de sus labios. Estaba sedienta por probarlo nuevamente.

Parpadeó un par de veces y se giró levemente para dirigirse nuevamente a la recepcionista.

—Lo siento, olvide decirte que él mismo vendría a por mí… gracias —dijo fingiendo inocencia, sintiéndose victoriosa. Le dedicó una mirada condescendiente, mucho más odiosa y arrogante que las que ella misma le había dado a su llegada.

La rubia tenía la boca abierta y la incredulidad rotulada en sus pequeños ojos vidriosos, Rachell le dio una vez más una sonrisa sesgada y encogió con gracia y coquetería su hombro derecho al volverse en la dirección en la que venía Samuel.

En cuanto volvió a enfocarse en él, quiso estrangularlo. ¿Por qué demonios no la había incluido en la agenda? Dio un par de pasos más, y antes que pudiera detenerse para saludarlo, él estiró el brazo y la cogió por la mano, cogiéndola y pegándola a su cuerpo. Después, la besó.

La besó en los labios, sin decoro, sin pudor ni vergüenza. Aun cuando simplemente presionó su boca sobre la de ella, sabía que los dos estaban rodeados de algo sumamente erótico y sexual, y no tenían la capacidad ni el deseo de disimularlo.

—No me habías incluido en tu agenda —le dijo Rachell con la voz grave sin mirarlo a los ojos.

—Estás hermosa. —Fue su respuesta.

—Vaya manera de eludir la responsabilidad —acotó Rachell rindiéndose a sus ojos dorados, reclinando levemente el cuello, pues ni sus altísimos zapatos le permitían igualarlo en estatura.

Él sonrió y la guio hacia el ascensor cogiéndola de la mano.

—No estoy eludiendo nada —habló en el momento en que se abrieron las puertas—. No es necesario que estés en mi agenda, no eres trabajo. —Deslizó los ojos por la curvatura de sus pechos bajo el blazer, la atrajo hacia sí y le rozó la piel cerca de la clavícula con las yemas de los dedos—. Tú eres placer, desenfreno, locura… —susurró despacio, después apartó la mirada de su cuerpo y estudió en silencio, a través del vidrio panorámico del ascensor, como ascendían sobre la ciudad—. Ahora mismo no debo hacerlo, pero voy a follarte en este ascensor mientras desde el Empire State nos miran con celos.

Rachell jadeó y las palabras se atascaron por un momento en su garganta.

—Tendrías que vaciar el edificio. —Lo retó arrogantemente con un imposible.

Él sonrió, pero antes que pudiera responder, las puertas del ascensor se abrieron.

Despacio, él se apartó de ella, dejándola hecha una masa informe y temblorosa, con sus pechos subiendo y bajando con desesperación. La adrenalina corría veloz por sus venas, asustada por su intriga y excitada por su osadía. Inhaló profundamente, y por el rabillo del ojo lo vio agachar la cabeza y sonreír, ¿estaba burlándose de ella?

—Buenos días —saludaron casi al mismo tiempo dos elegantes hombres trajeados que entraron en el ascensor. Abogados, dedujo Rachell.

Los hombres se detuvieron frente a ella, justo al lado de Samuel. —Buenos días —respondió él en tono profesional e impersonal. Rachell asintió educadamente con la cabeza pero no se atrevió a hablar.

—¿Cómo va el caso EPRON, Scott? —Volvió a hablar Samuel, esta vez palmeando en el hombro al más alto de los abogados, con gesto amable y sereno, como si hacía menos de cinco minutos no hubiera estado haciéndole escandalosas promesas sexuales.

—Las noticias no son alentadoras para los empleados —respondió Scott.

—El tipo se lanzó a la quiebra —intervino Smith, un rubio de pobladas cejas y ojos azules.

Samuel se mantuvo en silencio algunos instantes, después volvió su mirada letal hacia los abogados.

—Dejó cabos sueltos, el hombre no es tan astuto, hay que buscar bien.

—Pues no nos lo ha puesto fácil, tiene ratas muy hábiles protegiéndolo. —Asintió Scott acomodándose un solitario de oro en la corbata.

—Todas las ratas caen —sentenció Samuel—. Los asociados y clientes de la compañía confían en nosotros, le serviremos la cabeza de Roderferd en bandeja. —Los dos hombres asintieron con resolución—. Hay que trasladar la investigación al exterior, haz el contacto con Lasserre, seguro tiene cuentas en Ginebra, indaguen también en los bancos internacionales en las Islas Vírgenes, es demasiado dinero, debió meterlo en algún lado —Les sonrió confiado—, sólo debemos encontrarlo.

—Sí, es imposible pasar inadvertido con semejante suma, habrá quién esté realmente dispuesto a soltar prenda —agregó Smith.

—Las ratas nunca son leales —acotó Samuel antes de carraspear un par de veces—. ¿Qué aportó Valenzuela después de la reunión con los clientes?

—Que quieren descuartizarlo y echarle cal viva —contestó Scott con media sonrisa.

—Quiero los extractos de las cuentas en el exterior mañana en la tarde —demandó Samuel—. Yo hablaré con Costner para que agilice el caso en la fiscalía —finalizó refiriéndose al asistente fiscal 156° quien llevaba el caso EPRON, mientras se abrían nuevamente las puertas del ascensor.

—Te mantendré al tanto. Hasta después. —Se despidió Smith, no sin antes dedicarle una apreciativa mirada a Rachell. Scott hizo exactamente lo mismo.

Ella asintió y sonrió con cortesía.

—Hasta después —habló Samuel, de nuevo tan serio como cuando habían ingresado en el ascensor, y volvió a tomarla de la mano. Un segundo después, las puertas se cerraron.

Unos instantes más tarde, los dos estaban andando por el pasillo con las fotografías de Brasil, él seguía llevándola de la mano, y ella lo encontraba reconfortante, le gustaba sentirlo, había algo protector en su agarre que la hacía sentir segura y cómoda.

Los grandes y cristalinos ojos marrones de Vivian se detuvieron justo en el agarre de sus manos sin poder disimularlo, parpadeó rápidamente varias veces, notablemente sobresaltada por su desliz, y esta vez miró a Rachell con una sonrisa, reconociéndola al instante. Era la primera vez que su jefe se tomaba el trabajo de recibir a alguien en la mismísima recepción, y aún más sorprendente, era la primera vez llevaba a una mujer a la torre.

—Buenos días —saludó la secretaria con timidez.

—Hola —Le devolvió Rachell la sonrisa.

—Vivian, por favor acompáñanos a la sala de juntas —le pidió Samuel poniéndose en marcha sin decir nada más.

Ella asintió, cogió de su escritorio la tablet y los siguió diligentemente. Aun cogiéndola de la mano, Samuel la guio hacia unas puertas dobles frente al escritorio de Vivian, justo al lado de su despacho.

La exquisitez del lugar la dejó sin palabras, la sala era muy amplia, todo en acabados grises y negros cromados, la mesa podría albergar al menos a una veintena de personas, y todo, inclusive los cuadros y aparatos electrónicos, tenían un aire increíblemente futurista, cada cosa estaba recubierta de un acabado lustroso y pulido, hasta la enorme y sofisticada cafetera al fondo de la sala parecía alguna clase de utensilio traído de la NASA.

Cerca de la mesa del café, sentado en una de las elegantes sillas, un hombre de unos cuarenta años la miraba a los ojos mientras se ponía en pie y ajustaba los botones de su chaqueta. Por un breve momento sintió como si fuera sometida a alguna clase de evaluación, pero no pudo estar segura, de inmediato el hombre se acercó a ella tendiéndole la mano amablemente.

—Encantado, señorita Winstead.

—Rachell —intervino Samuel—. Él es Morgan, un puto crack del derecho.

—Mucho gusto, señor Morgan —correspondió Rachell apretándole la mano.

Samuel le dio una mirada solemne sin dejar de sonreír. —Estoy poniendo a tu disposición al mejor abogado de Nueva York, serás su cliente durante los ajustes legales de nuestro acuerdo y también estará a tu servicio para el correspondiente seguimiento, por supuesto, también podrá ayudarte con cualquier asesoría o apoyo legal que puedas necesitar, su misión es garantizar tu bienestar legal y el de tus inversiones, incluso si es contra mí.

Ligeramente abrumada, miró a Morgan confundida, el abogado le devolvió una sonrisa tranquilizadora, que hubiera sido de utilidad si en ese mismo instante Samuel no hubiera posado la mano en su zona lumbar, despertando y excitando cada terminación nerviosa en su cuerpo.

Samuel movió una de las sillas para Rachell, y con un educado movimiento de su mano invitó a Morgan a tomar asiento nuevamente.

—¿Quieres algo de tomar o de comer? —le preguntó con suavidad mirándola directamente a los ojos.

Por varios segundos, Rachell no consiguió decir nada.

—No recuerdo muy bien el nombre —habló aclarándose la garganta—. Pero me encantaría uno de esos tés brasileños que tú sueles tomar.

—Un Quentão —le dijo Samuel con una sonrisa que casi la hace gemir, y nuevamente se quedó en silencio, como embrujada por él y la deliciosa forma en que su lengua se enroscaba en los vaivenes de su exótico acento.

—Sí —cogió aire profundamente—. Exactamente Samuel, uno de esos.

—¿Qué puedo ofrecerte a ti Morgan?

—Un Glühwein, por favor.

Rachell se quedó callada, pero de nuevo intrigada con la cosa impronunciable que había pedido Morgan, parecía que los abogados no podían beber un vulgar y convencional té negro.

O verde o gris en su defecto.

Samuel le dio una simple mirada rápida a Vivian, y ésta abandonó inmediatamente la sala. Parecía frío y mandón, pero Rachell lo observó atenta, y por el contrario, vio calidez y respeto en el breve instante en el que en silencio se comunicó con su secretaria. El hombre nunca dejaría de intrigarla.

—Bien Rachell —habló Morgan abriendo una carpeta y deslizándola hacia ella—. Este es el contrato —señaló con el índice—, estas son las clausulas, aquí están los términos y condiciones de pago, este es el aproximado de la cantidad del préstamo, el cual como reza el párrafo veintitrés, es de naturaleza flexible y puede cambiarse o ajustarse durante cualquier momento en el proceso sin que las cláusulas acordadas cambien en absoluto.

—Eso es muchísimo dinero, Samuel. —Dejó de mirar a Morgan para concentrarse en él, inquieta y con las manos sudorosas al ver allí escrito en el papel una suma tan escandalosa. Ni siquiera todos su bienes juntos le alcanzarían para pagarle.

—Es lo que cuestan los servicios de Elitte, Rachell. —La confrontó Samuel sin disimular como su lengua parecía despreciar el nombre de la agencia publicitaria.

Ella estudió su rostro un instante antes de hablar, suspiró y sacó su bolígrafo.

—Bien, ¿dónde debo firmar? —le preguntó a Morgan.

Él abrió mucho los ojos y miró a Samuel, quien de inmediato le guiñó un ojo e inclinó suavemente la cabeza, pidiéndole sin palabras que la dejara avanzar.

—Aquí, señorita Winstead. —Le señaló Morgan el lugar donde debía firmar—. Y aquí… sí… y una última firma aquí.

Cuando Rachell terminó de firmar los documentos, Samuel cogió la carpeta y la cerró asegurándola entre el cristal y la palma de su mano.

—Está listo entonces. —le dijo con un tono profesional al que ella no estaba acostumbrada—. Sólo debo agregar mi firma y el contrato estará hecho.

Rachell le dedicó una mirada sospechosa y después miró a Morgan buscando respuestas a no sabía qué cosa.

—Claro —continuó Samuel—, yo antes me tomaré el tiempo suficiente para leer el contrato y estar seguro que las clausulas están bien para mí.

El pulso de Rachell se disparó, y aún no comprendía qué demonios pretendía él.

Morgan le dedicó una mirada en la que secretamente le decía *cabrón*, antes que Samuel volviera a hablar.

—¿Sabes lo que pasará si no me pagas a tiempo, verdad Rachell?

Ella titubeó antes de hablar.

—Lo que habíamos acordado —respondió intentando sonar segura, pero sabía que no lo había conseguido—. Me darás un plazo de cinco días al momento de cumplirse el periodo de pago de la primera cuota.

—¿Estás segura que eso era lo que decía el contrato?

—Regreso en un minuto. —Se disculpó Morgan y salió de la sala.

Rachell apretó una mano contra la otra.

—Eso fue lo que acordamos, Samuel —le dijo una vez Morgan estuvo fuera.

—¿Y qué te hace pensar que es justo eso lo que está reflejado en estos papeles?

—Tu palabra —contestó apretando los dientes, maldiciendo por su absurda ingenuidad, no se trataba de Sophia u Oscar, no sabía qué demonios la había impulsado a confiar de aquella manera en él.

El estómago se le removía mientras esperaba que lo peor viniera, en cualquier momento le diría que se había burlado de ella, que era su jueguito y ahora mismo tenía en su poder todo lo que ella poseía, y seguramente la chantajearía pidiéndole sólo Dios supiera qué a cambio. Había caído como la más grande de las tontas en el juego de un hombre incapaz de comprender su realidad, el la patraña de un niñito rico que había crecido rodeado de opulencia, acostumbrado a conseguir siempre lo que se le diera la gana. Quería salir corriendo, pero la ansiedad y el esfuerzo por controlar las lágrimas que se negaba a dejar salir, la tenían congelada en el asiento.

Samuel giró por completo su silla mirándola a la cara, abrió la carpeta y atravesó su mano sobre las hojas, impidiéndole que leyera nada.

—La palabra de nadie es garantía de nada —le dijo secamente—. Aquí Rachell, dice que por cada día de prorroga deberás pagar los intereses por mora con labores físicas consideradas a mi discreción, y si decides no hacerlo, tomaré como prenda de pago tú coche, tu tienda y tu apartamento.

Rachell tragó duro, temblorosa y angustiada.

—Eso es absurdo —lo acusó con indignación—. Debe haber una ley que proteja mis derechos, habíamos acordado algo completamente diferente, esto es ruin y sucio.

—Probablemente, pero ya lo firmaste.

Con las manos en puños apretados se levantó de la silla haciéndola chirriar contra el pulido suelo y le dedicó una mirada asqueada y asesina.

—Entonces no tengo nada más que hacer contigo, en cambio me reuniré con Morgan, o con cualquier otro abogado, y te aplastaremos tus malditos huevos.

Samuel se rio hasta que le sobrevino un ataque de tos, y ella emprendió su enojado camino hasta la puerta, con las lágrimas de frustración acumulándose en sus ojos.

—¡Rachell espera! —La llamó corriendo tras ella, la cogió por la mano y la pegó violentamente a su pecho.

Rachell lo miraba con tal furia, que sentía que en cualquier momento lo despellejaría por pura fuerza de voluntad. De sus ojos refulgía fuego, y a pesar que diera la impresión que su rostro se congestionaba por el llanto, mostraba tal fuerza y determinación, que lo había dejado sin palabras.

Lucía salvaje e indomable, le calentaba la sangre y lo volvía loco. No se había doblegado, en cambio lo había confrontado y lo había amenazado en su propia oficina.

—No es eso lo que dice el contrato —murmuró pegado a ella con una timidez que no sabía que pudiera sentir—. Las clausulas dicen exactamente lo que habíamos acordado.

Rachell se quedó muy quieta, con los labios entreabiertos y la mirada perdida. Él no tenía una sola pista acerca de qué pudiera ella estar pensando, lo cierto fue que en un momento salido de la nada, dos solitarias y pesadas lágrimas se deslizaron por su rostro, y a él le dolieron en lo más profundo de su pecho.

—Lo siento, Rachell —le dijo angustiado.

Ella volvió a mirarlo, de nuevo con la misma determinación de hacía unos segundos.

—¿Por qué coño hiciste eso?

—Intentaba darte una lección, tienes que leer cada cosa antes de poner tu firma en un papel, jamás te confíes.

—Intento confiar en ti —habló Rachell con su voz casi apagándose, ni siquiera ella predijo esas palabras saliendo de su boca.

Todo el cuerpo de Samuel se tensó, de repente abrumado y de alguna manera extraña, sumamente conmovido.

—No lo haré nunca más —repuso enfático.

—Mejor que no lo hagas —le advirtió Rachell con altivez—. Es curioso… y aterrador… presenciar en primera fila como tienes la habilidad para tocar justamente mis puntos más sensibles. Es la segunda vez que lo haces —finalizó con inadvertida sinceridad.
—¿Sólo dos veces? —bromeó Samuel en un ronroneo sensual—. Yo juraba que lo había hecho en más de una ocasión, es eso o jadeas por cualquier cosa.
—No son esos puntos sensibles a los que me refiero. —Había regaño en su voz, pero una descarada invitación en sus ojos—. Pervertido —susurró provocadora.
La mirada de Samuel se volvió turbia, perdida en sus preciosos ojos violetas. Obedeciendo sólo al instinto la atacó con un beso lento y violento, haciéndola gemir de inmediato.
Reticente, alejó sus labios de los de ella y exhaló pesadamente buscando recuperarse. Se pasó la lengua por los labios con lentitud, como buscando prolongar el sabor del beso, y le acarició el rostro con una mano, mientras con la otra movía los dedos sobre la pantalla de su móvil.
Un instante después, Morgan abrió la puerta para Vivian, quien entraba con una bandeja de cristal en la que traía las tazas de té, dos pequeñas refractarias con endulzantes y miel, una jarra con agua y cuatro largos vasos.
—Creo que ha aprendido la lección —habló Samuel dirigiéndose a Morgan.
El abogado volvió a tomar asiento sonriendo de medio lado.
—La has hecho llorar, deja de ser tan inhumano Samuel.
—Necesitaba esa lección —les dijo Rachell con humildad, apartó la mirada y le recibió con una sonrisa la taza con su té a Vivian.
Estaba caliente y tenía un ligero tono picante al final, el olor era embriagador y sabía divino, las notas de limón y miel se deslizaron por su garganta como una caricia. La próxima vez se animaría a probar el que había pedido Morgan.
Le regaló una sutil sonrisa a Vivian antes de que ella abandonara el salón y volviera a dejarlos a solas.
El abogado cogió la carpeta y resaltó con notas adhesivas varios puntos a lo largo del documento.
—Lo primero Rachell, es que establezcamos cuanto antes la cantidad total de la campaña, la verdad es que no comprendo cómo iniciaste la negociación sin conocer el coste total primero. —Había reprimenda en su voz, pero también sabiduría y el deseo de ayudarla.
Rachell frunció los labios y asintió despacio, odiaba que la gente se tomara atribuciones con ella, y aún más que la regañaran, pero también era lo suficientemente lista como para ceder la razón a quien la tenía, y ella había cometido una serie de vergonzosos errores en cada uno de sus

movimientos con Elitte... Y con Henry también. Así que atender un buen consejo era justamente el paso más acertado e inteligente.

—Llama a Brockman —le dijo Samuel descargando la taza sobre el pequeño platito de porcelana verde—. O no... Mejor dame su número y en adelante Morgan se hará cargo de los trámites y negociaciones para el lanzamiento, así no tienes que reunirte más con él.

Ella respiró profundamente y lo miró a la cara buscando entre las reservas de su limitada paciencia.

—Primero hablaré yo con él.

Morgan los ignoró a los dos y sacó de su portafolio una nueva carpeta.

—Este es nuestro contrato de servicios Rachell. —Deslizó los documentos hacia ella—. Por favor léelos atentamente, aquí están estipulados nuestro tiempo de vinculación, las características y límites de mis servicios legales, nuestros itinerarios y también los espacios en los que podemos agendarnos, como verás, mi tiempo es limitado, espero que puedas ajustarte a alguno de estos horarios.

—Sí por supuesto, mi horario es mucho más flexible —respondió Rachell enfocándose en Morgan mientras leía detenidamente el contrato en silencio.

Durante la lectura hizo un par de preguntas, y cinco minutos después volvió a tomar su bolígrafo.

—No creo que vayamos a necesitar una prórroga, así que puedes retirar esta página —le dijo sacando la hoja y entregándosela a Morgan—. Aunque es Samuel quien paga por tus servicios, por favor déjame saber la suma, seguramente el señor Garnett y yo llegaremos a un acuerdo de pago mucho más racional.

Samuel miraba hacia la nada, con los dedos cubriéndole la boca y el mentón.

Mientras Rachell firmaba las formas, Morgan la estudió por unos cuantos segundos. Evidentemente era una novata en el mundo de los negocios, pero parecía ávida de éxito y dispuesta a trabajar duro por conseguirlo. Lo realmente intrigante era como estaba Samuel de involucrado en el asunto, el dinero que estaba poniendo a disposición de la muchacha era una suma nada despreciable, eso sin contar sus honorarios que desde después no eran nada baratos, y aunque sabía que aquella cifra no era significativa para su jefe, sí se estaba tomando demasiadas molestias en el asunto, atendiendo cada trámite personalmente y vigilando muy de cerca el proceso, el asunto con la señorita Winstead debía ser diferente.

Había conocido a un par de las chicas con las que Samuel había salido, pero nada se comparaba con la manera en la que se relacionaba con Rachell, cada mirada, cada movimiento y palabra parecían estar seriamente enfocados en ella, evidentemente esta vez estaba de verdad interesado.

—Morgan, por favor ajusta tu agenda con Rachell para que la próxima vez que ella se reúna con Brockman tú estés presente, de lo contrario, seguramente le seguirá dando largas a la firma del contrato.

Morgan asintió en silencio y guardó los documentos en su portafolio, viendo como en los ojos de Rachell se formaba una tormenta, obviamente Samuel había acabado con la paciencia de la chica al insistir una y otra vez con el asunto del presidente de Elitte. —Bien, estaremos en contacto —les dijo levantándose y apretando sus manos, después, abandonó la oficina.

Samuel levantó el auricular del teléfono y marcó a su secretaria.

—Vivían faltan veinte minutos para la hora de la comida quiero que te encargues de que todos salgan a comer fuera, quiero el edificio solo en quince minutos, no es una evacuación, es una invitación de mi parte —dio la orden y colgó manteniendo el gesto de molestia en su cara.

Rachell tragó en seco, porque al parecer llevaría a cabo el pedido que le había hecho en el ascensor, sin embargo no podía evadir la conversación.

—Parece que tenemos que aclarar un par de cosas Samuel, Soy la dueña de mi firma, y estoy a cargo de cada una de las negociaciones de Winstead, incluido por supuesto, la campaña de lanzamiento de la nueva colección. Yo empecé las negociaciones con Henry Brockman, y no sólo sería una descortesía de mi parte enviarle un abogado sin previo aviso…

—Pues que Morgan lo llame y le avise, así no tendrá que hacerse el sorprendido —la interrumpió con una mirada obstinada.

Rachell suspiró.

—No sólo sería una descortesía, sino que pondría en entredicho la seriedad y ética de mi empresa, de mi imagen… Aprecio muchísimo tu colaboración, y como lo hablamos, estaré dispuesta a retribuir incondicionalmente tu apoyo cuando necesites de mí, pero es mi negocio y soy yo quien decide cómo se hacen las cosas.

—Ya veo… —murmuró Samuel con notable enfado—. Pero parece que sigues sin darte cuenta de la realidad acerca de lo que representa vincularse con Brockman.

—¿Por qué no me lo explicas entonces?

Esta vez fue Samuel quien cogió aire e intentó serenarse y disimular sus emociones.

—Sólo te estoy pidiendo que vayas con Morgan, eso no tiene nada de raro, todos los empresarios suelen llevar a sus abogados a este tipo de reuniones, no creo que Brockman tenga que sorprenderse.

—Puede que sea lo acostumbrado, pero esos no fueron los términos en los que él y yo negociamos.

—¿Cuáles fueron los jodidos términos entonces, Rachell?

—Baja el tono Samuel —le dijo ella con fuerza—. Y dime tú de una maldita vez ¿qué es lo que te pasa con Henry Brockman?, ¿y por qué tienes esta estúpida obsesión por protegerme?

Samuel se levantó airado de su silla, rodeando la mesa con rápidas zancadas en su característico caminar felino, como si estuviera acechando al borde del ataque.

—¿Crees que si no supiera protegerme estaría hoy aquí? —Ella también se levantó—. He cuidado de mí desde hace muchos años, no soy una tonta inocente. —Samuel la miró con una sonrisa retorcida que decía todo lo contrario, y ella sintió que la rabia se multiplicaba en su pecho—. ¡Deja de evadirme y dime de una maldita vez qué pasa con Henry Brockman!

—¿Qué te pasa a ti con Henry Brockman? —rugió Samuel levantando la voz—. Porque si estás interesada en él, dímelo de una vez, créeme, no hay problema.

—Que imbécil eres —susurró Rachell con dientes apretados.

—¿Te interesa Brockman, sí o no?

—¿Qué se supone que debo responder?

—Guárdate la retórica para los verdaderos imbéciles, porque yo no soy uno de ellos.

—No. No me interesa —respondió Rachell caminando de prisa y acercándose a él hasta encararlo con furia—. ¿Es eso lo que quieres escuchar? ¿O quieres que te diga que no quiero meterme en la cama con él?

Samuel no dijo nada, el silencio se hizo entre los dos por casi un minuto entero.

—Mi único interés en Henry Brockman es el de mantener una relación laboral en buenos términos.

—Los términos de Brockman son follarte hasta el aburrimiento, ya tuvimos esta discusión.

—¡Exactamente! Estamos dando estúpidas vueltas en el mismo asunto, en tu absurda obsesión con Brockman, en tu asfixiante deseo de controlarme a tu antojo, en tu deseo de que haga justamente lo que te da la gana.

—¿Te asfixio? —inquirió él sin disimular su indignación.

—¡Pues sí, lo haces!

—De modo que ahora te asfixio, pero si no te llamo me haces un berrinche de adolescente, demonios Rachell ¡madura de una buena vez!

Sus palabras fueron como una humillante ostia, dio dos pasos hacia atrás sin dejar de mirarlo, respiró hondo e intentó tranquilizarse, el día había empezado bien, con tanto de aquello que le gustaba compartir con él, odiaba que siempre las cosas parecieran salirse de control entre los dos.

—Samuel —susurró intentando recobrar la calma—. Lo único que te pido es que me entiendas, soy una mujer independiente, sé valerme por mi misma, siempre ha sido así… No puedes pretender que permita que seas tú quien dirija mi vida, me sentiría mutilada, no sería yo misma. ¿Acaso no te das cuenta que realmente fue un gran paso el que permitiera que te involucraras en todo esto?, estás más metido en mi vida de lo que nadie ha estado jamás.

Los hombros de Samuel se relajaron, y esta vez fue él quien se acercó a ella.

—No pretendo manipularte, no quiero que dependas de mí, sólo te pido que te alejes de Brockman.

Los ojos de Rachell lo estudiaron desconcertados.

—¿Qué coño te pasa con él? Le das más importancia que yo —inquirió dejando salir su molestia.

—No será a ti a quien le diga cuál es mi problema con Brockman… No podría. —Cerró los ojos y bajó la cabeza, sintiéndose derrotado al menos en ese pequeño momento—. No me hagas preguntas que no voy a responderte.

—En ese caso haré las cosas a mi manera, porque no hay una razón que me haga cambiar de parecer, me reuniré con él para que me diga la cantidad y se lo daré a Morgan. Es eso nada más, sólo voy a cerrar un negocio… pero si no estás de acuerdo, dejemos las cosas así… Tal vez Brockman acepte el coche y no mi cuerpo como tú piensas.

La ira volvió a llenar el rostro de Samuel.

—Haz lo que se te dé la gana, igual cuentas con el dinero, con el coche, con lo que quieras, si quieres seguir viendo a Brockman hazlo también, no voy a seguir cuidándote, testaruda —le dijo en un susurró apretado y salió a toda prisa de la sala de juntas usando la puerta que daba a su oficina.

Después que él hubiera dado un muy ruidoso portazo, Rachell se quedó en silencio, paralizada y contemplando la puerta. Había pasado mucho tiempo, pero las confrontaciones tan fuertes seguían haciéndola temblar, definitivamente no era algo así lo que ella necesitaba en su vida. Rodeó la mesa hasta volver a su silla, cogió los papeles que Morgan le había dado, los metió en su bolso, y salió de la sala de juntas.

Samuel se pasó las manos varias veces por el pelo, fue hasta su escritorio pero no consiguió sentarse, en cambio empujó con fuerza su silla que fue a estrellarse contra la pared. Caminó hasta su baño, abrió el grifo del lavamanos y se mojó la cara y el cuello, no lograba entender qué demonios le había pasado, ni por qué había perdido el control de esa manera. Escuchó las guardas de la sala de juntas ajustarse con suavidad, y supo que era ella quien se marchaba.

No podía dejarla ir.

Ese fue el súbito pensamiento que lo hizo salir a toda prisa de su oficina, ella le estaba pidiendo confianza, y ella misma ya había dado el primer paso al confiar en él, se lo había dicho. Se lo había demostrado.

Sacó el móvil de entre su bolsillo y llamó a Logan.

—¿Dónde estás?

—En el piso de seguridad, señor.

Vivian lo miraba expectante desde su escritorio, pero no había rastro de Rachell por ningún lado. Su secretaria apartó la mirada y señaló hacia la derecha con su bolígrafo. Ninguno de los dos dijo nada.

Aceleró sus pasos y la vio dirigirse a los ascensores.

—Logan, ordena que apaguen las cámaras de seguridad del ascensor dos, también las del back-up.

—¿Todo bien señor?

—Sí —contestó con acritud—. Quédate en la sala de monitoreo y asegúrate que el circuito esté apagado para el ascensor dos.

—Sí, señor.

—Y Logan…

—¿Señor?

—Manda a verificar que nadie esté en la torre… no pasa nada. Tal vez detenga el ascensor, no quiero ningún revuelo por eso, desactiva la llamada automática a los bomberos y a la agencia de seguridad. Me comunicaré contigo más tarde.

Cortó la llamada, apagó el móvil y corrió hasta alcanzarla.

—Rachell —la llamó mientras ella presionaba el botón de llamado—. ¡Espera Rachell!

Los ojos de Samuel lucían angustiados, tenía la respiración acelerada y parecía estar tan confundido como ella. Cualquier resolución que hubiera tomado se desdibujó en un instante, ese era siempre el efecto que él tenía en ella.

El ascensor número tres se abrió, Rachell giró la cabeza en esa dirección y Samuel la cogió de la mano. Un instante después, las puertas del ascensor dos se desplegaron. Él recostó la espalda contra el marco del aparato, impidiendo que las placas de metal volvieran a cerrarse, y la atrajo con suavidad hacia su cuerpo.

Ninguno de los dos consiguió decir nada, Samuel apretaba su mano y le acariciaba la piel de la muñeca con el pulgar. No supo exactamente por qué, pero sabía que él le estaba diciendo algo que no conseguía expresar con palabras, y en un segundo, se empinó y se apoderó de su boca. Samuel respondió de inmediato, y no con la suavidad que esperaba, por el contrario, la besó con urgencia y desesperación.

Un instante después, el beso se había transformado en una serie de ataques apasionados, lamidas y mordiscos lujuriosos que prácticamente los empujaron dentro del ascensor. De inmediato, las puertas los dejaron encerrados.

Ella le hundió los dedos entre los cabellos, profundizando el beso, mientras él la atacaba con su lengua en un beso tan urgente y febril, que el aire en la cabina se calentó y se espesó. La empujó contra las puertas, pegando violentamente su cuerpo contra ella y se hundió en su cuello, besando, lamiendo, chupando y mordiendo, en una sinfonía perfecta y decadente. El ascensor se detuvo con suavidad, y un agudo y breve pitido precedió el movimiento de las puertas al abrirse.

Ninguno de los dos pareció darle la más mínima importancia a eso. Entre jadeos y pesadas exhalaciones, le pasó las manos bajo los muslos y la levantó del suelo. De inmediato, Rachell le rodeó la cintura con las piernas y aferró con fuerza los brazos alrededor de su cuello. Le mordió los labios y él gruñó con fuerza, complacido y un poco más enloquecido, balanceándola en un repentino movimiento violento que hizo que la espalda de Rachell fuera a estrellarse contra una de las paredes laterales cerca de los botones de mando. Lo siguiente que sintió, fue la henchida erección de Samuel presionando en el lugar indicado entre sus piernas, gimió ruidosamente y él la recompensó lamiendo con ardor el lóbulo de su oreja.

La sangre en sus venas galopaba sobre ardiente lava de lujuria y desenfreno. Desesperado, le mordió la suave piel del borde de su mentón, le cogió los largos cabellos entre su mano y estiró con fuerza hasta ajustarle la boca en la dimensión perfecta sobre sus labios. La dolorosa sacudida en los cientos de terminales nerviosas en su cuero cabelludo la hizo gemir de nuevo, una y otra vez, deleitada en el dolor más divino que había experimentado jamás.

Con la ansiedad creciendo dentro de su pecho, reclinó las rodillas sosteniendo el peso de Rachell sobre sus piernas, y con movimientos torpes metió una de las manos entre sus cuerpos, batallando contra el botón del pantalón de Rachell, sin conseguir desajustarlo en ningún momento. Volvió sus ojos hacia ella buscando ayuda, pero en cambio recibió una agresiva mirada exigente, y en un parpadeo ella le había capturado con fuerza el mentón con una mano, después apretó sus mejillas y lo acercó hasta su rostro, sacó la lengua y con decadentes lametazos pinceló su boca sin permitir que sus labios se tocaran, provocándolo, enloqueciéndolo a él y a su palpitante polla.

Las mejillas le dolían por el violento agarre de su mano, pero a él le resultaba delicioso y adictivo, ella era todo lo que su ímpetu prometía, era irresistible y delirante entre sus brazos.

Despiadado, empujó la pelvis con fuerza entre sus piernas haciéndola sollozar de placer, y volvió las manos a su pantalón, esta vez cogienda con violencia la pretina hasta desabotonarlo por la fuerza.

El pitido volvió a sonar y las puertas volvieron a abrirse, de inmediato, Rachell metió las manos bajo la solapa de su chaqueta y se lo deslizó por los hombros, Samuel sacudió los brazos y el amasijo de tela gris cayó a su espalda. Las puertas de nuevo se habían cerrado, escondiéndolos a ellos cerca del tablero de botones, mientras él empujaba contra ella buscando alivio, mordiéndole el cuello mientras ella apretaba la corbata entre sus manos. Desde fuera, el ascensor lucía inofensivamente vacío.

—Llevó más de un mes deseando esto Rachell —murmuró Samuel jadeante.

Ella lo miró a los ojos con ardor y después le sonrió traviesa, él frunció el ceño y en un par de movimientos le arrancó el blazer, lo tiró al suelo y el ascensor se detuvo de nuevo, esta vez estaban en la recepción. Samuel la besaba en el cuello y ella echaba su cabeza hacia atrás poseída por placer. Abrió los ojos, y la bahía del edificio se pintó frente a ella, su corazón se disparó asustado, y sus bragas se mojaron. El ascensor reemprendió su ascenso, y frente a ellos la avenida empezó a alejarse.

—Mírame Rachell —exigió al verla concentrada en la vista de la ciudad.

Ella le dedicó una mirada enfadada, la había atraído hacia aquella locura sabiendo que no estaba de acuerdo. Pero era muy tarde para quejarse. O detenerse.

Lo cogió por los cabellos echándole la cabeza hacia atrás y lo mordió en el mentón, apretó sus dientes con fuerza y él maldijo con fuerza clavándole los dedos en los muslos. Rachell le lamió el cuello y volvió a besarlo, y por primera vez en su vida lo hizo con verdadera entrega, quería decirle que no tenía por qué dudar, que Henry Brockman jamás obtendría nada de ella, ni ningún otro hombre mientras él estuviera presente en su vida.

Samuel se detuvo agitado y con los ojos muy abiertos, intentando leerle el rostro y queriendo con todas sus fuerzas creer en la entrega que ella intentaba darle con sus besos. Con un brazo le envolvió la cintura, la pegó a un más a su pecho y la beso de nuevo. Quería saborearla, quería disfrutarla por entero, pero ella no se lo ponía fácil, ella quería llevarlo a su propio ritmo, retorciéndose entre sus brazos, apretándose contra él y extinguiendo sus besos, como si necesitara mirarlo, como si quisiera ver a través de sus propios ojos.

Los ojos de Rachell ardían de deseo, deleitados en los enrojecidos labios hinchados de Samuel, había perdido la cabeza por él.

—Devórame —le ordenó.

Samuel metió las manos bajo su blusa, apretándose contra su piel cálida, estrujándole la cintura, marcándola.

—Llévame al punto más alto. —Volvió a decirle, pero esta vez fue casi una súplica que lo hizo sonreír.

Con las manos aún bajo su blusa, la sostuvo por la cintura y la bajó hasta que sus pies tocaron el suelo. Le besó el cuello y bajó la cremallera de su pantalón, le mordió los labios y en un solo movimiento la desnudó.

Había bajado el pantalón por completo, arrastrándole la ropa interior en el camino. Rachell estrelló abiertas las plantas de sus manos contra la pared, y se quitó los zapatos ayudándose de sus talones. Samuel le cogió cada tobillo y terminó de sacar las prendas, haciéndolas a un lado antes de ponerse en pie.

Antes que ella pudiera darse cuenta, él la había tomado de nuevo por los muslos, y ella estaba de nuevo agarrada a él. Samuel deslizó sus manos, apretándole los glúteos con posesión, clavando los dedos en la piel desnuda de sus piernas. Era un hecho, había perdido la razón.

Eventualmente, el pitido del ascensor les avisaba que las puertas se abrían, pero a ninguno de los dos parecía molestarle en realidad.

Al otro lado, a través del cristal, se veían los coches pequeños sobre la Quinta Avenida, la gente presurosa caminando hacia los restaurantes, y el bloque enorme del Empire State cerca de la calle 34.

Rachell lo observó, contempló como su respiración pesada lo obligaba a abrir la boca en busca de aire, le encantaba saber que era ella quien provocaba aquello. Deslizó sus manos sobre el pecho de Samuel, y sintió el latido frenético de su corazón retumbar contra sus dedos.

—Quiero más… —Lo tentó atrevida mientras le desajustaba el nudo de la corbata—. Dame lo que quiero Samuel —le dijo con una sonrisa perversa al tiempo que levantaba el cuello de la camisa y ampliaba la circunferencia del enlace de la corbata, empezó a sacarla y volvió a sonreír, entonces la ajustó alrededor de su cabeza haciéndolo lucir como alguna especie de nativo Cherokee.

—Dame lo que quiero, Rachell —La imitó Samuel—. Dame lo que necesito.

Ella tragó duro, le desabotonó la camisa abriendo al final la tela en dos y recorriéndole ansiosa su pecho desnudo. Perlas de sudor se habían dispersado por sus pectorales, Rachell se inclinó y lo lamió justo en el centro de su pecho. Samuel gruñó con escándalo, gimiendo al final como si quisiera suplicarle que dejara de torturarlo.

Con una mirada ardiente, le envolvió el cuello entre su mano, y volvió a atacarla con un beso que pareció consumir el aire en la cabina, con su mano libre navegó entre sus cuerpos hasta perderse en medio del calor de sus piernas, y deslizarse lo suficiente como para disfrutar de la resbaladiza delicia entre sus pliegues. Hizo una ligera presión sobre su clítoris, y continuó su camino hasta que dos de sus dedos estuvieron dentro de ella sin dejar de mirarla un solo segundo.

Rachell gimió.

—Más —casi gritó, y él con su mano libre le tapó la boca con suavidad.

Sus músculos interiores se apretaron ansiosos alrededor de sus dedos, prometiéndole que encontraría el paraíso entre sus piernas.

—No te haces a una idea de cuánto te deseo —le dijo al oído mientras movía despacio los dedos en su interior, y apretaba con suavidad su exquisita mordaza erótica.

—¿Cuánto? —exigió saber zafándose de su mano, al tiempo que ágil metía sus dedos en el amasijo de sus cuerpos, y acariciaba su entrepierna a través de la tela del pantalón. Estaba realmente duro, casi salivó al constatarlo.

—Tanto que vas a llorar de placer conmigo —respondió al sacar sus dedos, los elevó cerca de sus rostros y se los metió en la boca con lentitud—. Exquisita —susurró con voz ronca mientras ella lo frotaba con las manos.

Las pupilas de Rachell se dilataron y sus pulmones casi se quedaron sin aire. Con desespero, sus manos se hicieron espacio a través del pantalón hasta abrir la bragueta liberando su enorme y seductora erección. Samuel no dejó de mirarla a la cara, y con rapidez le quitó la blusa, arruinando su peinado en el camino. Un segundo después, la había dejado sin sujetador y la había tomado con sus manos, llevándola hasta la barra cromada en medio del vidrio panorámico, descargándola allí mientras abría su correa y desajustaba sus botones.

—¿Qué estás esperando Garnett? Quiero llorar —le preguntó abriendo más las piernas para él, frotándose descaradamente contra su pene, mientras arqueaba su cuerpo desnudo y descargaba la cabeza en el cristal—. Elévame, pero hazlo lentamente porque quiero disfrutar de la tortura —susurró volviendo su mirada de nuevo hacia él—. Vamos Samuel, ¿qué esperas?

—Siempre tan insolente Rachell —murmuró entre dientes al pegarse a ella—. Tendré que castigarte —masculló apretadamente en el momento justo en el que se enterró en ella. Por completo. Profundamente.

Rachell gimoteó apretando las manos contra la barra, sintiendo el frío refrescante del vidrio contra su espalda. Samuel cogió aire intentando recuperarse de la abrumadora satisfacción de sentirse rodeado y apretado por ella, apoyó una mano en el cristal y la otra sobre su vientre, mientras su aventurero pulgar se deslizaba hasta torturar su clítoris.

Después de eso, el pequeño espacio dio vueltas a su alrededor, mientras Samuel bombeaba enloquecido en su interior, sin pausa, sin descanso, golpeando con fuerza, levantándola de vez en cuando mientras el sudor en su espalda la hacía resbalar por el cristal.

Los pitidos del ascensor al detenerse cada cinco pisos en su recorrido a lo largo del edificio, parecieron silenciarse para ellos, ya no eran más que sacudidas de sus cuerpos, el sudor manando de ellos y el inagotable placer recorriéndolos enteros. La gente al otro lado del cristal dejó de existir, si alguien los había visto, no podía importarles menos, ellos estaban por completo consumidos el uno en el otro, sumergidos en un descarado concierto de jadeos, gruñidos y gemidos.

—Me quemas Rachell —gruñó Samuel—. Te siento tan caliente, suave... te siento perfecta.

Ella cerró los ojos y su vientre vibró con el anuncio de su orgasmo cobrando vida.

—¡Oh, Dios Samuel! ¡No aguanto...!

El mundo se condensó tras sus ojos, y su espalda se arqueó magnifica, echando la cabeza hacia atrás y gimiendo escandalosamente mientras el orgasmo se filtraba en cada poro de su piel. Él la abrazó con fuerza, conteniendo las convulsiones de sus caderas y los espasmos de su cuerpo dichoso. Era un espectáculo delicioso ver como Rachell se corría, era la cosa más increíble que había presenciado en su vida, y eso lo volvía loco de deseo.

Ella apenas recobraba el aliento, cuando los ojos de Samuel se oscurecieron al recrudecer la fuerza de sus embestidas. Una, dos, tres, cuatro, cinco veces valieron y su propio orgasmo se desató vertiginoso, sacudiéndole el alma misma.

El pitido del ascensor en el décimo piso los hizo abrir los ojos, sus respiraciones eran audibles en medio de la calurosa bruma a su alrededor.

—Quiero que confíes en mí —balbuceó Rachell tomándole el rostro entre las manos—. No voy a permitir que Henry Brockman me toque jamás, porque no lo quiero así, no lo necesito, quiero que lo entiendas.

Samuel la miraba a los ojos y parecía perdido.

—Al único hombre que quiero entre mis piernas es a ti, ¿acaso crees que habría gastado tres semanas de mi vida si no estuviera más que satisfecha contigo?

—Bueno, no puedo estar seguro de que las hayas gastado... sobre todo cuando eres tú quien siempre está buscándome.

—¿Yo? —chilló Rachell—. ¿Dime quién se cuela en mi apartamento cada vez que tiene oportunidad?

—Lo hago por compasión, sé que anhelas mi presencia, mi toque, mis besos...

Rachell soltó una carcajada arqueando el cuello, Samuel aprovechó y le lamió la piel de la garganta, le besó el mentón y después la besó de nuevo en los labios. Cuando el beso se hubo extinguido, volvieron a mirarse a los ojos, esta vez con algo que se acercaba demasiado a la dulzura.

—Rachell, no quiero asfixiarte, sólo intento protegerte, tal vez exagero un poco pero no lo haría de no tener razones. —Los ojos de ella se llenaron de preguntas, y antes que pudiera decir nada, él volvió a hablar—. Sé que estás acostumbrada a hacer las cosas a tu manera, y lo respeto... de veras quiero confiar en ti.

—No voy a decepcionarte —le dijo dándole un beso rápido en los labios—. Ahora bájame porque esta barra me está congelando el culo.

Él la cogió por la cintura y la bajó, retrocedió un paso y arqueando la espalda sin girarse, se estiró hasta alcanzar el botón azul que detenía el ascensor. El breve sacudón los dejó entre el piso veintinueve y el treinta.

—¿Qué tal se sintió follar con el mundo dando vueltas afuera?

Rachell sonrió y negó varias veces con la cabeza, mientras cogía de las manos de Samuel sus diminutas bragas y su sujetador, él se arregló la camisa y acomodó el pantalón.

—Habrán podido vernos, pero nadie nos reconocería.
—¿Y si hubieran tenido prismáticos? —preguntó preocupada.

Samuel se rio por lo bajo.

—No creo que los tengan... tal vez desde el famoso mirador del Empire State algunos turistas con suerte nos hayan visto, pero te aseguro que no tenemos por qué alarmarnos, todos lo pasamos bien.

El ceño de Rachell se profundizo mientras se ponía la blusa.

—En todo caso tú estabas de espaldas... claro que podrían reconocerte, porque tienes el mejor culo de Manhattan, eso definitivamente no pasa desapercibido —le dijo apretándole una nalga.

—Bueno, tú no debes preocuparte —repuso ella—. Porque pasas fácilmente desapercibido, eres como cualquier otro caminando por la calle.

—Que gustos tan simples tiene señorita diseñadora, pero seguro que no cualquiera allí en la calle —señaló con el índice la Quinta Avenida—, folla como un Carioca.

—¿Un qué?

—Un Carioca Rachell —contestó Samuel—. Yo soy Carioca, soy de Rio de Janeiro.

Rachell sonrió y le dedicó una mirada enigmática, después se giró y se puso el pantalón. Samuel se quitó la corbata de la cabeza y ella hizo un gesto de pesar, como pidiéndole que la siguiera llevando así, sonriendo, la dobló alrededor de sus dedos y después se la metió en el bolsillo del pantalón, recogió las chaquetas y ambos terminaron de vestirse.

—Te llevo a comer.
—¿A dónde? —preguntó ella intrigada.
—A donde quieras.

Rachell sonrió complacida con su respuesta, porque ahí había mucho más de lo evidente.

—¿Te molestaría que comiéramos con Thor?
—Claro que no, tu primo que me cae muy bien, es muy divertido.
—Sí lo sé, aún no supera la adolescencia.

Samuel volvió a besarla, y sin dejar de hacerlo volvió a poner el ascensor en marcha. Salieron de nuevo al piso de su despacho, Rachell intentó recomponer su cabello e ignorar las miradas desconcertadas e Vivian, ingresaron a su oficina y tomaron el ascensor privado hasta el aparcamiento.

CAPÍTULO 23

El *uptempo* de sucesivos sonidos estereofónicos salidos de la nada inundó su habitación, hasta que los breves toques se volvieron una melodía que se repitió una y otra vez en su mente. Thor gimió bajo y se removió entre las sábanas reacomodando su cabeza sobre la almohada, la voz aguda e invitante de una mujer penetró en su subconsciente y se mezcló con sus sueños, ella le decía una y otra vez que necesitaba de su amor, y él se deslizaba reticente hacia la consciencia.

Un pequeño cuerpo femenino se dibujó en el borde de su deseo de despertar y la necesidad de seguir durmiendo. Era una mujer menuda que se movía con gracia balanceando las caderas, con los brazos apretados alrededor de su estrecha cintura. Lucía abrumada y asustada, y la cadencia de sus movimientos le mostraba una urgencia sensual a la que no podía resistirse. Los sonidos se espesaron y él avanzó hacia la chica, le sonrió buscando sus ojos, pero ella mantenía el rostro oculto entre las sombras, entonces la voz desesperada de la mujer reapareció en su mente como lava ardiente buscando erupcionar, casi gritando que su cuerpo necesitaba un héroe que la salvara, asegurándole que él sabía cómo hacerlo, suplicándole que la rescatara.

Y súbitamente despertó.

Nicki Minaj cantaba con fuerza tirada de las notas de Guetta y su habitación retumbaba con el estruendo electrónico. A tientas buscó en la mesita de noche a su derecha, y su móvil y la lámpara de neón cayeron estrepitosamente al suelo. Maldiciendo, se incorporó de medio lado y alcanzó el pequeño control remoto de su reproductor de sonido, presionando con furia el botón de disminuir el volumen. Respiró profundamente, y aún sin salir de la cama, recogió su móvil y reacomodó la lámpara.

El móvil le decía que eran las cinco y treinta y siete de la mañana, ¿qué demonios se le había metido en la cabeza para que se autoimpusiera semejante tortura? Buscó el interruptor a su lado y encendió las luces, sus ojos se resintieron y se acostó de nuevo pateando las sábanas lejos de su cuerpo, volvió a tomar aire y en un solo impulso se levantó.

Rascándose los ojos avanzó hacia el cuarto de baño, se lavó la cara, se cepilló los dientes y por un minuto consideró afeitarse, pero haciendo una mueca hizo nota mental de que aquello de por sí ya era demasiado. Desnudo, volvió a su cuarto y rebuscó en su vestidor una sudadera azul índigo de dos piezas, la tiró a la cama, cogió unos slips blancos y una camisilla de malla blanca sin mangas. Cinco minutos después estaba listo y caminando de puntillas hacia la puerta del ascensor, el suave tintineo del elevador al anunciar su llegada le erizó la piel, miró por encima de su hombro asegurándose de no tener la cara agria de Samuel tras su espalda y abandonó el apartamento tan rápido como pudo.

Hizo los estiramientos en la acera cerca de la entrada de su edificio mientras el cielo se azulaba y los rayos de sol se esparcían cálidos sobre su piel, movió el cuello e inició el trote. Cruzó la avenida y se sumergió en el amigable gigante verde que todos llamaban Central Park. A las seis y ocho minutos se detuvo cerca de la fuente Bethesda y veinte minutos después, Megan no había aparecido.

Un grupo de damas mayores vestidas todas de rosa, se reunieron en una perfecta formación romboidal, y una sensual asiática a la cabeza del grupo, ataviada con suaves telas color caramelo, inició una clase de lo que parecía ser yoga. Divertido, se paró en uno de los extremos del grupo e intentó participar en la clase, las señoras a su lado le sonreían con un juguetón coqueteo, con sus arrugadas mejillas arrebolándose sonrosadas y con risitas nerviosas al disfrutar de las irresistibles sonrisas traviesas de Thor.

De vez en cuando, la instructora volvía la mirada hacia él, movía la cabeza con desaprobación y se mordía los labios, cayendo como todas las demás en el embrujo de su sonrisa. Poco después de las siete de la mañana, Thor vio pasar a Megan corriendo con asombrosa velocidad cerca de la fuente, sin pensarlo un segundo, abandonó el grupo dejando atrás las miradas decepcionadas de la instructora y sus alumnas.

Alcanzarla le costó más esfuerzo del que estaba dispuesto a admitir, ella giró la cabeza como si presintiera su presencia, con el ceño fruncido y los preciosos ojos, que esa mañana brillaban verdes como las aceitunas, alarmados y cautelosos. Había algo ahí, justo en sus ojos grandes e inocentes, algo que lo intrigaba y a la vez lo frustraba, porque aunque intentara ignorar esa idea en el fondo de su mente, ella de alguna manera le parecía inalcanzable.

Se dijo a sí mismo que todo se debía a las tontas exigencias de Samuel, pestañeó y sonrió, con una sonrisa amplia, una que sabía que era irresistible. Los labios de Megan se entreabrieron y en un segundo enredó sus pasos, avanzando el siguiente par de metros casi a trompicones. Él corrió de inmediato hasta alcanzarla.

Megan apretó los ojos, la garganta se le quiso cerrar allí mismo y deseó con todas sus fuerzas poder desaparecer, hacerse invisible y no tener que sufrir su inevitable torpeza. Un instante después, una descarga eléctrica recorrió furiosa su columna vertebral, sensibilizando cada terminal nerviosa a lo largo de su cuerpo. Thor la había rodeado, el poderoso antebrazo le cubría por completo el vientre, la había sujetado aunque ella no había necesitado de su apoyo porque ya se había detenido para cuando él estuvo lo suficientemente cerca. La seguía sosteniendo, y ella estaba completamente tiesa, con el aire escapándosele vertiginoso entre los labios.

—¿Estás bien? —sintió el cálido y dulce aliento de Thor cerca de su mejilla. Mil revoluciones se desataron en su pecho, sus ojos se cerraron casi por voluntad propia y se permitió disfrutar de cada punto en el que su piel hacía contacto con el duro cuerpo masculino.

—Estoy bien —respondió con aspereza, fingiendo bastante mal una tos patética mientras se alejaba de él—. ¿Cómo estás?

—Bien —respondió Thor extrañamente divertido, y de alguna manera ofendido con la forma en que, con casi desesperación, ella se había alejado de él.

Megan se puso las manos en la cintura y miró en todas direcciones, aquella situación era angustiosa e incómoda.

—Entonces sí madrugas —dijo al final.

Él sonrió, casi con cortesía y con un nudo empujando en su estómago, ella seguía con sus ojos asustados mirando aquí y allá como si buscara algo. Probablemente a Samuel.

—Claro que madrugo, no creas todo lo que dice mi primo.

Un breve silencio incomodo se hizo entre ellos mientras la gente seguía avanzando bulliciosa a su alrededor.

—¿Corremos? —La invitó Thor, ella asintió sin decir nada y trotaron él uno al lado del otro.

Una atractiva pelirroja apenas cubierta con un diminuto top de spandex y un short fucsia, miró a Thor de arriba abajo, despacio y provocadoramente, por un momento Megan incluso creyó verla relamiéndose los labios.

—¿No es incómodo para ti?

—¿El qué? —repuso Thor mirándola a la cara.

Ella tardó un poco más de lo debido en responder, contemplando de nuevo el cristalino azul de sus ojos, eran del color en que los tenían los ideales y perfectos bebés de los comerciales.

—Que te miren de esa manera... ¿No te incomoda que te miren así?

—¿Debería?

Megan parpadeó varias veces meditándolo.

—Bueno, la verdad no lo sé.
—¿*Tú* no lo sabes? —preguntó Thor de inmediato.
—A mí no me miran de esa manera —contestó percatándose del tono en su propia voz, era como si estuviera defendiéndose pero no sabía de qué.
Él arrugó el entrecejo incrédulo.
—No… no me molesta —respondió con honestidad—. La mitad del tiempo no me doy cuenta, y cuando lo hago más bien resulta agradable.
—Eso suena algo presumido —le dijo Megan al instante.
—¿Tú crees?
—Pues sí.
Thor pareció pensárselo por un momento.
—Sí, tienes razón, suena presumido… pero es justo lo que pasa, es la verdad y tengo derecho a presumir de ello ¿no?
Megan se detuvo.
—Pues… tal vez no.
Thor se detuvo también y dio un paso adelante casi pegándose a ella.
—¿Me lo vas a prohibir entonces?
—No —susurró Megan con voz débil.
Él no dijo nada, tampoco se movió un solo centímetro, ni dejó de mirarla fijamente a los ojos.
Ella carraspeó con desesperación, las mejillas enrojecidas y el corazón martilleándole en los oídos.
—Debo irme ya —consiguió decir muy bajito.
Thor abrió la boca para decir algo, pero antes que consiguiera pronunciar cualquier palabra, ella ya había salido disparada hacia la avenida. El Bentley gris de nuevo estaba esperándola.
Ni siquiera miró atrás, corrió hasta el coche y el hombre de traje negro le abrió la puerta, en breves instantes se había ido. Estaba frustrado, fue casi como si ella hubiera huido de él, durante lo poco que hablaron Megan no pareció más que mostrar descontento, y después había salido corriendo a la primera oportunidad. Nunca antes le había pasado algo así, se negaba a creer la horrible realidad, pero aparentemente la muchachita lo había rechazado. Y en su propia cara.

Al día siguiente, la mañana de miércoles la recibió con los Daft Punk y su One More Time. Esta vez había sido más indulgente consigo mismo y se levantó a las seis y media, corrió de nuevo hasta la fuente, y pocos minutos después Megan apareció con un nada clemente short azul eléctrico y una ajustada campera blanca de supplex, se mordió los labios y no disimuló ni por un instante cuanto le gustaba lo que veía.
Ella le sonrió y desaceleró al pasar junto a él, pero no se detuvo. De inmediato el reanudó su propio trote y los dos volvieron a correr uno al lado del otro.

—Buenos días —la saludó él con la marca registrada que era su sonrisa.

—Buenos días, Thor —lo correspondió ella contagiada de su característico entusiasmo—. ¿Samuel no se nos une hoy tampoco?

—No. —El silencio se hizo entre los dos, y pasaron casi cinco minutos enteros antes que él se animara a hablar nuevamente—. Hace calor, ¿verdad? —comentó deslizando con descaro sus ojos por las piernas de Megan.

—Un poco —respondió ella con una sonrisa, sin percatarse de su escrutinio descarado—. El verano está por llegar, apenas me queda poco más de un par de semanas para que se acabe mi semestre, también tomaré clases durante el verano, pero tendré una pausa que espero que sea al menos de dos semanas.

Thor parpadeó varias veces, no había esperado una respuesta tan larga a una pregunta tan corta, y muchísimo menos había esperado que ignorara tan desfachatadamente su fallido intento de coqueteo, había sido como si de ninguna manera no hubiera notado su mirada sugerente, como si le hubiera importado un soberano pepino que prácticamente se la hubiera devorado con los ojos.

—¿Qué estudias? —fue lo único que atinó a decir, y ni siquiera se esforzó en fingir interés.

—Marketing y Relaciones públicas —respondió Megan sonriente—, en la Universidad de Nueva York.

—Y... ¿te gusta? —improvisó Thor.

Ella arrugó graciosamente la boca mientras meditaba la pregunta. —Pues no.

Thor levantó las cejas y le regaló una sonrisa sesgada.

—¿Por qué estudias entonces?

—No tengo otra opción.

—¿Por qué? —preguntó él de nuevo.

Megan le dedicó una mirada de tanta confusión, que él decidió dejar el tema zanjado, después de todo no era como si de verdad esperara una respuesta.

—Es divertido hacer preguntas, me gusta hacerte preguntas —mintió.

Esquivaron varios niños que corrían a alimentar los gansos y patos en uno de los lagos, al otro lado se divisaba el Shakespeare Garden, Megan concentró allí su mirada y respiró hondo, por un momento se elevó, dejó al primo de Samuel e intentó ignorar que el hombre indudablemente se estaba muriendo de aburrimiento a su lado, quiso idear alguna manera de hacer la mañana más amena para Thor, pero al cabo de uno segundos se rindió, no había manera en que ella consiguiera tal cosa.

—¿Por qué? —preguntó después de lo que pareció una eternidad.

—¿Qué pasa? —replicó él por completo perdido.

—¿Por qué te gusta hacerme preguntas?

—Bueno… eh… —balbuceó Thor—. ¡Me gusta saber cosas de ti! —casi gritó al final, como un niño que ha encontrado la respuesta adecuada para su maestra.

Megan se mordió los labios y lo miró con recelo.

—¿Qué más quieres saber?

Casi entró en pánico, rebuscó desesperado en su cerebro intentando encontrar una buena pregunta.

—¿Tus padres…? ¿Quiénes son? —improvisó, pretendiendo que Samuel no le había dicho que su padre era un importante empresario de no sabía que cosa, ¿Harold? ¿Harry?... Como fuera, había conseguido preguntar algo.

Ella se rio, y Thor tuvo la impresión que estaba burlándose de él.

—Ahora que lo preguntas —respondió Megan—, la verdad es que no tengo ni idea.

Él sonrió, y ella lo encontró encantador, tenía que reconocer que era hermoso, no simplemente atractivo, era hermoso en serio.

—¿Cómo es que no tienes idea? ¿Eres huérfana? —bromeó tontamente.

—Técnicamente tengo padres —dijo Megan ajustando su coleta mientras corría—. Pero no soy de su gran importancia.

En la mente de Thor resonó con fuerza el mismo escandaloso chirrido que hacen los neumáticos cuando se frena en seco.

—¿No te gustan tus padres?

Megan se giró disminuyendo su ritmo y sonrió.

—Bueno, no, no me gustan en la medida en que debería.

—Suele pasar —acordó él encogiéndose de hombros.

—Tal vez, pero supongo que en algún momento podemos escapar de ellos —le dijo sonriendo, queriendo aliviar el tema con una broma que en el fondo resultaba un asunto demasiado serio para ella.

—Siempre podemos escapar juntos —añadió Thor con una coqueta sonrisa retorcida.

Megan se sonrojó y apartó la mirada rápidamente. Él no estuvo seguro si aquello había sido la indicación de un triunfo o una vergonzosa derrota.

La esquina de su cadera izquierda se iluminó con un color azul más claro que el de sus shorts, Thor clavó la mirada en aquel pequeño cuadrado de luz y ella disminuyó el ritmó hasta hacerse con su móvil, y atendió la llamada sin decir una palabra, un instante después, se habían detenido por completo.

—Es hora que me vaya.

—¿Todo bien? —preguntó esta vez con genuino interés.

Megan sonrió con tristeza.

—Sí, todo bien.

Thor se alejó en cuanto ella caminó en dirección al Bentley, esta vez fue él quien no se volvió a mirar atrás. Durante aquellas dos mañanas no había hecho ni la tercera parte del ejercicio que solía hacer, se decía que en realidad no había disfrutado de sus encuentros con Megan, y aunque seguía encontrándola extraña y cautivadoramente atractiva, su conversación de hacía unos minutos le había resultado cuando mucho inquietante, sino aburrida.

Tal vez Samuel no estaba exagerando, la chica parecía tener sus asuntos sin resolver, probablemente resultaría demasiado problemática, y no perturbaría la paz de la que disfrutaba en su vida, simplemente por un polvo que bien podría resultar ser una completa decepción.

—¿Dónde estabas? —exigió saber Samuel con su acostumbrado tono severo.

Thor frunció los labios como si fuera a silbar, pero en vez de emitir cualquier sonido, bajó la cremallera de su sudadera y caminó hacia el cuarto de lavado.

—Estaba corriendo —respondió en voz alta una vez estuvo fuera de la vista de Samuel.

Minutos después reapareció en ropa interior, subió las escaleras e intentó ignorarlo.

—Me diste tu palabra Thor, me dijiste que no la buscarías.

—Y no lo hice, yo estaba corriendo en el Central Park y ella pasó por mi lado.

—Eso es simple y jodida semántica, y lo sabes.

—Es lo que pasó.

—No juegues conmigo Thor. Ahora no tengo tiempo, pero ya hablaremos.

—No hay nada que hablar —le dijo volviendo dos escalones atrás—. No me interesa, tenía simple curiosidad.

Samuel frunció el ceño con desconfianza.

—Déjala en paz.

—¡No le he hecho nada! —Se defendió Thor—. Pero ahora que estás aquí en tu plan de protector y has sacado el tema, dime qué es lo que le pasa a Megan, porque de verdad da la sensación de que es media rara.

Samuel cogió aire y se dio media vuelta para irse a la oficina.

—Thor, déjala en paz.

—Ok, ok, ok, no es necesario tanto drama, que no le he hecho nada.

El jueves bajó inusualmente temprano a la cocina, Samuel llevaba ropa deportiva y estaba terminándose su zumo de naranja cuando lo vio sentarse en uno de los taburetes de la barra.

—¿Qué cojones es esto? —se burló Samuel—. ¿Thor Garnett despierto a las seis de la mañana?

—Tengo una reunión —mintió.

—¿Y se supone que eso te importa?

—Pues no tuve tiempo de prepararla, así que debo ponerme en ello.

Samuel no le dijo nada más, se acercó a él, le asestó un fuerte golpe en el brazo y abandonó el apartamento. Thor fue hasta los armarios, se sirvió cereal en un tazón y le vació una generosa cantidad de leche antes de regresar a la barra.

Las cosas extrañas que había sentido en relación con los aparentes enredos de Megan, a esa hora de la mañana no parecían ser más que simple recelo. Ahora, con una buena cantidad de su cereal favorito frente a él parecían como curiosidad, tal como se lo había dicho a Samuel, sólo que en realidad estaba jodidamente curioso, desesperadamente intrigado por saber qué demonios pasaba con ella.

Uno de los escoltas que su padre había designado para él condujo su coche esa mañana, no tenía una reunión importante pero sí una reunión menor, y claramente no tenía ni idea de qué iba el asunto. Y sin embargo, en lo único en lo que conseguía pensar era en el bendito misterio de los líos de Megan. ¿Megan qué?, ni siquiera recordaba su apellido, pero su mente no paraba de elucubrar ideas, tal vez tuviera una enfermedad terminal, después de todo a veces lucía demasiado frágil, o tal vez su padre era un monstruo de esos que Samuel odiaba, y el hombre la maltrataba o abusaba ¡Dios, eso sería grave! O tal vez, el padre maltratara a la madre, o quizá Megan tuviera una enfermedad mental, o una grave enfermedad contagiosa.

¿Por qué demonios Samuel no le decía nada?

Al levantarse el viernes vio a su primo desde su habitación, Samuel llevaba puesto su traje y les comunicó a sus guardaespaldas un aparente cambio de planes, parecía que iría a la fiscalía en vez de a la torre Garnett.

Cuándo Samuel se marchó, bajó las escaleras y se sirvió una taza de cereal con leche pero no pudo terminarla, quince minutos después estaba corriendo en el Central Park.

—¡Hola Megan! —gritó antes de alcanzarla.

Ella se giró y le sonrió.

—Buenos días Thor.

—¿Viste ayer a Samuel? —no pudo reprimir la pregunta.

—No —respondió ella—. ¿Por qué? ¿Él está bien?

—Sí —frunció el ceño al contestar—. Está perfectamente, es sólo que pensé que te habrías cruzado ayer con él mientras corrías.

—Ayer no pude venir —contestó Megan y su mirada se oscureció.

Thor chasqueó la lengua incómodo con aquel rasgo de ella, siempre parecía permitir que su rostro y su cuerpo mostraran sus emociones más íntimas, le resultaba molesto encontrarse con su propia reacción, pues sencillamente le importaba un rábano lo que ella estuviera sintiendo y odiaba sentirse como basura por ello, y aún más, odiaba tener tanta curiosidad por saber cuáles eran sus problemas, porque no lo hacía porque estuviera interesado en ella o quisiera ayudarla, lo hacía porque el patético chismoso en él necesitaba saberlo con desesperación.

—¿Cuándo fue la última vez que fuiste al médico?

—¿Qué? —replicó Megan desconcertada con su pregunta salida de lugar.

—Megan, ¿estás enferma o algo?

—¡No! —Exclamó ella alarmada—. ¿Por qué? ¿Qué está mal en mí? ¿Qué pasa? ¿Tengo algo en la cara?

Thor abrió sin ningún disimulo los ojos, un poco más y más después de cada una de las preguntas formuladas por Megan, ¿de dónde demonios había salido aquello?

—No... —respondió él con el tono vacilando en su voz—. Es que... ¡No viniste ayer! —dijo emocionado encontrando su ruta de escape. —Y ya que vienes a correr casi todos los días, pues creí que a lo mejor te habría ocurrido algo.

—No, no, no tengo nada —contestó Megan—. Mi padre tenía otros planes para mí, eso es todo.

—Comprendo —musitó Thor, de nuevo el tema del padre en la conversación, tal vez de eso se trataría todo.

—Yo ya he terminado mi ruta —habló Megan de repente.

Thor se detuvo abruptamente y se volvió hacia ella, súbitamente se había sentido decepcionado, odiaba que ella tuviera que marcharse y ni siquiera sabía por qué.

—¿Quieres? —Le preguntó sin ninguna razón, sacando de entre su cinturón deportivo una barra energética.

Megan se quedó mirando el paquetito blanco entre las manos de Thor, sus ojos se opacaron y su entrecejo se tensó, de pronto lucía mucho mayor.

—No, gracias.

Thor no dijo nada, abrió el paquete y le dio un mordisco a la barra que lucía sospechosamente parecida al chocolate.

—¿A qué hora llegaste hoy?

—A las siete, como siempre.

—Recién son las siete y cuarenta y seis, creí que corrías casi tres horas diarias —comentó estirándose hasta una papelera en el que arrojó el envoltorio de la barra.

—Lo hago —respondió con más ímpetu del debido—. Pero tengo trabajo pendiente en la universidad.

—Comprendo.

—Dile hola a Samuel de mi parte por favor, y dile que le envío un beso. —Sonrió luciendo tan adorable como siempre, con el amago de sus hoyuelos adornando su precioso rostro.

—¿En dónde está? —Thor se acercó a ella.

—¿En dónde está el qué?

—El beso Megan, ¿en dónde está el beso?
—¿A qué te refieres con…?

Él estaba tan cerca, que podía sentir el calor que manaba de su cuerpo filtrándose en su propia piel, el aroma a chocolate era casi hipnotizante, y aun así no se atrevía a levantar la cabeza por temor a lo que pudiera encontrarse, por temor a que de pronto despertara y todo resultara ser una más de sus tontas fantasías. Porque claro, en el mundo real un hombre como Thor Garnett no se acercaba a una chica como ella, o al menos no lo hacía con las intenciones en que ella le rogaba a Dios que lo hiciera.

—Dame el recado que debo entregar —susurró Thor con la voz más caliente y sensual que hubiera escuchado jamás.

Todo su cuerpo temblaba de expectación, sus labios palpitaban ansiosos y sus ojos se mantenían cerrados, deseosos de que aquella fantasía no se desdibujara jamás.

Lo siguiente que supo fue que los labios de Thor hacían presión contra los suyos, en un beso tan perfecto que el suelo bajo sus pies dejó de existir. Sus labios eran tersos pero firmes, y envolvían su labio inferior de una manera que envío miles de sensaciones nuevas en todas direcciones a lo largo de su cuerpo.

Él le tenía acunado el rostro entre las manos, y los largos dedos se perdían en sus cabellos, sujetándola de una manera tan masculina que un traicionero suspiro se le escapó. Fue entonces cuando él volvió a erguirse y el beso se hubo terminado.

Thor no estaba seguro qué lo había impulsado a besarla, si es que acaso tal cosa fuera un beso, simplemente había pegado los labios a los de ella y se había quedado allí detenido en la blanda sensación de su boca voluptuosa.

No sabía si había sido el deseo que había tenido de besarla desde el primer momento en que la vio, no particularmente a ella, fue sincero, sino a esa pequeña boca tan llamativa, a ese suave puchero que lucían tan inocente como provocador, o tal vez, pensó aún con mayor honestidad, lo había hecho porque fue la forma en que su cuerpo expresó lo que su mente no logró resolver, fue la manera en que una parte de él quiso decirle: *no te vayas*.

Él no tenía idea qué coño había sucedido en realidad.

No obstante, antes que lograra comprender los acontecimientos del último minuto, ella había cerrado las manos sobre sus hombros, se había impulsado y había intentado devolverle el beso. Pese a eso, no consiguió más que atestarle un fuerte golpe en el tabique que dispersó veloz un agudo dolor en todo su rostro.

En un acto reflejo, apartó la cara y se apretó la nariz entre el índice y el pulgar, tragándose las maldiciones y conteniendo las lágrimas en los ojos.

Al volver su mirada de nuevo hacia Megan, ella estaba por completo paralizada, con el rostro encendido muy rojo, y sus ojos muy abiertos y alarmados. Él mismo se quedó sin palabras, sin saber qué hacer, sin hacer más que estar parado allí frente a ella.

El mundo crujió en sus oídos, y el enorme estallido de su estupidez resonó implacable haciéndola sentir la mujer más imbécil sobre el planeta. Por un momento se había permitido soñar, creer que la fantasía era real y que todo debería pasar justo como en el cine, así que cuando Thor dejó de besarla, ella se abalanzó sobre él como había visto tantas veces en las películas, entonces sus labios debieron unirse en un beso perfecto. Pero claro, se trataba de Megan Brockman, así que aquello no ocurrió, por el contrario, fue su frente estrellándose contra la nariz de Thor, haciéndolo gemir de dolor al darle un golpe propulsado por la misma energía de su salto.

Él era bastante más alto, así que había creído que podría saltar sobre él, rodearlo con sus piernas y besarlo mientras él giraba sin descanso y los dos disfrutaban del momento más romántico y sensual de sus vidas.

Nada de eso había ocurrido, y ahora él estaba mirándola con desconcierto y ella no podía sentirse más avergonzada. Quiso salir corriendo, pero se negaba a comportarse como una niña tonta, de manera que le diría adiós, se largaría y no volvería a verlo en lo que le quedara de vida.

—Lo siento —murmuró con el llanto queriendo bullir de su interior.

—¿A dónde vas? —Thor la detuvo cogiéndola de la mano.

Megan parpadeó varias veces sin volverse a mirarlo.

—Por poco y me noqueas ¿y piensas irte así sin más?

—Dios mío —gimió—. Lo siento mucho Thor.

—Más lo siento yo —dijo él—. Ven aquí, dime exactamente qué era lo que pretendías.

Él volvió a pegarla contra su cuerpo y las pupilas de Megan se dilataron absortas en su intimidante y a la vez invitante presencia.

—¿Ibas a besarme?

Ella no tenía palabras, ni quería tenerlas en verdad.

—Muéstrame Megan, muéstrame como ibas a besarme.

—No —respondió con el corazón palpitando enloquecido—. Déjame ir Thor, ya he hecho el ridículo lo suficiente.

—No. —Él afianzó su agarre—. No te irás hasta que no me muestres cómo ibas a besarme.

—No iba a besarte —mintió entre murmullos—. Thor, estoy mortificada, por favor suéltame.

—¿Por qué estás mortificada? Fue un simple error de cálculo, y yo no puse mucho de mi parte. —Le envolvió la cintura entre sus brazos y bajó su rostro hasta el de ella—. Muéstrame, no voy a dejarte ir hasta que lo hagas.

Ella se quedó en silencio, Thor había descendido hasta calentarla de nuevo con su aliento, sus labios estaban tan cerca que sentía la electricidad cobrando vida sobre su piel.

—Vamos —susurró él sobre su boca—. ¿Qué esperas?

Nada. Pensó Megan en el instante mismo en que estiró su cuello y pegó sus labios a los de él. Dios, se sentía de maravilla, relajante y excitante a la vez. Le dio varios besos cortos, breves toques tímidos y cautelosos, entonces él le mordió el labio inferior, despacio, raspándolo deliciosamente con sus dientes hasta volverlo a envolver en sus labios y chuparlo con algo demasiado parecido a la indecencia.

Un jadeo brotó de entre su pecho, un jadeo repleto de satisfacción, voluntarioso y exquisito, nunca nadie había hecho aquello sobre sus labios. Y él no se detuvo, escarbó hábil en su boca llenándola de su calor y suavidad, de nuevo despacio, con movimientos lentos y delirantes.

Se sentía justo como en las películas, como si ella estuviera en medio de una isla donde no existía nada más que ellos dos. El momento era perfecto, el beso era perfecto.

Apretando los brazos en su cintura, él la levantó hasta dejarla a su misma altura, ella apenas si lo notó, porque justo entonces la lengua de Thor se deslizó cálida en su boca, detonando mil sensaciones nuevas en su cuerpo que parecieron volverla loca.

Cerró las manos en la piel de sus fuertes brazos, estrujando el agarre con sus pequeños dedos, aquello se sentía como el mismísimo cielo.

Nada lo preparó para su respuesta, Megan había gemido tan complacida que el riquísimo sonido había retumbado en su pecho llenándolo de satisfacción, un segundo después su ávida lengua estaba danzando con la de él, buscando intrépida seguir su paso, estremeciéndolo por completo con la ansiedad codiciosa con la que ella lo besaba, seguía su ritmo intrépida y sedienta, como el niño que acaba de aprender a montar la bicicleta, en cada nuevo intento el deseo de prolongar el beso parecía aumentar.

Había en sus labios y en la forma en que su lengua se movía dentro de su boca unas ganas tan honestas, que pronto su cabeza empezó a dar vueltas enfebrecida, enloqueciéndolo de ganas a él también.

No había nada premeditado en su beso, no había artificios o deseos de seducción, sino un franco anhelo de goce, la primaria y sincera necesidad de disfrutar justo lo que estaba ocurriendo en el contacto entre sus bocas, no procuraba hacerlo bien o impresionarlo, simplemente tomaba lo que más la complacía y le retribuía más con la intención de incentivarlo a continuar que ninguna otra cosa. Y eso le encantaba, ella no pedía nada más, ella no jugaba ningún juego, estaba loca con su beso y eso lo enloquecía más que nada que hubiera probado antes.

Contra la parte superior de su estómago, un aparato vibró con fuerza, los dos lo ignoraron por unos cuantos segundos pero al final ella despegó sus deliciosos labios de los suyos, con la respiración acelerada y sus dulces ojos mirando con codicia su boca. Thor la deslizó hasta el suelo y ella lo observó con unos ojos, que ahora lucían claros y grises, un tanto alarmada y nerviosa. Sacó de entre el bolsillo de su blusa deportiva su móvil y contestó la llamada.

—Ya voy para allá —dijo ella en voz muy baja.

—Tienes que irte —replicó Thor con una sonrisa amable.

Megan asintió despacio y apretó los labios uno contra otro.

—Te veré después —agregó en medio de un suspiro mientras se daba la vuelta y se marchaba.

De vuelta en su apartamento, las poleas bien engrasadas de la maquina se deslizaban perezosamente resistiéndose a su fuerza. Silhouettes de Avicii resonaba con fuerza en su gimnasio, marcando cada ritmo en los latidos de su corazón, enervando cada centímetro de piel mojado de sudor por el esfuerzo desmedido al que se estaba sometiendo sin razón aparente.

Ni por un minuto había dejado de pensar en aquel beso, y le frustraba no comprender por qué, después de todo no había sido más que un beso, ni siquiera le había apretado el culo o le había agarrado uno de las tetas, ¿entonces por qué había sido tan jodidamente delicioso?, ¿por qué había sido como subirse en la mejor montaña rusa de su vida?

Exhaló con fuerza y salió del gimnasio, tendría que estar listo en tiempo record, ya llegaba una hora tarde a la oficina.

Un par de horas más después en su despacho el asunto estaba olvidado, concluyó que había algo en la forma en que ella lo besaba que le resultaba cautivador y embriagante, pero en realidad no había nada excepcional en aquello, así que pasó la página, se concentró en todo lo que tenía pendiente sobre su escritorio y en rendir cuentas a su exigente padre.

Una mujer lo montaba, se balanceaba despacio de arriba abajo agarrándose a él con sus dos piernas, atrapándolo con fuerza y uniendo apretadamente los tobillos en su espalda. Él estaba sentado en su cama, con el rostro clavado en el pecho de la mujer, abrazándola en un gesto que parecía tanto una súplica como una exigencia.

Ella también lo abrazaba mientras reposaba la mejilla sobre su cabeza, llenándolo con la fluidez de sus cabellos castaños que le acariciaban el cuello y los brazos cada vez que ella ascendía y descendía, permitiéndole llenarla por completo y disfrutar de la tersa calidez de su interior. Ella respiraba con dificultad y gemía con suavidad, tan complacida como él, sin romper en ningún momento el abrazo que los unía tan estrechamente.

Se sentía increíble estar dentro de ella, y sus movimientos pausados tiraban de sus parpados sumergiéndolo en un indescriptible placer aletargante que lo estaba volviendo loco. Movió su cabeza buscando el cuello de la mujer, quería lamerla, besarla, morderla, devolverle el favor tanto como pudiera. Ella se arqueó exponiendo para él su garganta y la recorrió con la lengua desde la clavícula hasta la mandíbula, le dio un beso suave y abrió la boca para invadir sus labios con la lengua, y entonces se despertó.

Cada centímetro de su piel palpitaba, sus dedos sujetaban con fuerza las sábanas y una impresionante y casi dolorosa erección lo saludaba alzándose bajo las sábanas. Se pasó las manos por la cara varias veces, aún no daban las seis de la mañana pero no pudo hacer otra cosa que levantarse, el sueño lo había dejado demasiado inquieto, y las manos aún le temblaban como para calmarse con un humillante pajazo de consuelo.

Bajó a la cocina y se sirvió un vaso de agua, el sueño lo había dejado sediento. No había conseguido ver el rostro de la mujer en sus sueños, pero sabía perfectamente de quién eran esos cabellos, aun así, se negaba a pensar en ello, el diablo se lo llevase si se permitía enredarse la cabeza con semejante cosa. No, no lo haría, así que regresó a su cuarto e intentó dormir inútilmente. Poco más de una hora después ya estaba sentado frente al escritorio en su despacho.

****

El cuerpo caliente de la mujer estaba pegado al suyo, con una mano la sostenía apretándole el vientre, y con la otra pegada a la pared amortiguaba los bandazos de sus embestidas. Ella tenía la cabeza recargada en su hombro y estaba parada prácticamente en las puntas de los dedos de sus pies, jadeaba con fuerza y tenía los brazos enroscados en su cuello, llenándolo de su aroma, acariciándolo de nuevo con sus cabellos y drogándolo con su aliento. De nuevo, aquello no era más que sexo convencional, pero la sensación de sus músculos internos apretándose alrededor de su polla lo hacía delirar, ella era suave y perfecta, movía las caderas despacio, tal como lo había hecho en su primer sueño cuando ella parecía bailar sola.

—Más… —susurró ella extasiada al tiempo que volvía el rostro hacia él y le sonreía con una estremecedora combinación de dulzura y lujuria.

Y la vio, lo había sabido siempre, pero nada se comparó con ver el rostro de Megan con el suave pelo castaño desordenado cubriéndola como un velo provocador, sus enormes ojos lo miraban exigentes, reclamando más placer. Al instante se despertó, de nuevo estaba duro e insatisfecho, él también quería más.

Eran pasadas las ocho de la mañana, una fina película de sudor le cubría el cuerpo y tenía la mente embotada pensando en ella, intentando explicarse la razón de sus sueños, por qué lo cautivaba de aquella manera, en realidad ninguno de los dos había estado tan interesado, ella no lo había seducido, ni siquiera había intentado gustarle, y él sólo había querido jugar. Pero ahora era diferente, ahora tenía aquella animal necesidad de llevársela a la cama y no dejarla salir por un fin de semana completo.

Sin embargo, aún pensaba que ella podría resultar demasiado problemática, que un polvo con Megan no valía tantas complicaciones. No obstante, ahora era más que su necesidad de acostarse con la chica que Samuel había marcado con un *"No"*, ahora se trataba de la exigencia cruda de su obstinada verga.

Como una bala, salió de su cama directo a su cuarto de baño, corrió a su gimnasio y cogió una de las bicicletas guardadas en el armario junto a otros de sus elementos deportivos. La montañera roja tumbó varias raquetas, tablas y pelotas de racquetball que quedaron regadas en el suelo de madera mientras él salía a toda velocidad.

Pasó cerca de la fuente Bethesda y no la vio, siguió montando por la ruta que habían hecho las mañanas que habían corrido juntos, intentando no escuchar la vocecita en su mente que le preguntaba qué demonios pretendía, no era como si pudiera tirársela no más verla, eso sin contar que ella accediera, porque no había que olvidar el detalle que la muchacha era virgen.

Le dio un par de manotazos a la fastidiosa voz y se dijo que ya encontraría la forma, ya se las ingeniaría para que ella estuviera tan de acuerdo como él con la idea que meterse en una cama y follar hasta la irritación era un asunto ineludible. Mientras, rogaba a todos los santos que no conocía, que Samuel no hubiera salido a correr ese día.

Pasó cerca del lago pero no había rastro de ella, rodeó el lago zigzagueando con pericia a las decenas de personas que caminaban por el parque el domingo en la mañana, alcanzó el recodo que llevaba al Shakespeare Garden y la encontró. Llevaba unos auriculares rojos, la brillante balaca casi resplandecía con el sol sobre su cabeza, estaba vestida con un conjunto negro de yoga y parecía por completo sumida en sus pensamientos.

—¡Hola Megan! ¡Que sorpresa! —gritó con el tono más casual que pudo improvisar—. ¿Cómo estás?

Ella se volvió mientras deslizaba los auriculares hasta dejarlos suspendidos en su cuello, presionó un botón en el aparato que llevaba atado a su brazo y se quedó viéndolo con la mirada llena de conmoción, después, simplemente sonrió.

Estaba sonrosada y sus rebeldes ondas castañas parecían flotar sucesivas en su cola de caballo.

—¿Cómo estás Thor?

—Bien —respondió él bajándose de la bicicleta.

—Bonito color —dijo Megan al apreciar la montañera roja.

—¿Quieres montar? —preguntó sin esforzarse en lo más mínimo en ocultar la doble intención de sus palabras.

Ella no obstante, no se dio por enterada.

—Claro —De inmediato recibió la bicicleta de manos de Thor e intentó subirse—. Bueno, hace mucho que no monto, pero estoy segura que deberíamos moverla para que se ajuste a mi altura.

—Por supuesto, que tonto he sido. —Se apuró Thor.

—No te preocupes. —Lo detuvo Megan—. Déjalo así, no es necesario, monta tú, yo correré a tu lado.

—Desde luego que no —sentenció Thor—. Ven, yo te llevaré.

—¿Qué?

—¿Crees que puedas sentarte en la barra?

Megan se rio divertida con su propuesta.

—Supongo que sí.

—Ven aquí —le pidió al tiempo que se acomodaba de nuevo en la bicicleta.

Entre sonrisas ella avanzó hacia él, y antes que pudiera advertirlo, Thor la había tomado por la cintura elevándola hasta ayudarla a sentarse de medio lado sobre la barra. Megan puso las manos sobre el manillar y siguió sonriendo como tonta, soltó un gritito cuando Thor giró sin previo aviso, abandonando el camino de grava por el que solía correr al sumergirse por la estrecha vía que conducía al Shakespeare Garden.

Tomaron velocidad al descender por unas de las pequeñas pendientes, mientras Megan reía emocionada con la brisa acariciándole el rostro y refrescando su cuerpo. Como un relámpago pasaron cerca del precioso reloj de sol empotrado en la rudimentaria columna de piedra.

Thor también se rio cada vez más emocionado, sentía la misma dicha que había sentido de niño al tomar velocidad en su bicicleta en Río con una calidez desprevenida que le llenaba el pecho y lo hacía feliz porque sí.

Los estrechos caminos rodeados de espesa vegetación los transportaban a un mundo de fantasía, por encima de los árboles se alcanzaban a ver los techos de las casas hechas a la usanza de la campiña inglesa, el viento meció sus cabellos cuando tomaron una curva que les dejó el estómago vacío de vértigo y los dos estallaron en carcajadas. Al pasar cerca del viejo puente de troncos, se encontraron con la primera persona que veían desde que se hubieran metido en el jardín, un hombre de mediana edad que sentado en una de las sillas del camino, sostenía un libro en la mano y fumaba de una pipa que no lucía nada natural en él.

El hombre los miró casi con miedo, encogiendo las piernas al temer ser atropellado por ellos, las risas volvieron a salir directamente de sus pechos y continuaron el trayecto a una velocidad demencial.

Thor aminoró el ritmo de las pedaleadas hasta detenerse por completo, él mismo se había quedado absorto en la belleza del jardín central, todo repleto de cientos de flores de diversos colores, pequeños arbustos y ornamentos que los hacían sentir en el interior de un sueño. Megan desmontó y caminó hasta acuclillarse cerca de la placa de bronce con la dedicatoria en medio de las flores.

"Este brote de amor que el aliento del verano maduró, puede ser una bella flor la próxima vez que nos la encontremos.
Romeo & Julieta

SHAKESPEARE GARDEN

En memoria de la amada
ROBERTA C. RUDIN
De su familia
Junio 1 de 1989."

Megan releyó la cita de Romeo y Julieta e intentó pensar en qué habría motivado a Shakespeare a escribir tal cosa.
—¿Tú lo has leído? —Le preguntó a Thor.
—¿El qué?
—Romeo y Julieta.
—Claro que no —contestó casi ofendido.
—Yo tampoco —agregó Megan—. Pero puedo entender por qué la humanidad sigue fascinada con esa historia.
—Yo no —acotó Thor con cara de pataleta.
Megan se rio y fue a sentarse en el prado al otro lado del pequeño camino de piedra, bajo unos exóticos pinos con hojas puntiagudas como agujas. Thor la siguió, tiró a un lado la bicicleta y se sentó junto a ella. Bajo los árboles había bastante sombra, de pronto los dos se sintieron como si estuvieran escondidos.
—Eso fue buen cardio —comentó Thor refiriéndose a su hazaña en bicicleta.
—Al menos lo fue para ti —replicó ella.
—No puedes quejarte, ya casi habías terminado tu recorrido del día.
Megan no le dijo nada, sólo sonrió.
—Nunca había venido aquí —le dijo recorriendo con sus ojos los alrededores del jardín.
—Yo vine una vez —repuso Thor—. Cuando era un niño, con mi hermano mayor y mi padre, pero no lucía así, era invierno y todo estaba lleno de nieve, inclusive las viejas barandas de madera en el camino.
—Debía verse hermoso.
—Bueno sí, a su manera se veía muy bonito.
—Yo no terminó de conocer el Central Park, y soy neoyorkina.

—Tienes mucho tiempo para hacerlo… ¿Cuántos años tienes?

Megan apartó la vista, y por un momento quiso mentir, quiso parecer mayor, pero sabía que no lo lograría, al final se decidió por decir la verdad y esperar que lo peor viniera, después de todo él tardó más de un día en regresar después de que se hubieran besado, definitivamente no había causado una buena impresión, así que, qué más daba confirmar que era una adolescente inexperta.

—Diecinueve…

—Wow… —murmuró Thor.

—¿Wow?

—Bueno sí, *wow*, que joven eres.

—¿Te parezco *muy* joven? —Megan hizo énfasis en ello, después de todo él no podía ser más de dos o tres años mayor que ella, aunque su cuerpo fuera enorme y sexy, su cara lo delataba—. ¿Cuántos años tienes tú?

Thor volteó la cabeza en el momento en que respondió.

—Veintiséis.

—¿De veras?

—Sí —le aseguró volviendo a mirarla.

—Pareces más joven.

—Gracias —dijo complacido y se dejó caer de espaldas sobre el prado.

El pasto estaba fresco y suave, estiró un brazo y agarró a Megan hasta que ella cayó riéndose a su lado, después, los dos se quedaron en silencio contemplando los escasos rayos de sol que se filtraban entre las tupidas ramas de los árboles, absortos en los peculiares sonidos del jardín. Hojas meciéndose, ardillas raspando bellotas con los dientes, el aleteo de los pájaros, de repente Nueva York había desaparecido.

—¿Por qué me besaste? —le preguntó ella armándose de un valor que no creía tener.

Thor giró la cabeza lentamente hasta mirarla a la cara.

—Porque quería hacerlo.

—¿Por qué?

—Me gusta tu boca.

Megan se quedó callada, aquellas cuatro palabras tan simples, habían sido el cumplido más increíble que había recibido en su vida.

—A mí también me gusta la tuya.

—¿Ah sí?

—Sí —le aseguró ella dándose la vuelta y soportando su peso sobre los codos, se acercó lo suficiente y pegó sus labios a los de él.

La sangre de Thor se calentó llenando de fuego sus venas, y en un movimiento ágil e inevitable se giró posándose sobre ella, cuidándose de no descargar todo el peso sobre su cuerpo delicado, apostó cada brazo a los lados de su rostro y volvió a besarla, obligándose a ir despacio, aunque la fuerza animal que gruñía en su interior le exigiera más, mucho más.

Megan gimió encerrando entre los puños el pasto bajo sus manos. No daba crédito a aquello, no había creído que él volviera a besarla, no conseguía creer que un hombre como él quisiera besarla, que a un hombre como a él le gustara su boca.

En sus locas fantasías a solas en su cuarto, no anhelaba príncipes azules que la llevaran a comer un helado o la invitaran a una cena elegante. Ella quería un hombre que le calentara la sangre, un hombre que revolucionara cada célula en su cuerpo, y aunque no estaba segura cómo funcionaba todo, a parte de lo básico que aparece en los libros de biología, su mente había empezado a volar desde que tenía catorce años y había anhelado el toque enloquecedor de un hombre sobre su piel.

Levantó levemente su cabeza y le devolvió el beso sin disimular las ganas, no se guardaría nada, probablemente no volviera a repetirse, probablemente sería la única vez en que sería besada de aquella manera por un hombre como él.

El peso de Thor sobre su cuerpo se sentía maravilloso, estiró el cuello y profundizó el beso, dejó que su lengua se aventurara y le acarició el interior de la boca, de inmediato, él se estremeció y gruñó suavemente con satisfacción. Se sintió poderosa y magnifica, se sintió maravillosa al causar aquel efecto en él, y al obtener de él tanto placer.

La mente de Thor se nubló, embriagado de deseo sintió la extrema necesidad de moverse, de buscar alivió sobre el cuerpo de Megan, en algún momento su lengua se había vuelto experta y estaba enloqueciéndolo.

De nuevo ella lo besaba con aquella hambre tan desesperada, sin trucos, como si su boca fuera para ella la fruta más dulce del Edén, y aun así, la boca de Megan era cien veces más deliciosa.

Su erección creció exigente contra la débil barrera que era su pantalón de deporte, su respiración estaba agitada y cada exhalación era un escándalo lujurioso que debilitaba cada vez más sus contenciones. Cogiendo aire le mordió los labios y después regó suaves besos sobre sus mejillas hasta detenerse por completo, cerró los ojos e intento recobrar el control.

—Mi chofer debe estar al borde de un colapso nervioso —susurró Megan con los labios enrojecidos.

Thor asintió varias veces en silencio.

—Regresemos entonces.

Él se puso de pie y después la ayudó a ella, levantó la bicicleta, la puso de nuevo en el camino empedrado. Los dos caminaron, ella a su lado en silencio y él con una docena de preguntas que no terminaba de comprender qué significaban. Puso la mano izquierda sobre el sillín, y con la mano libre sacó su móvil y se lo tendió.

—Escribe tu número.

Megan frunció el ceño extrañada por su tono ligeramente mandón, sonrió y le recibió el móvil, ingresó el número y se lo devolvió. Enseguida

Thor la llamó, el aparato en su bolsillo empezó a vibrar y ella no pudo evitar volver a sonreír como una tonta.

—Ahí tienes mi número.

—¿Qué se supone que haré con él?

Él no supo que decir por un momento.

—Escríbeme cuando vuelvas a pensar en que te gustan mis labios.

Megan agachó la cabeza y apenas murmuró.

—Lo haré.

CAPÍTULO 24

Se había metido en el jacuzzi por casi dos horas después de llegar del Central Park, había sido capaz de admitir que el beso le había movido algo más que el suelo, y que sus ganas de acostarse con Megan no habían hecho más que incrementarse, pero también sabía que todo aquello le requería un esfuerzo extra. La chica era virgen y probablemente querría regordetes cupidos encargándose de todo el asunto, él no quería enredarse y terminar enlodado en pegajosos dramas rosas, pero había llegado a la conclusión que ellos podrían lograr un buen acuerdo. Si bien no le daría una primera vez romántica, sí podría darle una de lujo, podía llevarla a donde quisiera y hacer lo que ella quisiera, pondría el Kama Sutra mismo a su disposición. A cambio, él se aliviaría el dolor palpitante entre sus piernas.

No había rastro de Samuel y la verdad no le interesaba que apareciera, el cabrón era realmente bueno en lo que hacía, y no le tomaría más que unos cuantos minutos saber que escondía algo, y otros tantos en deducir de qué se trataba. El estómago le gruñó y se decidió a por salir a buscar algo que comer, salió del apartamento buscando algún restaurante cerca, y resultó que nada se le antojaba, ¿qué diablos le pasaba?

Se detuvo en algunos de los puestos ambulantes y frente a varios restaurantes, pero no se decidió por ninguno. Más de cuarenta minutos después caminaba por la avenida Madison, y su estómago le gritaba a su incoherente cerebro que se detuviera de una maldita vez a comer lo que fuera. Torció la boca en una mueca y se detuvo en la esquina de la calle 96, frente al él, un discreto toldo rojo mate llamó su atención. Era un restaurante pequeño, y al salir uno de los clientes, la puerta entreabierta lo llenó de los olores más pecaminosos. Justo lo que estaba buscando.

El lugar era muy acogedor, repleto de booths marrones a la usanza de los años cincuenta y pequeñas mesas esmaltadas como salidas de alguna película de gánsters. Al parecer no había un maître ni nadie que le diera una mesa, se encogió de hombros y caminó hasta llegar a la barra. Tuvo que reprimir la risa cuando una chica mascando chicle se le acercó a atenderlo, le preguntó si podía pedir comida en la barra, y ella le dijo que no habría ningún problema, esta vez se permitió sonreír y la chica se sonrojó hasta las orejas.

Decidió tomar una ensalada Corfu, un wrap de pavo, una generosa orden de patatas a la francesa y un vino blanco helado con hierbabuena y menta. La comida había estado perfecta, y por primera vez en horas, alejó su mente de la maraña de planes absurdos que intentaba diseñar para llevarse con la menor cantidad de inconvenientes a Megan a la cama.

La deliciosa y refrescante copa de vino estaba a la mitad cuando el móvil vibró en el bolsillo de su vaquero, tomó un sorbo más y lo revisó.

> Acabo de recordar cuanto me gusta tu boca.
> Megan B.

Y ahí estaba de nuevo la razón de su obsesión, con aquel mensaje tan inofensivo, calentándolo hasta niveles indecibles. Definitivamente debía revisar sus fijaciones con aquello que estaba fuera de su alcance.

> Tenemos que hacer algo al respecto.
> Thor G.

> ¿Qué propones Sr. G?

> ¿Señor?

> LOL Thor…

> ¿Qué estás haciendo?

> Tareas "#$%&*

> Las niñas buenas no usan malas palabras!

> No quiero ser una niña buena… "#$%&*

> Eso suena prometedor…

> Eso espero…

> Qué tal un tour por el CP? Para que ya no seas una vergüenza para NY.

> Quién dijo que era una vergüenza para mi amada ciudad?
> PS
> Me encanta la idea del tour!

> Dame una dirección y voy por ti.

> Estoy en Upper East Side sobre la 79, cerca de la Segunda avenida, en la biblioteca Yorkville.

> Estoy cerca, voy para allá.

> Te espero

Al taxi le llevó menos de cinco minutos estar frente a la biblioteca.
—Espéreme por favor —le pidió Thor al taxista.

> Estoy en el recibidor.

> Voy bajando.

De pronto la vio aparecer entre los estantes y mesas, el lugar estaba en silencio y nadie, excepto él, parecía advertir lo bonita que lucía. Megan llevaba un vestido de tirantes amarillo pastel que resaltaba deliciosamente el color de su pelo, y le daba a Thor un buen vistazo de sus piernas, tenía unas Converse marrón, un pequeño bolso del mismo color atravesado en el torso que le colgaba sobre la cadera derecha, y el cabello dividido en dos coletas. Lucía absolutamente adorable, encantadora como una Lolita, una perfecta fantasía que le daba miles de ideas calientes que no hacían más que aumentar su tormento.

Ella levantó y ondeó la mano saludándolo, y él le sonrió, pero antes de que pudiera corresponder el saludo, una morena alta y curvilínea se levantó de una de las mesas y le obstruyó la vista.

—Es él —susurró Megan distraída a una de sus amigas.

—Dios, Megan, es muy guapo... y mayor... deberías tener cuidado, ya sabes cuales son las intenciones de los chicos mayores.

—Ok —dijo Megan sin dejar de mirarlo, si las intenciones de Thor eran las que su amiga había dejado implícitas en sus palabras, sería todo lo que ella había querido, no era como si estuviera esperando que Thor se enamorara de ella, lo que en verdad quería era ser deseada por un hombre como él, así fuera una sola vez en la vida.

La mujer morena pasó por su lado y atravesó uno de sus pies en el camino, haciéndola trastabillar un par de saltos. En cuanto recuperó el equilibrio, volvió la mirada furiosa hacía la odiosa chica, guardó silencio temiendo una escena y decidió retomar su camino ignorándola.

—Oops —chilló la morena—, casi se cae la bulímica suicida.

—Cállate —siseó Megan apretando los dientes.

—¡Cállame, si te atreves lunática patética!

—¿No te basta con un cállate? Parece que las ordinarias trogloditas como tú necesitan más que eso.

—Viniendo de un bicho raro como tú, date por bien servida con que escuche lo que dices, ¿por qué iba a hacerte caso?

—Por simple sentido común… —gruñó Megan con la frustración quemándole la garganta.

Erika, la mujer que le había hecho la zancadilla, era una matona que la había atormentado casi desde su primer año en la universidad, no sólo la maltrataba verbalmente, sino que en ocasiones la había agredido físicamente también.

En sus fantasías, Megan le daba un puñetazo tan fuerte que la chica salía corriendo, prometiéndole que nunca más la molestaría, pero la realidad era otra muy diferente.

Erika era alta y atlética, tenía una presencia intimidante y no dudaba en usarla, y lo peor de todo, la odiaba y despreciaba lo suficiente como para no vacilar en hacerle daño. Megan jamás había comprendido por qué, a veces la encontraba mirándola fijamente, y no dejaba de hacerlo hasta incomodarla y obligarla a abandonar el lugar en el que se encontrara.

—El sentido común me dice que te dé la lección que te mereces por faltarle al respeto a tus superiores —replicó Erika con una risita fastidiosa.

—Déjame en paz —le pidió Megan intentando serenarse, se empinó y miró a través del hombro de Erika buscando a Thor que estaba aún en el recibidor observando la escena.

—¿Qué miras? —preguntó la morena con mal disimulado enojo en la voz, siguió la mirada de Megan y se encontró el ceño fruncido de Thor—. ¿Ahora resulta que tienes quien te folle? ¡El mundo va a acabarse!

—¡Cállate la maldita boca! —le exigió Megan con la frustración derramando lágrimas de sus ojos.

—Pues no me callo imbécil —siseó Erika entre dientes—. Por el contrario, ahora mismo voy a hacerle un favor al pobre idiota y a advertirle que no eres más que un problema, una loca peligrosa que le tiene miedo a la comida.

—¡No! —gritó furiosa—. Desaparece de mí vista y déjame en paz, o te juro que esta vez me las vas a pagar.

Erika se rio con estrepito.

—¿Y qué se supone que vas a hacer? ¿Vas a vomitarme encima?

Las lágrimas de se derramaron por las comisuras de sus ojos hasta rodar por sus mejillas, pero ni siquiera fue consciente de eso, en un parpadeo se había lanzado sobre Erika empujándola y haciéndola tambalear un par de pasos.

Salido de la nada, Thor la sujetó por la cintura alejando sus manos, que abiertas habían deseado rasgar la piel de la odiosa morena con sus uñas. En cuanto se recuperó, Erika llena de furia intentó golpearla, pero su intención se quedó detenida en cuanto vio a Thor.

—Tranquila —le susurró él a Megan acercándola a su pecho y tomándole el rostro entre las manos.

—Como siempre, eres tan patética que necesitas a otros para que solucionen tus problemas. —La provocó Erika de nuevo.

—Cierra la boca —masculló Thor con rabia al borde de perder la compostura.

Erika se calló por unos segundos, pero sus ojos gritaban mil improperios dirigidos a él.

—Espero que también consigas callar a Brockman, porque te aseguró que hará algo más que gritarte cuando se entere de lo que le haces a su hija. —La mirada de Thor refulgía con furia, pero ella lo ignoró, esta vez se dirigió a Megan—. ¿Ya le dijiste a tu papi a qué te dedicas últimamente?

Megan desvió la mirada, Thor le acarició el rostro y la cogió de la mano guiándola hasta la salida del edificio. El taxi aún estaba aparcado cerca de la entrada de la biblioteca, Thor abrió la puerta para ella y rodeó el coche hasta su propia entrada.

—Al central Park por favor —le pidió al taxista—. Sobre la Quinta avenida, cerca de la calle 64.

El hombre asintió en silencio y el coche inició el recorrido. Megan estaba en el extremo izquierdo, casi pegada a la puerta, y con el rostro vuelto hacia la ventana miraba a la calle sin ver nada en realidad. Thor no sabía que decir, no tenía idea qué hacer, ella lucía realmente atormentada, y a él no se le ocurría una sola palabra de consuelo, o cualquier cosa que pudiera hacerla sentir mejor.

—Siento mucho que hayas tenido que presenciar… lo que pasó en la biblioteca —habló Megan varios minutos después, aún sin retirar su mirada de la ventana.

—No tienes por qué disculparte Megan, son tus asuntos, ella te provocó.

Ella asintió clavando por un momento la mirada sobre sus piernas pero no dijo nada.

—Tienes derecho a defenderte. —Volvió Thor a intervenir con preocupación en su voz—. Pero los dos sabemos que ella pareciera tener ventaja sobre ti… ¿esto suele pasar muy a menudo?

—No… no quiero hablar de ello —le dijo ella cortante.

—Por supuesto… —aceptó él con un tono de disculpa—. No hablaremos ahora de ello sino quieres.

—No tengo ganas de caminar ahora, quiero irme a mi casa.

—¿Estás segura? —murmuró Thor acercándosele muy despacio.

Megan apartó el rostro de la ventana y lo miró a los ojos por primera vez desde que hubiera intentado saludarlo minutos atrás.

—No lo sé.

—¿Sabes cuál es la solución para todo?

—¿Cuál?

—El mar, Megan, el mar siempre es la solución. —Thor le dio una significativa mirada al taxista, quién desde el retrovisor lo miro vacilante.

—Con este tráfico… —especuló el hombre con un fuerte acento de algún lugar de Europa Oriental—. Tal vez Coney Island en Brooklyn…

—Pues Coney Island será —sentenció Thor.

El taxista se detuvo en un semáforo y se giró hacia ellos.

—Le costará un buen dinero.

—Le pagaré un buen dinero entonces.

****

Más de una hora después estaban recorriendo la West 8th, había gente caminando por las calles vestidos con poca ropa, niños con globos y helados, y mujeres con sombreros de ala ancha y sandalias de verano. El taxista se detuvo y aparcó junto a un grupo de árboles después de cruzar la avenida Surf.

—La playa está a cinco minutos de aquí caminando.

—Perfecto —dijo Thor—. ¿Cuánto le debo?

El hombre observó el taxímetro con una sonrisa.

—Doscientos seis dólares.

Thor sonrió también, arqueó las caderas y sacó la billetera de uno de sus bolsillos traseros. Era una delgada cartera de cuero azul, bajo un prense de metal habían varios billetes de distintas denominaciones, sacó tres billetes de cien y se los entregó al taxista que se había quedado mirándolos con los ojos muy abiertos.

—Muchas gracias por su paciencia —le dijo y salió del taxi, lo rodeó y abrió la puerta de Megan.

—Gracias —dijo el taxista con una sonrisa aun mayor antes de arrancar de nuevo.

La salada brisa del mar los acarició a los dos, había bullicio y hacía calor. Megan se protegió los ojos del sol llevándose la mano hacia la frente, se giró y al final de la calle, con destellos de luz bajo el brillante sol, el maravilloso Atlántico besaba la playa.

Thor tenía razón, el mar definitivamente era la solución, su corazón había brincado dichoso porque había sentido el impulso infantil de salir corriendo y arrojarse al agua.

Sí, el mar era la solución.

—¿Te gusta? —murmuró Thor repentinamente tímido.

—Me encanta.

Él estiró uno de los brazos, y se enroscó entre los dedos una de las suaves ondas que se habían escapado de sus coletas. Estaba por completo absorto en su sonrisa, satisfecho con verla feliz después del lamentable episodio en la biblioteca.

De repente quiso besarla, no para seducirla ni para impresionarla, ni tampoco para obtener la dichosa satisfacción del toque de sus labios, quería besarla porque su sonrisa lo invitaba, quería besarla porque se veía tan feliz, quería besarla sin ninguna razón.

Pero se contuvo, aquellos impulsos no eran propios de él, ni siquiera sabía cómo conseguir un beso cuando se quería sólo porque sí.

—A mí también me encanta —concluyó devolviéndole la sonrisa.

Megan se mordió los labios y apretó la falda de su vestido entre sus puños queriendo saltar de alegría como una niña tonta.

Se giró siguiendo un grupo de niños que reían a carcajadas mientras montaban en una bicicleta de cuatro puestos, los chicos se cayeron y las carcajadas se hicieron más escandalosas, ella también se rio, y entonces sus ojos se encontraron con un mural enorme, un paisaje marino dominado por una foca sonriente, exponía un reglamento enmarcado por el título "New York Aquarium"

—¡Ahhhh! —gritó Megan emocionada dando saltitos y sacudiendo el bolso en todas direcciones—. ¡Vamos al acuario!

Thor abrió muchísimo los ojos.

—Ok —dijo en tono burlón—. Iremos al acuario.

Megan volvió a saltar mientras aplaudía, lo cogió de la mano y casi lo llevó a rastras a su lado. Una preciosa escultura plana hecha de hierro, con una morsa gigante, algas y peces, enmarcaba la entrada. Caminaron un par de metros y se detuvieron en la taquilla, ella abrió el bolso y Thor la detuvo.

—Yo invito —le dijo con una sonrisa de engañosa cordialidad que no admitía discusiones.

Compraron las entradas y recibieron un colorido mapa con cada una de las atracciones del parque.

—¿Empezamos por el Conservation Hall? —le propuso Thor.

—¡Sí! —respondió Megan sin perder un ápice de su emoción.

Las luces se fueron atenuando a medida que se acercaban, hasta oscurecerse por completo una vez entraron al Conservation Hall. A los lados del pasillo se alzaban enormes muros de cristal y tras ellos, el mar y cientos de peces de cientos de especies distintas. Megan estaba maravillada, al lado de los demás niños, se acercaba cuanto podía a los cristales, sonriendo con la colorida belleza de los pececitos del caribe e impresionada con los elegantes movimientos de las anguilas al desplazarse entre los corales.

Ella volvió a tomarlo de la mano, y los dos se sumergieron en un túnel de algún material cristalino, súbitamente fue como estar bajo el mar, Thor sonrió impresionado, mirando a todos lados, fascinado con los cardúmenes de pececillos amarillos que parecían danzar a su lado. Megan le apretó la mano cuando, majestuoso, un enorme tiburón toro nadó sobre sus cabezas, Thor le devolvió el apretón y la atrajo hacía su cuerpo, la levantó entre sus brazos y la besó. Porque sí.

Al salir, visitaron los pingüinos, Megan le entregó su móvil y le pidió que la fotografiara. Y ahí no paró, le tomó decenas de fotos con prácticamente todos los animales con los que se encontraron.

—No sabía que te gustaba tanto el acuario.

—Bueno —explicó Megan—. Me gustan mucho los animales en general.

—No me lo había imaginado.

Ella se rio con timidez.

—Quería ser médica veterinaria, pero mi padre creyó que no valía la pena, así que él decidió por mí y me inscribió en la universidad de Marketing de la NYU.

—Lo siento —le dijo Thor sintiéndose un completo inútil por desconocer siempre las palabras adecuadas.

—No importa —manifestó Megan con amabilidad, lo cogió de la mano y lo hizo correr hasta el área de exhibición de los delfines, una vez allí, Megan simplemente brilló de felicidad, y Thor jamás había visto nada más hermoso en su vida.

****

La oficina de Henry Brockman tenía un fondo blanco y detalles minimalistas que complementaban la poderosa presencia de los clásicos muebles de roble y pino. El ambiente tenía un leve olor a canela que por una razón inexplicable la incomodaba, Henry estaba sentado a su lado en un amplio sofá de cuero color vino cerca del minibar, la miraba fijamente sin decir nada.

Las finas hebras plateadas ya adornaban su cabello oscuro cerca de las sienes y casi llenaban sus patillas, los intimidantes ojos grises parecían matizar la luz tornándose verdosos en la medida que los irises se alejaban de las pupilas, hasta volverse casi amarillentos en el borde más externo.

Rachell se permitió reflexionar acerca del improvisado plan que había emprendido al intentar seducir al presidente de Elitte. Estaba dispuesta a admitir que había tomado la decisión porque lo había encontrado increíblemente atractivo, aun cuando jamás había despertado el deseo en su cuerpo. Pero en pocas semanas todo había cambiado radicalmente, ahora mismo encontraba insoportable la idea de acostarse con él, realmente no lograba imaginar a nadie diferente de Samuel en su cama.

—Todo esto es innecesario Rachell, el papeleo, los trámites con un abogado y el asunto del pago —habló finalmente Henry con voz áspera y frustración en el rostro.

—A mí me parece todo lo contrario, señor Brockman —repuso Rachell de inmediato.

—No necesito de ningún pago, se supone que somos amigos, tu compañía y tu amistad son mi mayor gratificación.

—Y las sigue teniendo señor Brockman, pero aun así quiero pagar por los servicios de Elitte, está de acuerdo conmigo en que son los mejores, lo mínimo que puedo hacer es pagar por la fabulosa campaña que han hecho para mi firma.

—Terceros no son necesarios —sentenció Henry con rotundidad.

—Tal vez en eso tenga razón —concedió Rachell—, pero es mejor garantizar la seguridad de los dos, a la larga esto nos representará un beneficio.

Henry tensó la mandíbula, obtuso y cabreado, quería levantarse del maldito sillón y arrojar algo contra la pared, romperlo e intentar a costa de lo que fuera volver a tener el favor de Rachell. Ella había sido bastante clara al principio, había estado seguro que acostarse con ella sería sólo cuestión de impresionarla con algunos de los preliminares de la campaña. Ahora ella, bajo la falsa máscara de la amabilidad, estaba prevenida y se iba con cuidado, iba a tener que poner en pleno la campaña y cada vez estaba más seguro que ella no accedería de buena gana a meterse en su cama.

Le frustraba no tenerla bajo su control, y aún más, le carcomía admitir que nunca había sido así, ella había estado jugando su juego y lo había hecho bien.

Lo sacaba de quicio con su reticencia y sus diálogos hipócritas. Pero no importaba qué hiciera, seguía deseándola desesperadamente, extrañas necesidades se removían en su estómago, recordándole las viejas emociones que había experimentado con una única mujer muchos años atrás.

—Nosotros nos encargaremos sólo de nuestra amistad. —Le sonrió Rachell—. Dejemos los negocios y los demás temas aburridos a nuestros representantes, mi abogado y mi asistente se encargarán de mi parte. Es más cómodo de esa manera, y más conveniente para nuestra amistad.

Henry cogió aire y agarró en sus manos la carta de la hipocresía, tal como lo hacía ella.

—Me siento un poco insultado… traicionado, tal vez. —Él sonrió y Rachell sintió un escalofrío recorrerle la espalda—. Mi intención era ayudarte, hacerte un favor, tu talento es innegable, quería darte el apoyo que necesitas.

—Y lo sigue haciendo señor Brockman, sé perfectamente que conseguir la atención de Elitte no es cosa sencilla —objetó Rachell—. Y me sentiría tremendamente decepcionada si en verdad cree que lo he traicionado… o insultado.

—Me has tomado por sorpresa —repuso Henry levantándose y caminando hasta el minibar—. No lo esperaba, eso es todo, pero estoy seguro que podremos superar este inconveniente, mañana mismo te haré llegar el papeleo y la cuenta de la cantidad.

—Gracias, no sabe cuánto valoro su comprensión.

—Me imagino —agregó él con su voz profunda—. ¿Qué te parece si celebramos esta nueva etapa?

—¿A qué se refiere?

—Bueno —habló Henry con la voz baja y suave—, ahora hacemos negocios… oficialmente.

Rachell se removió nerviosa.

—Siempre lo hemos hecho.

—Antes era sólo amistad, ahora todo lo pondremos por escrito.

—Así es —acordó ella con vacilación, sin saber por qué aquellas palabras las sentía tan parecidas a una amenaza.

—Cenemos juntos, para celebrarlo, ¿qué me dices?

—Discúlpeme, aceptaría encantada señor Brockman, pero estaré ocupada todo el día —mintió y fingió revisar la agenda en su móvil—. Pero bien podríamos comer mañana, ¿qué le parece?

—Perfecto —contestó Henry sin dejar que las emociones se filtraran en su rostro.

—Bien. —Sonrió Rachell al ponerse en pie—. Muchas gracias por su tiempo, debo irme ahora.

—Te acompañaré hasta el aparcamiento.

—No es necesario, señor Brockman.

—Insisto —dijo él con simpleza, Rachell no dijo nada más.

Esperaron al ascensor en silencio, en cuanto las puertas se abrieron, Henry plantó la mano abierta sobre su espalda a sólo un par de centímetros de su trasero, Rachell dio dos pasos veloces y casi se pegó a la pared opuesta del ascensor, él sonrió y se volvió a apretar el botón del aparcamiento.

El ambiente entre los dos se llenó de tensión, ninguno de los dos decía nada, y mientras ella intentaba idear planes para deshacerse de él, no conseguía adivinar ni uno solo de los pensamientos de Henry. De repente se había vuelto un hombre completamente ilegible para ella.

Súbitamente, Matthew Bellamy lo había inundado todo con su voz: *You won't get much closer, till you sacrifice it all…*

Sacó el móvil de su bolso y atendió la llamada, sabía perfectamente de quién se trataba.

—Hola.

—Hola —respondió Samuel con su rico acento.

—¿Todo bien?

—Claro que sí.

—¿Aún estás en Elitte? ¿Con Brockman?

—Efectivamente —contestó incomodándolos a los dos con una inusual actitud distante—. Pero prácticamente me he deshecho de ese proveedor, después de todo nunca me gustaron sus telas, y definitivamente no me gustaba que intentara controlar tantas decisiones en el proyecto, detesto que intenten controlarme y monitorear mis decisiones creativas.

—Estoy confundido —bromeó Samuel—. Pero adivino que prácticamente has terminado tu reunión con Brockman, y que te encabrona qué te esté llamando a preguntártelo.

—Que inteligente eres, no has podido decirlo mejor.

La risa de Samuel resonó al otro lado de la línea, y ella no pudo reprimir su propia sonrisa, pero la mirada extrañada de Henry le recordó en donde se encontraba.

—Debo dejarte, tengo mucho por hacer hoy, pero te llamaré en un rato.

—Está bien, espero tu llamada —le dijo Samuel—. Yo también tengo mucho trabajo, ya quiero un poco de alivio, y dado que tus caricias obran milagros en mí, deberías pasar la noche conmigo, nos aliviaremos el uno al otro.

—Eso suena perfecto, lo pondré en mi agenda en cuanto llegue a la tienda.

—Eso espero… hasta esta noche.

Colgó la llamada y guardó de nuevo el móvil, y las puertas del ascensor se abrieron al frío sótano.

—Señor Brockman, muchísimas gracias por su ayuda —le dijo extendiéndole la mano.

—De nada —habló Brockman al tomarle la mano, más con una caricia que con un apretón—. Mañana paso por ti a tu tienda, ¿once y media te parece bien?

En realidad no, pero parecía que nada podía hacer.

—Once y media está muy bien.

CAPÍTULO 25

—¡Apártate de mi camino! —Sonidos de disparos retumbaron y luces parpadeantes iluminaron la habitación.

—¿Estás loco? ¡Estás perdido Samuel! —El chasquido de un arma al recargarse los dejó a los dos en silencio.

Samuel maldijo, esquivó el avatar de Thor y se escondió en un edificio abandonado, el miserable de su primo últimamente tenía mucho más tiempo para practicar, y aquel día hacía gala de ello pues le estaba pateando el culo en la PlayStation.

El móvil de Thor vibró entre sus piernas y él detuvo el juego para contestar.

—¿Por qué lo detienes? —Samuel guardó silencio en cuanto vio el móvil en sus manos.

Una fotografía que él no había puesto allí, le mostraba a Megan de perfil recostada en el borde de un estanque besando a un delfín que emergía del agua. De inmediato se levantó temiendo que Samuel pudiera ver de quién se trataba.

—¿Qué haces? —increpó Samuel extrañado con su actitud.

—Es importante. —gesticuló Thor, nunca antes había necesitado contestar ninguna llamada en privado.

—Hola —atendió al salir del cuarto de juegos—. ¿Cómo estás?

—Bien, gracias —respondió Megan—. ¿Te molesta que haya llamado?

—Claro que no —le dijo Thor con energía, la última semana después de su visita al acuario, se habían frecuentado casi todos los días en las mañanas en el Central Park. Seguía teniendo aquella necesidad de verla, ella lo hacía sonreír con las cosas más simples.

Sin embargo, el viernes mientras se habían acostado en el prado cerca de la tienda de recuerdos del parque, al intentar protegerse del sol, Megan se había cubierto los ojos con el antebrazo, y el dorso de su muñeca había quedado vuelto hacia arriba. Entre incontables pulseras adolescentes, había visto con total claridad una cicatriz vertical que sólo podía significar una cosa.

Tal vez a eso se refería Samuel cuando le había advertido que ella ya tenía suficientes problemas, Megan habría atentado contra su vida, y él claramente no quería ser un problema más, no quería hacerle daño. Debía alejarse de ella, pero su egoísta necesidad de tenerla cerca le impedía hacer lo que sabía que era lo correcto.

—¿Estás seguro que no te molesta? —preguntó Megan tras la pequeña pausa.

—Claro que no Megan, me encanta que me llames. —Suspiró Thor alejando las recriminaciones de su consciencia, pero no mentía, le encantaba que lo hiciera.

—Creí que estarías durmiendo, mañana es lunes de nuevo —le dijo con un exagerado hastío en la voz.

—Es poco más de las nueve, no soy un niño para irme a dormir a las ocho —contestó Thor sonriendo, Megan se rio de buena gana.

—¿Te interrumpí?

—No, estaba... —no pensaba admitir que estaba jugando—. Estaba viendo una película.

—¿De veras? ¿Qué película?

¡Mierda! —Una que de seguro no te gustará, una película de acción.

—Me encantan las películas de acción, pensarás que prefiero los dramas románticos, pero no es así.

—Eso es un buen dato.

Megan sonrió.

—¿Vas mañana al Central Park?

—Claro que sí, quiero verte —aseveró Thor—. Además de lo del ejercicio y eso.

—¿En serio? —Una enorme sonrisa iluminó el rostro de Megan, se giró en su cama poniéndose boca abajo, jugueteando con sus piernas—. No te creo.

—En serio —murmuró Thor también sonriendo—. Tengo muchas ganas de verte.

—Ya quiero que sea mañana —dijo Megan cerrando los ojos con fuerza, como preparándose para recibir un golpe.

—Yo también.

—Bien, vete a descansar —habló ella emocionada—. Te mando un beso enorme.

—¿Cómo es que me mandas a descansar? Yo quiero seguir hablando contigo.

Megan se rio.

—Yo también, pero no quiero molestarte, mañana debes volver a la oficina.

—No soy un bebé, ni tengo cien años como para estar preocupándome por las horas de sueño —bromeó fingiéndose enojado.

—Por supuesto que no, pero estoy segura que tu película te está esperando.

Thor se giró y vio a Samuel, que sentado en el sofá, lo miraba con el ceño fruncido.

—Bueno sí, Samuel está esperándome.

—Ok, nos vemos mañana, te mando otro beso.

—Mmm, ya tengo dos entonces —susurró Thor—. Yo te mando los que quieras, y ponlos donde se te antoje.

Megan se quedó con la boca abierta, sorprendida, nerviosa y encantada con su insinuación, había sido como si de hecho la hubiera besado en decenas de lugares prohibidos a la vez.

—Hasta mañana. —Se despidió ella intentado ocultar la exaltación en su voz.

—Hasta mañana.

En la sala de juegos, Samuel levantó las manos en señal de exasperación. Thor aún tenía el móvil en la mano.

—Estoy atendiendo un asunto de la oficina.

—¿Tú? ¿A esta hora?

—Sí… —vaciló—. La cagué con unos informes, alguien me está ayudando con eso, así que le pago horas extra, lo necesito solucionado mañana a primera hora.

—Ven rápido que necesito darte la paliza que te mereces.

Thor se rio y buscó la foto de Megan entre sus archivos, y no se encontró con una sola, había una carpeta entera con más de una docena de fotos. Debió de haber transferido varias de las imágenes desde su propio móvil, en su mayoría aquellas en las que aparecían los dos, junto a las focas, los pingüinos, las morsas y los delfines. No estaba seguro cuánto ella había visto de sus archivos, esperaba que nada, aún tenía incontables fotografías de sus amantes desnudas, de él riendo desnudo con ellas, y otras aún con más acción y mucho más escandalosas. Seleccionó todas las imágenes de sus antiguas amantes y las eliminó sin pensárselo dos veces antes de entrar de nuevo en la sala de juegos.

CAPÍTULO 26

Su mañana había sido estupenda, Thor había sido maravilloso como siempre, haciéndola reír y olvidar todos sus problemas, y claro, también estaban los besos, esos increíbles besos que la transportaban y casi la hacían perder razón. Ya había perdido la cuenta de cuantas veces se habían besado, y se sentía perversa y frenética al tener la certeza que ya ni los dedos de sus manos y pies juntos le alcanzaban para contarlos.

Al volver a su casa, su madre estaba encerrada en el gimnasio con su entrenador personal, no quiso tomarse la molestia e intentar saludarla, sabía que, como era su costumbre la ignoraría. Por el contrario, decidió subir directamente a su cuarto, se ducharía y estaría lista para irse a la universidad. Al bajar casi una hora después, se encontró con su madre en el recibidor principal.

—Hola Meg, voy a tomar una ducha, tu padre hoy nos acompañará a la hora de la comida.

Megan asintió sin decir nada y volvió a su cuarto. Una hora más tarde, le fue anunciado que ya podía pasar a la mesa. Su madre estaba sentada en uno de los extremos, tan regia como siempre, con el cabello tan arreglado como si hubiera ido al salón, la piel luminosa y su esbelto cuerpo envuelto en un veraniego vestido de gasa verde.

A la cabeza de la mesa, se sentaba su padre, con el rictus tenso, se había quitado la chaqueta y la corbata, llevaba las mangas de la camisa recogidas hasta los codos y sus ojos grises brillaban apreciativos sobre ella. Como siempre, estaba evaluándola.

—Toma asiento —le ordenó en tono seco.

—Sí, señor.

Les sirvieron una sopa de setas y vegetales como entrada, Megan respiró aliviada, aquello le vendría perfecto. Al terminar, les llevaron una fuente con puré de patatas rojas, guisantes al pavor y salmón horneado al limón.

—Así está bien Dilia, gracias —le dijo Megan en voz baja a la mujer del servicio que había empezado a servir el salmón en su plato.

Su padre descargó con fuerza los cubiertos sobre la mesa.

—¡No vas a empezar de nuevo Megan! —pidió Henry al ver la negación de su hija por comer.

—No, papá. —Megan, bajó la mirada al plato armándose de valor para probar bocado.

Dilia, compadecida por su angustia, observó el plato de la sopa completamente vacío, le sonrió y apenas sirvió un poco de puré y guisantes, con el salmón no pudo hacer más que pasar uno de los trozos más pequeños que había en la fuente.

—Deja de mirar la comida como si fuera basura —murmuró Henry desviando la mirada a su propio plato.

Apretó los labios y aguantó las ganas de llorar, cogió los cubiertos y empezó a cortar el salmón en trozos, sin comer ninguno, tan sólo cortándolo tantas veces como le fue posible.

Habían sido justamente las críticas de su padre las que la habían motivado a tomar aquella decisión, quería ser bonita, quería que él se sintiera orgulloso de ella.

Aún recordaba el día en que se indujo el vómito por primera vez, aquella mañana él le había dicho que debía hacer un esfuerzo extra, que era demasiado pequeña y su cuerpo engordaba fácil, que se debía sacrificar más que las demás.

Semanas después, cuando alcanzó el peso que deseaba, sólo la ignoraba como habitualmente lo hacía, no había sido suficiente para él, y desde entonces, nunca fue suficiente para ella tampoco.

—Come de una maldita vez, Megan —siseó su padre al ver que seguía dándole largas a la comida.

—Dale un respiro, Henry —intervino su madre—. Sabes perfectamente que está en recuperación, además se ha tomado toda la sopa, es suficiente, ¿qué más quieres? Deja de presionarla.

—No pedí tu opinión Morgana —contestó su padre de mala gana—. Todo esto es tu culpa, tú le has metido en la cabeza todas esas malditas dietas y la alientas a matarse de hambre.

—¡Claro que no! —Se defendió su madre—. Intento que adopte hábitos saludables, no que se mate de hambre, no seas absurdo.

Qué bonita familia. Pensó Megan con ironía. Quería escapar y dejar atrás el desagradable salmón, tal vez si se quedaba callada mientras ellos discutían, al final lo olvidarían y la dejarían ir en paz a la universidad.

Jugueteó con los guisantes y se llevó un par a la boca, los masticó tanto como pudo y después bebió agua hasta acabarse el vaso completo.

—Come de una maldita vez —habló de nuevo su padre entre dientes, se detuvo y clavó los ojos en ella, no dejaría de hacerlo hasta que empezara a comer.

Con la impotencia y la frustración oprimiendo su pecho y cerrando su garganta, se llevó un trocito de salmón a la boca, el sabor ligeramente ácido del limón la hizo salivar y sintió el irrefrenable deseo de vomitar en cuanto tragó el primer bocado.

Agachó la cabeza evitando mirar a su padre, se concentró en su plato y contó los trozos de pescado. Dieciséis, tendría que repetir aquel angustioso proceso dieciséis veces más.

****

La profesora señalaba una bonita gráfica con los indicadores económicos del fin de semana, la clase de comercio exterior era una de las más aburridas, pero la señora Morrison era una fashionista increíble, iba a su clase sólo para ver qué había decidido usar cada vez. Tenía las piernas largas y siempre se peinaba con un tenso moño demasiado serio, pero que la hacía lucir agresivamente sexy, era delgada y alta. Justo todo lo que ella no era.

Aún faltaban veinte minutos para que terminara su clase, pero no pudo esperar más. Guardó su libreta, el pesado libro de guía, su juego de bolígrafos, y se cruzó el bolso en el torso. No dijo una palabra, y la verdad nadie pareció notar que abandonaba el aula.

Caminó deprisa, directamente hacía los baños, se detuvo frente a los lavabos y cogió un par de toallas de papel, siguió su camino y se metió en uno de los cubículos, se puso en cuclillas, respiró hondo y contrajo el estómago hasta que las arcadas le constriñeron el esófago y la garganta.

El vómito salió sin mayores complicaciones, los jugos gástricos la quemaron en todo su recorrido de ascenso y le dejaron un gusto amargo en la boca. Se limpió con una de las servilletas y cogió aire, cerró los ojos y llamó de nuevo el vómito. Lo hizo tres veces más, hasta asegurarse que su estómago estaba vacío por completo.

Sacó de un bolso un pequeño neceser fucsia, allí tenía un cepillo de dientes de viaje y un mini tubo de dentífrico. Se cepilló los dientes e hizo varios buches de agua queriendo borrar el sabor amargo en su boca, queriendo olvidar lo que acababa de hacer.

Respiró hondo y puso sus manos temblorosas bajo el chorro del grifro, el agua estaba fresca y parecía relajarla, ahuecó las manos y se mojó la cara, se pasó los dedos húmedos por la nuca, y se prometió a sí misma que no volvería a hacerlo. Sin embargo, sabía que en el fondo, no podía confiar en su palabra.

—Brockman —Escuchó la ronca voz de Erika hacer eco en el baño, estaba de pie contra la puerta de entrada a los servicios, contemplándola de esa horrible forma en que las aves rapaces miran los cadáveres.

Megan la ignoró y puso todo de vuelta en su bolso.

—¿Por qué estás tan solita? —Volvió Erika a hablar.

—No es tu problema —contestó Megan colgándose el bolso y dirigiéndose a la salida.

—¿A dónde crees que vas con tanta prisa? —gruñó Erika obstruyéndole el camino.

Megan intentó esquivarla, pero entonces ella la cogió con fuerza por el codo, sacudiéndola y llevándola de regreso a los lavabos.

—Suéltame Erika —le exigió furiosa—. O no respondo.

—¿No respondes? Pues bien, yo quiero que respondas, yo también te daré mi parte, vas a tener que pagar el ridículo que me hiciste hacer en la biblioteca.

—Eso fue tu culpa, fuiste tú quién vino a molestarme.

—¿Por qué no puedes simplemente obedecerme, Megan? Si lo hicieras las dos seríamos más felices.

—No sé de qué demonios hablas, estás loca.

—Sabes perfectamente a lo que me refiero, no te hagas la mosquita muerta, yo no me creo tus mentiras de niña buena.

—No tengo idea de qué estás hablando Erika, suéltame.

—No, Megan —le dijo acorralándola contra la pared de azulejos—. Deja ya de fingir que no te gusta nuestro juego, no pretendas que no disfrutas de la tensión entre nosotras.

Megan frunció el ceño confundida, y lanzó una rápida mirada de terror hacia la puerta.

—Vamos —continuó Erika—. Yo puedo enseñarte un par de cosas que disfrutarás más que lo que haces con la mole rubia que te estás tirando, yo puedo mostrarte como complacerlo.

—Aléjate de mí —le pidió Megan con la voz temblorosa.

—No —siseó Erika—. ¡Deja de resistirte!

—¡Me estás lastimando! —gritó Megan llena de rabia.

Erika le tapó la boca con una de sus manos, apretándole los labios con fuerza.

—Quédate quieta, no quiero lastimarte esa bonita boca que tienes, sabes que no es eso lo que quiero hacer con ella, ¿verdad?

Megan se removió desesperada, pero la atlética constitución de Erika no le permitió hacer gran cosa.

—Vamos, las dos lo podemos pasar muy bien, déjame tocarte —murmuró cerca de su oreja—. Tócame Megan, pasémoslo bien las dos.

Estaba asustada, esta vez de verdad tenía miedo, las lágrimas se escurrieron por sus mejillas y sobre la mano de Erika, sus ojos aterrados veían una repugnante expresión de dulzura en su agresora, quería quitársela de encima, salir corriendo y escapar, pero parecía que no tenía ninguna escapatoria.

—¡No llores! —chilló Erika con ira—. ¡Deja de llorar como una maldita niña tonta!

Le apretó las mejillas entre los dedos con fuerza, hasta asegurarse que la lastimaba, Megan gimoteó de dolor, las lágrimas seguían bajando por su rostro, y sus enrojecidos ojos la miraban con rabia asesina.

—¡Te he dicho que no llores! —Volvió Erika a rugir, y le estrujó el rostro de nuevo, atrayéndola hasta sus labios, aplastando su boca contra la de ella. Megan se retorció intentando alejarse, y ésta en un impulso iracundo la golpeó contra la pared.

La cabeza empezó a darle vueltas y se sintió desfallecer, Erika debió percatarse porque desesperada buscó en todas direcciones las cámaras de seguridad, y se la quitó de encima como si se tratara de algún bicho con una enfermedad contagiosa. Megan estaba mareada por causa del golpe, sus piernas fallaron y en una respuesta automática intentó aferrarse a Erika para evitar caer.

—¡Quítate! —gritó su horrenda atacante, zafándose de sus manos y empujándola con brusquedad.

Megan perdió todo control sobre su cuerpo, y sólo fue consciente de cómo el muro de cemento chapado de los lavabos se acercaba con inevitabilidad a su cara. Después, todo fue oscuridad y silencio.

Erika recorrió nerviosa el baño, parecía no haber cámaras en ningún lado, pero estaba segura que de alguna manera monitorearían cada lugar en la universidad. Agachó la cabeza y miró a Megan por un momento, movió las manos nerviosamente, y sin pensarlo más, salió corriendo ocultándose el rostro con el revés de su bolso.

Ciryl, la amiga de Megan, fue quien la encontró inconsciente en el baño. Estaba tirada en el frío suelo, con las piernas bajo los lavabos, el vaquero se le había mojado en un costado y tenía medio rostro cubierto con hilos de sangre que parecían manar de una herida en su frente.

—¡Megan! —la llamó Ciryl asustada, pero no obtuvo respuesta.

Con lágrimas de miedo salió al pasillo y pidió ayuda a gritos. Un remolino de actividad la envolvió antes que pudiera reaccionar, y el equipo de emergencias se llevó a Megan en una camilla hacía la unidad médica de la universidad.

Al llegar al acceso de emergencias seguía inconsciente. Ciryl fue detenida, le entregaron las pertenencias de Megan y la guiaron hasta la sala de espera.

—El contacto en caso de emergencia de la señorita Brockman no contesta, ¿tienes otro número al que pueda llamar? —le preguntó la enfermera encargada en la recepción.

—Yo soy su segundo contacto —mintió Ciryl—. Su madre debe estar ocupada.

La enfermera, una afroamericana con el pelo completamente blanco, estudió su rostro por unos cuantos minutos.

—Bien —le dijo—. Megan ya despertó, tendrá dos días de incapacidad y deberá practicarse una tomografía computarizada para descartar un trauma cerebral. —Los ojos de Ciryl se abrieron espantados—. Lo más probable es que no le haya pasado nada, pero el protocolo exige que se practique los exámenes correspondientes.

—Por supuesto.

—En unos minutos te llamaré y podrás pasar a verla.

—Muchas gracias. —Ciryl leyó la plaquita plateada que la mujer tenía en el lado derecho de su pecho—. Loretta —La enfermera se dio la vuelta y continuó con sus actividades de rutina.

La vibración del móvil de Megan en su bolso la hizo saltar, se sonrojó con las risitas murmuradas de las demás personas en la sala de espera y sacó el móvil.

Había esperado que se tratara de la madre de Megan y que al fin se hubiera enterado del accidente. En cambio, se encontró con un rostro tallado por los dioses, embellecido aún más entre cabellos rubios alborotados, por lo que adivinaba era un día lleno de viento. El hombre le sonría rodeado de pingüinos.

—Hola —contestó perdiendo el aire, era como si fuera a hablarle a una estrella de cine.

—¿Quién es? —sintió el tono acusatorio en la voz al otro lado de la línea, el curioso acento no se le escapó.

—Ciryl —habló con voz estrangulada—. Disculpe señor Thor, soy Ciryl, la amiga de Megan.

—Encantado. Lo de señor es innecesario, llámame Thor.

—Claro… Thor.

—¿Y Megan?

—Ella no puede atenderlo en este momento, ha tenido un accidente y en este momento está siendo atendida en la unidad de emergencias de la universidad.

—¿Qué tipo de accidente?

—No lo sé, estaba inconsciente en el baño, tiene una herida en la cabeza. —Ciryl esperó una respuesta que no llegó—. ¿Thor? ¿Bueno? ¿Thor?

Giró el teléfono que estaba de nuevo bloqueado, con la pantalla completamente oscurecida.

La cabeza le palpitaba, y un agudo pitido venido de no sabía dónde aumentaba el retumbante dolor. Le habían puesto un apósito en la frente, la herida aparentemente no había sido profunda, pero el impacto había sido muy fuerte. Había dicho a los médicos una y otra vez que no se acordaba de nada, pero recordaba perfectamente como Erika la había golpeado y como había intentado propasarse con ella.

El corazón se le aceleró de miedo al recordarlo, en ese momento escuchó la voz de Ciryl agradeciéndole a alguien por dejarla entrar, su pulso se normalizó, y agradeció por la presencia de su amiga.

—¿Cómo te sientes? —le preguntó Ciryl en cuanto se sentó a su lado.

—Me duele mucho la cabeza, pero por lo demás, estoy perfectamente.

—¿Lo demás? No es como que puedas minimizar esta situación.

Megan apartó la mirada y guardó silencio por un largo rato.

—¿Qué ocurrió? ¿Te desmayaste? —le preguntó acariciándole la mano, Megan no respondió—. Me dijiste que estabas comiendo bien, me aseguraste que hoy habías comido, debí haberlo sabido en cuanto saliste de clase, ¿te fuiste a vomitar, verdad?

—No te mentí, Ciryl. —Se defendió con vergüenza en sus ojos—. Hoy comí, te dije que tuve que soportar a mis padres... Pero me hicieron comer demasiado, no podía soportarlo, no podía dejar de pensar en cuanto había comido.

—Megan, me dijiste que esta vez de verdad lo estabas intentando.

—Lo estoy haciendo, pero ellos me presionan, no me permiten ir a mi propio ritmo.

Ciryl se alejó de ella, irguiéndose enfadada en la silla.

—Pero no fue eso lo que ocurrió —Su amiga volvió a mirarla con preocupación—. Erika me atacó en el baño.

—¡¿Qué?! ¿Ella te hizo esto?

Las lágrimas se deslizaron por sus sienes, su nariz se enrojeció y la respiración se le agitó, no pudo evitar que varios sollozos se le escaparan.

—Ya no sé qué hacer, esa mujer no va a dejarme en paz.

—¿Pero qué demonios le pasa? Está loca, no puede hacerte esto y simplemente no responder por los daños que te ha provocado, ¡mierda, pudo matarte!

Los ojos asustados de Megan le rogaban que guardara silencio.

—No la entiendo... me obligó a... a estar muy cerca de ella, y me besó por la fuerza.

Ciryl no podía estar más estupefacta.

—¿Cómo que te besó?

Megan apartó la mirada de nuevo, avergonzada.

—Esa mujer está loca, y lo peor de todo es que es peligrosa, Megan —señaló Ciryl irritada—. Pensé que le gustaban los hombres, tú has visto los espectáculos que monta con los chicos en el campus.

—No tengo idea qué le pasa, y me importa un comino qué le gusta a esa mujer, pero créeme que yo no le gusto, será cualquier otra cosa enferma, pero uno no trata de esta manera a la gente que le gusta.

—Esta situación no puede seguir así, debes...

En ese momento Thor entró a la sala de enfermería, Megan miró a Ciryl con mil preguntas, alisó en su vientre la bata de lino que le habían puesto, tontamente mortificada por lo horrible que debía lucir. Su amiga se levantó de la silla y cogiendo a Thor del brazo lo llevó hasta la puerta.

—Seguramente va a querer matarme después de esto, pero tal vez tú tengas más suerte que yo convenciéndola para que haga algo al respecto. —Thor asintió en silencio—. La chica con la que tuvo el problema hace unos días en la biblioteca, ¿la recuerdas?, esa chica le hizo eso.

—Gracias. —Fue su única contestación—. ¿Ciryl?

—Sí —respondió la chica—. Mucho gusto… de nuevo.

Thor le sonrió con amabilidad y caminó hacia la camilla.

Ciryl le dedicó una última mirada a Megan.

—Estaré esperando afuera, yo tengo tus cosas.

—Ok —respondió Megan muy bajito.

—¿Cómo estás? —susurró Thor acercándose a ella y acariciándole el rostro.

—Estoy bien, no es para tanto.

—¿No es para tanto, Megan? Estuviste inconsciente.

Se removió incomoda y la herida le latió punzante en la frente.

—¿Qué tiene esa mujer contra ti? No puedes permitir que esto llegue más lejos.

—No lo sé, parece que quiere obligarme… me forzó… —carraspeó un par de veces, armándose de valor, ella no había hecho nada malo, no tenía por qué encubrir a Erika—. Ella quiso besarme, no entiendo que le sucede, pero sé que no puedo seguir tolerando lo que me hace.

—¿Te agredió porque no quieres aceptar sus insinuaciones?

—Supongo…

—¿Ya le has dicho a tus padres acerca de esta situación?

Megan se mantuvo en silencio y bajó la mirada.

—Lo hice alguna vez, pero no me creyeron.

—¿Por qué no iban a creerte?

Ella se cubrió el rostro con las manos y sus ojos se llenaron de lágrimas.

—No me mires —le pidió a Thor entre sollozos, pero él no apartó la mirada. Suspirando elevó sus brazos y ella misma le cubrió los ojos sus pequeñas manos—. En el pasado he intentado encubrir mis desmayos con historias que he inventado, seguramente creerán que es una mentira más.

Thor meditó sus palabras por un instante, al cabo de un rato susurró de nuevo:

—¿Por qué tenías que encubrir tus desmayos?

Megan tragó fuerte y el rostro se le descompuso de dolor.

—Por la razón… la verdadera razón de mis desmayos. —Thor se quedó en silencio, dándole el espacio para que ella decidiera continuar o no—. A veces… a veces dejo de comer, a veces lo hago por mucho tiempo, y… y a veces vomito demasiado… entonces los desmayos vienen y van.

—Yo te creo —musitó Thor después de lo que pareció una eternidad.

Megan gimoteó aún con más fuerza, con el llanto llevándosele el aire de los pulmones, Thor le cogió las manos con las suyas, y se inclinó en la camilla, la levantó en sus brazos y la puso en su regazo. Megan metió el rostro en su cuello y se abrazó a él con todas sus fuerzas. Su vida era una completa mierda, un hervidero de problemas, y por primera vez, alguien no se había quedado con la boca abierta al saber lo que le pasaba, por primera vez alguien le había dado justo lo que siempre había necesitado. Un abrazo.

Al cabo de varios minutos, sus lágrimas se habían secado y sentía de nuevo el valor para hablarle.

—Gracias.

—No hay nada que agradecer.

—Claro que sí, muchas gracias Thor.

—No, agradéceme el día en que solucionemos este asunto, si tus padres no te apoyan, denunciaremos a esa mujer, va a tener que pagar por lo que te ha hecho, ¿o sino de qué sirve que tu primo sea uno de los abogados más poderosos del continente?

Megan sonrió con tristeza y decidió no llevarle la contraria. Poco después, uno de los médicos entró en la sala y le pidió amablemente que los dejara a solas, debían hacerle algunas preguntas de rigor a Megan antes de darle de alta.

Thor asintió y la besó en la frente.

—Estaré esperando por ti afuera.

Quince minutos más tarde, el mismo médico salió con ella a la sala de espera.

—Debe comer, hidratarse bien y descansar el resto del día —habló dirigiéndose a Ciryl que se había presentado como su contacto de emergencia.

Megan le hizo una mueca.

—¡Sí, claro! —respondió muy deprisa.

—Aquí está la receta de los analgésicos y la petición para la tomografía.

—Gracias —le dijo Megan.

—Muchas gracias —habló también Thor y apretó la mano del médico.

Ciryl le entregó el bolso a Megan, y los tres salieron de la clínica, caminaron hasta la plaza central del campus, donde Ciryl se despidió y le pidió que se mantuviera en contacto. Él la cogió de la mano, y los dos caminaron en silencio hasta los parques para visitantes, allí esperaban los guardaespaldas de Thor.

Una vez en el coche, él volvió a hablar.

—Muy bien señorita, iremos enseguida a practicarte la tomografía.

—¿Qué? No, no es necesario.

—No discutas con tus mayores. —La silencio—. Iremos a la clínica a la que va mi familia —le dijo intentando lucir maduro y eficiente—. Porque es la única que conozco.

Al salir de la muy cotizada y modernísima clínica, Thor volvió a tomarla de la mano y Megan no pudo luchar más contra las miles de mariposas que volaban en caos dentro de su estómago.
—Necesitas descansar, y tal vez comer un poco —le dijo Thor al abrir la puerta del coche para ella—. ¿Quieres que te lleve a tu casa?
—Claro, muchas gracias por tu ayuda —respondió ella sin mirarlo—. No quiero que pierdas más tiempo en tu trabajo por mi culpa.
—El trabajo es lo de menos, la verdad es que nunca me ha importado mucho —bromeó acercándose a ella—. Si no quieres ir a tu casa, sólo dímelo.
Megan no dijo nada, sólo sonrió con encantadora timidez.
—¿A qué hora terminaban tus clases hoy?
—Como a las ocho.
—Pues entonces a las ocho te llevaré a tu casa, ¿quieres?
—Quiero.
—Llévanos al Plaza, por favor —le pidió al guardaespaldas que estaba al volante.
El hombre asintió y emprendieron camino. De inmediato, Thor sintió como ella se tensaba a su lado.
—¡No, no, por favor, no es lo que te imaginas! —reaccionó alarmado—. Tienes que descansar, y si te llevo a mi apartamento Samuel me descuartiza, te juro que no pasará nada.
—Lo sé —lo tranquilizó Megan—. Confío en ti.

Nunca había entrado al Plaza, y aunque se había hospedado en otros hoteles de lujo en el mundo, realmente la elegancia y exuberancia de aquel lugar no tenían comparación. En la recepción saludaron a Thor con cordialidad en cuanto les entregó su identificación, el conserje le habló con amabilidad y le comentó acerca de las tantas veces que había recibido a los Garnett en la última década. Thor respondió educadamente y le pidió la identificación a Megan, uno de los asistentes hizo el Check In, y les entregaron la llave electrónica de su habitación en el piso diecisiete.
Thor llamó a sus guardaespaldas y les dio la orden de estar a su disposición de nuevo a las siete de la noche, cogió a Megan de la mano, y los dos subieron hasta la habitación. El lugar era precioso, elegante y acogedor.
Él la acompañó hasta la cama, deshizo las sábanas mientras ella se quitaba sus Converse y dejaba a un lado la chaqueta de lana gris. Thor la arropó y ahuecó sus almohadas, ella sonrió, pensando que desde que su

niñera se había ido cuando tenía once años, nadie se había preocupado tanto por ella.

Cerró los ojos entregada al placer de la mullida cama, y vio como Thor iba hasta el otro lado y ordenaba una sopa de vegetales, helado de frutos rojos y té verde.

Se removió temiendo que él pretendiera que ella se comiera todo aquello, pero no tuvo mucho tiempo en gastar pensamientos en ello, Thor había ido a correr las elegantes cortinas. Se había detenido por un momento frente a la ventana y parecía observar la vertiginosa actividad de la imparable Nueva York varios metros más abajo. Se había quitado la chaqueta, la corbata y la camisa, llevaba una camisilla blanca de algodón que se aferraba a cada centímetro de su cuerpo, y los pantalones de lino negro se ajustaban en los lugares más preciosos.

—Descansa —susurró él aún desde la ventana.

—Eso intento.

Llamaron a la puerta y Thor atendió. El carrito con su pedido venía con varias bandejas de plata cubiertas, le pidió al botones que llevara el carrito cerca de la cama y le entregó al hombre un par de billetes de veinte dólares antes de que abandonara la habitación.

Él se percató de la vacilación en los ojos de Megan y se acercó, se sentó a su lado y cogió en sus manos el tazón con la sopa.

—Yo también me preocupo por alimentarme bien, todo se trata de mantener un balance.

—No soy muy buena controlándome, tiendo a ir siempre hacia los extremos.

—Esta vez yo te ayudaré, ven —La ayudó a incorporarse en la cama—. Esto lo haremos los dos... una tú, una yo —le indicó señalando la cuchara—. Al final, será más fácil de lo que parece.

—No tienes que darme de cucharadas.

—No, no tengo porqué. —Estuvo de acuerdo—. Pero quiero hacerlo.

Megan sonrió moviendo la cabeza con desaprobación y se acercó más a él, antes de diez minutos, el rico caldo lleno de coloridos vegetales se había acabado.

—¿Ves? —Le sonrió Thor.

—Lo veo —confesó ella—. Fue más fácil de lo que parecía.

—Hoy no ha sido un día sencillo ¿qué tal una indulgencia? —La tentó señalándole el helado.

—No estoy segura —vaciló Megan incomoda—. Son demasiadas calorías.

—Tal vez, pero no son tantas como para no eliminarlas en uno de nuestros recorridos matutinos. —ella seguía reticente—. Vamos, confía en mí, lo haremos los dos.

Megan cogió aire y se acercó de nuevo. El sabor delicioso del helado se dispersó en su boca, hacía mucho que no se permitía ningún postre, y éste le supo a gloria. Thor cogió una cucharada para él, una más para ella, otra para él, y de nuevo una para Megan, entonces, la besó.

De nuevo, sólo porque sí.

—Lo estás haciendo muy bien —le habló mirándola a los ojos—. Sé lo difícil que esto es para ti, gracias por confiar en mí.

—No —susurró Megan—. Gracias a ti, mil veces gracias Thor.

—¿Te he dicho alguna vez lo hermosa que eres?

Ella negó moviendo la cabeza muy despacio.

—Eres lo más bonito que he visto en mi vida —reveló con solemnidad—. Eres perfecta, no necesitas de nada… no necesitas hacerte daño dejando de comer, porque no hay nada que pueda superar la perfección.

Megan sintió que el pecho se le quebraba por dentro, y no estaba segura si era de dolor o felicidad.

—A veces —Suspiró cansada—. Todo esto es más fuerte que yo.

—Lo sé, pero ya no estás sola. —Ella lo miró con sus enormes ojos grises, y él de inmediato quiso gritar, ¿de dónde habían salido esas palabras?, estaba comprometiéndose más de la cuenta, y en ese preciso momento pareció olvidar por completo cuáles habían sido sus intenciones al acercarse a ella.

—Lo haré Thor, lo juro, esta vez voy a conseguirlo.

Él le sonrió con dulzura y ella se movió acercándose a él, el tintineo de sus pulseras llamó su atención, allí estaban las cicatrices. Apartó el carrito y la cogió de las manos, corrió las pulseras y la acarició, el corazón de Megan se disparó, lo sabía, él ya se había percatado de sus cicatrices.

Abrió la boca, quiso protestar y apartar sus manos, pero antes que pudiera hacer nada, él se había agachado y sus suaves labios estaban besando la piel cicatrizada, con tanta dulzura que esta vez estuvo segura que le dolía el corazón mismo.

—No vuelvas a hacerlo, por favor —le pidió mirándola a los ojos mientras acariciaba sus muñecas.

—No lo haré —exhaló abrumada, negando una y otra vez con su cabeza.

Thor le sonrió y le acarició el rostro, y ella sin poder contenerse un segundo más, se incorporó y lo besó. Entre contacto y contacto, el beso les suplicaba a los dos perder el control, la mente de Thor se nublo y en un parpadeo se habían deslizado en la cama, revueltos en la maraña de sábanas, sus manos habían viajado por voluntad propia hasta meterse bajo la blusa de Megan, apretándose desesperadas a su cintura mientras ella seguía sometiéndolo a la dulce tortura de sus besos.

Apretó su pequeño cuerpo contra él, sediento de alivio, hambriento de ella. Megan jadeó al sentir la increíble presión de su miembro, estaba duro, y le pareció enorme además.

Su corazón se desbocó con una emoción deliciosamente parecida al vértigo, y un movimiento más le dio una pista de lo increíble que sería seguir moviéndose.

Se sentía poderosa, como si hubiera descubierto el fuego y en adelante no quisiera más que encenderlo todo. Thor gimió mordiéndole los labios, y ella volvió a mover su pelvis contra él, aquella era la sensación más increíble que había experimentado, ni siquiera cuando se tocaba a solas había sido tan intenso, nunca había sido tan intenso.

Su piel se había calentado, y Thor también ardía bajo ella, jadeando con fuerza, apretando las manos contra su cuerpo. Ella quería más, lo quería todo.

Pero en un abrir y cerrar de ojos, se encontró de nuevo acostada en la cama, vio como Thor se levantaba y se pasaba las manos varias veces por el cabello.

—No —le dijo con la voz ahogada—. Aún no Megan, no así.

—Lo siento —Se disculpó mortificada.

—No, no lo sientas. —Se apresuró él acercándose a ella—. Es sólo que ahora no podemos, no es el momento indicado, no estamos listos.

Frunciendo el ceño volvió a sentarse en la cama, evidentemente había sido bastante obvio que era virgen.

—Querrás decir que *yo* no estoy lista.

—No, no lo estás, y yo tampoco Megan.

—Soy virgen pero no estúpida. —Volvió a meterse enfadada bajo las sábanas.

—Claro que no eres estúpida, pero hay cosas que deben ser planeadas.

—¿No tienes condones?

Thor se quedó mirándola boquiabierto.

—Yo tengo un paquete en mi bolso, lo he llevado conmigo desde que cumplí dieciséis. —Esta vez, él abrió mucho los ojos, entonces Megan bajó su mirada hasta detenerse en su muy llamativa erección—. Si lo que te preocupa es… ya sabes… una cuestión de tamaño, porque crees que soy muy pequeña, tranquilízate, he leído lo suficiente, la vagina es fisiológicamente lo suficientemente flexible para adecuarse a los tamaños más asombrosos.

—¿Qué? ¿Qué? ¿Qué estás diciendo? —balbuceó Thor azorado—. ¡Dios mío! ¿En qué me he metido?

CAPÍTULO 27

—*Buona será, come ti chiami?*
—*Mi chiamo Silvana.*
—*Piacere di conoscerla, mi chiamo Rachell.*
—*Rachell, mi può dire l'ora?*
—*Sono quattro e un quarto.*
—*Grazie. Quali sono i vostri piani per oggi?* —Frente a la tienda pasó un Lamborghini rojo inconfundible—. *Rachell, quiali sono i vostri piani per oggi?* —Insistió la profesora Rossellini.
—¿Perdón? —Se disculpó Rachell distraída.
Un par de minutos después, Samuel Garnett entró en la tienda, desde la oficina, Silvana vio a través del cristal como el recién llegado y su alumna se comunicaban mediante miradas nada disimuladas.
—Hemos terminado por hoy —dijo la profesora recogiendo sus carpetas y láminas.
—Discúlpeme profesora Rossellini, me he distraído por un momento.
—No te preocupes Rachell, estás agotada, nuestra sesión de hoy ha terminado.
—Muy bien —suspiró con cansancio—. Muchas gracias por su paciencia.
—No hay de qué, aprendes muy rápido.
Rachell sonrió y se puso de pie para despedir a Silvana, abajo, pudo ver como Oscar cerca de la recepción le impedía el paso a Samuel.

—Señor fiscal —intervino Sophia tocando amable y discretamente el brazo de Oscar, su amigo le dedicó una mirada y desapareció entre los bastidores tras las pequeñas habitaciones que hacían las veces de almacenes.
—Samuel por favor, lo de fiscal no es necesario —le pidió él—. Encantado Sophia.

—Muchísimo gusto. —Lo correspondió la pelirroja con una sonrisa sospechosa—. No habíamos tenido la oportunidad de coincidir, pero he oído mucho hablar de ti.
—Lo mismo digo, he oído bastante de ti.
Sophia sonrió al tiempo que lo invitaba a seguirla con un suave gesto. Él subió las escaleras tras ella, y aun así, Sophia tuvo la certeza que los ojos de Samuel siempre habían estado puestos en Rachell, la mirada distraída de su amiga se lo aseguraba. Aguardaron en el pequeño balconcillo que hacía las veces de hall, y uno segundos después, la profesora Rossellini salió de la oficina, saludó a Samuel y se despidió de Sophia.
—Toda tuya.
—Eso espero —comentó Samuel con una sonrisa retorcida.

Al entrar, cerró la puerta, aunque de nada le valdría si buscaba privacidad, las paredes frontales de la oficina estaban hechas de cristal, de manera que estaban expuestos a la vista de todos los que estuvieran dentro de la tienda.
—Señorita Winstead —la saludó inclinándose sobre el escritorio y besándola rápidamente en los labios.
—Señor Garnett. ¿A qué debo el honor de su presencia?
Samuel se sentó sonriendo en uno de los asientos frente a ella, mientras Rachell dominaba el lugar desde la sofisticada silla de aluminio y cuero, entre ellos, el escritorio no hacía más que estorbar.
—Quería verte.
Esa no fue la respuesta que esperaba, era demasiado simple y rudimentaria, pero a la vez perfecta, era justo lo que quería oír.
Samuel le sonrió mordiéndose los labios, silenciándola, seduciéndola.
—¿Los has hecho tú? —le preguntó intrigado al ver un block con varios de sus bocetos hechos a lápiz.
—Sí.
—Son muy buenos Rachell, no tenía idea que tuvieras tanto talento dibujando, estás llena de sorpresas.
—Oh sí, Samuel, de eso puedes estar seguro.
—Lo sé —convino él entrecerrando los ojos—. Contigo jamás me aburriré.
—Bueno, eso no puedo asegurártelo.
—No tienes que hacerlo —continuó él entre sonrisas traviesas—. Realmente son preciosos Rachell.
—Gracias —respondió con timidez
—Es la verdad —le dijo—. ¿Alguna vez has pensado en vestir a alguna celebridad? Estoy seguro que eso sería una enorme ventana publicitaria.
—Claro que lo he pensado, pero por si no lo has notado, justo quienes menos necesitan publicidad son quienes suelen vestir a las celebridades.

—Mi firma presta servicios a tres actores y dos actrices muy famosos, estoy seguro que podríamos llegar a un acuerdo con ellos.

—¿Qué quieres decir? —increpó Rachell con nerviosismo.

—Justo lo que acabas de oír —ratificó Samuel—. Puedo mover los hilos necesarios para ponerte en contacto con la gente adecuada, una de nuestras clientes es ganadora de un Oscar, y no veo por qué esas mujeres no desearían vestir uno de tus diseños, hasta yo puedo darme cuenta lo buenos que son.

—¿Estás hablando en serio, Samuel?

—Claro que sí.

—Samuel, deja de querer burlarte de mí —pidió sin creerle completamente, sabía que a él le gustaba jugar con sus emociones y hacerla llorar después, como lo había hecho el día del contrato—. Vestir a alguien en una alfombra roja es una oportunidad única en la industria, y si tengo oportunidad de hacerlo, lucharé por ello con uñas y dientes.

—Lo sé —le dijo Samuel sin poder ocultar la dosis de atípico orgullo en su voz—. Lo haré por ti Rachell, tienes demasiado talento, te mereces eso y más.

—¿Lo crees posible? —indagó sintiéndose desconcertada ante la emoción que empezaba a recorrerla por dentro.

—Sí, claro, pediría una reunión con ellas y te las presentaría.

—¿Quiénes son? —preguntó mientras luchaba por ocultar la felicidad que latía descontroladamente en su interior.

—No te lo diré, será una sorpresa… sólo te adelanto que una de ellas ha sido ganadora del premio de la academia como mejor actriz.

—¿Estás seguro que van a elegir uno de mis diseños? Normalmente eligen usar diseños de Carolina Herrera, Valentino, Roberto Cavalli, Salvatore Ferragamo y muchos diseñadores reconocidos.

—Estos diseños están a la altura de cualquier Valentino —le informó señalando los bocetos—. Sólo que los grandes diseñadores han contado con una gran campaña, invierten mucho dinero para ser reconocidos… Tú deja eso en mis manos, prepara los bocetos y te aseguro que para el año que viene tendrás al menos uno de tus diseños desfilando en la alfombra roja para los premios de la academia.

Rachell se levantó, rodeó el escritorio, se acercó y se arrodilló frente a él.

—Gracias Samuel, de verdad significa mucho para mí lo que acabas de decir, aun cuando no haya alfombra roja o celebridades.

—No es nada, es un placer hacerte feliz, que logres tus metas para mí también es una gran satisfacción… ponte de pie por favor… nunca te pongas de rodillas, no me gusta verte así… Claro a menos que sea para darme placer —le dijo guiñándole un ojo con picardía.

—¡Tonto! —Lo reprendió divertida, poniéndose de pie y dándole un puñetazo en uno de los muslos.

Después, los dos se quedaron en silencio durante largo rato.

Al final, Samuel se decidió por la salida más cómoda para los dos: ignorar lo que acababa de suceder.

—¿Podrías explicarme qué se trae Oscar conmigo?

Rachell se rio.

—Nada especial, sólo no confía en ti, y le caes tan bien como una patada en el estómago.

—Yo no le he hecho nada. —Se defendió Samuel alzando las manos.

—A él no, pero por si no lo recuerdas, el día en que nos conocimos intentaste pasarme tu juguetito rojo por encima.

Samuel se revolvió en su silla torciendo el gesto.

—No fue en serio, no tenía nada contra ti.

—Lo sé, se trataba de Brockman, ¿verdad?

—Algo por el estilo.

—Sí, algo por el estilo —rumió Rachell exasperada—. Por cierto, ayer comí con él.

La mandíbula de Samuel se tensó, se pasó la mano por el cabello y cruzó un tobillo sobre el otro.

—Que interesante.

—La verdad no —ironizó ella despreocupada—. Después de nuestra última reunión, me invitó a cenar, intenté desviar su atención y reducir las cosas a una comida rápida, pero él me anuló la cita a la mañana siguiente, estuve dándole evasivas la semana entera, ayer no tuve más remedio que aceptar, comimos en Le Bernardin, y para su decepción, la comida se acabó antes que pasaran cuarenta minutos.

—Que interesante —satirizó Samuel fingiendo desinterés.

—De nuevo —Rachell suspiró—. En absoluto fue interesante, y te preguntarás, ¿por qué te digo todo eso? Por supuesto, no es como que intente rendirte cuentas ni nada por el estilo, odio sentir que alguien intenta controlarme… sólo quería que supieras que esta es la última prueba que te entrego de mi voluntad y mis verdaderas intenciones con Brockman, no toleraré más numeritos de desconfianzas, Samuel.

—¿Gracias?

—De nada —respondió ella levantándose de su silla para irse a sentar en su diván.

—No desconfío de ti Rachell, te lo he dicho mil veces ya que ese hombre no es de fiar, sólo intento protegerte.

—Sí, sólo quieres protegerme y aún no sé de qué, pero no voy a permitir que veas a las personas que me rodean como demonios peligrosos.

—No, con todo lo demás está bien… si quieres puedes seguir tu amistad con tu amigo Víctor.

El rostro de Rachell se suavizó por un momento, sólo para volverse enfadada contra él al instante siguiente.

—¿Cómo es que sabes su nombre, Samuel? Jamás te dije como se llamaba—. ¡No! No… Samuel ¿por qué lo haces?

—No puedo evitarlo, igualmente lo hago con las personas que se acercan a mi familia.

—De verdad debes dejar de creerte Dios, Víctor no es ningún delincuente como para que estés por ahí abusando de tu autoridad y violando su intimidad.

—Lo sé, sé que es un hombre decente y responsable.

—Sí, ahora lo sabes, después que has violado su privacidad —objetó sintiéndose verdaderamente molesta.

—No he violado su intimidad, esa información está a disposición de todo el mundo, cada quién decide tomarla o no. —Se defendió perdiendo la paciencia—. No he dicho que el hombre sea un delincuente, de hecho, todo indica que es un tipo decente.

—Eso que haces no es ético. —Lo reprendió ella entre dientes.

—La ética es relativa Rachell, si eres listo, es justo la primera cosa que aprendes en la escuela de derecho.

—No seas cínico, Garnett.

—Mejor me voy ahora que estoy ileso, y te dejo sola para que se te pase la rabia. —Samuel se puso en pie—. Pasaré por ti a las siete, recuerda traer ropa cómoda porque mañana te daré la primera clase de Capoeira.

—No te molestes. —Lo miró—. No pienso ir a ningún sitio contigo.

Samuel apretó un labio contra otro, conteniendo su temperamento y suplicando a Dios que le diera paciencia.

—Como quieras —consiguió decir al final.

—¿Por qué lo haces Samuel? Tal vez si me dices de qué va tanta desconfianza en las personas yo podría entenderte, pero no lo haces… no dejas salir nada ¿cómo coño quieres que entienda cada una de tus acciones?

—Rachell en ningún momento te he pedido que me entiendas, ni que averigües por qué soy como soy.

—Entonces no me involucres en tus paranoias, aleja de mí tu lado detectivesco, eso sólo me apetece en el cine… Vas a lograr que pierda la confianza en ti, ¿cómo se yo que no estás en este momento investigando el color de la ropa interior que llevo puesta?

—¡De ti no sé nada! Sólo lo que está en tu expediente nada más, quiero que seas tú quien me diga el resto, espero que quieras contarme un poco más de tu vida, pero siempre me huyes; sin embargo, estoy contigo, prácticamente a ciegas e ignorando el ochenta por ciento de tu vida.

—Creo que estamos igual, ya que tampoco sé nada de tu vida y no por eso ando "indagando" en ella… La verdad no sé por qué siempre terminamos discutiendo… esto es estúpido, ridículo ¡Es infantil! ¿Por qué tenemos que enrollarnos tanto?

—La verdad no lo sé, tal vez tienes razón, soy estúpido, ridículo e infantil… ¿Es lo que piensas cuando intento cuidar de ti?

—No cuidas de mí, investigas a mis amigos que es diferente, ¿acaso quieres que me alejé de ellos? ¿Que dejé mi vida de lado? Podrías también buscar los expedientes de Sophia y Oscar, digo sino es que lo has hecho ya.

—No lo he hecho y no pienso hacerlo, porque ellos demuestran que te aprecian, sólo lo hago con las personas de las cuales desconfió.

—¿Qué fue lo que te hizo sospechar de Víctor, sus tatuajes, su corte de pelo? ¿O es sólo que no lleva un traje de diseñador y un maldito Lamborghini como tú?

—No Rachell, como se vista y como raye su piel me tiene sin cuidado, se trata de cómo te mira, y sabes perfectamente a lo que me refiero, no finjas que no.

—Claro que sé a lo que te refieres, no soy ciega, ni estúpida —arremetió levantándose y acercándose a él—. Si se trata de miradas lascivas, vas a tener que investigar la vida de medio Manhattan, y bien puedes empezar con los abogados de tu bufete.

—¿Quiénes? —exigió pegándose a ella.

—¿Quiénes qué?

—Los abogados que te han mirado, ¿quiénes son?

—¡No seas absurdo! —Lo amonestó por completo desconcertada—. No tengo idea quiénes son, por Dios Samuel, no tiene la más mínima importancia.

—Tienes razón… —se llevó la mano al rostro y se lo frotó retomando los estribos mientras respiraba profundamente, dándose cuenta que no sabía que le estaba pasando. De cierta manera se sintió ridículo, y al final no pudo reírse de su terrible estupidez. —Tienes razón. ¿Qué quieres qué haga entonces? —susurró con tensión en la voz, cogiéndola por la cintura y pegándola más a tu cuerpo.

—Absolutamente nada —respondió ella cayendo bajo el poderoso influjo de su cercanía—. Justamente eso, por una vez, no hagas nada. Tienes serios problemas —expuso ella fingiéndose aún molesta.

—Sí los tengo, creí que eso ya lo sabías —le dijo de manera divertida—. Eres una montaña rusa.

—Sí, claro que lo sabía, sólo que no dejas de sorprenderme, la verdad quisiera comprender tus cambios de humor… —Se quejó ella rodeándole el cuello con los brazos—. Las emociones contigo se viven siempre con la adrenalina en su máxima expresión.

—¿Quieres que no investigue a nadie más?

—Por favor.

—Está bien —le dijo él cogiendo aire—. No lo haré más.

—¿Lo prometes? —ronroneó Rachell provocadora.

—Lo prometo —susurró Samuel contra sus labios.

CAPÍTULO 28

—¿Quieres tomar algo? —le preguntó Samuel mientras entraban en su apartamento.
—Un vaso de agua estará bien. Gracias —respondió descargando su cartera y una bolsa Marc Jacobs de cuero marrón.
—Voy a prepararme un *Refresco Garnett*, ¿quieres probar?
—¿Un Refrescó Garnett? —Se rio Rachell divertida—. ¿Y qué es eso?
Samuel entró en la cocina mientras ella se sentaba en una de las sillas de la barra y abrió la nevera, sacó una botella de vidrio con té verde, dos pomelos, una botella sin marcas de lo que parecía ser soda, y una jarra de vidrio azul con algo que no consiguió adivinar qué era.
—¿Y eso es…? —preguntó señalando la jarra azul.
—Una infusión de hojas de eucalipto.
Rachell volvió a sonreír y Samuel siguió moviéndose por la cocina, se quitó la chaqueta y la corbata y las dejó en la barra, se remangó la camisa y sacó una nueva jarra de cristal.
Vertió parte de la infusión de eucalipto, exprimió los pomelos, que de inmediato tiñeron de rosa el agua, puso el té verde en la licuadora y agregó abundante hielo, licuó un par de veces y se detuvo para agregar la soda, una vez la mezcla del té verde adquirió una apariencia granizada y pálida, lo agregó a la mezcla rosa.
Samuel cogió de entre los cajones una cuchara de madera y batió haciendo que los ingredientes se incorporaran, poco a poco, el cristal transparente dejaba ver como el líquido se tornaba casi violeta.
—Al menos luce muy bonito —bromeó Rachell—. Habrá que probar el sabor.
—Ya lo verás, sabe tan bien como luce… ¿Es un bonito color, verdad? —declaró Samuel orgulloso—. Se acerca bastante al color de tus ojos.
—¿Tú crees? —preguntó Rachell con timidez.
—No le hacen justicia, pero supongo que nada lo haría.

Ella apartó la mirada, y él también desvió la suya buscando entre la cristalería un par de vasos altos. Sirvió una generosa cantidad del refresco Garnett para los dos y se acercó a ella.

Rachell miró escéptica el vaso entrecerrando los ojos.

—¿Estás seguro que no corro ningún peligro al beberlo?

—Tómatelo y deja de molestarme.

Rachell se rio y dio el primer sorbo. Y demonios sí era refrescante y deliciosa la maldita pócima, no sabía cómo nada que hubiera probado antes, en absoluto era dulce, y era como brisa fresca en su garganta, el sabor del eucalipto de alguna manera resaltaba el frío del hielo, la suavidad del té verde le daba cuerpo, y las burbujas de la soda eran como una caricia sobre su lengua.

—Esta vez no puedo robarte el mérito —le dijo ella sonriendo con asombro—. Está realmente bueno tu *Refresco Garnett*.

—Gracias —Samuel se acercó y la besó—. Pero el mérito por desgracia no es para mí, esta maravilla es un invento de mi tío Reinhard, y me colgaría de las pelotas si se entera que ando aprovechándome de su *Refresco Garnett*.

—Pues la próxima vez que hables con él, dile que realmente me ha impresionado, y en nombre de la humanidad agradezco por su invento.

Samuel la cogió de la mano y la ayudó a levantarse. Los dos siguieron bebiendo de sus vasos, mientras él la guiaba hacia las escaleras.

—¿A dónde vamos? —preguntó Rachell curiosa al ver que no avanzaban hacia el ala izquierda, en dirección a la habitación blanca en la que habían pasado las noches que habían dormido juntos desde que ella se quedara por primera vez en su apartamento.

—A mí habitación —respondió Samuel avanzando el primer par de escalones.

—¿En dónde se supone que estuvimos las demás noches? —inquirió ella de repente muy seria.

—En la habitación de invitados —contestó Samuel al instante, tan serio como ella.

Invitadas, sería más preciso. Reflexionó Rachell, le dio un trago más a su bebida y decidió no pensar en ello, no había nada que pudiera hacer para cambiarlo, ni tenía una razón en realidad para aspirar a tal cosa, no podía protestar porque ella hubiera sido también una de sus *invitadas*, después de todo, también lo había querido así. Asintió en silencio y los dos subieron tomados de la mano.

La habitación era preciosa, con ventanales del suelo al techo en una vista de casi ciento ochenta grados. Al entrar, él la soltó, cerró la puerta y con un control remoto activó las persianas electrónicas que empezaron a cerrarse lentamente, tal como lo hacían las de la habitación blanca.

La cama estaba enmarcada por una cabecera de mármol negro que ascendía hasta el techo, en donde pequeños ojos de buey iluminaban dándole calidez a la habitación. Un juego de sábanas blancas y negras les daban un toque elegante y sofisticado. Al frente, un televisor de pantalla plana reposaba oscuro colgado de la pared.

En uno de los extremos, había un sillón vinotinto que resaltaba entre los recurrentes blancos y negros en el resto de la habitación, más allá, había una pequeña sala de estar con muebles de biodiseño. En una de las paredes laterales cerca de la salita, había una biblioteca de madera negra, y de regreso, más cerca de la cama, la entrada a lo que adivinaba era el vestidor. Justo al lado, alcanzaba a ver las luces más brillantes del baño.

****

Se incorporó y reposó los pies en la mullida alfombra negra y gris, era suave y acogedora, podría quedarse allí simplemente dejando que los gruesos hilos la acariciaran. Sonrió como si estuviera cometiendo alguna travesura, y se volvió de medio cuerpo hacia la cama, Samuel aún estaba profundamente dormido. No quiso despertarlo, sabía que debía estar agotado, su trabajo le exigía demasiada dedicación, y aun así siempre parecía tener la misma energía desmedida para enloquecerla cada vez que sus cuerpos se encontraban desnudos. Además, verlo allí tan tranquilo y por completo a su disposición, era sencillamente increíble.

Completamente desnuda, se puso de pie y se encaminó al baño, cómo lo había presentido, los colores blancos y negros lo dominaban todo desde el suelo hasta las paredes de cerámica esmaltada. Pasó los dedos por la parte superior del mueble del lavabo que brillaba impoluto. No había muchas cosas en los pocos muebles, el cuarto de la ducha estaba hecho por completo de cristal y no dejaba lugar a la intimidad. Se hizo un moño de bailarina en lo alto de su cabeza sosteniéndolo con su propio cabello y abrió la ducha de tipo cascada, reguló a pocos la temperatura y la intensidad del agua. La experiencia era increíblemente placentera.

Inhaló profundamente al salir y sus fosas nasales se llenaron de olores que ya le eran muy familiares, y que ahora se adherían a su piel tras haber usado los productos de baño de Samuel. Cogió una de las mullidas batas negras colgadas a su derecha y se cubrió con ella, le llegaba hasta los tobillos y las mangas cubrían por completo sus manos. Se detuvo frente al espejo, sus cosas estaban en sus bolsos, y éstos aún debían estar en la barra de la cocina, al subir la noche anterior, creyó que podría regresar por ellos después, pero una vez cruzó la puerta, Samuel no le permitió volver a salir. Contempló la opción de ir hasta la cocina, pero salir en bata no era algo que terminara de convencerla. Buscó en el armario de uno de los espejos y encontró un enjuague bucal e hilo dental, los usó e intentó pensar que bastarían hasta que lograra recuperar sus cosas.

Al salir del baño, apagó la luz y cerró la puerta con cuidado adentrándose de nuevo en la penumbra que reinaba en la habitación, las persianas automáticas no permitían que la luz se filtrara en ningún lugar. No estaba segura de qué hora era, y no tenía la certeza si ya había salido el sol, caminó de puntillas hasta las ventanas y corrió de a pocos las placas de aluminio del borde, un instante después, las cortinas empezaron a desplazarse despacio, y las placas más gruesas de las persianas se movieron sin hacer ningún ruido. Giró rápido examinando algún lugar en el que hubiera podido presionar un botón involuntariamente, pero no había nada ni remotamente parecido cerca de ella.

No hubo más movimientos, entonces recordó que Samuel le había dicho que todo estaba programado para empezar a abrirse poco a poco a una hora establecida en los controles generales de la habitación, de manera que no fuera abrupto ni molesto para quien estuviese durmiendo al encontrarse con el brillante sol neoyorquino.

De nuevo en silencio, caminó hasta el sillón vinotinto y se sentó, apoyó la cabeza sobre una de sus manos y observó entre las sombras. Apenas se colaba la luz en la habitación y le daba un vistazo tenue de Samuel durmiendo en la cama. El perfil de su rostro era preciso, como tallado con tanto esmero que no podía describirse como nada menos que hermoso.

La sábana blanca lo cubría de los pies al abdomen, y aún allí dormido tan plácidamente, seguía ejerciendo en ella aquella poderosa atracción. Suspiró y cerró los ojos, recordó como sus pieles se habían deslizado una sobre la otra la noche anterior, como se había sumergido en ella tantas veces y de tantas maneras, que el placer mismo ya no alcanzaba para explicar lo que sentía a su lado.

Una sonrisa apareció en su rostro al ver como su miembro despertaba poco a poco bajo las sábanas, y como si no ocurriera semejante espectáculo, él seguía tranquilamente dormido. Sus dientes dejaron de lucir una sonrisa para atrapar su labio inferior, la había provocado, y ni siquiera había intentado nada conscientemente. Tamborileó los dedos sobre el cuero del sofá durante un rato, hasta que la mujer traviesa y sedienta de él la hizo descruzar las piernas y levantarse.

Caminó hasta la cama y se subió muy despacio, con tanto cuidado como le fue posible, conteniendo incluso la respiración en cada avance. Se detuvo a medio camino y entre las puntas de sus dedos, levantó despacio las sábanas descubriéndolo hasta las rodillas, él se quejó con suavidad pero parecía tan dormido como al principio. Atrapó muy despacio el cordón del pijama, y pudo percatarse como la respiración de Samuel pareció cambiar por un momento, se detuvo, lo observó, y sin dejar de tener los ojos sobre él, estiró la tela hasta dejar al descubierto su seductora erección.

Sus labios dibujaron una sonrisa, como una niña a punto de cometer una travesura. Samuel no era consciente de su estado, se encontraba placenteramente dormido, mientras ella veía cómo una fina tela se adhería a la parte más prominente de su miembro y miles de colores nacían por primera vez, estaba segura que esa erección llevaba su nombre y que aun dormido la deseaba.

Samuel volvió a quejarse, y esta vez arqueó la pelvis sobre el colchón en un acto reflejo, parpadeó varias veces, después dejó caer la cabeza con fuerza sobre la almohada y sonrió con la respiración agitada. Rachell enredada entre las sábanas, estiró una mano antes que pudiera darse cuenta, y la apoyó contra su pecho obligándolo a mantenerse acostado.

Las sábanas crearon una ventana para sus ojos entre las sábanas, y sus miradas se encontraron evidenciando el creciente deseo que sentían el uno por el otro. Sin dejar de mirarlo, Rachell regó besos tiernos sobre su vientre, despacio, con sus manos cogió su pene. No sólo era rígido como una piedra, sino también de una belleza exótica que no terminaba de comprender.

En ese momento él cogió la cabeza de Rachell y la detuvo haciéndola partícipe de su duda, pero ella le dedicó una mirada de tanta resolución que no pudo más que apartar sus manos nuevamente. Negó divertido varias veces, Rachell arqueó una de las cejas y le dedicó una mirada en la que le aseguraba que no era de él la decisión, que sólo debía relajarse y disfrutar.

Se relamió los labios una última vez, y sin pensarlo más, introdujo el pene de Samuel en su boca, abrazándolo cómo un aro de luz que envuelve el cordel de la velas al consumirse, haciendo con esto que un frenesí se apoderará de ella, y sus pechos ardieran de placer mientras seguía el compás del movimiento de su cuerpo, y en su abdomen sentía el placer de miles de relámpagos rompiendo contra sus paredes aun cuando su vientre se mantenía huérfano.

Decenas de sabores nuevos inundaron su paladar, su cabeza subía y bajaba en la marea de placer que no le permitía pensar en nada mas, sabores distintos, dulces y enigmáticos como el primer beso, sabores que no encontraría en ningún otro lugar.

—Dios, Rachell —jadeó Samuel con un gemido estrangulado en la garganta.

Los jadeos ejercían un efecto narcótico en ella, un incentivo que jugaba con el ritmo de sus succiones y los movimientos de su boca. Liberó el falo de sus labios, y con la lengua fue tallando todos sus contornos hasta alcanzar un trozo de piel secreto que lo había hecho gemir como un animal salvaje.

Sabía que estaba haciéndolo delirar de placer con los miles de viajes circulares, mientras su lengua resbalaba en el punto más distante de su miembro y sus manos delicadas se aferraban a la energía de su cuerpo vigoroso, donde la sangre fluía en miles de canales que antes le habían resultado imperceptibles. Ella estaba concentrada en brindarle placer, sentirlo temblar, sudar, gemir, llevarlo al límite como él lo hacía con ella. Entonces las manos de Samuel se anclaron a su cabeza deteniéndola por completo.

—Rachell detente…

—No —susurró ella.

—Rachell voy a correrme en tu boca si no te detienes—. Le advirtió entre jadeos ahogados.

Ella se incorporó apenas un poco, y él descubrió sus pechos en medio de los pliegues de la bata perezosamente cerrada. Con fuerza, agarró las sábanas y las lanzó al suelo, Rachell le sonrió de esa manera en que él adoraba, la cogió por un brazo, y antes que pudiera espabilarse, ella estaba acostada de espaldas en la cama.

De rodillas, Samuel la rodeó a horcajadas a la altura de los muslos, se agachó lentamente sobre ella hipnotizándola con su mirada, y lentamente envolvió una de sus muñecas que reposaba cerca de su cadera entre sus dedos. Los ojos de Rachell viajaron de inmediato a la mano que la apresaba, y en ese justo momento, él capturó también su mano libre.

Con sus manos a lado y lado del cuerpo de Rachell, descendió despacio y con la nariz y los labios le acarició las mejillas, ella no pudo contenerse, y furiosa buscó sus labios enloqueciéndolos a los dos con un beso ardiente.

Samuel le robaba sus propios sabores, asaltando con la lengua cada espacio de su boca, que la ofrecía en toda su amplitud, enredando sus lenguas mientras se retorcía bajo su cuerpo al sentir la dureza de su pene haciendo estragos en su vientre, dejándole rastros de savia tibia cuando se colaba por la hendidura de su bata de baño. Pero él parecía no tener prisa, y ella sentía que su paciencia se agotaba con dramática velocidad.

—Me has sorprendido —le dijo él con una hermosa sonrisa matinal, aún ahogado por los estragos de su beso.

Rachell inhaló profundamente.

—Me alegra saberlo —acotó arqueándose para sentirlo más cerca, pero sus movimientos seguían limitados por el agarre que él seguía ejerciendo sobre sus muñecas.

Samuel elevó su comisura derecha en una sonrisa endemoniadamente sensual, y le robó el alma con un nuevo beso, rápido, agonizante, exigente, repleto de succiones y mordiscos provocadores.

—Ha sido la mejor mamada que he recibido en mi vida —aseguró Samuel mientras la besaba en el cuello.

Rachell rompió en una carcajada que retumbó en la habitación.

—Cuanta delicadeza señor fiscal. —Samuel también se reía ahogado en su cuello.

—Es lo que ha sido, y ha sido perfecto.

—¡Mentiroso! —exclamó ella entre carcajadas—. Es la primera vez que lo hago y te has dado cuenta.

Ciertamente era la primera vez que ofrecía sexo oral, con Richard nunca se atrevió, pero había algo en Samuel que la inspiraba, la tentaba, y sobre todo, le daba plena seguridad, no había temores. Debía admitirlo, el pene del joven se le había convertido en algo bastante parecido a una obsesión, desde el instante en que lo vio supo apreciar su belleza, era justamente su aguja en el pajar.

—Lo has hecho muy bien —cuchicheó Samuel—. Ya verás cómo perfeccionarás las maravillas que acabaste de hacer.

—Eso espero. —Lo provocó Rachell mordiéndole los labios—. Me ha gustado tu sabor.

Un jadeo salió bullicioso desde su garganta, cuando él descendió y pudo sentir como hacía presión contra su vientre. Se removió buscando el alivio de su contacto, pero la prisión que Samuel había hecho con sus manos, seguía limitando sus movimientos.

—Entonces estamos empatados, porque a mí también me enloquece tu sabor... temo que terminemos devorándonos. —Le dijo mirándola a los ojos con su característica seriedad.

Samuel cogió una vez más los labios rojos, en una danza interminable de besos, sólo suspendía su acción cuando era preciso respirar. Liberó la boca y lentamente fue bajando, tan sólo acariciando con su barbilla la tela de la bata de baño, mientras sus ojos reflejaban el deseo que lo consumía.

El agarre en sus muñecas se hizo más fuerte, y el calor sensibilizó su piel en una mezcla de dolor y placer que la embriagaba una y otra vez. Samuel paseó con su mentón en medio de sus pechos, y donde uno se había escapado de la bata negra, se detuvo, lamió chupó y besó hasta que Rachell no pudo contener los gritos de placer en su pecho.

Sonriendo, él siguió bajando hasta que se topó con el nudo de la bata, lo deshizo con sus dientes y volvió a buscar sus ojos, pudo ver cómo ella humedecía sus labios con la lengua, gestó que él imito y ella le regaló un jadeo al verlo, seguidamente él bajó la mirada y se concentró en el amarre donde sus dientes se posaron.

Con movimientos ondulantes de su cabeza, abrió la bata en dos, metió una de sus piernas entre las de Rachell, pidiéndole sin palabras que hiciera espacio para él, y volvió a besarla. Ella no lo hizo esperar, pronto sus piernas se habían abierto para recibirlo. Elevó sus pies de a lado y lado de su pelvis, y con los talones deslizó el pantalón del pijama hasta sus rodillas.

Samuel adivinó las intenciones, por lo que elevó poco a poco el agarré de sus manos por encima de ambos pincelando a roces el vientre de ella con su miembro, obligándola a ahogarse en jadeos e incorporando un poco más el cuerpo para que rozará al menos un poco sus pálpitos enloquecidos. Entonces, cogió con una de sus manos las dos muñecas de Rachell y las mantuvo prisioneras por encima de su cuerpo, una vez más la besaba en los labios. Después, se posó en el altar que los pechos le construían, mientras que su mano libre ayudaba a uno de los pies de Rachell a deshacerse por completo del pantalón.

Sin tener ninguna prenda que estorbará, se dejó caer sentado sobre sus talones y ella trató de unirse más a él, para llegar al punto exacto, pero aun así el agarré en sus manos no la dejaba, seguía reteniéndola a la altura que él deseaba. Samuel, sonriendo, como burlándose de ella, cogió su polla con su mano libre y empezó a rozarla entre sus pliegues, frotando el rojo rubí contra su rojo escarlata, sintiéndola hervir y latir, pegada a su piel, siendo testigo de cómo se humedecía para recibirlo.

Rachell suplicaba entre gemidos, pero él poco escuchaba ya que estaba concentrado en sus propios jadeos, sensibilizada ante la más mínima caricia, notando que Rachell hacia más fuerza en sus manos para liberarse.

Le dedicó una mirada de advertencia para que dejará de intentar soltarse, y a ella sólo le quedó abandonarse, tratando de respirar entre jadeos, de humedecer sus labios a causa del calor en todo su cuerpo que hacía que la boca se le secará ansiando que los besos de Samuel le quitaran la sed y cuando ella menos se lo esperaba la asaltó sin miramientos. Entró en ella sin previo aviso y hasta donde le era posible.

Rachell dejó libre un grito ahogado a causa del placer que la recorrió por toda su anotomía logrando que la respiración se le cortara, dejándose llevar por esa corriente.

Él aguardó dentro de ella sin hacer ningún movimiento, sólo mirándola cómo se colmaba, cómo era la Rachell quien se retorcía, quien disfrutaba, movía sus caderas a su gusto, se mecía; mientras él la dejaba que se satisficiera a su gusto, cómo ella con ojos cerrados a segundos parecía una ola a la deriva, su vientre danzaba agónicamente, succionándolo, arrastrándolo a sus profundidades, pero era poco lo que aguantaría, porque era llevado por su deseo, porque las venas iban a reventar y ya no podía ser dueño de sus ganas, liberó las muñecas de la joven y rápidamente cogió las caderas de ella y las elevó aún más.

Samuel la cogió por la cintura con furia; desbocándose sintiendo el placer recorrer con ráfagas de limites renovados, bajó las palmas de sus manos a los mulos de la joven y los acariciaba, sintiendo la suavidad de la piel, anclándose en esto, recorriéndolos con deseo ardiente, hasta las rodillas, subiendo hasta anclarse en la cintura, mientras ella ahogaba los gritos en una de las almohadas y su cuerpo se movía contundentemente por lo que colocaba las manos en la cabecera de la cama para encontrar apoyo y no rodar más de lo necesario, perdiéndose en los jadeos y palabras de Samuel, quien creaba en ese instante un nuevo mundo, en el que sólo se podía respirar la libertad de estar entregándose una vez más.

Él se dejó caer y ella lo encarceló entre su piernas sabiendo que por dentro de su cuerpo ella quería más y que esa ansiedad él podía satisfacerla con su llama ardiendo que amenazaba con incinerarla, esa prisión de la que se le haría difícil salir sin antes desfallecer: sintiendo las caricias de ellas en su espalda y que en segundos sus manos volaban a su rostro acunándolo entre suaves toques, delineándole los labios con una mano y con la otra rozaba la nuca del joven subiendo por sus cabellos, tratando de apartar las hebras que se interponían en los ojos de ambos.

Samuel besaba a segundos la boca de ella: cerrándole con sus dientes los labios, sintiendo la planta de uno de los pies de Rachell apoyándose en una de sus nalgas, mientras él seguía llevándola al cielo sin detenerse. Contundente, apoyándose con sus antebrazos, meciéndose sobre ella, intensa y profundamente, perdiéndose en el brillo de esos ojos hermosamente extraños que aún no encontraba un color específico para estos. Y ella se tensaba, se perdía y él seguía bombeando para alcanzarla, siempre tocaba el cielo primero que él dejándolo solo por varios segundos, cuando perdía la conciencia.

Después de varios empujes sentía próxima su explosión y ella lo reconocía ante sus jadeos por lo que se esmeraba en succionarlo, un Samuel jadeante se derrumbó sobre Rachell, colmado después de experimentar un orgasmo, caliente y matinal.

Apenas y fueron conscientes que las cortinas se habían abierto por completo y disfrutaron de la calidez que le brindaba la claridad del sol.

Rachell se aferraba a Samuel cómo si fuese su tabla de salvación, aún lo sentía latir lentamente dentro, mientras ella recorría con sus labios la clavícula y el hombro de él: dejándole caer suaves y húmedos besos, sintiendo el corazón de él latir al mismo ritmo.

—Quisiera que me despertaras todos los días… —susurró en el oído de la chica sintiéndose ahogado por los latidos de su corazón que aún no retomaban un ritmo normal.

—Sólo te he pagado por adelantado mi clase de capoeira, te has tardado en enseñarme —dijo ella removiéndose debajo de él.

—Pues tendrás que seguir esperando, porque has acabado mis energías y no podré conseguir equilibrio —contestó empujando dentro de ella y gruñendo ante el placer.

—No… no señor, muévete… muévete —le pidió y jadeó cuando él osciló sensualmente sus caderas sobre ella—. No, así no —le reprochó riendo y le golpeó la espalda—. Levántate.

Samuel le hizo un poco de espacio y ella lo aprovechó empujándolo y en un movimiento rápido, ella se encontraba encima a ahorcajadas y se deshizo del albornoz de baño, quedando completamente desnuda ante él que se maravilló al ver como su piel brillaba ante la claridad de la habitación.

Era una imagen celestial, vivir eso era una experiencia religiosa, era una Diosa que lo cabalgaba, una amazona que tal vez terminaría matándolo.

—¡Ahora sí! yo tengo el control… Samuel Garnett, más te vale que te levantes de esta cama y muevas tu culo a enseñarme capoeira, recuerda que me trajiste con esa condición.

—Está bien…está bien… lo haré, veo que no tengo otra opción, pero con una condición —dijo con picardía.

—¿Cuál? —preguntó elevando sus brazos y recogiéndose el cabello que entre tanto derroche se le había soltado y le llegaba a la parte baja de la espalda donde la hacía cosquillas.

—Una nueva dosis… ya verás que no tardaré nada en que este soldado este nuevamente firme, te dejo la tarea.

—Samuel eres insaciable ¿verdad? —inquirió con una brillante sonrisa y su rostro aún sonrojado por las sensaciones vividas, las caricias y besos recibidos.

—¿Contigo…? Sí, quiero disfrutarte cada segundo —decía bordeando con sus dedos los pezones abrillantados y enrojecidos por las succiones previas que él les había brindado.

Samuel se incorporó quedando sentado uniendo su torso al de ella y una vez más deshizo el moño que acababa de hacerse e hizo del cabello un soga la cual enredó en su mano acortándolo pero no lo suficiente como para lastimarla, mientras que con su lengua empezaba a hurgar en la boca de la chica.

Gruñó cómo un animal cuando Rachell empezó a danzar intensamente contra él para despertarlo en tiempo record, mientras se aferraba a sus hombros y cuello, sintiendo como él en segundos tensaba su agarré el cabello se había convertido en esa rienda por donde la dominaba.

Cuando lo sintió ansioso y desesperado, al igual que ella buscó de manera ágil llenarse de él una vez más y una vez más gritaron ante el placer cuando después de varios minutos…minutos intensos alcanzaron la gloria.

Rachell había llevado ropa que le sirviese para iniciar su primera clase de capoeira, sólo que ver a Samuel llevando un pantalón de chándal blanco que tenía una bandera de Brasil estampada a un lado, sin nada más, no la dejaba concentrarse completamente y todo el gimnasio desaparecía.

Él colocó la música que utilizaba para practicar a un volumen moderado y ella se contagió ante el ritmo tropical, por lo que siguió con su cuerpo el compás de las notas. Se defendía con este tipo de danzas debido a sus clases de zumba.

—A ver lo haces muy bien Shakira, pero eso no es de esa manera —dijo él llamándola con un gesto de su mano, arrancándole una carcajada a ella que trotó hasta donde él se encontraba—. Primero debemos concentrarnos en la respiración, debes canalizarla.

Samuel le explicó cómo debía hacer, que necesitaba rapidez, precisión y destreza, también le dijo que algunas acrobacias las practicarían en un trampolín, sería más fácil para que ella aprendiese.

Le explicó las maneras más sencillas de esquivar y que la mejor manera de tocar a los contrincantes era con ataques bajos y saltos con acrobacias cuando menos se lo esperaban.

—Yo prefiero ese estilo, déjame darte una muestra —dijo alejándose varios pasos para poner distancia entre ambos y no lastimarla—.Claro imposible que lo hagas a la primera, pero sé que puedes lograrlo, tienes que poner empeño.

Él se alejó unos pasos e hizo una demostración la cual dejaba sin aliento a Rachell que al ver la destreza con la que se movía, la rapidez, coordinación su cuerpo se contorsionaba de muchas maneras, dejándole saber porque no le costaba adoptar posiciones que la hacían enloquecer. Sacudió su cabeza para despejar esos pensamientos lascivos y ser más profesional.

—¡Impresionante! —exclamó cuando él se detuvo después de una voltereta en el aire—.Te juro que algunas veces dabas la impresión de ser un felino.

—Por eso me dicen Pantera… —Al ver el desconcierto en el rostro de ella, decidió explicarle—.En Brasil cuando vas a las rodas callejeras te dan un apodo, normalmente utilizan los de animales.

—Me había preguntado por qué Thor te había llamado así en varias ocasiones. ¿Cuál me pondrías a mí? —preguntó con curiosidad.

—Aún no has hecho el primer movimiento y ya quieres que te dé un apodo —la reprendió en medio de una carcajada.

—Claro que conoces mis movimientos —contestó con picardía sensual.

—Bueno yo me refería a movimientos de Capoeira, pero si te refieres a esos yo te apodaría… —Se acercó y posó sus manos en las caderas femenina, mirándola fijamente mientras pensaba en uno que le hiciese justicia—. Mamba… la serpiente más venenosa de África y no lo digo por eso…sino porque ésta serpiente tiene una manera de serpentear más ágil que las demás y lo hace con una sensualidad que hipnotiza, si pudieras ver cómo te mueves cuando estas encima de mí y observas a la serpiente deslizarle, lo entenderías. Cuándo quieras dejamos las cortinas sin correr y en la noche puedes observarte.

—Bueno, no necesariamente tengo que verlo de esa manera.

—¿Prefieres un video? —inquirió cínicamente divertido.

—¡No! Mucho menos… mejor sigamos con mis clases —dijo desviando el tema, sintiendo que se sonrojaba furiosamente.

Él sólo le regaló una sonrisa y prosiguió con los pasos básicos de la capoeira, explicándole varias veces y para sorpresa de él, Rachell captaba rápidamente, haciéndole más fácil las clases. Después de varios minutos decidieron descansar, se dejaron caer sentados en el parque de madera, mientras se refrescaban con un poco de agua. Él inicio el tema de conversación.

—Rachell… —musitó algo retraído sin saber por dónde empezar. Se sentía algo nervioso y nunca le había pasado, sólo quería que ella dijese que sí, ya que si lo rechazaba no sabría cuál podría ser su reacción.

—Soy toda oídos —le hizo saber al ver que él se había quedado callado.

—¿Sabes?, sé que no quieres que te joda la vida, pero… ya que el negocio con Brockman está cerrado y que estás en final de temporada, sé que tal vez no tendrás mucho trabajo, yo tampoco lo tendré, porque ya he pedido permiso en fiscalía. De hecho siempre me lo conceden para el mismo mes… es que en pocas semanas voy a viajar y me gustaría saber si tú quieres acompañarme.

—Samuel yo… éste, bueno podría organizar las cosas en la boutique, sé que Sophia podría encargarse; pero se supone que no debo gastar dinero, sino jamás podría pagarte.

—¿Quién está hablando de dinero? No vas a gastar nada, vamos a viajar en nuestro avión.

—Claro… debí suponerlo —murmuró ella, sin sentirse sorprendida era de esperarse que los Garnett tuviesen aviones hasta para regalar si les daba la gana, porque el primo de Samuel tenía una compañía de fabricación de aviones comerciales, militares y ejecutivos. Suponía que no debía saberlo, pero Sophia se había encargado de averiguar la vida de los Garnett por internet—. ¿Y a dónde se supone que viajaremos y por qué? —preguntó buscando la mirada miel.

—Vamos a Bélgica, al Tomorrowland —respondió de manera casual.

—Está tan lejos. ¿A qué?

—Al Tomorrowland… ¿No sabes lo que es? —preguntó él más sorprendido que ella, quien enarcaba una ceja con sarcasmo dando su respuesta—. Es un festival de música electrónica que dura tres días, es uno de los más reconocidos mundialmente, van más de trecientos DJs —intentaba explicarle sin poder creer que Rachell no lo supiera.

—Discúlpame es que no estoy en la onda —dijo con burla, elevando ambas cejas.

—Bueno qué me dices. ¿Vienes conmigo? Claro es necesario que sepas que no viajaremos solos. Iremos alrededor de nueve personas, viene mi primo Ian y su esposa Thais, también irá Thor por supuesto, Diogo que aún no lo conoces, pero también trabaja en el grupo de mi tío, su hermano Thiago y la novia de él…es más Thor está en este momento supervisando la pintura del avión, ya que le colocan el logo y el nombre del festival, para que sepan hacia donde nos dirigimos.

—Me gustaría pero, en mi vida he asistido a uno de esos festivales. No sé cómo son, ni qué tengo que hacer. —La voz denotaba cierta pena.

—Sólo tienes que disfrutar y estar conmigo… claro que si no te gusta la electrónica olvídalo.

—Claro que me gusta, pero… sería algo extraño para mí.

—No te preocupes, Ian es algo serio, pero cuando lo conozcas te caerá muy bien al igual que Diogo y Thiago.

—No me refiero a eso, es que… Me daría miedo subirme a un avión… sé que es estúpido, pero

—¿Nunca lo has hecho? —inquirió sorprendido.

—No… no lo he hecho, ¡vale! prefiero los coches —espetó poniéndose de pie sintiéndose molesta con ella misma y con él.

—Bueno Rachell. No hay problema, no tienes que temer, te aseguro que no va a pasar nada malo. —Se puso de pie y la siguió—. ¿Hay otras cosas que deba saber?

—Que nunca he salido de los estados unidos y que sólo conozco Las Vegas y Nueva York nada más… ¡Contento!

—Pero no tienes por qué sentirte incomoda, sé que no todos tienen la posibilidad de viajar. No hay nada de malo en eso…tú no lo haces no porque no puedes, sino porqué vives en la boutique, deberías disfrutar un poco más.

—Mira quien lo dice, señor cara de culo las veinticuatro horas del día —resopló un par de veces— Está bien, está bien, te acompañaré, pero tendrás que cuidarme muy bien.

—Sí claro, si quieres ya mismo vamos a pedirle permiso a tus padres —dijo divertido abrazándola por la espalda y depositándole un beso en el cuello.

—Por si no te has dado cuenta dejé de ser menor de edad hace unos cuantos años. —Volvió a medias el rostro y le ofreció su boca a Samuel quien la aceptó inmediatamente, succionándole varias veces los labios con fervor.

—Entonces no hay ningún problema. Voy a llamar a Thor para preguntarle cómo va el avión.

Samuel se alejó unos pasos para hacer la llamada y ella observaba el maravilloso perfil, la curva del trasero masculino la dejaba sin oxígeno: por lo que suspiraba para llenar sus pulmones, al igual que la espalda, pero había un enigma en él que quería descifrar, quería saber quién era Elizabeth, ese tatuaje que le abarcaba todo el costado izquierdo. Tal vez cuando tuviese el valor de no parecer una estúpida celosa le preguntaría.

CAPÍTULO 29

—¿Una amiga? —preguntó Harold con suspicacia a su amigo que ahora pretendía ser su cliente.

—Sí Harold, ya te he dicho dos veces que sí. Es una amiga que está en problemas —respondió Thor con una mueca llena de sarcasmo.

—Bien, ¿cuéntame qué problemas tiene? —contestó Harold divertido—. Y trataré de encontrar soluciones, y para que veas lo bueno que soy, no te cobraré por mis servicios de asesoría, así que desembúchalo todo, y se completamente honesto.

—Está bien —exhaló Thor con cansancio—. Te voy a ser completamente sincero, pero le dices una sola palabra a mi primo y te mando a cortar las pelotas —le advirtió acercándose amenazante, Harold se rió en respuesta.

—No diré una sola palabra a Samuel, aun cuando sea mi jefe, la confidencialidad es parte de los beneficios que por ley protegen a mis clientes —le hizo saber para tranquilizarlo.

—Bueno, es una chica con la que estoy saliendo Tiene problemas en la universidad con una compañera de nombre Erika Hayes, la asaltó sexualmente. Megan, la chica con la que estoy saliendo, se resistió y entonces la mujer la golpeó, el asunto fue tan grave, que mi chica terminó inconsciente.

—¿Hay testigos oculares?

—No Harold, y las grabaciones de las cámaras de la universidad no son suficiente apoyo al testimonio, sin embargo, ese no es el problema.

—¿Entonces cuál es?

—Iniciar un juicio en contra de Hayes, inevitablemente pondría en aviso a los padres de Megan, si bien es mayor de edad, aún vive con ellos.

—¿Cuántos años tiene? —preguntó Harold reclinándose en su silla.

—Diecinueve —masculló Thor.

—¿Con sed de carne tierna, Garnett?

—No seas cabrón.

—No te enfades, es simple curiosidad profesional, pero dime, ¿la conozco?

—Tal vez. Es Megan Brockman, la hija del presidente de Elitte, la compañía de publicidad.

—¿Estás follándote a la hija de Brockman? ¡Mierda Thor! ¿Brockman sabe que estás con su hija?

—No, y no me la estoy follando.

—Ajá —murmuró Harold con ironía.

—¡Deja de portarte como un cabrón! —gruñó Thor pasándose las manos por el cabello—. La situación es la siguiente, los padres no saben nada, ni de los ataques de Hayes, ni de nuestra relación.

—¿Relación?

—¿Podrías comportarte como un puto abogado decente y no como una vieja chismosa?

—Lo intentaré —lo azuzó Harold.

—El punto es que no hay manera de llevar el asunto a los tribunales sin el riesgo que la información se filtre.

—Claro, el sistema penal americano es público, con excepción de los menores. —Harold elevó una fastidiosa ceja—. Pero eso a tu Megan se le ha ido por poco.

—No me jodas más.

Harold se irguió en su silla y su semblante cambió por completo, de nuevo lucía como un poderoso abogado.

—¿Sabes que si Samuel se entera que te estás follando a esa chica te va a colgar de los huevos?

—¡Por enésima puta vez, que no me la estoy follando! —gruñó Thor exasperado—. Y Samuel no sabe nada, ni de las agresiones que sufrió en la universidad, ni de mi relación con ella.

—Pues más vale que se lo digas, porque más temprano que tarde va a enterarse.

—Ya me encargaré de eso después. —Thor movió su mano en el aire con despreocupación. Pero ahora que tú también traes esto a la mesa, ¿por qué demonios se supone que Megan es intocable? ¿Cuál es el problema con que sea la hija del tal Brockman?

Harold se quedó en silencio, como meditando si debía o no responder la pregunta que Thor le había hecho.

—No lo sé, pero Samuel le viene siguiendo los pasos a Brockman, no sé qué mierda le ha descubierto y no me corresponde saberlo. —El abogado hizo una pausa y cogió aire como borrando el tema—. Si no quieres empezar un juicio, ¿qué es lo que necesitas de mí?

—Quiero que la mujer sea expulsada de la universidad, contacta a la junta universitaria, haz las donaciones que sean necesarias, amenaza con un escándalo, lo que sea, pero persuádelos de sacarla.

—Eso requiere una inversión considerable.
—No importa, tú dime cuánto es y yo te lo daré.
—¿De qué universidad estamos hablando?
—La Universidad de Nueva York.
—Nada más que una de las universidades más poderosas del país.
—¿Puedes hacerlo o no?
—Voy a hacer unas llamadas y entonces te diré cuál es la mejor alternativa para sacar a esa mujer, pero también necesito saber quién es ella, cuál es su familia, si tiene a alguien poderoso a sus espaldas, la cosa no será sencilla.
—Haz lo que tengas que hacer, y que sea pronto.
—No creo que pueda ser tan pronto como quieres.
—Harold, debo salir del país en unas semanas, no quisiera dejarla tan expuesta. Esa mujer podría atacarla de nuevo, y aunque he puesto un pequeño equipo de seguridad a vigilarla todo el día… ella no lo sabe claro… de todas formas eso no me deja completamente tranquilo.
—¿Te estás escuchando Thor? Estás igual que a tu padre, tanto que os quejáis de los guardaespaldas que no los dejan ni mear y ahora le haces lo mismo a *tú amiga* —enfatizó Harold las últimas palabras.
—Es muy distinto, es una chica indefensa y corre peligro.
—Bueno, vamos a intentarlo, voy a contactarme con algunos miembros del consejo universitario y a rastrear a la tal Erika Hayes, entonces tendré una respuesta para ti.
—Bien, ahora me largo porque Samuel podría llegar en cualquier momento.
—Sí, ya no debe tardar, y Thor, ten cuidado, porque si Samuel se entera vas a estar en problemas.
—Lo tendré, no me creas un adolescente inexperto, ya sabré lidiar con mi primo.
—Porque sé qué no eres un adolescente te lo digo, así que no te metas en problemas.

Thor asintió y salió de la oficina, caminó a través del *pasillo de las secretarias*, llamado así porque en él estaban situados los escritorios de al menos una docena de las asistentes de los abogados de la firma. Llegó hasta el ascensor y presionó el botón de llamado pensando en las palabras de Harold Lawrence.

Las puertas del elevador se abrieron ante él.

¡Mierda! ¡Mierda! Estoy jodido —pensó al ver a su primo dentro.

—¿Qué haces aquí? —inquirió Samuel con una sorpresiva sonrisa.

—Eh… nada he venido a hablar con Lawrence —contestó entrando y palmeándole la espalda.

—¿Problemas? —preguntó estudiando la mirada de Thor—. ¿Subes o bajas? —volvió a preguntar observándolo atentamente.

~ 356 ~

—Bajó... y no, ningún problema... sólo unos cuantos asuntos pendientes, unas cuentas —respondió y exhaló—. ¿Todo listo en fiscalía? —Cambió el tema tan rápido como pudo.

—Sí, serán sólo un par de semanas más de trabajo y estaré libre —le dijo Samuel con entusiasmo—. ¿Llamaste a Ian y le recordaste lo que te pedí?

—Sí claro, me dijo que tuvo que rebuscar en la biblioteca de mi padre, pero terminó encontrándolo, Ian llega mañana al medio día... ¿Qué tal la comida con Rachell?

—Bien. —Sonrió Samuel de nuevo—. Muy bien, cada vez me gusta más, me encanta no saber nada de ella, que siga siendo un misterio, ya sé que no es típico de mí, pero ni yo mismo sé por qué de repente me siento tan cómodo con tan poca información. Me fascina que todo el tiempo me lleve la maldita contraria y quiera hacerlo todo a su manera.

—Ya me he dado cuenta —satirizó Thor fingiéndose escandalizado—. Si pasan esta semana juntos romperás algún record, llevas varios meses saliendo con ella.

—¿Ah sí? —preguntó Samuel pretendiendo no estar al tanto del asunto.

—Sí... —Se burló Thor—. Si hasta yo sé que este mes serán al menos tres meses o algo así.

—Bueno... el tiempo vuela —habló Samuel con una sonrisa tímida.

—Nos vemos esta noche. —Se despidió Thor cuando el ascensor se detuvo en el recibidor del edificio—. Digo, sino te vas al apartamento de Rachell.

—No, esta noche estaré en casa, te veo después.

—¡Samuel has caído! —exclamó Thor riendo al salir.

Su primo en respuesta chasqueó la lengua fastidiado.

—Que va, aún no, me gusta estar con ella, eso es todo... pero no es como que esté enamorado o alguna mierda así, o que esté babeando como Ian por Thais, y mucho menos voy a cometer la locura de casarme, ya sabes que no hay nada mejor que buenos polvos sin compromiso.

—Si tú lo dices —murmuró Thor con burla al dejar de sujetar las puertas del ascensor—. Nos vemos esta noche.

CAPÍTULO 30

La mirada divertida de Thor se posaba en Megan quien le hablaba al animal cómo si se tratara de un niño, se la veía hermosa con esa gorra azul puesta, lo único que no le gustaba eran los autógrafos estampados, porque le hacían revivir el mal sabor de boca. No se había arrepentido de llevarla a los entrenamientos de los Mets, de lo que sí se había arrepentido irremediablemente fue de bajarla al campo para que conociera a los jugadores.

No podía soportar el ardor psicológico que se había instalado en la boca de su estómago, al verla emocionada y rodeada de todos ellos, mientras estos le contaban algún chiste y le firmaban la gorra que le regaló el Venezolano Johan Santana. Nunca en su vida había experimentado la obligación de sonreír, pero esta vez tuvo que hacerlo, cuando sus ganas no eran otras que llevársela de ese lugar.

—¿Crees que le gustará mi habitación? —preguntó Megan sacándolo de sus pensamientos.

—Bueno, sino le gusta a él, yo encantado me metería en esa jaula para estar en tu habitación —le dijo tomándole un mechón de cabello entre los dedos.

—Cuando quieras puedes entrar en mi habitación. —Lo invitó guiñándole un ojo con picardía, pero al ver que la mirada celeste se hacía más intensa ante su comentario, decidió escapar de esa situación—. No podemos llamarlo hámster, debemos darle un nombre. ¿Cuál me sugieres?

—No sé, uno que te guste —respondió él sonriendo.

—A mí me gusta Thor —acotó desviando la mirada al animal que caminaba de un lado al otro dentro de la jaula.

—Pero ya Thor se llama tu novio señorita… —Thor se puso la mano en el mentón, intentando decidir cuál sería el mejor nombre para un ratón tan peludo, y ni por un instante fue consciente de como los ojos de Megan se habían abierto al escuchar sus últimas palabras, ni como brillaban justo en aquel momento—. Podrías llamarle Tyrion, como el diablillo, mira que es enano y rubio.

Megan se rio de buena gana.

—Tyrion, me gusta, fijo será tan inteligente y astuto como él.

Thor sin dudarlo acortó la distancia y muy cerca del rostro de la chica, perdiéndose en su mirada le regaló una sonrisa, para después besarla lenta pero sensualmente, invitando a su lengua a enredarse con la suya, a saborearlo y simplemente disfrutar.

—Gracias, Thor —susurró ella contra sus labios—. Eres lo más bonito que me ha pasado, estoy muy feliz contigo y con mi Tyrion —murmuró contra los labios de él estaba por regresar a beber el aliento y sabores de la boca de Thor cuando su móvil interrumpió con Carmina Burana.

El móvil de Megan sonó, se disculpó y se alejó un par de metros para atender la llamada. Él frunció el ceño extrañado con que de pronto Carmina Burana operara como tono en su móvil, ella contestó y se volvió hacia él, quien la hizo sonreír al dedicarle un puchero irresistible.

—Es mi padre —musitó ella haciendo una mueca.

Thor tuvo que controlar la carcajada al saber que Megan tenía las llamadas de su padre con una de las bandas sonoras de una película de terror.

—¿Hola? —atendió con voz pausada.

—Megan, me dijiste que estarías con Ciryl. He llamado al móvil de su madre y me ha dicho que no estás en su casa. —La voz de Henry Brockman parecía no admitir vacilaciones.

—Papá te dije que estaría con Ciryl, no con su madre… estamos haciendo un trabajo de investigación —respondió con fastidio, ella sabía muy bien que Ciryl también estaba con su novio por lo que las dos se pusieron de acuerdo en elaborar la misma mentira.

—Pásame a Ciryl —le exigió

—No puedo hacerlo, ella está ocupada, está haciendo una entrevista.

—¿Una entrevista? ¿Por qué esa entrevista tiene que ser fuera de la isla? ¿Qué carajos haces fuera de Manhattan? Te lo tengo prohibido. —Henry cada vez estaba más enfadado.

—¿Cómo sabes que no estoy en Manhattan? —inquirió alejándose el teléfono del oído por causa de los gritos de su padre.

—A ver señorita, no es su problema saber cómo lo sé, quiero que regreses inmediatamente a la casa.

—Papá, se supone que tengo que terminar el trabajo, después no te quejes y vengas con tus sermones cuando saque bajas calificaciones, es tú culpa, nunca me dejas hacer los trabajos grupales.

—Pueden hacerlo en la casa —sentenció Henry—. Megan Brockman, por tu bien vuelve a casa, ay de ti si me enteró que me estás mintiendo, te vas olvidando de la tarjeta de crédito porque te la quito y de los zapatos que me has pedido, me importa una mierda si son los últimos del tipo ese.

—Es Christian Louboutin, papá. —le hizo saber—Como presidente de una de las compañías de publicidad más importantes del país deberías saberlo y no andar diciendo por ahí. El tipo ese.

Thor tenía la mirada fija en el hermoso campo que tenían al frente, mientras escuchaba la conversación, no le gustaba que Megan tuviese que esconderle a su padre lo de su relación, tendría que hablar pronto con Brockman y solucionar ese asunto, después de todo muy pocas personas se habían resistido a su encanto natural.

—Megan, no tengo tiempo para discutir contigo, ni siquiera quiero imaginarme cómo se trasladaron hasta allá porque tu chofer no está contigo.

—Nos ha traído el padre de Ciryl.

—Termina ese trabajo y vuelve a la casa, no te vayas a quedar en la casa de Ciryl, no tienes permiso para hacerlo —le ordenó y colgó

—Está bien papá, yo también te quiero —murmuró a la nada que quedó al otro lado del móvil, sólo para que Thor no se diera cuenta de lo que acababa de suceder.

Al colgar revisó el móvil y maldijo al GPS, era la única manera en que su padre supiera donde se encontraba.

—Volvamos —le pidió Thor poniéndose de pie y cogiendo la jaula en sus manos.

Megan se puso de pie y lo cogió de la mano mientras se encaminaban al coche de Thor.

—¿Estás enfadado? —le preguntó con tristeza al ver que él se mantenía en silencio.

—No, no tengo porque estarlo —le respondió con voz dulce mientras agarraba las llaves que colgaban del bolsillo de su vaquero, después se las dio—. Ten cuidado —le pidió con una sonrisa.

Megan le soltó de la mano y empezó a brincar de la emoción. Mientras Thor caminaba sonriente, ella lo dejó avanzar y sin previo aviso se le lanzó sobre la espalda.

Él estalló en carcajadas y la aseguró cogiéndola por uno de los muslos mientras que en la otra mano llevaba la jaula, ella le cerró el cuello envolviéndolo con sus brazos, mientras se aferraba con las piernas a su cintura, después sonrió y le llenó el cuello de besos.

—Te quiero, le susurró al oído.

Thor le correspondió, con un beso en uno de sus antebrazos.

Al llegar al coche Megan bajó y corrió a la puerta del conductor, subió con la emoción haciendo estragos en ella, dejándose envolver por el interior rojo del coche, le gustaba aquel más que cualquiera de los otros que Thor tenía, claro el que le quitaba el sueño era el Lamborghini de Samuel, pero estaba segura de que algún día lo conduciría. Él también subió, mirándola divertido mientras ella emocionada se aferraba al volante.

—¿Estás segura de que sabes conducir? —le preguntó sonriendo—. No quiero que nos estrellemos con alguno de los árboles en el camino.

—Claro que sé —respondió orgullosa mientras pisaba el acelerador haciendo rugir el motor.

Durante el trayecto hablaron de muchas cosas sin dejar de reír en ningún momento, Thor se sorprendió al ver que conducía realmente bien, sin importar lo emocionada que estaba, pero sobre todo, volvió a sorprenderse con lo preciosa que lucía todo el tiempo, mucho más cuando juguetona se puso la gorra de lado, en una combinación de belleza y ternura.

—¿Vas a estar bien? —indagó Thor cuando aparcaron a un par de cuadras de las casa de Megan.

—Claro que sí, ve tranquilo a tu viaje, disfruta por mí, y le gritas a Avicii que lo amo —le aseguró sonriente.

—Claro —le dijo con ironía—. Ya se lo diré.

—Thor… —Se acercó y le dio un beso en los labios—. Está bien, dile que se muera de la envidia porque sólo te amo a ti.

—¿Ves?, esa idea me gusta más —jugueteó con ella mientras la besaba de nuevo—. Me gustaría que pudieras venir conmigo.

—El próximo año juro que iremos, pero es que ya ves, mi padre se pone histérico porque salgo del distrito, si me voy a Bélgica contigo, fijo le da un ataque al corazón.

—Te traeré regalos —le prometió acariciándole el rostro—. Cuando vuelva quiero que hablemos, quiero reunirme con tu padre.

—Cuando vuelvas de Bélgica yo te daré una sorpresa, y no hablarás con mi padre, primero hablaremos de dónde, cómo y cuándo abrirás tu sorpresa.

—Megan… —gimió Thor—. No me digas eso porque no podré dormir, ni dejaré de pensar en ti en ningún momento.

—Esa es la idea —susurró Megan contra sus labios.

Él le dedicó una mirada de desilusión que no duró mucho, en cambio se lanzó a morder el puchero que hacía fingiéndose inocente. Un instante después, le cogió las manos y se las besó, después la miró con mucha seriedad.

—Quiero que te cuides, mientras no estoy.

—Lo haré, ya ves que a Erika la suspendieron por quince días, la verdad no sé por qué, yo no puse ninguna queja —comentó extrañada—. He pensado en hablarlo con mi madre, tal vez ella pueda entenderme un poco, le esconderé su crema antiarrugas favoritas y no se la devolveré hasta que no me escuche.

—Sé que tu madre te entenderá, y seguramente ella lo hablará con tu padre —le dijo sonriendo y dejándole caer una lluvia de besos—. Estaremos en contacto, te llamaré todos los días.

—Esperaré tus llamadas —le hizo saber al tomar la jaula, enseguida se bajó del coche y le sopló un beso de despedida.

CAPÍTULO 31

Rachell se estaba duchando cuando escuchó el interfono sonar insistentemente, se envolvió en una toalla y salió del baño con su cuerpo escurriendo agua, camino rápidamente, pensando que sería Jackson que habría olvidado algo del equipaje que llevaría al apartamento de Samuel. Pero al ver la pantalla se dio cuenta que no era el guardaespaldas. Para su mala suerte era Henry Brockman, no quería atenderlo, pero estaba segura que él sabía que ella se encontraba en casa.

—Buenas tardes señor Brockman —saludó presionando el botón del interfono.

—Rachell, ¿cómo estás? —preguntó rápidamente al escuchar la voz de la chica.

—Bien, gracias —respondió ella con forzada educación—. ¿Ha pasado algo? ¿A qué se debe su visita?

—La verdad es que necesito hablar contigo urgentemente, estoy algo preocupado.

—¿Pasó algo con la publicidad? —preguntó nerviosa.

—Me gustaría hablarlo en persona, no es cómodo hacerlo a través de una pantalla.

—Está bien, deme unos minutos por favor.

—Por supuesto.

Rachell corrió al baño y se quitó la toalla, se frotó el cabello para sacar el exceso de agua, y se vistió con lo primero que encontró. Un vaquero negro y una blusa ancha del mismo color con besos fucsias estampados; se desenredó rápidamente los cabellos y se puso unas zapatillas. Poco le importaba si no estaba maquillada.

Regresó al interfono y levantó una vez más el auricular.

—Señor Brockman puede subir. —Colgó al tiempo que presionaba el botón para darle acceso al ascensor. Mientras tanto, recogió los zapatos que estaban en la alfombra y el bolso que reposaba sobre el sofá, corriendo llevó los objetos a su habitación y los lanzó a la cama. Un par de minutos después, las puertas se abrieron y Henry Brockman apareció con una brillante sonrisa, ella se obligó a corresponderle aunque no con el mismo entusiasmo.

—Disculpa que haya venido sin avisar ¿estabas ocupada? —indagó al ver el cabello de ella mojado y suelto.

—Acababa de ducharme, pero no se preocupe, pasé por favor. —Lo invitó guiándolo hasta el recibidor—. ¿Desea tomar algo?

—Agua está bien —le pidió y la observó dirigirse a la cocina, mientras anclaba su mirada en el increíble trasero de Rachell.

—¿Aún no me ha dicho si ha pasado algo con la publicidad? —inquirió mientras llenaba el vaso con agua y regresaba a la sala.

—No… no, la publicidad está bien; de hecho, mañana empiezan a salir los anuncios en las redes sociales. Lo que me trajo a tu casa es que me enteré que te vas de viaje. ¿Negocios? Sabes que cuentas con mi asesoría si la necesitas.

—No creo necesario responderle esa pregunta, señor Brockman —le dijo con un tono de clara molestia—. Pero ya que se ha tomado la molestia de venir hasta mi apartamento a hacerme esa pregunta, le diré que no son lo negocios lo que me motiva a salir del país.

—¿Vas con quien estás saliendo? —preguntó sin poder evitarlo.

Rachell se quedó rígida, sintiendo como su enojo empezaba a crecer.

—Sí —dijo llevándose las manos a los bolsillos traseros del vaquero—. Voy con… —sus palabras se congelaron al ver que Samuel salía del ascensor.

Samuel había salido un par de horas antes de la torre, ya había dejado todo preparado, al día siguiente en la mañana partirían a Bélgica, y Rachell había prometido esa noche preparar la cena para él y para Thor, por lo que quería pasar antes a comprar lo que ella necesitase, y aprovechar la ocasión para sorprenderla, sin embargo, él sorprendido había sido él.

Henry al ver que Rachell enmudeció y desvió la mirada al pasillo y volvió medio cuerpo, reconoció al fiscal de mierda que lo había amenazado en la clínica cuando había ido por Megan hacía ya varios meses. La ira de Samuel subió de golpe, era tanta que ni siquiera quería matar a nadie, tan sólo sentía unas inmensas y estúpidas ganas de llorar como nunca había sentido. Quiso odiar a Rachell en ese instante, porque a Brockman ya lo hacía.

La mirada fuego se ancló en los indescifrables ojos violetas de Rachell, que se levantó con la intención de acercarse a él, pero Samuel de inmediato dio media vuelta y volvió al ascensor dando largas zancadas. La rabia que sentía la descargó con el botón de llamada al golpearlo fuertemente con la mano abierta en dos oportunidades, sintiendo impotencia porque el maldito ascensor no estaba en el piso de Rachell y debía esperar. Los latidos de su corazón y las lágrimas en su garganta sólo le gritaban que saliese corriendo de ese lugar.

—Samuel —lo llamó Rachell llegando hasta él.

—No me hables… por favor, sólo no abras la boca y aléjate —le pidió con los dientes apretados y tan bajó cómo le fue posible.

En ese momento las puertas del ascensor se abrieron y él entró dejándola desconcertada. Rachell de inmediato impidió que las puertas se cerraran y entró también, él la ignoró totalmente y presionó el botón de la planta baja.

—¿Por qué no puedo hablar? —lo cuestionó cruzándose de brazos frente a él.

—¿Qué cojones hace Henry Brockman aquí? —le reclamó intentando de retener con fuerza las riendas de su control y no gritarle.

—Al parecer, se enteró que me iba de viaje y vino a despedirse… y te estoy dando explicaciones cuando no debo… ¡Cuando volvemos a caer en lo mismo y tu rostro no grita más que desconfianza!

—¡Estoy molesto! ¿Qué quieres que haga? —inquirió y las puertas del ascensor se abrieron, al instante salió con paso enérgico y se dirigió al aparcamiento.

—Yo no tengo que responder esa pregunta, en cambio, deberías seriamente reconsiderar tu tendencia a enojarte por estupideces como estas.

—¡¿Estupideces?! El cabrón de Brockman está arriba, tú estás con el cabello mojado y no traes sujetador… —casi gritaba cuando Rachell lo golpeó con el puño cerrado en el pecho.

—Imbécil —le dijo dándole un empujón que lo hizo retroceder un paso. Tenía ganas de llorar, se sentía dolida y ofendida—. Eres un imbécil, un enfermo, lunático —lo acusó sin poder detener los empujones.

—¿Qué quieres que piense? ¡Explícame!, dame una razón para creer en tú palabra.

—No tengo por qué darte explicaciones, no tengo por qué hacerlo. Te he pedido que confíes en mí y no lo haces, no puedo estar todo el tiempo ofreciéndote pruebas, no soy un maldito caso del cual exiges o recabas evidencias.

—¡Entonces vete a la puta mierda! —le gritó.

Rachell se quedó paralizada, viendo cómo se subía al todoterreno y se marchaba. Un par de lágrimas rodaron por sus mejillas pero se las limpió con rabia, elevó la cabeza y volvió al ascensor con paso airado.

—No voy a llorar —susurró y su voz se quebró pero contuvo las lágrimas.

Sin pensarlo más, entró al ascensor y subió a su apartamento, al llegar Brockman aún se encontraba en el mismo lugar, pero se puso de pie en cuanto la vio encaminarse por el pasillo.

—¿Rachell ha habido algún inconveniente? —preguntó el hombre fingiendo preocupación.

Henry aun no podía creer que Rachell, *su* Rachell, mantuviese una relación con el fiscal, ese que le había caído como una patada en el hígado por su arrogancia.

—No, todo está bien —fingió una sonrisa—. Pero necesito hacer un trámite sumamente importante, si me disculpa señor Brockman.

—Sí, claro… soy yo quien te pide disculpas, espero tengas un feliz viaje —se despidió con una melosa sonrisa.

—Gracias —le dijo ella sin siquiera esperar a que el hombre se marchará, fue hasta su habitación y buscó en su bolso las llaves del vehículo, se quitó las zapatillas y se puso unas Converse blancas, hasta los tobillos, sin preocuparse en acomodar las botas del vaquero.

Con pasó acelerado se dirigió al ascensor y bajó hasta el aparcamiento, subió a su coche y lo puso en marcha. Se sentía muy molesta y dolida, pero si Samuel la mandaba a la mierda, ella también lo haría. No tenía por qué soportar las humillaciones y malos tratos de ningún hombre.

Thor vio llegar a Samuel echando más pirotecnia que un fin de año, él entró en su habitación sin decir nada, y Thor lo agradeció porque con la actitud era suficiente.

Supuso que algo malo habría pasado en fiscalía o en la torre Garnett, porque le extrañaba verlo llegar tan temprano, sabía que no era el momento indicado para iniciar una conversación, así que decidió seguir echado en el mueble, hojeando la revista de coches que tenía en sus manos. Estaba interesado en un Bugatti Veyron que estaba seguro se compraría en unos meses porque ya el Acura no le gustaba, ya había pasado con el más de seis meses.

Estaba pensando en hablar con su abogado para ponerlo en venta, cuando se vio interrumpido por Rachell que salía del ascensor privado con paso apresurado, y al igual que Samuel su semblante le decía que se la estaban llevando mil demonios.

—No te preocupes —le dijo ella con la respiración agitada—. Sólo vengo por mis cosas. —Al instante supo que no se estaba dirigiendo a él sino a Samuel que estaba bajando las escaleras.

Thor soltó un bufido y una vez más se concentró en su artículo del Bugatti, sintiéndose completamente ignorado, hasta que vio como Samuel tomaba asiento frente a él, le dio una mirada rápida y volvió a clavar sus ojos en la revista.

—¿Qué ha pasado? —preguntó al fin, al ver el rostro desencajado y molesto de Samuel.

—Nada —contestó él de mala gana—. Ya no hay viaje, hemos discutido… es que Thor, yo de esta mujer no sé nada… ¡No sé nada! ¡Maldición! —espetó con rabia y lleno de impotencia, le dio un manotazo al jarrón de porcelana negra, que se hizo añicos contra el suelo.

El rubio supuso que todo era peor de lo que parecía, y no pudo más que quedarse mirándolo sin poder comprenderlo, el hombre no hacía más que contradecirse.

—¿Y no era eso lo que te gustaba de ella? ¿El misterio y el enigma?

Samuel se lo quedo mirando dándole otro sentido a las palabras de Thor, al estar tan molesto sólo percibió en su primo burla y no el desconcierto que lo embargaba. Se puso de pie y se alejó unos pasos, no quería pagar con Thor su enfado. Al final no pudo contenerse.

—Tú no sabes nada, no sabes nada, ¿cuándo te has enamorado? Nunca en tu puta vida te has enamorado Thor, así que metete el sarcasmo en el culo.

Aquello cogió por sorpresa a Thor, pues si hacía unos días le había dicho que enamorarse era ridículo. Algo pasaba con Samuel, seguramente era bipolar y él no estaba enterado, porque ahora resultaba que de la noche a la mañana creía que sabía mucho del amor. O al menos más que él. Quiso reírse en su cara, pero sabía que si lo hacía se ganaría un golpe y entonces tendrían su buena dosis de puñetazos cómo cuando eran unos niños, y no estaba su padre para separarlos. Pero su desconcierto real llegó cuando el pensamiento inmediato que tuvo al escuchar la palabra enamorado fue: Megan.

—Me voy —les hizo saber Rachell bajando las escaleras, arrastrando con dificultad su equipaje.

—¿Ahora te vas? —inquirió Samuel evidenciando la rabia en su voz al verla de nuevo. Se alejó de su primo y se acercó a ella.

—Sí, me largo, así que puedes quedarte tranquilo con tus demonios. —Pasó por su lado—. Adiós Thor, disculpa el espectáculo.

—No Rachell, por mí no te preocupes —le dijo él elevando sus manos a la altura del pecho a modo de rendición.

Ella asintió en silencio y siguió al ascensor sin despedirse de Samuel, entró y aún con toda la rabia que bullía dentro y su empeño en no llorar, las lágrimas se le desbordaron sin poder evitarlo.

—Thor no puedo con esto, no puedo estar con una mujer que no me permite entrar en su vida, no me deja... ¡Se acabó! Se acabó, que se vaya a la mierda —le dijo Samuel a su primo en tono de derrota, dejándose caer sentado en el mueble, sintiendo un nudo agonizante subir y bajar en su garganta.

Un instante después se llevó las manos al rostro y se lo cubrió, respiró profundó varias veces hasta calmarse, pero no lo conseguía, el dolor y el vacío en su pecho se abrían paso rápidamente. Thor se mantenía en silencio sin representar ninguna ayuda, se puso de pie y se fue a su habitación, como para siempre, esconder sus miedos y sus lágrimas.

CAPÍTULO 32

Henry Brockman llegaba a su casa después de una mañana extenuante de trabajo, odiaba trabajar los sábados, tal vez no hubiese llegado a su casa para la comida si Emily Black, la chica nueva del departamento de nómina hubiese aceptado su invitación, pero hasta ahora la joven se mostraba renuente a sus insinuaciones ¡Ya caería¡, lo sabía, sin embargo, sólo la quería para pasar el rato, porque la única mujer que le quitaba el sueño, seguramente ya había abordado un avión que la llevaría a Bélgica, según había conseguido enterarse.

Sentía una mezcla extraña, algo como celos y envidia del fiscal imbécil que se la estaba llevando a la cama, cuando debía ser él, cuando quería ser él el dueño de los orgasmos de Rachell Winstead, de su cuerpo, anhelaba a esa mujer.

Ella le despertaba emociones cómo sólo una lo había hecho. Su mirada captó a Megan en el jardín cerca de la piscina, aguzó la vista para ver lo que tenía, desde la distancia observó una jaula, lo que le pareció extraño, así que se acercó.

—¿De dónde has sacado a ese animal? —preguntó pagando las molestias que lo embargaban con su hija.

—Se llama Tyrion, es un hámster ¿te gusta? —le contó ella con una sonrisa.

—Sabes que no me gustan los animales en casa, sólo dañan las cosas.

—Papá, el no saldrá de su jaula, no dañara nada.

—No importa, quiero que te deshagas de esa cosa que parece una rata.

—No es una rata, y no me voy a deshacer de Tyrion, es mi mascota, al menos él parece escucharme más que tú cuando le hablo.

—¿Y ahora le hablas a los animales? Megan, ¿estás asistiendo a tus citas con el psicólogo?

—Claro que voy, puedes llamarle y preguntarle, es normal que le hablemos a los animales. ¿Qué culpa tiene el mundo que mi padre sea un insensible? —exclamó ofendida, guardó a Tyrion en la jaula y se lo llevó a su habitación.

—Hablaré con tu madre, no quiero a esa cosa rondando por ahí. —le advirtió su padre—. Porque te descuidas y la tiro a la calle... baja a comer de una vez.

Henry subió las escaleras y entró a la habitación matrimonial, mientras se quitaba la corbata escuchó una risa que hizo que el corazón se le detuviese, no podía creerlo, dolores enterrados resurgían abruptamente. Vio a su esposa acostada en la cama observando un vídeo, y ahí estaba ella reflejada en la pantalla con su maravillosa sonrisa mientras bailaba, vestida de blanco, como cuando la conoció. Su corazón dio un brinco dentro del pecho y las lágrimas se le arremolinaron en la garganta.

—Amor mira —le habló Morgana—. Ha llegado este vídeo para ti, según el sobre dice que es para la publicidad de tu vida... la verdad no sé qué tiene que ver esta chica, seguramente es una modelo extranjera, es muy bonita, mira nada más que cabello tan hermoso tiene, creo que me pondré extensiones para que se me vea igual. —Henry no hacía más que ver la pantalla del televisor—. Ahora, no sé si quieren la edición con esa calidad, ese tono sepia no me gusta, prefiero la calidad de alta definición.

Henry no conseguía articular una sola palabra, estaba mudo, perdido en la chica del vídeo, sumido en su dolor y en su tristeza, en su propio odio, aún no lo superaba, aún se odiaba. Se aclaró la garganta un par de veces temiendo que sus palabras flaquearan.

—Quita eso Morgana —le pidió con voz temblorosa, y cómo si un rayo lo impactara, salió del trance y se encaminó al baño encerrándose.

Las lágrimas y las emociones creaban una vorágine dentro de él y lo ahogaban. No pudo soportarlo más y empezó a llorar como un niño, mientras los latidos de su corazón parecían enloquecer con el paso de los segundos. La extrañaba, la extrañaba tanto y le dolía tanto, jamás podría perdonarse, y no podía adivinar quién coño lo estaba haciendo daño de esa manera. ¿Qué hijo de puta estaba interesado en removerle todo por dentro? ¿Quién podía estar llevando a cabo un juego tan macabro en su contra?

—Amor —lo llamó Morgana con su característica voz aniñada—. ¿Te aviso cuando hayan puesto la mesa?

—No, no tengo hambre —respondió intentando encubrir el ronco tono que las lágrimas habían dejado en su voz al abrir el grifo—. Baja tú, voy a descansar, quiero descansar... no me jodas la vida Morgana.

—Ay que humor —se quejó su mujer—. Bueno, como quieras. —Salió de inmediato, había algo extraño en Henry, pero hacía mucho había dejado de importarle, desde que su amante había entrado en su vida, nada de lo que su esposo dijera lograba lastimarla.

Al escuchar la puerta de la habitación cerrarse, Henry salió del baño y se acercó al televisor, Morgana lo había dejado encendido, con el vídeo pausado en la maravillosa sonrisa de la chica de blanco. Sus lágrimas volvieron a desbordarse incontenibles. Cogió con furia el sobre en el cual había llegado el vídeo, tenía un adhesivo que decía *"Henry Brockman"* encabezándolo, no quedaban dudas de que era para él, *"La publicidad de tu vida"*. Nunca había sido bueno para los acertijos, ni para leer entre líneas, ni para ninguna mierda de esas, primero se lo hicieron con las fotos de Sébastien y ahora con aquel doloroso vídeo.

Quien quiera que fuera quería desenterrar un pasado que él intentaba olvidar todos los días de su vida, un pasado que aún dolía y que no se perdonaba, no porque se arrepintiera, sino porque lo añoraba y ya no lo podía tener. Se acercó más a la pantalla y acarició el rostro de la chica con dedos temblorosos, mientras que los sollozos que salían de su garganta se dispersaban en su habitación.

—Sé que nunca me vas a perdonar… no tengo perdón… fui un cobarde, un maldito cobarde.

Seguía anhelando tan desesperadamente su perdón.

CAPÍTULO 33

En el avión se notaba la adrenalina que embargaba a sus nueve tripulantes, bailaban al ritmo de la música electrónica, e ingerían una gran mezcla de bebidas y comidas. Entre risas y anécdotas, planeaban todo lo que pensaban hacer en cuanto llegaran a Bruselas, llevaban dos horas de viaje y aún les quedaban unas ocho más de vuelo. Todos, excepto Samuel que se encontraba casi acostado en su asiento con los auriculares puestos y el iPad en las manos, mientras leía una revista de criminología y derecho penal.

—¿Samuel qué mierda haces? —lo aguijoneó Ian sentándose a su lado, con un vaso largo con un Kriptonita, coctel a base de vodka, licor de menta y piña colada.

Samuel le dedicó una mirada de pocos amigos al sentir que le quitaba los auriculares y el iPad, Ian leyó un poco del artículo y lanzó la tablet al asiento al otro lado del pasillo.

—No es un viaje de trabajo. Pensé que estabas viendo porno, pero leer eso sólo te jode las energías, vamos, ve a pedir un trago y disfruta que tienes cara de culo.

—Ian, no tengo ganas de nada por el momento. —Se puso en pie y pasó por encima de su primo, dejándolo completamente desconcertado.

Fue hasta el baño a lavarse la cara, a ver si el agua se llevaba el disgusto que aún sentía, desde el día anterior cuando discutió con Rachell, tenía ganas de prenderla a golpes con lo que fuera. Practicar Capoeira durante la noche no le sirvió de nada. Abrió la puerta y sus ojos captaron a Diogo entre las piernas de su novia, que se encontraba sentada en el lavabo y se deshacía en jadeos.

—¡Mierda! —exclamó cerrando de un portazo.

—¡Es una fantasía, Samuel! —le dijo el Carioca al otro lado de la puerta.

—Para la próxima asegúrate de ponerle el seguro a tu fantasía —gritó con tono de enfado, y pudo escuchar cómo la pareja encerrada en el baño se reía.

Se encaminó a la única habitación que poseía el avión, agradeció al cielo que se encontrara desocupada y se dejó caer en la cama. Definitivamente no estaba de ánimos, tal vez debió haberle hecho caso a Thor y no haber viajado, tenía razón, con el humor que se traía sólo arruinaría el ánimo de los demás.

Ian agarró a Thor que se encontraba sentando en uno de los posa brazos con los pies sobre el asiento, mientras disfrutaba la música, hablaba y reía con Thiago.

—¿Qué le pasa a Samuel?

—Anda con un humor del demonio, yo le dije que se quedará, pero no me hizo caso. —le contestó mirándolo a los ojos y desviando un vistazo fugaz a la puerta al final de la cabina.

—¿Y eso por qué? ¿Qué ha pasado?

—Discutió con Rachell… la mujer con la que andaba saliendo.

—¿Y por eso está así? Si nunca le ha importado, ¿quién es esa Rachell? Tiene que estar muy buena para que lo tenga así —dijo Ian asombrado.

—No sé si la conoces, es una diseñadora, déjame ver —respondió Thor sacando el iPhone del bolsillo de su bermuda—. Creo que tengo fotos por aquí, según él, primero era un buen polvo sin compromiso, pero la ha llevado a dormir al apartamento. Eso no es lo extraño, lo extraño es que duermen… ¡No sólo follan, también duermen! Pero ayer cuando discutieron me insinuó que está enamorado, fue en medio de la rabia, pero blanco es, gallina lo pone…

Ian no pudo evitar carcajearse derramando un poco de su trago, mientras Thais lo miraba embelesada, aún ese hombre le robaba suspiros. No era suficiente tenerlo en su cama todas las noches, aún la excitaba como la primera vez que lo vio.

—Sí, aquí tengo… esto fue la semana pasada, se quedó el domingo en el apartamento —comentó al entregarle el móvil a su hermano, mostrándole la imagen donde estaba Rachell con una minifalda vaquera desgastada y una camiseta negra, acostada en el mueble con los pies en los mulos de Samuel mientras veían una película.

—Está buena, tiene buenas piernas…ya va… ¡sí, claro que la conozco! —brincó en su silla—. Es la misma que vi en el apartamento cuando fuimos para el cumpleaños de Diogo, la que lo mandó a la mierda, nuestro primo está enganchado por esta mujer —le aseguró señalando la pantalla—. Mira nada más cómo le está agarrando el pie, está marcando territorio.

—Ya lo sospechaba —murmuró Thor—. Pero ya sabes cómo es Pantera y toda su mierda con la desconfianza y sé que eso es lo que lo jode. Por lo que pude escuchar, la discusión tiene que ver con eso, y te digo, Rachell parece una mujer seria, es buena chica, no como alguna de las locas que siempre se folla Samuel… Seguramente cree que todas son iguales, mientras siga con esos demonios no va a salir hacia adelante, porque fue él quien se equivocó, pero su maldito orgullo no le da para reconocerlo, ni mucho menos para llamarla y disculparse como es debido. ¿Puedes creer que la había invitado al viaje y lo canceló todo a último momento? La dejó que se fuera, así sin más.

—¿Qué le pasa a Samuel? Parece imbécil.

—Lo mismo pienso, no sólo imbécil, más bien gilipollas.

—Bueno, voy a hablar con él —acotó Ian palmeándole el hombro a su hermano menor.

—Inténtalo, pero lo más seguro es que te salga con alguna de sus insolencias.

—Que lo haga, y le hago tragar los dientes.

Ian abrió sin llamar a la puerta, se encontró a Samuel acostado revisando el teléfono, ni siquiera se dignó a mirarlo, y eso que Ian se acostó ruidosamente a su lado.

—¿Qué pasó con Rachell? —preguntó sin previo aviso. No recibió respuesta—. Samuel ya no tienes diez años, habla y deja el jueguecito de la ley del hielo.

—No quiero hablar del tema —contestó secamente sin desviar la mirada de la pantalla del iPhone.

—Es la misma respuesta que siempre das, ¿podrás algún día dejar de ser tan imbécil y decir qué mierda te pasa?, existe algo que se llama comunicación, no puedes guardarte toda la vida lo que te pasa. Soy tu hermano, habla conmigo.

—Eres mi primo —puntualizó.

—Siempre con la puta mierda de recalcar eso, vives con nosotros desde que tienes ocho años, ya somos hermanos. ¿Por qué no aceptarnos como hermanos?

—Esta conversación ya la hemos tenido Ian.

—Sí, ya sé que no quieres olvidar lo que pasó, pero tarde o temprano tendrás que hacerlo, tendrás que olvidar lo del accidente.

—No puedo hacerlo y no lo haré Ian, y no quiero hablar de eso tampoco.

—Porque terminarás llorando como un gilipollas —escupió Ian molesto.

—Sólo porque no sabes lo que pasó —replicó Samuel ofendido—. ¡No sabes lo que verdaderamente pasó! —gritó explotando y lanzando el teléfono. Se levantó de la cama, acechando con la mirada brillante de rabia.

—¿Qué pasó?, Dios mío Samuel, ¿qué fue lo que verdaderamente pasó? ¿Por qué no lo dices de una puta vez y dejas de tragarte tú solo toda la mierda que te ahoga? —lo cuestionó Ian angustiado—. Siempre sales con eso, pero nunca lo dices ¡Dilo! —le exigió a punto del grito, sumamente molesto, sintiendo que Samuel le hacía perder los estribos porque siempre salía con lo mismo. Al ver que se mantenía en silencio, sólo negó con la cabeza sintiéndose decepcionado—. Ese es tu maldito problema, te callas las cosas, escondes lo que sientes, lo que te atormenta. Mi padre te ha dado una vida, te ha acogido en su casa como un hijo más, tiene más condescendencia contigo…

—Si es eso lo que te molesta, si te jode que Reinhard tenga condescendencias conmigo, no te preocupes ya no molestaré más, puedo desligarme completamente de vosotros, con mi tío estaré eternamente agradecido, ¿es qué tienes envidia del cariño que mi tío me ha dado?

—¡Ese no es el punto! Nunca, nunca he sentido envidia, no se trata de eso.

—¿Entonces cuál es el punto? —preguntó abriéndose de brazos.

—El punto es que lo aceptes, que termines de aceptar que tus padres murieron, y deja de esconder lo que te pasa, tú maldito orgullo no permite que nadie ingrese en tú vida, pero hay quienes sólo queremos ayudarte, quienes queremos que superes lo que pasó y que aprendas a confiar.

Samuel no dijo una palabra, tampoco lo miró.

—¿Qué pasó con Rachell? —insistió Ian—.Estás enamorado de esa mujer y vas a dejarla ir sólo por no hablarle, por no aclarar las cosas. Llámame gilipollas o como quieras, pero algo si te digo, tienes que ser muy hombre, tener suficientes huevos para aceptar que necesitas una mujer en tu vida, una fija, que se preocupe por ti, que de verdad te quiera, que te quiera con el alma y no sólo esté encantada con cómo te la follas. Acepta de una maldita vez que necesitarás a alguien que quiera comprenderte, a quien te puedas abrir, contarle tus miedos y tus alegrías, que lloré y ría contigo, y una vez encuentres eso, todo será más fácil, sabes perfectamente que soy la prueba viviente de ello.

—Algún día la encontraré, pero Rachell no será, no es mi culpa, ella no me deja entrar en su vida, no quiere compartir su pasado conmigo, no me cuenta nada, yo no puedo estar con una mujer que sea así, que se vaya a la mierda, que busque a otro, yo ya no estoy para andar con novias que se las quieran dar de interesantes.

—Dices que se las quiere dar de interesante, y aunque no la conozco, sospecho que te has estrellado con un espejo, con alguien con tus mismas reservas, y eres tan egoísta y estás tan ensimismado en tu dolor, que no te atreves a ver más allá de tus narices.

Samuel frunció el ceño y soltó un bufido de fastidio.

—¿A qué podría temerle Rachell? Eso es absurdo —le dijo inadvertido.

Temor. Reflexionó Ian.

—No lo sé. ¿A qué le temes tú? Tienes miedos y para mí son absurdos, porque no hay nada de malo, tus padres murieron en ese accidente, pero no eres el único ser sobre la tierra que queda huérfano. La vida sigue, tienes que superarlo, pero no puedes hacerlo y sólo tú sabes por qué. —Ian exhaló cansado—. ¿Por qué los miedos de Rachell podrían ser absurdos? Tú mejor que nadie deberías entenderla, no quieres que nadie se meta en tú vida, deberías comprenderla… hablar, todo se resuelve dialogando y a veces es bueno tomar la iniciativa para conversar, no sólo para follar —le soltó sin darle tiempo a que Samuel hablará abrió la puerta y salió, encontrándose con la mirada de todos sobre él, sabía que habían escuchado la discusión.

Samuel se dejó caer sentado en la cama, sintiendo un gran torbellino hacer estragos dentro de él, por Rachell, por escarbar en su pasado, por remover tanto dolor y aunque quisiera él no era de acero, aunque a veces deseará serlo, no lo era y las emociones le daban la pelea, él las retenía y ellas eran más fuertes y lo hacían temblar, lo hacían que se doblegará.

Un sollozo seco se escapó de su garganta, para después dar paso a las lágrimas que se desbordaban en contra de sus esfuerzos. Se negaba a dejarlas correr, se las limpiaba con rabia, porque no quería ser un débil, no quería ser un gilipollas. Sólo debía seguir alimentando su odio, su rabia y reforzar sus acciones, reinventar su venganza y aligerarla.

CAPÍTULO 34

Sophia salía del ascensor y el pasillo del apartamento de Rachell la recibía, mientras caminaba, no podía creer que su amiga no le hubiese informado que el viaje a Bélgica había sido cancelado, sino hubiese sido porque se decidió a llamarla para preguntarle cómo lo estaba pasando, creyendo que ya tenía un día en el viejo continente, no se enteraba de nada.

Decidió visitarla sin avisarle, porque le había dicho que se encontraba bien, pero su estado de ánimo se evidenció a través del teléfono: aunque intentase ocultarlo, necesitaba saber qué había pasado, quiso llamar a Samuel, pero no tenía el número.

Entró a la habitación sin llamar y la vio metida en la cama con las luces apagadas y las cortinas corridas.

—Rachell. ¿Qué ha pasado? —preguntó con dulzura acercándose a la cama. Mientras su amiga le daba la espalda, escuchó claramente cómo sorbía las lágrimas.

—Nada —respondió limpiándose el rostro—. ¿Qué haces aquí Sophia? —le preguntó sin volverse, intentando que su voz se escuchase entusiasta, pero realmente se escuchó pésima, muy ronca cómo para poder ocultarlo—. Hoy es domingo deberías estar descansando, te dije que estaba bien.

—Rachell no estás bien, por primera vez no lo estás y no puedes ocultarlo —le hizo saber dejando el bolso en un sillón y se metió en la cama, abrazándola por la espalda y le dio un beso en el pelo—. Algo me dice que la única que no está en Bélgica eres tú, ya lo sabía... cabrón de poca monta.

—No quiero hablar de eso, no quiero hablar de nada —dijo Rachell rodando sobre su cuerpo y encarando a su amiga, que al ver el estado en el que se encontraba, evidenciando que llevaba horas llorando, la abrazó y le besó la frente.

—Está bien, no hablaremos de eso. —La tranquilizó estrechando más el abrazo, queriendo reconfortarla, era la primera vez que veía a Rachell en aquel estado, le frotaba cariñosamente la espalda y sentía como su amiga empezaba a sacudirse ante los sollozos.

—Soy una tonta. No quiero llorar, no quiero hacerlo —murmuraba en medio de los sollozos con la cara enterrada en el pecho de Sophia.

—Pero no puedes evitarlo, Rachell... no se puede dominar los sentimientos.

—Me juré que nunca lloraría por un hombre.

—Hay juramentos que inevitablemente se rompen, siempre hay una primera vez para todo, hasta para enamorarse verdaderamente. ¿Recuerdas todo lo que lloré y cuantas veces me emborraché y quise morirme cuando Lucas eligió a su esposa?, yo viví todas sus mentiras, me creí todos los castillos que me armó en el aire, yo lo quería, verdaderamente lo quería, debo admitir que aún lo quiero porque no he encontrado quien logré superarlo, pero no me da pena decirlo, no oculto lo que siento Rachell, una se enamora y no puede evitarlo, yo quise evitarlo cientos de veces porque sabía que era casado, pero él con su sonrisa y sus atenciones era más poderoso que toda mi voluntad, que toda la razón, tú estuviste ahí, me comprendiste... comprendiste que se puede sufrir por amor.

—Porque te quiero y no quería verte sufrir de esa manera... yo no quiero verme de esa manera, no quiero enamorarme, no debo hacerlo porque estaré perdida, dejaré que me haga daño, ya estoy dejando que lo haga y no puedo detenerlo —hablaba sin dejar de llorar.

—Cuando te enamoras no puedes detenerlo Rachell, si quieres a Samuel nada va a detenerte.

—Encontraré la manera, sólo tengo que dejar de verlo, no lo veré nunca más... —Elevó la mirada—. Mañana temprano voy a hipotecar el apartamento para pagarle lo que me prestó, quiero que tú me hagas el favor de llevarle el cheque apenas llegue, vendería el coche pero según el contrato no puedo hacerlo.

—Rachell por favor, no hagas esa locura, puedes perder lo que tienes, sabes que los intereses son muy altos, no vas a poder pagarlos.

—No importa si lo pierdo, sólo no quiero deberle nada a Garnett, podría vivir cómodamente en un apartamento tipo estudio cómo lo haces tú.

—No, sabes que yo no vivo cómodamente, no con la comodidad a la que tú estás acostumbrada. No vas a sacrificar tu hogar, que se joda Garnett, ¡no señor!, bastantes orgasmos le has regalado, pues que se dé por pagado o que se quede con el coche, podrías comprarte otro más adelante... es más asequible que puedas adquirir un nuevo coche a que recuperes el apartamento.

—No le voy a pagar con las horas que pasé en su cama, pensaría que soy una puta, más de lo que ya lo piensa... y no le voy a dar el gusto de que se le hinchen las pelotas al pensar que tenía razón, ni tampoco le daré el gusto de que me restriegue en la cara que se quedó con mi Pegaso.

—El orgullo. Rachell el orgullo no es bueno y lo sabes... Tendrás que decirme qué fue lo que pasó, tal vez pueda aconsejarte.

—No hay forma en que me aconsejes porque yo no hice nada malo, es él quien desconfía, no sé qué coño le pasa con Brockman, le tiene rabia. Él llegó y Henry estaba aquí, pensó que me lo estaba follando y entonces me exige que le demuestre que no tengo nada con ese hombre. Te juro, Sophia te juro que quise darle ostias hasta sacarle los dientes, abrirle la cabeza, sacarle el cerebro y pisoteárselo para saber qué mierda tiene en la cabeza, le he dicho de todas las maneras posibles que no hay nadie más, que no hay nada con Brockman, pero él sigue con la desconfianza.

—Desconfianza —Sophia saboreó la palabra—. Probablemente los celos sean una explicación más específica, he visto cómo te mira ese hombre, y no sólo lo hace con deseo, también te admira... sé que no debo echarle más leña al fuego, pero yo digo que Garnett está entregadísimo a mi amiga, bueno tendría que estar loco para no estarlo, sólo que existe un pequeño problema.

—¿Cuál? —preguntó desconcertada ante las palabras de Sophia.

—Que Brockman te mira de la misma manera, sólo que, no sé, el tipo no me da buena espina, porque un hombre casado nunca deja a la esposa, ya ves lo que me pasó, sólo te quiere como amante. Puede que verdaderamente esté enamorado, pero no renunciará a su vida de casado, no mientras pueda llevar la doble vida.

—El detalle es que Brockman no me atrae, es un hombre interesante, elegante, muy hermoso, pero no es mi tipo.

—¿Y Víctor o Ronald?, ese sí que te gustaba.

—Ya no —contestó espontáneamente.

—Ya no te gustan porque sólo quieres a Garnett, es el único que de momento hace que se te bajen las bragas a los tobillos. Tiene que follar como un Dios para que te tenga así.

—Ya no me lo recuerdes, definitivamente voy a olvidarlo, he tomado la decisión de pagarle, así que mañana voy a un banco a hipotecar el apartamento. Está decidido, tú cómo mi asistente me harás el favor de llevarle el cheque apenas lo tenga.

—Rachell por favor —suplicó la pelirroja—. Deja de ser tan orgullosa.

—Lo he decidido Sophia. ¿Y sabes qué? —le preguntó limpiándose las lágrimas—. Voy a ducharme, no pretendo hacer el papel de la chica herida que se encierra a atiborrarse de helado mientras ve Orgullo y Prejuicio o el Diario de Noah. —Hablaba mientras salía de la cama, tomaba el iPod y lo colocaba en el amplificador, el rock de Green Day inundó la habitación—. Me traes por favor la mascarilla de gel —pidió con una sonrisa.

—Sí, claro... ¿Qué se supone que vas a hacer? —indagó Sophia confundida.

—Vamos a hacer, me acompañarás. Voy a llamar a Víctor él tiene las llaves del gimnasio y quiero una sesión de boxeo.

—¡Ah qué bien! los golpes que quieres darle a Samuel se los vas a dar a Víctor…que magnífica idea la tuya.

—No es así, sólo vamos a practicar, tú busca que ponerte porque con esa ropa no puedes practicar.

—¡¿Y cómo estás tan segura de que Víctor abrirá el gimnasio hoy domingo para que tú te subas al ring con él?! —preguntó en voz alta.

—¡Lo hará, confía en mí! —contestó Rachell en un grito entusiasmado.

Sophia negó con la cabeza y salió en busca de la mascarilla de gel. Sabía que Rachell no estaba tomando la mejor decisión, era terca como una mula, y no se refería a que tratará de usar a Víctor para olvidarse de Samuel, eso era lo de menos, lo que verdaderamente le importaba era que hubiese decidido hipotecar el apartamento, la muy loca lo iba a hacer, estaba segura de ello.

CAPÍTULO 35

El parque Dreamville, en el pueblo del Boom en Bélgica les daba la bienvenida, la alegría y adrenalina vibraban en el ambiente, la impactante decoración de fantasía primaveral aquel año no había sido la excepción, y cómo era de esperarse, cada año se superaban a sí mismo en la puesta en escena del evento.

Después de instalarse completamente, decidieron caminar por el parque interactuando con los asistentes al Tomorrowland, procedentes de todos los rincones del mundo, todos con la misma energía positiva y desbordante.

Ninguno de los chicos Garnett o sus acompañantes masculinos conservó las camisetas puestas, únicamente llevaban sus vaqueros y banderas de Brasil colgadas de sus cuerpos. Samuel la llevaba en sus caderas atadas al vaquero, Thor y Diogo jugando a superhéroes Cariocas, Ian la llevaba colgando asegurándola en los pasadores del pantalón, las chicas por su lado, se habían pintado pequeñas banderitas en las mejillas.

Samuel junto a Thor y Thiago fueron la vida del grupo, hablaban y reían con todo el mundo, animando a todos a participar en los exóticos juegos del festival. Al llegar al primer escenario, el más concurrido de todos, en donde se presentaba Steve Aoki, se dispusieron a disfrutar de las mezclas, bailando al ritmo de la electrónica, viviendo plenamente la emoción que embargaba a todo el que asistía al Tomorrowland.

Dos horas después, el ambiente se había caldeado, las personas gritaban y saltaban, otros se besaban apasionadamente, las mujeres también habían empezado a desnudar sus torsos, y el espectáculo de luces no parecía sino aumentar el ritmo frenético de la celebración. Los Garnett con Red Bulls en las manos, se refrescaban y fortalecían la resistencia corporal, fumaban y saltaban o movían sus cuerpos al ritmo de las mezclas de los DJs.

Ian y Thais se besaban cada vez que tenían oportunidad, así como Diogo y Gina, olvidándose por minutos de todas las personas que los rodeaban, sólo entregándose a los besos que se ofrecían al compás de la música. Hacia las seis de la tarde, Samuel y Thiago se habían integrado en un grupo de varias chicas provenientes de España, al instante eligieron a dos de ellas, y en menos de una hora las arrastraron con ellos al lugar donde se encontraban sus primos.

—¿Qué le pasa a Thor? —preguntó Thiago acercándose al oído de Samuel para que lo escuchará.

—¿Qué le pasa de qué? —replicó Samuel sin comprender las palabras de su amigo.

—Pues está ahí, míralo —le dijo señalándolo, abriendo mucho la boca ante el gesto despreocupado de Samuel—. ¡No hace nada! ¡Y está rodeado de cuatro italianas que se comen solas de lo buenas que están!

—No sé —respondió Samuel con media sonrisa al contemplar a las chicas que reían alrededor de su primo—. Seguramente está juntando valor.

Al caer la noche, el juego de efectos de luces, fuegos artificiales y papelillos de colores volando en el aire, fue el fondo perfecto para una de las españolas, que sonriente sacudió su espesa melena castaña al sonreírle a Samuel. Llevaba puesto un muy pequeño short amarillo, dos triángulos sostenidos por delgadas tiras, hacían las veces de bikini, apenas cubriendo los generosos pechos de la chica.

Samuel se hizo espacio entre el mar de gente y caminó hasta detenerse frente a ella, la española volvió a sonreírle y bailó frente a él deslizando sus propias manos por su cintura y sus piernas. Él la cogió de la mano con una sonrisa sesgada, ella se despidió entre muecas de su grupo de amigos, y los dos caminaron tomados de la mano hasta la zona de carpas.

Estuvo encerrado con la española, quién descubrió que se llamaba Rocío pero no pudo recordarlo por mucho tiempo, por casi dos horas, empeñado en deshacerse de la rabia y la decepción, queriendo desesperadamente dejar atrás el sentimiento de traición que le lastimaba el pecho.

Al regresar, sus amigos le sonrieron, incluso Ian lo hizo pero no estuvo seguro si fue reprobación lo que vio en su rostro, Thor sin embargo, al verlo negó con la cabeza en un claro gesto de desaprobación. Samuel se decidió por ignorarlo totalmente mientras abrazaba a la chica que seguía sonriente a su lado.

Cuando Avicii inició el show, Thor no pudo evitar pensar en Megan. Se preguntaba qué era lo que tenía ese flacucho, además de mezclar como un diablo, para que las féminas enloquecieran. Estudió con su mirada a las mujeres eufóricas que gritaban una y otra vez que lo amaban, entre ellas decían que era lo máximo, y súbitamente sintió celos, celos que no pudo controlar al imaginarse a Megan haciendo lo mismo que las chicas en el festival, gritando al borde del orgasmo al ver al DJ.

Tan sólo durmieron unas cuatro horas, ya que se levantaron temprano y se fueron al área de las piscinas, donde se divirtieron hasta que dio el medio día, siempre en medio del ambiente electrónico que no paraba un solo minuto, ya que aunque no estuviesen en el área de las tarimas, los DJs seguían presentándose y el poderoso sistema de sonido se esparcía por el bosque entero.

Ian decidió hacerse su nuevo tatuaje. Todos los años lo hacía, el año anterior se había tatuado las huellas de los pies de Liam recién nacido, al lado izquierdo del pecho, en aquella ocasión decidió tatuarse el nombre del festival alrededor de la muñeca izquierda, en un tamaño que su Rolex pudiese ocultar cuando estuviese en Río y tuviera que ponerse el traje de señor serio e importante.

Samuel también decidió hacerse otro tatuaje, y al igual que Ian eligió la palabra "Tomorrowland", con la misma fuente de letra que utilizaba el renombrado festival, lo hizo en la parte trasera de su brazo en el área del tríceps, en sentido vertical, la colorida imagen se distribuía a lo largo del músculo entero.

Thais se decidió por el logo, hizo que le marcaran la mariposa con el ojo en la base de la nuca. Cuando Thor pidió una M celtica en el omoplato derecho, todos se miraron sin poder comprender el significado del tatuaje, pero ninguno se atrevió a preguntar.

La travesía llevó menos tiempo del esperado, ya que había varios profesionales en el arte de tatuar, y lo hicieron simultáneamente, al terminar decidieron ir a comer y cómo era de esperar, la zona de los restaurantes se encontraba repleta al igual que todo el parque.

Mientras intentaban localizar un lugar donde comer, una vez más Samuel se encontraba con la chica española, conversaban animadamente mientras se desligaban del grupo.

Según Diogo y Thiago, se lo estaba pasando a lo grande, mientras que Ian y Thor no lo aprobaban, porque sabían que actuaba por despecho, tal vez si no hubiese contado con una pareja estable antes de ir al festival, o no hubiese insinuado que estaba enamorado, no les hubiera importado, pero sabían que sólo actuaba de esa manera porque estaba dolido.

—Que gilipollas es Samuel, cómo si Rachell lo estuviese viendo, ojalá y le patee el culo cuando vaya a pedirle disculpas, porque estoy seguro que lo hará, si está enamorado, ése no va a desistir por una simple discusión —le comentó en voz baja Ian a Thor, mientras lo observaba hablando con la chica.

Después de la comida se dirigieron nuevamente a las tarimas donde se presentaba Nervo, disfrutaron a medida que la zona se llenaba nuevamente, ya un poco más descansados. Todas las razas del mundo se concentraban en el lugar, el público pareció enloquecer cuando apareció David Guetta, demostrando que seguía siendo uno de los DJs más esperados. Por tercer año consecutivo, el francés ofrecía un espectáculo único en medio de un majestuoso show de pirotecnia, luces, fuego, papelillos, humo y lluvias de champan.

Tras finalizado el festival, ellos pasaron un par de días más en Bruselas, donde ya tenían habitaciones reservadas en un exclusivo hotel para descansar, reponer esas energías, después de vivir una experiencia que ponía a prueba la resistencia corporal y emocional de cualquier ser humano. Cómo era de esperar, durmieron más de doce horas seguidas todos en sus habitaciones.

CAPÍTULO 36

Víctor le dio un golpe en la boca del estómago que la dejó sin respiración y con la vista nublada por varios segundos, obligándola a buscar oxígeno inhalando profundamente.

—Lo siento, Rachell, ¡discúlpame! Has bajado la guardia sin previo aviso. —La voz nerviosa del instructor boricua escupía una tras otra las palabras mientras se quitaba rápidamente los guantes.

—Estoy bien, estoy bien —le hizo saber ella resguardándose el abdomen con la mano izquierda, con la otra le asestó un derechazo en la mandíbula que lo cogió por sorpresa.

Él abrió y cerró la boca para relajar la mandíbula ante el golpe, tratando de sonreír sacudió la cabeza, debido a las luces que le nublaban la visión ¡Vaya que duro pegaba Rachell!

—Estoy fuera de juego —le dijo mostrándole los puños sin los guantes, tenía puestas sólo las vendas protectoras—. Descansemos un poco.

Rachell se quitó los guantes y se encaminó hasta su zona personal, regresó y se dejó caer sentada al lado de Víctor.

—No me digas que piensas dejar hasta aquí el encuentro, porque no me has hecho nada, ¡es boxeo! Y yo no soy una debilucha.

Rachell mostraba entusiasmo y energía, mientras él la admiraba realmente sonrojada y sudada por el esfuerzo, tenía el cabello recogido en una cola alta, ofreciéndole la mejor visión de su elegante cuello.

Sus piernas perladas por el sudor lo dejaron sin aliento, los muslos estaban perfectamente formados, le gustaba que usara ese uniforme de boxeo, dejaba muy poco a su imaginación, el top corto evidenciaba un abdomen envidiablemente marcado y una cintura que no cualquier mujer poseía.

Para él, que su día a día era ver cuerpos esculturales en los gimnasios, el de Rachell era el mejor de todos, estaba totalmente seguro de ello. Era armoniosa, no tenía demasiadas curvas, tenía las necesarias para enloquecer por entero al género masculino, y su rostro no dejaba de quitarle la respiración. Rachell era la mujer que se escapaba de sus sueños, era tan perfecta que su imaginación no había tenido la posibilidad de crearla, y estaba seguro que aun cuando la viese con poca ropa o ropa muy ajustada todos los días, lo que se encontraba debajo debía ser glorioso.

—Sé que no eres una debilucha, ¡casi me fracturas la mandíbula! Es sólo qué… ¿Puedo hacerte una pregunta? —inquirió educadamente.

—Depende —contestó Rachell encogiéndose de hombros—. Hazla, y si me parece, te la respondo.

—¿Estás bien? —soltó Víctor de una sola vez—. Te he notado distraída, y Rachell, te has metido en el ring de lleno esta semana… ¿estás practicando para golpear a alguien? Si es porque tu novio se ha portado cómo un desgraciado, sólo me lo dices y le aclararé las ideas.

Rachell no pudo evitar carcajearse antes las palabras de Víctor, sobre todo por su acento al hablar y meter algunas palabras en español.

—Estoy bien Víctor, es sólo que he tenido un poco de presión estos días, pero nada más.

Lo que menos quería era llorar delante de su instructor, pero en realidad se encontraba deprimida, pues esa mañana había hipotecado el apartamento, no podía evitar sentir miedo por la posibilidad de perderlo. Pero se repetía continuamente que no lo haría, trabajaría duro cada día, ya le había dicho a la profesora de italiano que suspendería de momento las clases, no podía seguir pagando la mitad del curso, ni iba a recibir de Samuel la otra parte.

—¿Es algo con el fiscal verdad? —Volvió Víctor a preguntar.

—No, con el fiscal ya no hay nada —intentó que sus palabras demostraran convicción, pero estaba segura que no había dado resultado.

Únicamente quería dejar de sentir esa presión en el pecho cada vez que alguien lo nombraba o ella lo recordaba, sólo quería que Samuel Garnett dejara de existir para ella, que se fuera de su cabeza y su pecho de una vez por todas, debía de encontrar la manera de hacerlo.

—¡Sera imbécil el fiscal! —exclamó al darse cuenta que la chica sufría, sabía perfectamente que su extenuante entrenamiento en boxeo la última semana llevaba nombre y apellido, pero sentía que hoy había algo más—. Muy imbécil.

—Tienes razón. —Una sonrisa iluminó el color enigmático de sus ojos—. Debo irme, mañana tengo que levantarme temprano, van a grabar el anuncio y debó estar presente —le comentó poniéndose de pie.

—¡Bien! —Víctor se puso de pie de un salto.

Rachell se dirigió hacia los vestuarios, y el chico iba un paso detrás de ella, pero la adelantó para hacerle espacio entre las cuerdas, ella se detuvo y lo miro para darle las gracias silenciosamente. Víctor no pudo contener sus ganas, debía arriesgarse y hacerlo, así que en un movimiento rápido pasó su brazo por la cintura de Rachell y la adhirió a su cuerpo, mientras que la otra mano la llevo a la nuca de la chica y sin aviso ni permiso, la besó.

Ella se vio envuelta en una bruma que la arrastraba de un lado a otro, los primeros segundos no correspondió al beso, pero debía admitir que Víctor sabía perfectamente lo que hacía, sus labios gruesos y carnosos la incitaron, la envolvieron y la obligaron a que correspondiera sus avances. Su respiración estaba realmente forzada, era un sueño hecho realidad el probar la boca de Rachell, sus manos no pudieron quedarse quietas y le recorrieron la espalda femenina con algo parecido a la desesperación.

Rachell sintió la excitación cobrar vida en él y las manos con caricias posesivas se apoderaban de su piel, la recorría con urgencia, mientras la besaba, Víctor bajó una de sus manos y se aventuró a tocarla mucho más allá de su cintura, lo hizo con sutileza, le estaba enviando las señales, pensaba llevársela a la cama, y ello lo sabía, pero nunca había sido partícipe de la teoría de que un clavo saca otro clavo, y como mujer se hacía respetar, no se iba a abrir de piernas al primero que se le pusiera por delante sólo porque estaba molesta con Samuel, antes que Garnett, estaba ella y su amor propio, no ganaría nada con entregarse a un hombre por pura estupidez.

Podría dañarlo todo, además de arrepentirse, porque estaba segura que se arrepentiría, esas acciones las cometían mujeres de espíritu débil, con el autoestima por el suelo en busca de sentirse deseadas por otros hombres, sólo para saber que no fueron ellas quienes fallaron. Ella no necesitaba de eso, sabía que todo era culpa de la desconfianza de Samuel, que el de los demonios era él y estaba loco si creía que la arrastraría a cometer un acto tan denigrante.

No se lo merecía ella y tampoco se lo merecía Víctor, no quería perder a un amigo por su separación con el fiscal.

—Víctor no —le dijo apartándose—. Detente.

—Rachell, yo...

—Tú nada, por favor Víctor, no digas nada, haré como que esto nunca pasó y regresaré mañana a por mi clase de boxeo, pero si sigues insistiendo, no podré verte más.

—Lo siento Rachell, sólo me deje llevar, tú sabes que...

—Lo sé, pero te quiero como un amigo, no busques lo que no puedo darte. —Separó las cuerdas y salió corriendo del lugar, quería alejarse de allí cuanto antes.

Rachell en el trayecto a su casa intentaba olvidar lo sucedido, nunca había caído de esa manera, sabía que se encontraba vulnerable no solo por lo de Samuel, sino por la hipoteca de su apartamento, no pudo evitar maldecir al brasileño, empezaba a considerarlo una plaga, porque si él no hubiese aparecido, su plan con Brockman hubiese salido a la perfección, tan sólo había llegado para dañarlo todo, no sólo su vida emocional, sino también sus emociones.

CAPÍTULO 37

Samuel bajaba las escaleras con su pantalón de chándal blanco para practicar capoeira, cuando su mirada captó a Thor encaminándose hacia el ascensor con el macuto en la mano, lo cual le extrañó, ya que su primo no era de los que se levantaban tan temprano.

—¿Algún espíritu te sacó de la cama, Emily Rose?

Thor cerró los ojos y respiró profundamente al sentirse descubierto, preparó su mejor sonrisa y se dio vuelta.

—Voy a correr. ¿No vienes?

—No, voy hacer la capoeira, gracias —le dijo mientras caminaba hacia la cocina y abría la puerta del frigorífico—. ¿Vas a correr y no vas a por las pesas?

—¡Mierda! Reinhard! ¿Qué haces en el cuerpo de Samuel? ¿Tienes idea de cuanta comida basura comí en Dreamville? —Thor inundó el lugar con griteríos que dejaron a Samuel confuso—. Claro, ni cuenta te diste, sólo estuviste pendiente de estar follándote a la española.

—Sólo lo estaba pasando bien —acotó escuetamente levantándose de hombro.

—Sí, eso intentabas... —dijo con sarcasmo—. ¿Por qué mejor no buscas a Rachell y aclaran toda la situación?

—Adiós Thor, que te vaya bien... —Se despidió dando media vuelta de regreso al área de Capoeira—. Si ves a Megan, salúdala de mi parte. —Se detuvo y lo miró a los ojos—. Sólo la saludas.

—¡Huye cobarde! —Se burló Thor con una carcajada, sintiéndose aliviado porque había confirmado que Samuel no sospechaba nada aún, sin embargo, quería buscar la manera de ir preparando esa conversación, no sería fácil y lo sabía.

Veinte minutos después el rubio estaba en el punto de encuentro acordado con Megan, como casi siempre, en el Shakespeare Garden. Esperó y esperó, pero ella no aparecía, le escribió al teléfono y no recibió respuesta, así que la llamó, pero tampoco contestó, después de eso, no pudo evitar sentirse preocupado. Estaba sentado en el césped observando los jardines frente a él, mientras intentaba llamarla una vez más, de pronto sus ojos fueron cubiertos por unas manos pequeñas, y sus mejillas fueron invadidas de dulces besos.

—¿Adivina quién soy? —susurró en el oído de Thor.

—Estoy seguro que es mi chica —respondió sonriendo, ansioso y feliz. Sólo hasta aquel momento fue realmente consciente de lo mucho que la había extrañado.

Thor volvió medio cuerpo y la vio sonriente, su corazón se desbocó y se llenó de una alegría que aún seguía desconcertándolo, ella se acercó y buscó su boca, iniciando un beso casto que rápidamente ganó intensidad. Megan sintió cómo él pasaba uno de sus brazos por la cintura y sin el mínimo esfuerzo y mucho menos separarse del beso, la puso en medio de sus piernas.

—Te extrañé —murmuró ella jadeante contra sus labios.

—Yo también, y mucho —le hizo saber sintiendo como un extraño vacío se apoderaba de su estómago, era una sensación de vértigo maravillosa.

—¿Cómo te fue? —preguntó acariciándole tiernamente el cuello y los hombros.

—Bien, algo enfadado con Samuel, pero bien.

—¿Te has enfadado con Samuel? ¿Por qué?

—Bueno, es que discutió con Rachell, se separaron…

—¡Espera! Mucha información que no proceso tan rápidamente —chilló Megan consternada—. Samuel y Rachell, ¿Rachell Winstead?, ¿la diseñadora?, ¿no eran solo amigos?

—Bueno, según ellos son amigos, pero no lo son… son pareja, pero no lo dicen, no le dan una definición a lo que tienen, y te puedo decir que están más cerca de ser marido y mujer que de ser amigos.

—¿Pero son idiotas o qué? ¿Por qué ocultar o disimular lo que son? Digo, si se gustan ¿cuál es el problema?

—Porque tienes razón, son idiotas, se arman unos guiones complicadísimos ellos mismos, que ni de fuera película francesa.

—¡Que tontos!

—Sí, son unos orgullosos de cabezas duras, es por eso que estoy un poco enfadado con Samuel, porque está de un ánimo insoportable, durante el viaje no habló con nadie, discutió con mi hermano, y al llegar a Bélgica, cambio drásticamente y ligó con la primera que se le pasó por delante. —Al ver el gesto de Megan se apresuró a aclararle—. No, no pienses mal de Samuel, está dolido, sé que quiere a Rachell y bueno, es algo complicado y que verdaderamente no entiendo, pero lo hizo para no sentirse mal y no hacer sentir mal a los del grupo. Buscó pasarlo bien para no arruinarlo todo, no es tan fácil comprender los sentimientos de los hombres Megan.

—Entiendo, es sólo que… ¡No soy tonta! —exclamó poniendo los ojos en blanco—. Es como mi padre, sé que él tiene muchas aventuras con otras mujeres, y no es porque mi madre le haga daño, así que no lo entiendo.

—Sencillo, es que no siente algo que lo ate verdaderamente a ella, tal vez ya no la quiere… —Se detuvo nervioso, había soltado la lengua muy rápido sin percatarse que hablaba de los padres de Megan.

—No te preocupes, eso lo tengo claro, sé que no la quiere, pero entonces no entiendo a los hombres —habló mirando hacia el cielo—. A ver, ¿buscan a otras cuando quieren y cuando no quieren también?

—Es complicado Megan, ¿estás segura que no trabajas para el FBI? —Megan sonrió y él por supuesto lo hizo también—. Cuando no queremos tenemos amigas sin complicaciones, pero no tenemos a una fija, cuando queremos estamos ahí, es decir, estoy aquí —le dijo acercándose y dándole un beso en los labios—. Bueno, no me ha pasado, pero creo que es lo que le pasa a Samuel, que queremos pero no podemos estar con esa mujer y nos sentimos molestos con nosotros mismos, buscamos la manera de erradicarla, de no sentir nada, por eso tratamos de encontrar en otra lo que no nos da la que queremos… ¡Ya te lie! Pero es así, muy complicado.

—¿Y en el caso de mi padre?

—Ah, no sé, será que me siente con él a tomarme un whisky y le pregunte… —respondió con una sonrisa—. Señor Brockman, dígame ¿por qué no quiere a su esposa si es una mujer tan hermosa?, si se casó con ella era porque estaba enamorado ¿o no lo estaba?

Megan empezó a reír divertida.

—Tienes razón, es muy complicado, algún día espero comprender a mi padre.

—Sí, algún día, por el momento te voy a mostrar lo que te he traído —le dijo cogiendo el bolso, lo abrió sacó una camiseta y una gorra del Tomorrowland.

—¡Me encantan! —gritó emocionada, poniéndose la gorra y admirando la camiseta con la mirada brillante de felicidad.

—Esto me costó, y mira que me tuve que tragar mi maldito orgullo y que Ian hablara con un ministro allí en Bélgica, ya que los conoce porque Ardent le vende los aviones al ejército. —le contó al entregarle el último disco de Avicii autografiado y con una dedicatoria.

—¡Me muero! —chilló Megan aturdiéndolo y lanzándosele encima al rodearle el cuello con los brazos—. ¡Por Dios! No lo puedo creer, eres el mejor novio del planeta —le dijo besándolo una y otra vez—. Yo también te tengo una sorpresa, recuerda que te la prometí.

—Pero espera, aún falta. —La detuvo con una sonrisa.

—No me digas que tienes a Avicii ahí.

—Bueno, déjalo ya con el flacucho ese.

Megan se acercó y buscó la boca de Thor, tomando la iniciativa de un beso realmente apasionado, con pequeñas succiones en la lengua lo invitaba a que entrará en su boca y le robará la cordura. Cogió la mano de Thor y la guio lentamente, mientras seguía besándolo, llevándolo hasta su vientre y se abrió espacio en su pantalón de lycra mientras él jadeaba en su boca. Aunque fuese un lugar apartado, casi solitario, era un lugar público, quiso retirar la mano pero ella se la retuvo, sintiendo la suave y tibia piel del vientre de Megan.

—Ya vas a llegar —susurró agitada.

Al instante, las yemas de los dedos de Thor se posaron en el lado derecho de su pelvis, rozando el hueso su cadera.

—Ahora puedes mirar. —Thor se alejó y bajó la mirada.

No se lo podía creer, su orgullo se hinchó considerablemente al ver su nombre sobre un martillo tatuado.

—Vas a matarme Megan —le dijo saber y dejándose llevar por el desenfreno la besó sin vergüenza.

—¿Te gusta?

—¡Me encanta! Sólo espero que no me salgas que no es por mí sino por el de la película.

—¿Por Chris Hemsworth? No, claro que no, el único Thor que conozco eres tú.

—Te has adelantado Megan, te dije que aún faltaba algo más —comentó mientras se bajaba el cierre de la chaqueta de chándal, se la quitó y se dejó únicamente con la camiseta de algodón—. Revisa mi espalda —le pidió con una sonrisa.

Megan lo miró con ojos brillantes mientras sonreía emocionada y maravillada, su felicidad fue mayúscula cuando vio en su omóplato derecho una hermosa M tatuada, no pudo evitarlo y le depositó varios besos en el tatuaje, haciendo con esto que el control de Thor empezaran romperse, así que la detuvo.

CAPÍTULO 38

Silvana Rossellini, la profesora de italiano de Rachell miraba a un Samuel Garnett desconcertado y enfadado, con aquel gesto característico de fruncir el ceño y sostener la mirada fija en la de ella, apretando el bolígrafo cómo si quisiera hacerlo polvo. Claramente, no le agradaba la noticia que acababa de darle.

—No supe que decirle, señor Garnett. —La voz de la mujer manifestaba que comprendía el semblante del chico y se apresuró a hacerle saber que la situación se encontraba fuera de sus manos, la decisión final siempre la tenía el cliente y ella no podía contradecirla.

Rachell Winstead le había informado que suspendería por tiempo indefinido las clases de italiano, aun cuando le aconsejó que no lo hiciera porque era una alumna excelente, se encontraba muy contenta ya que la chica aprendía rápido, sobre todo porque tenía interés, era una lástima que abandonará las clases, además ya había previsto la reacción del fiscal.

—Profesora Rossellini, podría ir normalmente a dar las clases, yo correré con todos los gastos. —La voz de Samuel, entre adusta y suplicante, captó de inmediato su interés, definitivamente algo había pasado entre aquellos dos.

—La señorita Winstead me canceló el diez por ciento, sin embargo creía que la cantidad abarcaba la mitad, no quise aclararle la situación porque no sabía qué términos habían acordado ustedes.

—Sí, le hice creer que estaba pagando la mitad, es un poco orgullosa. —Samuel entornó los ojos para que la mujer comprendiera.

—Es un ejemplo de mujer, pero sí, tiene razón, es muy orgullosa porque está acostumbrada a ser independiente —le dijo con tranquilidad observando el semblante de Samuel, no había nada mejor que ver a un hombre preocupado en todos los aspectos por la mujer que amaba.

—Cree que puede con todo, así que doctora Rossellini, necesito que me ayude con Rachell. Dígale que usted le dará clases y que no tiene ningún inconveniente en que le cancele más adelante, háblele de los beneficios que proporcionan el dominar otro idioma, trate de convencerla por favor, pero no mencione esta conversación.

—Trataré de convencerla, ahora le pido permiso señor Garnett, tengo una clase en una hora en el instituto.

—Se lo agradezco —dijo poniéndose de pie detrás del escritorio, lo bordeo y la acompaño hasta la puerta—. La transacción a su cuenta fue realizada hace unos minutos, cualquier decisión que tome Rachell me lo hace saber por favor, pero quiero que aprenda italiano.

—Haré el intento, gracias señor Garnett, que tenga buena tarde.

—Igualmente profesora Rossellini. —La mujer asintió en silencio y se encaminó por el pasillo despidiéndose amablemente de la secretaria de Samuel.

Samuel esa tarde había regresado a sus funciones, y se vio tentado a buscar a Rachell, ir a la boutique y hablar con ella, pero no encontraba el valor para enfrentarla y no era cobardía, era simple precaución, porque no quería seguir abriendo la brecha entre ellos, necesitaba un poco más de tiempo, para actuar con madurez, porque sabía que aunque él no lo nombrase, ella sacaría al tema a Henry Brockman.

Maldito Henry Brockman, se había controlado demasiado para no matarlo, prefería huir cada vez que lo tenía enfrente antes de llenarse de recuerdos y terminar por romperle el alma cómo tanto anhelaba. De nuevo, se sentó detrás del escritorio y regresó a su trabajo cuando el iPhone vibró sobre el cristal, era un número desconocido, sin embargo atendió la llamada.

—Buenas tardes.

—Garnett, tengo a uno de ellos. —El hombre al otro lado del teléfono no necesitó presentarse para que él supiese de quien se trataba.

—¿Dónde está? —preguntó ansioso sintiendo el corazón latir desbocado y su sangre circular envuelta en llamas.

—En el Bronx, al Sureste, se mueve por Bruckner… técnicamente es un parasito.

—No se podría esperar más —señaló Samuel sabiendo de la lacra que hablaban.

—¿Qué hace? ¿Trabaja? ¿Tiene familia?

—Como te dije, es un parasito, tiene dos hijos, pero no vive con la madre, según algunos vecinos es un alcohólico y ella lo dejó por maltrato físico, vive en las calles robando cada vez que tiene oportunidad.

Samuel sabía que cada palabra del hombre era cierta, confiaba plenamente en él, y sobretodo, sabía que éste no lo llamaría si no estuviera seguro de la información que le suministraba.

—Gracias, con eso es suficiente, cuando tengas noticias de los otros dos…

—Te lo haré saber inmediatamente —intervino la persona al otro lado de la línea.

—Bien, esperaré tu llamada.

—Gracias —dijo y finalizó la llamada.

Samuel se sentía ansioso, una gran oleada de adrenalina lo recorría por entero, esa noche iría a por él.

Había esperado tanto tiempo que ahora que tenía la oportunidad le parecía mentira, pero no por eso desistiría, armaría el plan perfecto y el hijo de puta se arrepentiría de lo que había hecho por el resto de su vida, ni siquiera sabía cuál de los tres seria, pero le daba igual, a todos los odiaba con la misma intensidad.

Sabía perfectamente cómo se movería la policía en aquellos casos, y él como fiscal tenía plena certeza de necesitar una coartada perfecta, dado que el caso seguramente pasaría a mayores, aunque por un tipo como aquel, pero las demás piezas de su rompecabezas, definitivamente llamarían la atención.

Pero él era meticuloso, había esperado demasiado por aquella oportunidad, así que invito a tres de sus compañeros en la fiscalía a tomarse unos tragos y a charlar, ellos aceptaron sin vacilar. A las ocho de la noche se encontraron en un exclusivo local nocturno, y la conversación que él no pensaba extender por más de dos horas dio inicio, entre anécdotas de cada uno, tanto personales como profesionales, Samuel se encargó de pedir bebidas muy bajas en alcohol, pretendiendo todo el tiempo, que el alcohol había hecho mella en él.

Casi una hora después, sus ojos captaron en la barra a su premio de escape de ese lugar, la rubia lo miraba constantemente y él que era toda una pantera al acecho, sabía perfectamente cómo convencerla de salir de allí con él, pidió permiso a sus compañeros de trabajo y se encaminó hacía su presa, le brindó un trago, conversó con ella y la endulzó lo suficiente. Todo bajo la mirada atenta de los demás fiscales.

Y en media hora se acercó hasta el apartado donde lo esperaban sus compañeros con miradas sorprendidas al ver que Garnett traía a la rubia tomada por la cintura, se las presentó y se despidió, haciéndoles saber que iría a un lugar más íntimo.

Al llegar al edificio ayudó a la mujer a bajar del Lamborghini mientras ésta aún se encontraba embelesada con el coche, decidió usar el ascensor principal y no el privado como sería su costumbre, dejando a los guardaespaldas en el aparcamiento.

Al entrar en el ascensor, buscó rápidamente la boca de la mujer y la besó con vehemencia, mientras sabía que las cámaras se encargaban de grabar todo lo sucedido en el ascensor, era justo lo que necesitaba, porque el privado no contaba con un sistema de circuito cerrado y él quería dejar pruebas.

En el pasillo siguió besándola mientras se acercaban a la puerta de entrada del apartamento, presionó rápidamente los dígitos y la puerta se abrió dándole paso al interior, la cogió de la mano y la guio a una de las habitaciones de la planta baja.

La rubia lo agarró por la corbata para que siguiera besándola, el correspondió pero no por mucho tiempo.

—Quiero presentarte a alguien. —Le dijo alejándose un poco.

—¿No puede ser en otro momento? —sollozó ella rozando su cuerpo contra el de Samuel—. No quiero que nos amargue la fiesta.

—No, claro que no cariño. —La tranquilizó sonriendo con sarcasmo—. De hecho vas a pasarlo muy bien. ¿Quieres jugar?

—Depende ¿qué juego? —Su sonrisa sensual demostraba lo deseosa que se encontraba.

—Yo te propongo un dos por uno, tendrás cuatro manos recorriendo tu cuerpo, mientras yo te beso la boca, mi primo te besará la espalda, el cuello... lo que quieras.

—No lo sé. —respondió tensándose inmediatamente, pero Samuel la relajó al rozar con sus labios su cuello.

—No te obligaremos, es sólo si tú estás de acuerdo —murmuró contra su oreja—. Lo traigo, probamos y si te gusta, se queda, sino se va... o si lo quieres a él, te lo dejo... no soy nada territorial.

—Esa idea me gusta, pero no, no quiero doble penetración —le advirtió mirándolo a los ojos, esos benditos ojos que parecían hogueras.

—Como tú quieras y lo que tú quieras —le dijo con toda la seducción posible, mientras él rogaba que eligiera sólo a Thor, su primo tenía que ayudarle, al menos de manera inconsciente.

—Ve por él —le pidió ella.

—Vuelvo enseguida, acuéstate y relájate. —Después de decir esas palabras, salió en busca de Thor que sabía por la hora se encontraba en el gimnasio entrenando, él salía de ese lugar a las once y aún faltaban veinte minutos.

Al llegar Thor se percató de la presencia de Samuel a través del espejo.

—Date una ducha y vienes a la habitación del medio, tengo un caramelo para compartir y no vayas diciendo que ahora me he vuelto un egoísta de mierda.

—Entonces se te acabo definitivamente el amor por Rachell, tienes preocupado a Clint Eastwood, te hará una película —le dijo al percatarse de lo verdadero y duradero que había sido su supuesto amor.

—Thor, vamos hermano, no empieces con eso ahora —habló sin ánimos, sólo quería una coartada y él empezaba a atormentarlo con Rachell—. Anda, deja eso y ve a ducharte.

—No gracias, no tengo ganas.

—¿No tienes ganas? —preguntó asombrado—. Thor, en Bélgica no dije nada porque estaba entretenido con otras cosas, pero no te vi ligar, y que ahora me digas que no tienes ganas, eso verdaderamente me preocupa. —Caminó hacia la zona de pesas y se sentó frente a él quitándole la barra de las manos—. ¿Estás bien? Digo, ¿funcionas bien? —Movió la cabeza señalando entre sus piernas—. ¿No estás teniendo erecciones?, no tiene que darte pena, si es así debes ir al médico.

—¡Samuel no digas gilipolleces!, claro que estoy bien…no soy un viejo, ni a Reinhard le pasa.

—No sé, no tienes que estar viejo, existen problemas…

—¡Cállate ya! No tengo ganas y ya, ve a comerte tu caramelo y déjame terminar mi rutina, cuando tú no tienes ganas yo no ando indagando si se te levanta o no. ¡Fuera de aquí!

—Está bien, está bien. —Se puso de pie, le palmeó la espalda y se encaminó fuera, pero antes de salir, se detuvo—. Si quieres yo te acompaño al médico.

—Te vas a llevar una mancuerna en la cabeza. —El semblante serio de Thor le causaba gracia, a pesar de no haber conseguido lo que había buscado, salió del gimnasio con una sonrisa pensando que entonces tendría que ir con el plan B.

CAPÍTULO 39

Plan B: Emborracharla, no quedaba otra.

Se armó con una botella de vino, un par copas y queso beaufort para no ser tan evidente. Al llegar, la rubia se había quitado las botas y la chaqueta y lo esperaba sentada en la cama, cuando lo vio le regaló una amplia sonrisa que Samuel correspondió con una buena dosis de todo su encanto.

—Malas noticias —le dijo sentándose en el borde de la cama mientras llenaba una copa—. Tendremos que esperar un poco, mi primo se va a duchar, es que estaba entrenando.

—Esperaremos entonces —acordó ella dándole un sorbo a la bebida.

Samuel puso su copa sobre la mesita de noche y se metió en la cama, acomodándose frente a ella se sentó sobre sus talones, llevó las manos a su cuello y la acercó, besándola con fervor, dejándola sin aire. Ella se alejó y él le guio la copa hacia los labios para que bebiera, ella en respuesta, estuvo más complaciente y receptiva de lo que pudo esperar.

Samuel repitió la acción una y otra vez, entreteniéndola con besos que también parecían embriagarla. Menos de una hora después, ella se disculpó y fue al baño, al verla caminar, dio por hecho su plan B. Cuando ella regresó, se dejó caer acostada en la cama hablando un montón de estupideces, mientras él la desvestía y la acariciaba.

Quiso gritar de júbilo al ver que se había quedado dormida, pero no quería perder más tiempo, corrió para salir de la habitación y cerró la puerta con llave, no quería que Thor se le diese por entrar y la encontrara en medio de la inconsciencia.

Tratando de hacer el menor ruido, subió a su habitación, pasó de largo al baño y se lavó el rostro, al terminar, su mirada recorrió su cara a través del espejo, estuvo allí detenido por varios minutos, no podía creer que realmente estaba en víspera de hacerlo.

Estaba decidido, había llegado la hora y apenas comenzaba, había esperado dieciocho años para verlos nuevamente a la cara, esta vez, al menos a uno de ellos, no pudo evitar que los recuerdos de esa noche lo atacaran y que el sabor amargo que siempre lo acompañaba se recreara tan cruel en su boca como lo fue hacía ya tantos años.

—Ha llegado la hora, yo te lo jure —susurró frente al espejo—. Te lo juré, van a pagar todo el dolor que te causaron, lo van a pagar. —Sus ojos ardían en lágrimas, rencor, ira, dolor, odio.

Cogió una toalla y se secó la cara, se desvistió rápidamente y buscó esa ropa que ya tenía preparada para ese día, y que había adquirido desde que Josh Simmons le había entregado los expedientes de esos cabrones. Pantalón negro, camiseta del mismo color, botas Mustang de corte militar, y un pasamontañas que ya estaba preparado.

Cogió el bolso y las llaves, abrió con cuidado la puerta, bajó las escaleras, y cogió el ascensor privado, pero en vez de detenerse en la entrada o en el aparcamiento, lo hizo en el segundo piso, donde estaban instaladas las oficinas de la administración y el cuarto de servicios. Se deslizó sigiloso como una sombra, y descendió hasta la calle por la escalera de incendios.

Al salir, corrió hasta el aparcamiento del edificio de al lado, ahí tenía una moto Kawazaki negra, al llegar se agachó y abrió el bolso, buscó la matrícula falsa y se la puso a la moto, sin perder más tiempo se montó, se acomodó el casco y se puso en marcha.

Samuel tenía a su favor las calles despejadas durante la madrugada, así que el viaje le llevaría menos tiempo. Sabía que el lugar hacia donde se dirigía era peligroso, pero en realidad no podría haber nada más peligroso que él, por lo que estando cerca de Bruckner aparcó y sacó del bolso la HK USP 45mm y se la asió en la espalda, asegurándola con el pantalón, también buscó los nudillos de acero y se los colocó, los cuales enfundó con las vendas negras, mientras su corazón ansioso latía frenéticamente.

Una vez más encendió la moto y la escondió en un callejón, era lo bueno de esos lugares, había muchos sitios para camuflarse, caminó hasta la calle que el hombre frecuentaba y esperó entre las sombras, se dejó caer sentado en la acera mirando al suelo, acechando, esperando el instante adecuado y anhelado.

Escuchó la risa de varios tipos, y entre ellos se encontraba la de él, era la risa de Sean Hardey, ¿cómo no recordarla? Aún con los años esa risa retumbaba en su cabeza, no había cambiado. El muy cabrón se despidió de sus camaradas y entonces la voz le confirmó que era él mismo a quien buscaba, al que había buscado desde que llegó a Nueva York. Sean se adentró a un callejón, mientras que los demás pasaron de largo.

Sin perder tiempo, arrastrado por el odio y la adrenalina, se bajó el pasamontañas, y salió listo para el ataque, con paso enérgico, procurando alcanzar el andén opuesto para saltar frente a él. No estaba borracho, y eso lo agradeció, porque lo quería con sus cinco sentidos bien puestos, se acercó como felino a la presa, cómo esa pantera en la cual se convertía en sus momentos de furia.

—¡Sean Hardey! —lo llamó con la voz teñida de ira.

El hombre se crispó y de inmediato adoptó una pose defensiva al verlo encapuchado, acercándose a él con una actitud que no indicaba más que problemas, graves problemas. Hardey reaccionó rápidamente, se dio media vuelta y echó a correr por el solitario y oscuro callejón.

Samuel apenas lo vio en el intento de huida, lo persiguió y en menos tiempo del esperado lo alcanzó aferrándose a los cabellos del tipo, lo agarró con violencia y lo giró obligándolo a que lo encarará. Lo estudió despacio, no quedaban dudas, era él, sólo que esta vez su cara era de temor y no de burla.

El hombre se retorció intentando hacerle frente, buscaba aferrarse a la cintura de Samuel y golpearle los costados, enfureciéndolo aún más, así que sin contenerse, asestó el primer golpe sin pensarlo, rompiendo la nariz del hombre en el impacto de los nudillos de acero contra el tabique. El crack del hueso al quebrarse y el desgarrador grito de dolor, precedieron los chorros de sangre que corrieron rápidos hacia la boca y el cuello.

Hardey se separó de Samuel con desesperó, llevándose histérico las manos a la nariz, gritando y maldiciendo sin parar, e intentando alejarse tanto como le fuera posible de su atacante.

—¡Cállate! ¡Cállate! —le gritó Samuel persiguiéndolo, y le dio dos golpes seguidos en el estómago.

El hombre se dobló ante el dolor, Samuel una vez más lo cogió por los pelos y le dio en el pecho, tuvo que retirarse rápidamente cuando Herdey empezó a vomitar.

—¡Vaya mierda! —exclamó asqueado, y se alejó varios pasos para no ser salpicado con los alimentos mal digeridos del hijo de puta que se dejaba caer de rodillas.

—¡Ya no más!, por favor, por favor, déjeme ir —suplicaba en medio del llanto, pero sólo consiguió que una vez más Samuel lo agarrará por los cabellos y lo alejará a rastras del charco de vómito, obligándolo a elevar la cabeza y mirarlo a los ojos.

—¡He dicho que te calles! ¿No era eso lo que decías una y otra vez? —inquirió con el mismo odio que le decía donde golpear.

La mirada confundida del hombre, como si acaso fuera él la víctima y no el agresor, desató aún más la ira al recordar sus palabras dieciocho años atrás.

Expiró con rudeza y le asestó un golpe en la clavícula dislocándola, le propino tantos golpes en la cara, que rápidamente la hinchazón le cubrió el rostro dejándolo irreconocible, sólo entonces lo lanzó al suelo a que comiera asfalto.

—¿Miedo? —siseó furioso—. Sólo sientes miedo... el miedo es tu aliado, te mantiene atento. ¿Sabes que es lo malo?, el pánico lo es, yo he sentido pánico y es mortal, el pánico te bloquea y no puedes hacer nada ¡No puedes hacer nada! —le gritó y aunque sin poder contener más tiempo las iracundas lágrimas.

—Por favor —jadeó Sean Herdey—. Yo no hice nada, déjeme ir. —Suplicó llorando, con la cara destrozada y bañada en sangre.

—¿No hiciste nada? ¿Acaso fue nada? —preguntó mientras llevó su pie hasta la entrepierna del hombre en el suelo, presionado con fuerza el talón y girándolo de un lado a otro sobre sus testículos. El hombre lanzó un grito desgarrador y se aferró desesperado a la pierna de Samuel, removiéndose e intentando escapar, pero el dolor en el pecho lo debilitaba demasiado.

—No sé de qué me habla. —Lloriqueó esta vez con los ojos aterrados—. Por favor, no lo recuerdo.

—¡Pero yo sí! —gritó Samuel tan alto que su garganta dolió—. ¡Yo sí!

No pudo contenerse y empezó a patearlo sin control, sin compasión, una patada tras otra, hasta que Sean dejó de resistirse y de moverse. Pero Samuel sabía que estaba vivo, también sabía que si le daba otra patada lo mataría y no lo quería muerto, lo quería tras las rejas por el resto de su vida. Lo cogió una vez más por los cabellos y lo obligo a elevar la cabeza, contemplando como los chorros de sangre manaban de su nariz y su boca, se acercó a su oído porque estaba seguro que lo escucharía.

—Esto tampoco estaba en el contrato hijo de puta... ¿Lo recuerdas? ¿Ahora lo recuerdas?

Sin ningún cuidado, le dejó caer la cabeza, le dio una última mirada de podrido desprecio, y salió corriendo tan rápido, que en menos de dos minutos estuvo encendiendo la motocicleta. Tenía que huir, tenía que alejarse, porque todo su dolor y su deseo de venganza, le gritaban que le vaciará el cartucho de la pistola encima.

CAPÍTULO 40

Aún no había terminado de despertar, cuando un agudo dolor hizo que se llevara las manos a la cabeza, sentía que explotaría en millones de pedazos. No recordó nada hasta que su mirada captó a su lado dormido boca abajo al hombre desnudo con el mejor cuerpo que alguna vez hubiese visto, y esto por supuesto, le ayudo un poco a aclarar las ideas.

Recordaba lo besos, el vino, besos, vino y más vino, después besos y caricias mientras la desnudaba, desde ahí todo quedaba en blanco.

Se puso de pie y con los efectos del vino aún en ella, la hermosa habitación todavía daba vueltas. Entró al baño y decidió ducharse para ver si el agua le ayudaba con todo el aturdimiento del que era presa. Samuel apenas escuchó que la rubia entró al baño abrió los ojos, esperó un par de minutos y salió de la cama, y llamó a la puerta mientras escuchaba el agua de la ducha.

—Buenos días... —No recordaba el nombre de la mujer y maldijo mentalmente—. Cariño, se me hace tarde para ir al trabajo, termina de arreglarte y paso por ti en media hora.

—Está bien, estaré lista —le hizo saber ella al otro lado de la puerta, tan fuerte como para que él pudiese escucharla aún a través del sonido del agua.

Se puso una bermuda de las que tenía en el armario de esa habitación, y salió encontrándose a Thor tomando su matutina taza de café.

—Buenos días primo —lo saludó acercándose y sirviéndose un poco para él.

—¿Qué tal la fiesta? —preguntó Thor sonriente.

—Bien, lo de siempre.

—Yo me voy al trabajo, no quiero que se me haga tarde... —hablaba cuando Samuel intervino.

—Aún es temprano, ahora ni follas, ni duermes de más... ¿Qué pasa contigo?

—Nada —respondió Thor encogiéndose de hombros—. Será que tengo algún virus y no me he dado cuenta.

—Thor, en serio, ¿pasa algo?, ¿hay algo que quieras contarme?

~ 400 ~

Ante las palabras de Samuel, se vio tentado a iniciar el tema de conversación, de contarle que mantenía una relación con Megan, miró los ojos ámbar de su primo y pensó que si lo hacía con el tacto suficiente, él entendería lo que le estaba pasando, pero estaba seguro que eso llevaría mucho tiempo, no los minutos que pudiesen durar mientras compartían una taza de café, y una mujer se encontraba en la habitación al fondo del pasillo.

—No hay nada que contar, debo irme ya, no puedo llegar tarde al grupo. —Se despidió dejando la taza de café sobre la barra.

—¿Es con el grupo? ¿No van bien las cosas? ¿Has jodido algo?

—Samuel, deja al fiscal de lado, déjate el interrogatorio ya, todo está bien, si te digo que todo está bien es porque así es. ¿Acaso no confías en mí? Ah no, claro, se me olvidaba que tú no confías en nadie, ni siquiera en la mujer que supuestamente amas. —Lo acusó sin disimular, y caminó rumbo al ascensor privado.

—¿Podríamos tener una conversación en la cual no menciones a Rachell?, estoy intentando olvidarla. ¿Contento? ¡Quiero sacármela de adentro! —exclamó abriéndose de brazos y sintiéndose derrotado—. Las cosas con ella no van para ningún lado, no somos compatibles, no es mi tipo.

—¡Ah! ¿Ahora no es tu tipo? —le cuestionó dándose media vuelta para encararlo nuevamente.

—No hablo físicamente, es su forma de ser, no puedo estar con una mujer que no es sincera.

—¿Tú eres sincero con ella? Digo, no te gusta porque no hace lo que tú dices, no es una tonta cómo la estúpida que tienes allá adentro, una cabeza hueca que no puede forjar sus propias ideas —le dijo señalando hacia la zona de las habitaciones de la planta baja, haciendo que esa molestia que sentía contra su primo por estarse comportando como un imbécil estallará.

—Ahora me sales con clases de filosofía, no me jodas Thor, tú menos que nadie. ¿Qué coño te pasa? Nunca has sido participe de las relaciones estables porque te desgastan, no puedes estar más de un mes con la misma mujer porque te aburres, y ahora me vienes con estas insinuaciones de amor empalagoso, instándome a que luche por una mujer que no puedo entender.

—Eso es justo lo que pasa, quieres entenderla, llegar al punto final, te empeñas en eso y no te entregas a conocerla poco a poco, ¿acaso no te has puesto a pensar porque ha sido la única mujer que quieres conocer?, porque a las que hablan hasta por los codos las mandas a callar, las que quieren contarte su vida las dejas con la palabra en la boca.

—Precisamente por eso, porque ella no me cuenta nada, nada de su vida, no sé de su familia, ¿Que aspiraciones tiene? ¿Qué es lo que quiere de mí?

—¡Excusas Samuel! ¿Alguna vez intentaste de verdad hacerle todas estas preguntas? —Su primó no dijo una sola palabra—. ¿Y qué quieres que ella quiera de ti? ¿Qué te arrastre a las Vegas y os caséis mientras estás borracho en una capilla a media noche? ¿Le has preguntado qué es lo que verdaderamente quiere de ti? Yo te apuesto diez a cero a que no lo has hecho, y tú menos le has dicho que es lo que quieres de ella.

—No… no lo he hecho —contestó sin miramientos.

—¿Y por qué no lo haces? ¿Dónde está toda esa labia que posee Samuel Garnett?

—¡No lo sé! Con Rachell todo, todo es diferente, no me salen las ideas, no puedo seguir el mismo maldito patrón que con las demás, intento ser sincero contigo Thor, somos primos y cómplices, pero no me juzgues porque no estás en mi lugar, y esto es un maldito calvario. Ahora mismo tengo demasiadas cosas atormentándome la cabeza.

—Eso lo comprendo, y lo respeto, sólo no sigas comportándote como un idiota, deja de lado el orgullo, así como tienes huevos para cometer errores, también debes tener huevos para enmendarlos, se vale que tú también pidas disculpas, que aceptes que te has equivocado, no eres perfecto. ¡Hombre! Y yo tampoco lo soy, aun cuando fuera de este lugar todos nos vean como si lo fuéramos, sólo por ser hijos del gran Reinhard Garnett y quieran ser como nosotros, bien sabes que no ha sido fácil, para ti menos que nadie, tan sólo espero que muy pronto también te abras a entenderme, que por un momento te pongas en mi lugar…

—Buenos días —la voz cantarina de la rubia los interrumpió.

—Buenos días —saludó Thor—. Debo irme, me avisas si vamos a comer aquí o si vamos a algún restaurante.

—Le diré a Sonia que prepare la comida —le informó Samuel.

—Está bien, entonces estaré aquí a las doce. —Entró al ascensor y desapareció.

—¿Quieres café? —le preguntó a la chica queriendo aliviar la tensión en el aire.

—Por favor.

—¿Quieres azúcar? —Ella asintió sin decir nada.

—Debo prepararme, si quieres algo más, estás en tu casa, busca en la despensa o en el frigorífico, sírvete lo que desees, si quieres escuchar música o ver la televisión, esa puerta de allí —dijo señalando unas puertas correderas—, son de la sala de estar.

—Gracias así estoy bien —le hizo saber ella sentándose en una de las sillas altas de la barra.

Samuel no dijo nada más y subió las escaleras. Entró en su habitación y se fue directamente al baño mientras su cabeza era un torbellino con cientos de emociones. Por un lado Rachell, por otro lado su venganza, la cual ya había iniciado y no podía parar.

Debía darle un alto a sus sentimientos, no podía exponer a Rachell, aquello no sería fácil, lo tenía muy claro, cuando atacara al pez grande, todo, absolutamente todo se complicaría, y él no podía ser menos que implacable, no debía tener ningún punto débil que Brockman pudiese atacar.

El maldito lo había visto, acomodar las piezas no requería ningún esfuerzo, ya debería saber que Rachell podía ser el punto débil que lo dejara fuera de juego.

No dejes de leer como sigue la historia.

Dulces Mentiras
AMARGAS VERDADES
REVELACIONES

Playlist Book

Lonely Girl – Pink

Katy Perry - Thinking Of You

It's My Life - Bon Jovi

Panic Station – Muse

I'm A Bitch - Meredith Brooks

My Obsession - Cinema Bizarre

Tainted love - Marilyn Manson

Sweet Dreams - Marilyn Manson

Feeling Good – Muse

Yes Boss - Mikkel Hess

Jump – Rihanna

Mein Teil – Rammstein

Rock Of Ages - Def Leppard

Hard As A Rock – ACDC

Dança Da Motinha - Axe Moi (Video)

Dança Do Creu - Axe Moi (Video)

Calling - Sebastian Ingrosso & Alesso (Feat. Ryan Tedder)

This Love - Maroon 5.mp3

Lucky Strike - Maroon 5

Eu Tiro A Sua Roupa - Alexandre Pires

Slide Away – Oasis

My Immortal – Evanescence

Call Me When You're Sober – Evanescence

Sympathy For The Devil - The Rolling Stones

How Deep Is Your Love - Bee Gees

I Wanna Know What Love Is – Foreigner

Levels – Avicii

CONTACTA CON LA AUTORA VENEZOLANA

LILY PEROZO

Twitter: @Lily_Perozo

Página oficial en Facebook: Dulces Mentiras, Amargas Verdades.

Correo: Perozolily@Gmail.com

Ingram Content Group UK Ltd.
Milton Keynes UK
UKHW040018150323
418485UK00016B/95